STEFANIE HASSE

LUCA & ALLEGRA

DRACHENMOND VERLAG

Drachenmond Verlag GmbH
Auf der Weide 6
50354 Hürth
https://www.drachenmond.de
E-Mail: info@drachenmond.de

Lektorat: Elisabeth Mahler
Satz & Layout: Astrid Behrendt

Umschlagdesign: Alexander Kopainski
Bildmaterial: Shutterstock

Druck: Booksfactory

ISBN 978-3-95991-950-0

Für alle,
die für die Liebe kämpfen

Band 1

Prolog

Die Vorstellung, dass heute erneut Blut an seinen Händen kleben sollte, brachte ihn zum Verzweifeln. Mit einem Schlag auf den Altar aus rotem und weißem Marmor versuchte der alte Mann, den Gedanken daran zu verdrängen, und lief langsam den Gang zwischen den Reihen alter Holzbänke entlang. Den ganzen Tag war er schon in der Kirche auf und ab gelaufen, hatte seine Geschäfte ruhen lassen. Inzwischen war es kurz vor Mitternacht. Das Lied der Nachtigall drang an sein Ohr, wann immer er die Tür für einen Moment öffnete. Dennoch wartete er weiter auf den dunklen Boten.

Vor wie vielen Dekaden war er von Venus selbst mit dieser Aufgabe *betraut* worden? Wie viele Kinder hatte man in all den Jahrhunderten zu ihm gebracht? Er verbot sich jede Erinnerung daran und versuchte das Weinen der Kinder, die ihrer Mutter entrissen worden waren, aus seinem Kopf zu verbannen. Jene Schreie, die noch durch das Kirchengewölbe hallten, als das Leben des Neugeborenen bereits durch seine Hand beendet worden war. Venus nannte es die Konsequenz seiner Einmischung. Dabei hatte er nur das Beste für die Liebenden gewollt, hatte für sie gekämpft und sich in Venus' göttliche Spielchen eingemischt. Vergebens.

Geräusche drangen durch die massive Tür und erneut warf der Padre einen Blick nach draußen. Ein paar Jugendliche streiften durch die engen Gassen, johlten und jubelten. Auf den Padre wirkte es, als würden sie ihn verhöhnen. Er wollte eben nach draußen, um die Jugendlichen zur Ruhe zu rufen, als der schwarze Wagen am Straßenende in die Gasse einbog. Von außen konnte man keinen der Insassen erkennen. Nicht den Fahrer, der als einziger in ihrer Dreierrunde stets ein anderer war. Und nicht den Boten des dunklen Hauses, der den Säugling zu ihm bringen und seinen Tod bezeugen sollte.

Die nächtlichen Geräusche schienen immer mehr zu verstummen, je näher der Wagen kam. Mit dem Abstellen des Motors hielt die ganze Stadt den Atem an. Der Fahrer des Wagens stieg aus und öffnete dem Boten die Fahrzeugtür. Als der Dunkle ausstieg, ein kleines Bündel im Arm, setzte das Herz des Padre kurz aus. Der Säugling hatte bereits jetzt die dunklen Augen der Capulets und schaute ihn mit wachem Blick direkt an, als flehe er ihn an, Venus erneut zu betrügen.

Bei Jupiter, wie oft hatte er es versucht! Er konnte dem Blick des Säuglings nicht länger standhalten und sah den Boten an, der auf ihn zu kam, als wäre er einer der Lieferanten, die tagtäglich Kräuter und Tinkturen aus aller Welt zu ihm brachten. Wut stieg im Padre auf. Zorn auf Venus, auf den ihm auferlegten Fluch, selbst auf diejenigen, die vor Jahrtausenden selbst von Venus für ihr Vergehen bestraft worden waren. *Die Göttin der Liebe, pah!*, schimpfte der Padre innerlich, als er dem Boten mit dem Säugling im Arm die Tür zur Kirche öffnete. In dieser Stadt geht die Liebe mit dem Tod einher.

Er betrat hinter dem Dunklen das Kirchenschiff und folgte ihm zum Altar. Der Dunkle kannte das Procedere ebenso gut wie der Padre selbst. Das Herz des alten Mannes pochte gegen seine Brust. Ein Gedanke huschte durch seinen Kopf. Zart wie eine Sommerbrise und doch so präsent wie die Düfte, die selbst die kleinste Regung der Luft mit sich tragen konnte. Instinktiv griff er in die linke Tasche seiner Hose und befühlte die gläserne

Phiole. War heute der Tag gekommen, an dem er all seine Schuld begleichen konnte? Nein, nicht mitten in der Nacht. Wie zum Zeichen schlug die Turmuhr zwölf Mal.

Der Padre ging mit langsamen Schritten auf den Altar zu. Der Dunkle überreichte ihm den Säugling, der immer noch mit wachem Blick seine Umgebung musterte. Seine Schönheit übertraf die all der anderen. Ihr beinahe göttliches Aussehen war einst der Fluch Psyches, mit dem sie den Zorn der Venus auf sich gezogen hatte. Nun war es die Bürde jener, die aus der Verbindung von Psyche und Amor hervorgegangen waren. Die Phiole in seiner Tasche wurde immer schwerer, hatte er das Gefühl. Er nahm den Säugling und bettete ihn auf das goldschimmernde Fell mitten auf dem Altar.

Der Bote zog ein kleines Etui aus der Jacke seines schwarzen Anzugs. Er platzierte es neben dem Säugling, öffnete es mit beiden Händen und zog ein rotes Tuch daraus hervor, das ohne Zauber niemals hätte in das Etui passen können. Der Stoff war so fest wie Leder, aber dünn wie Seide. Der Bote reichte das Tuch an den Padre.

Von weit her drangen Schreie und Gelächter zum Altarraum. Der Padre störte sich nicht daran. Die Jugendlichen waren immer noch in der Stadt unterwegs. Der Bote jedoch zuckte zusammen und wandte den Kopf in Richtung Tür. Der Padre erkannte die Chance, die ihm die Götter boten, und ließ das Tuch zu Boden fallen. Während er sich bückte, öffnete er die Phiole in seiner Tasche. Anschließend schüttete er den Inhalt in seine linke Hand, mit der er unter dem nun wieder wachsamen Blick des Dunklen das rote Tuch aufhob. Sein Herz klopfte so heftig, dass er sich darauf konzentrieren musste, das Procedere durchzuführen, ohne Aufmerksamkeit zu erregen.

Er sandte ein Stoßgebet zu den Göttern, ehe er das Gesicht des Säuglings mit dem Rot bedeckte. Seine rechte Hand strich sanft über den dichten dunklen Flaum, der den Kopf des Kindes bedeckte, seine Linke presste das Tuch fest auf Mund und Nase. Kleine Beine strampelten, kleine Ärmchen zuckten. Markerschütternde Schreie peitschten durch die Stille, die jedoch nur für einen kurzen Moment andauerten. Als ihr Echo noch durch das Tonnengewölbe über ihnen geisterte, nahm der Padre bereits das Tuch vom Gesicht des leblosen Neugeborenen und trat zur Seite.

Der Bote nahm seinen Platz ein, beugte sich über den regungslosen Körper und horchte auf den Herzschlag des Säuglings. Zufrieden erhob er sich, fühlte anschließend dem Procedere entsprechend noch den Puls. Er nickte dem Padre zu, ehe er den Gang entlangging und durch die Holztür verschwand.

Endlich wagte der Padre wieder zu atmen. Schwindel hatte sich bereits eingestellt, er musste schnell seine Gedanken ordnen. Die Pläne sahen vor, dass er die Leiche zum Krematorium brachte. So war er all die Jahrhunderte vorgegangen. Doch was sollte er nun tun, da endlich die Gelegenheit gekommen war, auf die er so lange nicht einmal zu hoffen gewagt hatte? Hastig schlug er das goldene Fell über das Neugeborene und nahm es behutsam auf den Arm. Gemeinsam schlüpften sie durch die Tür an der Seite des Altarraums in seine privaten Räume und er grübelte über das weitere Vorgehen. Die Zeit rannte ihm davon.

Das Telefon klingelte und der Padre hätte um ein Haar das Bündel fallen lassen. Er nahm ab, ganz der Geistliche, dessen Rolle er spielte.

So grausam das Schicksal manchmal von den Parzen gestrickt wurde, desto klarer wurde das jenes Säuglings, der in Kürze wieder vom Tode auferstehen würde. Die Lerche stimmte soeben ihr Lied an, als der Padre mit dem Kind auf dem Arm in den grauenden Morgen trat.

I. Akt

1. Szene

Endlich tuckerte der für deutsche Verhältnisse antike Bus an dem Schild mit dem Aufdruck »Limone sul Garda« vorbei. Allegras Herz schlug mit einem Mal schneller. In ihrem Inneren fühlte sie dieselbe Unruhe, die sie beim Blick auf das große Plakat der Deutschen Bahn in der Münchner Innenstadt erfasst hatte.

Sie hatte sich eben mit ihrer Freundin Jen getroffen und wollte mit ihr am Goetheplatz einen Kaffee trinken gehen. Wie vom Blitz getroffen stand sie vor dem Plakat mit der Werbung für das Europaticket und den Sparpreis an den Gardasee. Ihr Magen krampfte sich zusammen, als verspürte er eine Sehnsucht nach jenem Ort, der auf dem Plakat angepriesen wurde. Sie wusste einfach, dass sie genau dort hin musste. Ausgerechnet heute sah sie dieses Angebot.

Erst letzte Nacht hatte sie wieder diese verwirrenden Träume gehabt. Von den eisblauen Augen, die ihre Seele aufzusaugen schienen und sich mit den schwarzbraunen Augen abwechselten, die ihren eigenen glichen. Jeden Tag grübelte sie über deren Bedeutung. Seit die Träume kurz nach ihrem neunzehnten Geburtstag begonnen hatten, kribbelte ihr Bauch in freudiger Erregung vor etwas, das zu benennen sie nicht in der Lage war. Und genau jenes Gefühl hatte sie nun beim Blick auf das Plakat, ehe es verschwand und einer Werbung für einen Baumarkt wich.

»Was ist denn los?«, fragte Jen, die schon ein paar Schritte weitergegangen war, ehe sie bemerkt hatte, dass Allegra wie paralysiert auf die digitale Plakatwand starrte. Sie kam zurück. »Brauchst du was aus dem Baumarkt? Will deine Mutter wieder mal renovieren?«

Allegra schüttelte den Kopf und überging die Frage. »Da war eben eine andere Werbung«, begann sie und überlegte, wie sie es am besten ausdrücken sollte. »Wir müssen an den Gardasee. Ich weiß nicht, warum. Aber ich weiß, dass ich genau dort hin muss.« Verzweifelt gestikulierte sie mit den Händen, um den nichtssagenden Worten mehr Nachdruck zu verleihen.

»Ein Mädelsurlaub am Gardasee? Ich bin dabei!« Jen hüpfte wie ein Kleinkind neben Allegra auf und ab. Dass es so einfach sein würde, hätte sie nicht gedacht. Aber ihre Freundin war immer relativ schnell zu begeistern. Neue Klamotten, neue Jungs, neue Wohnung. Jen war die Liebenswürdigkeit in Person, aber Konstanten gab es nur wenige in ihrem Leben – Allegra war eine davon.

Beim Kaffeetrinken spannen die beiden Mädchen bereits Pläne und stöberten in ihren Smartphones nach Übernachtungsgelegenheiten. Dass die viel größere Hürde ihre Mutter sein würde, hätte Allegra nie vermutet. Sie wollte Maria eigentlich vor vollendete Tatsachen stellen: die Tickets waren bereits gebucht und Allegra hatte ein schmuckes Hotel zu Bestkonditionen gefunden. Dass Maria etwas gegen ihren Kurztrip an den *Lago di Garda* haben könnte, hatte sie nicht erwartet. Immerhin war sie selbst Italienerin und kam aus der Gegend. Sie und Allegra waren kurz nach ihrer Geburt vom Gardasee in die Nähe von München zu entfernten Verwandten gezogen. Allegra sprach fließend italienisch, selbst Jen, die mit Allegra aufgewachsen war, besaß nur einen leichten deutschen Akzent. Also was konnte dagegensprechen, ihre Sprachkenntnisse endlich mal auszunutzen?

»Kommt nicht infrage«, sagte Maria nur knapp. Doch in ihren Augen erkannte Allegra etwas, das sie bei ihrer Mutter nur sehr selten sah: Angst. Vor was? Vor den hübschen Italienern, die ihrer Tochter auflauern und ihr das Herz stehlen könnten? Allegra vermutete, dass es damit zusammenhing, dass Maria mit ihr damals nahezu aus Italien geflohen war, nachdem Allegras Vater sie hatte sitzenlassen. Sie sprach es allerdings nicht aus. Dieses Thema war tabu. Niemand sprach über Marias altes Leben. Über ihr Leben vor Deutschland. Allegra konnte sich vorstellen, wie schwer es für eine junge Frau hatte sein müssen, quasi über Nacht alles aufzugeben und etwas ganz Neues zu beginnen. Aber Maria meisterte ihren Job und ihre Mutterrolle mit Bravour. Sie war konsequent, schränkte Allegra jedoch nie ein. Bis jetzt.

»*Mamma*, ich bin fast zwanzig. Du kannst es mir nicht verbieten.«

Maria seufzte und warf theatralisch die Hände in die Luft. »*No, Bambina.* Das kann ich nicht. Aber ich kann dich warnen. Und ich kann dich inständig bitten, dass du nicht fährst. Es ist …« Maria wühlte mit ihren Händen in der Luft nach den richtigen Worten.

»… nur zu meinem Besten. Ich weiß, *Mamma*. Aber ich weiß auch, dass ich dorthin muss. Tief hier drin«, Allegra legte sich die Hand auf die Brust, »weiß ich, dass ich etwas über meine Wurzeln herausfinden muss.«

Maria presste die Lippen aufeinander, ehe sie an ihre Halskette griff. Das gläserne Herz funkelte an Marias Dekolleté, seit Allegra denken konnte. »Ich wusste, dass dieser Moment eines Tages kommen würde.« Mehr sagte sie nicht, obwohl Allegra sie mehrmals danach gefragt hatte.

Der Auslöser von Jens Handy-Kamera holte Allegra aus ihren Gedanken. Jen hielt ihr das Smartphone hin. »Perfekt getroffen, oder?«

Allegra warf einen Blick auf das Display. Ihre schwarzbraunen hüftlangen Haare hatte sie wie immer mit einer Klammer hochgesteckt. Nach der fast fünfstündigen Reise hingen ihr jedoch zahlreiche Strähnen ins Gesicht und über die Schultern. Ihre dunklen Augen starrten ins Nichts, man sah ihr an, dass sie mit den Gedanken ganz woanders gewesen war. Direkt neben ihrem Kopf war das Ortsschild von *Limone sul Garda* zu sehen und erneut krampfte sich Allegras Magen vor Erwartung zusammen. Sie lächelte ihre Freundin an, als sie ihr das Handy zurückgab.

»Wenn du so gelächelt hättest, hätte ich das Foto für zig Tausend Euro an den Bürgermeister von Limone verkaufen können. Eine bessere Werbefigur wird er nie finden.«

»Na klar.« Allegra verdrehte die Augen. Sie wusste, dass sie recht gut aussah, das verrieten ihr ständig die dämlichen Pfiffe und Rufe von irgendwelchen Typen. Sie war jedoch nie geschmeichelt, sondern nur genervt. Einfach alle sahen nur ihr gutes Aussehen. Abitur mit Bravour bestanden? Spricht fünf Fremdsprachen fließend? Steht kurz vor dem Medizinstudium? Alles uninteressant. Aussehen war schließlich wichtiger als der Rest. Sie schnaubte innerlich.

Aus genau diesem Grund hatte Allegra auch die Suche nach der und das Gefundenwerden durch die Liebe aufgegeben. Die Oberflächlichkeit, mit der sich diese Emotion näherte, war ihr verhasst. Sie schüttelte den Kopf und verbot sich trübe Gedanken. Sie war auf einem Kurztrip mit ihrer besten Freundin, da sollte sie sich die Laune nicht durch verflossene Liebeleien – mehr war es sowieso nie gewesen – verderben lassen.

»Ich hätte auch ein Foto von dir machen können. Italienerinnen gibt es hier Tausende und die sehen alle so aus wie ich«, erwiderte Allegra und sah Jen musternd an. »Aber eine nordische Prinzessin mit strahlend blauen Augen und weißblondem Haar wäre ein echter Hingucker.«

Jen verdiente schon seit Jahren ihr Geld mit Modeln. Sie war bildhübsch, hatte volle Lippen, große Augen und einen Körper, für den die echten Models hungerten – ganz im Gegensatz zu Jen, die alles in sich hineinstopfte, was sie in die Hände bekam. Die Agenturen rissen sich um sie und Jen widerstand stets der Versuchung, ihre Zukunft auf ihrem guten Aussehen aufzubauen. Doch als Nebenjob war es lukrativer als Allegras Aushilfstätigkeit im Restaurant ihrer Mutter. Maria hatte Allegra verboten, das Angebot von Jens Modelagentur anzunehmen. Da Allegra zu der Zeit noch minderjährig gewesen war, hatte sie zwar einen Aufstand gemacht, als Maria nicht unterschreiben wollte, es ihr aber doch nicht nachgetragen. Zu oft wurde sie im normalen Leben schon auf ihr Aussehen reduziert. Das brauchte sie nicht noch zusätzlich zu fördern. Jens Mutter hatte damit weniger Probleme gehabt und heute war die ein Jahr jüngere Jen gefragt wie nie.

»Wir sollten später gemeinsam zum Ortsschild laufen und Fotos für Instagram schießen«, schlug Jen vor und Allegra nickte gedankenverloren.

Der Bus kämpfte sich eine schmale Gasse den Berg hinauf. Das Hotel, das Allegra gebucht hatte, lag oberhalb von Limone. Die Fotos hatten einen unglaublichen Ausblick auf den Gardasee und den ganzen Ort versprochen. An ein Hotel, das übersetzt Schloss hieß, durfte man ja auch gewisse Erwartungen stellen. Mit einem Zischen kam der Bus vor dem Hotel zum Stehen. Der ältere Busfahrer war so hin und weg von den beiden deutschen Mädchen gewesen, dass er ihnen angeboten hatte, sie direkt zum Hotel zu fahren. Es wäre eine Schande für alle Italiener, wenn er zwei so bezaubernde Frauen mit ihren Koffern durch die Stadt laufen ließe, hatte er gesagt.

Er stellte den Motor ab und schickte sich an, Jen und Allegra mit ihren Koffern zu helfen. Die beiden waren jedoch selbstständig genug und wollten auf keinen Fall das Risiko eingehen, dass der alte Mann wegen ihrer schweren Koffer einen Herzinfarkt erlitt. Sie bedankten sich höflich und verließen den Bus. Als Allegra einen Blick über die Schulter warf, sah sie, dass der Fahrer ihnen verträumt hinterhersah.

»Den hat es schwer erwischt. Wir sind einfach unwiderstehlich«, scherzte Jen. Für Außenstehende mochte das arrogant und eingebildet klingen, aber so war Jen ganz und gar nicht. Sie war freundlich, hilfsbereit und wirklich nett. Nur weil sie Kapital aus ihrem Aussehen schlug, hatte sie nicht automatisch das Herz am falschen Fleck. Im Gegenteil. Es gab viele Menschen, die eingebildeter waren. Ansonsten wäre Jen nicht Allegras beste Freundin. Punkt. Außerdem bedeuteten gutes Aussehen und tolle Jobs nicht unbedingt Glück mit den Männern. Die hatten bei Jen bisher nur von einem Mädels-Trauer-Abend zum nächsten geführt. Irgendwann während der Reisevorbereitungen hatte sie erwähnt, dass sie die deutschen Männer aufgeben würde und hoffentlich in Italien mehr Glück hatte.

Ein lauter Pfiff ertönte und die beiden Mädchen suchten nach dem Ursprung. Auf einem Balkon zwei Stockwerke über ihnen gestikulierte ein junger Italiener wild mit den Händen. Vermutlich wusste er nicht, wie er sie ansprechen sollte, aber die beiden Frauen verstanden auch so, dass er ihnen unbedingt helfen wollte.

Sie waren aber weder hilfsbedürftig noch hatten sie Lust, sich vom erstbesten Gigolo anquatschen zu lassen, also zogen sie ihre Koffer den Fußweg zum Haus hinauf. Sie standen direkt vor der schweren Eingangstür, als diese von innen mit viel Schwung aufgerissen wurde und Jen um ein Haar weggeschleudert hätte.

Allegra setzte schon zu einer Schimpftirade an, als sie sich den jungen Mann etwas näher ansah. Seine Augen! Dieselben schwarzbraunen Augen, von denen sie geträumt hatte! Die sich in ihren Träumen mit eisblauen Augen, noch heller als die von Jen, vermischten. Es waren dieselben Augen, die sie jeden Tag im Spiegel vor sich hatte, und dennoch anders.

Sofort beruhigte sich ihr Gemüt und der Ärger wich einem Gefühl, über das sie erst genauer nachdenken musste. Auf die Schnelle hätte sie es mit Nach-Hause-Kommen verglichen. Sie schüttelte den Kopf und wie durch Watte drang Jens Schimpfpredigt an ihr Ohr. Der Italiener wurde sofort um ein paar Zentimeter kleiner, als er erkannte, dass Jen fließend italienisch sprach.

Auch Jen musste irgendwann Luft holen und der junge Mann nutzte sofort die Gelegenheit: »Ich kann es nicht verantworten, zwei solchen Schönheiten wie euch nicht meine Hilfe anzubieten.« Mit einem Lächeln, das den Nordpol zum Schmelzen hätte bringen können, sah er die Frauen aus seinen großen dunklen Augen an.

Am liebsten hätte Allegra die Augen verdreht, aber selbst zu dieser einfachen Geste war sie nicht in der Lage. Der Junge – oder Mann, vielleicht auch irgendetwas dazwischen – musste in ihrem Alter sein, vielleicht etwas jünger, das konnte sie nicht einschätzen. Bei was sie sich jedoch sicher war: Er kam ihr irgendwie vertraut vor.

Jen übernahm die Führung und wies den Jungen, der sehr erfreut war, ihnen behilflich sein zu können, an, die Koffer zu übernehmen. Er ging mit großen Schritten voran und führte sie zu einer kleinen Rezeption, hinter der eine grauhaarigere Frau saß und in einer Zeitschrift blätterte.

»Eleonora, gib diesen bezaubernden Frauen das beste Zimmer, das wir haben.«

Die Frau sah ihn über den Rand ihrer schmalen Lesebrille hinweg an und kniff den Mund zusammen. Anschließend musterte sie Allegra und Jen. Ihr Gesicht entspannte sich. Allegra glaubte sogar, so etwas wie Hoffnung darin zu sehen. Wie kam sie nur auf die Idee, dass jemand, der sie nicht kannte, sie hoffnungsvoll ansehen könnte? Doch solche merkwürdigen *Ahnungen von Gefühlen anderer* hatte sie schon immer gehabt. Jen verließ sich daher immer auf Allegras Bauchgefühl. Sie hatte ihr einmal eine seitenlange Expertise über Mikroexpressionen in die Hand gedrückt, um die »Magie« zu entzaubern, die hinter diesen Bauchgefühlen steckte und vertraute deshalb doppelt darauf.

»Allegra Casari und Jennifer Mayer?«, fragte Eleonora und die beiden nickten. »Sie haben Glück. Die Buchung der Suite wurde kurzfristig storniert. Sie bekommen das Zimmer natürlich trotzdem zum vereinbarten Preis. Willkommen im Castello.« Wieder konnte Allegra den kurzen Blick, den Eleonora dem Jungen zuwarf, nicht deuten. Hatte sie überhaupt speziell ihn angesehen? Die alte Dame reichte ihnen Formulare zum Ausfüllen und im Anschluss daran die Karten für das Zimmer. »Alessandro wird Ihr Gepäck nach oben bringen. Ich wünsche Ihnen einen schönen Aufenthalt.«

Alessandro schnappte sich erneut die Griffe der Koffer und lief zu dem goldfarbenen Fahrstuhl gegenüber der Rezeption. Die

Fahrstuhltür glitt sofort auf, nachdem er den Knopf gedrückt hatte, und die drei stiegen ein. Während der Fahrt bemerkte Allegra den silbernen Siegelring an Alessandros Finger. Er wirkte viel zu wuchtig und *alt* für diesen Jungen, aber gleichzeitig übte er eine Anziehungskraft auf Allegra aus, die sie sich nicht erklären konnte. Die stilisierte Rose darauf wirkte so plastisch, als müsste Allegra nur zugreifen und sie herausholen. Schnell schüttelte sie den Kopf und vertrieb den seltsamen Gedanken. Die lange Reise hatte ihr nicht gutgetan und sie brauchte dringend Zeit, um sich auszuruhen.

Im dritten Stock öffnete sich die Tür wieder und zu ihrer Rechten lag ein langer Flur. Links befand sich nur eine einzige Tür und genau auf die steuerte Alessandro zu.

»Hier sind wir.« Er stellte die Koffer ab und trat zur Seite, damit Allegra das Schloss mit ihrer Karte öffnen konnte. »Wir sehen uns beim Abendessen«, verabschiedete sich Alessandro und eilte zurück zum Fahrstuhl, während Allegra und Jen ihre Koffer in das Hotelzimmer trugen.

Zimmer war jedoch die Untertreibung des Jahrhunderts. Allein der Raum, in dem sie jetzt standen, war größer als die ganze Wohnung, die Allegra mit ihrer Mutter teilte. Und dabei befanden sich nur ein gläserner Tisch, eine große Couch und mehrere Sessel darin.

Jen ließ sich gleich auf die Couch fallen und streckte sich ausgiebig. Dann schreckte sie hoch und Feuer loderte in ihrem Blick. »Hast du dir diesen Alessandro genauer angeschaut? Verdammt, ist der heiß.«

Allegra zuckte mit den Schultern. Sie konnte dieses Déjà-vu-Gefühl immer noch nicht loswerden. Als sie jedoch hinüber zu Jen blickte, konnte sie eines genau erkennen: Jens verträumten Blick. Ein Blick, den Allegra nur allzu gut kannte und der stets der Anfang dessen war, was in »ganze Eispackungen in sich reinschaufeln«-Abenden endete. Warum passierte das immer ausgerechnet ihrer besten Freundin?

»Er sieht aus, als wäre er direkt aus ›Fluch der Karibik‹, findest du nicht? Wenn die Rolle von Will Turner neu vergeben werden muss, könnte er den Job übernehmen, ohne sich auch nur die Haare zu schneiden.« Jen lachte. »Nur den Bart müsste er sich wachsen lassen.«

Ihr Lachen war so ansteckend, dass Allegra mitlachen musste. Ein Teil davon war jedoch Erleichterung. Nun wusste sie, woher dieses seltsame Gefühl kam. Klar hatte sie Alessandro schon gesehen. Nur war daran definitiv nichts Magisches, sondern ihre und Jens Filmsucht waren schuld. Jen hatte Recht: Alessandro glich Will Turner alias Orlando Bloom wie ein kleiner Bruder. Kein Wunder, dass Jens Augen so leuchteten. Es gab schließlich hässlichere Männer als Orlando. Allegra grinste ihre beste Freundin an und diese blickte unschuldig zurück, konnte ein Grinsen jedoch nicht lange zurückhalten.

»Er gehört mir«, sagte sie mit zuckenden Augenbrauen. Allegra hatte es befürchtet und konnte nur inständig hoffen, dass es dieses Mal nicht endete wie sonst immer. »Ab heute gibt es keine Enttäuschungen mehr«, ergänzte sie voller Zuversicht.

Wenig später hatten die beiden jeweils eines der beiden Schlafzimmer der Suite bezogen. Allegra stand auf dem kleinen Balkon, der direkt über dem Gardasee zu fliegen schien. Einen solchen Ausblick hatte sie sich nicht einmal im Traum ausgemalt. Vermutlich hatte keiner der Touristen, die Fotos des Hotels ins Internet gestellt hatten, in dieser Suite gewohnt. Ihr Balkon und der von Jen waren die einzigen, die an der Seite des Gebäudes lagen, so dass sie über Limone thronten und gleichzeitig den Bergen zugewandt waren. Von der Seite ihres Balkons aus konnte Allegra gerade noch den See erkennen. Der große Balkon des Wohnzimmers lag wie die kleineren unter ihnen auf der Seeseite des Hotels und legte ihr den *Lago di Garda* zu Füßen. Allegra fühlte sich frei wie nie zuvor.

»Bist du so weit?«, fragte Jen, die eben zu ihr auf den Balkon trat. »Wir müssen uns erst mal einen Überblick verschaffen.« Jen traute den Online-Reiseführern nicht und zog – ganz gleich, wo sie modelmäßig gerade unterwegs war – Broschüren und Tipps der Leute vor Ort vor.

Daher machten sich die beiden auf und suchten in den kleinen Kiosken nach Unterlagen, die Jen akzeptierte. Nach einer Latte Macchiato in einem der zahlreichen süßen kleinen Cafés und einer riesigen Portion *Gelato*, die neidische böse Blicke der anderen Touristen auf sich zog, machten sie sich auf den Rückweg.

Das Restaurant des Hotels war schon gut besucht, als sie sich frischgemacht und entsprechend der Hausordnung angemessen gekleidet hatten. Sie fanden auf den ersten Blick keinen freien Tisch und überlegten, noch eine Weile die Abendsonne auf dem Balkon zu genießen, als Alessandro auf sie zustürmte.

»Kommt mit, zur Suite gehört ein reservierter Tisch«, sagte er und eilte voran. Für den Abend hatte er das T-Shirt, das er tagsüber getragen hatte, gegen ein Hemd getauscht, die löchrigen Designerjeans waren einer schwarzen Anzughose gewichen.

Jen folgte ihm schnell und zog Allegra mit sich, die Mühe hatte, in den hohen Schuhen zu laufen, zu denen Jen sie gezwungen hatte. »Du bist Italienerin. Dir wurde es in die Wiege gelegt, in diesen Schuhen laufen zu können«, hatte sie gesagt und Allegra hatte aufgegeben. Nun stolperte sie Jen hinterher, die großen Schrittes wie ein Model auf dem Laufsteg zwischen den Gästen hindurchlief und dabei zahlreiche Blicke auf sich zog. Zwischen zwei großen Pflanztrögen befand sich der Durchgang in ein Separee, in dem Alessandro mit präsentierender Geste neben einem kleinen Vierertisch stand. »Hier bitte. Ich schicke sofort einen Kellner zu euch. Bis später.« Er hatte sich bereits von ihnen abgewandt, als Jen in die Gänge kam.

»Willst du uns nicht Gesellschaft leisten?«, fragte sie forsch und nur Allegra konnte an dem sehnsüchtigen Blick in Jens strahlenden Augen erkennen, wie sehr sie es sich wirklich wünschte.

Alessandro sah von Jen zu Allegra und fragte stumm, ob es für sie in Ordnung wäre. Allegra wollte ihre Freundin natürlich unterstützen und nickte sofort eifrig, was Alessandro wieder das polarmeerschmelzende Lächeln ins Gesicht zauberte. »Ich bin gleich zurück«, rief er ihnen zu, als er zwischen den Pflanztrögen verschwand.

Allegra und Jen setzten sich nebeneinander, um beide den Blick auf die kleine Terrasse und den dahinter liegenden See genießen zu können. Binnen Sekunden war Alessandro zurück und ließ sich auf den Stuhl Allegra gegenüber fallen. Ihr war nicht entgangen, dass dies der Platz neben Jen war, und sie zwinkerte ihrer Freundin zu.

»Machst du hier eine Ausbildung oder so?«, versuchte Jen ein Gespräch in Gang zu bringen, nachdem der Kellner ihre Getränkebestellung aufgenommen hatte.

Alessandro schüttelte den Kopf. »Das Castello gehört meinen Eltern. Eleonora ist meine Großmutter. Das ist die Dame, die euch die Suite gegeben hat.« Er sah die Mädchen an, die wissend nickten, und fuhr fort: »Wenn ich nichts zu tun habe, halte ich hier nach hübschen Frauen Ausschau.« Allegra verzog das Gesicht und Alessandro entschuldigte sich sofort dafür. »Das war ein Witz. Ich helfe hier gerne aus, schließlich wird das Hotel einmal mir gehören; und ich muss doch dafür sorgen, dass auch in Zukunft noch Gäste kommen werden. Gefällt euch euer Zimmer?«

»Gefallen?«, Jens Stimme überschlug sich fast. »Die Suite ist ein Traum!«

»Wohnt deine Familie auch hier im Gebäude?«, fragte Allegra und grübelte im selben Moment darüber nach, warum sie das wissen wollte. Der Kellner stellte wortlos die Getränke auf den Tisch und verließ das Separee umgehend wieder.

Alessandro fixierte Allegra mit seinem Blick und für ein paar Sekunden schien die Welt weit weg zu sein. Wie paralysiert starrte sie zurück. Der Bann ließ erst nach, als Alessandro ihr antwortete. »Wir wohnen auch ganz oben. Dort sind nur die Suite, ein paar Zimmer der Bediensteten und die Wohnräume der Familie.«

Jen blätterte inzwischen in den vielen Broschüren, die sie aus ihrer Tasche gezogen und auf dem Tisch ausgebreitet hatte. Da sie keine Anstalten machte, etwas zum Gespräch beizutragen, fragte Allegra weiter, nachdem sie einen Schluck ihrer Cola getrunken hatte. »Gehörte euch das Hotel von Anfang an?«

Alessandro nickte. »Früher hatten wir andere kleinere Hotels, aber vor einiger Zeit hat meine Familie das alte Gebäude, das früher hier stand, zum Castello umgebaut und bezogen. Der alte Weinkeller ist sogar noch im Originalzustand. Die Capulets sollten in einem echten Schloss wohnen.« Er lachte und schüttelte den Kopf, als finde er die Vorstellung absurd, Allegras Gedanken blieben hingegen an dem Familiennamen hängen.

Auch Jens Interesse war wieder geweckt und ihr Blick schoss von den Broschüren hoch zu Alessandro. »Capulet? Wie *Julia Capulet?*«

Alessandro seufzte und nickte. Vielleicht war der Name nicht allzu selten in Italien, Allegra hatte sich darüber nie Gedanken gemacht.

»Dann wohnst du aber auf der falschen Seite des Sees«, sagte Jen trocken.

Mit Alessandros Reaktion auf diesen einfachen Satz hatte Allegra nicht gerechnet. In seinen dunklen Augen brannte ein zorniges Feuer und er starrte Jen beinahe hasserfüllt an. Zwischen zusammengekniffenen Lippen presste er die Frage hervor, wie sie darauf käme.

»Na hier«, Jen deutete auf eine Übersichtskarte des Gardasees und die einzelnen Provinzen. »Provinz Verona« stand auf der anderen Seite des Sees, ziemlich genau Limone gegenüber. »Wenn du ein Capulet bist, würdest du doch besser zu Verona passen.«

Jens Scherz war nicht bei Alessandro angekommen. Vielleicht hörte er diesen Spruch auch nicht das erste Mal. Dennoch entspannte er sich bei dieser Erklärung und Allegra sah, dass er irgendwie erleichtert war.

Auch später beim Essen, als Alessandro die Frauen wieder alleingelassen hatte, grübelte Allegra noch darüber nach. Der Gedanke ließ sie auch nicht los, als sie viel später in einen von wilden Träumen durchzogenen Schlaf sank.

2. SZENE

Wo wollen die zwei Sterne des Hauses denn so früh schon hin?«, fragte Alessandro, als Allegra und Jen gerade das Hotel verlassen wollten.

»Zum Hafen und dann nach Malcesine«, antwortete Jen mit einem kecken Grinsen. Allegra entging der kurze Moment nicht, in dem sich ein dunkler Schatten über Alessandros Gesicht legte, ehe Jen hinzufügte: »Willst du uns etwa begleiten?« Ihr Gesicht strahlte so aufrichtig, dass jeder Mann einfach alles für sie getan hätte.

Und so konnte auch Alessandro nicht anders reagieren, als tatsächlich zuzusagen. Er rief ein Taxi, und während sie gemeinsam darauf warteten, tippte er eifrig auf dem Display seines Smartphones herum.

Am Hafen beantwortete sich Allegras Frage von selbst, wem er wohl geschrieben hatte. Zwei Jungs, von der Kleidung her nahezu identische Kopien von Alessandro – mit ebenso dunklen Augen –, lungerten auf einer der Wartebänke und grüßten ihn wortlos, ehe ihre Blicke an Jen und Allegra hängenblieben. Allegra verkniff sich ein Grinsen, als sie die zahlreichen Liebeserklärungen an sie und Jen hörte. Als Alessandro aber seinen Jungs mit einer Geste klarmachte, dass sie still sein sollten, lachte Allegra doch noch los.

Alessandro stellte alle einander vor und betonte, dass »die Mädchen« fließend Italienisch sprachen. Einer der Jungs, den Alessandro als Ben vorgestellt hatte, lief sofort puterrot an und nun lachte auch Jen los, obwohl sie versuchte cool zu bleiben – vermutlich um vor Alessandro nicht wie ein kicherndes kleines Mädchen dazustehen. Dem schien ihre Reaktion jedoch egal zu sein.

Er wies Ben und den anderen Jungen, Daniele, an, Karten für das kleine Fährschiff zu besorgen. Allegras und Jens gemeinsamen Protest schlug er mit den Worten »Gehört zum Service der Suite« nieder und kurz darauf betrat die Fünf-Personen-Gruppe das Boot.

Während der windigen Überfahrt nach Malcesine konnte Allegra den wundervollen Ausblick auf die beiden Ufer kaum genießen. Ihr Innerstes war in Aufruhr, als würde ein Gewitter aufziehen. Je näher sie dem Ufer von Malcesine kamen, desto schlimmer wurde es. War sie etwa seekrank? Nein, etwas anderes wollte sie davor bewahren, nach Malcesine überzusetzen. Dasselbe Etwas, das sie vor dem Werbeplakat der Bahn hatte anhalten lassen. Neugierig auf das, was kommen sollte, ignorierte sie den Sturm in ihrem Inneren und lauschte dem Gespräch zwischen Jen und Alessandro.

Letzterer schien immun gegen jegliche Flirtversuche von Jen zu sein – ein Umstand, der Allegra stutzig machte. Niemals zuvor hatte Allegra einen Vertreter des anderen Geschlechts kennengelernt, der Jen nicht aus der Hand gefressen hatte, und Allegra sah ihrer Freundin an, dass diese damit nicht zurechtkam. Sie wollte ihr helfen und in das Gespräch einsteigen, das sich erneut um Alessandros Familie drehte. Ein rotes Tuch, wie Allegra schnell erkannte, denn Alessandro blockte ab und auch seine Freunde taten so, als wären sie wahnsinnig beschäftigt, und sahen überall hin, nur nicht zu ihrem Freund und Jen.

Allegra beschloss, den Schwarzen Peter an sich zu reißen, und sagte: »O Romeo, Romeo.« Damit hatte sie binnen eines Wimpernschlages sogar die Aufmerksamkeit von Ben und Daniele, die nun gespannt zwischen Allegra und Alessandro hin und her sahen.

In Alessandros Gesicht spiegelten sich die verschiedensten Emotionen in kürzester Zeit wieder, die Allegra jemals gesehen hatte. Hass, tiefster, ja wirklich abgrundtiefer Hass schlug ihr zuerst entgegen wie eine Welle. Alessandro ballte dabei die Fäuste, als müsse er sich stark beherrschen, nicht auf etwas oder jemanden einzuschlagen. Er presste seine Kiefer fest zusammen, Allegra konnte genau verfolgen, wie die Muskeln arbeiteten – und wie Alessandro tief ein- und ausatmete. Der Hass wich Wut, seine Augen loderten vor Zorn. Auch wenn Allegra bisher immer geglaubt hatte, ein solcher Vergleich wäre unmöglich, wurde sie heute eines besseren belehrt. Daniele war im Begriff, von der Bank an der Reling aufzuspringen und Alessandro, wenn nötig, zurückzuhalten. Doch er wartete ab und beobachtete seinen Freund.

Auch Allegra starrte Alessandro weiterhin wie gebannt an, sah seine muskulöse Brust unter dem engen T-Shirt beben, als er um Fassung rang. Dann klärten sich die Schatten, die über ihm lagen, und seine Augen strahlten wieder wie zuvor. Er versuchte sich sogar an so etwas wie einem Lächeln, was ihm jedoch nicht sehr gut gelang. Diese fratzengleiche Version hätte nicht einmal eine Schneeflocke bekümmert, geschweige denn den Nordpol schmelzen lassen.

Jen, die immer noch neben ihm an der Reling stand, musterte ihn aus zusammengekniffenen Augen. Als der Tsunami an Emotionen langsam abflaute – Alessandro hatte wieder ein halbwegs erwärmendes Lächeln aufgesetzt –, sah sie Allegra fragend an. Diese schüttelte langsam den Kopf und presste die Lippen aufeinander. Sie konnte nur inständig hoffen, dass Jen das Thema ruhen lassen würde. Wer weiß, was passiert wäre, wenn Alessandro sich nicht so beherrscht hätte? Allegra wollte sich das lieber nicht vorstellen. Nicht solange sie hier auf der kleinen Fähre festsaßen.

Ihr Blick glitt über den See, in dem sich der Himmel spiegelte. Die zahlreichen Surfer, die den starken Wind am Morgen ausnutzten, schienen zwischen kleinen Wolken dahinzuschweben.

Durch das kleine Drama war sie zumindest von dem flauen Gefühl in ihrem Magen abgelenkt worden. Die Unruhe kehrte jedoch schnell zurück, als die Fähre am Steg von Malcesine andockte und die Taue geworfen wurden. Die schmale Laufplanke, über die sie zum Steg gelangen sollten, wackelte bedrohlich und selbst die Kaimauer schien sich zu bewegen. Nur mit Mühe konnte sie das Metallschildchen lesen, das den Platz, auf dem sie mit wackeligen Beinen stand, als *Piazza Guglielmo Marconi* auswies. Jen und sie hätten vielleicht doch das Frühstück abwarten sollen. Nur mit viel Konzentration ließ das Schwindelgefühl etwas nach.

»Allegra! Al!« Nur langsam drang Jens Stimme an ihr Ohr. Das Rauschen, das den Schwindel ersetzte, ebbte ab und Allegra sah ihre Freundin fragend an.

»Alessandro hat etwas gefragt.« Ihrer Stimme nach zu urteilen war Jen immer noch alles andere als glücklich über die Entwicklung, die ihr aktueller Traummann auf der Fähre genommen hatte. Sie klang gelinde gesagt genervt und Allegras Reaktionslosigkeit schien ihren Zustand auch nicht gerade zu verbessern.

»Wo genau wollt ihr denn hin?«, fragte Alessandro und sah Allegra aus seinen dunklen Augen an. Auch er war etwas bleich im Gesicht, vermutlich Überreste des Emotionstornados. Er sah so aus, wie Allegra sich fühlte – nur nicht ganz so schlimm. »Hey, ist alles in Ordnung mit dir?« Nun kam Alessandro mit besorgtem Gesichtsausdruck auf Allegra zu und legte ihr wie zufällig die Hand auf den Unterarm.

Für einen kurzen Moment stand die Zeit still. Die Umgebung, Alessandros Freunde, ja selbst Jen – alles verblasste und verschwand in einem weißen Nichts. Doch Allegra war nicht blind geworden. Im Gegenteil. Sie sah so vieles: die Bilder aus ihren Träumen, an die sie sich nur bruchstückhaft erinnern konnte. Alessandro! Die dunklen Augen aus ihren Träumen waren die von Alessandro. Endlich konnte Allegra auch das Gesicht dazu sehen. Ein Gesicht, von Blut überströmt. Blut, das aus einer Platzwunde an der Stirn rann.

Dann die anderen Augen. Die eisblauen Augen, in deren Tiefe sie in ihrem Traum hatte versinken wollen. Ihr inneres Auge zoomte zurück, bis Allegra auch das Gesicht dazu sehen konnte. Was sie sah, nahm ihr für einen Moment den Atem.

Allegra war immer aufgrund ihres Aussehens falsch eingeschätzt worden. Sie war die letzte, die sagen würde, dass ein Junge hübsch oder gar heiß aussah. Sie war nie so ein Mädchen gewesen, das einen Jungen anziehend fand, nur weil er gut aussah. Für Allegra gehörte mehr dazu – genau das, was sie sich für sich selbst immer gewünscht hatte. Dass ihre inneren Vorzüge gesehen wurden: ihr Intellekt, ihre gutmütige Art, ihr Humor oder was es sonst noch so bei ihr zu entdecken gab.

Doch nun stand sie in diesem Weiß, sah den Mann, der zu den eisblauen Augen gehörte, und alles um sie herum war vergessen. All die Dramen und falschen Beziehungen, die der Fluch ihres Aussehens ihr eingebracht hatte, waren im Weiß verschwunden. Sofort hatte sie die ganzen kitschigen Vergleiche im Sinn, mit denen man sie schon angesprochen hatte. Mit einem Mal ergaben sie Sinn. Der Mann vor ihr hätte der zu Fleisch gewordene Adonis sein können, ein Engel, trotz der schwarzen Haare und dem Dreitagebart. Casanova wäre vor Neid erblasst und selbst die ganzen Male-Models, die sie an Jens Sets kennengelernt hatte, würden für die hohen Wangenknochen und das markante Gesicht töten.

Was auch immer gerade mit Allegra geschah … Sie wusste, dass sie diesen Mann finden musste. Sie musste ihn kennenlernen, ganz gleich, was dann geschehen würde. Ihr Herz klopfte in einem fremden Takt. Der Mann kam näher und Allegras Atmung setzte aus. Was würde sie dafür geben, von diesen Lippen geküsst zu werden?

Eine Faust prallte von der Seite gegen das Gesicht, das Allegra bis ins kleinste Detail studierte. Die Lippe des Mannes platzte wie in Zeitlupe auf und Blut benetzte sein Kinn.

Allegra schrie erschrocken auf. Das Gesicht des Mannes verblasste, löste sich im unendlichen Weiß auf. Für einen Moment stand Allegra im Nichts, nur vom Echo ihres Schreies eingehüllt.

Nach und nach bekam das Weiß wieder Tiefe, aus den ersten zarten Schatten traten Personen hervor. Jen. Alessandro. Beide geschockt und völlig hilflos. Dann klärte sich auch der Hintergrund und Allegra befand sich wieder auf der *Piazza Guglielmo*

Marconi direkt am Hafen. Sie saß auf dem Boden und Jen stützte sie. Der Schrei hing noch immer auf ihren Lippen.

Schnell schloss sie den Mund.

»Verdammt, Al, was war das denn?« Jen rüttelte an Allegras Oberarm. Vermutlich hatte sie das schon zuvor getan. Als … Was zur Hölle war überhaupt mit ihr passiert?

»Ich … ich weiß es nicht. Mir war schwindelig und dann …« Allegra schüttelte den Kopf und versuchte ihre Gedanken zu sortieren. Die eisblauen Augen gingen ihr nicht mehr aus dem Kopf. Ihr war schwindelig gewesen, Alessandro hatte gefragt, wo sie zuerst hinwollten. Alessandro hatte sie berührt. Sofort schnellte ihr Blick zu den schwarzbraunen Augen hinüber.

Alessandro sah verwirrt aus. In seinem jungenhaften Gesicht zeichnete sich jedoch noch etwas anderes ab: ernste Besorgnis. So tief, wie sie nach so kurzer Zeit, die er sie kannte, niemals hätte sein sollen. Er strahlte eine solche Verbundenheit aus, die Allegra imponierte, schmeichelte. Sie würde lügen, wenn sie leugnen würde, dass sie diese Verbundenheit ebenfalls spürte.

Plötzlich sah sie Blut von seiner Stirn rinnen. Die Platzwunde aus dem Tagtraum. Sie blinzelte und das Blut war verschwunden. Jen neben ihr war jedoch nicht weniger besorgt und sah Allegra immer noch fragend an.

»Mir geht es schon wieder gut«, sagte sie nur und nahm sich fest vor, später in Ruhe darüber nachzudenken. Nach dem Frühstück und mindestens einer Tasse Kaffee. »Wir sollten zuerst eine Kleinigkeit essen.«

Jen stimmte dem Vorschlag sofort zu und Alessandro schien sogar erleichtert. Ben und Daniele fragte er erst gar nicht, sondern schlug ein kleines Café vor, das in der Nähe des *Palazzo dei Capitani* lag. Jen und Allegra mussten dazu nur der Straße folgen und durch ein paar Gassen rennen, um mit Alessandros Stechschritt mitzuhalten, schon konnten sie sich auf die gemütlichen Stühle auf der Terrasse direkt am See fallen lassen.

Der Blick auf gegenüberliegende *Limone sul Garda* war atemberaubend und eine Sehnsucht zupfte in Allegra, die sich wie Heimweh anfühlte. Sie sah das *Castello*, das über der Stadt thronte, und musste gegen den Drang ankämpfen, sofort aufzuspringen und die nächste Fähre »nach Hause« zu nehmen. Dabei wohnte sie erst seit dem Vortag im *Castello*.

»Al!«, Jen rüttelte an Allegras Arm. »Was ist denn heute nur mit dir los? Ich habe dir ein kleines Frühstück bestellt. Ich hoffe, das ist in Ordnung.«

Allegra nickte nur, ihre Gedanken flogen hierhin und dorthin, wollten ergründen, wieso diese Seite des Sees ihr scheinbar nicht gut bekam. Sie wollten herausfinden, was dieses Weiß gewesen war und warum sie von Alessandro geträumt hatte, ehe sie ihn kennengelernt hatte. Die oberste Priorität setzte jedoch ihr Herz. Denn das stellte sich nur eine Frage: Wenn Alessandro real war – war es der Mann mit den eisblauen Augen dann auch?

Der Kellner stellte ein Tablett vor Allegra ab und riss sie so aus ihren Gedanken. Beantwortet hatte sie keine einzige der vielen Fragen, die sich in ihrem Kopf angehäuft hatten, als sie begann, kleine Bissen von ihrem harten Toast abzubeißen und zwischendurch einen Schluck ihres Caffè Latte zu trinken. Als der Teller leer war, fühlte sie sich wieder in der Lage, sich um ihre Umgebung zu kümmern.

Alessandro und Jennifer führten gerade eine Diskussion über die Mythologie, die im Schulunterricht viel zu kurz oder völlig falsch ankam. Wie zur Hölle waren sie auf dieses Thema gekommen?

»Ich sage ja nicht, dass ich mir wünsche, mehr zu lernen. Aber alles, was in der Schule durchgenommen wurde, kratzt doch nur an der Oberfläche«, sagte Jen energisch. Allegra wusste, dass ihre Freundin für Mythologie und Helden der Antike schwärmte, aber dass sie ihren Standpunkt so energisch vertreten konnte, hätte sie nicht gedacht. Allegra hätte gerne den Anfang des Gesprächs mitbekommen.

»Glaub mir, je mehr du drin steckst, umso schlimmer ist es«, antwortete Alessandro mit einem Kopfschütteln. Die Köpfe von Ben und Daniele schnellten zu ihm, sie sahen beide sehr angespannt aus.

»Wieso? Wird euch hier mehr beigebracht als uns?« Jen schlug sich an die Stirn. »Sorry, das war eine dämliche Frage. Vermutlich lernt ihr die römischen Götter schon im Kindergarten.«

Alessandro lachte auf. Es war jedoch ein freudloses, beinahe trauriges Lachen und Allegra fühlte sich sofort schlecht, obwohl sie nicht einmal der Auslöser für seine Reaktion gewesen war.

»Wie alt seid ihr eigentlich?«, lenkte Jen vom Thema ab und sofort entspannten sich Daniele und Ben wieder, sogar das Lächeln kehrte auf Alessandros Lippen zurück. Gemeinsam mit einem Blitzen in den Augen, als er Allegra ansah und sich sofort aufrechter hinsetzte. »Ich bin fast neunzehn.«

Ben lachte laut los. »Fast neunzehn? Du hattest erst vor zwei Monaten Geburtstag!« Auf Alessandros drohenden Blick hin wurde Ben ein paar Zentimeter kleiner und rutschte verlegen auf dem Stuhl hin und her.

»Ich bin achtzehn, der Verräter hier«, Alessandro deutete mit dem Kopf zu Ben, »ist siebzehn. Genauso wie Daniele.«

»Achtzehn ist doch perfekt«, flüsterte Jennifer nicht ganz so leise, wie sie vermutlich beabsichtigt hatte, und zwinkerte Allegra zu.

»Ab heute gibt es keine Enttäuschungen mehr«, hatte sie sich vorgenommen und sie schien diesen Vorsatz halten zu wollen. Hoffentlich steigerte sich Jen da nicht in was hinein.

Alessandro schmunzelte und strich sich nahezu schüchtern die Haarsträhnen aus dem Gesicht. Im Zentrum dieser Art von Aufmerksamkeit zu stehen, war ihm wohl nicht geheuer und Allegra war irgendwie gerührt.

»Ja … also …«, stammelte Alessandro, das Gegenteil des coolen Italieners, als den sie ihn bisher kennengelernt hatten. »Was genau wollen wir noch unternehmen? Zum Mittagessen sollten wir auf jeden Fall wieder im Castello sein.« Er stand von seinem Stuhl auf und sofort taten es ihm Ben und Daniele gleich. War er irgendwie ihr Chef oder so?

Allegra dachte sofort an Gangs aus Filmen. Die Verbindung zwischen den Dreien schien aber auch irgendwie merkwürdig, Allegra konnte es jedoch nicht näher erklären. Nachdem ihre männlichen Begleiter bereits standen, blieb den Frauen nichts anderes übrig, als sich ebenfalls zu erheben.

Auf einen Wink von Alessandro eilte Ben davon und sprach mit dem Kellner. Dieser nickte kurz und Ben kehrte zurück. »Die

Rechnung geht ans Castello. Deine Mutter wird sich freuen«, flüsterte er Alessandro zu. Laut genug jedoch, dass Allegra jedes Wort verstehen konnte.

Alessandro verzog das Gesicht. »In diesem Fall bestimmt. Sie ist es, Benedetto, da bin ich mir sicher«, antwortete er flüsternd.

Ben schüttelte nur den Kopf. »Das sagst du jedes Mal.«

»Wollen wir noch zum Palazzo rüber? Da dürften wir um diese Zeit noch ungestört sein«, schlug Daniele vor und machte einen Schritt auf Alessandro und Ben zu.

»Ungestört?«, hakte Jen nach und sah Allegra dabei mit erhobener Augenbraue an.

»Die Touristen!«, sagte Ben schnell. »Nicht mehr lange, und man stolpert bei jedem Schritt über einen von denen.« Daniele nickte eifrig, was ihn umso verdächtiger machte.

»Okay, lasst uns gehen.« Ohne auf eine Antwort von Jen und Allegra zu warten, ging Alessandro durch das Café zurück in die Gasse, aus der sie gekommen waren, und schlüpfte in das auf den ersten Blick völlig unscheinbare Nachbargebäude. Ben und Daniele begleiteten die beiden Frauen.

Allegra stockte der Atem, als sie von der Wärme des Sommermorgens in das kühle Gebäude trat. Für einen Moment war es stockdunkel. Lediglich am Ende des länglichen Raumes drang Licht durch eine Tür und jeweils ein Fenster rechts und links davon. Wie ferngesteuert glitt ihr Blick zur Decke. Sie geriet ins Taumeln, als sie versuchte die große Deckenmalerei zu erfassen, die sich weit über ihr ausbreitete. Ein geflügelter Löwe, darunter zwei Wappen. Allegras Herz pochte immer schneller und erneut wurde ihr schwindelig. Schnell sah sie nach vorne zu Daniele, Ben und Jen, die in diesem Moment bereits durch die offene Tür ins Freie traten. Mit langsamen Schritten folgte Allegra ihnen. Sie wurde das Gefühl nicht los, hier schon einmal gewesen zu sein. So verrückt der Gedanke auch war. Dieser Ort gehörte zu etwas Großem und sie war ein Teil davon, sagte ihr das Etwas in ihrem Inneren.

Mit noch immer klopfendem Herzen trat auch sie aus dem Gebäude in den Garten. Sie schien in einer anderen Welt gelandet zu sein. Der Garten war ein Traum. Gepflegt, mit meist runden Beeten, die absolut symmetrisch angelegt waren. Die riesigen Palmen darin wurden teilweise von bunten Stauden oder akkurat gestutzten Hecken eingerahmt. Eine helle Steinmauer schützte die Besucher vor dem Sturz in den *Lago di Garda*.

Erneut hatte Allegra das Gefühl, all das schon einmal gesehen zu haben. Vielleicht im Geschichtsunterricht oder beim Recherchieren, was sie am Gardasee unbedingt besichtigen mussten? Etwas Wichtiges war hier passiert, da war sie sich sicher.

Jens lautes Lachen durchbrach die Stille. Sie waren die einzigen Besucher hier, genau wie Ben versprochen hatte. Jen nutzte die traumhafte Kulisse für ein paar Modelposen. Daniele und Ben stellten sich gerne als Fotograf zur Verfügung und schmeichelten ihr in einer Tour. Jens Stimmung schien wieder die alte zu sein und sie hatte offensichtlich Spaß, was Allegra zum Lächeln brachte.

Jen rief sie zu sich und sie posierten gemeinsam für ein paar Erinnerungsfotos, mal mit den Jungs, mal ohne. Dann bat Jen Alessandro, mit ihr ein paar Fotos zu machen. Etwas zögerlich nickte Alessandro und ging zu ihr. Sie zog ihn profimäßig an sich, was ihm unangenehm zu sein schien. Er sah ständig zu Allegra, was auch Jen nicht entging.

»Hey, wir gehen hier nicht weg, ehe ich ein Foto von uns habe, auf dem du lächelst.« Sie sagte es in humorvollem Ton, meinte es jedoch todernst.

Alessandro hatte den Mund schon zur Antwort geöffnet, als ein lautes Grollen durch die Gassen von Malcesine bis zu ihnen in den Garten drang. Es klang beinahe wie ein Gewitter.

»Wir sollten gehen. Sofort.« Bens Stimme ließ keine Diskussion zu. Er zog Allegra bereits mit sich.

Auch Alessandro war in Alarmbereitschaft. Er wollte sich von Jen lösen, die hielt es jedoch für einen Scherz oder vielleicht eine Ausrede zu entkommen. Aber auch Allegra stellten sich die Nackenhaare auf und sie spürte eines so deutlich wie nie zuvor in ihrem Leben: Gefahr.

3. Szene

Das Dröhnen wurde immer lauter, während sich Ben und Daniele links und rechts von Allegra aufstellten. Alessandro hatte sich von Jen gelöst, die schmollend und vor sich hin schimpfend hinter ihm her auf Allegra zulief. Nun fand der Lärm seinen Höhepunkt. Allegra konnte das Geräusch in dem Moment zuordnen, in dem drei Motorräder nacheinander durch den Palazzo geschossen kamen und auf dem Kiesbett, das die Beete umfloss, zum Stehen kamen.

Die Motoren brummten immer noch bedrohlich, die drei Maschinen sahen aus wie Raubtiere direkt vor dem Angriff. Das in der Mitte war schwarz wie sein Fahrer, sogar das Visier des Helms war undurchdringlich dunkel, passend zum schwarzen Helm. Von Allegra aus rechts stand ein froschgrünes Motorrad mit einem ebenso dunklen Fahrer. Das dritte Motorrad war knallrot. Der Fahrer in der Mitte ließ den Motor noch einmal aufheulen.

»Wir sollten gehen«, zischte Ben der Gruppe zu. Allegra konnte ihn hören, jedoch schienen die Worte ihre Bedeutung verloren zu haben. Sie war völlig gebannt von dem Bild, das sich ihr bot. Die drei Motorräder, inmitten dieser unwirklichen Kulisse, im Hintergrund der Palazzo, der aus einer anderen Zeit stammte.

Sie konnte sich unmöglich von diesem Anblick lösen. Selbst als Alessandro seine Hand auf ihren Rücken legte, um sie langsam vor sich herzuschieben.

»Allegra, wir müssen gehen. Der Morgen ist nicht unsere Zeit.« Was er mit dieser kryptischen Aussage meinte, wollte Allegra ihn später fragen. Sie ließ sich langsam an den Beeten entlangführen, ließ den Fahrer des schwarzen Bikes jedoch nie aus den Augen. Dieser verfolgte ebenfalls jede ihrer Bewegungen, sein Kopf drehte sich mit Allegra. Erneut ließ er den Motor aufheulen, um alle zur Eile anzutreiben.

Allegra wollte gerade durch die Tür in den Palazzo treten, Alessandros Hand noch immer am Rücken, als die Motoren alle in derselben Sekunde verstummten. Allegra konnte nicht anders. Sie sah sich um. In genau diesem Moment öffnete der mittlere Fahrer das Visier und Allegra sah sie: die eisblauen Augen, vor Zorn zusammengekniffen, doch unverkennbar die Augen aus ihren Träumen. Die Augen des Jungen, den sie kurz zuvor noch als göttlich beschrieben hatte. Und genauso imposant war auch der Zorn, der ihr entgegenschlug. Wut. Hass. Allegra konnte nichts anderes mehr spüren. Sie trieb auf einer Welle von Emotionen, die sie nicht steuern konnte, die nicht ihre eigenen waren. Sie ignorierte den Druck in ihrem Rücken, der immer stärker wurde, und starrte wie gebannt zu dem Fahrer des schwarzen Motorrads. Er öffnete lässig den Verschluss des Helms und zog ihn über den Kopf.

Nun musterte er Allegra von oben bis unten. Sie spürte seinen Blick auf jedem Zentimeter ihres Körpers – und ein Gefühl, das sich am besten mit besitzergreifend beschreiben ließ.

Wie in Zeitlupe stieg der Mann vom schwarzen Motorrad. Die anderen beiden sprangen von ihren Bikes und machten sich bereit. Um ihn zurückzuhalten? Ihm zu helfen? Wo waren Allegra und Jen da nur reingestolpert? In einen Machtkampf unter Gangs?

»Al, komm!«, erklang Jens Stimme aus dem Palazzo, gefolgt von einem Echo. »Die sehen aus, als würden sie Ärger machen.«

»Die sehen nicht nur so aus«, kommentierte Ben trocken.

Der Mann mit den eisblauen Augen trat nach vorne. »Startest du einen neuen Versuch, Capulet?« Sein Ton war neutral, aber die Arroganz und den unverhohlenen Hass, der mitschwang, konnte auch das falsche Lachen nicht wettmachen.

»Geht dich nichts an, Luca«, antwortete Alessandro.

Hass. Zorn. Allegra fühlte Dinge, die sie nicht fühlen sollte. Sie kannte diese Leute doch gar nicht.

Der Fahrer des schwarzen Motorrads, Luca, musterte Allegra erneut. Die dunkle Augenbraue über seinem rechten Auge machte einen kleinen Knick nach oben, so dass es aussah, als hätte er sie fragend erhoben. Das irritierte Allegra mindestens genauso wie die Gefühle, die nicht ihre eigenen waren. Warum sollte sie Wut und Hass empfinden, wenn sie ihn endlich gefunden hatte?

Luca kniff wieder die Augen zusammen, jedoch eher neugierig oder angestrengt. *Die leichte Rötung um seine Augen lässt sie noch mehr leuchten,* dachte Allegra und verbannte die falschen Gefühle damit für einen Moment.

»Weiß sie, was auf sie zukommt, Capulet?« Luca lachte auf und die beiden an seiner Seite taten es ihm nach. Die drei wirkten auf Allegra wie eine Kopie von Alessandro, Daniele und Ben.

»Sie gehört mir!« *Mein!* Das Wort übertönte alle Emotionen in Allegra. Ihr Blick glitt zu Alessandro an ihrer Seite. Sie wollte eben fragen, ob er verwirrt war oder irgendetwas falsch verstanden hatte, als Luca erneut loslachte. »Sie weiß also noch gar nichts davon. Na dann, viel Spaß, Capulet.«

Auf einmal wurde alles rot. Die Wut überkam Allegra und schoss durch jede Zelle ihres Körpers. Sie konnte nicht schnell genug reagieren, da stürzte sich Alessandro schon auf Luca. Dieser hat den Angriff kommen sehen und verteidigte sich mit der Faust. Er traf Alessandro mit solcher Wucht an der Stirn, dass sofort Blut in Strömen aus der geplatzten Augenbraue hervorlief. Er wischte es achtlos mit dem Handrücken weg, verschmierte das Blut bis zum Haaransatz.

Allegra kannte das Bild. Genau so hatte Alessandro in diesem Weiß ausgesehen. Und Luca ... In diesem Moment traf Alessandro Lucas Lippe. Sie platze auf, wie sie es bereits gesehen hatte. Allegra schrie, rannte zu den Kämpfenden und brüllte sie an. Lucas Begleiter zerrten an Luca und versuchten ihn von Alessandro loszureißen. Doch Alessandro setzte hinterher und platzierte erneut einen Schlag. Allegra tat das Schlimmste, was sie – die mit Faustkämpfen nichts am Hut hatte – an dieser Stelle tun konnte: Sie stellte sich vor Luca und wollte Alessandro zurückhalten. Der Schlag, der sie in den Magen traf, holte sie von den Beinen. Sie kam hart auf dem Boden auf, konnte ihren Kopf jedoch im letzten Moment oben halten, so dass er nur einen leichten Schlag abbekam, als er ins Kiesbett fiel.

Jen kreischte irgendwo, zuerst entfernt, dann näher. Sie beschimpfte die sechs Männer, die um Allegra herumstanden, aufs Äußerste und keiner wagte etwas zu entgegnen. Allegra fühlte die Übelkeit in sich aufsteigen, sie war kurz davor, sich vor ihrem Traummann zu übergeben. Also schloss sie vorsichtshalber die Augen.

»Ist der Padre schon da?«, rief jemand, dessen Stimme Allegra unbekannt war. Dann hörte sie Schuhe durch den Kies stampfen. Wenig später kamen die Schritte zurück. Gefolgt von weiteren.

»Was ist passiert? Bei den Göttern!« Die Stimme klang älter, tief und rau. Allegra musste nachsehen, wem sie gehörte. Ein fünfzig oder sechzig Jahre alter Mann – Allegra war schlecht im Schätzen – kniete neben ihrem Kopf und musterte sie mit besorgtem Blick. Seine Schläfen waren bereits ergraut, er hätte gut die etwas ältere Version von George Clooney spielen können.

»Er hat angefangen«, sagte Alessandro kindisch und Allegra hätte am liebsten die Augen verdreht. »Sie sind zu früh da.«

»Könnt ihr euch nicht einmal zusammenreißen, wenn Außenstehende dabei sind?«, schimpfte der Padre weiter, während er Allegras Kopf untersuchte. Er nickte zufrieden und sah ihr dann direkt in die Augen. »Geht es dir gut?«, fragte er.

Doch Allegra konnte nicht antworten. Sie starrte das silberne Leuchten an, das sich um die Pupille des Mannes zog und in seinen Augen zu rotieren schien wie eine Galaxie. Dann kniff er die Augen zusammen und das Leuchten war verschwunden. Allegra blinzelte, sie musste sich das eingebildet haben.

»Versteht sie uns?«, fragte der Mann über ihren Kopf hinweg.

»Natürlich versteht sie. Sie ist Italienerin«, sagte Jen und nun kam auch ihr Kopf in Allegras Blickfeld. »Alles in Ordnung, Süße? Macht doch mal Platz, sie kann ja gar nicht aufstehen, selbst wenn sie wollte.«

Der Kies knirschte, als alle Jens Befehl folgten. Nur der alte Mann und Jen waren jetzt noch bei Allegra. Sie setzte sich auf, gestützt von einer starken Hand und Jen. »Mir geht es gut, danke.« Sie versuchte sich an einem Lächeln, merkte jedoch selbst, dass es ihr nicht gelang.

»Zu wem gehört sie?«, fragte der ältere Mann weiter und musterte einen der Jungen nach dem anderen.

»Zu mir!«, sagte Alessandro mit fester Stimme. *Mein!*

»Bist du dir da sicher?«, fragte der Mann stirnrunzelnd, sah Allegra noch einmal ganz genau an und schüttelte anschließend den Kopf.

»Ich gehöre zu niemandem!«, sagte Allegra bestimmend. Dieses ganze Gespräch war absurd, ebenso dieses *»Mein!«*, das durch ihre Gedanken zog, oder die völlig falschen Gefühle, die sie beim Anblick von Luca gespürt hatte.

»Sie gehört zu mir und sonst zu keinem! Seid ihr alle verrückt geworden?« Jens Stimme überschlug sich fast und Allegra spürte tiefe Dankbarkeit für ihre Freundin.

»Begleite mich kurz ins Sprechzimmer, ehe ihr geht.« Das war keine Frage, die der Mann Allegra stellte, sondern eine Aufforderung. Allegra wusste, dass sie dieser nachkommen musste. Sie hatte keine Wahl.

Während sie dem Mann folgte, sah sie sich zu Jen um. Ben und Daniele hatten sich schützend vor sie gestellt, so dass sie den größtmöglichen Abstand zu Luca und seiner Gang hatte. Hoffentlich würde es nicht noch einmal zum Kampf kommen.

»Mach dir keine Sorgen. Sie werden sich ruhig verhalten«, sprach der Mann beruhigend auf Allegra ein, als hätte er ihre Sorge erkannt. »Wie alt bist du?«, fragte er dann, als er eine schmale Tür öffnete und auf einen kleinen Tisch und zwei Stühle deutete.

Allegra setzte sich. »Neunzehn.«

»Und du stammst aus Italien?« Auch er nahm Platz.

Allegra nickte. Sie hatte das Gefühl, diesem Mann alles erzählen zu können. Er war vertrauensvoll, sagte ihr Inneres. »Meine *Mamma* ist kurz nach meiner Geburt mit mir nach Deutschland gezogen.«

Der Alte riss die Augen auf, die Galaxie darin war nun wieder deutlich zu sehen. »Wie heißt du?«

»Allegra Casari.«

»Bei den Göttern!«, stotterte der Mann.

»Was ist?«, fragte Allegra nun beunruhigt.

Sofort war der Ausdruck des Mannes wieder gefasst. »Ich kannte deine Mutter«, lächelte er. »Bestell ihr Grüße.«

Plötzlich hatte Allegra das Gefühl, dass es nichts mehr zu sagen gab. Sie erhob sich, verließ den kleinen Raum und ging zu Jen und den anderen zurück.

Jen zog sie eng an sich und bat sie flüsternd, dass sie so schnell wie möglich verschwinden mögen. Allegra nickte zustimmend, und ohne auf Alessandro oder die anderen zu achten, durchquerten sie den Palazzo und machten sich auf den Weg zur Fähre. In Allegras Innerem tobte ein Sturm. Es war so viel passiert. Was war überhaupt passiert? Warum hatte sie nicht den fremden Mann gefragt? Sie schüttelte den Kopf und wollte die Fragen auf später verschieben, wenn sie allein war. Sie waren gerade am Fähranleger angekommen und reihten sich in die Schlange der Wartenden ein.

Jen war es, die während der Überfahrt damit anfing: »Warum sagt er, dass du zu ihm gehörst?«

Allegra schüttelte den Kopf. Sie wusste es nicht. Sie wusste gar nichts. »Ich … Irgendetwas passiert mit mir, Jen.« Allegra legte den Kopf gegen Jens Schulter. »Vorhin, als mir schwindelig wurde, habe ich es gesehen.«

»Was gesehen?«

»Die Prügelei. Alessandros blutige Stirn. Diesen Luca. Wie Alessandro ihm die Lippe blutig schlägt.« Allegra hob den Kopf wieder, um die Reaktion ihrer Freundin nachverfolgen zu können.

Jen rümpfte die Nase und legte die Stirn in Falten. Dann schüttelte sie den Kopf. »Zufall«, entschied sie schließlich.

»Ich habe diesen Luca vorher noch nie im Leben gesehen. Und trotzdem träume ich seit fast einem Jahr von seinen Augen. Ich habe dir doch davon erzählt.«

»Von denen würde ich auch gerne träumen«, lachte Jen.

»Das ist nicht lustig«, antwortete Allegra, musste jedoch auch lachen. Es war befreiend, sie fühlte sich immer mehr wie sie selbst und nicht wie eine Person, die sie nur von außen betrachtete. Je näher sie dem Ufer von Limone kamen, desto entspannter wurde sie. Als sie vergnügt von der Fähre stiegen, war der Zwischenfall weit genug im Hinterkopf verstaut – bereit, später ausgepackt und abgearbeitet zu werden.

Die Mädchen genossen das versprochene Mittagessen im Restaurant des Castello und verbrachten den Rest des Tages am Pool. Doch auch dort konnte Allegra nicht in Ruhe ihren Gedanken nachhängen. Sie quatschte lieber mit Jen und ließ sich ablenken.

Alessandro ließ sich den ganzen Tag nicht blicken. Beim Abendessen bekamen sie vom Kellner ihren Platz im Separee zugewiesen, aber noch immer keine Spur von Alessandro. Nach einem Cocktail auf der Hotelterrasse gingen die Mädchen in die Suite und kurz darauf in ihre Schlafzimmer.

Allegra lag wach im Bett, die Augen zur cremefarbenen Decke gerichtet, und studierte die Muster. Sie bastelte sich im Kopf eine Liste zusammen, was an diesem Tag alles Seltsames passiert war. Angefangen mit dieser kuriosen Seekrankheit auf dem Weg nach Malcesine bis zu dem wie abgeschnitten wirkenden Gespräch mit dem Mann, den Daniele Padre genannt hatte.

Ein lauter Pfiff brachte ihre Gedanken ins Stocken. Sie hatte den Faden eben wieder gefunden, als ein weiterer Pfiff ertönte. Allegra seufzte und richtete sich auf. Noch ein Pfiff. Welcher Idiot stand draußen in der Nacht und pfiff herum?

Ein Blick zur Balkontüre hinaus und Allegra verdrehte die Augen. Woher hatte sie das nur gewusst? Sie öffnete die Tür und sah nach unten. Der Balkon war zur Felsseite gerichtet und mitten zwischen den Felsen, knapp drei Meter entfernt, stand Alessandro und wedelte wild mit den Armen.

»Scht!«, zischte sie. »Was willst du?«

»Ich muss mit dir reden.«

»Morgen.«

»Nein, ich denke, du solltest das heute noch erfahren. Was da heute passiert ist …« Er ließ den Satz offen, aber damit hatte er ihre Aufmerksamkeit erregt.

»Ich komme runter, okay?«

»Nein, warte.« Damit verschwand er aus ihrem Blickfeld.

Allegra kniff die Augen zusammen und versuchte ihn im Dunkeln zu erkennen. Sie hörte Geräusche, ein Schaben, ein Poltern. Dann entdeckte sie Alessandros Kopf unmittelbar direkt neben dem Balkon. Sie schrak zurück und hatte tatsächlich Bilder im Kopf, wie Alessandro zu ihr hoch schwebte wie … keine Ahnung wer, irgendein Superheld oder etwas in der Art.

Er bemerkte ihren Blick und erklärte: »Feuerleiter. Die sind in Hotels Vorschrift.« Er stieg weiter auf, schwang sich über die Brüstung und stellte sich neben Allegra an die dem See zugewandte Seite des Balkons.

»Schöner Ausblick, oder?«, sagte er, während er gedankenverloren in die Ferne über den glitzernden See schaute. Allegra musterte währenddessen die Platzwunde an seiner Schläfe. Sie war mit Tapes verklebt worden – was ihn irgendwie verwegen aussehen ließ.

»Dafür bist du aber nicht gekommen, oder?«, fragte sie skeptisch.

»Nein, ich musste mit dir allein sein«, antwortete Alessandro tonlos. Allegra zuckte zusammen. ›Allein sein‹ hatte einen sehr privaten Touch, der Allegra eindeutig zu weit ging. Sie trat zwei Schritte zur Seite.

Alessandro blickte sie an. Erst fragend, dann sah sie, wie er verstand. »Nein! Doch nicht … so … Allegra …« Er schüttelte den Kopf und räusperte sich. »Nochmal von vorne. Du bist wunderschön, aber ich …« Allegra zog eine Augenbraue hoch. »Wenn mir heute Morgen einer erzählt hätte, dass ich heute

Nacht mit dir allein hier oben ...« Alessandro fuhr sich nervös durch die Haare und Allegra fühlte sich mit einem Mal extrem unbehaglich. »Was ich damit sagen will: Meine Pläne für dich waren eigentlich andere.«

Sie verstand absolut gar nichts und starrte ihn mit großen Augen an.

Alessandro schlug gegen die Brüstung. »Verdammt, ich bin wirklich schlecht in so was. Vielleicht sollten wir besser den Padre holen.«

»Warum?«

»Weil er dir alles erklären kann.« Alessandro spielte an dem Siegelring an seiner Hand. Die Rose darauf warf im Mondlicht leichte Schatten.

Allegra konnte nur schwer den Blick davon lösen. »Was erklären?«

»Warum du nicht *mein* sein kannst.« Wieder dieses Wort. Das Wort in ihren Gedanken.

»Was bedeutet das? Und warum kann ich es nicht sein?« Allegra brannte auf die Antwort. »Nicht dass ich das je geplant hätte«, schob sie hinterher.

»Ja, ja, schon klar.« Alessandro begann auf dem kleinen Balkon auf und ab zu laufen, blieb stehen und holte tief Luft. Seine Wangen waren gerötet. »Der Padre hat dir gesagt, dass er deine Mutter kannte, nicht wahr?«

Allegra nickte. Was hatte ihre Mutter damit zu tun?

»Deine *Mutter*«, er betonte das Wort anders, »kommt von hier.«

»Sonst würde er sie ja nicht kennen.«

»Er war es, der sie damals weggeschickt hat.«

»Was?«, brachte Allegra gerade noch heraus und spann eine verrückte Familiengeschichte von einem Pfarrer, der ihre Mutter geschwängert hatte.

»Du bist ... Er hat ... dich gerettet, Allegra. Er hätte dich töten sollen, wie es das Protokoll verlangt, aber er hat dich gerettet und dieser Frau mitgegeben, die kurz zuvor ihr leibliches Kind verloren hat.« Wieder fuhr sich Alessandro aufgebracht mit der Hand durch die Haare.

»Von was redest du?« Allegra glaubte nicht mehr, dass sie die einzig Verwirrte oder Verrückte auf dem Balkon war.

»Der Fluch, verdammt.« Alessandro schlug erneut auf das Geländer des Balkons, stützte sich dann mit beiden Händen darauf ab und starrte kopfschüttelnd in die Ferne. Noch ehe Allegra etwas darauf erwidern konnte, sah er zu ihr. Die dunklen Augen, die ihre eigenen hätten sein können, hefteten sich an ihre. Da war es wieder, dieses Band zwischen ihnen, das sie bereits gespürt und nicht zuordnen hatte können.

Er hob seine Hand und hielt ihr den Siegelring vor die Nase. »Du bist eine Capulet, Allegra.«

»Ja, klar.« Sie lachte freudlos auf.

»Nein, das ist kein Witz. Wir … Es passt alles. Selbst wenn du einen anderen Namen hättest und der Padre dich nicht getroffen hätte.« Er ging einen Schritt auf sie zu. »Du spürst es doch auch, oder?« Sein Blick war hoffnungsvoll. »Diese Verbundenheit. Ich dachte, dass du diejenige wärst, die für mich bestimmt ist. Aber du bist …«, nun wurde er wirklich rot im Gesicht, »du bist meine Schwester, Allegra.«

»Ich bin was?« Ihre Stimme überschlug sich.

»Meine große Schwester. Die eigentlich tot sein sollte.«

Das war zu viel für Allegra. Ihr Kopf war ein einziges Durcheinander aus Fragen, seltsamen Gefühlen. Die totale Verwirrung. Sie schüttelte den Kopf.

»Glaub es oder nicht. Ich bin mir sicher und der Padre ist es auch.«

»Was ist das für ein Spiel? Warum sollte ich tot sein?«, war das Erste, das in vollständigen Sätzen aus Allegras Mund kam.

»Es ist kein Spiel. Es ist ein Fluch. Venus' Fluch.« Alessandro verzog das Gesicht.

Allegra spürte sofort eine Welle von tiefer Wut über sich hinwegrauschen. Sie sah Alessandro mit zusammengekniffenen Augen an. *Er* war wütend. Es waren *seine* Gefühle gewesen, die sie ständig übermannt hatten. Sie selbst fühlte einfach nur Verwirrung, nichts weiter. »Wer bist du?«, fragte sie und legte den

Kopf schief. »Ich fühle …« Wie sollte sie es nur ausdrücken, ohne dass man sie für verrückt hielt?

»Du fühlst, was ich fühle. Das passiert mir manchmal. Ich projiziere meine Emotionen, wenn sie stark genug sind.« Er blickte sie schuldbewusst an. »Und ich bin ein ganz normaler Mensch. Unsere Familie wurde vor Jahrtausenden verflucht. Mit diesem Fluch gehen ein paar Fähigkeiten, besondere Gaben einher. Ich kann Gefühle beeinflussen.« Er machte eine Pause. »Gefühle der Menschen und der Capulets.«

Allegra sortierte ihre Gedanken, schob die Bruchstücke hin und her, bis langsam ein Bild entstand, das so unmöglich war wie das, was Alessandro ihr gerade erzählt hatte. Das konnte nicht sein. Das war … nicht erklärbar.

»Fangen wir ganz vorne an: römische Mythologie«, begann Alessandro. »Sagen dir ›Amor und Psyche‹ etwas?«

Allegra nickte und fasste im Kopf die Geschichte, die sie im Unterricht gelesen hatten, zusammen. Psyche war die schönste Frau der Welt, man feierte und verehrte sie als wiedergeborene Venus, was die echte Venus nicht sonderlich toll fand. Sie bat ihren Sohn, Amor, mit Hilfe seiner Pfeile den schlechtesten Mann für Psyche zu bestimmen. Amor jedoch war ebenso angetan von Psyches Gestalt und entführte sie kurzerhand. An den Rest der Geschichte konnte sich Allegra nur bruchstückhaft erinnern, aber es gab ein Happy End.

»Venus war wenig begeistert, als Psyche zur Göttin erhoben wurde. Sie verfluchte die Nachkommen von Amor und Psyche. Und da sind wir.« Alessandro breitete die Arme aus und drehte sich um die eigene Achse. »Die Fehde zweier Familien …«

»Capulet gegen Montague«, flüsterte Allegra ehrlich schockiert. Alessandro nickte und verzog den Mund zu einem lieblosen Lächeln.

»Dank Lorenzos Plan und dem Tod von Romeo und Julia wurden unsere Familien aus Verona verbannt.« Er starrte Allegra tief in die Augen und wartete, bis sie sich den Rest selbst zusammenreimen konnte. Dann fiel der Groschen:

»Die Capulets leben hier, die Montagues in Malcesine?« Wie zur Bestätigung wogte Ärger über Allegra hinweg. Langsam erkannte sie, was ihre eigenen und was Alessandros Gefühle waren. Irgendwie besaßen sie eine unterschiedliche Struktur, anders konnte Allegra es nicht beschreiben. »Dann ist dieser Luca …«

Alessandro nickte. »Du hast heute Luca Montague kennengelernt«, stieß er zwischen zusammengepressten Zähnen hervor. »Den Erstgeborenen seiner Generation.«

Allegra lachte auf, konnte nicht aufhören zu lachen. Hysterisch, geisteskrank. Ihr Traummann war Romeo? Wenn das kein Grund zu lachen war. Sie verschluckte sich beinahe. Das falsche Lachen drohte sie zu ersticken.

»Hey, ich habe mir das auch nicht ausgesucht. Aber es ist die Wahrheit.«

Alessandro war eingeschnappt. Er dachte wahrscheinlich, dass Allegra *ihn* auslachte. Sie versuchte sich zu beherrschen. Holte mehrmals tief Luft.

»Es ist verrückt«, keuchte sie atemlos.

»Nicht, wenn du jeden Tag mit diesem Fluch leben musst.« Alessandro presste die Lippen zusammen. Während er weiterredete, schob er sein T-Shirt über die Schulter, drehte sich um und Allegra sah ein kleines Tattoo auf dem Schulterblatt. Ein schwarzer Pfeil. »Vor allem, wenn du der Erstgeborene einer Generation bist. Genau die trifft der Fluch am härtesten.«

»Und der Fluch sagt euch, ihr sollt euch schlagen?« Allegra erinnerte sich an die Zeilen aus »Romeo und Julia«: *›Montague und Capulet, die Häupter zweier edler Häuser, die im Zwist miteinander sind.‹* In der Schule hatte man es ihr nicht erklären können, Gelehrte grübelten seit Jahrhunderten über diese Feindschaft, die keinen Ursprung zu haben schien. Dabei war es so einfach: Die beiden Familien waren verflucht. Allegra lachte erneut auf.

»Nicht nur das. Aber das ist eine andere Geschichte. Jedenfalls seit damals, seit Romeo und Julia, die es beinahe geschafft hätten, den Fluch zu brechen, wird der Erstgeborene getötet, wenn er nicht dasselbe Geschlecht wie der Erstgeborene der anderen Familie hat. Luca Montague«, Alessandro spuckte den Namen förmlich aus, »ist männlich. Daher musste Allegra Capulet, die Erstgeborene unseres Hauses, sterben. Ich kam knapp anderthalb Jahre nach dir zur Welt. Ein Junge, daher lebe ich noch. Der Fluch ging auf mich über.«

Allegra hing immer noch am Anfang von Alessandros Erklärungen fest. *Romeo und Julia hatten es beinahe geschafft, den Fluch zu brechen.* »Was macht dieser Fluch noch mit euch?«, fragte sie. Hass zwischen zwei Familien war schließlich kein sonderlich großer Fluch, auch wenn so etwas vielleicht blöd war.

»Wenn der Erstgeborene, für den ich mich immer gehalten habe, sich verliebt, trifft den Geliebten dasselbe Schicksal wie einst Psyche. Sie muss die Prüfungen der Venus bestehen. Sie wird leiden und ich muss dabei zusehen, ohne eingreifen zu können. Sie wird vermutlich sterben und ich kann nichts dagegen tun. Das ist unsere Strafe. Die Erstgeborenen werden an der Liebe zugrunde gehen.«

»Wie gut, dass du den Job übernommen hast«, versuchte Allegra zu scherzen.

Alessandro schüttelte den Kopf. »Wenn der Padre es mitbekommen hat, weiß auch *er* bald Bescheid.«

»Wer?« Allegra bekam eine Gänsehaut. Sie fröstelte.

»Der dunkle Bote, Venus' Statthalter, der darauf aufpasst, dass alles so läuft, wie Venus es geplant hat.«

»Und der Padre gehört wohin?«

»Er sagt es uns nicht. Er gehört zu den Guten. Ist das Gegenteil von dem dunklen Boten, aber wir wissen nicht, wer genau ihn mit dieser Aufgabe betraut hat. Er versucht den Fluch zu brechen. Bei Romeo und Julia hat er es beinahe geschafft. Hätte der Dunkle den Boten mit der Kunde von Lorenzos Plänen nicht zurückgehalten, hätte sein Plan funktioniert. Die beiden waren bereit, die Prüfung abzulegen.« Alessandros Augen waren in die Ferne gerichtet. Er war mit dieser Geschichte aufgewachsen, war wirklich ein Teil davon.

Allegra konnte sich gar nicht vorstellen, was das bedeutete. So viel konnte sie gar nicht auf einmal verarbeiten. »Und nun?«, fragte sie, weil ihr Kopf so prall gefüllt war, dass er sich schon wieder leer anfühlte.

Alessandro zuckte mit den Schultern. »Wir sollten mit dem Padre sprechen. Und vielleicht solltest du deinen Wochenendtrip um ein paar Tage verlängern.«

Daran hatte Allegra gar nicht gedacht. Am morgigen Nachmittag wollten Jen und sie eigentlich wieder abreisen. Was sollte sie ihrer Mutter sagen? Und Jen? Die hatte während der Woche wieder mehrere Model-Jobs zu erledigen. In was war Allegra da nur hineingeraten? Nein, hineingeboren worden? Sie war von einer Göttin – der Göttin der Liebe – verflucht? Wunderbar. Nicht.

»Wenn du möchtest, bleibe ich bei dir«, sagte Alessandro in sanftem Ton.

Allegra schüttelte den Kopf. Sie musste das alles verarbeiten. Das würde eine lange Nacht werden. Und sie musste gleich morgen früh mit Jen sprechen. »Ich muss erst mal allein sein. Aber danke für das Angebot.«

»Immer wieder gerne, Schwesterherz.« Er lächelte sein poleschmelzendes Lächeln und Allegra wurde wieder von diesem zufriedenen Gefühl überrollt, dass sie mitlächeln musste. So hatte er das also gemacht. Deshalb konnte man seinem Lächeln nicht widerstehen. »Dann bis morgen?«

Allegra nickte, ihre Gedanken hingen bei Jen, die auf Alessandros Emotionen angesprungen war und sie für ihre eigenen gehalten hatte.

»Aber nicht, dass du irgendwelche Dummheiten machst«, mahnte Alessandro und zog die Augenbrauen zusammen.

»Nein, ich muss nur … Es ist so viel …«

»Ich versteh schon. Ich geh dann mal.« Er schwang sich über die Balkonbrüstung und verschwand über die Feuerleiter.

Allegra trottete wieder in ihr Zimmer und legte sich aufs Bett. Lange hielt sie es dort jedoch nicht aus. Sie stand wieder auf, kehrte auf den Balkon zurück und nahm auf einem der beiden Klappstühle Platz, die an der Seite lehnten. Dort grübelte sie, bis sich die Lichter von Limone nach und nach der Dunkelheit ergaben und sich nur noch der Mond auf dem See spiegelte.

Sie grübelte noch, als die Nacht dem Morgen wich und die Stadt aus ihrem Schlaf erwachte. Die Sonne stieg höher und höher und Allegras Gedanken wurden von einem Klopfen unterbrochen.

4. Szene

Bist du schon wach?«, fragte Jen und trat, ohne eine Antwort abzuwarten, in Allegras Zimmer. »Du bist schon draußen?« Sie gesellte sich zu Allegra und setzte sich auf den zweiten Stuhl. Dann sah sie Allegra genauer an. »Du hast gar nicht geschlafen?«, stellte sie fest.

»Wenn man mir das ansieht, kann ich es wohl kaum leugnen«, sagte Allegra und verzog den Mund.

»Hattest du etwa nächtlichen Besuch?« Jen zuckte erwartungsvoll mit den Augenbrauen und Allegra schrak zusammen.

»Woher … ?«, setzte sie an.

»Jetzt komm. So wie Alessandro dich anhimmelt! Und wäre er nicht ein schlechter Romeo, wenn er nicht alles probieren würde?«

»Es ist nicht so, wie du denkst.« Was war das denn für ein dämlicher Spruch. Allegra hätte sich am liebsten auf die Zunge gebissen. Aber Jen war auf Alessandros Gefühle-beeinflussen-Ding hereingefallen und selbst mehr als nur ein wenig interessiert an ihm gewesen. Sie seufzte.

»Hey, mach dir keinen Kopf. Wenn er sich nun mal für dich entschieden hat, kann man doch nichts machen. Ich gönne ihn dir.«

Jens Lächeln war so ehrlich, dass Allegra die Tränen kamen. Sie liefen ihre Wangen hinab und sammelten sich an den Mundwinkeln. Vielleicht war Alessandro ja nur von dem geblendet gewesen, was er glaubte für Allegra zu empfinden? Allegra hoffte es so sehr für ihre Freundin. *»Ab heute gibt es keine Enttäuschungen mehr.«*

»Al, was ist los? Was ist heute Nacht passiert? Hat dieser Typ dir was getan?«

Diese Besorgnis war mehr, als Allegra ertragen konnte, und all die Türme, die sie in der Nacht aufgestapelt und zur Seite geräumt hatte, stürzten in sich zusammen. Jetzt heulte sie erst so richtig los.

Jen rückte ihren Stuhl näher an den von Allegra und nahm ihre Freundin in den Arm, strich ihr liebevoll über den Rücken und drückte sie fest an sich. »Wenn der Idiot dir was getan hat, dann kann er sich auf eine weitere Platzwunde gefasst machen«, drohte Jen, hob ihre zarte kleine Modelhand und ballte sie zur Faust.

Allegra konnte nicht anders und musste lächeln. Wenn einer es schaffte, sie aufzumuntern, war das ihre Jen. »Es ist … kompliziert«, sagte sie unter einem weiteren Schluchzen.

»Ich bin Spezialistin für kompliziert.« Jen rückte wieder etwas von Allegra ab und sah sie auffordernd an. »Du kennst mein Leben schließlich genauso gut wie ich.«

Und dann erzählte Allegra ihr alles. Alles, was sie in dieser Nacht erfahren und auch alles, was sie sich später noch zusammengereimt hatte.

»Das ist … wow«, sagte Jen, nachdem sie minutenlang geschwiegen hatte. »Und er kann wirklich Gefühle beeinflussen? Wieso hat er dann gestern nicht geschlichtet, anstatt sich mit diesem Montague zu prügeln?«

Das war eine berechtigte Frage, auf die Allegra auch keine Antwort wusste. Oder hatte er nicht etwas erwähnt, dass es nur bei den Capulets und anderen Menschen funktionierte? Sie hoffte, dass das Gespräch mit dem Padre die Auflösung bringen würde. Auch das war einfach unfassbar. Sie hatte gestern den Mann getroffen, der damals Romeo und Julia hatte helfen wollen. Der die beiden getraut und Julia mit dem Gift versorgt hatte, damit sie der Hochzeit mit Paris entging.

»Ich weiß es nicht. Ich muss mehr über all das hier«, sie deutete auf sich, dann zum Hotel, dann grob in Richtung des Lago di Garda, »erfahren. Jen, ich kann heute nicht mit nach Hause.«

Jen antwortete nicht. Sie hatte vermutlich selbst nicht daran gedacht und überlegte nun fieberhaft, wie sie das Problem lösen könnte. Zwischen ihren Augenbrauen entstand eine kleine Falte in dem sonst so perfekten Gesicht. »Ich komme nächstes Wochenende einfach wieder. Aber die Shootings kann ich nicht absagen. Es tut mir so leid.«

»Das muss dir doch nicht leidtun.«

»Doch, ich sollte bei dir sein, dich unterstützen.«

»Ich schaffe das schon. Und es gibt ja auch Telefone.«

Wortlos saßen sie eine Weile auf dem Balkon und starrten über Limone und den See.

»Ha!«, sagte Jen so plötzlich in die angenehme Stille hinein, dass Allegra zusammenzuckte. »Jetzt wissen wir, warum du so hübsch und unwiderstehlich bist.« Sie grinste Allegra breit an und wartete, bis diese Jens Gedanken folgen konnte. Was sie nicht tat. »Hey, du bist ein Nachkomme von Amor und Psyche, der schönsten Frau der Welt und dem Liebesgott!« Sie grinste immer noch. Allegra hingegen setzte ein weiteres Puzzlestück an seinen Platz. Psyches Aussehen war ihr Fluch gewesen. Genauso hatte Allegra sich auch immer gefühlt. Zumindest, nachdem sie die ersten negativen Bekanntschaften mit dem männlichen Geschlecht gemacht hatte. *»Die Erstgeborenen werden an der Liebe zugrunde gehen«,* hatte Alessandro gesagt. Jetzt wusste sie wenigstens, wer Schuld an ihrem kläglichen Liebesleben hatte: der Fluch. Eine Begründung, die sie gestern noch belächelt hätte. Wer glaubte schon an so was? Aber plötzlich ergab alles in ihrem Leben einen Sinn. Wenn auch einen tragischen.

Ein bekanntes Pfeifen erklang und Allegra sah instinktiv zu dem Felsen, auf dem Alessandro in der Nacht gestanden hatte. Sie winkte ihn zum Balkon und kurz darauf erschien sein strahlendes Gesicht über der Brüstung.

»Dein Romeo ist da. Oder sollte ich besser sagen, deine Julia?«, stichelte Jen und grinste dabei Alessandro an, ohne dass dieser bei dem Wort ›Romeo‹ auch nur einen Hauch von Emotionen auf Allegra übertrug. Er hatte sich vollkommen unter Kontrolle, nicht so wie am Vortag auf der Fähre.

»Das ist nicht witzig«, sagte er gespielt ernsthaft und kniff die Augen zusammen, was Jen losprusten ließ.

»Na komm, ein bisschen schon«, lachte Allegra.

»Der Padre ist mit den Vorbereitungen für das Sommerfest beschäftigt. Es wird heute Abend stattfinden und du bist natürlich herzlich eingeladen.« Alessandro überreichte Allegra einen dicken Umschlag. Sie öffnete ihn vorsichtig und überflog die Zeilen.

»Auf Schloss Scaligero?«, fragte sie verwirrt und sah sofort zum anderen Ufer des Sees. *Castello Scaligero* thronte über Malcesine und sah wirklich imposant aus. »Wohnt der Padre dort?«

Alessandro schüttelte den Kopf und rümpfte die Nase. »Das Castello ist der Wohnsitz der Montagues.«

Allegra verschlug es glatt die Sprache. »Und wir sollen dorthin? Trotz allem, was passiert, wenn du auf ihn triffst?«

»Menschen aus allen umliegenden Gemeinden sind eingeladen. Es ist ein Maskenball. Lorenzo hat einen seltsamen Sinn für Humor. Solange wir sie nicht erkennen, trifft uns der Fluch nicht so sehr. Damals bei Romeo und Julia hat es ja auch geklappt und er besteht darauf.« Er schüttelte den Kopf und fügte leiser hinzu: »Der Ball findet jedes Jahr statt. Dort sollen wir unsere Liebe treffen, damit sich unser Schicksal erfüllen kann.« Nun senkte er den Kopf. »Das haben wir dem Dunklen zu verdanken. Statt dass er uns einfach in Ruhe lässt und die Jüngeren für Nachkommen sorgen …« Alessandro ballte die Hände zu Fäusten und war wieder kurz davor, die Balustrade zu malträtieren.

Allegra spürte seine Emotionen, konnte sie jedoch von sich fernhalten.

»Soll ich dich heute zum Bahnhof bringen lassen?« Er wandte sich an Jen und schmunzelte. »Ben und Daniele streiten sich schon, wer geeigneter wäre. Du darfst sie nicht enttäuschen, *bella mia.*« Binnen Sekunden war Jens Coolness wie verflogen und sie sah Alessandro wieder mit einem verträumten Blick an.

»Lass das!«, schimpfte Allegra ihn aus.

»Ups.«

Jen schüttelte den Kopf, als müsse sie ihren Kopf klären. »Ich nehme das Angebot gerne an. Aber nur, wenn *du* mich fährst?«, sagte sie mit einem Augenaufschlag, der Amor ebenfalls hätte überzeugen können, seine Mutter zu betrügen.

Alessandro fuhr sich durch die Haare und senkte den Blick. »Ich würde ja gerne, aber ich kann Allegra …«

»Sicher kannst du! Was soll schon passieren?«, sagte Allegra bestimmend. Vielleicht gab es ja doch zumindest eine klitzekleine Chance für ihre Freundin.

»Ich muss das mit *Mamma* besprechen«, seufzte Alessandro.

Wirklich abgeneigt schien er Jen gegenüber nicht zu sein. Zumindest jetzt, nachdem geklärt war, dass das, was er für Liebe gehalten hatte, nur die Liebe zu seiner Schwester war. Und konnte nicht er, der Zweitgeborene, glücklich werden? Der Fluch traf doch nur den Erstgeborenen einer jeden Familie. Allegra lächelte in sich hinein, während sie zusammen nach unten zum Frühstück gingen und Jen all ihre Flirtkünste an Alessandro ausprobierte.

Nach dem Frühstück verschwand Allegra kurz und rief bei ihrer Mutter an. Ganz gleich, ob sie den Namen Capulet trug, sie wusste, wer ihre Mutter war. Die Frau, die sie vom Säuglingsalter an aufgezogen hatte.

Maria reagierte ganz anders als erwartet. Sie verstand ohne weitere Begründung, warum Allegra in Italien bleiben musste. Hatte sie all die Jahre gewusst, wer genau ihre Stieftochter war? Welche Bürde hatte sie getragen? Nun konnte sich Allegra auch die Reaktion ihrer Mutter erklären, als sie sie mit den Plänen für das Italien-Wochenende überrumpelt hatte. Maria hatte gewollt, dass Allegra nicht fuhr. Nun war auch Allegra klar, dass es dabei nicht um einen übermäßigen Mutterinstinkt gegangen war, sondern um mehr – viel mehr.

Mit tausend Küssen durchs Handy verabschiedete sich Allegra von Maria und musste ihr versprechen, auf sich achtzugeben. Vor allem während der Woche, in der Allegra *allein* am *Lago di Garda* sein würde – ohne Jen. Nach mehrmaligem Betonen, dass Allegra sich verantwortungsbewusst benehmen würde, konnte sie das Gespräch endlich beenden.

Nach dem Frühstück hielt Jen sich außerordentlich lange mit Packen auf, was Allegra gar nicht wunderte. Sie hatte sich nämlich beim Frühstück Alessandros Hilfe erschlichen, der Arme hatte gar nicht mehr ablehnen können. Allegra saß währenddessen auf ihrem Balkon, starrte in die Ferne – vor allem ans andere Ufer nach Malcesine hinüber – und genoss die kecken Sprüche, die sich Alessandro und Jen an den Kopf warfen. Sie freute sich aus tiefstem Herzen für die beiden und wünschte sich nichts sehnlicher, als dass aus den Sticheleien etwas Echtes werden würde. Niemand hätte es mehr verdient als Jen und ihr Vorsatz, dass es ab heute keine Enttäuschungen mehr geben würde, schien in Erfüllung zu gehen.

Die Stunden flogen nur so dahin und schon war es Zeit für Jen und ihren Fahrer aufzubrechen. Überschwänglich verabschiedeten sich die beiden voneinander.

»Pass auf dich auf, kleiner Bruder«, flüsterte Allegra Alessandro laut genug zu, damit es auch Jen hören konnte. »Mit Jen allein zu sein, könnte gefährlich werden.« Sie wandte sich an die empörte Jen und streckte ihr die Zunge raus.

»Ich kann auch gefährlich sein«, konterte Alessandro. Er hob eine Augenbraue und sein strahlendes Lächeln knockte Jen wieder nahezu aus.

»Wehe, du nutzt dieses Strahlemann-Ding aus!«, warnte Allegra ihn mit einem Lachen und er strich – nun gespielt schüchtern – die Haare hinter die Ohren.

Schon beim Verstauen des Gepäcks entbrannte eine – für Allegra – äußerst humorvolle Debatte und selbst durch die geschlossenen Türen des kleinen Wagens konnte Allegra ihre Freundin zetern und zugleich lachen hören. Ja, die beiden waren wirklich wie füreinander geschaffen. Der Vorteil war, dass Alessandro zur

Not Jens Temperament etwas zügeln konnte. Allegra schmunzelte in sich hinein.

»Bist du bereit?«, erklang eine Stimme hinter ihr, nachdem sie der Freundin so lange zugewinkt hatte, bis der Wagen nicht mehr zu sehen gewesen war. Allegra fuhr herum. Vor ihr stand eine junge Frau, vielleicht in ihrem Alter, hellbraune Locken, die sie mit einem Tuch gebändigt hatte. Erst auf den zweiten Blick sah Allegra die zwei Personen hinter der jungen Frau: Ben und Daniele.

»Bereit wofür?«, fragte Allegra.

»Die Anprobe. Federica hat mich gebeten, für dich ein Kleid auszusuchen.«

Allegra musste die Frau angestarrt haben, als hätte sie einen Alien vor sich, denn Daniele beeilte sich zu erklären: »Das ist meine Schwester Sara. Alessandros – deine – Mutter hat sie gebeten, mit dir nach etwas Vernünftigem für den Ball zu suchen.«

Danieles Worte schwebten an Allegra vorbei. Sie war an »deine Mutter« hängengeblieben. Auch wenn sie Maria nach wie vor als ihre Mutter betrachtete, wäre es doch nett gewesen, auch Signora Capulet kennenzulernen. Sie verzog das Gesicht. So viel bedeutete sie ihrer echten Mutter also.

»Federica ist erst heute Nachmittag wieder in der Stadt.« Sara schien genau zu wissen, was Allegra dachte. Wie viel wussten Alessandros Jungs? Wie viel wusste diese Sara? Allegra wollte auf keinen Fall etwas Falsches ausplaudern. »Können wir? Wir haben nicht mehr viel Zeit, auch wenn Federica zwei Schneiderinnen organisiert hat, die sich um dein Kleid kümmern.«

Allegra gab sich geschlagen und folgte der quirligen jungen Frau, Daniele und Ben im Schlepptau, die Allegra – vermutlich auf Alessandros Befehl hin – nicht aus den Augen ließen. Gemeinsam liefen sie durch die kleinen Gassen von Limone und hielten kurz darauf vor einem kleinen Geschäft, das Allegra rein vom äußeren Eindruck her nie betreten hätte. Die Fassade des Gebäudes sollte dringend gestrichen werden, von der hölzernen Tür mit dem kleinen Fenster darin blätterte ebenfalls die Farbe ab. Das Schild über der Tür war nicht mehr lesbar, man konnte nur noch erahnen, dass ein Kleid neben der Schrift abgebildet gewesen war.

Sara tat Allegras skeptischen Blick mit einer Handbewegung ab. »Glaub mir, sie ist die Beste.«

Ergeben folgte Allegra Sara in das Geschäft. Innen vergaß sie sofort alle schlechten Gedanken über den Laden. Kaum hatte sie einen Schritt hinein gemacht, fühlte sie sich sofort wie in einem Prinzessinnentraum. An den Wänden des großen Raumes reihte sich eine Schaufensterpuppe an der anderen. Und jede von ihnen trug ein Kleid, auf das Barbie höchstpersönlich neidisch gewesen wäre. Bodenlange Kleider, die ab der Taille immer weiter wurden, einer Königin würdig. Allegra stand reglos da. Sie musste die Eindrücke erst einmal verarbeiten.

Zwischen den Schaufensterpuppen trat eine kleine Frau hervor. Ihr graues Haar war zu einem strengen Dutt zusammengebunden, auf ihrer kleinen Nase saß eine Brille zu tief, um hindurchsehen zu können. »Aaaah, Signorina Casari, Sie sind schon da!«

Sara ging auf die alte Dame zu und sprach mit ihr. Allegra ging langsam die Reihe von Kleidern ab, ihre rechte Hand glitt über die weichen Stoffe. Vor einem Traum in Silber und Weiß blieb sie stehen. Das Kleid glich einem Hochzeitskleid, das Jen letzten Winter bei einem Shooting getragen hatte. Die oberen Lagen des weiten Rocks waren weiß, vorne gerafft, so dass man den silberglänzenden Stoff darunter sehen konnte. Auch am Dekolleté schimmerte das Silber aus dem Mieder hervor, ebenso wie aus den halblangen Ärmeln. Das Mieder wurde mit silbernen Schnüren zusammengehalten. Das Kleid glitzerte wie Schnee in der Sonne.

»Oh, Sie haben bereits gewählt, Signora?« Die alte Dame huschte – dicht gefolgt von Sara – zwischen den Puppen auf Allegra zu. Ben und Daniele bewachten die Tür wie zwei Securitys. Fehlten nur noch die Anzüge und die schwarzen Sonnenbrillen.

»Das Kleid würde perfekt zu dir passen«, stellte Sara mit einem Blick fest. »Oder was sagen Sie, Signora Esperanza?« Sara nickte zufrieden.

Die alte Dame schob ihre Brille hoch und musterte Allegra und das Kleid. Ihre Hände gestikulierten, nahmen Maß oder etwas in der Art. Dann sagte sie: »Das bekommen wir hin.« Sie zwinkerte Allegra zu und führte sie am Oberarm in ein Hinterzimmer. Dort stand ein junges Mädchen über ein Schnittmuster auf dem Tisch gebeugt. »Laura, zeigst du Signorina Casari die Masken, während ich das Kleid hole?«

Laura stand sofort kerzengerade und nickte. »*Si,* Signora Esperanza.« Sie bedeutete Allegra mit einem Nicken, ihr zu folgen. Am Ende des länglichen Raumes befand sich eine weitere Tür, die Laura und Allegra in einen Raum, ähnlich einem begehbaren Kleiderschrank, führte. Die Wände waren voller Regale, Glastüren schützten den Inhalt. Allegra kam aus dem Staunen nicht mehr heraus. Vor ihr lagen Hunderte Masken in allen Farben und Formen.

»Welche Farbe hat das Kleid?«, fragte Laure geschäftig.

»Weiß und Silber«, antwortete Allegra, ohne den Blick von einer Maske zu nehmen, die auf Augenhöhe von ihr lag. Sie bestand aus silberschimmerndem Metall und besaß zahlreiche weiße Glitzersteinchen.

»Dann haben Sie wohl schon die passende Maske gefunden.« Laura öffnete die Vitrine, nahm die Maske heraus und reichte sie an Allegra weiter. »Dort ist ein Spiegel.« Sie deutete neben Allegra. Diese wandte sich um und beobachtete sich für einen Moment im Spiegel, das schimmernde Silber der Maske warf Lichtreflexe auf ihr Gesicht. Sie hielt die Maske an ihr Gesicht und eine völlig Fremde sah ihr aus dem Spiegel entgegen. Laura hob ihr die Haare hoch wie bei einer Steckfrisur und die Verwandlung war perfekt.

»Perfekt!«, sagte Signora Esperanza, die eben den Nebenraum betrat. »Eine sehr gute Wahl. Dann wollen wir mal das Kleid anprobieren. Aber bei ihrer perfekten Figur dürfte nicht viel zu ändern sein.«

Allegra folgte der alten Dame und ließ sich das Kleid über den Kopf ziehen, ehe sie so fest eingeschnürt wurde, dass sie kaum mehr Luft bekam. »Für die Brautschau«, sagte Signora Esperanza, »muss man zeigen, was man hat.« Sie deutete auf Allegras Brust, die nun zwei Nummern größer wirkte, und lächelte wissend. »Welcher Mann kann da schon widerstehen?«

»Laura wird das Kleid später ins Castello bringen und Ihnen beim Ankleiden behilflich sein.«, sagte Signora Esperanza.

»Ich kann dir die Haare machen«, sagte Sara, die soeben dazugestoßen war.

Allegra nickte dankbar, ihre Ohren glühten vom vielen Reden der Signora. So nett die alte Dame und ihre Mitarbeiterin auch waren, sie war doch froh, als sie gemeinsam mit Sara, Daniele und Ben das Geschäft verlassen konnte.

Ben hatte Allegra kaum zu ihrem Zimmer begleitet und sich in bester Bodyguard-Manier vor der Türe positioniert, kam auch schon Sara mit einem riesengroßen Koffer voller Utensilien vorbei. Sie drehte Allegra die Haare auf Lockenwickler und pinselte gefühlte Stunden in ihrem Gesicht herum. Im Anschluss konnte Allegra kaum einen Unterschied zu vorher ausmachen, aber vielleicht sah sie sich einfach oft genug im Spiegel. Während sich Sara dann an Allegras Haaren zu schaffen machte, traf Laura mit dem Kleid und der Maske ein, beides mehrfach in Seidenpapier eingeschlagen und anschließend in eine feste Folie verpackt.

Es dauerte nicht lange und die Verwandlung zur Prinzessin war perfekt. Allegra erkannte sich im Spiegel nicht mehr wieder. Durch die hochgesteckten Haare und die feinen Locken, die wie zufällig hier und da heraushingen und ihr über die Schulter fielen, sah sie fremd aus, erwachsener und dennoch verspielt. Mit der Maske kam noch die Note »geheimnisvoll« dazu. Sara hatte Allegras Augen dunkel geschminkt, ein starker Kontrast zu der hellen Maske. Ihre Lippen – die sie ansonsten nie betonte – zogen mit dem kirschroten Lippenstift jedoch automatisch alle Blicke auf sich.

Allegra sah aus wie eine venezianische Prinzessin. Und genauso fühlte sie sich auch, als Ben sprachlos und mit heruntergeklapptem Unterkiefer den Fahrstuhl rief. Das Gefühl hielt an, als sie den eigentlich nicht auf den Mund gefallenen Alessandro erstarrt vor sich sah, als sich die Fahrstuhltür öffnete.

Alessandro brauchte mehrere Momente, bis er sich gefasst hatte, und Allegra solange mit Liebesbekundungen überhäufte, bis sie lachend »Stopp!« rief. Jetzt, wo alles zwischen ihnen beiden geklärt war, konnte sie an seiner Seite ganz sie selbst sein.

Und nun konnte sie sich auch ganz offen eingestehen, dass Alessandro wirklich atemberaubend aussah. Er trug einen dunkelbrauen Anzug aus schwerem Samt. Die darunterliegende Weste war eine Nuance dunkler und das weiße Jabot machte den Look perfekt. Er hätte glatt als Musketier durchgehen können – oder als schick ausgestatteter Pirat. Er trug eine einfache dunkelbraune Maske, die seine getapte Wunde versteckte. Wie konnte er vor so einem wichtigen Ereignis denn noch eine Schlägerei anzetteln! Als er die Maske jedoch abnahm, deutete überhaupt nichts mehr daraufhin.

»Deine Wunde ist schon verheilt?«, fragte sie erstaunt.

Alessandro zuckte nur mit den Schultern. »Das ist wohl das einzig Positive an der ganzen Fluch-Sache. Wenn Venus schon dafür sorgt, dass hier ständig jemand verletzt wird, dann sollen die ganzen Wunden wenigstens schnell heilen.«

Insgeheim hatte Allegra schon darauf gezählt, dass sie Luca Montague an seiner angeschwollenen Lippe erkennen konnte, die er unmöglich hinter einer der üblichen Masken verbergen konnte. Aber die eisblauen Augen würde sie sicher zwischen hundert anderen erkennen.

Während sie auf der Fähre, die eigens für den Anlass sämtliche Orte am Lago di Garda abklapperte, ein Glas Prosecco tranken, fotografierte Allegra ihren kleinen Bruder in den verwegensten Posen und schickte die Bilder an Jen.

Die Antwort kam prompt:

Wenn ich nur auch bei euch sein könnte. Ich sitze immer noch am Bahnhof. Der Zug hat irgendeinen defekt und ich langweile mich zu Tode.

Allegra schimpfte Alessandro aus, wie er Jen hatte allein lassen können.

»Die Durchsage lautete, dass der Zug pünktlich ist. Wie hätte ich das ahnen können?«

»Du hättest bei ihr bleiben müssen, bis sie mit dem Zug davonfährt.« Allegra schüttelte den Kopf. »Ich dachte, du interessierst dich für sie.«

»Das tu ich doch!« Alessandro grinste schelmisch. »Aber man muss sich auch mal rarmachen. Das macht einen interessanter.« Er reckte stolz den Kopf.

»Wer hat dir das denn gesagt? Luca Montague? An seiner Stelle würde ich dir dasselbe raten.« Allegra lachte und schlug Alessandro spielerisch gegen den Oberarm, als sie spürte, dass der alte Hass in ihm aufflammte und zu ihr überschwappte. Wenn man diesen Namen noch nicht einmal erwähnen durfte, Herrgott!

II. Akt

1. Szene

Die Fähre hielt an einem eigens für diesen Anlass errichteten Steg, der von Fackeln beleuchtet wurde. Alessandro und Allegra folgten der Prozession aus weiten Röcken und altmodischen Anzügen. Alle trugen wundervolle Masken in den unterschiedlichsten Farben und Formen. Fackeln erhellten auch den weiteren Weg, der über eine kleine Gasse zum Schloss emporführte. Der Innenhof war ein wahres Schauspiel aus Feuer und Flammen, Lampions und kleinen elektrischen Kerzen. Bei dem Wind hier am Gardasee wären echte Kerzen auch eher unpraktisch gewesen.

Die Gruppe bewegte sich innerhalb der Burgmauern stetig bergauf. Vorbei an mit Spots beleuchteten Palmen und Feuerschalen, bis sie plötzlich zum Stehen kam.

»Wir sind gleich da«, flüsterte Alessandro in Allegras Ohr. »Mach dein Handy aus.«

Allegra hatte permanent mit Jen hin und her geschrieben, die immer noch am Bahnhof festsaß. Schnell tippte sie ein:

Wir gehen jetzt rein. Bis später!

Dann schaltete sie das Handy aus und steckte es in den kleinen Beutel, den Laura ihr als Alternative zu ihrer Handtasche mitgebracht hatte.

Stück für Stück kamen sie vorwärts und bald war der Blick auf den Ballsaal des *Castello Scaligero* frei. Allegra stockte der Atem. Der gesamte Raum war in Kerzenlicht getaucht. Hunderte, nein, Tausende Kerzen verbreiteten ihr Licht aus unzähligen Kronleuchtern und Wandhalterungen. Am Ende des Saals waren Musiker mit weißen Perücken und schwarzen Masken gerade dabei, die letzten Vorbereitungen zu treffen. Zum Gesamtbild hätte ein Orchester gepasst, aber der Stilbruch durch das Drumset und die an der Seite aufgereihten Gitarren war fantastisch.

Alessandro gab dem Mann an der Tür die Einladungskarten und reichte Allegra anschließend seinen Arm. Allegra hakte sich schmunzelnd bei ihrem kleinen Bruder unter und gemeinsam wagten sie sich in die Menge.

Der Gitarrist der Band schlug den ersten Akkord an und der Raum vibrierte. Alle Blicke richteten sich auf die Bühne, die direkt aus »Phantom der Oper« hätte stammen können.

Allegra und Alessandro schnappten sich ein Glas von einem der zahlreichen Tabletts, die wie von Zauberhand überall aufzutauchen schienen, und stellten sich an den Rand der Tanzfläche. Beobachten und lästern, das hätte Allegra in diesem Moment mit Jen gemacht. Seufzend ließ sie ihren Blick über die Menge gleiten.

Alessandro hatte das Seufzen falsch interpretiert, schnappte Allegras Glas und stellte es auf einen kleinen Stehtisch in der Nähe. Dann zog er sie so schnell auf die Tanzfläche, dass sie sich nicht wehren konnte.

»Was soll das?«, schrie sie ihn an, um über den Lärm der Band hinweg auch gehört zu werden.

»Du warst traurig, dass du nicht tanzen kannst, und ich habe das Problem gelöst.« Alessandro strahlte sein Polarschmelzlächeln und Allegra ließ die Woge voller Zufriedenheit über sich ergehen.

»Hier tanzt niemand«, sagte sie und verzog das Gesicht. »Die stehen alle nur herum.«

»Dann sollten wir den Anfang machen«, schlug Alessandro vor und grinste dabei spitzbübisch, woraufhin Allegra sofort skeptisch wurde.

»Kannst du denn überhaupt tanzen?«, fragte sie.

»Wir alle bekommen Tanzunterricht, wenn wir alt genug sind.« Er sah so eingeschnappt aus, dass Allegra laut auflachte. »Das ist nicht witzig.«

»Doch, irgendwie schon«, gab sie zurück.

Daraufhin schnappte Alessandro Allegras Hand und legte die andere auf ihre Hüfte. Allegra versuchte einen Tanz zu finden, der zu dem Kleid *und* zu dem aktuell gespielten Rocksong passte – vergeblich. Daher beschloss sie, sich der Führung von Alessandro anzuvertrauen. Ein Fehler.

»Mal unter uns«, begann sie, als Alessandro ihr zum wiederholten Mal auf den Fuß getreten war. »Hast du auch nur einmal bei diesem Tanzunterricht mitgemacht, also wirklich getanzt?«

Alessandro schnaubte. »Das liegt nur an der Partnerin. Im Ernst, ich kann tanzen.«

»Nicht wirklich«, lachte Allegra und Alessandro verzog missmutig das Gesicht, so dass er ihr schon wieder leidtat. Sie wollte gerade zu einer Entschuldigung ansetzen, als ihr jemand auf den Rücken tippte. Sie fuhr herum und sah in übernatürlich blaue Augen, die von einer schmalen silbergrauen Maske mit dunkleren Ornamenten eingerahmt waren.

»Darf ich bitten?«, fragte eine sanfte leicht rauchige Stimme.

In dem Moment ließ Alessandro ihre Hand los, trat einen Schritt zurück, nickte dem anderen Mann höflich zu und verschwand in der Menge. Allegra hätte ihm gerne noch die Frage signalisiert, ob es für ihn in Ordnung war, aber mit der Maske war sie diesbezüglich gehandicapt – und nun war es zu spät. Sie sah wieder zu dem Mann mit der weißen Maske und musterte ihn skeptisch. Sein Anzug glich vom Schnitt her dem von Alessandro, war aber royalblau – beinahe wie die Augen seines Trägers – mit silbernen und weißen Stickereien. Selbst durch die vielen Lagen Stoff konnte sie seinen muskulösen Körper erahnen.

»Endlich ist er weg.« Der Ton von Allegras Gegenüber klang gereizt.

»Hallo? Findest du das nicht irgendwie unverschämt? Ich …« Sie kam nicht dazu, den Satz zu beenden.

»Ich bin es nicht gewohnt zu warten.« Allegra hatte schon den Mund geöffnet, um diesem arroganten Typen etwas Passendes zu erwidern und ihn einfach stehen zu lassen. Doch er griff nach ihrer Hand und zog sie an sich. Die Berührung sorgte für ein verräterisches Kribbeln in ihrem Magen und für einen Moment glaubte sie, ein verliebtes Pärchen im Wald tanzen zu sehen, schüttelte den absurden Gedanken jedoch schnell wieder ab. Vielleicht – aber nur vielleicht – sollte sie sich doch auf einen kleinen Tanz einlassen. Zumindest um Gelegenheit zu bekommen, ihren Standpunkt in Sachen arrogantes Gehabe deutlich zu machen, redete sie sich ein.

In ihrem Inneren jedoch tobte ein Sturm, den sie nicht nachvollziehen konnte. Für einen maskierten Unbekannten sah der Mann gut aus, keine Frage. Die schwarzen Haare hatte er mit mindestens zwei Tuben Gel gebändigt – etwas, das eigentlich eher nicht nach Allegras Geschmack war, aber an diesem Abend passte es. Er war gut gekleidet und hatte eine selbstbewusste, aufrechte Haltung. Aber diese Augen irritierten Allegra. Sie wirkten irgendwie falsch, passten nicht ins Gesamtbild. Ihre Träume und dieser seltsame Tagtraum bei ihrer Ankunft in Malcesine am Vortag hatten ihr andere Augen gezeigt. Lucas Augen. Und selbst nachdem Allegra gesehen hatte, was für ein Arsch Luca Montague war, sehnte sich in ihrem Inneren ein wenig nach diesen Augen. Es musste an dem Fluch liegen und Venus wollte sie quälen.

Der Typ riss Allegra aus ihren Gedanken, indem er sie noch näher zu sich zog. Allegra konnte keinen Widerspruch einlegen, so schnell ging alles. Schon nach den ersten noch zögerlichen Tanzschritten war Allegra allerdings klar, wie Recht Alessandro gehabt hatte: Es kam *wirklich* auf den Partner an. Mit dem Unbekannten glitt sie förmlich übers Parkett, sie machte sich weder Gedanken um die nächsten Schritte noch darüber, ob er ihr ebenfalls auf den Fuß treten würde. Die Band wechselte zu einer ruhigeren Nummer und auch ihr Tanz wurde gesetzter. Allegra sah unentwegt in die dunkelblauen Augen ihres Gegenübers, während die Umgebung zu einem bunten Rauschen verschwamm.

»Bist du das erste Mal auf dem Sommerball?«, fragte der Unbekannte und Allegra fühlte sich von seiner Stimme wie liebkost. Sie hätte ihm stundenlang zuhören können.

»Ja, das bin ich.«

»Ich wusste es. Denn hätte ich dich schon einmal gesehen, hätte ich das nie vergessen.«

Normalerweise hätte Allegra auf so einen Spruch mit Augenverdrehen reagiert, doch hier, auf diesem altertümlichen Ball, bekleidet mit diesem Kleid, fühlte es sich einfach richtig an. Zumal er das Augenrollen hinter ihrer Maske wahrscheinlich eh nicht gesehen hätte.

»Wie heißt du?«

»Allegra.«

»Allegra, wunderschön. Wie gefällt dir der Ball? Und das Schloss?«

Sie stand nicht so auf Smalltalk, aber seiner Stimme könnte sie dennoch ewig zuhören. Daher antwortete sie brav weiter. »Ich finde die Atmosphäre wirklich fantastisch. Die ganze Dekoration, dann die Gäste«, Allegra deutete mit ihrer Hand, die in seiner steckte, auf das Kerzenmeer. »Es ist atemberaubend. Aber das Schloss? Es ist eindeutig übertrieben. Die Leute, die hier wohnen, müssen ziemlich abgehoben sein.«

Der Mann schmunzelte und unterdrückte nur mit Mühe ein Lächeln. Das gefiel Allegra. Sie tanzten weiter, glitten dahin wie auf Wolken. Er war der perfekte Tänzer, das Gegenteil von Alessandro. Sie lächelte beim Gedanken an den missglückten Tanz mit ihrem Bruder.

»Ich würde im Moment alles dafür geben zu wissen, an was du denkst«, sagte der Fremde, nachdem er Allegra lange in die Augen gesehen hatte, als könnte er ihre Gedanken lesen. Er schien nur zu flüstern, trotzdem konnte Allegra ihn durch all den Lärm hören.

Der Ball war nun meilenweit entfernt, sie fühlte sich wie in einem schützenden Kokon. Gemeinsam mit *ihm.*

»Alessandro«, erklärte sie.

Das war die falsche Antwort. Der Fremde verzog das Gesicht. »Bist du … Seid ihr … ?«

Allegra hielt das zwar für eine sehr intime Frage, wenn man sich gerade mal ein paar Lieder lang kannte, aber sie konnte ein emphatisches »Nein!« nicht zurückhalten. Daher versuchte sie es mit einem »Nicht *so* …« abzuschwächen.

Der Fremde neigte den Kopf und schien zu überlegen, ehe er zufrieden nickte. Allegra fühlte sich so wohl in seiner Nähe, ohne sagen zu können warum. Es fühlte sich einfach richtig an.

»Hast du auch einen Namen?« Jetzt wollte sie endlich mal die Fragen stellen. Er war zwar nicht Luca, nach dessen eisblauen Augen sie sich immer wieder umgesehen hatte, während sie mit Alessandro herumgestanden war, aber irgendwas an ihrem Gegenüber machte sie neugierig.

»Heute?«, der Mann lachte auf. »Heute kannst du mich Romeo nennen.«

Allegra wusste, dass sie das nicht unkommentiert lassen sollte. Dennoch erwiderte sie nichts. Ihr gefiel der Gedanke, dass er etwas vor ihr verbarg. Etwas, das sie ergründen konnte. Sie liebte diese geheimnisvolle Art und wollte mehr herausfinden.

Doch dazu sollte es nicht kommen. Alessandro trat zu ihnen und die besondere Stimmung verschwand. Der Lärm der Umgebung prasselte wieder auf Allegra ein. Am liebsten hätte sie Alessandro weggeschickt. Sie war ernsthaft kurz davor, dann sah sie sich jedoch um und ihr Romeo war verschwunden.

»Wer war der Typ?«, fragte Alessandro mit schneidender Stimme und Allegra hatte Mühe, seinen Ärger von sich fernzuhalten. Er hatte seine Maske hochgeschoben wie ein Stirnband und seine halblangen Haare standen nun in alle Richtungen ab. »Allegra?«

»Romeo«, sagte sie und merkte erst zu spät, dass sie wie ein Teenager klang, der von seinem Lieblingsstar schwärmte.

»Du weißt schon, dass das ein ganz dämlicher Witz ist?«

»Mhm.« Allegra flog in Gedanken immer noch tanzend über Wolken und ignorierte, dass Alessandro ihr schon wieder auf die Füße getreten war.

»Was läuft nur falsch mit euch Frauen?« Alessandro schüttelte den Kopf. »Und warum ist er so schnell abgehauen?«

Für eine Antwort war keine Zeit, denn wieder tippte Allegra jemand auf den Rücken. Mit klopfendem Herzen sah sie sich hoffnungsvoll um. Doch anstelle von Romeo identifizierte sie den Mann hinter der schwarzen Maske dank seiner Clooney-ähnlichen grauen Haare als den Padre.

»Padre«, nickte Alessandro ihm höflich zu. Allegra wusste nicht, wie sie ihn begrüßen sollte und lächelte nur freundlich.

»Darf ich abklatschen?«, fragte der Padre an Alessandro gewandt. Allegra war sich nicht sicher, ob sie froh darüber sein sollte, Alessandros Tritten zu entkommen, oder sich Sorgen machen sollte, was bei dem Gespräch mit dem Padre noch alles herauskommen würde. So schnell hatte sie nicht damit gerechnet.

Alessandro entfernte sich und der Padre nahm seinen Platz ein. Er war kein schlechter Tänzer, stellte Allegra fest, als die Band einen neuen Song anstimmte und der Padre sie beinahe von den Füßen riss. Sie überließ sich seiner Führung und stolperte nur ab und an hinterher. Kein Vergleich zu Romeo, mit dem sie instinktiv perfekt harmoniert hatte.

»Freut mich, dich richtig kennenzulernen, Allegra«, sagte der Padre.

»Mich auch, äh, Padre?« Sie wusste immer noch nicht, wie sie ihn ansprechen sollte.

»Du kannst mich gerne Lorenzo nennen«, sagte er lächelnd und strahlte dabei irgendetwas aus, das Allegra beruhigte. Sie schwiegen noch ungefähr einen halben Song lang, dann holte Lorenzo tief Luft. Allegra machte sich auf das ernsteste Gespräch ihres Lebens gefasst. »Alessandro hat mit dir geredet?«

Allegra nickte nur und sah Lorenzo in die Augen. Der Silberschimmer war wieder da, sie fühlte sich, als würde sie in den hell erleuchteten Sternenhimmel blicken.

»Hat er dir auch gesagt, dass du niemandem von deiner wahren Identität erzählen darfst?«

»Nicht direkt.« Allegra bekam ein mulmiges Gefühl. Sie hatte mit niemandem geredet, nicht einmal am Telefon mit ihrer *Mamma.* Niemandem außer ... »Jen. Ich habe es Jen erzählt. Alles.« Sofort fühlte sie sich schuldig. Sie hätte sich denken können, dass man Außenstehende nicht einweihen durfte. So lief es doch in jeder Geschichte.

»Deiner Freundin?«, fragte der Padre und Allegra bejahte. »Wo ist sie?«

»Sie ist auf dem Weg zurück nach Deutschland. Das heißt ... vielleicht wartet sie auch immer noch, dass der Zug endlich losfährt. Alessandro hat sie zum Bahnhof gebracht.«

Für einen kurzen Moment schob sich ein Schatten über das Gesicht des Padre, passend zu dessen schwarzer Maske. Doch schnell fand Lorenzo sein Lächeln wieder. Allegra wagte nicht zu fragen, was dies bedeutete. Lorenzo sah ihr die Frage dennoch an. »Es gibt nicht nur mich, der stets alles verfolgt, was zwischen den Capulets und den Montagues passiert«, begann er und Allegra dachte daran, was Alessandro über den ›Dunklen‹ angedeutet hatte. »Wenn *er* herausfindet, wer du bist, wird auch dich der dunkle Pfeil treffen.«

»Der dunkle Pfeil?« Allegra überlegte, ob es das bedeuten könnte, was sie im Kopf hatte.

»Das Gegenteil von Amors Liebespfeil. Die Kinder beider Häuser werden an ihrem zwölften Geburtstag davon getroffen und entwickeln sofort diesen unbändigen Hass auf die andere Familie. Ab diesem Tag sind sie gezeichnet. Man erkennt es an der Tätowierung auf ihrem Schulterblatt.« Das Tattoo, das Alessandro ihr gezeigt hatte.

»Warum ausgerechnet mit zwölf?«, rutschte es Allegra raus, obwohl sich doch so viele andere Fragen angehäuft hatten.

»Vor vielen Jahrhunderten wurden sie bereits bei der Geburt damit gezeichnet. Aber Kinder können mit einer so starken Emotion nicht umgehen. Kinder sind eigentlich nicht in der Lage, jemanden wirklich abgrundtief zu hassen. Sie waren überfordert. Es kam zu vielen Todesfällen, also hatte Venus ein Einsehen und beauftragte den Dunklen, erst später den Hass auf die Kinder loszulassen. Die meisten kommen recht schnell damit klar. Alessandro jedoch …«, Lorenzo seufzte. »Dadurch, dass es seine Gabe ist, Emotionen zu beeinflussen, empfindet er diese auch stärker. Mehr als einmal war er kurz davor, vom Hass aufgefressen zu werden. Die jetzige Generation ist besonders schlimm. Luca und Alessandro sind richtige Hitzköpfe. Alessandro kann sich nicht beherrschen und Luca provoziert, wo er nur kann. Er hat den Fluch erstaunlich gut unter Kontrolle. Er sieht das alles mehr wie ein Spiel, stichelt und ärgert Alessandro. Nicht, weil er diesen tiefen Hass empfindet, der alle anderen Familienmitglieder quält. Sondern weil er es nicht anders kennt. Vielleicht hängt das mit seiner Gabe zusammen.«

»Welche Gabe hat er denn?«, fragte Allegra neugierig.

»Das Reglement untersagt es mir, dir eine Antwort darauf zu geben.« Er sah Allegra entschuldigend an. »Er verhält sich einfach nicht so, wie er es könnte. Im Gegenteil: Er hat bereits eine Liebschaft von Alessandro vereitelt, noch bevor der eine Gelegenheit hatte, mit der Angebeteten über den Fluch zu sprechen. Und Alessandros letzte Freundin ist bei einem Unfall ums Leben gekommen. Die Montagues behaupten, dass es ein Test war, aber das glaube ich nicht. Es kann nicht sein – jetzt, wo ich sicher bin, dass du, die Erstgeborene, noch lebst. Alessandro muss seine Liebe nicht testen lassen, er hat umsonst gelitten.« Er senkte den Blick und sie tanzten stumm weiter.

Allegra empfand tiefes Mitleid für Alessandro. Sie hatte nicht gewusst, dass er bereits eine Frau verloren hatte – oder ein Mädchen. Dieser Hass musste ihn förmlich ersticken. Sie dachte an Alessandros Reaktion bei der Überfahrt nach Malcesine oder beim Aufeinandertreffen mit den Montagues. Sie konnte sich nicht vorstellen, dass man allein beim Anblick von jemandem einen so tiefen Hass empfinden konnte, wie Alessandro ihn auf sie projiziert hatte.

»Es tut gut zu wissen, dass er nicht noch mehr leiden wird. Sein Glück mit Frauen war bislang bescheiden, er ist zu impulsiv«, fuhr der Padre fort.

Allegra stimmte ihm nur mit einem Nicken zu. Aber vielleicht könnte dieses Impulsive genau zu Jen passen. Sie brauchte jemanden wie Alessandro, der nicht uneingeschränkt nach ihrer Pfeife tanzte. Sie lächelte.

»Aber lassen wir das Thema ruhen«, sagte Lorenzo nach einer Weile. »Wie ich gesehen habe, hast du dich schon gut amüsiert?«

»Meinen Sie den Tanz, bei dem mir Alessandro ständig auf die Füße getreten ist, oder diesen arroganten Schnösel, der sich Romeo nennt?«

Lorenzo lachte. »Romeo?«

Allegra verzog das Gesicht und nickte.

Lorenzo runzelte die Stirn und seine Maske verschob sich leicht. »Vielleicht solltest du *Romeo* eine Chance geben, Allegra.« Er betonte das Wort Romeo extra.

»Eine Chance für was?« Sie kniff die Augen zusammen, während der Padre mit ihr eine Drehung machte.

»Das ist dein letzter Ball«, antwortete er langsam. »Du wirst bald zwanzig.«

»Na und? Es ist ja heutzutage nicht so, dass man mit zwanzig nicht mehr vermittelbar wäre«, lachte Allegra.

»Das nicht, aber …« Lorenzo wurde langsamer und hörte dann auf zu tanzen. Er sah Allegra eindringlich in die Augen. »Der Fluch quält euch nicht nur, wenn ihr eure Liebe gefunden habt«, sagte er und holte tief Luft. »Solltet ihr euch weigern, sie überhaupt zu suchen, wird sie euch finden. Ihr werdet an eurem zwanzigsten Geburtstag zwangsverliebt.«

Erschrocken riss Allegra die Augen auf. »Zwangsverliebt?«, flüsterte sie und wusste im selben Moment, was das bedeutete, als Lorenzo erklärte: »An deinem zwanzigsten Geburtstag trifft dich Amors Pfeil. Und glaub mir, Venus wird dafür sorgen, dass kein tauglicher Mann in deiner Nähe sein wird.«

Die Bestrafung, die einst Psyche hätte widerfahren sollen: Venus hatte Amor befohlen, dafür zu sorgen, dass sie sich in den schlimmsten Mann überhaupt verlieben würde. Als Strafe dafür, so hübsch zu sein, dass man sie für die wahrhaftige Göttin der Liebe gehalten hatte. Na vielen Dank auch.

»Ich werde in knapp zwei Monaten zwanzig.« Sie schluckte, Lorenzo nickte traurig. »Dann soll ich mir also einen Mann suchen? Innerhalb von ungefähr acht Wochen die ›wahre Liebe‹ finden? Für die ich leiden werde?« Sie lachte freudlos auf, als sie die Hände von Lorenzo nahm und um die »Liebe« Gänsefüßchen in die Luft zeichnete. »Das ist ein Witz.« Dass es kein Witz war, wäre ihr spätestens klar geworden, wenn sie in diesem Moment in Lorenzos traurige Augen geblickt hätte.

»Leiden für deine wahre Liebe oder irgendeinen schlechten Mann, den Venus für dich aussucht. Ein weiterer Grund dafür, dich von dem Dunklen fernzuhalten. Er wird dich nicht beobachten und dir an deinem zwanzigsten Geburtstag auflauern, wenn er nicht weiß, wer du wirklich bist. Sei vorsichtig«, sagte er, bevor er mit gesenktem Kopf von ihr wegtrat. Er wandte sich noch einmal kurz um und flüsterte: »Es tut mir leid, Allegra.«

Allegra stand reglos auf der Tanzfläche, sah bunte Kleider an sich vorbeirauschen wie im Schnelldurchlauf. In acht Wochen würde sie von der Göttin der Liebe für etwas bestraft werden, für das sie nicht einmal etwas konnte. Wenn das die Gerechtigkeit der Götter war, lief etwas gewaltig schief. Allegra entfernte sich vom Parkett und lief in Richtung der bodentiefen Fenster, von denen eines offenstand und in einen ruhigen Garten führte. Die Musik war plötzlich meilenweit entfernt, als sie an den kleinen Büschen entlangspazierte.

Sie unterdrückte ein Schluchzen. Wo sollte sie innerhalb dieser kurzen Zeit die wahre Liebe finden? Werbeanzeigen von Partnervermittlungen liefen vor ihrem inneren Auge vorbei. Doch anstatt zu lachen, kamen ihr die Tränen und sie zog ihre Maske aus, um sie nicht mit dem schwarzen Make-up zu verschmutzen. Die wahre Liebe. Jemand, der es ernst mit ihr meinte und zum Dank unvorstellbare Qualen für seine Liebe zu Allegra durchleiden würde?

Es raschelte neben ihr und wie zum Zeichen trat Romeo zwischen den Büschen hervor. Er trug noch immer seine Maske und sah im Mondlicht geheimnisvoller aus denn je. Wortlos kam er auf sie zu und hob langsam den Arm.

Sie widerstand dem Drang, den Kopf abzuwenden. Sie wollte eigentlich nicht, dass er sie weinen sah und Mitleid empfand. Doch sie wollte, dass er tat, wovon sie glaubte, dass er es vorhatte.

Er streckte seine Hand nach ihr aus, fuhr mit dem Finger ihre Wange entlang und sammelte dabei das salzige Nass auf. »Ich hoffe für Alessandro, dass er nicht dafür verantwortlich ist«, presste er zwischen zusammengebissenen Zähnen hervor.

Er schien wütend zu sein. Wütend, dass man sie verletzt hatte? Ihre Mundwinkel zuckten schon, aber das Lächeln wollte sich nicht zeigen.

»Ich habe euch tanzen gesehen. Wenn du weinst, weil dir deine Füße wehtun, kann ich es nachvollziehen.«

Jetzt musste Allegra doch lächeln. Nicht wegen des Spruches über Alessandro – sondern weil Romeo sie beobachtet hatte. »Kann ja nicht jeder ein so begnadeter Tänzer sein wie du«, sagte sie und versuchte ihren Ton neutral klingen zu lassen. Der Sarkasmus schwang dennoch mit, was Romeo nicht zu interessieren schien.

»Nicht wahr?«, antwortete er trocken und Allegra konnte wieder einmal nicht anders, als die Augen zu verdrehen.

»Hat dir schon mal einer gesagt, dass Selbstverliebtheit nicht gut ankommt?« Sie schüttelte den Kopf und wischte sich mit dem Handrücken die letzten Tränen von den Wangen.

»Tut es nicht?«, fragte er zurück und hob seine Augenbraue so weit, dass sie am oberen Rand der Maske zu sehen war.

Es sollte eigentlich befremdlich sein, mit einem Mann zu reden, der sich hinter einer Maske verbarg, aber Allegra empfand genau das Gegenteil. Sie sah in die dunkelblauen Augen, die hier draußen aussahen wie ein Spiegelbild des Nachthimmels. Sie musterte die vollen Lippen und die kantigen Gesichtszüge und ihr schossen Gedanken durch den Kopf, die man allein mit einem Fremden in einem dunklen Garten nicht denken sollte. Sie wurde prompt rot im Gesicht, was er nicht nur registrierte, sondern auch noch kommentierte:

»Ich habe einfach die Eigenschaft, Frauen zum Erröten zu bringen«, sagte er mit einem vielsagenden Zucken seiner Augenbrauen.

Prompt wurde Allegra noch röter, auch wenn das eigentlich gar nicht sein konnte. Sie war nicht schüchtern oder etwas in der Art, aber für fast zwanzig doch noch recht unerfahren. Eine Folge ihrer schlechten Männerwahl. Und schon wieder war Venus schuld. Sie verzog das Gesicht, was Romeo missverstand.

»Hey, das war ein Witz«, sagte er und senkte den Kopf, um sie von unten herauf anzuschauen. Klassischer Dackelblick, trotz Maske.

Sie freute sich über sein Einlenken. Eine kleine Delle in der sonst so aalglatten Arroganz, die er ihr bisher präsentiert hatte. »Aber kein sonderlich guter.« Sie wollte mehr von dem Typen unter der Arroganz sehen und ging demonstrativ ein paar Schritte weiter, bis sie an eine niedrige Brüstung kam, hinter der es steil nach unten zum Wasser ging. Wie erhofft kam Romeo ihr hinterher und stellte sich neben Allegra.

»Ich hatte schon bessere Sprüche drauf, aber auch ich werde älter.« In seinen Worten schwang eine gewisse Melancholie mit, die Allegra nicht deuten konnte.

»Wie alt bist du denn?« Sie sah zur Seite und betrachtete sein Profil. Das Mondlicht fing sich in seiner Maske und ließ sie übernatürlich leuchten.

»In weniger als zwei Wochen werde ich zwanzig.« Er biss sich auf die Lippe.

Zwanzig. Manche hatten Angst vor dem Älterwerden, für Allegra bedeutete es wirklich das Ende. »Ich in acht.« Sie wusste nicht, warum sie es sagte. Vielleicht wollte sie das Leid verringern, das sie beim Gedanken an ihren Geburtstag empfand, indem sie es teilte.

»Du siehst nicht älter aus als sechzehn«, versuchte er sie zu beruhigen.

Als hätte sie Angst vor Falten. Wenn es doch nur das wäre. »Na, danke auch«, erwiderte sie trocken. Genau das hatte sie hören wollen. Dass sie aussah wie ein Kind.

»Das war als Kompliment gemeint. Ich …« Erneut bröckelte ein Stück der aalglatten Fassade ab. Romeo fuhr sich durch die Haare und blieb prompt hängen. Zumindest schien der Kleister in seinen Haaren auch für ihn ungewohnt zu sein. Ein Pluspunkt.

»Ich hasse diese Art Komplimente«, sagte Allegra offen.

»Es ist … Alle Frauen machen sich Sorgen, dass sie älter werden, alt aussehen, den Männern nicht mehr gefallen. Und das schon vom Kindesalter an. Niemand sieht …« Allegra glaubte, eine Spur Verzweiflung aus seiner Stimme herauszuhören. »Ja, ich gebe zu, dass ich das sage, weil die Frauen es gerne hören.« Nun sah auch er sie an und lächelte beinahe scheu. »Du siehst nicht aus wie sechzehn.«

»Da bin ich aber froh.« Sie schaute wieder auf den See hinunter und auf die Lichter von Limone.

»Es ist so ruhig hier draußen«, flüsterte Romeo neben ihr. Mit einem kurzen Seitenblick erkannte sie, dass auch er gedankenverloren in die Ferne starrte.

»Mhm«, erwiderte sie nur.

Mehrere Minuten – oder vielleicht auch Stunden – standen sie schweigend nebeneinander. Wenn das, was sie zuletzt von Romeo gesehen hatte, sein wahres Ich war, hätte sie nichts dagegen, mehr Zeit mit ihm zu verbringen. Absolut nichts dagegen.

»Ich …«, setzte sie an und nahm ihren ganzen Mut zusammen, um ihn zu fragen, ob sie sich wiedersehen wollten.

»Allegra?«, rief eine Stimme von weiter her, untermalt von der Musik der Band, die nun in den kleinen Garten drang. Alessandro.

»Ja?«, flüsterte Romeo und ihre Blicke trafen sich. Allegra versank in seinem sehnsüchtigen Blick.

»Verrätst du mir deinen richtigen Namen?«, brachte sie stockend hervor. Ihr Herz schlug immer schneller, je tiefer sie in seinen Augen versank. Bewegte sie sich auf ihn zu oder kam er immer näher? Erneut verschwand der Rest der Welt, als er seinen Kopf so weit senkte, dass nur noch wenige Zentimeter ihre Gesichter trennten. Alles, was sie sah, war die silbergrau schimmernde Maske und die dunklen Augen dahinter. In ihrem Magen stoben Schmetterlinge auf, als sie seinen Atem auf ihren Lippen spürte. *Nur noch ein paar Zentimeter,* dachte sie. *Komm schon.*

Romeo biss sich auf die Lippe, kam noch ein wenig näher. Eine Nähe, die eine flammende Hitze in Allegra entzündete. Sie roch seinen herben Duft. Irgendwie nach Wald, Freiheit und ... mehr. Zum ersten Mal in ihrem Leben sehnte sich Allegra nach einem Kuss. Sollte sie es wagen?

»Allegra?« Alessandros Stimme war anscheinend nicht mehr weit entfernt. Sie drehte sich kurz um.

»Für dich bin ich Romeo«, flüsterte Romeo ganz nah an ihrem Ohr.

Sie konnte schon eine Berührung erahnen und Gänsehaut breitete sich wie ein Lauffeuer über ihren ganzen Körper aus. Sie wandte sich wieder zu ihm und für einen winzigen Moment, in dem sie mit sich haderte, zupfte das Verlangen so stark an ihr, dass sie die Distanz überwand und ihn küsste. Augenblicklich erstrahlte die Welt in reinem Licht. Beinahe erschrocken zuckte er zurück und Feuer brannte auf Allegras Wangen. »Entschuldige«, flüsterte sie und drehte sich beschämt zum See um. Was hatte sie sich dabei nur gedacht?

»Nicht dafür«, sagte er mit stockendem Atem neben ihr, packte sie an der Hüfte und zog sie an sich. Als er sein Gesicht ihrem näherte, hielt er einen Moment inne, nach ihrem Einverständnis fragend, wartete jedoch nicht auf eine Antwort. Er senkte die Lippen auf ihre und sie verschmolzen miteinander.

Ein Kuss, der so bittersüß schmeckte, genau das ausdrückte, was Allegra empfand. Die Sehnsucht nach Liebe, den Schmerz, den diese verursachen würde, den Willen, um sie zu kämpfen. Sie ergab sich mit geschlossenen Augen vollkommen diesem Moment und diesem Kuss. Das Bild eines Mannes und einer

Frau zog tief in ihrem Unterbewusstsein vorüber. Schattenrisse, die sie nicht zuordnen konnte. Sie beobachtete einen Kuss und beinahe gleichzeitig, wie die Frau ein Messer zückte und auf den Mann einstach. Sie schob die seltsamen Bilder, so schnell es ging, weit von sich, konzentrierte sich auf Romeos weiche Lippen und genoss den besten Kuss ihres Lebens. Den Kuss, nach dem sich ihr Innerstes ihr ganzes Leben lang gesehnt hatte.

Umso erschreckender war die Leere, die zurückblieb, als er von ihr abließ. Schmerzerfüllt öffnete sie die Augen und ihr Romeo war verschwunden. Voller Enttäuschung blickte sie im Garten umher.

»Was machst du denn so allein hier draußen?« Alessandro trat auf sie zu. »Ich habe dich überall gesucht. Die letzte Fähre legt bald ab.«

Konnte er ihr nicht ansehen, was soeben mit ihr passiert war? Ihr Herz klopfte noch immer so laut, dass er es hätte hören müssen. Ihre Haut vibrierte, ihre Lippen schrien nach der Wärme von Romeo. Ihre Stimme zitterte, als sie antwortete: »Ich hab ein wenig Ruhe gebraucht.« Verstohlen suchten ihre Augen noch immer den Garten ab.

»Na dann. Lass uns gehen.« Alessandro bot ihr seinen Arm an und sie hakte sich unter.

Auf dem Weg zum Steg und während der Überfahrt konnte sie nur an eines denken: Vermutlich sehe ich ihn nie wieder. Der Schmerz, der mit diesem Gedanken einherging, war so groß, dass sie am liebsten losgeheult hätte. Sie unterdrückte den Drang jedoch, bis Laura ihr aus dem Kleid geholfen hatte und sie wieder allein war. Dann warf sie sich auf ihr Bett und ließ den Schmerz endlich zu. Selbst der Gedanke an Jen, die mittlerweile hoffentlich im Zug nach Deutschland saß, wurde schnell von den heutigen Ereignissen in den Hintergrund gedrängt.

Allegra glaubte nicht an Liebe auf den ersten Blick, Amors Pfeil oder all die Ideen, die Menschen hierzu erfunden hatten. Es war nicht Liebe, die sie für ihren Romeo empfand. Keine solche Liebe, die Opfer bringen würde. Vielleicht war es nicht die große

Liebe, aber es war zumindest ihre kleine Tochter, das Verliebtsein. Und Allegra wusste, dass dieser Spross wachsen konnte, wenn man ihn nur pflegte. Das Gefühl war da und Allegra verstand, was Lorenzo damit gemeint hatte, als er ihr gesagt hatte, dass einem sämtliche Konsequenzen egal wären. Ihr wäre es egal, wenn sie würde leiden müssen – sie litt doch bereits. An der Sehnsucht, die ihren Magen zusammenknüllte. Und an dem Wissen, dass sie *Romeo* vielleicht niemals wiedersehen würde.

Zeit mit ihm zu verbringen, würde all das Leid doppelt und dreifach aufwiegen. Das Gefühl, in seiner Nähe zu sein oder auch nur an ihn zu denken, war alles wert. Möglicherweise sogar den Schmerz der geplatzten Hoffnung, dass sie die Liebe vielleicht gefunden und sofort wieder verloren hatte.

2. Szene

Allegra wachte mit den schlimmsten Kopfschmerzen ihres Lebens auf. Die Nacht war grausam zu ihr gewesen, die wildesten Träume hatten sie geplagt. Immer und immer wieder sah sie den Schattenriss einer Frau, die vor dem fast vollen Mond mit einem Messer auf den Mann einstach, den sie kurz zuvor geküsst hatte. Sie hatte mit dieser Frau gefühlt, hatte im einen Moment noch innige Liebe und Sehnsucht empfunden und im anderen nur mehr reinen Hass.

Selbst jetzt, nach dem Aufwachen verstörte sie der Gedanke daran noch immer. Sie ging unter die Dusche und versuchte den Traum abzuwaschen, aber die Bilder ließen sie nicht los. Sie passten zu ihrer Stimmung, als würden sie Allegra direkt verhöhnen. Erst der Kuss (wie der von Romeo), dann der Schmerz – bei ihr die Sehnsucht.

Mit einem Handtuch auf dem Kopf und in kurzen Jeans und T-Shirt bekleidet suchte sie im Zimmer nach der kleinen Tasche, die zu ihrem Kleid von gestern gehörte. Sie musste mit Jen reden. Bis zum Wochenende würde sie nicht warten können. Sie musste darüber sprechen, brauchte den Trost, den nur eine Freundin zu spenden in der Lage war.

Sie fand den kleinen Beutel, griff hinein, zog ihr Handy heraus und warf den Beutel wieder zurück auf den Sessel. Ihr Finger lag schon auf der Anschalt-Taste, als ein Rascheln sie innehalten ließ. Im Beutel war nichts außer ihrem Handy gewesen. Mit zusammengekniffenen Augen schnappte sie sich erneut den Beutel und stülpte ihn um. Ein zusammengeknüllter Zettel lag darin. Allegras Herz pochte. Sie hoffte so inständig und verbot sich gleichzeitig dieses Gefühl. Es konnte nicht sein. Sie faltete den Zettel auseinander.

Doch, es konnte. Sie erkannte deutlich eine italienische Handynummer. Ihr Herz machte Freudensprünge und ihr Magen hopste mit, sie hatte das Gefühl, als säße sie in einer Achterbahn oder dem Freefall-Tower.

Sollte sie anrufen? Oder schreiben? Sehnsüchtig erinnerte sie sich an den Kuss und griff sich instinktiv an die Lippen. Wie hatte Romeo es geschafft, ihr diesen Zettel zuzustecken?

Sie lief mehrere Minuten im Zimmer auf und ab, haderte mit sich selbst. Dann endlich nahm sie allen Mut zusammen und wählte die Nummer. Ihr Herz hämmerte wie nach einem Marathon. Es klingelte so oft, dass Allegra schon beinahe aufgeben wollte, als sich eine schläfrige männliche Stimme meldete. »Ja?« Ein Gähnen war zu hören. Allegra brachte keinen Ton heraus.

»Hallo? Wer ist da?«, fragte die Stimme.

»Wer ist denn da?«, fragte Allegra zurück.

»Alessandro Capulet. Allegra, bist du das?« Er klang verwirrt, verschlafen und noch nicht ganz bei Sinnen.

»Ja, ich bin's«, sagte sie enttäuscht. »Ich habe einen Zettel mit deiner Nummer in meinem Beutel gefunden.«

»Ja, gute Idee, nicht wahr?«, lobte sich Alessandro selbst und Allegra hörte sein Grinsen. »Ich dachte, es wäre gut, wenn ich dir meine Nummer gebe, falls wir uns irgendwie verlieren.«

»Ja, guter Plan«, erwiderte Allegra, konnte jedoch die Enttäuschung in ihrer Stimme nicht verbergen. »Das nächste Mal könntest du aber auch deinen Namen dazuschreiben.« Sie biss sich sofort auf die Zunge, weil sie so gereizt klang.

»Hm. Du hast Recht«, gestand Alessandro ein und gähnte erneut. »Ist alles in Ordnung bei dir?«

Nein! Absolut nicht!, schrie alles in ihr, doch sie antwortete ihm mit einem: »Na klar. Schlaf ruhig noch ein bisschen. Bis später.«

Sie nahm das Handy schon vom Ohr, als Alessandros »Bis dann!« aus dem Telefon drang. Warum hatte sie sich nur Hoffnungen gemacht? Warum hätte Romeo daran denken sollen, ihr seine Nummer zu geben? Warum hatte sie nicht selbst danach gefragt? *Idiotin!,* schimpfte sie in Gedanken vor sich hin. Selbst schuld. Die Tränen jedoch kamen trotzdem. Sie legte sich wieder ins Bett und suhlte sich ein wenig in ihrer eigenen Dummheit.

Darüber musste sie eingeschlafen sein, denn irgendwann klopfte es lautstark an der Tür. Sie rieb sich den Schlaf und die Spuren der Tränen aus dem Gesicht und öffnete die Tür.

»Hast du etwas von Jen gehört?«, war das erste, das Alessandro zu ihr sagte.

»Dir auch einen wunderschönen guten Morgen«, antwortete Allegra trocken, ehe seine Worte in ihren Kopf sickerten. Sie hatte ihr Handy zwar angeschaltet, um den vermeintlichen Romeo anzurufen, dann aber nicht mehr daran gedacht, dass sie eigentlich Jen hatte schreiben wollen. »Ich habe nicht nachgesehen, Moment.« Sie schnappte sich ihr Handy und schaute, ob sie neue Nachrichten hatte.

Alessandro sah ihr dabei erwartungsvoll zu.

»Nein, nichts. Ich schreib ihr gleich mal.«

»Das hab ich schon. Mehrfach«, sagte Alessandro ungeduldig. »Ich habe auch schon angerufen, aber es klingelt nur – irgendwann geht die Mailbox dran und sagt irgendetwas, das ich nicht verstehe.« Er verzog das Gesicht. Natürlich verstand er Jens deutsche Bandansage nicht.

»Wenn der Zug so spät gefahren ist, ist sie vielleicht noch gar nicht zu Hause«, vermutete Allegra. Insgeheim jedoch glaubte sie selbst nicht daran. Die Uhr auf dem Display ihres Handys zeigte ihr zwei Uhr nachmittags.

»Ich habe den Zug gecheckt«, sagte Alessandro nervös. »Er ist gestern Abend abgefahren. Kurz nachdem wir auf dem Ball angekommen sind.« In seiner Stimme schwang Panik mit, zerstörte Hoffnungen und noch ein paar weitere Gefühle, die Allegra nicht genau benennen konnte.

»Ich kann bei ihr zu Hause anrufen«, schlug sie vor und Alessandro nickte sofort eifrig. In seinen Augen stand neue Hoffnung. Allegra wählte sofort und es klingelte und klingelte. Niemand nahm ab. Enttäuscht legte sie auf.

Alessandro knetete nervös seine Hände und lief im Raum auf und ab. Auf ihr Kopfschütteln hin fuhr er sich mit den Händen übers Gesicht. »Ihr ist etwas zugestoßen«, flüsterte er. »Der Fluch … Der Dunkle hat erkannt, dass sie mir etwas bedeutet. Nach unserem Kuss …«

»Moment! Du hast sie geküsst?« Allegra sah Alessandro mit großen Augen an. Jen hatte kein Wort darüber fallenlassen, obwohl sie so lange miteinander geschrieben hatten.

Alessandro biss sich auf die Lippen und grinste spitzbübisch, was ihn unglaublich jung aussehen ließ. Und wirklich hübsch, das musste Allegra zugeben. Dann erklärte er nahezu schüchtern: »Sie hat mich geküsst. Wir haben uns während der Fahrt eigentlich nur gestritten, na ja, nicht wirklich gestritten, jedenfalls nicht angehimmelt oder keine Ahnung was. Es hat Spaß gemacht. Und dann, ehe wir ausgestiegen sind, hat sie mich geküsst.«

Allegra konnte sich diese Art Streit genau vorstellen. Jen liebte schlagfertige Männer und das war für sie eine Art Test. Alessandro schien ihn bestanden zu haben. Sie sah zu dem nervösen Bündel von kleinem Bruder hinüber und erkannte die Sehnsucht in seinen Augen. Genau so musste sie selbst auch aussehen, wenn sie an Romeo dachte.

»Sie kann mich doch nicht küssen und sich dann nicht melden«, meckerte Alessandro, nachdem er vergeblich auf eine Antwort von Allegra gewartet hatte.

»Jetzt beruhige dich doch. Sie schläft sicher noch. Wer weiß, ob es unterwegs nochmal Probleme mit dem Zug gab oder sie einen Anschluss verpasst hat. Sie meldet sich sicher bald«, versuchte sie Alessandro und sich selbst zu beruhigen. Um ihn abzulenken, fragte sie unschuldig nach Romeo: »Kanntest du eigentlich den Typen, mit dem ich gestern getanzt habe?«

Alessandro blickte skeptisch zu ihr, als wolle er ergründen, welche Beweggründe sie hatte. Dann riss er die Augen auf. »Du bist verliebt?«, rief er so laut, dass das ganze Hotel es gehört haben musste.

»Scht!«, antwortete sie leise und ging nicht auf die Frage ein. Dieses Emotionen-Ding von ihm musste weitergehen, als sie gedacht hatte. Na toll!

»Ist ja schon gut«, sagte er in normaler Lautstärke. »Um deine Frage zu beantworten: Nein, ich kenne ihn nicht. Ich erkenne Menschen an der Art, wie sie ihre Emotionen mit sich herumschleppen, ich könnte dich im Dunkeln erkennen, aber der Typ gestern … diese Farben habe ich noch nie gesehen. Aber ich kann dir sagen, dass er dir zumindest nicht abgeneigt war.« Nun grinste er Allegra an, die in diesem Moment noch zusammenpuzzelte, was er ihr über seine Gabe verraten hatte.

»Du siehst Emotionen in Farben?«

»Allerdings. Und die Montagues«, er spie das Wort wieder einmal aus, »sind alle blutrot, sobald ich einen sehe.«

Deshalb wusste es Alessandro immer sofort, wenn ein Montague in der Nähe war. Und diese Farbe war im wahrsten Sinne des Wortes ein rotes Tuch für ihn. Sie schluckte. Diese Gabe war wirklich alles andere als leicht. Was sie auf die Frage brachte, die sie eigentlich schon Lorenzo hatte stellen wollen: »Welche Gabe habe ich?«

Alessandro zuckte mit den Schultern. »Keine Ahnung. Das musst du schon selbst herausfinden. Solange der dunkle Pfeil dich nicht getroffen hat, dürfte die Gabe aber nicht allzu ausgeprägt sein.« Er rieb sich mit dem Handballen über die Schläfe. »Als ich klein war, hab ich nur gespürt, was die Leute um mich herum fühlen. Ich wusste es einfach. Ich erkannte, wenn sie logen oder etwas sagten, das ganz und gar nicht zu dem passte, was sie empfanden. Das hat mich ein ums andere Mal tief reingeritten. Als Kind habe ich nie verstanden, warum die Erwachsenen etwas sagten, das sie nicht so meinten. Und uns erzählten sie ständig, dass man nicht lügen soll.« Er schnaubte.

Allegra konnte ihn verstehen. Ihr ging es nicht anders. Aber konnte es sein, dass Jens Erklärung mit den »Mikroexpressionen« falsch war und auch Allegra dieselbe Gabe wie Alessandro hatte? »Ich sehe auch oft, was andere Leute fühlen«, erzählte sie ihm und seine Stirn legte sich in Falten.

»Wir wissen nie, was wir können. Keiner von uns. Es ist quasi eine Überraschung. Könnte schon sein, dass du dasselbe kannst. Viel Spaß mit dieser tollen *Gabe.*« Das letzte Wort spuckte er beinahe aus und sein freudlosen Lachen ließ Allegra zusammenfahren.

Eine Welle von Mitleid schwappte zu ihr hinüber und sie verzog den Mund. Mitleid wollte sie keinesfalls. Nicht von Alessandro, der selbst schon genug leiden musste. Sie kniff die Augen zusammen: »Welche Gabe hat Luca?«

»Das wissen wir nicht. Nur der Padre – und vermutlich der Dunkle. Keiner geht mit seinen Fähigkeiten hausieren. Das bleibt in der Familie. Es kann aber alles Mögliche sein. Ben hat ein fotografisches Gedächtnis, Daniele hingegen kann unter Wasser atmen. Nicht lustig, mit ihm schwimmen zu gehen.«

»Ich dachte, sie wären nur deine Freunde?«, fragte Allegra verblüfft.

»Sie sind meine Cousins. Die Söhne der Schwestern meines Vaters.«

Allegra strengte sich an, keinen Knoten im Hirn zu bekommen. »Und wieso trifft der Fluch nicht sie?«, wollte sie wissen.

»Den Hass gegen die Montagues spüren sie auch. Aber der richtige Fluch trifft immer die Erstgeborenen. Da die dann keine Kinder bekommen – tragische Liebe und Tod und so weiter – geht er auf die Zweitgeborenen über. Romeo und Julia starben. Julia war kein Einzelkind, wie Shakespeare behauptet hat. Der Fluch ging auf Donatella Capulet über, die Kinder bekommen hat und jetzt stehen wir hier. Es ist kompliziert, aber wenn man da mittendrin steckt, ist alles ganz logisch.«

Ihre Gedanken sortierend lief Allegra im Raum auf und ab. »Wer von deinen – unseren – Eltern ist ein Capulet?«

»Meine Mutter. Sie hat ihre große Schwester verloren.«

Es musste schlimm sein, in einer solchen Familie aufzuwachsen, die von Leid und Tod geprägt war. Allegra war dem Padre noch einmal doppelt dankbar. Er hatte sie nicht nur vor dem Tod, sondern auch vor diesem Leben bewahrt.

»Apropos *Mamma*, sie will dich heute treffen, soll ich ausrichten.«

Eine leichte Panikwelle überkam Allegra. Und die stammte nicht von Alessandro. Irgendwie hatte sie Angst, der Frau gegenüberzutreten – sie hatte sie ja noch nicht einmal gesehen.

»Hey, mach dir keine Sorgen. Sie ist ganz in Ordnung für eine Mutter«, lachte Alessandro und schlug Allegra freundschaftlich auf den Rücken, ehe er auf die Uhr sah. »Verdammt, sie mag es allerdings gar nicht, wenn man sie warten lässt. Komm.«

»Ich habe mich gar nicht zurechtgemacht.« Allegra blickte auf Jeans und T-Shirt hinab und überlegte fieberhaft, was man anziehen sollte, wenn man seine echte Mutter kennenlernte.

»Sie ist Donna Capulet und nicht der Papst«, lachte Alessandro und nahm ihr einen Großteil der Angst. Er schnappte sich ihre Hand und zog sie so schnell hinter sich her, dass sie gerade noch in ihre Sandalen schlüpfen konnte, ehe sie die Suite verließen.

Alessandro deutete zur anderen Seite des Flurs, zu den vielen Türen, die Allegra bei ihrer ersten Ankunft schon aufgefallen waren. »Die vorderen Räume sind für Mitarbeiter, die nicht in Limone wohnen«, erklärte Alessandro, als sie daran vorbeigingen. »Hier hinten wohnt die Familie.«

Sie standen vor einer weiteren Tür, die mit ein wenig Mauerwerk das Ende des Flures bildete. Eine silberne Rose befand sich auf Augenhöhe. Alessandro erkannte Allegras Frage, ohne dass sie diese ausgesprochen hatte. »Die Rose ist das Symbol der Capulets.« Er hob die Hand mit dem Siegelring. »Zum zwölften Geburtstag erhalten wir unseren eigenen Ring, das ist seit

Jahrhunderten Tradition.« Er zog einen Schlüssel aus der Tasche, öffnete die Tür und gab Allegra den Vortritt, die mit unsicheren Schritten weiterging. Dahinter lag ein weiterer Flur, quasi die Fortsetzung des vorigen. Hier gingen nicht mehr ganz so viele Türen ab. Alessandro deutete auf die zweite Tür. »*Mamma* ist im Wohnzimmer.«

Allegras Herz pochte, als sie von Alessandros Hand im Rücken ins Wohnzimmer geschoben wurde. Der Raum war etwas altmodisch eingerichtet, aber gemütlich. Große Fenster ließen viel Licht herein. Die Sonne schien durch eines der Fenster und strahlte die Frau auf dem gemusterten Sofa direkt an. Sie sah wunderhübsch aus, nicht älter als dreißig, was definitiv nicht sein konnte, wenn sie wirklich Allegras Mutter war. Reglos stand Allegra da und betrachtete die Frau auf dem Sofa wie eine Fotografie, um Gemeinsamkeiten zu finden. Es gab einige: die dunklen Augen der Capulets, die hohen Wangenknochen, vielleicht sogar der Bogen ihrer Augenbrauen.

Die Frau starrte Allegra ebenfalls an. Ihre Hände, die neben ihr auf dem Sofa lagen, zitterten. Sie war aufgeregt, nervös wie Allegra auch. Vielleicht suchte sie ebenfalls in Allegras Gesicht nach Gemeinsamkeiten. Irgendwann – keiner hatte auch nur einen Laut von sich gegeben, seit Allegra das Zimmer betreten hatte – sprang die Frau auf und stürmte auf Allegra zu. Sie riss sie an sich und drückte Allegra. Ein Schluchzen war zu hören.

»*Mamma*, beruhige dich doch«, flehte Alessandro. »Oder willst du, dass ich gleich wieder aus dem Zimmer stürme? So viel Gefühlsduselei ist ja nicht auszuhalten.«

Signora Capulet lachte auf. Ein helles, glockenklares Lachen. Allegra sah zu Alessandro, der gerade Tränen wegblinzelte. Sie lächelte. Signora Capulet, die Allegra nun auf Armeslänge von sich hielt, hatte dagegen keine Probleme mit den Tränen, die ihr über die Wangen liefen. Sie strahlte Allegra überglücklich an, riss sie noch einmal an sich und küsste sie auf die Haare.

»Meine Allegra. Ich bin so froh, dass du hier bist«, sagte sie schließlich.

Allegra wusste nicht, was sie antworten sollte und war froh über Alessandro, der zu ihnen trat und Signora Capulet vorsichtig von Allegra wegzog.

»Sie ist nicht immer so«, sagte er an Allegra gewandt und verdrehte die Augen. »Wir können uns auch setzen und etwas trinken. Cappuccino?«

Signora Capulet nickte schniefend und setzte sich an den Esstisch am anderen Ende des Raumes. Ein Durchgang führte zur Küche, in der Alessandro verschwand. Kurz darauf hörte Allegra, wie er herumhantierte und ihnen einen Cappuccino zubereitete. Die Dampfdüsen zischten und Allegra beruhigte sich, obwohl Signora Capulet sie immer noch anstarrte.

»Du bist wunderhübsch«, sagte sie unvermittelt. »Eindeutig Psyches Fluch.« Sie verzog den Mund zu einem Strich und erneut rannen ihr Tränen über die Wangen.

Alessandro brachte drei Tassen Cappuccino auf einem Tablett und seine Mutter nahm ihren dankend an. Ebenso wie Allegra, die froh war über die Ablenkung. Signora Capulet trank ihre Tasse leer, ohne etwas zu sagen. Doch in dieser Zeit schien sie sich etwas zu beruhigen. Als sie die Tasse auf dem Tisch abstellte, sah sie wesentlich gefasster aus.

»Mein Gefühlsausbruch tut mir leid«, begann sie. »Aber als Lorenzo mir sagte, dass du – meine Allegra – wieder hier in Limone seist, da habe ich es nicht glauben können. Nicht glauben wollen. Ich habe mich geweigert, es zu glauben. Als du dann hier im Zimmer standest«, sie holte nach Luft und wieder liefen die Tränen, »hat mich all der Schmerz überrollt, den ich mir damals, als ich dich verloren geglaubt hatte, nicht eingestanden habe.«

Allegra wusste noch immer nicht, was sie sagen sollte. Die Situation war surreal. Vor drei Tagen war sie als normale Touristin hier angekommen, nun befand sie sich in einer Mischung aus antikem Märchen und Tragödie und saß ihrer leiblichen Mutter gegenüber. Sie war kurz vor dem Ausrasten. Plötzlich spürte sie eine innere Gelassenheit, Ruhe, wo zuvor ein Sturm getobt hatte. Sie sah zu Alessandro, der vielsagend grinste.

»Alessandro!«, mahnte Signora Capulet und sein Grinsen wurde breiter.

»*Mamma*, siehst du nicht, dass sie sich unwohl fühlt?« Er gestikulierte wild mit den Händen.

Signora Capulet straffte sich und gewann schnell ihre Fassung zurück. Vermutlich war auch hier Alessandros Gabe im Spiel. »Tut mir leid, Allegra. Ich wollte dir keine Angst machen.« Sie lächelte Allegra scheu an, stand auf und reichte ihr die Hand. »Ich bin Federica.«

Allegra nahm die Hand an und drückte sie leicht.

»Da du wahrscheinlich nicht gleich über dich reden möchtest, würdest du mir erklären, wer diese Jen ist und was sie mit meinem Sohn angestellt hat?« Nun lächelte Federica und sah dabei aus, als hätte sie erst vor kurzem ihren Schulabschluss gemacht. Sie wirkte so unbeschreiblich jung, dass Allegra plötzlich alle Hemmungen fallen ließ. Sie ignorierte Alessandros empörtes *»Mamma!«* und begann von Jen zu erzählen. Vor allem von ihrer Theorie, dass Jen und Alessandro einfach das perfekte Paar abgeben würden, was Federica ein Lächeln ins Gesicht zauberte. Die Unterhaltung war so locker und leicht, als würde sie mit Jen reden. Sie sprachen über Gott und die Welt, später sogar über Allegras Kindheit und ihre Schulzeit, ihre Pläne für die Zukunft. Sie unterhielten sich so lange, dass Allegra die Zeit vergaß.

Irgendwann – mindestens zwei Cappuccinos später – warf Alessandro ein, dass sich Jen noch immer nicht gemeldet hatte.

»Den hat es schwer erwischt«, flüsterte Federica nicht allzu leise in Richtung Allegra. Alessandro verdrehte kurz die Augen, wurde dann aber so todernst, dass seine Gefühle bis zu Allegra rollten und ihre eigene Sorge über Jens Verbleib freilegten.

»Jetzt geht direkt die Mailbox ran, es klingelt nicht einmal mehr.«

Dann war ihr Akku alle. Aber wo steckte Jen? Allegra zog ihr Handy aus der Gesäßtasche und wählte die Nummer von Jens Wohnung. Wieder klingelte es endlos und Allegra gab auf. Als sie das Display gerade ausschalten wollte, entdeckte sie eine Nachricht. Von einer unbekannten Nummer. Ihr Herz schlug schneller, während sie das Display berührte, um die Nachricht zu öffnen:

Heute um Mitternacht. Limonaia del Castèl. Komm allein. L.

»Alles in Ordnung? Ich spüre deine Verwirrung«, sagte Alessandro und trat zu ihr. Rasch kehrte sie wieder auf den Startbildschirm zurück.

»Ich … Ich überlege nur, ob ich Jens Mutter anrufen soll«, log Allegra schnell. »Vielleicht hat sie etwas von Jen gehört.«

Als sie in Alessandros hoffnungsvolle Augen sah, bekam sie sofort ein schlechtes Gewissen. Sie nahm sich vor, später auf die Nachricht zu antworten. Später bedeutete, sobald sie alleine war. Zuvor musste sie jedoch den versprochenen Anruf erledigen. Sie scrollte zu Jens Mutter und drückte auf ›anrufen‹. Es klingelte nur einmal, bis der Anruf angenommen wurde. Jens Mutter klang wie Allegra sich fühlte. Selbst in ihrem *»Mayer«* schwang Besorgnis mit. Angst vor einer schlechten Nachricht. »Hallo Frau Mayer«, sagte Allegra auf Deutsch.

»Allegra? Gut, dass du mich anrufst. Ich habe deine Handynummer nicht und Maria ist nie zu Hause, wenn ich anrufe. Seid ihr noch am Gardasee?«

Allegra hatte Mühe, den Worten zu folgen, die nahezu ohne Unterbrechung gesagt wurden. Als der letzte Satz auch in ihrem Hirn ankam, war ihr klar, dass der Anruf ein Fehler gewesen war. Wo konnte Jen nur stecken? Was sollte sie ihrer Mutter nun sagen?

Alessandro gestikulierte wild vor Allegras Augen. Sie schüttelte den Kopf und er flüsterte etwas, das sie nicht verstand. »Moment, Frau Mayer, die Verbindung wird gerade ganz schlecht«, schwindelte sie und hielt die Hand vor das Mikrofon des Handys. »Was?«, zischte sie Alessandro an.

»Da stimmt was nicht, ich hätte von Anfang an darauf hören sollen. Sag ihr, dass alles gut ist«, sagte er schnell.

»Das kann ich nicht. Sie ist Jens Mutter. Sie muss wissen, dass ihre Tochter verschwunden ist.« Wie sollte sie es Frau Mayer nur sagen?

»Bitte, Allegra. Lass uns erst mit Lorenzo sprechen.«

Heute um Mitternacht. L. Lorenzo. Vielleicht wollte er über Jen reden! Wusste er mehr? Allegra hatte keine Zeit nachzudenken. Sie folgte ihrem Bauchgefühl und nahm den Finger vom Mikrofon. »Frau Mayer? Jens Handy macht Probleme, sie ist erst heute abgereist und ich soll Ihnen Bescheid geben.« Allegra war eine schlechte Lügnerin, aber auf die Schnelle war ihr nichts Besseres eingefallen.

»Danke, Allegra«, sagte Frau Mayer stockend. Sie weinte. »Ich war schon drauf und dran, die Polizei zu informieren.«

»Wenn sie ihren Zug nicht verpasst, müsste sie heute Abend in München sein.« Wie konnte Allegra der Mutter ihrer besten Freundin so etwas antun? Sie biss sich auf die Lippe, um nichts Falsches zu sagen, vielleicht sogar die Wahrheit. Dann presste sie noch eine Abschiedsfloskel heraus und beendete das Gespräch.

Sofort drehte sie sich zu Federica und Alessandro um, die flüsternd debattierten und sofort verdächtig still wurden. Allegra hob die Augenbrauen.

»*Mamma* ist dagegen, den Padre um Hilfe zu bitten. Jen ist keine von uns.« Alessandro knirschte so stark mit den Zähnen, dass die Kiefermuskulatur hervortrat und Allegra wappnete sich schon instinktiv gegen die Gefühlswelle, die sie gleich treffen würde. Und sie kam heftig. Ein Schmerz, der nichts mehr mit der Enttäuschung über die Entscheidung von Federica zu tun hatte. Da war mehr. Auch wenn Allegra es Federica gegenüber erwähnt hatte, was für ein tolles Paar Jen und Alessandro abgeben würden, hätte sie nicht erwartet, dass er wirklich schon *Gefühle* für Jen hatte. Allegra dachte, er sehe in Jen lediglich eine Herausforderung. Aber seine Sorge und der Schmerz, der im Moment durch den Raum tobte, waren eindeutig.

»Vielleicht überlegst du es dir bis morgen?«, fragte Allegra an Federica gewandt und sah sie dabei eindringlich an.

»Ich denke noch einmal darüber nach.« Federica zog die Augenbrauen zusammen und überlegte vermutlich, wofür Allegra Zeit brauchen könnte.

»Dann lass uns jetzt zum Essen runter gehen«, schlug Allegra vor und zog Alessandro aus dem Raum und der Wohnung der Capulets.

»Was sollte das?« Alessandros Ärger war nun gegen Allegra gerichtet.

Sie schleppte ihn wortlos zur Suite und überlegte dabei fieberhaft, ob sie ihm von der Nachricht erzählen sollte. Sie entschied sich für eine Zwischenlösung, da sie Hilfe dabei brauchte, zum *Limonaia del Castèl* zu kommen. In einem von Jens Prospekten hatte sie zwar gelesen, dass es sich dabei um die alten Zitronenfarmen handelte, sie wusste jedoch nicht, wie sie dorthin kam.

»Ich habe eine Nachricht bekommen«, begann sie, nachdem sie die Zimmertür hinter ihnen beiden geschlossen hatte. Sofort hatte sie Alessandros Aufmerksamkeit und die Hoffnung strömte aus seiner Richtung auf sie ein. »Nein, nicht von Jen.« Sofort verpuffte das falsche Gefühl. »Sie ist von Lorenzo. Er will sich mit mir um Mitternacht im *Limonaia del Castèl* treffen. Allein. Vielleicht weiß er etwas und will es mir sagen«, erklärte Allegra und ignorierte das skeptische Gesicht ihres Bruders.

»Und warum meldet er sich dann nicht bei meiner Mutter? Äh … unserer Mutter«, setzte er hinzu.

»Vielleicht, weil er nicht weiß, wie Federica reagieren würde? Sie hat diese Woche immerhin schon eine wichtige Nachricht bekommen.« Sie hob die Hände zu einer »Tadaaa!«-Geste.

Alessandro zog die Stirn in Falten, schien aber zumindest darüber nachzudenken. »Er hat sich auch schon mit mir im *Castèl* getroffen«, gab er zu. »Aber nicht um Mitternacht.«

»Hilfst du mir?« Allegra setzte ihren besten Dackelblick auf und die Züge ihres Bruders wurden weich. »Ich will nicht, dass mir zufällig Daniele oder Ben an den Fersen hängen.« Allegra war aufgefallen, dass sich einer der beiden ständig wie zufällig in ihrer Nähe befand, genau wie die Bodyguards bei der Anprobe für den Ball.

»Und ich will nicht, dass du mitten in der Nacht zum *Castèl* hinaufkletterst. Dort hat es kaum Licht, du könntest irgendwo runterstürzen oder …«

»Glaubst du nicht, dass Lorenzo auf mich aufpassen wird? Vielleicht ist es die einzige Chance, Antworten über Jen zu bekommen«, flehte sie nun.

Sein Gesicht verdunkelte sich für einen Moment. Dann lenkte er ein. »Ich glaube nicht, dass *Mamma* meine Cousins vor deine Tür stellt. Aber ich helfe dir. Wie könnte ich nicht?«

Begeistert sah er zwar nicht aus, aber in seinen Augen erkannte Allegra den Wunsch nach Antworten – denselben Ausdruck, den sie selbst aus dem Spiegel kannte. Hoffentlich bezogen sich diese Antworten wirklich auf Jen und nicht auf noch weitere grausame Details, die mit Allegras Fluch zusammenhingen.

Alessandro schien der Kuss im Auto nähergegangen zu sein, als er sich selbst und vor den anderen eingestehen wollte. Doch gerade das brachte Jen vielleicht in Gefahr.

3. Szene

Der Abend wurde zur reinsten Tortur für Allegra. Federica hatte tatsächlich angeordnet, dass Allegra nun rund um die Uhr bewacht werden sollte. Wer genau Security spielen würde, wusste Alessandro jedoch nicht. »Meine Mutter hat viele Beziehungen in dieser Richtung« war alles, was Allegra aus ihm herausbringen konnte.

Nun saß sie mit Alessandro beim Abendessen, brachte von all den Köstlichkeiten jedoch nichts herunter. Stets schwebte die Sorge um Jens Verbleib über ihnen. Flüsternd unterhielten sich die beiden in ihrem Separee und stellten die wildesten Vermutungen an, warum Lorenzo Allegra mitten in der Nacht treffen wollte.

»Vielleicht hat der Dunkle Wind von dir bekommen«, mutmaßte Alessandro, dem der Appetit trotz allem nicht vergangen war. Er hatte seinen Teller Antipasti schon fast vollständig geleert.

»Warum kommt er dann nicht einfach Federica besuchen? Wo wäre es ungestörter als oben in den privaten Räumen?« Allegra schob ihre Antipasti auf dem Teller hin und her.

»Er darf nicht allein kommen«, erklärte ihr Bruder. »Beziehungsweise kann er es gar nicht. Vermutlich stand im Vertrag, dass man weder Montagues noch Capulets alleine besuchen darf.

Weder der Padre noch der Dunkle.« Er zuckte mit den Schultern. »Bislang war das aber nie ein Problem. Wie ich bereits erwähnt habe, hatte ich auch schon ein geheimes Treffen mit Lorenzo.«

»Um was genau ging es da?« Allegra war dankbar über jede Ablenkung.

»Er hat mit mir ein ernstes Wörtchen über Luca Montague sprechen wollen.« Alessandro verzog das Gesicht, als sei ihm plötzlich schlecht geworden.

Allegra sagte nichts, sondern wartete, bis er weiter erzählte.

»Er hat versucht mir weiszumachen, dass Luca angeblich keinen Grund hat, auf mich loszugehen. Scheinbar merkt er den Fluch kaum und nur ich bin schuld daran, dass es ständig wieder Ärger gibt. Luca wäre eine Chance, den Fluch endlich zu brechen, blablabla.«

»Und wieso musste er dir das unter vier Augen sagen?«

»Ich glaube nicht, dass der Dunkle erfreut über die Information wäre, dass Luca den Hass gar nicht spürt – wenn es denn wirklich so ist. Vielleicht hat der Dunkle ihn an seinem zwölften Geburtstag verfehlt?« Er zuckte mit den Schultern, als wäre das alles nicht wichtig.

Aber das war es, das spürte Allegra. »Der Padre hat mir beim Ball dasselbe gesagt.« Sie kniff die Augen zusammen und überlegte, wie all das zusammenpasste. Sie konnte sich ihren Bruder wahrlich gut vorstellen: Er war hitzköpfig und handelte schneller, als er nachdachte. Das war wirklich ein großes Problem.

»Bist du dem Dunklen schon einmal begegnet?«, fragte sie im selben Moment, wie Alessandro mit Schmollmund sagte: »Dein erstes Treffen mit ihm und er macht mich gleich schlecht?« Sie antworteten auch im selben Moment, aber Alessandro gestikulierte, dass sie beginnen sollte: »Nein, so war das doch gar nicht. Sei nicht gleich eingeschnappt.« Allegra pikte Alessandro mit der Gabel in den Handrücken und dieser schrie theatralisch auf, so dass Allegras Bodyguard, der ihr als Felipe vorgestellt worden war, sofort seinen Kopf zwischen den Pflanzen durchsteckte und nachsah. Alessandro und Allegra prusteten vor Lachen.

Der Moment war jedoch schnell vorbei und Stille kehrte ein. Beide hingen ihren Gedanken nach.

»Ich bin ihm noch nie begegnet«, sagte Alessandro unvermittelt und Allegra brauchte ein paar Sekunden, bis sie verstand, dass er auf ihre Frage nach dem Dunklen antwortete. »Niemand von uns hat ihn je gesehen. Nur der Padre. Sie sind seit damals so was wie die zwei Seiten einer Medaille.« Allegra versuchte sich diesen Dunklen vorzustellen und das Bild einer Mischung aus Sith Lord und Mönch entstand vor ihrem inneren Auge, das sie schnell wieder verdrängte.

Alessandro aß die letzten Happen von seinem Teller und erneut legte sich die Ungewissheit über Jens Verbleib über die beiden. Noch ein letztes Mal gingen sie flüsternd den Plan für die Nacht durch, ehe sich Allegra von Felipe zu ihrem Zimmer bringen ließ. Alessandro musste noch etwas für Federica erledigen, das seiner Aussage nach keinen Aufschub duldete.

Allegra versuchte sich mit Lesen abzulenken, aber als sie wieder und wieder denselben Absatz las, weil sie sich nicht konzentrieren konnte, gab sie es auf. Felipe stand vor ihrer Tür wie ein Zerberus. Sie wäre beinahe in ihn hineingerannt, als sie sich etwas zu trinken besorgen wollte. Die Minuten krochen dahin, Allegra hatte sich inzwischen umgezogen und lief nervös im Raum auf und ab. Wenn sie genau hinsehen würde, waren sicher schon Laufspuren auf dem edlen Teppich.

Dann endlich drangen Geräusche durch die Balkontür. Ihr Herz hämmerte vor Aufregung und sie wartete wie vereinbart mit dem Türöffnen, bis Alessandro die Feuerleiter ausgefahren hatte. Der Krach würde Felipe ansonsten vermutlich dazu bringen, sofort die Suite zu stürmen.

Alessandro schwang sich gerade über die Brüstung, schon riss Allegra die Tür auf und stürmte – bereit für das Treffen – auf den Balkon. Alessandro schrak zusammen und geriet noch in seiner Bewegung über das Geländer ins Schwanken. Instinktiv packte Allegra zu und hielt ihn an seinem bloßen Unterarm fest. Um ein Haar hätte sie ihn sofort losgelassen. Nur mit Mühe widerstand sie dem Drang sich zurückzuziehen, als das Weiß sie überfiel wie auf der Promenade von Malcesine. Sie bekam gerade noch mit, dass Alessandro sicher neben ihr stand und schon war das Weiß allgegenwärtig.

Allegra kniff angestrengt die Augen zusammen, um etwas erkennen zu können. Es dauerte eine gefühlte Ewigkeit, bis sich Alessandros Gesicht aus dem Weiß schälte. Gleich darauf sah sie Jen. Die beiden standen Hand in Hand da. Alessandro senkte seinen Kopf zu dem von Jen und bewegte die Lippen, Allegra konnte jedoch nichts verstehen. Sie sah Jen genauer an. Tränen liefen aus ihren Augenwinkeln, ihre Augen waren gerötet und ihr Make-up verschmiert. Aber sie war am Leben. Sie und Alessandro hielten sich bei den Händen. Er schien sie zu trösten. Schneller als beim letzten Mal verblasste das Weiß und Allegra blickte in Alessandros besorgtes Gesicht. Sie lag auf dem Balkon, ihr Bruder kniete neben ihr.

»Hast du das öfter?«, fragte er und sah aus, als würde er schreiend davonlaufen wollen, weil er nicht wusste, was er tun sollte.

»Erst seit ich hier bin«, antwortete sie und setzte sich auf. »Ich habe dich gesehen. Mit Jen«, murmelte sie und versuchte, die Bilder zu rekonstruieren.

»Während du ohnmächtig warst?«

Sie nickte. »In Malcesine habe ich dich und Luca gesehen.«

Alessandros Kopf schnellte nach oben. Er wartete auf weitere Erklärungen.

»Ich habe gesehen, wie ihr euch prügelt«, begann sie und versuchte nicht allzu verrückt zu klingen. »Und genau so ist es wenig später gekommen.«

»Du bist ein Orakel«, entfuhr es Alessandro.

»Wie das von Delphi?«, lachte Allegra, weil sie Alessandros Aussage für einen Witz gehalten hatte. Seinem Gesichtsausdruck nach zu urteilen war es ihm jedoch ernst. »Das heißt … Du meinst …« Nein, sie wollte es nicht aussprechen.

»Ich schätze, jetzt kennen wir deine Gabe«, sagte Alessandro tonlos und strahlte dabei Emotionen aller Art aus.

So geballt, dass Allegra sie gar nicht alle zuordnen konnte. Was sie auf ihre nächste Frage brachte: »Warum kann ich dann ebenfalls Gefühle lesen?«

»Keine Ahnung. Vielleicht ist das immer ein kleiner Blick in die Zukunft?« Er zuckte mit den Schultern. »Jetzt sollten wir aber los. Im Dunkeln ist es kein Spaß, dort hinaufzulaufen.«

Allegra schloss die Balkontür so leise wie möglich und kletterte dann Alessandro hinterher über die Brüstung und die metallene Feuerleiter hinab. Unten angekommen huschten die beiden durch kleine Gassen und blieben erst wieder stehen, als sie weit genug vom Castello entfernt waren. Alle beide stützten sich mit nach vorne gebeugtem Oberkörper auf den Knien ab und rangen nach Atem.

»Solche Sprints bin ich nicht gewohnt«, keuchte Alessandro nach einer Weile.

Allegra, die regelmäßig joggte, hatte sich bereits erholt. »An deiner Ausdauer solltest du wirklich arbeiten«, neckte sie ihren kleinen Bruder.

»Ja, ja«, kam nur zur Antwort und Alessandro straffte sich. »Es geht schon. Jetzt können wir weiter.« Er führte sie durch verwinkelte Gassen, durchquerte einmal sogar einen Hinterhof, der sicher nicht dafür gedacht war, von jedermann betreten zu werden, während es stetig bergauf ging.

Schon von der Stadt aus hatte Allegra die alten Mauern gesehen. Das *Limonaia del Castèl* war ein uraltes Gewächshaus. Zwischen den Mauern wurden Zitrusfrüchte angebaut. Es gab Plantagen direkt am Seeufer, aber auch weit oben. Die Mauern waren notwendig, um die Pflanzen in der kälteren Jahreszeit zu schützen. Es dauerte nicht lange, da befanden sie sich bereits zwischen zwei so hohen Mauern, dass Allegra sich vorkam, als würde sie durch ein Labyrinth laufen. Der Zitrusgeruch war so dominant, als hätte man den Duft versprüht.

»Und wohin jetzt?«, flüsterte Allegra. »Vergiss nicht, dass ich mich allein mit ihm treffen muss.«

»Lorenzo wartet sicher beim Museum.« Alessandro deutete auf ein Gebäude, das vor ihnen auftauchte. »Woanders könnte man sich gar nicht treffen – außer man zählt die Wege ab. Der Eingang ist auf der anderen Seite.« Der Spaziergang schien ihm gutgetan zu haben, er war locker und entspannt. Vermutlich waren die Gedanken an Jen in den Hintergrund gerückt. Am Ende der Mauer stoppte er. Das Museum lag nun direkt vor ihnen. Ein Gebäude, das direkt aus den Mauern der Plantage erwachsen zu sein schien. Er scannte die Umgebung und kniff die Augen zusammen.

»Hast du was gesehen? Oder gespürt?« War es doch ein Fehler herzukommen? Allegra bekam eine Gänsehaut, die sich erst legte, nachdem Alessandro den Kopf geschüttelt hatte.

»Für einen Moment dachte ich … Ach, egal. Ich werde hier auf dich warten, okay?« Alessandro knetete nervös die Hände. »Wenn du Hilfe brauchst, ruf mich. Die Mauern leiten den Schall gut weiter.«

Allegra nickte. Inzwischen war sie fest der Meinung, dass es eine dumme Idee gewesen war, sich auf das Treffen einzulassen. Alessandro glaubte, dass sie sich mit Lorenzo treffen wollte. Bis gerade eben war auch Allegra davon überzeugt. Doch jetzt, da sie den nur vom Mondschein beleuchteten Kiespfad entlanglief, schwirrten ihr die schlimmsten Gedanken durch den Kopf. Was, wenn es eine Falle war und der Dunkle das nachholen wollte, was kurz nach ihrer Geburt vereitelt worden war?

Ihr Herz pochte mit jedem Schritt ein wenig schneller. Sie kam bei dem Gebäude an und ihre Beine wollten ihr kaum mehr gehorchen. Die Anspannung machte die Luft zum Schneiden dick. Allegras Sinne waren geschärft. Von weit her klangen Schreie der Nachtvögel zu ihr, was ihr das Gefühl gab, in einem schlechten Horrorfilm zu sein. In genau der Szene, in der sie selbst vor dem Fernseher die Schauspielerin angebrüllt hätte, nicht so doof zu sein und sich auf eine anonyme Nachricht hin mit weiß Gott wem zu treffen.

Mit zögerlichen Schritten ging sie am Gebäude entlang. Wurde es immer dunkler, oder kam es ihr nur so vor? Sie schaute nach oben und verfolgte, wie sich eine Wolke – vermutlich die einzige am ganzen Himmel – vor den Mond schob. Na, danke auch. Sie verzog das Gesicht und bog um die Ecke des Museums, wo sich laut Alessandro der Eingang befand. Wer auch immer sich dort befinden würde, war nicht zu sehen. Allegra wusste nicht, ob sie erleichtert oder verärgert sein sollte. Oder beides. Wenn sie so blöd war, auf eine Nachricht von einem unbekannten Absender zu reagieren, war sie wohl selbst schuld. Sie kickte einen größeren Stein vom Kiesweg. Irgendwohin musste ja der Ärger über sich selbst.

»Was hat dir denn der Stein getan?«

Allegra fuhr zusammen. Adrenalin schoss durch ihren Körper, spannte jeden einzelnen Muskel an. Das war ganz sicher nicht die Stimme von Lorenzo. Aber woher kam sie? Allegra sah sich binnen Millisekunden um, nirgendwo war auch nur ein Schatten zu erahnen. Selbst die Mauern der Plantage und das Gebäude waren nur noch in groben Umrissen zu erkennen.

»Beruhige dich«, befahl die Stimme. War das nicht der Moment, in dem sie schreiend davonrennen sollte? Doch sie war wie erstarrt, nicht in der Lage, auch nur einen Schritt zu tun. »Bitte«, fügte die Stimme noch hinzu.

Durch das Rauschen in ihren Ohren wirkten die Worte verzerrt. Allegra versuchte sich zu beruhigen, ihren Puls zu senken. Sie musste auf alles gefasst sein. Schritte auf dem Kies. Allegra öffnete den Mund, um Alessandro zu rufen. So weit kam sie jedoch nicht. Eine behandschuhte Hand schnappte sie von hinten und presste sich über ihren Mund, eine weitere Hand umgriff sie so fest, dass sie ihre Arme nicht mehr bewegen konnte. Panik wallte in Allegra auf. Nackte Angst. *Alessandro!,* schrie sie innerlich, weil ihre Stimme nicht mehr als ein »Mmghm« zustande brachte.

Der Körper, der zu den Händen gehörte, zuckte zusammen. Allegra spürte Atem in ihrem Nacken. Der Kopf des Angreifers kam näher. Sie wartete noch einen Moment, ehe sie mit aller verfügbaren Kraft den Kopf nach hinten schnellen ließ. Ein Stöhnen war zu hören, für einen Moment glaubte Allegra, dass die Hände sie loslassen würden und sie machte sich bereit zur Flucht. Aber der Mann gab ihr keine Gelegenheit.

»Bitte, Allegra. Beruhige dich«, flüsterte die Stimme. »Ich bin es, Romeo.«

Tausende Bilder zogen rasend schnell an Allegra vorbei. Die silbergraue Maske, der Tanz, der Garten des *Castello Scaligero,* der Kuss, ihre Sorge, ihn nie mehr wiederzusehen. Konnte es wirklich sein? Nun pochte ihr Herz in einem anderen Takt, aber kein bisschen langsamer als zuvor.

»Mmghm«, versuchte sie etwas zu sagen, doch die Hand verschloss noch immer ihren Mund.

»Bitte schrei nicht, okay?«, bat der Mann leise und Allegra nickte.

Die Hand ließ von ihr ab und sie wandte sich um. Sie verbot sich jede Hoffnung, glaubte noch immer nicht daran. Langsam, ganz langsam drehte sie sich um die eigene Achse. Die silbergraue Maske blickte ihr aus der dunklen Nacht entgegen. In genau diesem Moment befreite sich der Mond von seiner Wolkendecke und brachte die Maske zum Erleuchten. Allegra konnte es nicht fassen. Sie verglich die dunkelblauen Augen hinter der Maske, die kantigen Gesichtszüge, die Größe. Alles stimmte mit ihren Erinnerungen überein. »Wie … Woher …«

»Lorenzo hat mir deine Nummer gegeben«, antwortete Romeo emotionslos.

Allegra versuchte seine Gefühle zu erahnen, stieß jedoch auf eine Mauer aus nichts. Sie dachte an die Zeit in ihrem Zimmer zurück, in der sie alle Hoffnung auf ein Wiedersehen verloren geglaubt hatte. Ihn nun hier vor sich zu sehen, fühlte sich so unwirklich an. Die Maske und das Mondlicht verstärkten diesen Eindruck nur noch. Dann endlich drang seine Antwort zu ihr durch. »Lorenzo?«, fragte sie.

Er nickte langsam, sagte jedoch nichts. Lorenzo gab sich scheinbar als normalen Padre aus. Gehörte es hierzulande dazu, den Verkuppler zu spielen? Romeo sah sie eindringlich an, die dunklen Augen angestrengt zusammengekniffen.

»Was ist?« Allegra legte den Kopf schief, als könnte sie aus diesem Winkel mehr über ihn herausfinden.

»Du bist …« Er schüttelte den Kopf. »Du bist wunderschön.«

Allegra verdrehte die Augen. Hatte sie ihm nicht klargemacht, dass sie nicht auf solche Sprüche stand. Allerdings hatte sie das Gefühl, dass es nicht das war, was er ursprünglich hatte sagen wollen. »Warum wolltest du mich ausgerechnet hier treffen?«, fragte sie misstrauisch. Immerhin könnte ihr Romeo auch ein Serienmörder sein, der auf Maskenbällen seine Opfer rekrutierte. Warum sonst trug er dunkle Handschuhe? Schnell schüttelte sie die Bilder ab, als er eben jene Handschuhe abstreifte.

Romeo lachte auf, dass es von der Museumswand widerhallte, und Allegra schrak zusammen. »Weil ich nicht möchte, dass uns jemand stört«, flüsterte er nach vorn gebeugt, direkt an ihrem Ohr. Sie konnte bereits die Funken knistern hören. Der Versuch, sie über die klitzekleine Distanz mit Romeo zu verbinden. Stattdessen sprangen die Funken auf ihrer Haut umher und verursachten ein Kribbeln.

»Aha«, antwortete sie geistreich, noch immer auf der Suche nach ihren fünf Sinnen. Ihr Blick fiel auf seine nun bloße Hand, an der ein silberner Ring im Mondlicht glitzerte. Er war dem von Alessandro nicht unähnlich.

Romeo lächelte und Allegra schmolz förmlich dahin. Die Serienkiller-Bilder verbannte sie in ihrem Kopf immer weiter nach hinten. »Sehr gesprächig bist du heute aber nicht.« Enttäuschung schwang in Romeos Stimme mit.

»Wenn ich gewusst hätte, dass ich dich heute hier treffe, dann …« Moment! »Du hast die Nachricht mit *L Punkt* unterzeichnet.«

Er biss sich auf die Lippen und nickte dann.

Allegra legte die Stirn in Falten. »Wie heißt du wirklich?«

»Luca.«

Allegra fühlte sich, als würde sie keine Luft mehr bekommen. Sie klammerte sich an die Idee, dass es diesen Namen in Italien sicher häufiger gab. Romeo war das Gegenteil von dem Mann mit den eisblauen Augen, mit dem sie den Namen bisher in Verbindung gebracht hatte. Sie sagte nichts, wartete auf weitere Erklärungen.

Luca hob die beringte Hand und nahm die Maske ab – und sofort erkannte sie die geschwungene Augenbraue, die aussah, als habe er sie skeptisch gehoben. Er drehte den Kopf zur Seite und griff sich erneut ins Gesicht. Allegra starrte auf seinen Hals, die starke Nackenmuskulatur. Als Romeo – Luca! – sich wieder umwandte, blickte sie direkt in die eisblauen Augen der Montagues. Allegra schlug sich die Hand vor den Mund.

»Bitte …«, sagte Luca beinahe flehend.

Allegra schüttelte ununterbrochen den Kopf. Luca Montague. Er hatte ihren Bruder geschlagen!

Lucas Hand fuhr zu ihrem Oberarm. »Das war nicht meine Schuld!«, sagte er und Allegras Augen blickten von seiner Hand, die selbst durch das dünne Shirt Wärme abgab, zu seinem Gesicht. Wieder biss er sich auf die Lippen und sah alles andere als glücklich aus. »Verdammt«, fluchte er leise. »In deiner Gegenwart bin ich nicht einmal in der Lage, mich zu konzentrieren.«

Das brachte Allegra zum Lächeln. Von ihrem Magen ausgehend breitete sich eine Wärme aus, die sie nicht ignorieren konnte. »Du kannst Gedankenlesen«, stellte sie fest. »Das ist deine Gabe.«

Luca senkte zustimmend den Kopf.

»Warum das Ganze?«, fragte sie und dachte dabei zurück an den Ball, an die Gefühle, die »Romeo« in ihr hervorgerufen hatte. Dann durchzuckte sie ein irrer Schmerz, als ihr die Antwort plötzlich klarwurde. Sie schlug mit aller ihr zur Verfügung stehenden Kraft zu und traf Lucas Bauch mit voller Wucht. Er stöhnte und klappte zusammen.

»Er sieht das alles mehr wie ein Spiel, stichelt und ärgert Alessandro. Nicht, weil er diesen tiefen Hass empfindet, der alle anderen Familienmitglieder quält. Sondern weil er es nicht anders kennt.« Lorenzos Worte zogen wie ein Echo durch ihren Kopf.

»Du bist ein gottverdammtes …« Allegra wandte sich bereits zum Gehen. Doch Lucas Arm hielt sie zurück. Er richtete sich langsam wieder auf. »Was?«, zischte sie ihn an. Sie fühlte sich ausgenutzt und verraten. Und dieses Gefühl saß so tief, grub einen Tunnel zu all den alten Liebeleien, die so falsch gewesen waren wie Lucas Verhalten.

»Es ist nicht so, wie du denkst.«

Na klasse, der beste Spruch überhaupt. Gleich nach *»Es liegt nicht an dir«*. Allegra presste die Lippen zusammen, kämpfte bereits mit den Tränen, die die Enttäuschung aus ihrem Körper schwemmen wollten.

»So meinte ich das nicht.« Lucas Stimme klang nicht mehr nur flehend, sondern beinahe beschwörend. »Allegra, als ich dich das erste Mal an der Seite von Alessandro gesehen habe, habe ich einen Schmerz verspürt wie nie zuvor in meinem Leben.« Er nahm Allegras Hand in seine Hände und führte sie zu seiner Brust. »Der Schmerz ist nie verschwunden. Ich habe mitbekommen, dass du im *Palazzo dei Capitani* mit Lorenzo gesprochen hast, und bin danach zu ihm gegangen. Ich musste wissen, wer du bist.«

Allegra schob die Bilder von dem sich küssenden Paar, die sich ihr wieder aufdrängten, zur Seite und auch ihr Wunsch, davonrennen zu wollen, legte sich etwas. Sie sagte jedoch kein Wort.

»Lorenzo hat mir nichts gesagt. Er wollte nur wissen, ob mein Interesse allein darin begründet liege, dass du Alessandros Freundin sein könntest. Aber das war es nicht. Es war … mehr.« Er holte tief Luft, ehe er fortfuhr: »Ich kann Gedankenlesen. Nicht jedoch die der Capulets. Bei dir habe ich immer nur ein kleines bisschen aufgeschnappt, vorbeiflimmernde Bilder. Das hat meine Neugierde geweckt. Ich musste dich näher kennenlernen.« Nun fuhr er sich mit der Hand durch die Haare.

Allegra vermisste seine Berührung schmerzlich.

»Lorenzo sagte mir, dass du auf dem Ball sein würdest. Um die Capulets nicht zu reizen, empfahl er mir die Kontaktlinsen und die Maske zu tragen und meinen Ring abzunehmen.« Er lachte trocken auf und deutete auf seinen Siegelring. Erst jetzt konnte Allegra sehen, dass auf seinem Ring keine Rose prangte. Es sah eher aus wie ein Schwert. Oder ein Dolch? »Er hat mich sogar genötigt, mich zu rasieren. Erst später, im Garten, ist mir klar geworden, dass du auf andere Weise zu Alessandro gehörst. Du bist eine Capulet.« Er schüttelte ungläubig den Kopf.

Allegra starrte Luca an und verglich ihn mit Romeo. Ihr hätte es auffallen müssen. Wenn sie sich jetzt den Dreitagebart dazudachte, war es eindeutig. Aber diese falschen dunklen Augen hatten sie völlig blind gemacht. Der Mann vor ihr war einfach nicht ihr Romeo. Insbesondere nicht mit dem Wissen, dass zwischen den Familien eine tödliche Feindschaft herrschte. Allegras Herz schmerzte, als sie das Kribbeln im Bauch verdrängte und beschloss, dass sie einem Montague nicht trauen konnte. Nicht mit Lorenzos Worten im Ohr, dass die Fehde für ihn nichts als ein Spiel sei. Mit tränengetrübtem Blick machte sie die ersten wackeligen Schritte. Weg von Luca, der sie wie ein Magnet anzuziehen schien.

Die Tränen liefen, als sie den Schlag gegen das Gebäude hörte und Lucas Emotionen sie wie eine Welle überrollten, so dass sie beinahe umkippte.

»Bitte«, hallte ein einziges Wort in ihrem Kopf.

»Bitte«, flüsterte es beinahe lautlos hinter ihr und sie sah kurz um. Luca war auf den Boden gesackt und lehnte sich an die steinerne Mauer des Museums. Der Mond beleuchtete sein Gesicht. Aus den geschlossenen Augen lief eine Träne.

Während sie den Blick von ihm abwandte und davonging, drangen gewisperte Worte an ihr Ohr. *»Eine Capulet? O Himmel! Mein Herz und mein Leben sind unwiederbringlich in der Gewalt meiner Feindin.«* Oder bildete sie sich das nur ein? Das Zitat aus »Romeo und Julia« schien von allen Seiten auf sie einzudringen und erdrückte sie beinahe. Allegra wehrte sich gegen den Sog, den eine unbekannte Magie in den Worten auf sie ausübte. Sie bemerkte, dass sie stehengeblieben war, und korrigierte ihren Fehler hastig. Erst als sie um die Ecke des Gebäudes gebogen war, konnte sie wieder atmen. Tränen rannen ihr übers Gesicht und sie stolperte mehr über den Kiesweg, als dass sie ging.

Sie schaute zu den steinernen Mauern der Plantage, zwischen denen Alessandro auf sie warten würde. Doch so konnte sie ihm nicht entgegentreten. Schnell entschied sie sich für eine andere Richtung, wurde immer schneller, während sie in Mondlicht und

Schatten hinweghuschte. Am Ende der Mauern rannte sie einfach weiter. Es war definitiv nicht der Weg, den sie hergekommen waren.

Der Pfad wurde immer steiler und Limone befand sich weit unter ihr. Irgendwann ging er von Teer in Erde über und schlängelte sich durch Bäume hindurch immer höher und höher. Allegra wollte nur noch fliehen, hatte nie zuvor so sehr den Drang verspürt, alles vergessen zu wollen, was geschehen war.

Sie kämpfte sich weiter nach oben, folgte mittlerweile einem Trampelpfad, den vermutlich Wanderer wie eine Spur durch das dunkle Grün gezogen hatten. Das Mondlicht schaffte es nur ab und zu, durch das Dickicht zu dringen. Dennoch fühlte Allegra keine Angst. Die Umkehr – und das Leben, das sie dort, weit unten, erwartete – war grausamer als die Einsamkeit und die Gefahr hier oben. Nur noch knapp acht Wochen, bis sie vielleicht zwangsverliebt würde und die vermeintliche Rettung – Romeo – hatte sich als schlechter Scherz erwiesen. *Für ihn ist das alles wie ein Spiel.* Lorenzos Worte gingen ihr einfach nicht aus dem Kopf.

An einer kleinen Aussichtsplattform für Touristen machte sie Halt. Sie schwebte nun direkt über Limone, nur eine kleine Brüstung aus Miniatursäulen trennte sie von der Tiefe. Sie ließ sich auf die steinerne Bank fallen und versuchte wieder zu Atem zu kommen. Ihr Herz hämmerte beinahe so wild wie nach Romeos Offenbarung – Lucas. Sie erschauderte. Wie konnte ihr das nicht aufgefallen sein? Wie hatte ihr das Offensichtliche entgehen können. Allein schon das Gerede beim Ball, diese Arroganz. Das waren doch genügend Zeichen gewesen und trotzdem hatte sich Allegra diesem Wissen gegenüber versperrt. Mit stockendem Atem dachte sie an den Tanz, erinnerte sich an die Bilder, die sie gesehen hatte.

»Du bist ein Orakel.« Alessandros Worte zogen durch ihren Kopf. Auf dem Ball, in Lucas Armen hatte sie ein Paar tanzen sehen. Bei ihrem Kuss hatte sie gesehen, wie das Paar sich küsste und sie dann mit einem Messer auf ihn einstach, dieselben Bilder wie kurz zuvor, als Luca sie berührt hatte. Wie hatte sie all das ignorieren können?

»Liebe macht blind«, wisperte der Wald und Allegra schrak zusammen. Sie schlug sich an den Kopf, um die Halluzinationen zu vertreiben. *Das ist der Wind,* sagte sie sich, als das Flüstern zu einem tiefen Wispern wurde, das für ein wattiges Gefühl in ihrem Kopf sorgte. Allegra kippte zur Seite und lag nun auf der steinernen Bank. Das Letzte, was sie mitbekam, bevor sich ihre Augen endgültig schlossen, war eine Bewegung auf dem Pfad, den sie hergekommen war.

4. Szene

Etwas brummte und passte nicht in Allegras Traum. Langsam durchtrennte sie einen Faden nach dem anderen, der den Traum mit der Realität verwob, und kämpfte sich ins Erwachen. Ihr Handy summte in ihrer Tasche.

Schläfrig, noch mit halb geschlossenen Augen, griff sie danach. Das Vibrieren erstarb, als sie das Display endlich vor der Nase hatte. Ein verpasster Anruf. Jen!

Mit einem Mal war Allegra hellwach und setzte sich auf. Erst mit etwas Verzögerung fiel ihr auf, dass sie in ihrem Bett lag. Bild für Bild holten sie die Ereignisse der vorigen Nacht ein. Sie war auf der steinernen Bank, hoch oben über Limone eingeschlafen. Der Wind hatte sie in den Schlaf gesungen.

Sie schüttelte den Kopf. Was waren das für wirre Gedanken? Sie sah sich um. Die Sonne strahlte bereits zu den vielen Fenstern herein, eine leichte Brise wölbte den dünnen Vorhang vor der Balkontür. Wie zum Teufel war sie hierher gekommen?

Es klopfte an der Tür.

Allegra murmelte ein »Ja?« und Alessandros Stimme rief: »*Mamma* bittet dich, mit ihr zu frühstücken. Ich soll dich holen.«

»Komm rein«, bat Allegra. Sie musste klären, was in der vergangenen Nacht vorgefallen war. Ihr fehlte ein großes Stück der Ereignisse und dieses Wissen war beängstigend.

Im nächsten Moment stand Alessandro im Zimmer und blickte auf Allegra herab. Er war wütend, das hätte sie auch ohne seine Projektion sehen können. Sein ganzes Gesicht war zusammengekniffen, als habe er Mühe, sich zu beherrschen. Der brodelnde Zorn, der Allegra entgegenrollte, war wie ein Schlag ins Gesicht. Sie konnte sich selbst nicht erklären, was geschehen war. Verdammt, es fühlte sich an wie der Blackout nach ihrer ersten Party mit Alkohol.

»Wo verdammt nochmal hast du gesteckt?«, presste Alessandro hervor und senkte seine Stimme schnell, um den Bodyguard vor der Tür, den Allegra bei seinem Eintreten kurz gesehen hatte, nicht zu alarmieren. »Ich habe dich überall gesucht. Und als ich zurückkomme und kurz davor war, *Mamma* von deinem Ausflug zu erzählen, sehe ich noch in deinem Zimmer nach und du liegst selig schlummernd in deinem Bett und bist nicht aufzuwecken.« Er fuhr sich aufgebracht durch die Haare. »Du hättest mir wenigstens eine Nachricht schreiben können!«

Allegra ließ alles über sich ergehen. Ihr Bruder musste diese brodelnden Gefühle loswerden, vorher war nicht an ein Gespräch zu denken. Sie senkte betroffen den Kopf und wartete ab, bis er endlich fertig war. Es schienen Stunden zu vergehen und das schlechte Gewissen kniff Allegra zusätzlich im Magen.

Endlich war Alessandros Predigt zu Ende. Er sah wieder normal aus und strahlte keinerlei Emotionen mehr ab. Ausgepowert ließ er sich auf den Sessel neben dem kleinen Tisch fallen, der in einer Ecke stand.

Sollte sie ihm sagen, wer die Nachricht geschrieben hatte? Sie musste mit jemandem darüber reden und Alessandro war bislang ihr einziger Verbündeter. »Ich weiß nicht, was passiert ist und wie ich hierher gekommen bin«, begann sie, immer noch unschlüssig, wie viel sie über Luca Montague erzählen sollte.

»Du warst im *Limonaia Del Castèl* und hast dich mit dem Padre getroffen«, wollte Alessandro ihr auf die Sprünge helfen.

»Es war nicht Lorenzo, der auf mich gewartet hat«, flüsterte Allegra. Die Worte waren so schnell draußen, dass sie nicht noch einmal darüber nachgrübeln konnte.

»Bei den Göttern, was ist passiert, Allegra?«

Ihr Bruder war ehrlich bestürzt, Mitleid überschwemmte sie und sie schüttelte schnell den Kopf. Sie konnte ihn nicht anlügen. Nicht noch einmal. »Die Nachricht, die ich bekommen habe, war nicht von Lorenzo. Ich habe gedacht, sie wäre von ihm, aber unter der Nachricht stand nur *L Punkt.*«

Alessandro presste den Kiefer zusammen, sie konnte seine Muskulatur arbeiten sehen.

»Es war der Romeo vom Maskenball«, flüsterte Allegra, weil sie ihrer Stimme nicht mehr traute. Sie schluckte. »Bis er die Maske abgenommen hat. Romeo ist …« Nun holte sie tief Luft, ehe sie Alessandro den Namen entgegenschleuderte: »Luca Montague.«

Alessandro sprang auf und ballte die Hände zu Fäusten. »Hat er dir etwas getan?«

Allegra konnte die Tränen nicht mehr zurückhalten, schüttelte aber den Kopf zur Antwort.

»Verdammt, Allegra!« Er packte sie bei den Schultern und schüttelte sie. »Erzähl mir endlich alles!«

Sie schluchzte und Alessandro zog sie näher zu sich. Sie lehnte sich an seine Brust und er tätschelte ihr den Rücken. Und dann erzählte sie ihm alles. Von dem Tanz beim Ball, von ihrer geplatzten Hoffnung und dem Treffen in der letzten Nacht – inklusive der falschen Liebeserklärung.

»Ich bringe ihn um!«, zischte Alessandro und presste Allegra so fest an sich, dass sie keine Luft mehr bekam.

»Ich löse meine Probleme selbst«, erwiderte sie, auch wenn sie den Beschützerinstinkt ihres kleinen Bruders süß fand. Sie befreite sich aus seiner Umklammerung. Innerlich steigerte sie sich jedoch immer weiter in den Ärger und die Wut auf Luca hinein.

»Was ist passiert, nachdem du ihm den verdienten Korb gegeben hast?«

Musste er jetzt sticheln? Allegra sah ihn böse an und er hob entschuldigend die Hände. Jetzt kam der komplizierte Teil. Sie erzählte von ihrer Flucht vom Museum aus immer weiter nach oben und dem seltsamen Wispern auf der kleinen Plattform, wo sie schließlich eingeschlafen war.

Alessandro lauschte angespannt und legte die Stirn in Falten. Auch er konnte sich keinen Reim darauf machen.

»Jetzt müssen wir dir wohl einen neuen Romeo suchen«, brach er die Stille, die Allegra genutzt hatte, um ihre Gedanken zu sortieren. All das machte keinen Sinn.

»Nein, mein Appetit auf Romeos ist gesättigt«, antwortete Allegra trocken. Noch eine Enttäuschung musste sie der Liste nicht hinzufügen.

»Aber in acht Wochen …«, warf Alessandro ein, doch sie brachte ihn mit einem Wink zum Schweigen.

Während ihrer Denkpause hatte sich eine Idee immer mehr in ihrem Kopf festgesetzt: »Ich werde morgen zurück nach Deutschland reisen.«

»Was? Du kannst uns nicht verlassen, *Mamma* wird das nicht überstehen.«

Sie schüttelte den Kopf. »Ich werde wiederkommen, wenn ich meinen Geburtstag hinter mir habe.«

»Meinst du, dass das funktionieren wird? Ich glaube nicht, dass sich der Dunkle gerne an der Nase herumführen lässt.«

»Es ist meine einzige Chance. Je länger ich hierbleibe, desto wahrscheinlicher wird es, dass er mich erkennt und diesen dunklen Pfeil auf mich abschießt.« Das alles klang wie aus einem schlechten Roman, das merkte sie selbst. Dennoch sah sie darin wirklich den einzigen Weg in ein halbwegs normales Leben. »Komm, gehen wir zu deiner – unserer – Mutter und erzählen es ihr.«

Alessandro schlug sich an die Stirn. »Wir haben sie mit dem Frühstück warten lassen. Los, beeil dich.« Er sprang zur Tür und riss sie so forsch auf, dass der Bodyguard dahinter erschrocken zusammenfuhr. Es war nicht Felipe. Irgendwann mussten sie getauscht haben. Allegra schlüpfte in ihre Sandalen und musste rennen, um Alessandro einzuholen.

Federica war nicht gerade begeistert, dass ihre Kinder zu spät gekommen waren. Noch weniger gefiel ihr Allegras Idee, die Zeit bis zu ihrem Geburtstag in Deutschland auszusitzen und sich so über den Fluch hinwegzusetzen. Allegras Argumenten hatte sie allerdings nichts entgegenzusetzen. Sie ordnete jedoch an, dass Felipe und Milo – der Bodyguard, der sich mit Felipe abwechselte und nun gerade vor der Tür der Familiensuite stand – sie nach Deutschland begleiteten.

»Das war beinahe zu einfach«, raunte ihr Bruder in Allegras Ohr, als sie das Esszimmer verließen. »Oder ich bin einfach zu schlecht darin, Forderungen zu stellen. *Mamma* hat es mir nicht einmal erlaubt, den Motorradführerschein zu machen.« Er klang regelrecht empört.

»Du wolltest den Motorradführerschein machen? Warum?«

Er zuckte mit den Schultern. »Es ist schon verdammt cool, mit Höchstgeschwindigkeit den See entlangzufahren.« Er grinste sein Poleschmelzlächeln und sie konnte nicht anders, als es zu erwidern.

»Bist du dir sicher, dass es nichts damit zu tun hat, dass die Montagues so herumfahren?« Sobald sie die Worte ausgesprochen hatte, biss sie sich schon auf die Zunge. Das hätte sie nicht sagen dürfen.

»Damit hat das rein gar nichts zu tun«, knurrte Alessandro.

Ja, klar. Auch wenn Allegra es nicht gerne zugab, war der Auftritt von Luca und seinen Jungs nicht schlecht gewesen. Beim Gedanken an seinen Namen stach ihr ein Schmerz wie ein Dolchstoß in die Brust. Nein, sie würde ihm die Genugtuung nicht gönnen. Sie würde keine einzige Träne mehr vergießen, über die er nur lachen würde. Er war ein verdammt guter Schauspieler, sie hatte ihm die Verletztheit und die Aufrichtigkeit seiner Gefühle beinahe abgenommen. Aber nur beinahe. Im genau richtigen Moment war sie zur Besinnung gekommen. Auch wenn sie den genauen Auslöser des Sinneswandels nicht exakt benennen konnte, war sie doch froh darüber, dass dieser ihr die Augen geöffnet hatte. Sie war nicht schlecht in diesem Spiel. Sie spürte, wie der Schmerz des Dolchstoßes langsam nachließ. Es bildete sich bereits Narbengewebe – zusätzlich zu den vielen Narben, die ihr frühere Liebschaften zugefügt hatten. Irgendwann würde statt eines Herzens ein Klumpen in ihrer Brust schlagen, der sie unverletzbar machte.

In Allegras Suite angekommen, warf sich Alessandro auf die Couch im Vorzimmer. Allegra suchte als Erstes nach ihrem Handy, das sie vor lauter Eile im Zimmer hatte liegen lassen. Ein verpasster Anruf: *Jen Handy.*

O Gott, wie hatte sie nur das Handy vergessen können. Sie wurde kreidebleich im Gesicht, was auch Alessandro nicht entging. »Alles okay?«, fragte er, während Allegra schon auf ›Antwort‹ drückte und Jen anrief. Ohne ein Klingeln wurde sie zur Mailbox umgeleitet.

»Verdammter Mist«, fluchte sie auf Deutsch und schleuderte noch ein paar andere Schimpfwörter hinterher. Alessandro sah sie mit großen Augen an, als hätte er einen Alien vor sich. »Jen hat angerufen.« Sofort hatte sie seine volle Aufmerksamkeit. »Aber jetzt geht wieder nur die Mailbox dran.« Vergessen war die seltsame Nacht oder der Blackout, während dem sie nach Hause gebeamt worden war. Sofort wählte sie *Jen Home* – vergebens. Ein weiteres Mal wollte sie nicht bei Jens Mutter anrufen, schickte Jen jedoch gleich eine Nachricht.

Während all der Zeit stand Alessandro wie versteinert mitten im Raum und verfolgte Allegras Dauerlauf durchs Zimmer, während sie wie wild aufs Display tippte.

Beim Senden sah sie die neue Nachricht im Posteingang. Die Nummer, die sie in der letzten Nacht zur *Limonaia del Castèl* gelockt hatte. Luca. Ohne die Nachricht zu lesen, drückte Allegra auf ›Löschen‹. Sie würde seine Spielchen nicht mitspielen. Was erlaubte der Typ sich eigentlich? War es nicht eindeutig gewesen, als sie ihn hatte sitzenlassen? Brauchte er es schriftlich? Sie steigerte sich regelrecht in die Sache hinein.

»Wir müssen mit Lorenzo sprechen«, sagte Alessandro und Allegra brauchte einen Moment, bis sie aus ihrem Ärger über

Luca herausgeschlüpft war und Lorenzo mit Jens Verschwinden in Verbindung brachte. »Mir ist es egal, was *Mamma* sagt. Ich bin mir sicher, dass der Dunkle etwas damit zu tun hat.«

Allegra nickte nur, ihre Gedanken spannen bereits neue Bilder, neue Ideen. »Gib mir deine Hand«, befahl sie Alessandro, und ohne nachzufragen, kam er der Aufforderung nach. Sofort verschwamm Allegras Zimmer in dem weißen Nichts. Warum war es mit Luca nur so anders? Dort war nie dieses Weiß gewesen, die Bilder waren direkter, wie eine Erinnerung.

Nun jedoch umgab sie wieder diese leuchtende Leere. Während sie versuchte den Unterschied zwischen Alessandros Berührung und Lucas Berührung zu ergründen, tauchten immer wieder farbige Kleckse im Weiß auf. Dann entstand *sein* Bild vor ihr. Seine Augen waren gerötet, das Gesicht von Trauer gezeichnet. Allegra zuckte instinktiv zurück und verlor die Verbindung.

»Bevor du so etwas machst, solltest du dich hinsetzen oder hinlegen«, mahnte Alessandro direkt über ihr. Allegra lag auf der Couch und wusste nicht, wie sie dorthin gekommen war. »Weißt du, wie schwer es ist, jemanden vor dem Umkippen zu bewahren, wenn derjenige sich an deiner Hand festgesaugt hat wie ein Oktopus?«

Allegra grinste verlegen und setzte sich auf. Dann dachte sie an das Weiß, an die Vision. Ihr fiel es schwer, diesen Begriff zu verwenden, er fühlte sich falsch an. »Gib mir nochmal deine Hand«, bat sie und schnappte danach, ohne auf Alessandros Reaktion zu warten. Erneut trat sie in das Weiß ein. Nun konzentrierte sie sich auf niemanden außer Luca Montague. Sein Bild erschien vor ihr, er lag mitten auf einer Wiese am Fuß eines Berges und schlief. War da Blut unter seinem Kopf? Allegra widerstand dem Drang, erneut den Kontakt zu Alessandro zu unterbrechen.

Stattdessen dachte sie an Jen und die Frage, wo sie sich gerade befand. Sofort tauchte Jen wie ein Geist vor ihr auf, nicht annähernd so dreidimensional wie Alessandro oder Luca. Jen schien in einem Bett zu liegen und zu schlafen. Ihre Haare hatten schon bessere Tage gehabt, aber ansonsten sah sie gut aus. Allegra versuchte sich auf den Raum zu konzentrieren, in dem Jen lag – es sah nicht aus wie ihr eigenes Bett – aber sie konnte nicht sehr viel mehr als Jen sehen, der Raum wollte sich ihr nicht zeigen.

Noch einmal leitete sie ihre Gedanken zu Luca und seinen aktueller Aufenthaltsort. Er raste mit dem Motorrad gemeinsam mit seinen Jungs eine Straße entlang. So schnell hatte er Allegra vergessen. Sie schnaubte, als sie Alessandros Hand losließ.

»Erzählst du mir jetzt endlich, wofür du mich hier ständig missbrauchst? Vermutlich nicht zum Händchenhalten, damit du besser schlafen kannst.« Alessandro verschränkte die Arme vor der Brust, damit Allegra nicht erneut in ihre Welt abtauchen konnte.

»Ich habe ausprobiert, wie das mit den Visionen läuft«, testete sie das Wort und es schmeckte immer noch falsch.

»Und?«

»Jen geht es gut.« Auch wenn Allegra nicht wusste, wo ihre beste Freundin war, war sie sich dennoch sicher, dass es Jen an nichts fehlte. Sie unterbrach Alessandro, der bereits den Mund geöffnet hatte, um etwas einzuwenden. »Sie schläft gerade. Ich habe es getestet und auch Luca Montague visioniert.«

»Visioniert?« Alessandro lachte.

»Hast du einen besseren Begriff dafür?« Alessandro gab keine Antwort. Daher erklärte Allegra weiter: »Ich muss mich auf die Frage konzentrieren, was jemand im Moment tut. Dann bekomme ich gezielte Bilder. Wenn ich nur an jemanden denke, dann kommt … irgendetwas.« *Irgendetwas Schlimmes,* fügte sie in Gedanken hinzu, wollte aber nicht weiter darüber sprechen. Vermutlich war die Haupteigenschaft ihrer Gabe, drohendes Unheil vorherzusagen. Die Frage war nur, ob sie das auch ändern könnte. Sie dachte an die Bilder, die sie gesehen hatte, als sie Luca geküsst hatte. Sie konnten nicht wahr werden. Sie würde ihn ganz sicher nie wieder küssen. Der Teil mit dem Dolch kam ihr plötzlich nicht mehr ganz so abwegig vor. Schnell vertrieb sie den Gedanken mit einem Kopfschütteln. Was war nur mit ihr los? Sie klang ja beinahe wie … »Kann es sein, dass mich der Dunkle bereits erwischt hat?«, fragte sie.

»Du bist hier, oder etwa nicht?«

»Das meine ich nicht. Ich meine den dunklen Pfeil. Beim Gedanken an Luca überrollt mich immer diese Wut.« Allegra gestikulierte wild mit den Händen, um ihrem Bruder deutlich zu machen, was sie meinte.

»Ich glaube, dafür brauchst du keinen dunklen Pfeil. Das geht jedem so«, antwortete er nur trocken.

»Haha! Ich mein's ernst.« Sie versuchte die Erinnerungen an gestern genau abzurufen und spulte immer wieder zu der Stelle, an der sie nahezu unkontrolliert wütend zugeschlagen hatte und davongerauscht war. Das passte nicht. Weder zu ihr noch zu dem, was sie kurz zuvor selbst empfunden hatte. Dabei hatte sich in dem Moment eigentlich alles richtig angefühlt: er war ein Montague, man musste … »Verdammt«, seufzte sie und ließ sich wieder nach hinten fallen.

»Du sprichst in Rätseln. Ich verstehe nicht mehr, als wenn du auf Deutsch mit mir reden würdest.«

»Gestern mit Luca … Es fühlte sich richtig an, weißt du? Genau wie beim Ball, als er mich geküsst hat.«

»Moment!« Alessandro riss die Augen auf. »Du hast einen Montague geküsst?« Er sah aus, als hätte er in eine Zitrone gebissen. Eine unreife Zitrone.

Sein Gesichtsausdruck war so lustig, dass Allegra laut losprustete. Dabei konnte sie sich nicht zurückhalten, ihn spielerisch auf den Arm zu schlagen. »Du hast meine beste Freundin geküsst, also sind wir quitt.«

»Beste Freundin gegen Todfeind. Wer da wohl gewinnt.« Alessandro schnaubte.

»Darum geht es jetzt gar nicht. Ich wollte damit nur sagen, dass eigentlich alles richtig war, er hat sich geoutet und auch dann war für den einen Moment noch alles in Ordnung. Im nächsten Moment bin ich abgehauen, weil mir die wirrsten Gedanken durch den Kopf gingen. Das war nicht mehr ich.«

»Das heißt, du magst ihn immer noch? Obwohl er dich getäuscht hat?« Er schüttelte verständnislos den Kopf. »Abgesehen davon, dass er ein Montague ist.«

»Das ist es ja. Bis vorhin dachte ich auch noch so, aber das bin eben nicht ich. Es fühlt sich eher an wie die Gefühle, die du immer auf mich schmetterst. Das ist mir aber eben erst aufgefallen.«

»Hmmm.«

»Sehr hilfreich.«

»Hey, ich bin der kleine Bruder. Du solltest mir Tipps in solchen Sachen geben.«

»Wir sollten einen Ratgeber schreiben, wie man sich nicht verhalten soll.«

Dem hatte Alessandro nichts hinzuzufügen. Erneut saßen sie schweigend da und Allegra ließ ihre Gedanken kreisen.

»Zieh dich aus!«, sagte Alessandro unvermittelt.

»Wie bitte?«

»Deine Schulter. Wir können nachsehen, ob du das Tattoo hast«, half er ihr auf die Sprünge.

Sofort zerrte Allegra ihr Shirt von der Schulter, wandte sich um und schob ihre Haare zur Seite. »Und, ist da was?«

Alessandro zog das Shirt noch ein wenig hin und her. »Nein. Nichts. Das ist definitiv nicht der Fluch.«

Erleichterung durchströmte Allegra. Gefolgt von einem einzigen Gedanken: Luca. Was sollte sie nur tun? Die Nachricht! Hastig zog sie ihr Handy hervor und verfluchte sich in dem Moment, als ihr einfiel, dass sie die letzte Nachricht ungelesen gelöscht hatte. Verdammt!

»Was ist jetzt schon wieder?«, seufzte Alessandro, der mit Allegras Sprunghaftigkeit und den Gefühlen, die sie ausstrahlte, vermutlich nicht zurechtkam.

»Luca hatte mir eine Nachricht geschrieben. Und in meinem Dunklen-Pfeil-Hass oder was auch immer hab ich sie gelöscht.« Ihre Stimme kippte und bekam einen jammernden Ton wie bei einem Kleinkind.

»Na ja, es gibt Schlimmeres.« Mit einem Blick in Allegras funkelnde Augen korrigierte er sich. »Oder nicht? Du kannst ihm doch auch einfach so schreiben.«

Verflucht, sie war fast zwanzig und stellte sich so dermaßen blöd an. »Und was soll ich schreiben?«

»›Sorry, ich habe deine Nachricht aus Versehen gelöscht. Was hattest du geschrieben?‹«

Allegra wollte schon zu einer sarkastischen Antwort ansetzen, aber allzu schlecht klang Alessandros Vorschlag gar nicht. Sie tippte rasch den Text, drückte jedoch nicht auf ›Senden‹. »Ich will ihn sehen, wenn er die Nachricht liest. Ich brauche deine Hand.«

Alessandro seufzte und hielt ihr die Hand hin, wie ein König sie den Untergebenen zum Küssen reicht. Sie drückte in dem Moment auf ›Senden‹, in dem sie nach der Hand griff und das Weiß sie überkam. Schnell wünschte sie sich zu sehen, was Luca gerade tat. Das Weiß veränderte sich binnen Sekunden und zeigte ihr ein Panorama, das sie bereits von Fotos kannte. Die Westküste des Lago di Garda aus großer Höhe. Luca stand direkt an einem Abgrund. Wenn Allegra sich recht erinnerte, musste er auf dem Monte Baldo stehen. Er hatte seinen schwarzen Helm in der linken Hand und fuhr sich mit der Rechten durch die Haare, ehe er das Handy aus der Brusttasche der schwarzen Lederjacke zog. Allegra wartete gespannt auf seine Reaktion. Die Sekunden dehnten sich wie Kaugummi. Wie lange brauchte er dafür, die zwei Sätze zu lesen?

Plötzlich verzog sich sein Gesicht zu einem Lächeln. Genau das hatte Allegra sich erhofft. Sie löste sich von Alessandros Hand und ihr Handy piepte.

Aus Versehen?

Sie konnte sich Lucas gehobene Augenbraue genau vorstellen und ein dümmliches Grinsen schlich sich auf ihr Gesicht.

So aus Versehen, wie du mich heute Nacht hast sitzen lassen?

Rasch antwortete sie:

Das ist eine längere Geschichte.

»Wenn er klug ist, lässt er dich jetzt ein bisschen zappeln«, sagte Alessandro direkt in ihr Ohr.

Sie schubste ihn zur Seite. »Das sind private Nachrichten«, mahnte sie ihn übertrieben empört.

»Ach, als dein persönlicher Visionier-Sklave bin ich gut genug, aber wenn es interessant wird, bin ich raus?« Er versteckte die Hände hinter seinem Rücken.

Na ja, ab und zu kindisch zu sein, tat gut. Und vor allem war sie abgelenkt. Denn Luca schien tatsächlich Alessandros Strategie zu befolgen. »Ich weiß nicht, warum ich dich dafür brauche«, gestand sie. »Bisher habe ich dieses Weiß immer nur gesehen, wenn du mich berührt hast und ich umgekippt bin.«

»Ich bin einfach umwerfend.« Alessandro zuckte mit den Augenbrauen und Allegra verdrehte die Augen. »Die Wirkung habe ich einfach auf schöne Frauen«, rechtfertigte er sich lachend, ehe er wieder ernst wurde. »Aber Spaß beiseite. Ich denke, dass sich deine Gabe verstärkt, wenn du einen anderen Capulet bei dir hast. So etwas in der Art habe ich schon mal gehört. Aber im Zweifelsfall kann dir nur der Padre helfen und dir vielleicht Antworten geben.«

Solange Alessandro zur Verfügung stand, brauchte sie sich nicht darum zu kümmern. Obwohl … Was, wenn sie ihre Gabe mal spontan brauchte? Allegra schloss die Augen und konzentrierte sich auf das Weiß. Nichts passierte. Sie versuchte es mit dem Gedanken an Luca, strengte ihre grauen Zellen so sehr an, dass sie beinahe einen Knoten im Gehirn bekam. Doch mehr als ein flüchtiges Bild, eine kurze Einblendung wie in einem Film, brachte sie nicht zustande. Dann musste Alessandro wohl weiterhin den Verstärker spielen. »Ohne dich klappt es nicht«, sagte sie knapp und ignorierte das Zucken seiner Augenbrauen und den »Du brauchst mich, denk immer daran«-Blick.

Endlich ertönte das erlösende Piepen und Allegra öffnete in Windeseile die Nachricht:

Sei um Mitternacht auf deinem Balkon.

Allegra riss die Augenbrauen nach oben. Luca wollte sie hier – im Haus der Capulets – treffen?

Bist du dir sicher?

Sie wollte nicht näher erläutern, warum.

Immer.

O-kay. Sie war es nicht, aber das schien nicht zu interessieren.

»Und, erzählst du mir, warum ich gerade am liebsten Herzchen in ein Heft malen würde?« Alessandro – nun hatte er die Arme um sich geschlungen – sah sie skeptisch an. Das Leuchten in seinen Augen konnte er jedoch nicht verbergen. Freute er sich insgeheim für sie oder waren das ihre eigenen Gefühle, die ihn so strahlen ließen?

»Ich treffe mich um Mitternacht mit ihm.«

»Wieder im *Castèl?*«

Sie schüttelte den Kopf. »Auf meinem Balkon.«

»Entweder ist er total verrückt oder ihm liegt wirklich was an dir. Ich bin ja überzeugt davon, dass es Ersteres ist.«

Allegra schnappte sich das kleine Kissen neben sich und schleuderte es Alessandro entgegen. Der fing es gekonnt auf und packte es hinter seinen Rücken.

Dann verblasste jedoch das Lachen, das eben noch auf seinen Lippen gelegen hatte. Er reichte Allegra die Hand. »Würdest du trotz allem noch einmal nach Jen sehen?«

»Klar.« Sie griff zu und suchte nach Jen. »Sie sitzt an einem reich gedeckten Tisch.« Allegra hatte erneut das Gefühl, dass es ihrer Freundin gut ging, aber die Träne, die Jen über die Wange lief, erzählte etwas anderes. Sehnsucht lag in ihrem Blick. So etwas wie Heimweh? »Sag mir, wo du bist«, flüsterte Allegra, ohne auf eine Antwort zu hoffen. Sie strengte sich so sehr an, mehr zu sehen, dass es in ihrem Kopf zu hämmern begann. Doch nichts geschah. Enttäuscht löste Allegra die Verbindung.

Kurz darauf verabschiedete sich Alessandro, der wieder einmal etwas »Dringendes zu erledigen« hatte. Allegra hätte ja vermutet, dass ein Mädchen im Spiel war, aber so, wie Alessandro über Jen sprach und was er dabei ausstrahlte, glaubte sie nicht daran.

Während des restlichen Tages grübelte Allegra darüber, wie sie ohne Alessandro visionieren konnte. Sie probierte es immer und immer wieder, brachte jedoch höchstens weitere Momentaufnahmen zustande. Verschwommene Einzelbilder wie aus einem Fotoapparat von vor hundert Jahren. Doch irgendwie musste sie sich ablenken. Sie redete sich ein, dass es Jen gut ging, dass ihr nichts passiert war. Dennoch hatte sie immer noch keine Nachricht von ihr bekommen. Auch Jens Mutter hatte sich noch nicht gemeldet. Spätestens am nächsten Tag würde Allegras Notlüge auffliegen.

Irgendwann wurde der Gedanke, nicht genug für Jen zu tun, von einem anderen abgelenkt. Die Aufregung, Luca erneut gegenüberzutreten, steigerte sich kontinuierlich. Allegra überlegte, was sie ihm sagen sollte, wie sie ihm erklären sollte, dass es pures Gift war, das durch ihre Adern geflossen war, ihren Kopf verpestet und nichts mit ihren eigenen Emotionen zu tun gehabt hatte? Wie sollte sie ihm klarmachen, was genau sie in dem Moment empfunden hatte? Gerade ihm, bei dem der dunkle Pfeil versagt zu haben schien. Es war … schien unmöglich. Doch sie musste es schaffen. Sie musste.

Das Abendessen ließ sie sich wie auch das Mittagessen Stunden zuvor aufs Zimmer bringen und die Zeit bis Mitternacht dehnte sich wie Kaugummi. Alessandro hatte ihr eine uralte Ausgabe von »Romeo e Giulietta« vorbeigebracht, in der sie nun las, um die Zeit bis zum Treffen mit Luca totzuschlagen. Sie hatte das Buch lange nicht gelesen und sah es nun mit ganz anderen Augen. Die ungeklärte Fehde. Ha! Und während sie früher die ach so schnelle unwiderrufliche Liebe auf den ersten Blick bemängelt hatte, konnte sie nun mit den beiden Charakteren mitfühlen. Montague und Capulet waren untrennbar durch den Hass miteinander verbunden. Aber lagen Liebe und Hass nicht dicht beieinander? Lag es da so fern, dass eine andere Empfindung, die vom Hass eigentlich begraben sein sollte, ebenso schnell wuchs und so stark wurde, wie Allegra sie aus heiterem Himmel empfunden hatte?

»O Himmel! So einz'ge Liebe aus großem Hass entbrannt! Ich sah zu früh, den ich zu spät erkannt. O, Wunderwerk! Ich fühle mich getrieben, den ärgsten Feind aufs Zärtlichste zu lieben.«

Allegra las die Stelle laut vor. Julias Gefühle spiegelten exakt das wider, was sie selbst zu fühlen schien. Beim letzten Mal war es nicht gut ausgegangen, der Dunkle hatte gewonnen und diese Liebe gegen alle Regeln zur Legende gemacht. Allegra wollte keine weitere Julia werden. Sie würde stärker sein.

Ihr Handy signalisierte ihr, dass es gleich Mitternacht sein würde. Sie zog ihre Schuhe an und ein Longshirt mit Dreiviertelärmeln über ihr T-Shirt und betrat den Balkon. Lautlos schloss sie die Tür hinter sich, damit Felipe, der nach dem Abendessen den Dienst übernommen hatte, nicht alarmiert würde.

Die Glocken des San Benedetto schlugen Mitternacht und Allegra sah unentwegt zwischen dem Fels, auf dem Alessandro gestanden hatte, und der Feuerleiter hin und her. Hatte man Luca gesehen? Ihn erwischt? Noch war die Balkontür geschlossen, wie sie mit einem kurzen Seitenblick erkannte.

Sie hatte sich gerade wieder der Feuerleiter zugewandt, als ihr unvermittelt jemand auf die Schulter tippte. Sie fuhr herum und der Schrei in ihrer Kehle wurde von einer behandschuhten Hand erstickt. Die definitiv nicht Luca Montague gehörte.

5. Szene

Scht!«, flüsterte der Mann Allegra gegenüber.

Ihr Herz pochte wie verrückt. Das Adrenalin, das durch ihre Adern rauschte, verlieh ihr ungeahnte Kraft und sie schaffte es, die Hand des Angreifers von ihrem Mund zu zerren, um Felipe zu rufen. Ihr Schrei wurde erneut vereitelt.

»Verdammt! Luca schickt mich!«, stöhnte der Mann, nachdem Allegra ihr Knie mit voller Wucht nach oben gezogen hatte, wie man es ihr damals im Selbstverteidigungskurs für Frauen beigebracht hatte. »Ich soll dich abholen«, presste der Mann zwischen den vor Schmerz zusammengepressten Kiefern hervor.

»Wo ist er?«, flüsterte sie skeptisch.

Der Mann richtete sich nur langsam wieder auf und ging auf Abstand zu Allegra. Dann hob er den Arm und deutete auf den Wald über Limone. Im Dunklen war zwischen all den Bäumen ein Licht zu sehen. Ein Feuer? Es schien unendlich weit oben zu sein.

»Und wie sollen wir dorthin kommen?« Es würde sicher Stunden dauern, bis sie dort hinaufgeklettert waren.

»Bitte nicht schlagen«, sagte der Mann, während er langsam auf Allegra zutrat wie auf ein scheues Tier, das jeden Moment abhauen oder angreifen konnte. Erst wenige Zentimeter vor Allegra blieb er stehen und hob in Zeitlupe die Arme. Aus der Nähe glaubte sie ihn zu erkennen. War das nicht der Mann mit dem knallroten Motorrad gewesen? Einer von Lucas Jungs. Sie erkannte deutlich die eisblauen Augen der Montagues. Ohne weitere Vorwarnung kippte er Allegra zur Seite und fing sie mit dem anderen Arm auf. Sie hing nun wie eine Braut in seinen Armen und zappelte, um sich zu befreien. »Sorry, *bella mia*, anders geht es nicht.«

Er hüpfte mit einem großen Satz auf die Balkonbrüstung, als würde Allegra nicht mehr wiegen als ein Kuscheltier – ganz abgesehen von der Sprungkraft, die er haben musste. Dann warf er einen kurzen Blick nach unten und sprang.

Allegras Schrei musste über den ganzen Gardasee zu hören gewesen sein. Denn erst mit Verzögerung erkannte sie, dass sie nicht stürzten, im Gegenteil: Sie schossen wie ein Blitz immer höher und auf das Licht inmitten des dunklen Waldes zu.

Allegra konnte es sich nicht verkneifen, dem Mann gegen die Brust zu hauen.

»Au!«, rief er, kaum hörbar aufgrund des starken Windes, der um sie herumwehte. »Schlag nie denjenigen, der dich auf Händen durch die Luft trägt«, fügte er amüsiert hinzu.

»Du hättest mich vorwarnen können!«, verteidigte Allegra den Hieb.

Der Mann lachte nur.

Das Lachen erstarb erst, als sie direkt bei dem Feuer nach unten schwebten und er Allegra unter Lucas ernstem Blick vorsichtig absetzte.

»Danke«, sagte sie nur knapp. Auf ein Nicken von Luca hin sprang der Mann wieder in die Luft und flog davon. Allegra sah ihm nach. Eine wirklich traumhafte Gabe. Ihr Körper hatte den Schock des vermeintlichen Absturzes noch nicht ganz verarbeitet, als ihr Herz erneut schneller schlug. Sie spürte Lucas Blick in ihrem Rücken. Langsam, ganz langsam drehte sie sich um und wappnete sich für *den* Moment. Sie stellte sich auf die falschen Gefühle ein, die sie überrollen würden, wie Alessandro es beschrieben hatte. Dann endlich sah sie in die eisblauen Augen von Luca Montague. Er stand da wie erstarrt, wartete auf ihre Reaktion. Sie spürte sein Bangen vermischt mit Sorge, aber auch einer Prise Hoffnung und tief versteckt … Zuneigung. So viele Emotionen, aber keinen Hass. Voller Erleichterung atmete sie aus, ohne sich überhaupt bewusst gewesen zu sein, dass sie den Atem angehalten hatte.

Luca löste sich aus seiner Erstarrung und wagte einen Schritt auf Allegra zu. Sie spürte, wie die Luft um sie herum plötzlich von etwas erfüllt war, das sie nicht beschreiben konnte. Sie beobachtete Luca genau, das Licht des kleinen Feuers warf tanzende Schatten auf sein Gesicht. Irgendwo rief ein Nachtvogel und ein anderer antwortete. Sie kamen sich immer näher, ohne dass Allegra bewusst einen Schritt getan hätte. Wie zwei Magnete wurden sie voneinander angezogen. Lucas Blick war nach wie vor ernst, er strahlte noch immer einen Hauch Skepsis aus. Verschwunden war der verletzte Mann, der zusammengesunken an der Mauer des Museums gesessen hatte. Allegra hatte dafür gesorgt, dass er seine Maske wieder aufgesetzt hatte. Nicht Romeos Maske, sondern den vermeintlichen Schutz aus Überheblichkeit und Arroganz.

Sie brauchte all ihre Willensstärke, um den Blick zu senken, die Verbindung zu lösen. Als sie wieder aufsah, stand er direkt vor ihr, keine zwanzig Zentimeter von ihr entfernt. Wieder vergaß Allegra zu atmen.

Lucas Arm zuckte kurz, dann biss er sich auf die Unterlippe. Allegra konnte plötzlich nur noch daran denken, wie sich diese Lippen angefühlt hatten. Sie schluckte, hielt wieder Blickkontakt. Ihr Herz pochte so stark, wollte Luca bereits entgegenspringen – dieses verräterische Ding. Aber die Erinnerung an den Kuss war zu stark.

Sie hörte nur noch ein leises »Verdammt!«, ehe Luca sie an sich riss und seine Lippen auf ihre senkte. Bevor sie es realisierte, stand ihr Körper bereits in Flammen. Sie konnte an nichts anderes mehr denken als an diesen Kuss, verdrängte instinktiv die Bilder, die auf sie eindrangen. Sie sog seinen Geruch ein, schmeckte ihn, fühlte ihn mit jeder Faser ihres Körpers. Ihr Herz galoppierte davon und Tausende von Schmetterlingen tanzten in ihrem Bauch. Es war mit nichts zu vergleichen. Der Kuss auf dem Ball war nicht einmal ein würdiger Aperitif gewesen.

Keuchend ließ Luca von ihr ab, sein Atem ging ebenso schnell wie ihrer. »Nachdem das erledigt ist, will ich die versprochene Erklärung«, sagte er ernst. Allegras Empörung musste ihr anzusehen gewesen sein. Lucas Augen verrieten sein Lächeln, bevor es auf seinen Lippen zu sehen war.

Sie schüttelte lächelnd den Kopf. »Verdammt?«, fragte sie, immer noch um Atem ringend.

»Wie soll ich ernst bleiben, wenn du ans Küssen denkst?« Er hob seine Augenbraue.

»Verdammt!« Wie hatte sie vergessen können, dass er Gedanken lesen konnte! Aber hatte er nicht gesagt, dass er ihre nicht lesen konnte?

»Auf dem Ball war es so«, antwortete er prompt.

»Lass das!«

»Ich würde ja gerne. Aber das kann ich nicht, wenn du …«

»Wenn ich was?« Sie kniff die Augen zusammen.

»Du bist hier«, gab er nur zur Antwort, drehte sich um und ging am Feuer vorbei.

Erst jetzt erkannte Allegra, wo genau sie war. Die steinerne Bank, die kleine Brüstung aus Miniatursäulen. Hier war sie eingeschlafen.

Luca setzte sich seitlich auf die Bank und starrte auf den *Lago di Garda* hinab. Seine Hände waren zu Fäusten geballt. Langsam ging sie zu ihm, setzte sich ebenfalls und wartete.

Die Nähe zu ihm, ohne ihn berühren zu können, war unerträglich. Er wirkte so fern, unerreichbar für sie. Sie überlegte, was sie tun könnte, um die Distanz zu überbrücken. »Beim Museum …«, setzte sie an.

Luca schüttelte den Kopf und sah zu ihr. Seine Augen fixierten sie. »Du brauchst nichts zu sagen. Mattia hat ihn gesehen.«

Allegra verstand nicht.

»Den Dunklen«. Schmerz wogte zu Allegra. »Er war es, der dich beeinflusst hat.«

»Ihr habt ihn gesehen?«

»Mattia. Mein Cousin. Der, der dich hergebracht hat.« Luca schlug auf die Marmorbrüstung ein. »Als er dir gefolgt ist, hat er ihn gesehen. Ich habe schon befürchtet, dass er erkannt hat, wer du bist.« Er verzog das Gesicht. So viel Leid war in seinen Augen zu erkennen. »Bislang hat er dich nur für eine potenzielle Kandidatin gehalten.« Das freudlose Lachen ließ Allegra zusammenzucken.

»Ihr habt ihn nicht das erste Mal gesehen, oder?«

Luca schüttelte den Kopf. »Vor etwa einem Jahr hat er begonnen, sich aktiv einzumischen. Lorenzo tut, was er kann, um dem entgegenzuwirken, aber der Dunkle findet immer einen Weg, Hass zu streuen und irgendwelche Spielchen mit mir zu spielen.«

»Sobald du mit einer Frau zusammen bist?« Allegra ignorierte den Schmerz in ihrer Brust beim Gedanken an Luca mit einer anderen Frau.

»Wie definierst du ›zusammen‹?« Er schüttelte den Kopf. »Der Kuss auf dem Ball … das war … einiges mehr als jedes ›zusammen‹ der letzten Jahre«, erklärte er und warf ihr einen bedeutsamen Blick zu.

Allegra konnte nicht umhin, den freudigen Sprung ihres Herzens zu registrieren. »Der Kuss war gestohlen«, lächelte sie.

Nun lichtete sich auch die Düsternis auf Lucas Gesicht. »Gut, oder?«, grinste er.

»Hmmmm. Da muss ich erst drüber nachdenken.« Sie war so eine schlechte Lügnerin.

»O ja, unbedingt«, pflichtete er ihr bei.

Allegra hatte nicht bemerkt, dass sie sich unwillkürlich genähert hatten. Sie spürte seinen warmen Atem bereits im Gesicht, als er seine Hand auf ihre legte. Die Bilder explodierten in ihrem Kopf. Sie schleuderten Lucas Lächeln davon und zeigten ihr, wie er auf der Wiese lag, rotes Gras rahmte seinen Kopf wie ein Heiligenschein. Blut. Allegra schrie auf.

»Allegra?« In Lucas Stimme schwang Panik mit.

»Ich sehe dich. Immer wieder. Ich ... Du blutest am Kopf, liegst auf einer Wiese ...« Allegra wollte die grausamen Bilder nicht beschreiben, sie wollte sie loswerden, aus ihrem Gehirn reißen.

»Schscht«, flüsterte Luca und strich ihr beruhigend über den Rücken. »Was für Bilder?« Sie dachte an das, was sie eben gesehen hatte, und nun zuckte Luca zurück. »Du bist ein Orakel?«

»Laut Alessandro, ja«, antwortete sie.

Für einen Moment verzog Luca aus Gewohnheit das Gesicht, fasste sich jedoch sofort wieder. »Die Bilder haben keinerlei Bedeutung«, sagte er ruhig. »Das Orakel zeigt immer die schlimmste der möglichen Entwicklungen, das Worst-Case-Szenario sozusagen. Bis es so weit kommt, muss schon einiges schief laufen.«

Etwas in der Art hatte sie sich auch schon zusammengereimt. Oder zumindest erhofft. Trotzdem waren die Bilder verstörend. Erst die Messerattacke, dann der blutende Luca.

»Was ist der Auslöser?«, wollte er wissen. Echte Neugierde stand ihm ins Gesicht geschrieben.

Allegra sah ihn fragend an.

»Für die Visionen. Ich habe viel über die Gaben der Montagues und Capulets gelesen. Jedes Orakel hat einen Auslöser, einen Katalysator, etwas, das die Visionen kommen lässt.«

»Berührung«, sagte sie nur knapp. »Die Berührung eines Capulets ... oder Montagues«, fügte sie etwas später hinzu.

Ein Feuer wallte in Lucas Augen auf, ehe er spitzbübisch grinste. »Wenn ich dich küsse, siehst du meinen Tod? Wie romantisch.«

Allegra wurde rot. Wie sollte sie ihm sagen, dass sie beim Küssen rein gar nichts sah, an nichts anderes denken konnte, als den Kuss.

Luca strahlte bis über beide Ohren. »Du bist ja doch romantisch.«

Allegra hätte am liebsten wieder laut aufgeschrien. Diese Gedankenleserei war nicht witzig. »Lass das!«, schimpfte sie empört. »Was ich denke, geht dich nichts an.«

»Und ob. Schließlich denkst du an mich.«

Allegra schnaubte.

»Außerdem hab ich dir doch schon gesagt, dass ich es nicht abstellen kann. Normalerweise sehe ich die Gedanken der Capulets nicht.« Luca hob entschuldigend die Arme.

»Weil ich da bin, genau. Eine fantastische Erklärung.«

»Es ist wirklich so. Spürst du es denn nicht?« Er streifte mit seinen Fingern knapp fünf Zentimeter über Allegras Hand entlang und ein Stück über dem Unterarm hinauf bis zum Ärmel ihres Shirts.

Allegra spürte eine Berührung, obwohl sie doch genau sah, dass es nicht so war. Gänsehaut zeichnete die Spur von Lucas Fingern nach.

»Es ist die Verbindung unserer Familien«, flüsterte er ganz nah bei ihr. »Im Hass verbunden, so auch in der Liebe.« Es klang, als zitiere er aus irgendeinem alten Werk, aber es kam ihr nicht bekannt vor.

»Ist es Liebe?«, fragte sie leise. Das stille Grübeln für sich konnte sie sich ja sparen. »Ist es *echt?*«

»Ich weiß es nicht. Ich weiß nur, was ich fühle. Und das ist mehr, als ich jemals zu träumen gewagt habe.« Seine eisblauen Augen funkelten vor Überzeugung. Er legte sich die Hand auf die Brust. »Ich hatte bereits aufgegeben, Allegra. Die letzten Versuche …« Er brach mitten im Satz ab und verzog schmerzhaft das Gesicht. »Ich war es nur noch leid und habe mich innerlich schon darauf vorbereitet, in zwei Wochen Cupidos Pfeil zu spüren.« Er nannte Amor bei seinem anderen Namen, genau wie Romeo ihn im Buch nannte. »Der Fluch hatte mich so weit.« Er holte tief Luft. »Und dann habe ich dich gesehen.«

Allegra hätte am liebsten geseufzt. Doch auch so registrierte Luca, was sie dachte, und die Andeutung eines Lächelns erschien auf seinen Lippen.

»Für dich bin ich bereit, all das Leid, das mir bevorsteht, auf mich zu nehmen. Ich weiß, dass du es wert bist, in den Tod zu gehen.«

Eine Träne verfing sich an Allegras Lippen und erst da bemerkte sie, dass sie weinte.

»›Ist Liebe ein zartes Ding? Sie ist zu rau, zu wild, zu tobend und sie sticht wie ein Dorn.‹«

Luca wäre die perfekte Besetzung für die Rolle des Romeo, dachte Allegra. Er hob langsam seine Hand und führte sie zu Allegras Gesicht. Kurz vor der Berührung verharrte er für einen Moment und sie hatte Zeit, sich für die Bilder zu wappnen. Sie wollte sie nicht sehen, wollte nur Luca nahe sein. Als er sie berührte, um die Träne mit dem Daumen wegzuwischen, kamen keine Bilder. Genau so, wie sie es gewollt hatte. Dennoch keuchte sie auf.

»Was hast du dieses Mal gesehen?«

»Nichts!« Sie lächelte. »Ich habe nichts gesehen, obwohl du mich berührt hast.« Sie jubelte innerlich. »Vielleicht kann ich es besser kontrollieren, als ich gedacht habe.«

»Natürlich kannst du es kontrollieren, das machst du doch schon.« Als sie nicht reagierte, fuhr er fort. »Beim Küssen?«, half er ihr auf die Sprünge. »Du hast die Vision verdrängt. Und dasselbe hast du eben auch gemacht.«

Das war wenigstens ein Lichtblick in all der Finsternis, die über ihnen lag.

»Wenn das so ist …« Sie überrumpelte ihn mit einem Kuss. Innerhalb von einer tausendstel Sekunde ergab er sich ihr, und sie schienen zu verschmelzen.

Sie küssten sich immer weiter, hielten sich so fest, als würden sie nie mehr voneinander lassen. Allegra ignorierte, dass es immer heller wurde. Die Nachtvögel hatten ihre Jagd bereits eingestellt, absolute Stille lag um sie herum. Eine nahezu himmlische Stille, in der Allegra glaubte, das Pochen ihres Herzens müsse meilenweit zu hören sein. Doch sie bekam nicht genug von den Küssen, den gehauchten Worten und der geflüsterten Unterhaltung.

Irgendwann drang der erste fröhliche Gesang der Morgenvögel zu ihnen herauf. Luca seufzte, als er sich von Allegra trennte. Sie zog ihn wieder näher zu sich heran. Zu einem flüchtigen Kuss ließ er sich überreden, rückte dann jedoch erneut von ihr ab.

»Wir müssen los, Allegra. Wenn deine Abwesenheit bemerkt wird …«

»Es ist noch früh, niemandem fällt das auf.« Ihre Stimme klang flehend. Sie brauchte seine Nähe, brauchte ihn wie die Luft zum Atmen. Wenn sie auch nur daran dachte, von ihm getrennt zu werden, schmerzte ihr gesamtes Inneres. Und sie wollte diesen Schmerz nicht ertragen müssen. Sie wollte Luca. Erst jetzt bemerkte sie, dass das Feuer erloschen war und der morgendliche Wind durch die Blätter rauschte.

»Glaub mir, es war die Lerche«, lachte Luca und nahm erneut Bezug auf ihre Vorfahren.

Würde sich alles wiederholen? War ihrer beider Ende bereits vorgezeichnet? Sie verbot sich den Gedanken daran.

Ein lautes Rascheln und das Knacken von Ästen ließ Allegra hochfahren. Sie starrte in den Wald, ihr Herz klopfte. Sie griff nach Lucas Hand und zeitgleich standen sie von der steinernen Bank auf. Luca schob Allegra hinter sich. Aus dem Dunkel hinter den ersten Bäumen trat eine Gestalt hervor. Allegra hatte ein Déjà-vu.

»Mattia«, sagte Luca erleichtert. »Wieso kommst du durch den Wald?«

»Guten Morgen, ihr Turteltäubchen«, antwortete Mattia und sah sich rasch um. »Wir sollten uns beeilen, ich habe *ihn* gesehen.« Es bestand keinerlei Zweifel, dass Mattia von dem Dunklen sprach.

Luca wandte sich mit beinahe panischem Gesichtsausdruck zu Allegra um. »Beeil dich, Liebste.« Er presste sie ein letztes Mal an sich und hauchte ihr einen flüchtigen Kuss auf die Lippen.

»Wann sehe ich dich wieder?«, fragte sie mit Tränen in den Augen.

»Heute Nacht«, flüsterte Luca. »Dieselbe Zeit. Warte auf Mattia.«

Sie nickte und es kostete sie ihre gesamte Willenskraft, sich von Luca zu lösen und zu Mattia zu treten.

Dieser hob beschwichtigend die Hände. »Jetzt weißt du ja, wie das läuft.«

Allegra verdrehte die Augen und Mattia hob sie hoch – nicht ganz so überraschend wie auf ihrem Balkon. »Du hast mich letztens nach Hause gebracht«, schlussfolgerte sie.

Mattia nickte und flog langsam zwischen den Bäumen nach oben. »Luca wollte, dass ich dich beobachte. Ich hatte gesehen, wie du das Haus über den Balkon verlassen hast, also habe ich dich auf diesem Weg zurückgebracht.«

Ein Stalker. Na toll! Allegra verzog den Mund.

Mattia lachte. »Mach dir keine Sorgen. Das ist ein reiner Freundschaftsdienst für Luca.«

Sie zischten schneller und schneller durch die Dunkelheit. Bald würde der Morgen über die Berge klettern, über den Monte Baldo, der über Malcesine thronte. Es wurde wirklich Zeit, dass sie in ihrem Bett lag, ehe man sie wecken kam. Alessandro machte sich sicher schon Sorgen.

Mit einem aufrichtigen »Danke« verabschiedete sie sich von Mattia, schlüpfte durch die Balkontür und kuschelte sich in ihr Bett. Sie sog den Geruch ihres Shirts ein, den Duft von Luca. Das einzige, was ihr von ihm geblieben war. Sie schloss die Augen und wünschte sich, er würde hier neben ihr liegen.

Gefühlte Sekunden später klopfte es an der Tür.

»Mein Gott, bin ich froh, dich zu sehen!« Alessandro trat ein, ohne auf ihre Antwort gewartet zu haben. Die Besorgnis auf seinem Gesicht wich sofort tiefer Erleichterung. Als wäre es das normalste der Welt, setzte er sich zu ihr aufs Bett, während sie noch versuchte, ihre Augen weit genug offen zu halten, um nicht sofort wieder einzuschlafen.

»Will ich wissen, was du letzte Nacht getan hast?« Alessandro grinste und sofort schoss Allegra Röte ins Gesicht. Gefolgt von einem fröhlichen Hopser ihres Herzens, als sie an all die Küsse dachte.

»Okay. Das war Antwort genug«, sagte er trocken. »Niemand hat euch gesehen?«

Sie schüttelte gähnend den Kopf.

»Eigentlich sollte ich dich zu *Mamma* bringen. Sie will dich noch einmal sehen, bevor du abfährst. Aber der Plan hat sich vermutlich erledigt, oder?«

Allegra brauchte eine Weile, bis sie verstand. Sie hatte heute nach Deutschland zurückreisen wollen. Dieser Plan fühlte sich nun völlig absurd an. Noch weiter von Luca entfernt zu sein, würde sie nicht überleben. Ganz gleich, was sie sich hier auch stellen musste, Luca war es wert. Daher stimmte sie Alessandro mit einem Nicken zu.

»Gut, dann gebe ich das so an *Mamma* weiter. Sie wird sich freuen.« Er lächelte, ehe er hinzufügte: »Und ich sage ihr, dass du schlecht geschlafen hast und deshalb nicht zum Frühstück erscheinst. *Mamma* soll sich ja nicht erschrecken.«

Der böse Blick, den Allegra ihrem Bruder eigentlich hatte zuwerfen wollen, wurde durch ein Gähnen vereitelt. Da hatte er ja noch mal Glück gehabt.

»Ich bin dann mal weg. Süße Träume.«

Allegra nickte abermals zur Antwort, aber Alessandro war schon zur Tür hinaus. Sie kuschelte sich wieder in ihre Kissen und schlief weiter.

Ohne den Geruch von Luca, mit dem sie zuvor eingeschlafen war, schlichen sich düstere Bilder in ihre Träume. Blutunterlaufene Montague-Augen wechselten sich ab mit Schreien, die ihr das Mark in den Knochen erschütterten. Keuchend fuhr sie auf, als sie es endlich geschafft hatte, sich von diesem Albtraum zu lösen.

Hinter dem bauschenden Vorhang sah sie bereits das Abendrot. Sie hatte den ganzen Tag verschlafen!

Sofort pochte ihr Herz, als zu ihr durchdrang, was das bedeutete: Sie würde Luca schon bald wiedersehen. Langsam setzte sie sich auf und griff zu ihrem Handy. Die auf dem Display angezeigte Nachricht sorgte für ein Flattern in ihrem Magen.

Guten Morgen, Liebste.

Sofort nagte die Sehnsucht wieder an ihr und sie sah auf die Uhr. Noch über vier Stunden, bis sie Luca wiedersehen würde.

Sie tippte schnell ein »Ich vermisse dich« in ihr Handy, löschte die Worte jedoch sofort wieder. Sie wollte nicht zu klammernd wirken.

Glücklicherweise kam Alessandro bald und lenkte Allegra ab. Zuerst mussten sie nach Jen schauen, die wieder etwas lethargisch, aber offensichtlich unverletzt, auf dem Bett saß.

»Du siehst irgendwie mies aus«, sagte Allegra zu ihrem Bruder und knuffte ihn in die Seite.

Theatralisch schrie er auf und sein Gesicht verdüsterte sich. »Danke für das Kompliment«, sagte er trocken, ehe er mit der Wahrheit herausrückte: »Ich suche schon die ganzen letzten Tage nach einer Spur von Jen. Ich laufe durch die Gassen und versuche ihre Emotionen, ihre Signatur, zu spüren. Es ist anstrengend, wenn man sich auf all die Gefühle da draußen einlässt.« Er fuhr sich mit beiden Händen durch die Haare, bis sie wild vom Kopf abstanden.

»Und? Hast du eine Spur gefunden?«

Mit zusammengepressten Lippen schüttelte er den Kopf.

»Ihre Mutter hat sich auch noch nicht gemeldet. Ich traue mich nicht, noch mal bei ihr anzurufen.«

Nun nickte er langsam. »Ich habe Lorenzo angerufen und um ein Treffen gebeten. Er meinte nur, dass er sich immer nur auf eine Sache konzentrieren könne.« Allegras Bein entging nur knapp der Faust, mit der Alessandro auf die Fleecedecke einschlug, unter der sie sich eingekuschelt hatte. »In zwei Wochen könne er mir helfen«, lachte er freudlos auf. »Zwei Wochen, Allegra!«

Zwei Wochen. Nach Lucas Geburtstag. Der Padre beschützte sie und Luca.

Alessandro nickte wissend. »Ich wünsche euch alles Gute der Welt, das musst du mir glauben, Allegra. Aber … Jen könnte … Jen könnte diejenige sein, die …« Er brauchte nicht mehr zu sagen. Wenn das Herz eines Capulets jemanden gefunden hatte, war alles andere unbedeutend und selbst der kleinste Keim an Zuneigung fühlte sich wie etwas Gigantisches an. Allegra wusste das aus eigener Erfahrung.

»Morgen werde ich dich begleiten«, schlug sie vor. »Wir visionieren und fühlen, was das Zeug hält. Und wir werden sie finden.«

III. Akt

1. Szene

Allegra stand auf dem Balkon und wartete auf Mattia, der sie abholen sollte. Im Gegensatz zur vorigen Nacht wusste sie, was auf sie zukommen würde, und sie starrte in den Himmel, um nach Mattia Ausschau zu halten. Sie war voller Erwartung, brannte darauf, Luca wiederzutreffen. Aber irgendwo in ihrem Inneren rumorte etwas, das sich, je mehr Zeit verstrich, zu einem wirklich unguten Gefühl entwickelte.

War das wieder eine Laune des Dunklen? Sie würde sich mit Luca treffen, was konnte ihr daran sonst Unbehagen bereiten? Allegra schob das Gefühl weit von sich und hörte nur noch auf ihr pochendes Herz, das sich ebenso wie sie selbst nach Luca sehnte. Sie versuchte im Schatten des Waldes wieder das Feuer zu entdecken, ihr Blick glitt über die Berge – vergeblich.

»Hey«, flüsterte es plötzlich neben ihr und sie zuckte zusammen. War Mattia beim Fliegen etwa unsichtbar?

»Schleich dich nicht so an!«, fuhr sie ihn an – böser als beabsichtigt.

Er zuckte nur mit den Schultern. »Wollen wir?« Ohne abzuwarten, trat er auf sie zu und hob die Arme.

Allegra seufzte und ließ sich von ihm hochheben. Wenig später schwebten sie bereits durch die Luft über dem Lago di Garda.

»Wo bringst du mich hin?«, fragte sie und das ungute Gefühl in ihrem Bauch wurde mit jeder Sekunde stärker.

»Letztes Mal musste ich Luca zur Aussichtsplattform bringen. Wenn er einfach so nach Limone kommt, gibt es nur Ärger.« Mattia seufzte. »Heute konnte er selbst zum Treffpunkt gehen.« Er deutete mit dem Kopf auf die Berge, die über Malcesine zu wachen schienen. Auf einem der Gipfel des Monte Baldo – dicht am Abgrund – leuchtete ein kleines Feuer. Mattia hielt jedoch nicht direkt darauf zu, sondern flog seitlich in Richtung eines Gebäudes, das Allegra beim Näherkommen als Seilbahnstation identifizierte. Dort landete Mattia sanft und deutete auf einen bekiesten Weg, dessen Verlauf im Mondlicht kaum zu erkennen war. »Lass ihn nicht zu lange warten«, grinste er.

Sie nickte und folgte dem Weg wortlos. Ihr Herz machte beinahe Überschläge, die Erwartung stieg mit jedem Schritt. Und gemeinsam schwoll das nagende Gefühl in ihrem Magen an. Sie konnte es nicht mehr länger ignorieren, so sehr sie es auch versuchte.

Der Weg war länger, als er auf den ersten Blick schien, sie hatte das Gefühl, nicht voranzukommen, passierte kleine Erhebungen am Wegesrand oder wie zufällig dahingewürfelte Felsbrocken. Er zog sich immer länger und länger. Als sie gerade an einem großen Stein vorbeilief, größer als sie selbst, hörte sie es: »Al!«

Allegra fuhr herum. Es gab nur eine Person, die sie so nannte – und das seit dem Kindergarten. Und tatsächlich: neben dem Stein kauerte eine Person, deren Haare im Mondlicht weiß erschienen.

»Jen!«, schrie Allegra auf und überwandt mit großen Schritten die Distanz zwischen ihnen. »Wo hast du nur gesteckt? Was tust du hier?« Die Fragen häuften sich in Allegras Kopf.

Jen rappelte sich auf. Nein, sie kroch rückwärts auf allen Vieren vor Allegra davon. »Jen, was ist los?« Allegra folgte ihr, das seltsame Gefühl in ihrem Inneren nahm Ausmaße an, die sie nicht länger ignorieren konnte.

Tränen liefen über Jens Gesicht und sie schniefte laut, nachdem Allegra neben ihrer Freundin auf die Knie gegangen war und die Arme fest um sie schlang. »Es tut mir so leid, Allegra«, flüsterte Jen leise und erwiderte die Umarmung.

Ein kurzer Schmerz durchzuckte Allegra, der als leichtes Brennen wie das einer Brennnessel auf ihrer Schulter zurückblieb. In ihrem Bauch bäumte sich das ungute Gefühl auf, sie würgte, wollte es loswerden und sich übergeben.

»Jen!« Allegra ging auf Distanz, hielt sich an den Schultern ihrer Freundin fest, ihr war ganz schwindelig. »Was ist mit dir passiert!« Nun schüttelte sie Jen, um sie endlich zum Sprechen zu bringen.

»Ich habe eine schreckliche Dummheit begangen.« Jens Blick war in die Ferne gerichtet. Die Tränen strömten unentwegt über ihre Wangen, die Augen waren gerötet wie in Allegras Vision.

Plötzlich sprang Jen auf und Allegra kippte nach hinten. Sie rief Jen noch hinterher, doch schon nach wenigen Sekunden war ihre Freundin von der Dunkelheit verschluckt.

Nur langsam rappelte sich Allegra auf. Die Wiesen hier oben waren uneben, Jen könnte etwas zustoßen. Allegra musste ihr folgen. In welche Richtung war sie gegangen? Allegra versuchte, den Schwindel mit einem Kopfschütteln und tiefen Atemzügen zu vertreiben. Allein würde sie Jen jedenfalls nicht finden. Sie brauchte Hilfe. Von jemandem, der einen Blick von oben auf die Gegend werfen konnte. Mattia. Sie musste zu Luca, der Mattia den Auftrag erteilen konnte. Mit wackeligen Schritten ging sie zurück zu dem bekiesten Weg und folgte ihm, bis sie die Flammen hinter der Anhöhe sehen konnte.

Luca saß mit dem Rücken zu ihr neben dem Feuer direkt am Abgrund und starrte auf den *Lago di Garda* hinab. Sie näherte sich ihm leise, wollte ihn nicht erschrecken. Der Abgrund war zu nah. War er lebensmüde oder so?

Etwa zwei Meter von ihm entfernt sah sie, wie er sich anspannte. Er hatte sie gehört. Er stand auf grazile Weise auf, den Rücken noch immer zu ihr gewandt. Langsam, wie in Zeitlupe, drehte er sich um. Oder stand die Zeit erneut still? Allegra liebte diese Momente, die Erwartung, die sie durchströmte, ihrer Liebe endlich wieder gegenüberzustehen. Seine Nähe zu spüren, auch wenn sie heute nicht zusammen hier sitzen konnten. Sie mussten nach Jen suchen – um Jens und auch um Alessandros Willen.

Lucas Blick suchte ihren und mit einem Mal wurde alles rot. Allegras Schulterblatt brannte. Von dort aus raste der Funke – einer Zündschnur gleich – durch ihren Körper und brachte die dunkelsten Emotionen in ihr zum Brennen. Ärger. Wut. Zorn. Hass. Abgrundtiefer Hass. Alles andere – all die Erinnerungen, Empfindungen – waren verblasst und für Allegra in unerreichbare Ferne gerückt. Sie konnte sich nicht an ihnen festhalten. Einen Moment lang verharrte sie, versuchte zu kämpfen – doch das Rot war stärker.

Allegra erkannte die wechselnden Emotionen in Lucas Gesicht. Vorfreude, Spannung, Erwartung. Dann seinen erschrockenen Blick, als er sich Allegra genauer ansah, die mit wutverzerrtem Gesicht auf ihn zustürzte und ihn mit all der ihr zur Verfügung stehenden Kraft in den Abgrund stieß.

Sie lachte und ein Hochgefühl überkam sie, das sie niemals zuvor verspürt hatte. Ihr Lachen hallte über den Monte Baldo, kam als Echo zu ihr zurück und ließ sie erschaudern. Das war nicht Allegras Lachen. Es klang wie das eines Ungeheuers.

Aus dem Augenwinkel heraus glaubte sie am anderen Ende der Wiese eine Gestalt mit wehendem Mantel zu sehen. Doch im nächsten Moment war sie verschwunden – gemeinsam mit der Hitze, die Allegras Körper durchflutet hatte. Das Rot verblasste, zog sich zurück, bis nur noch ein leichtes Brennen auf ihrem Schulterblatt übrig blieb.

Erst dann realisierte Allegra, was sie getan hatte. Sie wagte es nicht, einen Blick über den Abgrund zu werfen. Sie wusste, was sie dort sehen würde. Luca, der leblos auf einer Wiese tief unter ihr lag, sein Blut vom Gras unter seinem Kopf aufgesogen. Das Bild aus ihrer Vision.

Ihren Schmerz über den See schreiend, brach sie zusammen.

2. Szene

Der Morgen graute und Allegras Tränen liefen noch immer aus dem endlosen Brunnen von Schmerz in ihrem Inneren. Unentwegt rief eine Stimme in ihr: *»Du hast Luca Montague getötet!«*. Ein Teil von ihr drohte bei dem Satz zu zerbrechen, ein anderer betrachtete den Unfall mit Genugtuung. Ihr Herz war zwiegespalten. In eine Hälfte, die Luca liebte, und eine andere, die ihn abgrundtief hasste – dank dem Fluch, der seine Klauen in ihren Leib geschlagen hatte.

Erst viel später, die Seilbahn war inzwischen aktiv und bereit, die ersten Personen zum Gipfel zu befördern, drang Allegra durch die Tiefen ihres Schmerzes und suchte dort nach dem Warum. Schicht für Schicht legte sie wie ein Archäologe die einzelnen Ebenen frei. Das ungute Gefühl – eine Eingebung ihrer visionären Gabe. Jens plötzliches Auftauchen, ihre Entschuldigung, die Allegra zu dem Zeitpunkt damit in Verbindung gebracht hatte, dass Jen sich nicht gemeldet hatte. Das Brennen auf ihrem Rücken. Auch wenn sie nicht in der Lage war, den Kopf so weit zu drehen, dass sie die Tätowierung sehen konnte: Sie wusste, dass nun ein dunkler Pfeil ihr Schulterblatt zierte.

Der dunkle Pfeil hatte sie getroffen – durch die Hand ihrer besten Freundin. Der Verrat schmerzte mindestens genauso wie der Verlust von Luca. Warum hatte Jen ihr das angetan? Sie hatte Allegra die Chance genommen, glücklich zu sein. »Warum?«, schrie sie über den Abgrund hinweg. Die Bilder von Lucas Sturz zogen in blutendes Rot getaucht vor ihrem inneren Auge vorüber. Sie musste von hier weg!

Die Tränen hatten ihren Körper ausgezehrt. Sie spürte den eisigen Wind auf ihrem Körper, als sie versuchte, sich hochzustemmen. Zitternd vor Anstrengung und der Kälte stolperte sie den Kiesweg zurück. Sie musste zur Seilbahn, musste hinunter nach Malcesine, musste Luca noch ein letztes Mal sehen. In ihrer Vision hatte sie ein Gebäude am Rand der Wiese gesehen. Malcesine konnte nicht weit entfernt sein. Dort musste sie hin, es wäre kein weiter Weg zu Luca.

»Du trauerst einem Montague hinterher?«, zischte eine dunkle Stimme in ihrem Kopf. Allegra versuchte sie zu ignorieren. Jetzt, da sie keinem Montague gegenüberstand, konnte sie den Hass beiseiteschieben, wie auch Alessandro es immer tat.

Sie ignorierte auch die seltsamen Blicke der Touristen, die mit der ersten Bahn nach oben gelangt waren und sich nun dem Aussichtspunkt näherten, der Luca das Leben gekostet hatte. Niemand sprach sie an, niemand wollte mit dem stolpernden Mädchen etwas zu tun haben.

Die Seilbahn war kurz davor, wieder ins Tal zu gleiten. Zum Glück hatte Allegra ein paar Euro in der Hosentasche, die sie zitternd dem Mann am Ticketschalter reichte. So gut es ging, versuchte sie ihren Schmerz zu verbergen, als sie in die Kabine stieg, die nur von einem einzelnen Mann besetzt war. Er trug ein Schlüsselband mit einer Art Ausweis um den Hals, vermutlich ein Touristenführer. Sie spürte seine Blicke, als die Seilbahn losfuhr.

Allegra lenkte ihre Aufmerksamkeit in die Richtung, wo sie Luca vermutete. War sein Sturz bereits bemerkt worden? Waren schon etliche Montagues – die Wut überkam sie wie ein kurzer Regenschauer – bei ihm? Würde sie ihn überhaupt noch einmal sehen können? Gebannt verfolgte sie, wie die Kabine zwischen den Felsen hervorschwebte und endlich den Aussichtsplatz freigab. Ihr Blick glitt die scharfen Felskanten nach unten, blieb an jeder hervorstehenden Spitze hängen. War Luca hier angeschlagen? Endlich hatte sie freie Sicht auf die Wiese darunter.

Das Bild aus ihrer Vision traf sie wie ein Schlag ins Gesicht. Unter ihr lag Luca, umgeben von einem Heiligenschein aus dunkel gefärbtem Gras. Allegra schlug die Hand vor den Mund, um den Schrei zu unterdrücken, der in ihr aufstieg. Sie starrte weiter auf den Körper, bis die Kabine zu weit im Tal war. Der Mann musterte sie aus zusammengekniffenen Augen, sah jedoch glücklicherweise nicht aus dem Fenster, sondern stand nahezu unbeweglich da.

Der Rest der Abfahrt dauerte ewig, Allegra hatte das Gefühl, nicht voranzukommen. Als würde eine unbekannte Kraft sich dagegen stemmen, dass sie ihr Ziel – Luca – erreichte.

Nach einer gefühlten Ewigkeit kam Allegra an der unteren Station an und stemmte sich bereits gegen die Tür, bevor diese sich automatisch öffnete. Sie rannte aus der Station. Tränen verschleierten ihr erneut die Sicht und sie zählte darauf, dass ihr alle Passanten aus dem Weg gehen würden.

Daher bemerkte sie nicht, dass jemand genau das nicht tat, und sie rannte mit voller Wucht in die Person hinein.

»Verdammt, Allegra!«, sagte eine Stimme, die wie von weit her an ihre Ohren drang. Feste Hände packten sie und bewahrten sie davor zu stürzen.

Allegra blickte auf. »Alessandro?«

Voller Sorge sah ihr Bruder Allegra an. Dann verzog er schmerzhaft das Gesicht. »Komm mit, wir suchen uns einen ruhigen Platz, dann kannst du mir alles erzählen.«

»Ich kann nicht!«, rief Allegra und befreite sich aus Alessandros Griff. »Ich muss zu ihm.« Sie rannte bereits wieder, aber Alessandro holte sie ein.

»Zu wem musst du?«

Sie schüttelte den Kopf. Sie wollte es nicht erklären.

»Egal, ich komme mit.«

Ohne weitere Worte rannten die beiden den ansteigenden Weg hinauf, den Allegra für den richtigen hielt. Woher sie das wusste? Vermutlich hatte ihre Gabe die Idee in ihren Kopf gepflanzt. Keuchend, nicht bereit aufzugeben, jagte Alessandro hinter ihr her.

Auf den letzten Metern des Anstiegs setzte sich das Bild Stück für Stück zusammen. Erst sah Allegra nur den Gipfel, dann die spitzen Felskanten weiter unten, ehe sich die ersten grünen Flecken der Wiese zeigten. Sie beschleunigte ein letztes Mal. Als ihr Blick dann das gesamte Gelände erfassen konnte, fühlte sie, wie ihr eine große Faust in den Magen schlug. Luca war nicht mehr da. Sie rannte über die Wiese, doch es war keine Spur mehr zu sehen. Weder von ihm noch von denen, die ihn in der kurzen Zeit fortgeschafft haben mussten.

Sie schluchzte und fiel dankend in Alessandros Arme, die er ihr entgegenstreckte. Die Tränen liefen und liefen, Alessandro flüsterte ihr Worte ins Ohr, deren Bedeutung nicht bei Allegra ankam. Er strich ihr beruhigend über den Rücken und über die Haare, doch er schaffte es nicht, den Schmerz wegzuwischen. Ebenso vergeblich versuchte er ihre Gefühle zu beeinflussen.

Allegra war froh darüber, dass er nicht nachfragte – selbst als es ihr vermeintlich besser ging und die Tränen restlos verbraucht waren. Er ließ ihr alle Zeit, die sie brauchte. Irgendwann hatten sie sich auf ein paar Holzstämmen niedergelassen und sich seitdem nicht mehr bewegt.

Eine Unendlichkeit der Leere war vergangen, ehe Allegra bereit war, Alessandro alles zu erzählen. Doch in ihrem Kopf brannte eine Frage, die sie ihm zuvor stellen musste: »Warum bist du überhaupt hier hergekommen?« Das »Woher wusstest du, wo ich bin?« schwang unüberhörbar in ihrer Stimme mit.

»Ich habe eine Nachricht bekommen«, sagte Alessandro und schluckte. »In der Nachricht stand, dass du dringend meine Hilfe brauchen würdest.«

»Kanntest du die Nummer?«

»Keine *solche* Nachricht. Es war ein Zettel. Er lag plötzlich neben mir, als hätte ihn der Wind persönlich vorbeigebracht.« Alessandro strich sich mit der Hand übers Gesicht. »Verrätst du mir jetzt, warum ich diese Nachricht bekommen habe? Was ist passiert, Allegra? Dein Leid ist kaum zu ertragen.« Seine Hand glitt vom Gesicht direkt weiter zur Brust und er presste die Lippen wie unter großen Schmerzen zusammen.

Allegra drehte sich halb von ihm weg und schob ihr Shirt über die Schulter. Alessandro keuchte auf. »Der Fluch hat mich getroffen«, bestätigte sie tonlos, ehe sie tief Luft holte. »Und Jen hat ihn mir gebracht.«

»Was? Wie …«, stammelte Alessandro und Allegra erzählte ihm haarklein, was vorgefallen war. Als sie an der Stelle war, an der sie Luca gesehen hatte, fühlte er mit ihr und sandte ihr etwas Linderung gegen den tiefen Schmerz. Allegras Erzählung endete damit, dass sie Luca aus der Seilbahnkabine heraus noch gesehen hatte, er nun aber offensichtlich verschwunden war.

»Komm mit«, sagte Alessandro und zog seine Schwester hoch. »Wir gehen zu Lorenzo. Seine Beschäftigung für die nächsten zwei Wochen scheint ja nun hinfällig zu sein.«

Mit gesenkten Köpfen liefen sie durch die Straßen des morgendlichen Malcesine. Alessandro hatte dazu geraten, so würden sie nicht auf den ersten Blick als Capulets erkenntlich sein. Alessandro kannte sich gut aus und lotste Allegra durch schmale Gassen und zwischen dicht gedrängten Häuserreihen entlang, ehe sie an einer kleinen Kirche ankamen.

»Die *Benigno e Caro*«, erklärte Alessandro, als er die hölzerne Tür öffnete.

Allegra trat ein und fand sich in einer Miniatur-Kirche wieder. Nur wenige Reihen hölzerner Bänke trennten sie von dem Altar, der eher wie ein gedeckter Tisch wirkte. Es war, als wäre sie plötzlich zur Riesin geworden.

»Padre?«, rief Alessandro laut und seine Stimme hallte von dem niedrigen Deckengewölbe wider. Gleich darauf erklangen Schritte.

Der Padre betrat durch eine Seitentür die Kirche. Als er die beiden Ankömmlinge sah, senkte er für einen kurzen Moment den Blick. Doch Allegra hatte seinen Gesichtsausdruck trotzdem erkannt. Leid, verlorene Hoffnung und unsägliche Trauer waren darauf gezeichnet. Er wusste es also schon. Er legte Alessandro und Allegra jeweils eine Hand auf die Schulter und murmelte Worte in einem alten Italienisch (oder gar Latein?) – Allegra verstand nur Wortfetzen. Dennoch durchfuhr eine Beruhigung ihren Körper, die der Emotionskontrolle von Alessandro glich. »Kommt mit«, sagte Lorenzo und führte die beiden durch die Tür, die er benutzt hatte.

Ein kleines gemütliches Zimmer befand sich dahinter. Eine Mischung aus Esszimmer und Küche: Ein quadratischer Tisch nahm die Raummitte ein, an den Wänden standen Kommoden und Vitrinen. Das wurmstichige Holz der Einrichtung sorgte für eine gemütliche Atmosphäre.

Lorenzo lud die beiden ein, sich zu setzen. Während er die Kaffeemaschine einschaltete, nahmen Alessandro und Allegra Platz. Es dauerte mehrere Minuten, bis der Padre sich zu ihnen gesellte und drei Tassen auf dem Tisch verteilte.

»Wie hat der Dunkle dich gefunden?«, fragte er, nachdem er einen Schluck getrunken hatte.

Allegra hielt sich an ihrer Tasse fest und überlegte, was sie sagen sollte. Sie wusste es schlichtweg nicht.

Alessandro antwortete für sie: »Ich hatte dich doch wegen Jen – Jennifer – angerufen. Meine Sorge war berechtigt.« Seine wohlgewählten Worte konnten die Vorwürfe, die mitschwangen, nicht verbergen. »Vielleicht war es ursprünglich Zufall, aber selbst wenn er Jen nur entführt hat, um mich zu treffen, muss er später herausgefunden haben, was zwischen Allegra und Luca läuft.« Er holte tief Luft. »Aber Jen zu schicken, um den Fluch zu überbringen, geht über seine bisherigen Grenzen hinaus.« Alessandro schlug mit der Faust auf den Tisch, so dass die Tassen klapperten. »Und wir wissen nicht einmal, wo sie jetzt ist. Sie könnte ...« Alessandro brachte es nicht fertig, das auszusprechen, was er am meisten befürchtete.

»Ich kann dich beruhigen. Ihr geht es gut«, sagte Lorenzo nur knapp.

Während Alessandro sofort hoffnungsvoller wurde, wusste Allegra nicht, was sie denken oder fühlen sollte. Sie liebte Jen wie eine Schwester – oder vermutlich sogar mehr –, aber Jen war dafür verantwortlich, dass Luca tot war. Wie konnte sie ihr das jemals verzeihen?

»Sie ist nur der Bote, Allegra. Der Dunkle hat einen Hang zum Dramatischen. Jennifer kann nichts dafür. Er hat sie mit irgendetwas geködert«, antwortete Lorenzo, der ihre Frage aus ihren Gedanken gelesen haben musste. Konnte er das vielleicht wirklich?

»Wo ist sie?«, wollte Alessandro wissen. »Und war sie die ganze Zeit bei *ihm?*« Panik stand ihm ins Gesicht geschrieben.

»Er zeigt keinem Sterblichen sein wahres Gesicht. Er hat sie vermutlich nur in einem Gästehaus untergebracht«, beruhigte Lorenzo.

Allegra sah immer wieder die Bilder ihrer Visionen von Jen vor sich. Anfangs noch gefasst, dann mit Tränen. Sie wusste, was man von ihr verlangt hatte, welchen Preis ihre Tat fordern würde. »Geschah so etwas schon einmal?«, fragte Allegra an Lorenzo gewandt. »Wurde je zuvor jemand entführt und gezwungen, so etwas zu tun?«

»Er kann Menschen nicht derart beeinflussen oder zwingen, etwas zu tun. Aber Venus' dunkler Botschafter ist gut im Verhandeln. Er muss Jennifer etwas angeboten haben, nach dem sie sich schon immer gesehnt hat. So arbeitet er. Für gewöhnlich hält er die Person jedoch nicht fest. Ein kurzer Deal, mehr nicht.«

Das Wort ›Deal‹ aus Lorenzos Mund zu hören, fand Allegra seltsam. Immer wieder wechselte die Sprache des Padres durch die Jahrhunderte. Gerade noch altertümlich und im nächsten Satz

Teenie-Slang. Er war durchaus anpassungsfähig, musste es ja sein. Allegra grübelte einen kurzen Moment über sein Leben, ehe ihre Gedanken zu Jen wanderten. Was konnte der Dunkle Jen angeboten haben, um einen solchen Preis zu rechtfertigen? Jen hatte alles, was sich andere in ihrem Alter erträumten. Sie war jung, hatte einen lukrativen Job, die Männer rannten ihr in Scharen hinterher.

»Ab heute gibt es keine Enttäuschungen mehr.« Jens fröhliches Lachen hallte durch Allegras Kopf. Sie hatte all ihre Hoffnung auf Alessandro gesetzt, wollte am nächsten Wochenende wieder nach Limone kommen, um ihn zu sehen. Allegra war sich sicher, dass Jen nicht nur oberflächliche Gefühle für Alessandro hegte. Und umgekehrt war es genauso.

Hatte Jen sich so verzweifelt gewünscht, dass es zwischen den beiden klappen würde, dass ihr Wunsch – gegen einen hohen Preis – in Erfüllung gegangen war? Allegra brauchte Antworten. Sie musste mit Jen sprechen.

»Ich muss mit ihr reden. Weißt du, wo sie ist?«, fragte sie Lorenzo.

Der schüttelte jedoch sofort den Kopf. »Ich kann nur spüren, dass alles in Ordnung ist. So wie ich es bereits Alessandro gesagt hatte. Ihr ging es gut, sie war unverletzt. Sie …«

Ohne zu fragen, griff Allegra nach der Hand ihres Bruders und stürzte sich ins Weiß. *Zeig mir Jen! Wo ist sie jetzt?* Allegra konzentrierte sich so lange auf ihre Freundin, bis sich deren Bild aus dem Weiß schälte. Jen sah elend aus. Ihre Haare hingen in dicken Strähnen vom Kopf, die Augen waren zugeschwollen und gerötet. Ihr Make-up hatte dicke Striemen über ihre Wangen gemalt. Sofort nahm der Gedanke, Jen helfen zu müssen, überhand. All die Wut über das, was Jen ihr – und Luca – angetan hatte, drängte sich in den Hintergrund. *Wo bist du?*, fragte Allegra und kniff die Augen zusammen, als könne sie so die Vision genauer erkennen. Das funktionierte nur bedingt. Allegra sah einen Baumstamm, an dem Jen lehnte. Sie saß auf dem Boden, gekrümmt, gebrochen. Hinter ihr schien es dunkel zu sein. War sie in einem Wald?

Bäume gab es hier überall. War sie überhaupt vom Monte Baldo runtergekommen? Allegra ließ Alessandros Hand los.

»Ich habe Jen gesucht«, erklärte Allegra. Lorenzo hob erstaunt die Augenbraue, was ihn unglaublich jung wirken ließ. »Das ist meine Gabe. Visionen, ich …« Sie wollte nicht alles noch einmal erklären, fasste nur kurz zusammen, dass sie einen Montague oder einen Capulet brauchte, um die Visionen heraufzubeschwören. »Ich habe Jen noch nie so aufgelöst gesehen. Wir müssen sie suchen. Sie muss uns sagen, was genau passiert ist.«

»Und wo sollen wir anfangen?«, fragte Alessandro. »Hast du irgendwelche Details?« Er sah nicht gerade hoffnungsvoll aus.

»Sie lehnt an einen Baumstamm, dahinter ist es dunkel. Ich denke, sie ist in einem Wald.«

»Na, das macht es natürlich einfacher«, antwortete Alessandro trocken. Doch all der Sarkasmus täuschte nicht über die Emotionen hinweg, die auf Allegras eigene Gefühle trafen. Er hatte Angst, war hoffnungslos. Es schmerzte Allegra, ihren Bruder so zu sehen.

»Ich versuche es noch einmal. Vielleicht habe ich ja etwas übersehen.« Erneut griff sie nach Alessandros Hand und ließ die Vision über sich ergehen. Doch was sie nun sah, brach ihr erneut das Herz. Jen lehnte nicht mehr an dem Baum. Sie war von Helligkeit umgeben.« Allegra keuchte auf und zog instinktiv ihre Hand zurück, um sich vor den Bildern zu schützen. Dann schlug sie die Hände vors Gesicht.

Warum hatte sie nicht sofort nach Jen gesucht, war ihr hinterhergegangen?

»Allegra!«, schrie Alessandro und schüttelte sie an der Schulter. »Was ist passiert?« Panik stand ihm ins Gesicht geschrieben. Allegras Panik, die den ganzen Raum erfüllen musste.

»Sie … Jen ist …«

»Wo ist sie?« Alessandros Stimme war nun noch lauter.

»Sie ist nirgendwo.« Tränen rannen aus Allegras Augen, sie wischte sie mit dem Handrücken zur Seite, doch sie kamen immer wieder. »Um sie herum ist nichts!«, rief sie. »Ich sehe immer ein klein wenig von der Umgebung. Und bei Jen sehe ich nichts!« Sie schüttelte immer wieder den Kopf.

Als Alessandro aufkeuchte, wusste sie, dass er verstanden hatte. Jen hatte sich vom Monte Baldo gestürzt. Sie befand sich in der Luft. In genau dem Moment, in dem Allegra nach ihr gesucht hatte.

»War es nur eine Vision? Eine *mögliche* Zukunft?«, fragte Lorenzo ruhig. Allegra ging in sich und überlegte. Dann schüttelte sie traurig den Kopf. Sie hatte an die Gegenwart gedacht.

»Ich würde es spüren, wenn jemandem etwas zustieße, den ich beobachte.« Lorenzo tippte sich an die Stirn. »Ihr kann nichts passiert sein.«

Plötzlich drangen Geräusche durch die geöffnete Tür. Schnelle Schritte in der Kirche.

Lorenzo sah erschreckt auf, erhob sich und ging dem Lärm entgegen. Doch da sah Allegra schon Mattia durch die Tür treten. Der Hass flammte in ihr auf und sie war nicht in der Lage, sich zu kontrollieren. Das grelle Rot überzog die Umgebung, als sie so hastig aufstand, dass ihr Stuhl krachend umfiel. Sie wollte sich auf Mattia stürzen. Ein Montague war hier. So nah! Sie musste etwas dagegen unternehmen.

Eine Hand hielt sie zurück. Krallte sich so fest in ihren Unterarm, dass es schmerzte. Allegra fuhr herum und Alessandro sah ihr mit hasserfülltem Blick in die Augen. Er biss die Zähne aufeinander, sein Gesicht wirkte angestrengt. Dann ließ das Rot nach, lief an den Seiten ihres Blickfeldes hinab, als würde man es abwaschen. Allegra konnte wieder atmen, denken. Alessandro holte erleichtert Luft, ließ ihren Arm jedoch nicht los.

»Was machst du hier?«, fragte Lorenzo.

»Ich habe das Mädchen gefunden. Ihre Freundin«, er nickte mit dem Kopf zu Allegra.

»Jen?« Sofort ließ Alessandro von Allegras Arm ab. Mit Zorn im Gesicht ging er auf Mattia zu und packte ihn am Kragen. »Wo ist sie?«, knurrte er.

»Vorne in der Kirche. Ein Dankeschön wäre nicht schlecht.« Mattias Ausdruck war an Arroganz nicht zu übertreffen. Typisch

Montague. Erneut legte sich ein roter Schleier über Allegras Sichtfeld. Doch dann drangen seine Worte endlich bis in ihr Gehirn vor.

Alessandro stieß Mattia beiseite und rannte in die Kirche. Allegra folgte ihm. Es forderte ihre ganze Willenskraft, an Mattia vorbeizugehen, ohne sich auf ihn zu stürzen.

Er hatte nicht gelogen. Jen saß wie ein Häufchen Elend in der ersten Reihe. Ihr Körper war zusammengesackt und sie starrte ins Nichts. Sogar als Alessandro sie in den Arm nahm, zeigte sie keinerlei Reaktion. Sie sah vollkommen leer aus.

Allegra verdrängte das boshafte Gefühl in ihrem Inneren, das ihr einredete, dass Jen es verdient habe, und ging zu ihr. Sofort machte Alessandro ihr Platz und rückte zur Seite.

»Jen?«, fragte Allegra vorsichtig, wagte es noch nicht, sie zu berühren. Doch in ihrer Haltung hatte Allegra erkannt, dass Jen auf sie reagiert hatte. »Jen, geht es dir gut?«

Tränen strömten aus Jens geröteten und geschwollenen Augen, als sie die Lippen zusammenpresste und den Kopf schüttelte. »Es tut mir so leid, Al«, flüsterte sie stockend. »Ich hab das nie gewollt.«

Nun legte Allegra die Hand auf Jens Rücken und strich vorsichtig auf und ab. Sie konnte Jen nicht verzeihen. Noch nicht. Vielleicht niemals. Auch wenn sie tief in ihrem Inneren wusste, dass Jen ihr nie absichtlich wehtun würde. Sie schob all das beiseite, denn sie wollte nicht noch einen geliebten Menschen verlieren. »Du musst uns erzählen, was genau passiert ist. Wir haben dich überall gesucht. Alessandro hat dich überall gesucht«, verbesserte sich Allegra.

Jen sah zu Alessandro hinüber und ihr Gesicht hellte sich etwas auf. Doch sofort kamen die Schatten zurück. Würde sie für immer – bei jedem Blick in Alessandros dunkle Augen – daran denken müssen, was sie dafür getan hatte? Hatte Lorenzo überhaupt Recht mit seiner Vermutung?

»Hast du den Dunklen getroffen?«, fragte Allegra.

Jen drehte endlich den Kopf zu ihr und sah sie fragend an.

»Den Statthalter von Venus, den Bösen«, erklärte Allegra.

Jen schüttelte den Kopf. »Da war nur diese Stimme, die ich gehört habe. Ich saß schon im Zug, als sie begann auf mich einzureden. Mir all die Missstände meines Lebens aufzählte. Die Jungs …« Sie verzog gequält ihr Gesicht.

Allegra verstand Jen auch ohne weitere Erklärungen. Sie hatte niemals vermutet, dass dieses Thema ihrer Freundin so naheging. Sie war doch noch jung, warum machte sie sich Sorgen? Aber das Schlimmste war, dass Allegra es nie gesehen hatte. Was war sie für eine schlechte Freundin. Sofort schlang sie ihre Arme um Jen und drückte sie an sich. Jen schluchzte und Allegra spürte ihre Tränen durch das Shirt. Sie konnte nicht sagen, wie lange sie so dort gesessen waren. Oder wann Alessandro aufgestanden war. Allegra und Jen befanden sich in einer von der restlichen Welt abgeschotteten Blase und Jen erzählte, was wirklich passiert war.

»Diese Stimme, die ich im Zug gehört habe, wurde immer eindringlicher, präsentierte mir eine schreckliche Zukunft, zermürbte mich. Es war so schlimm, das nervtötende Zischen nicht abschalten zu können.« Jen holte tief Luft. »Irgendwann malte mein Kopf die passenden Bilder dazu. Unerträgliche Bilder und irgendwie hat es Klick gemacht. Ich wusste, dass ich die Wahrheit sah. Meine Zukunft. Und die war schlimm. In genau diesem Moment hat mir die Stimme das Angebot gemacht.« Sie schluckte. »Sie hat mir das Glück der Liebe angeboten, wenn ich ihr dafür einen Gefallen tue. Nur was es war, erfuhr ich erst Tage später.« Ihre Stimme brach, als sie hinzufügte: »Es tut mir so leid, Allegra. Ich war egoistisch und du hast dafür bezahlt. Ich bin die mieseste Freundin der Welt.«

Allegra drückte ihre Hand. »Wenn ich gewusst hätte …«, sie schüttelte den Kopf. »Ich bin mindestens genauso schlecht in dem Job. Und wenn du gewusst hättest, dass dieser Gefallen mit mir zu tun hätte, dann hättest du sicher abgelehnt.«

Jen nickte. »Ich hoffe, dass du mir irgendwann verzeihen kannst«, flüsterte sie und senkte den Blick.

Von außen muss es ausgesehen haben, als hätten sich Jen und Allegra wieder ausgesöhnt. Aber in Allegras Innerem sah es anders aus. Lediglich die oberflächliche Wunde war geschlossen worden, genäht und zusätzlich getapet. Aber darunter gärte die Entzündung weiter. Allegra hoffte, dass diese irgendwann verheilen würde.

Laute Stimmen durchdrangen die Stille, die Allegra und Jen einhüllte. Ein Streit zwischen Alessandro und Mattia. Schon beim Gedanken an Letzteren färbten sich die Ränder von Allegras Sichtfeld wieder rot. Endlich konnte sie Alessandro verstehen. Wie konnte er auch nur in der Nähe dieser Montagues sein? Wie hielt er das aus?

»Beruhigt euch, alle beide!«, donnerten die Worte des Padre durch die Kirche und sofort herrschte Ruhe. Allegra spitzte die Ohren, konnte jedoch nicht mehr als ein Murmeln hören. Aber etwas sagte ihr, dass es wichtig war. Langsam stand sie auf und ging, wie von einer Schnur gezogen, in Richtung der Tür zu Lorenzos Räumen. Hinter sich hörte sie Jens Schritte.

»Sie kann nicht mit dir in einem Raum sein, ohne dich umbringen zu wollen«, erklärte der Padre in ruhigem Ton. Sprach er über Allegra?

»Ich würde sie ja gerne lassen, aber das gibt nur Ärger«, fügte Alessandro trocken hinzu.

»Ich muss aber mit ihr sprechen. Nur mit ihr.«

Mattias Stimme klang jammernd und Allegra stöhnte genervt auf. Die Montagues waren alle Jammerlappen. Wie hatte sie sich in einen von ihnen verlieben können? Ihr Herz erhob polternd Widerspruch. Bilder von Luca, seinen eisblauen Augen, der leicht geschwungenen rechten Augenbraue, seinem sehnsüchtigen Blick zogen in ihrem Kopf vorüber. In ihrem Bauch regte sich etwas, was sie unter all dem Hass verloren geglaubt hatte. Sie wollte das Bild dieses Montague festhalten, doch es bekam bereits blutrote Flecken. Schnell schloss sie es weg, ehe der Hass diesen einzig positiven Gedanken an Luca vernichten konnte. Sie schob es zu der Trauer, die ihr nicht gewährt wurde.

»Es wird nicht funktionieren, Mattia«, redete Lorenzo wie gegen eine Wand. »Erinnere dich an deinen zwölften Geburtstag.

Wie war für dich da der Gedanke an einen Capulet? Hättest du hier neben Alessandro stehen können, ohne auf ihn loszugehen?«

Allegra hörte keine Antwort, wollte dem Raum jedoch auch nicht näherkommen, da sie für heute genug Rot gesehen hatte. Sie vermutete, dass Mattia den Kopf geschüttelt hatte.

»Dann weißt du, wie Allegra sich jetzt fühlt.«

»Ich muss trotzdem mit ihr sprechen. Irgendwie.«

»Kannst du es nicht mir sagen?«, fragte Lorenzo.

»Lass sie in Ruhe, Montague«, zischte Alessandro. Seine Selbstbeherrschung neigte sich vermutlich dem Ende zu. Allegra sah geradezu vor sich, wie er die Fäuste ballte und die Kiefermuskulatur arbeitete.

»Ohne mich hättest du nicht einmal gewusst, wo sie ist«, zischte Mattia zurück.

»Was meinst du damit?« Nun klang Alessandro unsicher. Aber er hatte genau die Frage gestellt, die auch Allegra auf der Zunge lag.

»Die Nachricht, die du bekommen hast, war von mir.«

Stille.

Allegra erinnerte sich an Alessandros Worte. *»Es war ein Zettel. Er lag plötzlich neben mir, als hätte ihn der Wind persönlich vorbeigebracht.«*

»Das warst du?« Alessandros Stimme überschlug sich beinahe.

»Das ist meine Gabe, Capulet. Ich beherrsche den Wind.«

»Ich dachte, du kannst fliegen?« Allegra hatte so viele Fragen im Kopf, dass sie sich nicht zurückhalten konnte. Sie hörte, wie die Männer sich umdrehten.

»Allegra?«

Mattia. Nein, das Rot durfte sie jetzt nicht überkommen. Allegra drängte es mit all der ihr zur Verfügung stehenden Kraft zur Seite. Sie wollte eine Antwort. »Ja.«

»Erstaunlich«, flüsterte jemand, Allegra wusste nicht, welcher der drei Männer es war.

»Ich kann nicht fliegen. Fliegen ist keine Gabe. Aber die Beherrschung des Winds ist eine. Ich kontrolliere die Luftströmungen und daher wirkt es, als würde ich fliegen.« Mattia klang sehr neutral, als versuche er, Allegra keinen weiteren Ansatzpunkt für den Hass zu geben.

»Nicht schlecht, Montague.« Alessandro klang ehrlich beeindruckt.

»Was wolltest du mir sagen?«, fragte Allegra die Wand vor sich. Es war dämlich, mit einer Wand zu reden. Aber sie traute sich nach wie vor nicht zu, Mattia gegenüberzutreten – wenn sie schon so sehr gegen das Rot ankämpfen musste, wenn sie ihn nur hörte …

»Ich musste es dir selbst sagen. Ich hoffe, du verstehst das.« Er machte eine Pause und Allegras Herz klopfte mit einem Mal völlig unkontrolliert, als wüsste es bereits, was gleich folgen würde.

»Was?«, seufzte Alessandro und Allegra glaubte zu hören, wie er die Augen verdrehte.

Mit Mattias nächstem Satz wurde Allegra von all den Emotionen, die wie Bomben auf sie einschlugen, beinahe umgeworfen. Jen neben ihr entfuhr ein leiser Schrei. Sie griff nach Allegras Hand und krallte sich daran fest, als wäre sie der letzte Rettungsanker. Allegra wusste, was in Jen vor sich ging. Eine große Last fiel von ihren Schultern und auch über Allegra spülte eine Welle der Erleichterung. Sie wusste nicht mehr, welches ihre Gefühle waren, welche die von Jen, Lorenzo, Alessandro oder Mattia. Die Welt drehte und drehte sich immer schneller. Ihr Herz raste, ihr Magen verkrampfte sich. Ihr Atem ging schneller, ihr gelangen nur mehr kurze Atemzüge. Sie hyperventilierte.

Weil niemand antwortete, wiederholte Mattia den Satz noch einmal: »Luca ist nicht tot, noch nicht.«

3. Szene

Luca ist nicht tot. Luca ist nicht tot. Allegras Herz gab den Takt für ihre Gedanken vor. Sie saß wieder neben Jen auf der Bank und wusste nicht, wie sie dort hingekommen war. Doch der stete Rhythmus ihres Mantras erlaubte es dem Rot nicht überhandzunehmen. *Lu-ca ist nicht tot. Lu-ca ist nicht tot.*

Noch nicht.

Allegra lachte hysterisch auf. Welche Ironie! Sie dachte, sie hätte ihn getötet, und nun, da sie es nicht hatte, war sie sicher, dass sie für dieses »noch nicht« verantwortlich war. Sie musste ihn töten, das sagte eine Stimme in ihrem Kopf. Ein Flüstern, das ihr einredete, dass nur er oder sie überleben könne. Bilder poppten in ihrem Kopf auf: ein toter Luca, eine tote Allegra, immer abwechselnd. *Er oder ich, er oder ich.*

Allegra schrie und schrie, um die Stimme zu übertönen. Jen riss sie panisch an sich, drückte sie fest, murmelte unverständliche Worte, die dennoch beruhigend auf Allegra wirkten.

»Dieses Flüstern!« Allegra schlug sich gegen den Kopf.

»Das ist dieser Typ«, antwortete Jen. »Der aus dem Zug.«

»Der Dunkle!« Mit einem Mal war das Flüstern verstummt. Es war nicht echt. Nichts davon. Sie musste Luca nicht töten. Und auch sie würde nicht sterben.

»Was wollte er von dir?« In Jens Stimme schwang eine große Portion Angst mit.

»Ich soll Luca töten.«

»Sie soll nachholen, was bei seiner letzten Einmischung missglückt ist.« Lorenzo trat durch die Seitentür in die Kirche. »Je mehr du seine Stimme ignorierst, desto lauter wird sie.«

Jen nickte.

»Und was kann ich dagegen tun?«, wollte Allegra wissen.

Lorenzo schüttelte traurig den Kopf und senkte den Blick. »Wir müssen herausfinden, was er will. Eigentlich hat er keinen Grund, sich derart einzumischen.«

»Vielleicht ist er angefressen, weil du ihn damals betrogen hast?«, sagte Alessandro, der sich inzwischen ebenfalls zu ihnen gewagt hatte.

»Ach, das war nicht das erste Mal. Aber das erste Mal, dass seine Pläne nicht funktioniert haben«, erklärte Lorenzo.

»Wie konnte Luca den Sturz überleben?«, fragte Jen und Allegra verkrampfte sich. Sie sog scharf die Luft ein. Luca. Luca. Eisblaue Augen. Dieses Lächeln. Ihr Puls normalisierte sich allmählich.

»Mattia hat ihn aufgefangen. Aber er kam zu spät dazu. Er konnte den Sturz nur abmildern, wie er mir erzählt hat, bevor er gegangen ist.«

»Wo ist Luca jetzt?«, presste Allegra hervor. Sie musste es wissen.

»Er ist verschwunden«, sagte Alessandro leise.

»Und da ich ihn nicht spüre, muss er im Haus der Venus sein.« Lorenzo klang, als würde er ein Todesurteil aussprechen.

»Der Dunkle hat ihn?« In Allegra regte sich etwas. Sorge? *Um einen Montague? Also bitte!*

»Ich vermute es.«

»Und Sie können ihn nicht freikaufen? Darf er das überhaupt?« Jen duzte Lorenzo nicht, stellte Allegra fest.

»Nein. Ich kann nicht zum Haus der Venus gelangen, genauso wenig wie der Dunkle zu mir kommen kann.«

»Ich dachte, hier werden die Neugeborenen getötet?«, fragte Alessandro neugierig.

»Ich wohne nicht hier. Weder hier noch im *Palazzo Dei Capitani.*«

Allegra sah Alessandro an, dass er das nicht gewusst hatte. »Aber du bist ...«, wollte er wissen.

»Ich bin immer dort, wo ich gebraucht werde – wenn ich es rechtzeitig schaffe. Ich habe mehr als einmal versagt.« Er verzog schmerzvoll das Gesicht. »Aber das Haus der ... Mein Haus befindet sich auf halber Höhe des Monte Baldo.«

»Wessen Haus? Wer hat dich mit dieser Aufgabe betraut?«, fragte Alessandro knapp. Allegra erinnerte sich daran, wie er erwähnt hatte, dass niemand wusste, für wen Lorenzo arbeitete.

Lorenzo schüttelte den Kopf und alle Anwesenden wussten, dass sie nicht mehr erfahren würden.

»Und wie können wir Luca retten? Ich muss wieder gutmachen, was ich getan habe.« Jens flehender Ton ließ Lorenzos Blick weichwerden.

»Du kannst nichts tun. Nur die wahre Liebe wird den Weg finden.«

»Und das heißt? Sie sprechen in Rätseln.« Blitzte da die alte Jen hindurch? Beinahe hätte Allegra gelächelt, so schön war die Erinnerung an ihr bisheriges gemeinsames Leben.

»Wie ich es gesagt habe: Nur die wahre Liebe wird den Weg finden.« Lorenzo sah Allegra eindringlich an. Wartete er auf eine Reaktion? Sollte sie reagieren?

Luca. Diese Augen, das spitzbübische Grinsen, der Kuss im Garten des *Castello Scaligero.* Die wahre Liebe?

»Sie meinen damit ... Das, was ich denke?«, fragte Jen.

»Ich habe euch beide gesehen«, sagte Lorenzo, ohne den Blick von Allegra abzuwenden. »Niemals zuvor waren Montague und Capulet so kurz davor, den Fluch zu brechen, nicht einmal Romeo und Julia. Ihr hättet die Aufgaben bewältigt, da bin ich mir sicher. Was auch immer der Dunkle euch auferlegt hätte, ihr hättet es geschafft.« In Lorenzos Augen kreisten wieder die kleinen Galaxien, in die Allegra immer tiefer eintauchte. Sie fühlte sich, als wäre es ihre eigene Seele, die sie darin erkannte. Und tief, ganz tief versteckt lag ein Bild. Dasselbe, das sie benutzt hatte, um das Rot zu verbannen; das sie weggeschlossen hatte, um sich zu beherrschen. Das Bild, das sie selbst im ärgsten Hass hatte bewahren wollen. Luca.

Der Schmerz des Erkennens traf sie mit voller Wucht. Sie wusste, dass es richtig war. Sie gehörte zu Luca. Ihr Herz gehörte ihm und ihrer beiden Seelen waren untrennbar miteinander verbunden.

Sie nickte.

Lorenzo nickte.

Es war alles geklärt.

»Was ist jetzt?«, fragte Jen.

»Auf diesem Weg werdet ihr sie nicht begleiten können«, sagte Lorenzo in neutralem Ton. An Allegra gewandt fuhr er fort: »Sofern es dein Wunsch ist, spreche ich die Worte.«

»Kann ich es schaffen? Wie viel Zeit habe ich? Wo muss ich hin?« Ein panikartiges Gefühl überkam Allegra. Als hätte sie etwas Wichtiges vergessen. Sie versuchte sich krampfhaft zu erinnern. Doch je mehr sie nachdachte, desto leerer wurde ihr Kopf, bis nur noch ein Bild zurückblieb: Luca.

»Ich kann dir keine deiner Fragen beantworten. Ich kann dich nur auf deine Bitte hin losschicken. Das *Examen amoris,* die Prüfung der Liebe, die jeder und jede Geliebte der Montague und der Capulet ablegen muss. An dessen Ende wirst du finden, was du suchst. Ist es die wahre Liebe, wird an deinem Ende Luca auf dich warten.« Er schaute zu Alessandro und Jen. »Würdet ihr uns kurz allein lassen?«

Mit einem Nicken entfernte sich Alessandro, Jen drückte kurz Allegras Oberarm und lächelte ihr aufmunternd zu, dann folgte sie Alessandro.

Lorenzo ließ Allegra allein, ging in die Kammer und Allegra hörte ein Schaben und Scheppern. Kurz darauf kehrte er zurück und drückte Allegra ein Bündel in die Hand. Es war wirklich ein Bündel. Genau so hatte sich Allegra das immer vorgestellt, wenn im Märchen die Söhne aus dem Elternhaus in die weite Welt ziehen. Ein großes kariertes Tuch, mit einem Knoten verschnürt. »Versprich mir, dass du nur reinsiehst, wenn du keine andere Lösung siehst.«

Allegra nickte.

»Antworte nicht vorschnell. Es ist wichtig, dass du dieses Bündel erst öffnest, wenn es wirklich keinen anderen Ausweg mehr gibt. Das Artefakt wird die Prüfung enden lassen und dich dorthin führen, wo du sein möchtest. Es besteht keine Möglichkeit, die Prüfung zu wiederholen.« Seine Worte wurden immer eindringlicher.

Die Prüfung zu beenden würde bedeuten, Luca aufzugeben. Doch das würde Allegra nicht tun. Niemals! »Ich verspreche es.«

»Du musst dich beeilen. In fünf Tagen wird Luca zwanzig und die Liebe zu dir wird für immer erlöschen.«

Allegra schluckte. Fünf Tage, bis Cupidos Pfeil Luca treffen würde. Sie nickte. Sie hatte verstanden.

Lorenzo trat näher zu Allegra und umarmte sie wie aus heiterem Himmel. »Deine Tasche«, flüsterte er kaum hörbar in ihr Ohr, ehe er sich von ihr trennte und die Lippen zu einem lautlosen »Scht!« verzog und den Kopf schüttelte.

»Nun der offizielle Teil.« Lorenzo straffte sich, seine Kleidung wechselte, sein Körper wurde um Jahre jünger und jünger, bis ein Mann Mitte zwanzig vor Allegra stand. Er trug ein braunes Gewand aus einem uralten Stoff, eine Mönchskutte. Allegra musste zweimal hinschauen, um es zu glauben. Seine Stimme hatte sich ebenfalls verändert, sie dröhnte durch die Kirche, hallte vom Deckengewölbe wider. »Bist du gewillt, deine Liebe zu Luca Montague prüfen zu lassen?«

Obwohl sie kurz scharf die Luft einsog und nach wie vor irritiert über Lorenzos Aussehen war, nickte Allegra. »Ja, das bin ich.«

Der junge Lorenzo hob die Arme. Die Luft um Allegra herum begann zu knistern wie bei einer statischen Aufladung. Sie vibrierte beinahe. Oder waren es die Kirchenmauern selbst, die sangen? Lorenzos Augen fixierten Allegra. Sie waren jetzt vollkommen von der silbernen Galaxie vereinnahmt. Ein übernatürliches Feuer lag in ihnen.

»So sei es!« Er schlug die Hände über dem Kopf zusammen, ein Licht entstand, das sich rasend schnell ausbreitete, bis Allegra sich fühlte wie in einer ihrer Visionen. Die letzten Worte des Padre drangen nur als Echo zu ihr durch: »Examen amoris.« *Prüfung der Liebe.* »Amor per dolorem.« *Liebe durch Schmerz.*

Die Welt implodierte und alles um Allegra herum wurde schwarz.

IV. Akt

1. Szene

Allegra hatte keinerlei Erwartungen gehabt, wie die Prüfung ablaufen würde. Und doch hatte sie eine gewisse Vorstellung davon gehabt – die sich jedoch mit ihrer jetzigen Lage kein bisschen überschnitt.

Nachdem alles Schwarz geworden war, war sie mitten in einem Wald aufgewacht. Das Bündel aus Stoff hatte sie nach wie vor in ihrer Hand. Ihr Rückfahrtschein. Doch wie auch immer die Prüfung aussah, sicher war es nicht hilfreich, ein Stoffsäckchen von der Größe einer Handtasche in der Hand zu halten. Würde sie kämpfen müssen? Wie prüfte man die Liebe? Wie bewies man sie? Warum hatte sie keine Handtasche dabei, in die sie das Bündel packen konnte? *Weil die bei Lorenzo in der Kirche liegt,* antwortete ihre innere Stimme. Verdammt.

Allegra zog ihre Jacke aus – ihr war seltsamerweise weder warm noch kalt, sie hatte gerade kein Gefühl für die Temperatur –, legte ihren ›Rückfahrschein‹ hinein, knotete anschließend die Ärmel zusammen und hängte sich ihr Gepäck über die Schulter.

Und jetzt? Sie drehte sich einmal um die eigene Achse und überlegte, was sie zu tun hatte. Sie hatte keine Ahnung. Der Wald sah in jeder Richtung gleich aus. Sie ging ein paar Schritte in die eine, entschied sich dann um und wanderte in eine andere Richtung. Sie wusste nicht, wie viel Uhr es war – ihr Handy war in ihrer Handtasche. Und selbst wenn sie gewusst hätte, in welche Himmelsrichtung sie lief – welchen Unterschied hätte es gemacht? Also marschierte sie einfach der Nase nach.

Sie wanderte bereits gefühlte Stunden, ihre Umgebung war immer noch dieselbe. Vielleicht lief sie im Kreis? Frustriert entschied Allegra, eine kurze Pause einzulegen, und setzte sich auf den Waldboden, den Rücken an einen Stamm gelehnt. Es musste doch irgendwie zu schaffen sein.

Vielleicht sind die anderen Prüflinge bereits alle im Wald gescheitert, zischte eine böse Stimme in ihrem Kopf. Sie haben sich verirrt und sind elendig verhungert.

Nein! Allegra würde nicht verhungern. Sie würde es schaffen! Für Luca!

Der Gedanke an ihn war plötzlich nicht mehr von Hass erfüllt. Während der Prüfung musste der Fluch irgendwie inaktiv sein. Allegra konnte sich die schönen Szenen mit Luca in Erinnerung rufen, ohne dass sie gleich von diesem Rot überlagert wurden. Sie seufzte, als die Bilder ihrer ersten gemeinsamen Nacht auf der Aussichtsplattform an ihr vorüberzogen und mit jeder Sekunde plastischer zu werden schienen. Lächelnd hob sie eine Hand an die Lippe, als könnte sie so Lucas Kuss erneut schmecken. In ihrem Magen flatterten tausend Schmetterlinge. Sie hielt das Gefühl fest, wollte all diese Küsse wiederholen und noch mehr.

Schließlich raffte Allegra sich auf, klopfte die Erde von ihrem Hintern und stellte sich dem Wald und all den kommenden Herausforderungen. Sie schloss die Augen und versuchte das Weiß heraufzubeschwören. Doch wie schon zuvor scheiterte sie.

Ich werde nicht aufgeben. Den Satz wie ein Mantra vor sich herbetend streifte sie ihre improvisierte Handtasche wieder über die Schulter und ging los. Immer geradeaus. Hoffte sie zumindest.

Irgendwann lichtete sich der Wald tatsächlich, immer mehr Licht drang von vorne durch die Bäume. Allegra beschleunigte ihren Schritt – und wäre um ein Haar in den Abgrund gestürzt, der direkt hinter dem Waldrand lag. Ein weniger als zwei Meter breites Band aus Steinen und etwas Grün trennten sie vom Tod. Hinter dem Abgrund erkannte sie den Monte Baldo. Einen zögerlichen Schritt nach vorne – die Hand fest um einen Baum gekrallt – sah sie Malcesine tief unten auf der anderen Seite des Sees. Nun konnte sich Allegra orientieren. Sie befand sich in Tremosine, einer Gemeinde oberhalb von Limone. Es hatte einen Vorteil, wenn man unterwegs im Zug vor Langeweile die Gegend googelte, in die man gerade reiste.

Jetzt, da Allegra wusste, wo sie sich befand, musste sie herausfinden, wo sie hinmusste. Sie setzte sich zwischen die letzten Bäume und blickte auf die Ostküste des Gardasees. Ihr Blick blieb an der Seilbahn hängen und schnell musste sie die schmerzhaften Bilder von Lucas Sturz verdrängen.

Die Sonne färbte den Himmel über dem Lago di Garda bereits rötlich und der typische Abendwind rauschte über den See. Allegra fröstelte. Sie beschloss, doch ihre Jacke anzuziehen. Vorsichtig wickelte sie das Bündel aus und platzierte es neben sich, während sie in die Jacke schlüpfte. Die Taschen waren ausgebeult, ihnen hatte das Verknoten anscheinend nicht gut getan. Allegra griff hinein, um die Innenseiten wieder dorthin zu schieben, wo sie hingehörten.

Und da war es. In dem Moment, in dem sie den Gegenstand spürte, erinnerte sie sich an Lorenzos geflüsterte Worte: *»Deine Tasche«*. Allegra hatte nicht weiter darüber nachgedacht, aber natürlich mussten sie eine Bedeutung haben. Sie befühlte den Gegenstand, fuhr über die Konturen und wusste schon, was sie sehen würde, ehe sie ihre Hand aus der Tasche zog.

Der Siegelring der Capulets klemmte zwischen Daumen und Zeigefinger. Die Rose schien zu pulsieren, verbreitete eine Energie, die Allegra spüren konnte. Sie streifte den Ring auf ihren Finger und die Rose leuchtete kurz weiß-blau auf. Und dieses

Licht öffnete etwas in Allegra. Ein Teil von ihr fühlte sich grenzenlos. Dasselbe Gefühl, das sie hatte, wenn sie Alessandro berührte, um … Allegra schloss die Augen und beschwor erneut das Weiß – diesmal mit Erfolg. Sie befand sich ohne Anstrengung im Nichts, konzentrierte sich auf das, was kommen würde, auf die Aufgabe, die sie zu erfüllen hatte.

Buchstaben materialisierten sich, flogen vor ihr her und setzten sich zusammen. Eine alte verschnörkelte Schrift, die aufgrund der Bewegung kaum zu entziffern war. Endlich hielten die Buchstaben an, im Hintergrund erschien ein vergilbtes Papier. Zusammen wirkte es wie eine uralte Schriftrolle.

»Geheilte Liebe«

Allegra las laut vor. Geheilte Liebe? Gab es das überhaupt? Konnte man Liebe heilen? Sie wollte die Vision schon ziehen lassen, da konnte sie der Versuchung nicht widerstehen, noch kurz nach Luca zu sehen. Prompt erschien sein Bild. Er sah schlimmer aus, als Allegra befürchtet hatte. Verbände waren um beinahe jeden Körperteil geschlungen, aber er war in keinem Krankenhaus. Der Raum glich eher einer alten Blockhütte. Das Bett, in dem Luca schlief, sah provisorisch aus, eine Art Feldbett. Neben diesem Bett standen Kerzen und verschiedene Schälchen, aus denen Rauch aufstieg. Behandelte der Dunkle ihn mit Räucherstäbchen und Kräutern? Allegras Magen grummelte beim Gedanken daran.

»Ich bin bald bei dir«, flüsterte sie und schob die Bilder beiseite. Doch anstatt sich aufzulösen, zeigte das Weiß ihr eine neue Szene: Allegra stand im Dunkeln, vor ihr blitzten immer wieder Schemen auf wie im Stroboskoplicht einer Diskothek. Waren das Menschen? Oder Monster? Sie griffen Allegra an. Allegra hob ein Schwert. Als sie in das Gesicht des Monsters sah, schreckte sie aus der Vision hoch.

Ihr Puls raste und das Gefühl von Gefahr, das sie in der Vision gespürt hatte, war geblieben, ließ sich nicht abschütteln. Langsam stand sie auf, packte das Bündel und kehrte in den Wald zurück.

Mittlerweile war es so dunkel geworden, dass kaum mehr Licht durch die Baumkronen drang. Auf einer kleinen Lichtung versuchte sie sich zu orientieren. Sie schloss die Augen und fragte nach dem richtigen Weg, den sie einschlagen sollte. Sie drehte sich langsam um die eigene Achse, und als hätte sie einen Peilsender in sich, pochte ihr Herz immer schneller und schneller und irgendwann wieder langsamer. Allegra drehte sich langsam zurück und fand so die Richtung, die sie einschlagen wollte. Tief im Inneren spürte sie, dass es der richtige Weg war, ihre Gabe sagte es ihr. Sie setzte eben zum ersten Schritt an, als ein Rascheln von hinten durch die Bäume drang.

»Hier steckst du!«

Allegra schrak zusammen. Woher kam die Stimme? Hastig wandte sie sich um. Ihr Blick glitt über die zahlreichen Baumstämme um sie herum.

Der Mann, der zwischen den Bäumen hervortrat, glich auf skurrile Weise Robin Hood. Er hatte einen Bogen – einen Bogen! – über der Schulter und Pfeile steckten in einem Köcher auf seinem Rücken. Allegra musterte ihn skeptisch und befand, dass ihm eigentlich nur ein großes Langschwert fehlte, um in die Rolle des jungen Aragorn aus *Herr der Ringe* zu schlüpfen. Seine halblangen braunen Haare fielen ihm in Strähnen ins Gesicht, der Fünftagebart machte ihn verwegen und wild. Er sah durchaus gut aus, auf eine sehr spezielle Art, aber auch gefährlich. Seine dunklen Augen waren es, die Allegra die Angst nahmen. Sie waren sanft, Belustigung blitzte in ihnen auf. Schnell wandte sie den Blick ab.

»Genug angestarrt?«, lachte er.

»Wer bist du?«

»Ich bin dein Helfer in der Not«, sagte er selbstbewusst.

Fehlt nur noch, dass er sich auf die Brust trommelt, dachte Allegra. »Ja klar. Ist hier irgendein Kostümfest in der Nähe und du hast dich verlaufen?« Seine Art reizte ihre sarkastische Seite.

»Du bist doch Allegra, oder etwa nicht?«

»Schon, aber …« Eine innere Stimme sagte ihr, dass sie diesem Typ nicht trauen konnte. Aber das hätte sie ohnehin nicht. Was tat er hier und warum kannte er ihren Namen?

»Dann bist du diejenige, die ich retten werde. Meine gute Tat sozusagen.«

So viel Überheblichkeit brachte Allegra zum Kopfschütteln. »Wer bist du?«

»Wie würdest du mich denn nennen?« Er grinste breit und Allegra wusste nicht, ob sie ihn genervt stehen lassen sollte oder wirklich antworten.

Sie presste die Lippen zusammen, ehe sie »Aragorn« sagte.

»Spielverderber. Ich bin Trip«, entgegnete er.

»Du heißt wie eine kurze Reise?« Allegra hob die Augenbrauen.

»Ich heiße nicht so, aber die Abkürzung gefiel mir.« Trip verzog leicht verärgert den Mund.

Sie kniff die Augen zusammen. »Abkürzung von was?«

»So gut kennen wir uns noch nicht.« Er umging die Antwort und legte wieder sein fröhliches Lächeln auf.

»Und was genau machst du hier?«

»Dir helfen, deine Prüfung zu meistern.« Er grinste breit.

»Hast du den anderen auch geholfen?« Allegra dachte an die Erzählung von all dem Leid, dass die Capulets ertragen mussten, während ihre Liebsten die Prüfung ablegten.

Trip nickte jedoch stolz.

»Sind dabei nicht viele gestorben?«

Darauf entglitt ihm das Lächeln.

Das war Allegra Antwort genug. »Dann verzichte ich lieber auf deine Hilfe.« Sie ließ ihn stehen und ging in die Richtung, die ihr Herz ihr gewiesen hatte. Sie fühlte ein starkes Band, dem sie unbedingt folgen musste. Es war ihre visionäre Gabe.

Wenige Meter später stand Trip neben ihr.

»Hey, verschwinde! Ich brauche deine Hilfe nicht.«

»Doch, glaub mir. Du wirst sonst gar nicht wissen, wo du hinmusst.« Er grinste siegessicher.

»O doch, ich habe eine sehr gute Intuition.« Mehr wollte Allegra dem Fremden nicht erzählen.

»Du wirst die Gefahren ohne mich nicht überleben.«

»Mit dir ja anscheinend auch nicht«, gab Allegra bissig zurück und setzte ihren Weg zwischen den Bäumen hindurch fort.

Doch Trip gab nicht auf. Er folgte ihr wie ein Schatten, bis sie von Minute zu Minute genervter wurde und einfach nur noch wegwollte. Ohne auf das Gefühl in ihrem Inneren zu hören, das ihr die Richtung wies, beschleunigte sie ihre Schritte.

Trip ebenfalls.

»Was?«, brüllte sie ihn an, nachdem sie auf einer Lichtung angehalten und sich umgedreht hatte.

»Du gehst in die falsche Richtung.« Er deutete mit einem Kopfnicken nach links. »Da geht es zu den Höhlen.«

»Den Höhlen?« Musste sie sich *wirklich* mit ihm abgeben? Die innere Abneigung war nach wie vor da.

»Die Höhlen, aus denen du den göttlichen Trank holen musst.«

»Häh?« Was für eine geistreiche Antwort. Aber sie musste sich Trip gegenüber ja nicht gerade von ihrer besten Seite zeigen. Löste er in ihr irgendwie einen Hass aus, oder warum schrie ihr Inneres beinahe, dass sie sich von ihm fernhalten sollte?

»Das ist deine erste Prüfung. Sie lautet ›Finde die Heilung von der Liebe‹. Dieser Zauber ist ein Trank von Venus, den sie tief im Inneren der Höhlen versteckt hat. Ich hoffe, du kannst gut mit dem Schwert umgehen, denn da gibt es ein paar – sagen wir – Hindernisse zu überwinden.« Er hob erwartungsvoll die Augenbrauen.

»Ich habe nicht einmal ein Schwert«, gestand sie kleinlaut.

»Das ist nicht das Problem.« Er griff in die Luft vor sich und hielt plötzlich ein riesiges Langschwert in der Hand – das Bild von Aragorn war perfekt. Es glänzte im Licht des Sonnenuntergangs, das sich noch auf der Lichtung hielt, und sah wunderschön aus. Trip drückte es Allegra in die Hand.

Es war schwer. Für längere Zeit würde Allegra das Schwert nicht hochhalten können, geschweige denn, damit zu kämpfen. In Filmen sah das immer ganz leicht aus. Missmutig verzog sie das Gesicht.

»Dann glaubst du mir jetzt, dass du meine Hilfe brauchst?«

Auch wenn es Allegra nicht gefiel. Trip hatte vermutlich Recht. Sie würde ihn brauchen. Aber sobald diese Sache in der Höhle erledigt war, würde sie zusehen, dass sie ihn loswurde. Sie seufzte.

»War das ein Ja?« Sein strahlendes Lächeln war ansteckend, auch wenn Allegra nicht nach Lächeln zumute war.

»Ja«, knurrte sie und ging los in die Richtung, die er vorhin angedeutet hatte. Sie würde auf der Hut sein müssen, sagte ihre innere Stimme. Irgendwas stimmte mit diesem Trip nicht. Oder war es das Flüstern des Dunkeln, das sie davon abhalten sollte, Hilfe anzunehmen? Wenn sie doch nur wüsste, wer Trip wirklich war. Aber so sehr sie es auch versuchte, während sie durch den fast nächtlichen Wald stolperten – mal weniger subtil, mal mehr –, Trip rückte mit keiner erklärenden Antwort heraus.

Je dunkler es wurde, desto schwerer war es, sich beim Gehen nicht die Beine zu brechen. Als die Nacht letztlich über sie hereinbrach, suchte Trip nach einem geeigneten Lagerplatz. Allegra wusste nicht, wie sie mit diesem Vorschlag umgehen sollte. Sie war nicht gerade ein Fan von Campen und schon gar nicht von Schlafen unter freiem Himmel – mitten im Wald! Von letzterer Befürchtung befreite sie Trip jedoch: Auf dem von ihm gewählten Platz standen nach einer kurzen Handbewegung zwei Zelte, als wären sie schon immer dort gewesen. Davor prasselte ein Lagerfeuer und auf einer Decke lag allerhand Essbares.

Die Szene hätte romantisch sein können, wenn Allegra nicht gerade die Prüfung der Liebe ablegen würde. Und sie nicht den nach wie vor nervtötenden Trip bei sich hätte. *Trau ihm nicht,* flüsterte es erneut in ihrem Kopf. Je mehr Allegra darüber nachdachte, desto sicherer wurde sie sich, dass es die Stimme des Dunklen war. Und dass Trip zwar nervtötend, aber keinesfalls gefährlich war. Vielleicht war er nur nicht gerade ideal geeignet für einen solchen Job, aber harmlos. Zumindest wusste er einiges zu erzählen, als sie gemeinsam auf der großen Picknickdecke saßen und Essen in sich hineinstopften. Erst mit dem Duft der Speisen hatte Allegra ihren Hunger bemerkt.

»Vor ein paar Jahrzehnten war ein Mann zur Prüfung hier«, fuhr Trip fort. »Man hatte ihn eigentlich gar nicht vorbereitet, ich weiß nicht, wieso man ihn überhaupt hierher geschickt hat. Er war nicht in der Lage zu kämpfen, konnte nicht einmal geradeaus gehen. Folglich war ich auch nicht in der Lage, ihm zu helfen.«

Das war schon die gefühlt hundertste Geschichte darüber, warum es mit den Prüflingen so oft nicht gut ausging. Nie hatte es an Trip gelegen, er war ein Meister darin, Ausreden zu finden.

»Ich kann auch nicht kämpfen«, stellte sie nüchtern fest.

»Darum brauchst du mich ja«, antwortete er mit einem überheblichen Blick.

»Den anderen hat es aber auch nichts gebracht. Du hast eben noch gesagt, dass sie schlecht vorbereitet waren und nicht kämpfen konnten und deshalb gestorben sind. Dann wirst du mir wohl auch nicht helfen können.«

»Doch, werde ich. Bei dir strenge ich mich besonders an.« Er grinste breit und Allegra dachte nur, dass er seinen Job wohl nicht ganz ernst nahm.

»Verrätst du mir irgendwann, wer – oder was – du bist?«

»Ich bin der geheimnisvolle Typ, der Frauen in Not rettet.«

Aha, daher versagten vornehmlich männliche Prüflinge? Sie warf ihm ihre Theorie an den Kopf.

»Das liegt eher daran, dass Männer sich nichts von mir sagen lassen. Denen ist einfach nicht zu helfen. Und mein Charme wirkt bei ihnen auch nicht.« Er hob gespielt fassungslos die Hände und riss die Augen weit auf, was Allegra zum Lächeln brachte.

»Wie geht es jetzt weiter? Wann werden wir die Höhle erreichen?«, wechselte sie das Thema.

Trip sprach lieber über seine Heldentaten, das sah man ihm an, dennoch antwortete er: »Wir brechen morgen früh gleich bei Sonnenaufgang auf. Wir müssen eine Weile die Serpentinen hinab, die normale Straße entlang, die auch von den Menschen genutzt wird, ehe wir zu der Schlucht kommen, die zu den Höhlen führt. Ich werde uns unsichtbar machen müssen. Viele Wanderer klettern dort herum.«

»Und warum dürfen sie uns nicht sehen?«

»Niemand darf eingreifen – außer mir natürlich. So sagt es das Protokoll.«

Das klang nachvollziehbar. Gesättigt und vom Lagerfeuer gewärmt überkam Allegra die Müdigkeit. So viel Wandern war sie nicht gewohnt.

»Du solltest schlafen gehen«, sagte Trip. »Morgen wirst du all deine Kräfte brauchen. Ich halte Wache.«

Sein Blick war so sanft und gutmütig, dass Allegra nicht anders konnte, als sich bei ihm zu bedanken. Wenn er nicht seine überhebliche Maske trug, war er ganz annehmbar. Vielleicht würde sie ihn doch bis zum Ende der Prüfung behalten. Möglicherweise gelang es ihr ja irgendwie, dass er sich ihr gegenüber normal verhielt.

Sie kroch in ihr Zelt und in den bereitliegenden Schlafsack. Von außen drang Musik. Im ersten Moment dachte Allegra, dass es sich um eine Flöte handelte, aber es klang anders, ätherischer, beinahe wie … eine Panflöte. In diesem Moment erinnerte sich Allegra an die Geschichte von Psyche und die Aufgaben, die sie zu erledigen hatte. Und an den Gott, der ihr dabei immer wieder geholfen hatte: Pan.

Mit dem Gefühl, bei Trip absolut gut aufgehoben zu sein, sank sie in einen tiefen traumlosen Schlaf.

2. Szene

Allegra wachte von Vogelgezwitscher auf. Erst während sie sich reckte und streckte und die Augen öffnete, kam so langsam auch ihr Hirn in Fahrt. Ein Zelt. Die Prüfung. Allegra fuhr hoch, rappelte sich aus dem Schlafsack und steckte ihren Kopf nach draußen.

Es war nicht annähernd Morgengrauen. Dafür war es viel zu hell. Sie sah sich auf der Lichtung um, konnte Trip jedoch nirgendwo entdecken. Auch das zweite Zelt war verschwunden. Hatte er sie nicht wecken wollen, damit sie gleich ganz früh zu den Höhlen aufbrechen konnten?

Ihr Magen krampfte sich zusammen. Die Stimme, die ihr eingeredet hatte, dass sie ihm nicht vertrauen könne, hatte Recht gehabt. Warum war sie nur so doof gewesen? Schnell schlüpfte sie in ihre Sneakers, öffnete den Reißverschluss des Zeltes, verfing sich irgendwie in ihrem Schlafsack und stolperte nach draußen.

»Endlich wieder unter den Lebenden?« Trips Stimme zu hören sorgte bei Allegra für Erleichterung. Mehr, als sie ihm gegenüber zugegeben hätte. In diesem Moment trat er mit einem breiten Lächeln auf den Lippen in ihr Sichtfeld. »Frühstück?« Er schwenkte die Hand über dem moosbewachsenen Boden und eine neue Picknickdecke mit Tellern voller Toast, Rührei, Speck und vielem anderen tauchte auf.

Allegra stürzte sich sofort auf die dampfende Cappuccino-Tasse. Sie hätte für ihren morgendlichen Kaffee gemordet und dankbar schloss sie die Augen, als sie den ersten Schluck nahm.

»Ich hatte versucht, dich zu wecken«, begann Trip, »aber du hast geschlafen wie ein Stein. Du musst fit sein, wenn wir den Monstern gegenüberstehen, also hab ich dich schlafenlassen.«

»Wie viel Uhr ist es?« Allegra sah zwischen den Baumkronen hindurch, konnte aber nicht erahnen, in welcher Richtung sich die Sonne befand, geschweige denn, wie hoch sie bereits stand.

»Beinahe Mittag. Ich hätte dir wohl eher was anderes zu essen besorgen sollen.« Trip verzog das Gesicht.

»Nein, nein. Das ist … perfekt.« Allegra nahm einen weiteren Schluck und fühlte sich von Minute zu Minute fitter. Sie nahm noch ein paar Bissen vom Rührei, stopfte sich etwas Speck in den Mund und schnappte sich den Toast für unterwegs. Auf die anderen Sachen hatte sie im Moment keinen Appetit. Schade drum.

»Ich bin so weit«, sagte sie und Trip löste alle Spuren ihrer Übernachtung mit einer Handbewegung auf.

»Wie machst du das?«, fragte Allegra.

»Das gehört zu den Fähigkeiten eines Helfers«, sagte er selbstbewusst. »Ich muss immer wissen, was der Prüfling gerade braucht und kann es beschaffen.«

»Dann besorg mir doch einfach den Trank.« Allegra sah ihn herausfordernd an. »Mehr brauche ich vorerst nicht.«

Trip senkte den Blick. »Das darf ich nicht«, gestand er.

Wäre ja auch zu schön gewesen.

»Dann müssen wir ihn wohl suchen, was?« Allegra wollte gerade loslaufen, als Trip in eine andere Richtung deutete.

»Weil wir so spät dran sind, werden wir direkt die Straße entlanggehen«, sagte er.

Die beiden zwängten sich zwischen Bäumen und Büschen hindurch und kamen bald an einen steilen Abhang, der direkt auf eine schmale geteerte Straße führte. Allegra sah, dass diese sich in Serpentinen den Berg hinabschlängelte.

»Sei vorsichtig beim Abstieg«, riet Trip und Allegra versuchte es. Sie hielt sich an Wurzeln und dünnen Ästen fest und rutschte mehr den Abhang hinab, als dass sie aktiv kletterte. Als sie völlig verdreckt unten ankam, wartete Trip schon auf sie. »Kannst du dich beamen oder was?« Allegra schüttelte den Kopf. Selbst wenn, *sie* musste die Prüfung bestehen, nicht er.

»Jetzt kommt der angenehme Teil«, sagte Trip mit breitem Grinsen und reichte Allegra die Hand. Nicht jedoch, ohne zuvor mit einer einfachen Geste sämtliche Erdreste und Blätter von Allegra zu entfernen.

Sie sah skeptisch auf Trips Hand, dann zu ihm.

»Hier ist nicht viel Verkehr, aber trotzdem dürfen wir nicht gesehen werden.« Seine Finger zuckten. »Ich habe dir doch gesagt, dass ich uns unsichtbar machen muss. Also?« Er streckte seine Hand ein wenig weiter aus.

Musste sie dafür wirklich die ganze Zeit mit ihm Händchenhalten? Allegra seufzte und griff dennoch zu. Für Luca. Ein kurzer Schwindel überkam sie, dann fühlte sich wieder alles völlig normal an. War sie jetzt wirklich unsichtbar? Am liebsten hätte sie in einen Spiegel gesehen.

»Los, komm. Wir haben noch ein ganzes Stück vor uns.«

Gemeinsam liefen sie bergab, bogen um eine Serpentine nach der anderen und die Strecke schien mit jeder Kurve länger zu werden. Allegra wurde immer wärmer, obwohl sie die Jacke wieder zu einer improvisierten Handtasche gebunden hatte. Die Sonne brannte ihr auf den Kopf und die Arme. Ihr Shirt hatte sie ausgezogen und um die Hüfte gewickelt und ging nun im Top neben Trip her. Dafür hatte sie seine Hand loslassen müssen und zweimal das Schwindel erregende Gefühl hinter sich gebracht. Mit einem Blick nach oben glaubte sie, immer noch die Stelle erkennen zu können, an der sie auf die Straße getreten waren. Konnte das sein? Nach gefühlten Stunden, die sie unterwegs waren? Die Sonne stand bereits tief und ihre langen Schatten wanderten vor ihnen her.

Trip folgte ihrem Blick. »Wenn wir könnten, würden wir den direkten Weg nehmen. Aber die Mauern, die den Berg stützen, sind zu hoch.« Er deutete mit dem Finger eine gerade Linie an zwischen ihrem Standpunkt und der Stelle, wo sie gestartet waren.

Die Mauern, die er erwähnt hatte, waren nicht an jeder der geraden Streckenabschnitte. Manchmal bestanden die Wände auch aus nacktem Fels. Als man die Straße gebaut hatte, waren sicher Teile des ursprünglichen Berges dafür gesprengt worden – oder wie auch immer man das damals auch gemacht hatte. An anderer Stelle, wo der Hang grün bewachsen war, hatte man aus großen Steinblöcken Absturzsicherungen gebaut. Der direkte Weg war wirklich nicht gut zu überwinden. Allegra seufzte und ging weiter. Sie passierten so schmale Felsspalten, dass sie nicht glauben konnte, dass hier ein Auto durchpassen würde. Die Straße war wie in den Fels geschnitten, ein Schwert, das den Berg durchstieß. Kopfschüttelnd ging sie weiter.

Mittlerweile war die Sonne hinter dem Berg verschwunden und es war merklich dunkler geworden. Die Hitze ließ mit jeder Serpentine nach und Allegra konnte endlich wieder normal atmen. Sie hatte sich daran gewöhnt, dass Trips Hand in ihrer lag wie bei zwei Kindergartenkindern, die sich in Zweierreihen aufstellen mussten. Das bösartige Flüstern war lange nicht mehr zu hören gewesen. Vielleicht hatte der Dunkle ja aufgegeben. *Oder er heckt einen neuen Plan aus,* flüsterte es in ihrem Inneren.

»Hinter der nächsten Serpentine verlassen wir die Straße«, sagte Trip unvermittelt, als sie gerade eine weitere Felswand passierten.

Der Blick nach unten war verdeckt. Sie befanden sich wieder einmal in einer von Menschenhand geschaffenen Wunde im Berg. Allegra beschleunigte ihren Gang und auch ihr Herz begann sofort schneller zu schlagen. Sie war einen Schritt näher an ihrem Ziel. Neue Energie durchflutete ihren Körper.

Was sie dann sah, als sie um besagte Serpentine gebogen war, glich dem Bild auf einer Postkarte. Vor ihr ragte ein steinerner Torbogen auf, der aus dem Berg herausgewachsen zu sein schien und der direkt in eine andere Welt hätte führen können. An der Seite, die der Felswand abgewandt war, schoss eine kleine Wasserfontäne in den Abgrund hinab, der – wie Allegra jetzt erkannte – an der Stelle ziemlich tief war.

»Überall gibt es kleine Bäche in den Felsspalten«, erklärte Trip, als sie näherkamen. »Die werden oft so umgeleitet.« Er deutete die Oberkante des Torbogens entlang auf das steinerne Gesicht des Berges.

Allegras Augen folgten seiner Hand und sie sah das Wasser, das direkt aus dem Stein sprudelte und über den Torbogen umgeleitet wurde. Sie standen nun direkt davor und Allegra bestaunte immer noch das unwirkliche Bild vor sich.

»Komm, wir müssen in die Schlucht, bevor es dunkel wird.« Trip zog sie weiter und sie durchquerten das märchenhafte Tor. Ein Stück dahinter befand sich neben der Straße eine Einbuchtung, wie sie unterwegs schon viele gesehen hatten. Ein Halteplatz, um den entgegenkommenden Verkehr passieren zu lassen. An einer schmalen Stelle des bekiesten Platzes war die Leitplanke durchbrochen.

»Hier ist die Abstiegsstelle.«

Allegra lugte vorsichtig über die Leitplanke und konnte kaum mehr als nackten Fels erkennen. Weit unter ihr befand sich tatsächlich eine Schlucht – sehr weit unten. »Und wie sollen wir da hinunterkommen?«, fragte sie skeptisch.

»Damit.« Trip ließ einen Berg von Seilen und Gurten erscheinen. »Zieh dir das hier an.« Er deutete auf einen kleinen Haufen Gurte.

Allegra war ein einziges Mal geklettert. In einer Halle, gesichert von vielen Karabinern, die der Einweiser doppelt und dreifach kontrolliert hatte, und Mattenstapeln auf dem Boden. Konnte sie dem von Trip hergezauberten Material ebenso vertrauen?

»Keine Sorge, ich mache das nicht zum ersten Mal«, sagte dieser mit einem Blick auf Allegras skeptischen Gesichtsausdruck.

Diese Aussage war jedoch nicht beruhigend, im Gegenteil. Sofort stellte sich ihr die Frage, wie viele der Prüflinge einfach abgestürzt waren. Sie erschauderte, schob es auf die kühle Luft und zog ihr Shirt wieder an.

»Es ist der einzige Weg, Allegra. Und die Zeit läuft.«

Luca. Sie tat das für Luca. Mit einem Seufzen schob sie sein Bild weg und forderte die Schmetterlinge im Bauch zur Ruhe auf. Sie ließ Trips Hand los, ignorierte den kurzen Schwindel und stieg in den Sicherungsgurt, während Trip fachmännisch die Karabiner der Seile in bereits vorhandenen Ösen im Berg verankerte, die Allegra gar nicht gesehen hatte.

»Ich gehe kurz voraus und zeige dir, wie du anfangen musst«, sagte er und klickte Allegra an einem Seil fest, das direkt zu ihm führte. »Versuch einfach, nicht zu fallen, okay? Da sind überall Haltegriffe im Berg, es ist gar nicht so schwer, wie es im ersten Moment aussieht«, versuchte er ihr Mut zu machen, ehe er vorsichtig rückwärts in den Abgrund glitt und kurz danach wieder hochkletterte.

Allegra tat es ihm nach. Trip hatte Recht. Es war nicht sehr schwer, sobald sie die Kante einmal überwunden hatte und ihre Füße Halt gefunden hatten. Entweder waren kleine Löcher im Fels, in denen ihre Schuhe Platz fanden, oder es waren eine Art überdimensionierte Tackernadeln im Stein verankert. Es fiel ihr beinahe zu leicht, in den Abgrund hinabzusteigen. Die Sorge war umsonst und die Überwindung, die es sie gekostet hatte, vergeudete Energie gewesen. Sie sollte Trip wirklich vertrauen. Als Trip gerade über die Kante stieg, sah sie nach oben und sie kletterten eine Weile wortlos weiter. Das Plätschern des Baches, der in die Tiefe stürzte, wurde immer lauter, je näher sie kamen. Das Geräusch wirkte beruhigend auf Allegra.

Ein Blick nach unten und wieder nach oben verriet ihr, dass sie ungefähr die Hälfte geschafft hatten. Schnell suchte Allegras Fuß den nächsten Steigbügel – oder wie man das Ding auch nannte – und da passierte es: Sie hatte nicht stabil genug gestanden, als sie die eine Hand von ihrem Haltegriff löste. Ihr Fuß rutschte ab und für einen Moment konnte sich Allegra noch mit der anderen Hand festklammern, ehe sie wie in Zeitlupe abrutschte. Leider reagierte sie auch in Zeitlupe und so war es unmöglich, den nächsten Halt rechtzeitig zu greifen.

Während sie stürzte, verging die Zeit wieder in normaler Geschwindigkeit und der Fels rauschte an ihr vorbei. Vergeblich griff sie nach allem, was sie sah, schrammte sich die Hände auf und schlug mit dem Bein hart gegen einen hervorstehenden Fels, ehe ein Ruck durch sie fuhr und die Wand auf sie zuraste. Im letzten Moment riss sie die Beine nach oben, um den Aufprall abzufedern. Ein Schmerz schoss in ihr angeschlagenes Knie.

Erst jetzt strömte Adrenalin durch ihren Körper. Ihr Herz drohte aus der Brust zu springen. Sie wagte einen Blick nach unten, als sie endlich nicht mehr hin und her schwang. *Du wärst tot, hätte dich Trip nicht gehalten!*

Trip. Schnell sah sie nach oben. Trip presste sich mit aller Kraft an den Fels. Erst jetzt kam Allegras Gehirn wieder in die Gänge und sie suchte sich selbst Halt am Fels. Schnell fand sie, was sie gesucht hatte, und krallte sich fest.

»Danke«, presste Trip schwer atmend hervor. »Viel länger hätte ich dich nicht halten können.« Er schüttelte eine Hand nach der anderen aus, die sich vom Halten verkrampft haben mussten. »Jetzt aber bitte vorsichtiger«, mahnte er. »Eine Rettung pro Tag genügt.« Er wischte sich kurz übers Gesicht und schon war der erschrockene Ausdruck verschwunden und ein breites Grinsen erschienen.

Langsamer als vorher stiegen sie weiter ab. Es wurde immer dunkler und Allegra musste mehr erfühlen, wo der nächste Halt für ihre Füße war, als dass sie ihn sehen konnte. In völliger Dunkelheit kam Allegra schließlich unten an. Ihre Hände waren taub, ihr Knie pochte schmerzhaft. Sie ließ sich auf einen Stück Fels sinken, der von einer nassen Schicht Moos überzogen war. Ein feuchter Hintern war ihr jedoch egal. Kurz nach ihr sprang auch Trip die letzten Meter bis zum Boden der Schlucht und atmete erleichtert auf.

»Das war knapp. Mach so etwas nie wieder!«, funkelte er sie an. Gleich darauf waren die Gurte um Allegras Körper verschwunden und ein Feuer prasselte vor ihr. Etwas weiter entfernt konnte sie ihre beiden Zelte entdecken.

»Ich dachte, wir müssen die Höhlen heute noch erreichen?« Nur noch vier Tage, bis Luca für Allegra für immer verloren wäre. Wenn sie jetzt schlafen würde, wären es nur noch drei. In ihrem Bauch bildete sich ein Knoten und die Schmetterlinge waren beim Gedanken an Luca nur noch in der Lage zu zucken, anstatt zu flattern.

»Wir sind so weit, wie wir kommen wollten.« In Trips Hand erschien eine Fackel und er machte ein paar Schritte an Allegra vorbei. Ihr Blick folgte ihm in die Dunkelheit der Schlucht, die kurz dahinter zu enden schien. Als Trip mit seiner Hand über den massiven Stein fuhr, verschwand dieser und gab den Eingang zu einem dunklen Schlund frei. »Glaub mir, in der Nacht willst du da noch weniger rein als am Tag.«

Die Höhle schien das Licht seiner Fackel nahezu aufzufressen. Ob es tagsüber wirklich anders sein würde, wagte Allegra zu bezweifeln. Sie wollte aufstehen und Trip nachgehen, da fuhr ihr der Schmerz erneut durchs Bein und sie fiel wieder zurück auf den Stein.

»Ach, verdammt«, rief Trip und war einen Wimpernschlag später an ihrer Seite, so dass Allegra zusammenzuckte, als das Feuer der Fackel direkt neben ihrem Kopf erschien. »Hast du dich beim Sturz verletzt? Ich habe ganz vergessen, dich danach zu fragen.«

Sein Blick war so schuldbewusst, dass Allegra es ihm nicht verübeln konnte. Nein, in seinem Job war er vermutlich echt nicht der beste. »Mein Knie«, sagte sie nur und sofort kniete sich Trip vor Allegra hin und untersuchte ihr Bein. Mit einer Handbewegung war das Hosenbein ihrer Jeans verschwunden und Allegra sog scharf den Atem ein. »Hey, keine Sorge, du kriegst es nachher zurück.«

Allegra sah das geschwollene Knie und plötzlich tat es mehr weh als zuvor. Schnell wandte sie ihren Blick ab und holte tief Luft, ehe sie wieder hinsah und hoffte, dass Trip sie verarzten konnte. Ein Licht glühte in seiner Hand auf und er presste sie auf die Verletzung. Der sengende Schmerz trieb Allegra Tränen in die Augen, obwohl sie geglaubt hatte, auf alles gefasst zu sein. Sie biss die Zähne zusammen und betete – zu wem auch immer –, dass es schnell vorbei sein würde. Doch es hörte nicht auf.

»Verflucht, was ist das denn?«, schimpfte Trip weit entfernt, irgendwo unter dem Rauschen des Schmerzes.

Dann war es vorbei.

Trip löschte das Leuchten in seiner Hand und schüttelte betroffen den Kopf. »Ich kann es nicht ganz heilen«, sagte er. »Irgendwas stört meine Energie.«

›Nicht ganz‹ klang besser als ›gar nicht‹. Allegra betrachtete ihr Knie und fürs Erste sah es wieder normal aus. Sie wollte aufstehen, aber das Bein war nicht wirklich belastbar und sie zuckte zusammen.

»Ich denke, fürs Erste wird es reichen. Wir werden es einfach morgen früh noch einmal versuchen.«

Allegra stimmte ihm mit einem zaghaften Nicken zu, obwohl sie beim Gedanken an den kommenden Schmerz erschauderte.

»Jetzt solltest du noch schnell etwas essen, bevor du dich schlafen legst. Morgen wecke ich dich, komme, was da wolle.«

Er zauberte allerlei Früchte herbei, murmelte etwas von Vitaminen, die sie brauchen würde, und Allegra bediente sich, ehe sie zu ihrem Zelt humpelte. Trip spielte erneut auf der Flöte. Die Klänge durchzogen die Schlucht und sangen Allegra in einen tiefen Schlaf. Sie träumte von ihrer Vision, von den Bildern der Monster, die vor ihr aufblitzten. Sie glaubte, in einem Buch über mythologische Wesen gelandet zu sein. Die haushohe Schlange, der feuerspeiender Drache, die Ziege, mit der sie nichts anzufangen wusste, der grimmige Löwe und die blasse Frau – sie alle hatten eines gemeinsam: Sie stürzten sich auf Allegra und aus ihren Mäulern drangen menschengleiche Schreie, die Allegra mehr verstörten als die Monster selbst.

Als Trip sie weckte, war Allegra alles andere als erholt. Ihr Knie hatte wieder zu pochen begonnen und sie nahm das Angebot von Trip an, nach dem Frühstück erneut einen Heilversuch zu starten.

»Vielleicht liegt es an dem Artefakt«, sagte er, nachdem er Allegra zwar Höllenqualen beschert, aber keine Besserung herbeigeführt hatte. »Wir müssen es weiter von dir entfernen.« Er deutete auf Allegras provisorische Tasche mit dem Bündel von Lorenzo.

Allegra war ganz gleich, was Trip wohin trug, wenn sie nur endlich diesen Schmerz loswurde. Sie nickte und Trip brachte das Artefakt, wie er den Rückfahrtschein nannte, ein paar Meter weiter in Richtung Höhleneingang. Dann versuchte er es erneut und dieses Mal bewirkte die Behandlung das genaue Gegenteil. Das Licht verbrannte Allegra nicht, sondern linderte ihren Schmerz mit jeder Sekunde. Erleichterung durchströmte sie. Gemeinsam mit tiefer Dankbarkeit für Trip.

Als er sich erhob, fühlte sich Allegra so gut wie schon lange nicht mehr und selbst ihre Jeans sahen aus wie neu. »Danke«, flüsterte sie und brachte ihn damit zum Strahlen. »Woher wusstest du, dass es an dem Bündel liegen könnte?«

Er zuckte mit den Schultern. »Jeder von uns hat bestimmte Kräfte, die sich mit denen eines anderen vertragen oder beißen können. Einen Versuch war es wert.«

»Weißt du, was da drin ist?«, fragte Allegra, nachdem Trip den Platz aufgeräumt hatte und Allegra ihre provisorische Tasche über die Schulter gezogen hatte.

»Wenn ich es dir sage, müsste ich dich töten«, sagte er tonlos und Allegra überlegte, ob das sein Ernst war oder nicht. Lange musste sie nicht grübeln. »Hey, das war ein Scherz. Ich weiß es wirklich nicht. Der Padre gibt jedem Prüfling ein eigens für ihn ausgesuchtes Artefakt mit. Ich habe bisher nur eines gesehen und das auch nur sehr kurz. Wenn die Prüflinge das Bündel öffnen, bin ich raus aus dem Spiel.«

»Du darfst nicht mehr helfen?«

»Nein, wirklich raus. Ich bin dann nicht mehr.«

Allegra sah Trip lange an und versuchte, zu ergründen, was er fühlte. »Wie meinst du das?«, fragte sie ehrlich interessiert.

»Ich bin einzig und allein dafür da, die Prüfungen zu begleiten. Ist sie zu Ende, bin auch ich verschwunden.« Er strahlte eine so tiefe Niedergeschlagenheit aus, dass es Allegra im Herzen wehtat.

»Und wo bist du dann?«

Er zuckte mit den Schultern. »Nirgendwo, schätze ich. Ich bin allein, körperlos und erst wieder ich selbst, wenn die nächste Prüfung ansteht.«

Allegra starrte ihn ungläubig an.

»Was?«, fragte er barsch, vermutlich, um seine Niedergeschlagenheit zu überspielen. »So ist das nun mal, wenn man ...« Er verstummte abrupt und Allegra sah ihm an, dass er beinahe zu viel gesagt hätte.

Ihr fiel wieder eine ihrer ersten Fragen ein: »Wer bist du?«

Kopfschüttelnd drehte sich Trip von ihr weg und ging auf den Fels zu, der den Eingang zur Höhle verschloss. Mit einer kurzen Berührung machte er den Weg frei wie am Abend zuvor.

Auch im Licht der aufgehenden Sonne, die kaum bis hier unten in die Felsspalte drang, sah die Höhle nicht sonderlich einladend aus. Es dauerte mehrere Minuten, bis Allegra sich so weit gesammelt hatte, dass sie sich an Trips Seite vorwagte. Er wirkte verändert, seit er beinahe zu viel über seine Person gesagt hatte. Abweisender, das Lockere war verschwunden.

Zum ersten Mal seit langem sah er ihr schließlich wieder direkt in die Augen. »Du musst immer dicht bei mir bleiben, versprich es mir«, sagte er mit flehendem Unterton. »Ganz gleich, was du siehst.«

Sie nickte halbherzig.

»Nein, du musst es mir versprechen. Schwöre es!«

Sie sah ihn aus großen Augen an. »Ich schwöre, dass ich bei dir bleiben werde. Ohne dich bin ich vermutlich schneller tot, als ich es bemerke«, seufzte sie.

Trip schüttelte traurig den Kopf, ließ dann jedoch eine Fackel in seiner Hand erscheinen und reichte sie Allegra. »Sieh ihnen nicht in die Augen«, warnte er noch, ehe er voran in die Höhle trat, ein Schwert in der erhobenen Hand.

Allegra dachte noch über seine Worte nach, während sie ihm folgte und von der Dunkelheit verschluckt wurde.

3. Szene

Das Licht der Fackel in ihrer Hand reichte keine zwei Meter weit. Allegra konnte gerade noch so die Wände des schmalen Zugangs zur Höhle erkennen und bereits nach ein paar Schritten war das einfallende Sonnenlicht hinter ihr nicht mehr zu sehen. Es war eine unnatürliche Dunkelheit, die das Licht aufzufressen schien wie ein schwarzes Loch.

»Am besten hältst du dich an mir fest«, flüsterte Trip und Allegra folgte seinem Vorschlag. Sie krallte sich an seinem ledernen Köcher fest, den er auch heute trug, obwohl er vermutlich vorhatte, mit dem Schwert zu kämpfen.

Meter für Meter gingen sie langsam durch die Dunkelheit und die absolute Stille. Allegra hörte ihr Herz schlagen, so ruhig war es. Der Boden der Höhle, oder besser des dunklen Gangs, war eben und sie musste sich wenigstens keine Sorgen darüber machen, zu stolpern.

Plötzlich drang ein Zischen an ihre Ohren, das klang, als hätte man ein Ventil geöffnet.

»Es geht los!«, flüsterte Trip nur knapp und Allegra sah sich um, konnte jedoch nichts erkennen.

»Wo?«, fragte sie.

»Pscht!«

Das Zischen endete so abrupt, wie es begonnen hatte und die beiden waren wieder von vollkommener Stille umgeben, während sie sich weiter durch den Gang bewegten. Dann schoss wie aus dem Nichts ein Schlangenkopf hervor und Allegra schrie vor Schreck auf. Die Schlange musste mehrere Meter lang sein, ihr Kopf war nur wenig kleiner als Trip, der sofort sein Schwert hochriss und den ersten Vorstoß der Schlange abwehrte.

»Ein Basilisk«, grummelte Trip, während er mit schnell aufeinanderfolgenden Schlägen auf die Monsterschlange vor sich einhieb. »Wie ich die Viecher hasse.«

Die Schlange griff erneut an, ihre gespaltene Zunge zischte aus dem Maul und traf Trips Schwerthand. Er schrie auf und riss den Arm nach unten. Dabei erwischte er ein Stück der Schlangenzunge und blau leuchtendes Blut quoll aus der Wunde. Die Schlange zischte vor Wut.

»Hier, nimm das Schwert«, brüllte Trip und hielt Allegra die Waffe hin. War das sein Ernst? Ihr blieb nicht viel Zeit zu überlegen. Die Schlange bäumte sich erneut auf und im selben Moment sah Allegra die rote Stelle an Trips Hand. Die Schlange musste ihn verbrannt haben. Haut löste sich bereits und Allegra musste beim Anblick kurz schlucken. Sie warf die Fackel zu Boden, schnappte nach dem Schwert und versuchte es so zu halten, wie sie es bei Trip gesehen hatte.

Ihre Angst verlieh ihr immense Kräfte, sie spürte das Gewicht der Waffe kaum. Die Schlange ließ mehrere Male die Zunge hervorschießen, aber Allegra ahnte immer im Voraus, wo genau die Zunge sie berühren würde. Ihre Gabe sagte es ihr. Und dieselbe Fähigkeit zeigte ihr auch, wie sie zustoßen und wo ihre Klinge genau treffen musste. Es war, als hätte sie schon immer mit einem Schwert in der Hand gekämpft. Sie wehrte den Angriff des Basilisken ab, drängte das Monster immer weiter in den Gang zurück.

Im Schein der Fackel, der ihr folgte, erkannte sie, dass sie nun in der Höhle angekommen waren. Allegra sah keine seitlichen Wände mehr. Jenseits des Fackelscheins war nur noch schwarzes Nichts.

Auch der Basilisk schien sich der Umgebung bewusst zu werden und richtete sich zur Größe eines Einfamilienhauses auf.

Dann schoss der Kopf mit zischender Zunge in Lichtgeschwindigkeit auf Allegra hinab. Ehe sie reagieren und ihre Waffe richtig positionieren konnte, sauste etwas an ihr vorbei und das Zischen des Basilisken wurde zu einem menschlichen Schrei.

Alles passierte so schnell, dass Allegra erst im Nachhinein die einzelnen Geschehnisse ordnen konnte: Das Geräusch, das sie vernommen hatte, stammte von dem Pfeil, den Trip direkt in eine Stelle unterhalb des Schlangenkopfs geschossen hatte. Der menschliche Schrei war dem entsetzt aufgerissenen Mund des Menschen entflohen, in den sich die Schlange direkt danach verwandelt hatte. Sie war immer weiter in sich zusammengeschrumpft, bis vor Allegra eine nackte Frau mit blutender Kehle lag.

Allegra hielt sich die Hand vor den Mund. Sie hatte gegen eine Frau gekämpft. Eine Frau, deren immer trüber werdende eisblaue Augen nur eines bedeuten konnten: Sie war eine Montague. Allegra ließ das Schwert fallen und kniete sich neben der Frau auf den Boden. Sie versuchte, das Blut aufzuhalten, das bereits eine Lache auf dem Höhlenboden bildete.

Trip zog Allegra an der Schulter zurück und drehte sie zu sich um. Er ging in die Hocke und sah ihr nun fest in die Augen. »Du kannst nichts für sie tun. Sie ist so gut wie tot, wenn sie ihre Gestalt verloren hat.«

Allegra schluchzte. »Was macht sie hier? Warum war sie eine Schlange?« Sie zitterte am ganzen Körper. Das Adrenalin verschwand aus ihren Adern und hinterließ – absolut nichts. Allegra stand unter Schock.

»Das ist die Bestrafung derjenigen, die dem Fluch entgehen wollten, indem sie vor der Liebe flohen und den Tod wählten«, sagte Trip emotionslos. »Der Fluch endet nicht, wenn das Leben endet.«

Allegra war wie erstarrt. Zahlreiche Fragen und Gedanken kreisten wie ein Strudel durch ihren Kopf. »Was ist mit denen, die vor Trauer um ihre Liebe umkommen?«

Trip richtete sich kopfschüttelnd auf. »Wir müssen weiter.« Er reichte ihr die Hand und sie ließ sich hochziehen, noch immer benommen von dem Gedanken, dass mit dem Tod nicht alles vorbei war. Mit dem Tod, den so viele aus den verschiedensten Gründen gewählt hatten.

Trip hob das Schwert auf und Allegra sah, dass seine Hand wieder unverletzt war. »Wie …« Sie schüttelte den Kopf. Eine Antwort würde sie sowieso nicht bekommen.

Immer weiter folgte Allegra Trip auf einem Weg durch die Dunkelheit, den nur er kannte.

»Dafür, dass du behauptest, nicht kämpfen zu können, hast du dich wacker geschlagen«, räumte Trip ein und Allegra lächelte bei dem unbeholfen wirkenden Kompliment. »Wie hast du das gemacht?«

Nun war es an Allegra, die Antwort zurückzuhalten, die ihr auf der Zunge lag. Sie wollte Trip vertrauen, glaubte fest daran, dass er auf ihrer Seite stand. Aber sie konnte das Flüstern nicht vergessen, das immer wieder behauptet hatte, sie solle ihm nicht trauen. Daher ignorierte sie die Frage und Trip schien es zu akzeptieren, wie auch sie seine fehlenden Antworten hinnehmen musste.

Und so liefen sie immer weiter. Die Stille um sie herum war erstickend. Ständig wartete Allegra auf ein weiteres Geräusch, einen neuen Angreifer. Nachdem sie gefühlte Stunden ohne Vorkommnisse durch die Schwärze gewandert waren, hätte sie sich gerne ein klein wenig Entspannung gegönnt. Vielleicht gab es ja nur dieses eine Monster, versuchte sie sich einzureden, glaubte aber selbst nicht daran. Ihr Traum hatte sich zu real angefühlt und der Riesenschlange waren sie ja bereits begegnet. Fehlten nur noch die anderen Monster.

»Wie weit ist es denn noch?«, fragte Allegra flüsternd.

Trip wandte sich zu ihr um und hob den Finger vor den Mund. Nahezu tonlos sagte er: »Der Weg ist so lang, wie du für deinen Kampf benötigst.«

»Und wie lange ist das?«

»Sie werden kommen, wenn du nicht daran denkst«, antwortete er kryptisch, drehte sich wieder um und ging weiter.

Das war ja mal eine Ansage. Wie konnte sie hier drin herumwandern und sich auf die Angreifer vorbereiten, die aber nur kommen würden, wenn sie nicht vorbereitet war? Sollte sie sich ablenken und hoffen, dass Trip schnell genug reagieren würde? Ein Versuch war es wert. Sie hatte keine Lust, die Tage bis zu Lucas zwanzigstem Geburtstag hier drin zu verbringen. Sie träumte sich zurück auf den Aussichtsplatz, fühlte die zärtlichen Küsse und sah in Lucas leuchtende Augen, während sie mit der linken Hand Trips Köcher festhielt und mit dem Daumen gedankenverloren an ihrem Ring spielte.

Das Weiß traf sie völlig unvorbereitet und blendete sie so sehr, dass ein Schmerz durch ihren Kopf zuckte. Dann verdunkelte sich das Bild und sie sah Luca. Ihm ging es viel besser als in ihrer letzten Vision. Er saß mit finsterem Gesicht auf dem Feldbett, auf dem er zuletzt wie halbtot gelegen hatte. Sein Körper war angespannt, bereit für einen Kampf, der jeden Moment stattfinden könnte. Wusste er, wo sie war? Was im Moment geschah?

Eine plötzliche Hitzewelle riss Allegra aus der Vision und das Bild von Luca zersprang in tausend Teile. Die Höhle stand in Flammen. Trip schrie ihren Namen, und ehe sie es sich versah, rauschte eine Feuerwelle direkt auf Trip und sie zu.

»Chimäre!«, brüllte Trip über das Zischen des Feuers hinweg. Erst jetzt erkannte Allegra, was sich hinter den Flammen verbarg: ein Monster mit drei Köpfen und jeder einzelne von ihnen spie Feuer. Allegra kannte die Wesen aus ihrem Traum. Der Löwe, der Drache und die Ziege. Nun setzten sich weitere Puzzleteile an ihren Platz. Die menschlichen Schreie der Monster in ihrem Traum waren die Schreie der Verfluchten gewesen, die zu den Wesen mutiert waren. Wen würden sie töten müssen, damit sie ihren Weg fortsetzen konnten?

Die nächste Hitzewelle raste über ihren Körper hinweg.

»Hier, für dich«, rief Trip und reichte Allegra ein Schwert. Wieder sah sie die Bewegungen ihres Gegners voraus und gemeinsam mit Trip kämpfte sie an den einzelnen Fronten. Mit einem gekonnten Schlag trennte Trip den Ziegenkopf vom Rest des wie aus etlichen Tieren zusammengeschustert wirkenden Körpers. Er zerfiel in den Flammen des Drachen sofort zu Asche.

Allegra nahm sich den Löwen vor, Trip kämpfte gegen den Drachen. Sie hatte keine Zeit, sich zu überlegen, warum ihnen das Feuer selbst nichts antat. Sie spürte die unbändige Hitze, aber verbrannte nicht. Doch mit jedem Moment fiel ihr das Atmen schwerer. Das Feuer fraß den Sauerstoff in der Höhle auf. Ihr Überlebensinstinkt übernahm das Ruder und sie hieb auf den Löwenkopf ein, wich nicht länger vor den Flammen zurück.

Die Chimäre schien die Änderung ihrer Taktik zu bemerken. Auch der Drachenkopf schnappte nun nach Allegra. Ein fataler Fehler. Noch ehe der Drache es bemerkt hatte, zerfiel sein Kopf bereits zu Staub. Blieb nur noch der Löwe. Abwechselnd schlugen Trip und Allegra nach dem Tier, doch auch der Löwe hatte einen starken Überlebenswillen. Während der Sauerstoffmangel Allegra zu schaffen machte, wurde auch Trip merklich langsamer und der Löwe sah seine Chance gekommen. Er schnappte nach Trip und verbiss sich in seinem Schwertarm. Trip schrie auf, als der Löwe ihn zu sich riss.

Eine neue Adrenalinwelle rauschte durch Allegras Körper und belebte ihren müden Geist. Ihr Gespür für den Kampf, ihre kleinen Visionen, was geschehen würde, kehrten zurück. Sie tänzelte hin und her, während der Löwe Trip wie ein Schutzschild vor sich herzog.

»Besorg dir ein neues Schwert«, rief sie ihrem Kampfpartner zu und dieser reagierte nach endlos wirkenden Sekunden. Er ließ ein neues Schwert in seiner linken Hand erscheinen und fuhr damit die Kehle des Löwen entlang. Doch es reichte nicht aus, um den Kopf abzutrennen. Der Löwe brüllte auf, riss fest an Trips Arm und schleuderte ihn wie eine Stoffpuppe von sich – ins Dunkel der Höhle jenseits des Feuers, das erneut aus seinem Maul schoss.

Allegras Wut entbrannte und mit dieser neuen Motivation legte sie all ihre Kraft in die nächsten Schwerthiebe. Der Löwe hatte ihr nichts mehr entgegenzusetzen. Sie sah es voraus, wo er sie packen wollte, und fügte ihm mehrere Schnitte zu. Bei seinem nächsten vermeintlich tödlichen Sprung trat sie einfach zwei

Schritte zur Seite und trennte den Kopf von seinem Körper. Als dieser auf dem Boden der Höhle aufschlug, war er nicht länger ein Gemisch aus Tierkörpern, Fell und Federn. Vor ihr lag ein weiterer Frauenkörper, der dazugehörige Kopf einen halben Meter entfernt. Die toten Augen waren im Fackelschein beinahe schwarz. Eine Capulet. Allegra presste ihre Lippen fest zusammen und wandte sich ab.

»Trip?«, rief sie leise in die Dunkelheit um sich herum. »Trip, wo bist du?«

Ein tiefes Stöhnen erklang. Doch woher? Allegra drehte sich mehrmals um die eigene Achse, das Geräusch schien von überall her auf sie einzudringen. Das Echo hallte von den Höhlenwänden wider und nahm ihr die Orientierung. Sie hob die Fackel auf und versuchte ihn mittels einer Vision zu orten, mehr als ein leichtes Schwebegefühl im Magen gelang ihr jedoch nicht. Weit stärker war das Gefühl, das sie dazu drängte, weiterzugehen und ihren Helfer in der Dunkelheit zurückzulassen, um ihrer eigentlichen Aufgabe zu folgen. Mit aller mentalen Kraft, die sich aufbringen ließ, stemmte sie sich gegen dieses Gefühl. Trip war zu etwas wie einem Freund geworden, hatte ihr bereits zweimal das Leben gerettet und nun sollte sie ihn sich selbst überlassen? Niemals!

Sie ballte die Hand mit ihrem Siegelring fest zusammen und die Vision erhellte die Höhle. Es schien, als würde sich ein helleres Bild der Höhle über die Dunkelheit legen. Allegra sah sich um und entdeckte einen gekrümmten Körper rechts vor ihr, keine fünf Meter entfernt. Sie sah auch, dass das nächste Monster schon in den Startlöchern stand. An der dem Eingang gegenüberliegenden Seite der Höhle befand sich der einzige weitere schmale Zugang, in dem in diesem Moment eine Frau im langen weißen Kleid auftauchte. Sie wirkte wie ein Geist. Ätherisch, irgendwie nicht real. Ihre Haare bewegten sich in einer nicht vorhandenen Brise.

Schnell ließ sie die Vision fahren, rannte mit der Fackel voraus in die Richtung, in der sie Trip hatte liegen sehen. Sie kniete neben ihn und versuchte ihn auf die Seite zu drehen. Er hatte schon eine Weile keine hörbaren Geräusche mehr von sich gegeben und Allegra hoffte inständig, dass er nicht tot war. Sie nahm seine Hand, um nach dem Puls zu fühlen, konnte aber weder dort noch an seinem Hals etwas spüren. Sie war nie gut im Pulsfühlen gewesen, vielleicht konnte sie seinen Herzschlag ja wenigstens hören.

Verzweifelt riss sie ihm das dicke altmodische Hemd auf und legte ihren Kopf auf seine Brust. Dann geschahen mehrere Dinge gleichzeitig: Allegra stellte verzweifelt fest, dass Trips Herz keine Schläge von sich gab. Trip zuckte zusammen, begann zu husten und wollte sich aufrichten. Allegra schrak hoch und während sie ungläubig auf den herzschlaglosen Trip hinabsah, der gerade versuchte sich aufzusetzen, sah sie den Ring an dem ledernen Band um seinem Hals. Einen Siegelring mit der Rose der Capulets. Benommenen starrte Trip sie an, nachdem er sich auf die Ellbogen gestützt hatte und schockiert von der neuen Erkenntnis starrte Allegra zurück.

»Du hast die erstbeste Chance ergriffen, mir die Kleider vom Leib zu reißen?« Trips Lächeln erreichte seine Augen nicht, der Spruch wirkte aufgesetzt, weit weniger überzeugend als sonst.

»Du bist ein Capulet?«

Trip setzte sich auf, fuhr sich erst mit den Händen übers Gesicht, dann durch die Haare. Allegra schwor sich, ihn nicht ohne eine Antwort davonkommen zu lassen.

Doch ein zischendes Geräusch aus der Dunkelheit machte ihre Pläne zunichte.

»Der Geist«, flüsterte sie, während die Bilder aus ihrer Vision wieder zu ihr durchdrangen.

»Ein Geist? Das wäre neu. Wie kommst du darauf?«, fragte Trip mit zusammengekniffenen Augen.

»Nicht jetzt«, flüsterte Allegra und stand auf. Sie reichte Trip ihre Hand und zog ihn hoch. Wieder war er unverletzt und sie verschob jegliche Überlegungen dazu auf später. »Sie kommt aus dem einzigen anderen Zugang zur Höhle.« Sie deutete grob in die Richtung und hoffte, dass ihr Orientierungssinn ihr keinen Streich spielte.

»Dann los!«, sagte Trip nahezu vergnügt und zauberte sich ein neues Schwert, mit dem er voraus in die gewiesene Richtung ging. »Einen Geist hatte ich noch nie.«

Allegra schüttelte den Kopf und verdrängte die Bilder von der Vision der seltsamen Frau, die vor dem Höhleneingang erschienen war. Mit jedem leisen Schritt horchte sie in die Stille, wartete, dass das seltsame Zischen erneut ertönen und die Frau aus dem Gang springen würde, doch nichts geschah. Hatte sie mit ihrer Vision falschgelegen? Eigentlich hätte sie doch bereits erscheinen müssen, als Trip noch am Boden gelegen hatte. Oder war die Vision durch ihr Eingreifen verändert worden? Sie mussten nun schon relativ nahe an dem kleineren Höhlenzugang sein. Im Schein der Fackel glaubte sie, das Loch im Gestein bereits zu erkennen.

Ein plötzliches Zischeln hinter ihnen ließ Trip und sie herumfahren.

»Ein Geist?«, schrie Trip auf. »Das ist kein Geist!«

Nun war das Zischen überall, kam aus allen Richtungen. Nein, kein Zischen, sondern ein Zischeln. Wie von … Schlangen.

Die Frau trat mit gesenktem Kopf ins Zwielicht zwischen Fackellicht und Schwärze. Ihre Haare bewegten sich ohne den kleinsten Lufthauch, als hätten sie ein Eigenleben. Nun hob sie ihren Kopf. Allegra starrte sie wie paralysiert an, versuchte mit zusammengekniffenen Augen zu erkennen, was mit diesen Haaren nicht stimmte.

»Sieh nicht hin!«, brüllte Trip und löste Allegra aus ihrer Erstarrung.

Im genau richtigen Moment sprang sie einen Schritt zurück. Einzelne Strähnen der Haare schossen ihr entgegen. Etliche Schlangen öffneten ihre Mäuler und reckten Allegra ihre kleinen gespaltenen Zungen zischelnd entgegen. Sie kannte den Mythos der Medusa, der Frau mit den Schlangenhaaren, deren Blick ihre Gegner versteinern konnte. Sofort blickte sie nach unten und hob das Schwert in ihrer Hand. »Wie können wir sie töten?«, fragte sie Trip und hoffte, dass er sie unter all dem Zischeln verstehen konnte.

»Töten?« Seine Stimme überschlug sich fast. »Wir töten sie nicht. Wir rennen so schnell wir können, um nicht versteinert zu werden!« Er packte Allegra am Handgelenk ihrer Schwerthand und riss sie herum. Sie geriet ins Stolpern, als er sie mit sich zog, fing sich jedoch schnell wieder.

»Warum fliehen wir? Was, wenn sie uns verfolgt?«, keuchte Allegra. Trips Tempo musste nahe am Sprinterweltrekord liegen. Sie hatten bereits den Ausgang der Höhle passiert und befanden sich erneut in einem langen dunklen Gang.

»Wir können sie nicht ansehen, wie sollen wir sie da töten?«, fragte er in normalem Ton. Ihn schien die Rennerei in keinster Weise anzustrengen.

»Aber sie könnte uns hinterherkommen.«

»So schnell wie wir ist sie nicht, glaub mir.«

Schließlich senkte er das Tempo und sie joggten für ein paar Minuten, dann hielt Trip an. Allegra stützte sich auf die Knie und kam erst langsam wieder zu Atem.

»Du bist ihr schon mal begegnet?«, fragte sie, als sie sich einigermaßen regeneriert hatte.

»Nicht nur einmal.« Seinem Gesichtsausdruck nach musste Allegra nicht erst fragen, wie es ausgegangen war. »Das Gute an den Gorgonen ist, dass sie nicht schnell sind. Muss an den Tonnen von Schlangen auf ihrem Kopf liegen.« Er hob die Hände an seinen Kopf und simulierte mit den Fingern die Schlangenhaare der Frau. »Das kann einen schnell aus dem Gleichgewicht bringen. Unser Vorteil.« Er grinste und steckte Allegra damit an.

»Und nun?«, fragte Allegra und blickte sich in der Dunkelheit, die sie umgab, um . Sie hatten alle Wesen aus ihrer Vision durch, daher entspannte sie sich ein wenig.

»Nun suchen wir den Venus-Trank«, antwortete Trip, als wäre nichts weiter dabei. »Bist du wieder fit? Allzu lange sollte wir nicht pausieren. Du weißt schon …« Erneut hob er seine Hände und spielte Schlangenhaare.

Allegra streckte sich und nickte, woraufhin Trip los marschierte.

»Wir sollten eigentlich auf keine weiteren Hindernisse treffen«, erklärte er in ruhigem Ton. »Willst du mir verraten, wie du drauf gekommen bist, dass die Gorgonin ein Geist ist?«

Sollte sie es wagen? Ihre Gedanken huschten hin und her, versuchten sich für die Pro- oder Kontraseite zu entscheiden. Eine ganze Weile liefen sie gemeinsam weiter, ehe Allegra sich entschlossen hatte. »Ich habe Visionen«, flüsterte sie, als könnten die Höhlenwände ihr Geheimnis weitererzählen.

»Du? Du bist doch ein Mensch!« Aus seinem Mund klang das irgendwie schlecht und minderwertig.

»Bist du etwa keiner?«, konterte sie leicht verschnupft.

»Doch, klar. Oder besser … Nein, eigentlich nicht. Du heißt Allegra Casari. Du bist keine …«

»Eigentlich heiße ich Allegra Capulet«, unterbrach sie ihn.

Die darauffolgende Stille zwischen ihnen war erdrückend. Allegra nahm jede kleinste Regung von Trips Mimik auf. Erstaunen, Verblüffung, dann die Erkenntnis.

»Dann willst du den Fluch brechen?« Mit weit geöffneten Augen fixierte er Allegra. »Wie hast du … habt ihr … Wie konntet ihr beide überleben?«

Allegra erzählte Trip die Geschichte in Kurzform, während sie immer weiter in das Herz des Berges eindrangen. Sie fing bei Lorenzos Tat an, um sie vor dem Tod zu bewahren und endete mit dem Fluch, der sie letztendlich doch gefunden hatte. Den Verrat ihrer besten Freundin, an den sie in all der Zeit während der Prüfung nicht ein einziges Mal gedacht hatte, ließ sie aus.

»Nicht einmal Romeo und Julia sind so weit gekommen«, flüsterte Trip ehrfürchtig. »Solltest du es tatsächlich schaffen, wären wir alle frei.«

Dieser Satz brachte sie wieder zurück in die große Höhle, zu dem Moment, als Allegra erkannt hatte, dass auch Trip ein Capulet war. Nun, da sie ihr Geheimnis preisgegeben hatte, musste auch er seines lüften. »Wie bist du an den Job gekommen?« Sie deutete auf Trips immer noch halb entblößte Brust, auf der die Kette mit dem Siegelring der Capulets baumelte. Er hätte sich auch ein neues Hemd zaubern können, schien es aber nicht für sonderlich wichtig zu halten.

»Das ist eine lange Geschichte«, seufzte er.

»Wir haben doch Zeit, oder etwa nicht?«, drängte sie weiter und Trip gab schließlich nach.

»Ich habe dir doch bereits erzählt, dass Trip nur eine Abkürzung ist«, begann er. »Die Abkürzung steht für Giuseppe Capulet, den Dritten. Ich wurde 1928 geboren. Der Fluch machte auch vor mir nicht Halt und ich traf mit sechzehn meine große Liebe. Elena war alles, was ich mir jemals erträumt hatte. Sie konnte sogar jene Tage erleuchten, die aufgrund des Krieges immer dunkler erschienen.« Trips Gedanken schweiften in die Ferne, während er erzählte. »Gemeinsam mit Lorenzo klärte ich sie auf und Elena war gewillt, ihre Liebe zu beweisen. Das war im Frühjahr 1945. Wir hätten keinen schlechteren Zeitpunkt erwischen können. Damals marschierten die Alliierten in Norditalien auf, übernahmen Venedig und den ganzen Norden. Auch der Lago di Garda blieb nicht verschont und Elena, die bereit war, die Prüfung auf sich zu nehmen und für ihre Liebe zu mir zu kämpfen, fiel bei einem Angriff Anfang Mai.« Trip schluckte mehrmals und Allegra sah die Tränen, die in seinen Augenwinkeln nur darauf warteten, herauskullern zu dürfen.

Sie ließ die Information sacken. Trip war über achtzig Jahre alt? Sie sah die Bilder, von denen er berichtet hatte, genau vor sich und überlegte, wie genau diese Elena den alliierten Truppen aufgefallen sein konnte. Es sei denn, damals wurden die Prüflinge noch nicht unsichtbar gemacht. Aber noch wichtiger war die Frage, was danach mit Trip passiert war. Sie sah ihn an und er erkannte auch ohne ein Wort von ihr, was sie wissen wollte.

»Ich bin gleich danach nach Malcesine gefahren und habe ein Duell provoziert. Die Gerüchte behaupten, dass man sich nicht selbst töten darf, dass, wenn man es tut, etwas Schlimmes mit der eigenen Seele passieren wird. Mein Bruder hat abgelehnt, mich zu töten, daher musste ich einen anderen Weg suchen.« Sein Gesicht war ausdruckslos wie das einer schlechten Statue. »Die Montagues hatten keine Skrupel. Doch gebracht hat es mir nichts. Erst mit meinem Tod habe ich erkannt, dass es egal ist, auf welche Weise man versucht, dem Schmerz der Liebe zu entkommen. Er überdauert den Tod.«

Das war die ehrlichste Antwort, die Allegra jemals von ihm bekommen hatte. Sie sah sich selbst in ihrer Trauer um Luca, spürte die Verzweiflung, die an ihr genagt hatte, obwohl der Fluch hätte stärker sein sollen.

»Du bist diejenige, auf die wir alle gewartet haben«, sagte Trip schlicht. »Du kannst uns alle erlösen.« Er hob die Hand und deutete hinter sich ins Dunkel der Höhle, aus dem bereits wieder leises Zischeln zu ihnen drang. »Wenn der Fluch gebrochen ist, sind wir alle frei und können weiterziehen, um wieder mit unseren Liebsten vereint zu sein.«

Seine letzten Worte setzten sie gar nicht unter Druck, nein. Nun trug sie nicht nur die Verantwortung für Lucas Leben, auf ihr lag die Hoffnung all der verfluchten Montagues und Capulets der letzten – ja, wie lange zog sich das eigentlich schon hin? – Jahrhunderte? Jahrtausende? Die Last drückte ihr auf die Brust und ließ sie schwer atmen.

»Ich wollte dich damit nicht unter Druck setzen oder so«, sagte Trip mit erhobenen Händen. »Ich schätze, das hat nicht so ganz geklappt.« Er blickte düster vor sich hin und nach einer Weile erschien ein Lächeln auf seinem Gesicht. »Wir schaukeln das schon«, sagte er selbstbewusst.

»Wenn du meinst.« Allegra war ganz verwirrt von seinem schnellen Emotionswechsel. Sie war sich nicht ganz so sicher wie Trip – sie hatten noch nicht einmal die erste Aufgabe bestanden und die Zeit drängte. »Wie viel Tage sind es noch bis zu Lucas Geburtstag?«, fragte sie.

»Es ist bereits nach Mitternacht, also noch zwei Tage.«

Allegra beschleunigte instinktiv ihre Schritte. Zwei Tage. Weniger als achtundvierzig Stunden.

4. Szene

Die Höhle schien nicht enden zu wollen. Während sie im Schein der Fackel dem dunklen Gang folgten, erzählte Trip von weiteren Fehlschlägen der Prüflinge und Allegra wurde immer demotivierter. Konnte sie wirklich Erfolg haben, wo so viele versagt hatten?

Trip hingegen war bester Laune. Die Erkenntnis, dass Allegra den Namen Capulet trug und dabei war den Fluch zu brechen, beflügelte ihn regelrecht. Die Horrorgeschichten über all die missglückten Prüfungen nahm er eher als Ansporn, dieses Mal alles richtig zu machen.

»Aus Fehlern lernt man. Denk nur an die Gorgonin. Wären nicht bereits mehrere Prüflinge zu Stein geworden, wäre ich nicht auf die Idee gekommen, mit dir zu fliehen, anstatt zu kämpfen«, sagte er vollkommen überzeugt.

»Hmm.« Mehr konnte Allegra nicht dazu sagen.

»Und dass ausgerechnet der Prüfling, der den Fluch brechen könnte, Visionen hat … Das muss etwas bedeuten, Allegra. Spürst du es denn nicht?«

Das einzige, was sie fühlte, war die Zeit, die ihr davonrannte wie der Sand in einer Sanduhr. Unaufhaltsam spürte sie den Sog, der sie nach unten zu ziehen drohte. »Wie lange dauert es denn noch, bis wir den Trank der Venus finden?«, fragte sie ungeduldig. Hätte sie eine Armbanduhr getragen oder ihr Handy bei sich gehabt, würde sie unentwegt einen Blick auf die Uhrzeit werfen.

»Auch Geduld gehört zur Liebe dazu«, antwortete Trip vage und Allegra konnte ein Schnauben nicht unterdrücken. »Das ist es, um was es in den Prüfungen wirklich geht: zu erkennen, was Liebe bedeutet.«

»Amor per dolorem.«

»Liebe durch Schmerz.« Er nickte. »Aber nicht nur. Liebe bedeutet so vieles mehr und die gesamte Tragweite kann niemand abschätzen, der nie wirklich geliebt hat.« Er machte einen Moment Pause, in der er Allegra fixierte. »Nur wer dies auch wirklich tut und all den schlechten Seiten der Liebe gegenübertritt, wird bestehen.«

Er fragte nicht, wie es um Allegras Herz stand. Das tat sie selbst. Liebte sie Luca wirklich und aufrichtig, oder war es ein weiterer Trick, mit dem man sie gelockt und verwirrt hatte? Sie hatte nie an ›Liebe auf den ersten Blick‹ geglaubt, doch rückwirkend betrachtet – auch wenn die Entwicklung im Schnelldurchlauf stattgefunden hatte – war es anfangs nicht Liebe gewesen, sondern diese nagende Anziehung, die verliebte Menschen beschreiben. Aus dem Nagen war ein Ziehen geworden, wenn sie nicht in Lucas Nähe gewesen war. Die ersten Anzeichen der Schattenseiten der Liebe: Schmerz, wenngleich auch schwach und leicht zu ertragen.

Doch da war noch eine weitere Erkenntnis: Müsste sie erzählen, wie die Geschichte mit Luca begonnen hatte, würde sie sagen, dass sie vom ersten Moment an gewusst hatte, dass sie füreinander bestimmt waren. Allegra hatte plötzlich ein Bild vor Augen: Sie saß als alte Frau, Hand in Hand mit einem viel älteren Luca, vor mehreren Kindern, manche mit dunkelbraunen und manche mit eisblauen Augen. *»Es war Liebe auf den ersten Blick«,* sprach der grauhaarige Luca mit dunkler, etwas rauchiger Stimme. *»Ja, das war es«* , fügte die ältere Version von Allegra leicht krächzend hinzu.

Ihr gefiel die Vorstellung, bis ans Ende ihrer Tage mit Luca zusammen zu sein, gemeinsam älter zu werden und Kinder und Enkelkinder zu haben, die Familien zu vereinen.

Ja, rückwirkend betrachtet würde sie allen erzählen, dass sie bereits beim ersten Blick auf ›Romeo‹ gewusst hatte, dass sie ihn liebte. Alles andere war nebensächlich, die Entwicklung nicht erwähnenswert. Und daher kam der Mythos der »Liebe auf den ersten Blick« vermutlich auch. Es war nicht das, was sich Menschen darunter vorstellten, die nicht an die Liebe glaubten. Es war nicht Cupidos Pfeil, der einen traf, und man nur noch Herzchen sah wie in einem Comic. Nein, die wahre Liebe lässt Kleinigkeiten und Negatives verblassen und lässt sich selbst im besten Licht erscheinen.

Jemand rüttelte an ihrer Schulter und Allegra fuhr zusammen.

Die Erkenntnis ihrer Überlegungen machten sie jedoch stark und selbstbewusst. Sie liebte Luca wirklich. Und für diese Liebe würde sie einfach alles tun. Sie wünschte sich nichts sehnlicher, als dass dieses Bild von ihr und Luca als Großeltern wahr wurde, und hoffte, dass es kein Tagtraum, sondern eine Vision gewesen war.

»Wir sind da«, erklärte Trip feierlich. Das Ende des langen Ganges war in Sicht. Ein bläuliches Licht schimmerte jenseits des Tunnels. »Du bist dir deiner Liebe wohl endlich bewusst geworden«, seufzte Trip.

Allegra sah ihn fragend an.

»Das ist Teil der Prüfung. Wir werden erst ankommen, wenn du dir deiner Liebe bewusst wirst, *wirklich* bewusst wirst. Kein ›Ich glaube, ich liebe ihn oder sie‹, kein ›Ich mag ihn oder sie wirklich gerne‹ oder ›Er/Sie ist ja so toll!‹. Hier gibt es keinen Platz für Oberflächlichkeiten. Ich habe schon Jahre an der Seite von Leuten verbracht, die der Prüfung leichtfertig zugestimmt haben. Sie sind hier in diesem Gang gealtert und gestorben.«

Bei diesen Worten bekam Allegra eine Gänsehaut. Wie sollte sie die Prüfung bestehen, wenn sie alles durch einen falschen Gedanken zerstören konnte?

»Hey, du hast es geschafft, oder etwa nicht?«, munterte Trip sie auf, als sie den Gang verließen und ins Licht traten.

Diese Höhle war von ebenso gigantischen Ausmaßen wie die letzte, die Allegra nur im Licht ihrer Vision wirklich hatte sehen können. In diesem gut zehn Meter hohen Raum schimmerte ein Licht, dessen Quelle sie erst nach genauerem Hinsehen entdeckte: Mitten in der kreisrunden Höhle befand sich eine Ansammlung spitzer Felsen, die den Blick auf ein kleines Gewässer verdeckten. Allegra trat schnell näher. Das Wasser leuchtete Blau und warf wellenartige Muster auf die Wände der Höhle. Dort reflektierten unzählige kleine Kristalle das Blau und ließen die ganze Szene wie aus einem Märchen erscheinen.

»Ist das der Trank der Venus?« Sie deutete auf das Gewässer, das reglos vor ihr lag.

»Du musst das hier füllen«, sagte er leise und ließ ein kleines Glasfläschchen erscheinen, das genauso gut in einer Parfümerie bei den Miniatur-Flakons hätte stehen können. Oder im dunklen spinnennetzüberzogenen Regal einer Hexe.

»Und wo ist der Haken?«, fragte sie skeptisch, als sie den Flakon an sich nahm und näher an das glitzernde Rund trat. Sie kniete bereits, da entdeckte sie auf dem Boden des flachen Beckens Schriftzeichen.

»Du darfst das Wasser nicht berühren.« Trip verzog das Gesicht. »Sonst wirst du von der Liebe ›geheilt‹. Und … na ja. Game over.«

Schnell erhob sich Allegra wieder und trat einen Schritt zurück. Sie konzentrierte sich noch einmal auf die Schrift, die unter dem Wasser in den Stein gehauen war. *Liebe zu heilen ist schmerzhaft.*

Allegra konnte sich keine Bedeutung zusammenreimen. »Wie soll ich …« Sie sprach nicht weiter. Trip würde ihr sowieso nicht helfen. Oder nicht helfen können. Es war frustrierend. Sie sah sich in der blauen Höhle um und suchte nach etwas, mit dem sie den Flakon ins Wasser tauchen und befüllen konnte. Doch hier waren absolut nichts als Stein und diese seltsamen Kristalle in den Wänden. Der Flakon war zu klein, um ihn mit irgendetwas festzuhalten wie mit chinesischen Essstäbchen. Sie sah Trip herausfordernd an.

Doch der schüttelte den Kopf. »Tut mir leid, ich darf dir nichts zaubern.« Jetzt grinste sie und Trip wurde unruhig. »Ich kann es auch nicht für dich füllen, wenn du das denkst.«

Allegra trat auf ihn zu, immer näher und näher.

»Was …«, fragte er skeptisch, als sie direkt vor ihm stand und die Hände hob.

Binnen Sekunden hatte sie ihm das Lederband mit dem Ring über den Kopf gezogen.

»Hey!«, rief Trip und wurde bleich im Gesicht. Allegra erschrak und überlegte, ob das doch keine so gute Idee gewesen war.

Trip wurde immer blasser und Allegra geriet in Panik. »Ich wollte nicht …«

»Ring«, röchelte Trip.

Allegra versuchte schnell, das Lederband aufzuknoten, um ihm den Ring zurückzugeben, doch sie schaffte es unter diesem Druck nicht. Kurzerhand zog sie ihm das Band samt Ring wieder um den Hals.

Erleichtert atmete Trip ein und aus. Die Farbe kehrte in sein Gesicht zurück. »Du hättest mich vorwarnen können.«

»Du hättest mir sagen können, dass du das Ding irgendwie brauchst«, konterte Allegra.

»Das Ding?« Trips Stimme überschlug sich wieder einmal. »Der Ring der Capulets begleitet unseren Fluch. Ohne ihn wären wir … Ich weiß nicht wo, darüber habe ich nie wirklich nachgedacht.«

Allegra hob die Augenbrauen, während sie über seine Antwort nachdachte. »Vielleicht wärst du von dem Fluch erlöst, wenn du ihn abnehmen würdest?«

Trip zuckte mit den Schultern. »Lieber nehme ich das hier in Kauf, als für alle Ewigkeiten im Tartaros gefangen zu sein.«

»Du meinst, du würdest in der ewigen Hölle schmoren?« Allegra klang belustigter, als sie beabsichtigt hatte. Es war ja nicht so, dass das nicht möglich wäre. Schließlich war sie heute schon einem Basilisken, einer Chimäre und einer Gorgonin begegnet.

»Ich weiß es nicht. Aber es wäre möglich.« Seine Stimme klang unsicher.

Allegra wartete, ob er noch etwas hinzufügen wollte, dann sprach sie aus, was sie dachte: »Du hast Angst.«

»Es ist … Ich bin schon eine ganze Weile so. Ich existierte nur, wenn ich einen Auftrag habe.« Er gab ihr mit einem Kopfnicken zu verstehen, welche Art von Auftrag er meinte. »Dazwischen ist nichts, gähnende Leere. Das habe ich dir ja schon erzählt. Was, wenn wir zu einem Dasein in dieser Leere verdammt sind, wenn wir den Ring abnehmen?«

Darauf wusste Allegra keine Antwort. Aber war Leere nicht besser als das hier?

»Ich habe gewusst, dass ich bin, als ich dort war. Dass ich irgendwie existiere, auf eine seltsam verworrene Art. Einsam, in absoluter Dunkelheit. Man beginnt Selbstgespräche zu führen, weil man sonst verrückt wird. So stelle ich mir Isolationshaft vor, getrennt von allem, was einen zum Menschen macht. Ich kann weder sagen, ob ich Stunden oder Jahre dort war. Es ist … die Hölle.«

Allegra konnte sich nicht vorstellen, was er durchgemacht hatte und tiefes Mitgefühl überkam sie. »Tut mir leid«, sagte sie zerknirscht. »Aber das Band … Kannst du den Ring nicht am Finger tragen?«

Er schüttelte den Kopf. »Ich hatte ihn immer um den Hals, auch als ich noch … gelebt habe. Vermutlich kann man das im Tod nicht verändern.«

Verdammter Mist. Ihr Plan war so gut gewesen. Sie sah an sich hinab. Warum hatte sie keine Schuhe mit Schnürsenkeln an, sondern trug die Chucks mit dem eingenähten Gummiband? Wie hätte sie so etwas vorausahnen sollen? Dabei wusste sie nicht einmal, ob ihr Plan überhaupt funktionieren würde. Es war reine Theorie, dass sich der Flakon füllen würde, wenn sie ihn nur lange genug ins Wasser halten würde.

Erneut fixierte sie die drei Wörter auf dem Grund des Wasserbeckens. Dann wollte sie eine Vision herbeirufen, die ihr zeigen sollte, was sie zu tun hatte. Doch anstelle des Blickes in die Zukunft fuhr ihr ein sengender Schmerz durch den Kopf. Sie fiel auf die Knie, riss die Hände hoch und versuchte zu verhindern, dass ihr Schädel platzte.

»So einfach wird es nicht sein«, sagte Trip kopfschüttelnd, als Allegra, noch immer schwer atmend, ihre Hände wieder senkte.

»Aber ich habe dich gefunden. In der anderen Höhle. Das hat mir auch eine Vision gezeigt.«

»Du wolltest *mir* helfen«, setzte er an und Allegra verstand sofort.

Die Vision war uneigennützig gewesen, daher möglich. Die andere Vision – von Luca – hatte sie abgelenkt, war also ebenfalls nicht förderlich für die Prüfung gewesen. »Aber bevor ich dich getroffen habe …«

»Das war draußen, in der echten Welt. Nun sind wir … Ich glaube nicht, dass wir hier wirklich noch irgendwo unter Tremosine sind, du etwa?«

Nein, das glaubte Allegra auch nicht. Sie waren irgendwo anders, allein dieser Raum hier war so surreal. Nicht umsonst hatte sie sofort den Vergleich mit dem Märchen im Kopf gehabt. »Also keine Visionen?«

Trip schüttelte den Kopf. »Nein.«

Allegra presste die Augen zusammen und versuchte ihr Gehirn zu neuen Denkansätzen anzustupsen. Sie starrte so stur in das Becken, dass die Worte immer weiter hervorzutreten schienen.

Liebe zu heilen ist schmerzhaft.

Mit einem Mal war Allegra klar, was sie zu tun hatte. Sie sprang auf, rannte zu dem Platz, wo sie ihre provisorische Tasche, das Schwert und die Fackel hatte liegenlassen, und nahm das Schwert.

Dann schnappte sie sich den Flakon, den Trip immer noch in der Hand hielt, und kehrte zum Becken zurück. Sie suchte eine Stelle, an der das kleine Fläschchen nicht umkippen würde, zog mit einem leisen Plopp den Verschluss auf und stellte es ab. Anschließend nahm sie das Schwert und betrachtete sich für einen Moment in der spiegelnden Klinge. Ihr Gesicht wirkte ätherisch durch die bläulichen Reflexionen des Wassers. Sie nickte sich selbst zu und dachte an nichts anderes als an Luca. *Für ihn.*

Sie holte tief Luft und zog die Klinge über ihr Handgelenk. Sofort quoll Blut aus der Wunde und Allegra hielt ihre Hand über das Becken. Bereits die ersten roten Tropfen färbten das Wasser unnatürlich dunkel. Ein Blick auf den Flakon bestätigte Allegras Hoffnung. Für jeden Tropfen *Schmerz*, der in das Becken fiel, füllte sich das Fläschchen ein wenig. *Liebe zu heilen ist schmerzhaft.*

»Bist du verrückt geworden«, schrie Trip, der nur Allegras Selbstverstümmelung beobachtet hatte. Er sprang zu ihr und wollte ihren Arm nach hinten reißen, doch sie zog ihn zurück.

»Das Fläschchen ist noch nicht voll!« Der Adrenalinkick, der sie belebt hatte, verebbte und der brennende Schmerz in ihrem Arm wurde immer stärker. Sie sog scharf die Luft zwischen zusammengepressten Zähnen ein.

Nur noch ein wenig, bald hast du es geschafft, beschwor sie sich. Ihr Blut schien aus Sirup zu bestehen, floss nur zäh aus der Wunde. Auch sie musste jetzt über die legendären Selbstheilungskräfte verfügen, die Alessandro erwähnt hatte. Sie warf das Schwert neben sich auf den Boden und drückte gegen die Ränder der Schnittwunde. Ein schmerzhaftes Stöhnen entrang sich ihrer Kehle, Tränen schossen ihr in die Augen und sie konnte nicht mehr sehen, ob der Flakon bereits voll war. Sie machte weiter und weiter und ertrug den wütenden Schmerz, der sie an ihre Grenzen brachte.

Plötzlich wurde sie mit einem Ruck nach hinten gerissen. Trip hielt ihren Arm nach oben, zauberte eine Mullbinde herbei und wickelte diese gekonnt um Allegras Handgelenk. Die Höhle drehte sich immer noch und nur langsam stieg Allegra wieder aus ihrem Schmerz auf. »Die Flasche …«

»… ist voll und gut verschlossen. Wenn du jetzt nicht stirbst, hast du die Aufgabe bestanden.« Er deutete vage mit dem Kopf über Allegra hinweg.

Als sie sich langsam umdrehte, immer noch gegen den Schwindel ankämpfend, sah sie Tageslicht. Echtes Tageslicht, das durch eine vorher nicht dagewesene Öffnung in die Höhle hereindrang.

Du hast es geschafft!, flüsterte ihre innere Stimme.
Das war erst der Anfang, flüsterte eine andere.

V. Akt

1. Szene

Gemeinsam traten sie in die strahlende Nachmittagssonne. Die plötzliche Helligkeit fuhr wie ein schmerzender Blitz in Allegras Kopf. Sie schloss die Augen und wartete ein paar Sekunden, bis sich ihr Körper an das Sonnenlicht gewöhnt hatte. Sie vergewisserte sich, dass sie das in ihre Jacke gewickelte Bündel über der Schulter hängen hatte, ehe sie ein paar Schritte machte. Dankbar hatte sie Trips Angebot angenommen, den zierlichen kleinen Flakon mit Venus' Trank an sich zu nehmen und sicher an der Kette neben seinem Siegelring zu verwahren, bis sie ihn an den Dunklen übergeben konnten.

Allegra ließ die Augen über die Gegend gleiten. Sie befanden sich auf einem Hügel, weit oben auf der Hochebene von Tremosine. Ein rascher Blick nach hinten bestätigte ihre Vermutung: Der Eingang zur Höhle, ja die ganze Höhle, der Berg oder was auch immer, waren verschwunden. Hinter ihr lag dasselbe Bild wie vor ihr: Grün, so weit das Auge reichte. Schon wieder Wald, nur unterbrochen von kurzen vertrocknet wirkenden Wiesen. Allegra seufzte.

»Wir sind da«, sagte Trip tonlos und sie brauchte einen Moment, bis seine Worte zu ihr durchsickerten.

Dann fuhr sie herum. »Wir sind da?«, wiederholte sie fragend seine Aussage.

Trip deutete auf einen anderen Hügel, der von ihrem Standpunkt aus am Ende der Welt lag. Allegra folgte dem Fingerzeig und kniff die Augen zusammen. Erst jetzt erkannte sie ein beigefarbenes Etwas, das eine Ruine, Relikte einer Mauer oder auch ein kleines Häuschen hätte sein können.

»Das Haus des Dunklen?«, fragte sie, obwohl sie es genau wusste. Das Band, das sie am Anfang ihrer Prüfung in die richtige Richtung geführt hatte, war wieder da. Sie zog das in ihre Jacke gewickelte Bündel wieder über ihre Schulter und war im Begriff loszulaufen.

Trip hielt sie jedoch zurück. »Es wird bald Abend, wir müssen uns einen Platz für die Nacht suchen. Hier oben kann es in der Nacht sehr ungemütlich werden.«

»Ich laufe die ganze Nacht durch, wenn es sein muss. Je eher wir ankommen, desto besser. Wenn übermorgen Lucas Geburtstag ist, …«

»Morgen«, schnitt Trip ihr den Satz ab und Allegra glaubte sich verhört zu haben. Sie starrte ihn entgeistert an. Trip hob entschuldigend die Arme. »Es hat ziemlich gedauert, bis du dir endlich deiner Gefühle bewusst warst. Tut mir leid.«

»Dann werde ich erst recht nicht irgendwo einen Platz zum Übernachten suchen!«, schrie Allegra beinahe hysterisch. »Besorg mir eine dicke Jacke, etwas zu essen und zu trinken für unterwegs und lass uns losgehen.«

»Willst du noch … äh … nachsehen, wie es ihm geht oder was uns erwartet?«

Wollte Trip Zeit schinden? Oder wollte er ihr vielleicht einen eigentlich verbotenen Tipp geben? Eine Vision wäre sicher keine schlechte Idee. Mit einem Seufzen legte Allegra ihre Sachen wieder ab, schloss die Augen und ergab sich dem Weiß. Sofort glitten ihre Gedanken zu Luca, nicht ohne das beschleunigte Herzklopfen und das Gefühl von Achterbahnfahren in ihrem Bauch. Doch das Bild, das sich vor ihr aufbaute, fühlte sich an, wie wenn der Achterbahnwagen mit ihr frontal gegen eine Wand geprallt wäre.

Luca stand dicht neben einer Ansammlung von Menschen, die ihm alle keinerlei Beachtung schenkten. Er war kreidebleich und völlig entkräftet. Sein T-Shirt war von Blutspritzern übersät, die Arme und das Gesicht von roten Schnitten gezeichnet. Allegra würde seinen Blick niemals mehr vergessen können. Die tiefe Verzweiflung war greifbar, als er seine Hand zum Mund führte, ein letztes Mal suchend über die Menge hinwegsah und mit vor Trauer erfülltem Gesicht etwas auf seine Zunge legte. Im nächsten Moment brach er zusammen und endlich wurde er von den Menschen gesehen.

Allegra wollte schreien, doch ihre Vision ließ sich nicht abschütteln. Sie sah auf Lucas leblosen Körper hinab, seine Hand lag geöffnet neben ihm. Fünf rote Bluttropfen sammelten sich darin. Erst bei näherem Hinsehen erkannte Allegra, dass es sich um etwas anderes handelte. In jedem blutroten Punkt lag etwas, ein hellbraunes … Samenkorn?

Sofort zog der Mythos von Hades und Persephone vor ihrem inneren Auge vorüber. Hades hatte Persephone, die zu ihrer Mutter Demeter in die Oberwelt zurückkehren wollte, Granatapfelkerne in den Mund gelegt. Dadurch, dass sie etwas in der Unterwelt gegessen hatte – die Voraussetzung für die Rückkehr war, dass sie nichts zu sich genommen hatte –, war der Deal geplatzt und der Kompromiss sah vor, dass Persephone ihre Zeit zur Hälfte in der Oberwelt bei ihrer Mutter und den Rest des Jahres bei Hades in der Unterwelt verbrachte. In Verbindung mit all dem, was sie über den Fluch und die bösen Spiele des Dunklen wusste, konnte das nur eins bedeuten: Luca hatte sich umgebracht.

Nun schrie sie. Der Schrei hallte durch den Wald, über ganz Tremosine und vermutlich auch über den ganzen Gardasee hinweg. Sie würde zu spät kommen. Alles würde umsonst sein. Tränen rannen aus ihren Augen, während sie versuchte das Bild von Luca zu verdrängen – wieder einmal hatte sie seinen Tod gesehen. Sie lachte hysterisch auf, zitterte am ganzen Körper.

»Ich vermute mal, was du gesehen hast, hat nicht deinen Erwartungen entsprochen?« Trip kam zu ihr und nahm sie an der Hand. »Der Dunkle spielt niemals fair. Venus' Statthalter würde eher selbst eingreifen, als einen der Prüflinge gewinnen zu lassen.« Er schnaubte. »Dich schon gar nicht, wo du es so weit gebracht hast, obwohl du niemals hättest erwachsen werden dürfen.« Er ballte die freie Hand zur Faust und ein Schatten huschte über sein Gesicht. »Ich mag dich, Allegra. Und ich will nicht, dass du leidest.« Er holte tief Luft, seine Mimik veränderte sich. »Du könntest mit einem Schlag all deine Sorgen los sein, weißt du.«

Allegra erstarrte. In welche Richtung würde dieses Gespräch gehen?

»Der Trank, Venus' Trank. Du müsstest das Fläschchen nur leertrinken und der Schmerz wäre verschwunden.« Er zupfte an seinem Hemd herum, konnte Allegra nicht in die Augen sehen.

»Bist du verrückt? Du schlägst vor, dass ich mich von der Liebe heilen lasse? Nach allem, was wir durchgemacht haben?« Sie sah ihn völlig entgeistert an. Trip erwiderte ihren Blick ausdruckslos. »Ist das ein weiterer Test? Ob ich darauf reinfalle? Vergiss es!« Sie stapfte wütend drauflos.

Die Erhebung, auf der sie gestanden hatten, erwies sich als tückisch. Was von oben recht flach gewirkt hatte, war wesentlich steiler als vermutet und Allegra konnte sich nur knapp vor dem Abrutschen retten. Wäre Trip nicht zur Stelle gewesen, hätte es böse mit ihr enden können. Wieder einmal.

Am Fuße des Hügels erstreckte sich der Wald, den sie würden durchqueren müssen. Allegra ging voran, lauschte stets auf ihre innere Stimme, um die Orientierung nicht zu verlieren. Sie ignorierte Trips Bitte um eine Pause, sein Flehen, sie solle wenigstens während des Laufens etwas essen. Sie konnte sich jedoch keine

Verzögerung leisten, sie musste zu Luca! Nur noch wenige Stunden, bis die Nacht hereinbrechen würde und sie sowieso langsamer werden würde. Warum konnte Trip das nicht verstehen? Sie wollte Luca retten, wollte ihre Liebe retten, ja sogar Trip und all die anderen, die nach wie vor unter dem Fluch litten.

Allegra lief immer weiter, den Fokus auf ihr Ziel gerichtet: Luca. Ihr Herz machte einen Satz und die Schmetterlinge, die definitiv noch mehr Energie hatten als Allegra, tanzten in ihrem Bauch umher. Luca war nicht mehr fern. *Ich werde ihn bald wiedersehen,* sagte sie sich und freute sich mit den tanzenden Schmetterlingen. *Ich werde die Vision nicht wahr werden lassen.*

Unterwegs bemerkte sie, dass sie das Bündel auf dem Boden liegengelassen hatte, nachdem sie voller Ärger über Trips Vorschlag losgelaufen war. Aber sie würde die Prüfung nicht abbrechen. Nicht so kurz vor dem Ziel. Es war also völlig irrelevant, ob sie das Bündel bei sich hatte.

Erst als sie, dehydriert und entkräftet, einen kurzen Halt machte, nahm sie wenigstens das ihr angebotene Wasser an und trank ein paar große Schlucke daraus. Ihre Beine zitterten bereits vor Anstrengung und ihr rechter Knöchel schmerzte. Sie war während des Waldlaufs irgendwann umgeknickt und die kurze Entspannungspause sorgte dafür, dass sie das Pochen nun erst richtig wahrnahm. Als sie weitergehen wollte, hielt Trip sie zurück.

»Was soll das? Ich muss mich beeilen, Luca …«, herrschte sie ihn an.

»Mit dem Bein kommst du nicht mehr weit«, sagte Trip bestimmt und ließ ihren Arm nicht los, obwohl sie daran zerrte. »Wir liegen gut in der Zeit«, versuchte er sie zu beruhigen. »Wenn du vor Schwäche zusammenklappst, ist niemandem geholfen.«

Da hatte er allerdings Recht. Das sah Allegra ein. Aber das Wasser hatte sie irgendwie neu belebt, sie fühlte sich beinahe schwerelos, irgendwie frei. Sie würde es schaffen. Die Rettung von Trip und den anderen Capulets stand auf dem Spiel.

Sie stolperte über ihren eigenen Gedanken. Etwas fühlte sich falsch an. Sie griff sich an den Bauch, in dem es bis vor kurzem noch gekribbelt hatte. Aber warum? Das einzige, was sie nun vernahm, war das laute Knurren ihres Magens.

»Was würdest du denn gerne essen?«, fragte Trip, der das Geräusch ebenfalls gehört hatte.

»Überrasch mich«, sagte Allegra in einem neckischen Tonfall und ließ sich auf der dicken Wurzel eines Baumes nieder. Mit schmerzhaft verzogenem Gesicht fuhr sie über ihren Knöchel. Er fühlte sich heiß an, trübte das Gefühl von Leichtigkeit, das Allegra umspielte wie eine frische Brise.

»Soll ich mich darum kümmern?«

Allegra sah Trip von unten herauf mit großen Augen an. Ihrem Dackelblick hatte noch nie ein Mann widerstehen können. *Eigentlich ist er ja wirklich süß,* dachte Allegra und spürte ein kurzes Stechen in ihrem Bauch. Der Hunger? Trip kniete nun vor Allegra und zog ihr vorsichtig den Schuh aus. Danach tastete er den Fuß ab. Vorsichtig, behutsam, um ihr nicht noch mehr Schmerzen zu bereiten. Er war wirklich ein Schatz. Er ließ seine Heilkräfte oder was auch immer durch sie hindurchfließen und dieses Mal funktionierte es auf Anhieb. Die Abwesenheit des dumpfen Schmerzes war befreiend und Allegra seufzte tief.

Trip schaute zu ihr auf, immer noch vor ihr kniend und zum ersten Mal fiel Allegra sein Blick auf. Er durchbohrte sie beinahe und ihr Bauch verlangte nicht länger nach etwas zu essen.

Nein! Das ist nicht richtig!, schrie es in ihrem Kopf und sie sprang hastig auf. Trip erhob sich im selben Moment und sie stießen zusammen. Allegra geriet ins Straucheln und Trip packte sie mit beiden Händen und zog sie zu sich. Plötzlich befanden sich ihre Gesichter nur wenige Zentimeter voneinander entfernt. Allegras Herz schlug schneller. Sie spürte seinen Atem auf ihren Lippen.

Die nächsten Sekunden vergingen wie in Zeitlupe. Allegras Bewusstsein kreiste um die leere Stelle in ihrem Kopf, nein, in ihrem … Herzen. Trip kam immer näher, sie fühlte bereits die Wärme seiner Lippen. Sie sehnte sich nach einem Kuss, ihr Herz unterstützte sie dabei, aber es fühlte sich falsch an. Völlig falsch.

Aber warum? Sie war hier, er war hier. Sie waren allein. Trip verharrte einen Moment, um ihre Zustimmung einzuholen, auch noch die letzte Distanz überbrücken zu dürfen. Allegra fühlte sich erneut so schwebend, so … glücklich?

Dann drängte sich ein anderes Bild in ihren Kopf. Ein anderer Mann. Eisblaue Augen ersetzten die schwarzbraunen Augen von Trip, das Gesicht wurde kantiger, die Haare kürzer.

Allegra zuckte zurück und keuchte auf. Erschrocken vor dem, was eben beinahe geschehen wäre. Sie hätte Luca fast betrogen. Mit Trip! In ihrem Kopf herrschte Chaos. Sie suchte nach den richtigen Worten, vielleicht einer Entschuldigung?

Doch Trip trat mit einem breiten Grinsen ein paar Schritte zurück, was Allegra nur noch mehr verwirrte. Sie sah ihn völlig entgeistert an. Wollte ihn schlagen, sich entschuldigen, sich selbst schlagen. Alles auf einmal.

»Herzlichen Glückwunsch!«, flüsterte er und hob ihr etwas direkt vor die Nase. Es dauerte etwas, bis Allegra erfasste, was es war. Die Erkenntnis sickerte ebenso langsam in ihr Bewusstsein. »Geheilte Liebe«, fügte er hinzu und drückte ihr den Flakon mit Venus' Heilzauber in die Hand. Dabei lächelte er amüsiert.

Allegra hingegen war nicht zum Lachen zumute. Sie fühlte sich verraten. »Du hast mir etwas von dem Zeug ins Wasser geschüttet?«, brüllte sie ihm ins Gesicht.

»Es war mein Auftrag, Allegra«, versuchte er sie zu beruhigen und hob beschwichtigend die Hände. »Es war Teil der Prüfung. Denn auch das bedeutet Liebe, Allegra. Man kann sie nicht vergessen. Ganz gleich, was passiert.«

»Ich hätte dich beinahe geküsst, weil ich Luca vergessen habe«, kreischte sie hysterisch. Einmal ausgesprochen, wog die Last ihrer Tat noch schwerer. »Ich habe Luca vergessen!«, schrie sie erneut. Luca, das Herzklopfen, die Schmetterlinge im Bauch. »Das macht die ›Heilung von der Liebe‹ mit einem?« Ihre Stimme wurde immer höher und überschlug sich.

Trip nickte traurig. »Niemand kann die Liebe heilen. Man kann das Gefühl nicht auslöschen, ganz gleich, ob sie nicht gewollt war, unerwidert oder sonst was. Die einzige Möglichkeit der Heilung besteht im Vergessen, im langsamen Verblassen. Doch ganz verschwinden wird sie niemals.«

Niemals würde sie vergessen! Ihr Herz klopfte zur Bestätigung und die Schmetterlinge stoben auf.

»Lass uns weitergehen«, sagte er mit einem Kopfnicken in Richtung Haus des Dunklen. »Endspurt.«

2. SZENE

Unterwegs stopfte Allegra Essen und Trinken in sich hinein, um sich nicht zu entkräften. Sie wollte keine Pause einlegen, konnte sich keine weitere Verzögerung leisten. Das Bild ihrer Vision lag wie ein Mahnmal immer in Sicht. Sie grübelte darüber nach, wo genau Luca sich befunden hatte. Wo könnten so viele Leute versammelt sein? Der Platz um seinen leblosen Körper war gepflastert gewesen und kam ihr bekannt vor. Ein Marktplatz? Vielleicht in Limone? Wer weiß, was der Dunkle Luca erzählen würde, wenn Allegra nicht pünktlich war. Erneut beschleunigte sie ihre Schritte und trieb Trip an, der mit einer Fackel vorausging, ihr Äste aus dem Weg hielt und sie vor Stolperfallen warnte.

Ihre Beine fühlten sich bereits an wie Gummi. Würde sie jetzt eine Pause einlegen, würde sie nie wieder aufstehen können. Sie lief und lief und lief und kam doch nicht voran, hatte sie das Gefühl. Die ersten Vögel begannen bereits mit ihren Gesängen und sie befanden sich noch immer im tiefsten Wald. Die Morgendämmerung brach herein, weckte weitere Waldtiere und nichts als Bäume war zu sehen. Mit jedem Schritt stieg Allegras Verzweiflung, nicht rechtzeitig zu kommen, weiter an.

Dann endlich ein Lichtblick: Allegra sah das Ende des Waldes und raste los. Sie überholte Trip, hüpfte trotz schmerzender Beine über kleinere Büsche, die am Waldrand wucherten, und stürmte die taufeuchte Wiese entlang auf das kleine Steinhäuschen zu.

Trip holte zu ihr auf und wollte sie überreden, etwas langsamer zu gehen. Sie verneinte und er hielt sie fest. »Willst du das Gebäude stürmen?«, fragte er. »Was ist, wenn es eine Falle ist?«

»Sag du es mir.« Sie zerrte an ihrem Arm.

»Ich weiß es nicht«, sagte er aufrichtig. »Ich bin noch nie so weit gekommen.«

Dieser Satz ließ sie in ihrem Befreiungskampf innehalten. »Es hat noch nie jemand bis hierher geschafft?«

Er schüttelte den Kopf. In seinen Augen erkannte sie Hoffnung. Auch für ihn stand so viel auf dem Spiel.

»Denkst du, es könnte eine Falle sein?«

»Ich weiß es nicht, wirklich nicht.« Er löste seine Hand von Allegras Arm und ballte sie zur Faust. »Ich traue ihm alles zu.«

»Aber ich habe die Prüfung geschafft, oder?«

»Du hast den Trank gefunden und seiner Wirkung widersagt«, bestätigte er. »Aber ich hatte immer geglaubt, es seien drei Prüfungen.«

»Vielleicht zählt dazu, an seine Gefühle zu glauben?«, mutmaßte sie.

»Vielleicht«, antwortete er wenig überzeugt.

»Wir müssen es probieren.« Allegra straffte sich und ging, nun etwas langsamer, weiter. Ihren Beinen hatte der kurze Stopp nicht gutgetan.

»Dann solltest du das hier an dich nehmen.« Trip reichte ihr den Flakon mit dem Trank, den er von dem Lederband um den Hals gelöst hatte, und …

»Wo hast du das her?«, fragte sie erstaunt, als er das Bündel aus einer seiner magischen Taschen zog. Ihre Jacke kam gleich darauf zum Vorschein.

Er zuckte nur mit den Schultern.

»Ich werde die Prüfung nicht abbrechen, ich brauche das nicht mehr.«

»Vielleicht ja doch. Nimm es. Bitte.« Er zwang sie praktisch zuzugreifen. Sie tat es, band ihre Jacke um die Hüfte und machte sich mit dem Flakon in der einen und dem Bündel in der anderen Hand auf den Weg.

Zufrieden lächelnd lief Trip neben ihr her den Hügel zu dem Haus des Dunklen hinauf.

Was von ihrem Startpunkt aus wie eine Ruine gewirkt und vom Waldrand aus nach einem kleinen gemauerten Unterschlupf ausgesehen hatte, wuchs beim Näherkommen zu einem schmucken kleinen aus Natursteinen gemauerten Häuschen heran. Efeu rankte an den Mauern empor und altmodische Fensterläden umrahmten die Fenster rechts und links der Tür. Es sah so malerisch aus, dass Allegra beinahe losgelacht hätte. Sie wusste nicht, was sie erwartet hatte. Ein Lebkuchenhaus? Eine zerfallene und von Schimmel überzogene Bruchbude? Ein Mausoleum? All das hätte besser zu ihrem Bild des Dunklen gepasst als dieses schmucke kleine Häuschen.

Nur noch wenige Meter trennten sie von Luca. Die Aufregung stieg an, die Vorfreude wuchs ins Unermessliche. Gekonnt verdrängte sie die Bilder der Vision, die immer wieder aufblitzten. Sie würde nicht wahr werden. Sie würde die Prüfung bestehen.

Ihr Herz klopfte schneller denn je zuvor in ihrem Leben, als sie vor der schmucklosen Holztür stand und nicht wusste, was sie tun sollte. Klopfen? Einfach eintreten? In ihren Ohren rauschte es.

Als sie die Hand eben zum Klopfen erhoben hatte, öffnete sich die Tür langsam, wie in Zeitlupe. Allegra wappnete sich, gleich dem Dunklen von Angesicht zu Angesicht gegenüberzustehen. Sie sah sich kurz nach Trip um und erschrak.

Trip verblasste, war durchscheinend wie ein Geist. »Ich habe dich zu deinem Ziel geführt. Mein Job ist erledigt. Alles Gute, Allegra.« Und dann war er verschwunden.

Allegra hatte nicht einmal Zeit gehabt, sich zu verabschieden. Er hatte ihr so viel geholfen und ihr mehrere Male das Leben gerettet. Plötzlich war auch diese blöde zweite Prüfung vergessen. Sie würde ihn vermissen und hoffte, dass er, sobald der Fluch gebrochen war, an einen besseren Ort kommen und wieder mit seiner Liebsten vereint sein würde. Tränen ließen die Bilder der Landschaft verschwimmen. »Leb wohl«, flüsterte sie.

»Warum weinst du?«

Allegra fuhr herum. Die Tür war nun komplett geöffnet und vor ihr stand nicht der Dunkle, nicht das Skelett mit Umhang, das sie sich immer ausgemalt hatte. Doch niemand anderen hätte sie weniger erwartet.

Sie schaute in eisblaue Augen, die vor Freude strahlten und gleichzeitig besorgt wirkten. Vor ihr stand Luca, die Hand bereits erhoben, um ihr die Tränen von der Wange zu streichen. Der Fluch war gebrochen! Sie empfand keinerlei Hass, keine Röte drängte sich in ihr Sichtfeld. Allegras Herz drohte auszusetzen. Sie starrte ihn an, blinzelte die Tränen fort und wünschte sich so sehr, dass dies kein Tagtraum war, keine Vision oder was auch immer mit ihren Gefühlen spielen konnte.

Luca trat einen Schritt auf sie zu. Allegra hielt den Atem an, verfolgte jede noch so kleinste Regung seiner Mimik. Unglaube stand darin, seine eisblauen Augen strahlten sie an. Luca sah aus, als wäre der Sturz nie gewesen. Er war völlig unversehrt. Nur seine Wangen waren etwas eingefallen und unter den Augen zeichneten sich dunkle Schatten ab. Wie schlimm musste es für ihn gewesen sein, hier auf seinen zwanzigsten Geburtstag zu warten? Allegra mochte es sich gar nicht vorstellen. Nun strich er mit dem Daumen über Allegras Wange und wischte die Tränen weg. Anschließend umfasste er ihr Gesicht mit beiden Händen. »Ich kann es nicht glauben«, flüsterte er und schüttelte langsam den Kopf, senkte seine Stirn gegen ihre.

Allegra stand noch immer reglos da, in der einen Hand das Bündel, in der anderen den Flakon. Auf diesen Moment hatte sie hingearbeitet, hatte dafür gelitten und geweint, und nun wusste sie nicht, was sie sagen sollte. Auch ihr Herz war völlig überrascht worden. Es regte sich genauso wenig wie die Schmetterlinge in ihrem Bauch. Alles in ihr war wie gelähmt.

»Komm rein.« Luca nahm die Hände von ihrem Gesicht und winkte Allegra ins Haus. »Ich hätte niemals gedacht, dass du es auf dich nehmen würdest«, sagte er und führte sie zu einem kleinen Tisch in der Ecke des großen Raumes, aus dem das Häuschen zu bestehen schien. Ein altmodischer Tonkrug und zwei Gläser standen darauf. Luca goss Wasser in eines der Gläser und schob es Allegra hin. »Trink etwas, Liebste.« Er sah sie erwartungsvoll an.

Sie lehnte mit einem Kopfschütteln ab.

»Willst du mir erzählen, was du durchgemacht hast?« Er rückte näher, legte eine Hand auf ihre und strich zärtlich mit dem Daumen darüber.

»Wo ist der Dunkle?«, fragte sie und sah sich misstrauisch um. An dieser kleinen Idylle stimmte etwas nicht. Hatte Trip Recht gehabt? War es eine Falle?

»Der hält sich nie hier auf«, sagte Luca. »Ich habe ihn zumindest nie gesehen. Jemand hat mich gesund gepflegt, verarztet, aber da war ich nicht bei Sinnen.« Er deutete auf eine Ecke des Raumes, die Allegra sofort aus ihrer Vision bekannt vorkam: das Feldbett, auf dem Luca mit den vielen Verbänden gelegen hatte. Sogar die Schälchen mit den Kräutern, die verbrannt worden waren, standen noch auf dem kleinen Tisch. »Ich habe nur eine Stimme gehört, die mir sagte, was ich zu tun hatte.«

Das deckte sich mit Jens Aussage, als sie vom Dunklen festgehalten worden war. O mein Gott, Jen. Alessandro. In all der Zeit hatte Allegra nicht ein einziges Mal an die beiden gedacht. Sie musste nach ihnen sehen. Sofort.

Nein, sie musste … Luca. Endlich hatte sie Luca wieder. Allegra war völlig überfordert.

Luca stand von seinem Stuhl auf und zog Allegra zu sich hoch. Sie standen so dicht beieinander, dass sie sich nur ein klein wenig nach vorne beugen müsste, um ihn zu küssen. Instinktiv biss sie sich auf die Lippe, während sie in Lucas Augen versank. Dann beugte er sich kurz zu ihr hinab. »Alles wird gut«, flüsterte er ihr ins Ohr und sie erschauderte. Sie wollte daran glauben, wollte, dass seine Worte wahr wurden. Er strich ihr eine verlorene Haarsträhne aus dem Gesicht und ließ seine Hand an ihrem Hinterkopf ruhen. »Ich habe so lange darauf gewartet«, raunte er, ehe seine Augen funkelten und er seine Lippen auf ihre senkte.

Allegra hatte sich nach diesem Kuss gesehnt, den ersten Kuss, seit der dunkle Pfeil sie getroffen hatte. Doch nun empfand sie nichts dabei. Sie hätte genauso gut Trip küssen können.

Und dann tat sich doch etwas in ihrem Bauch. Ein ungutes Gefühl legte sich wie ein Knoten um ihren Magen. Die Erkenntnis schlug ein wie ein Blitz. Es war nicht Luca. Sie wollte einen Schritt nach hinten treten, stolperte über den Stuhl und landete mit dem Hintern auf dem Boden. Schnell kroch sie rückwärts, von dem falschen Luca weg.

Dieser lächelte erst, kam einen Schritt auf sie zu, dann brach er in schallendes Gelächter aus. »So kurz davor«, lachte er. »Du hast den Fluch gelöst und wirst doch für immer und ewig darunter leiden.«

Allegra rappelte sich schnell wieder vom Boden auf, zog sich am Tisch nach oben, auf dem sie den Trank und das Bündel abgestellt hatte. »Wo ist Luca?«, fragte sie mit fester Stimme.

»Verloren«, antwortete der falsche Luca. »Für immer verloren.«

Erneut erklang das schauderhafte Lachen und Lucas Gestalt verschwamm. Es glich der Verwandlung von Lorenzo in seine jugendliche Version. Erst verschwand Lucas Dreitagebart, dann seine dunklen Haare. Die Augen verloren das Eisblau und übrig blieb ein milchiges Weiß, das irgendwie kränklich wirkte.

Der Mann vor ihr hatte eine Glatze und weiße, beinahe durchscheinende Haut. Allegra glaubte, jede kleinste Ader darunter zu sehen. Haut wie Pergament. Die große Gestalt – größer als Luca – trug eine Mönchskutte, wie auch der junge Lorenzo sie getragen hatte. Je mehr er zu seiner wahren Gestalt wurde, desto schauriger klang das Lachen, das immer noch durch den Raum hallte.

»Wo ist Luca?«, fragte Allegra noch einmal energisch.

»Zu weit weg, zu weit«, sang er beinahe.

Der Typ war doch total durchgeknallt. »Sag mir, wo er ist!«, schrie Allegra wütend. »Ist der Fluch gebrochen?«

»Der Fluch ist gebrochen. *Agnosce amorem*. Erkenne die Liebe. Die letzte Prüfung. Du hast sie bestanden.«

»Sollte ich dafür nicht mit der Liebe belohnt werden?«

»Du bist zu spät. Im Morgengrauen habe ich ihn nach Limone gebracht. Dort sollte er zu seiner Geburtsstunde von Cupidos Pfeil getroffen werden.«

Allegra keuchte auf. Niemals würde sie es schnell genug hinab nach Limone schaffen.

»In wenigen Minuten ist es so weit.« Der Dunkle lachte.

Allegras Unterbewusstsein arbeitete schnell, sie hatte kaum Zeit zu reagieren. Instinktiv glitt ihre Hand zu ihren Habseligkeiten auf dem Tisch.

»Nutze deine letzte Chance auf ein glückliches Leben«, lachte der Dunkle, als Allegra nach dem Flakon griff.

Doch das hatte sie nicht vor. Sie steckte den Flakon in die Tasche, packte das Bündel und öffnete es.

Im selben Moment, wie der Dunkle ein schmerzerfülltes »Nein!« brüllte, löste sie den Knoten des Tuches und ein kleines Holzkästchen kam zum Vorschein. Während sie sich von ganzem Herzen wünschte, noch rechtzeitig bei Luca zu sein, öffnete sie den Deckel und wurde von einem goldenen Licht verschluckt.

3. Szene

Für ein paar Sekunden war Allegra von der Helligkeit geblendet. Dann baute sich vor ihr die Szenerie ihrer Vision auf. Der Lärmpegel war nach all der Stille nahezu unerträglich. Menschen redeten wild durcheinander, Marktschreier boten lautstark ihre Waren an und buhlten um Aufmerksamkeit. So viele Leute wuselten über den kleinen Platz. Doch Allegra hatte keine Zeit, länger abzuwarten.

Panisch huschte ihr Blick hin und her, flog über die zahlreichen Schirme der Marktstände, während sie versuchte sich zu erinnern, was Luca in ihrer Vision getragen hatte. Doch die Bilder kamen nicht. Verzweiflung machte sich breit, als sie sich durch die Menschenmassen drücken wollte. Sie war nicht gerade klein, dennoch konnte sie nicht über all die Personen um sie herum hinwegsehen. Sie drängelte und schubste, huschte zwischen den Ständen hindurch, die fluchenden Worte der Umstehenden trafen sie gar nicht. Allegra wollte nur eines: Rechtzeitig zu Luca kommen. Ihr Herz spürte eine Sehnsucht und spann wieder dieses feine Band, das ihr bei den Prüfungen die Richtung gewiesen hatte. Sie rannte los, folgte der Marktstraße, die eine Kurve beschrieb, drängte weitere Menschen zur Seite und wurde von Schimpfworten begleitet.

Endlich erkannte sie das Pflaster, das sie unter Lucas Körper gesehen hatte. Im selben Moment schob sich eine Wolke vor die Sonne und nahm der Szene von dem einer Sekunde zur nächsten die Farbe.

Am entgegengesetzten Ende des Platzes entdeckte sie ihn. Er glich dem Luca in ihrer Vision. Sein Körper war von blutigen Striemen überzogen, sein weißes T-Shirt voller Flecken. Er lehnte an einer mit hellem Stein verklinkerten Hauswand und starrte in die Menschenmenge. Er sah ruhig aus, gefasst, wusste, was auf ihn zukam. Oder zumindest dachte er das. Er glaubte noch immer, dass ihn in wenigen Minuten Cupidos Pfeil treffen würde. Er ahnte ja nicht, dass der Fluch gebrochen war.

Es wurde noch dunkler, als hätte jemand die Sonne gedimmt. Die Menschen sahen sich verwundert um, hoben ihren Blick zum Himmel, um die dunklen Gewitterwolken zu erkunden, die sich auf unnatürlich schnelle Weise gebildet hatten. Die Menge murmelte, spekulierte. Doch niemand sah den blutenden jungen Mann.

Luca verließ währenddessen seinen Platz an der Mauer und straffte seinen Körper.

Allegra rannte los, schrie immer und immer wieder seinen Namen, bis er über den Platz hallen musste. Doch weder die Menschen noch Luca schienen ihre Rufe wahrzunehmen. Sie rannte um ihr Leben, erhaschte immer wieder einen kurzen Blick auf ihn.

Luca, der seine Hand hob.

Luca, der die Faust öffnete.

Adrenalin schoss durch Allegras Körper, mobilisierte die letzten Kraftreserven. Und wieder blitzte ein Bild von Luca durch:

Luca, der mit Daumen und Zeigefinger etwas aus seiner Hand nahm und zum Mund führte.

»Nein!« Sie rannte weiter, schneller als jemals zuvor in ihrem Leben. Schatten kletterten die Häuserwände entlang und liefen mit ihr um die Wette. Allegra glaubte das schaurige Lachen des Dunklen zu hören.

Zu spät, zu spät.

Allegra musste irgendwie Lucas Aufmerksamkeit erregen. Damit er denken würde, dass sie diejenige war, die er zuerst sehen würde, nachdem Cupidos Pfeil, den er erwartete, ihn getroffen hatte. Nur so konnte sie ihn noch retten. Aus dieser Entfernung würde er nicht verstehen, dass es keinen Fluch mehr gab, keinen Pfeil, der ihn mit der falschen Liebe verband. Sie stieß eine junge Frau zur Seite und schlüpfte durch eine kleine Gruppe älterer Damen.

Genau in dem Moment, in dem sie am Rande des Marktes angekommen war, glitt auch der Schatten die Hauswand hinter Luca hinab. Irgendwo schlug eine Kirchturmuhr neun Mal. Der Schatten machte sich bereit, das spürte Allegra. Er sollte Luca verwirren, ihn zu einer Entscheidung drängen, die nicht länger notwendig war. Sie fuchtelte wild mit den Armen, winkte Luca zu, doch er hielt den Blick gesenkt, starrte nur auf die Granatapfelkerne in seiner Hand.

Alles Weitere geschah wie in Zeitlupe:

Luca öffnete den Mund und legte einen Kern hinein. Allegra rief erneut seinen Namen, während sie rannte und doch nicht schnell genug war. Der Schrei erhob sich über den gesamten Markt. Alle Menschen sahen plötzlich zu ihr.

Und zu dem jungen Mann, der nur einen Meter von ihr entfernt zusammenbrach.

Das Siegeslachen des Dunklen hörte niemand.

Allegra stürzte auf Luca zu, versuchte ihn aufzufangen und vor dem Aufprall zu bewahren. Gemeinsam mit ihm ging sie zu Boden. Sein Arm fiel zur Seite und seine Hand öffnete sich. Darin lagen fünf blutende Granatapfelkerne. Persephones Ticket in die Unterwelt. Allegra traten Tränen in die Augen.

Alles war umsonst gewesen! Sie beugte sich zu Luca hinab, küsste ihn auf die Stirn. Ihre Umgebung verschwamm hinter dem Tränenschleier. Allegra klammerte sich an die Bilder von Luca. Rief sich sein Lächeln ins Bewusstsein, die Liebe in seinen Augen.

Sie schluchzte, als sie an ihre erste Begegnung mit *Romeo* dachte. Die Arroganz, die sich Luca zum Selbstschutz übergezogen hatte, die Herausforderung, die sie in ihm gesehen, die sie wie magisch angezogen hatte. Der süße gestohlene Kuss im Garten des *Castello.* Gänsehaut überzog ihren gesamten Körper.

Ihr Treffen im *Limonaia*, sein Outing. Die falschen Gefühle, die der Dunkle ihr eingepflanzt hatte, um ihn zu bestrafen. Sein tieftrauriges Gesicht, die einsame Träne, die im Mondlicht gefunkelt hatte. Weitere Tränen bahnten sich ihren Weg über Allegras Wangen.

Das Wiedersehen auf der Aussichtsplattform. Die wohl schönste Nacht ihres Lebens. Eine Nacht voller bittersüßer Küsse. Ihr war so wenig Zeit mit ihrer Liebe vergönnt gewesen. Doch der Fluch war gebrochen. Niemand von ihnen allen war länger dazu verdammt, im Nichts zu leben, von dem Trip erzählt hatte. Sie konnte Luca wiedersehen, für immer mit ihm zusammen sein.

Wie magisch wurde ihr Blick von den Granatapfelkernen in Lucas Hand angezogen.

Weitere Bilder zogen vor ihrem inneren Auge vorüber. Ihre Mutter Maria Casari, ihre echte Mutter Federica Capulet, beide mit von Trauer gezeichneten Gesichtern. Jen, mit der sie sich noch immer nicht wirklich hatte aussprechen können. Nicht zuletzt Alessandro, der in den letzten Wochen ihr engster Verbündeter gewesen war, der ihr Leben ebenso verändert hatte wie Luca.

Sie alle liebten Allegra, so hoffte sie zumindest. Und ihr Tod würde ihnen allen Schmerzen bereiten. Aber was sollte sie tun? Sie wollte nicht in einer Welt leben, in der Luca nicht existierte. Sie konnte es nicht. Er hatte ihr Herz und ihre Seele mit in die Unterwelt genommen. Und ohne Herz und Seele war sie nicht länger lebendig.

Allegra bettete Lucas Kopf vorsichtig auf das Pflaster. Von irgendwoher drangen Schreie. Nach der Polizei, nach einem Arzt. Allegra blendete alles aus. Sie kniete sich neben Luca, nahm einen der Granatapfelkerne aus seiner Hand und verharrte für einen Augenblick. Sie wollte sich sein Gesicht genau einprägen, wollte, dass sie ihn – wo auch immer sie hingingen – finden würde. Sie studierte die entspannten Gesichtszüge, die langen Wimpern.

Lächelnd registrierte sie, dass seine rechte Augenbraue selbst im Tod skeptisch erhoben war. Zuletzt erinnerte sie sich an den Geschmack seines Kusses.

Sie hob langsam die Hand. Den Granatapfelkern bereits im Mund, senkte sie ihre Lippen ein letztes Mal auf die von Luca.

Ein Flüstern erhob sich über das stetige Rauschen der Menschen. Zart wie der Wind und doch stark wie ein Sturm:

Amor ad mortem. Liebe bis in den Tod.

Allegra schloss die Augen und hieß die Dunkelheit willkommen.

Epilog

Mit dem Wink seines Armes ließ der Padre die beiden leblosen Körper verschwinden. Es forderte jedoch ein hohes Maß an Konzentration, die Gedanken der Umstehenden zu benebeln, ihnen weiszumachen, dass rein gar nichts geschehen war.

Jahrhundertelang hatte er dafür gekämpft, dass Venus' Fluch endete. Doch nun, da es so weit war, fühlte es sich nicht wie ein Sieg an. Der Dunkle hatte ihn ebenso betrogen wie die Prüflinge in all den Jahrhunderten.

Auf telepathischem Weg rief er die Familien zusammen, um ihnen vom Ende des Fluches und dem tragischen Schicksal der Liebenden zu berichten.

Seine rechte Hand lag auf Allegras Rücken, mit seiner Linken berührte er Luca an der Schulter. Im nächsten Moment befanden sie sich im *Palazzo dei Capitani.* Der Padre würde die beiden nicht aufgeben. Nicht, nachdem er vom ersten Atemzug an für Allegras Leben gekämpft hatte. Er würde es weiterhin tun. Noch war nicht alles verloren.

Er nahm Luca die verbliebenen vier Granatapfelkerne ab und verwahrte sie sicher. Der Padre hatte einen Plan, den er jedoch nicht alleine durchführen konnte. Es wurde Zeit, dass die Häuser Montague und Capulet endlich zusammenarbeiteten und gemeinsam für die Liebe kämpften.

BAND 2

Prolog

Der alte Mann schlug wütend auf den Altar aus roséfarbenem Granit ein. Soeben war er von dem Treffen zurückgekehrt. Ein Treffen, wie es vor vielen tausend Jahren bereits einmal stattgefunden hatte, ehe Jupiter Amors Geliebter den Becher mit Ambrosia gereicht und sie zur Göttin erhoben hatte. Eine scheinbar kleine Geste, die den Zorn der Venus jedoch noch mehr entfacht hatte. Sie hatte die Nachfahren von Amor und Psyche verflucht, nachdem sich ihr Sohn Amor ihrer Anweisung widersetzt hatte. Denn anstatt den Pfeil der Liebe eines ›schlechten Mannes‹ auf die Frau zu schießen, die aufgrund ihrer Schönheit den Zorn der Göttin auf sich gezogen hatte, hatte er sich in sie verliebt.

Letztendlich hatte ihre Liebe gesiegt – doch zu welchem Preis? Ihre Nachfahren trugen seither die Bürde der Liebe. Die letzten beiden Familien ihres Stammbaumes waren die Häuser Montague und Capulet, die sich seither erbittert bekämpft hatten. Nur einem einzigen Paar wäre es beinahe gelungen, den Fluch der Venus zu brechen. Sie endeten als das tragischste Liebespaar der Literaturgeschichte.

So viele Jahrhunderte hatte der alte Mann warten müssen, ehe er eine neue Chance kommen sah – aber der Dunkle war ihm stets einen Schritt voraus. Venus' Statthalter hatte erneut das Glück zweier Liebenden zerstört. Luca und Allegra hatten es geschafft, den Fluch zu bannen, und sie hatten mit dem Leben dafür bezahlt.

Die Granatapfelkerne, die einst Proserpina an Plutos Unterwelt gefesselt hatten, hatten auch das Schicksal dieser beiden Liebenden besiegelt.

Doch der alte Mann hatte Einspruch erhoben. Der Fluch war gebrochen, Pluto hatte kein Recht auf ihre Seelen. Dem stimmte auch Göttervater Jupiter zu, der Pluto überzeugte, einen der beiden Liebenden freizugeben. Doch wie könnte einer ohne den anderen überleben? Der Dunkle und der Padre hatten gekämpft und Jupiter letztendlich überzeugt, eine erneute Prüfung der Liebe zuzulassen. Bei Bestehen sollte Pluto beide Seelen aus der Unterwelt entlassen.

Den Kuss der wahren Liebe, hatte Proserpina sie genannt. Allegra hatte bereits bewiesen, dass sie die wahre Liebe erkannte, ganz gleich, in welcher Gestalt sie ihr gegenübertritt. Also war es dieses Mal an Luca Montague, sich der Prüfung zu stellen und Allegra, der alles Wissen an die vergangenen Wochen genommen wurde, zu küssen, ehe sie ihr zwanzigstes Lebensjahr vollendete.

Zwei Wochen Zeit für den Allegra unbekannten Jungen, ihr Herz zu erobern.

I. Akt

1. Szene

Some say love, it is a razor, that leaves your soul to bleed. Allegra standen Tränen in den Augen, während Bette Midlers Song durch ihr Zimmer hallte. Wie Recht die Frau doch hatte. Zumindest mit dem ersten Teil des Liedes, das vom Schmerz der Liebe erzählt und davon, was Liebe bedeutet. Bei den letzten Zeilen bekam Allegra wie immer eine Gänsehaut.

Wie sehr wünschte sie sich, endlich die wahre Liebe zu finden. Etwas Echtes, Tiefergehendes. Das Gegenteil von dem, was sie jetzt wieder erlebt hatte.

Max hieß der Junge, der genau so war wie all die anderen Typen vor ihm. Oberflächlich, lediglich an Allegras gutem Aussehen interessiert. Einer von Hunderten, der ihr mit Blicken gefolgt war, dessen Kampfgeist und Drang, Allegra für sich zu gewinnen, gesiegt hatte. Wieder einer, der sie nur als schmuckes Beiwerk, als Trophäe gesehen hatte. Bei dem Allegra nur ein einziges Treffen gereicht hatte, um ihn einzuschätzen zu können.

Allegra glaubte nicht mehr an die Liebe. In zwei Wochen würde sie zwanzig werden. Bis dahin sollte man sich doch einmal wirklich verliebt haben, oder nicht? Doch mehr als Neugierde hatte sie gegenüber den zahlreichen Jungs, die sich für sie interessiert hatten, nie empfunden. Nicht jenes Bauchkribbeln, das quer durch die Jahrhunderte zu Schmetterlingen oder gar Flugzeugen im Bauch stilisiert worden war. Das Gefühl, für das man durch die Hölle und wieder zurückgehen, lügen und sogar sterben würde – über das so viele Lieder zu berichten wissen. Allegra selbst kannte das, was andere Liebe nannten, lediglich als Enttäuschung. Wenn es überhaupt zu einem ersten Date kam, endete es niemals so, wie sie es aus Büchern und Filmen kannte.

Die Sonnenstrahlen, die wie im Zeitraffer über den Garten krochen, schienen ihre Welt aufhellen zu wollen. Allegra blickte aus dem Fenster und schüttelte nur den Kopf. Eher war es eine Ermahnung, endlich runterzugehen, bevor das Mittagsgeschäft begann und die vielen kleinen Tischgruppen dort unten von Gästen belagert sein würden. Doch Max und ihre Enttäuschung ließen sich nicht so leicht abschütteln.

Ihre beste Freundin Jen ermahnte sie immer wieder, nicht zu hohe Erwartungen zu haben, ihre Ansprüche zu senken. Aber war es wirklich zu viel verlangt, nicht nach seinem Äußeren beurteilt zu werden, sondern nach Intelligenz, Humor, Charme? Schon lange empfand Allegra ihr gutes Aussehen als Fluch, nicht als Segen.

Nach dem ersten Ärger war sie froh über das Verbot ihrer Mutter Maria gewesen. Sie wollte gar nicht mehr als Model arbeiten wie Jen, die mit ihren weißblonden Haaren und den hellen blauen Augen das perfekte Gegenteil zu Allegras schwarzbraunen Wellen und den beinahe schwarzen Augen bildete. Maria war kurz nach Allegras Geburt mit ihr von Italien nach Deutschland gezogen. Vor Jahren hatte sie sich hier in dem kleinen süddeutschen Städtchen ihren Traum von einem eigenen Restaurant erfüllt. Allegra stockte sich ihr Taschengeld mit Bedienen auf – weit weniger lukrativ als Jens Nebenjob, der sie in dieser Woche nach London geführt hatte.

Allegra seufzte, als sie daran dachte, wie sehr sie ihre Freundin jetzt brauchen könnte. Ganze drei Mal hatte sie sich mit Max getroffen, ehe sie ihre Wunschvorstellung aufgegeben hatte, endlich den Richtigen gefunden zu haben. Jen zuliebe hatte sie versucht, ihn näher kennenzulernen. Ihre Freundin war sich sicher gewesen, dass Max mehr zu bieten hatte und weniger oberflächlich war als andere. Sie hatte sich getäuscht.

Allegra stoppte die Endlosschleife von »The Rose« und die plötzliche Stille im Raum drückte ihr schwer auf die Brust. Sie ging zum Schreibtisch und schickte Jen eine SMS.

Die Antwort ließ nicht lange auf sich warten: Ein kurzer Bericht über das gestrige Shooting, dann unzählige Screenshots von Liebeserklärungen des ›heißesten Italieners der Welt‹. Den hatte Jen erst neulich bei ihrem Kurztrip an den Gardasee kennengelernt. Maria hatte Allegra eindringlich gebeten, nicht mit nach Italien zu fahren. Natürlich war Allegra alt genug und hätte auch ohne Erlaubnis fahren können, doch die Beziehung zu ihrer Mutter war eine ganz besondere und sie wollte Maria nicht an den stressigen Sommerwochenenden allein lassen. Daher war Jen ohne sie gefahren.

Allegra lächelte. Ihre beste Freundin verliebte sich wöchentlich neu, glaubte jedes Mal wieder an die Liebe ihres Lebens und immer endete es in Kummer und Mädelsabenden mit sehr viel Eis und Schokolade. Auch für Jen war ihr Aussehen ein Fluch. Doch im Gegensatz zu Allegra ging sie anders damit um und suchte immer weiter. Dieser Alessandro musste es ihr wirklich angetan haben. Sobald Jen aus London zurück war, sollte Allegra ihn kennenlernen. So war es abgemacht. Und mit einem zwinkernden Smiley hatte Jen hinzugefügt, dass sie noch genügend hübsche Italiener für Allegra übrig gelassen hatte. Allegra hoffte nur, dass nicht auch ihre Freundin wieder enttäuscht werden würde. Sie gönnte ihr alles Glück der Welt, und sollte sie es tatsächlich finden, wäre dies auch ein Zeichen für Allegra, nicht aufzugeben.

Sie steckte sich gerade die Haare mit einer Klammer zusammen, als ihre Mutter nach oben rief. Allegra schob das Handy in die Gesäßtasche ihrer Jeans und verließ das Zimmer. Im Treppenhaus roch es bereits nach Essen. Sie lief schnell die Stufen nach unten zum Restaurant.

Ihre Mutter war bereits in der Küche und werkelte herum. »Könntest du draußen alles vorbereiten?«, bat sie ihre Tochter.

Allegra sah sie fragend an. Es war erst kurz vor zehn Uhr, die ersten Gäste würden frühestens in einer Stunde kommen. »Warum die Eile?«

»Gleich kommt noch ein junger Mann vorbei«, antwortete Maria gedankenverloren und rührte in einem dampfenden Topf. Daher sah sie auch nicht, wie Allegra argwöhnisch die Augen zusammenkniff. Erst als Allegra nicht reagierte, sah Maria auf. »Die Anzeige in der Zeitung«, half sie ihrer Tochter auf die Sprünge.

Erleichtert atmete Allegra aus. Sie hatte befürchtet, ihre Mutter würde wieder mal versuchen, sie zu verkuppeln – mit dem ›wundervollen Sohn‹ eines Gastes oder von Bekannten. Allegra schüttelte den Kopf, als sie an die jüngste dieser Verkupplungsaktionen dachte: Der arme Junge war so eingeschüchtert von Allegra gewesen, dass er den ganzen Nachmittag kein vernünftiges Wort herausgebracht hatte. Allegra fühlte sich bei diesen Aktionen wie im Mittelalter, als man Töchter dringend unter die Haube bringen musste. Was das anging, war Maria einfach noch nicht im 21. Jahrhundert angekommen. Heutzutage konnte man auch als Frau ganz gut allein bleiben und Karriere machen. »Hat sich nur ein Einziger gemeldet?«, fragte sie.

Der Koch, der ansonsten hier in der Küche half, hatte vergangene Woche gekündigt und Maria war jetzt schon überfordert. Einkäufe, Service, Planung, Buchhaltung und tägliches Kochen waren ein Ding der Unmöglichkeit. Glücklicherweise hatte Allegra gerade Ferien, ehe im Herbst ihr Studium beginnen sollte. Sie war ein Jahr später eingeschult worden, weil Maria ihr noch ein Jahr im Kindergarten hatte gönnen wollen, ehe der Ernst des Lebens begann. Daher war Allegra erst jetzt, mit neunzehn, mit der Schule fertig geworden – gemeinsam mit der anderthalb Jahre jüngeren Jen.

Maria sah Allegra an und schüttelte traurig den Kopf. »Um die Jahreszeit werden überall Saisonkräfte gebraucht. Im Herbst werden wir vermutlich mehr Glück haben. Ich hoffe aber«, sie schwenkte den großen Kochlöffel vor dem Gesicht herum, »dass dieser Fabio uns trotzdem unterstützen kann. Selbst wenn er nur den Service übernimmt … Ich kann hier hinten arbeiten. Und ich vertraue dir, dass du für Ordnung sorgst.« Sie lächelte Allegra so strahlend an, ihre Augen so voller Hoffnung, dass alles gut werden würde, dass Allegra selbst ebenfalls nur zuversichtlich in die Zukunft schauen konnte.

»Wann kommt er denn?«, fragte sie, nachdem sie einen Löffel in einen der Töpfe gesteckt und von der Soße probiert hatte.

Maria sah hoch zu der Uhr über der Tür und ließ beinahe den Deckel des Topfes fallen, den sie gerade hochhielt. »Jetzt!«, rief sie auf. »Könntest du nach vorne gehen und ihn reinlassen?«

Allegra nickte, griff den Schlüssel neben der Tür und verließ die Küche durch den Zugang zum Gastraum. Mit schnellen Schritten durchquerte sie den Raum mit seinen wenigen Tischgruppen. Das ›Da Casari‹ war ein kleines Restaurant, aber der ganze Stolz ihrer Mutter.

Sie drehte den Schlüssel im Schloss der schweren Restauranttür und zog sie nach innen auf. Als sie den Blick nach draußen richtete, sah sie in die Augen eines jungen Mannes. In Augen, wie sie sie noch nie zuvor gesehen hatte. Das strahlende Blau der Iris war beinahe Violett, ihm wohnte ein Glanz inne, wie Allegra es nur von Babys kannte. Sie wäre am liebsten darin versunken. Etwas regte sich in ihrem Inneren, beinahe ein Gefühl von Déjà-vu, doch sie bekam die vermeintliche Erinnerung nicht zu fassen.

Ein Räuspern ließ sie hochfahren und Röte schoss ihr in die Wangen. Wie lange hatte sie in diese Augen gestarrt? Dabei war der Rest des Gesichts auch nicht zu verachten. Der junge Mann vor ihr sah nicht überdurchschnittlich gut aus, aber doch alles andere als gewöhnlich. Seine braunen Haare waren kurzgeschnitten, vermutlich um die Locken im Zaum zu halten, die sich an den Schläfen andeuteten. Er war ein Stück größer als Allegra mit ihren eins achtundsiebzig, hatte glattrasierte Haut, war nicht gerade muskulös, aber gut gebaut. Die Augen waren es, die aus ihm eine beinahe übernatürliche Erscheinung machten.

Sie erkannte jedoch einen Zug in seiner Mimik, der dem Lächeln widersprach, das er aufgelegt hatte. War es Melancholie? Trauer? Allegra war immer sehr gut darin gewesen, in Gesichtern zu lesen. Jen behauptete, dass Allegra die Mikroexpressionen, diese kleinsten Anzeichen für Gefühlsregungen, die Menschen nicht wissentlich beeinflussen konnten, lesen konnte und daher immer zu wissen schien, was andere Leute fühlten. Für Allegra hingegen war es so normal, dass sie sich nie darüber Gedanken machte. Sie fand es eher seltsam, dass Jen oder andere diese Gefühle nicht *spüren* konnten.

Der junge Mann räusperte sich erneut und holte Allegra ein weiteres Mal in die Gegenwart. Um die peinliche Stille zu überbrücken, hielt er ihr die Hand hin. »Fabio Speranza.«

Es dauerte etwas, bis Allegra ihre Hand ebenfalls hinhielt. »Allegra Casari«, sagte sie dann schnell. Sein Händedruck war sanft und Allegra registrierte, dass sie ihre Hand nicht so schnell zurückzog, wie es sich gehörte.

»Ich nehme an, das ist nicht dein Restaurant?«, fragte er und lächelte Allegra vorsichtig an.

Doch ehe sie antworten konnte, trat Maria zu ihnen. Sie hatte ihre Schürze ausgezogen und das dekorativ drapierte Kopftuch, das sie in der Küche immer trug, um ihre Haare zu bändigen, war neu gebunden.

»Signore Speranza?«, fragte Maria mit zusammengekniffenen Augen. Allegra sah, wie ihr Blick ebenfalls an Fabios Augen hängen blieb.

»Sì.«

»Ich hatte Sie für etwas älter gehalten«, wechselte ihre Mutter nun ins Deutsche.

»Wenn das ein Problem ist, *Signora Casari …*«, setzte Fabio an und hob mit einer entschuldigenden Geste die Hände.

Maria schüttelte den Kopf. »Nein, nein. Kommen Sie doch rein.« Sie trat zur Seite und ließ den Gast passieren. Mit einer Hand deutete sie auf die Theke und die Barhocker davor. Fabio ging voraus und Allegra folgte ihm. Hinter sich hörte sie das Klirren der Schlüssel, als Maria abschloss. Maria bot ihrem Gast einen Kaffee an, ehe sie ihn nahezu ausfragte, was Allegra irgendwann fast peinlich wurde. Sie fragte ihn nach seiner Ausbildung, seinen Plänen und warf immer wieder einen bedeutsamen Blick zu Allegra. Ganz besonders, als sie auf seinen Beziehungsstand zu sprechen kam.

Allegra an Fabios Stelle hätte das ›Bewerbungsgespräch‹ an dieser Stelle abgebrochen. Fabio jedoch schien amüsiert und beantwortete freundlich alle Fragen.

»Bei den Frauen habe ich nicht allzu viel Glück«, sagte er beschämt und sah auf die leere Tasse vor sich. »Aber ich glaube fest daran, dass sich das eines Tages ändern wird. Mit zwanzig ist man doch noch jung, oder?« Er zwinkerte Maria zu, die sofort noch strahlender lächelte, einen weiteren vielsagenden Blick zu Allegra warf und nickte.

»Bei Ihrem Namen werden Sie die Hoffnung nie verlieren.«

Fabio zog die Augenbrauen zusammen, so dass sich eine leichte Falte über seiner Nase bildete.

»Speranza«, half Maria ihm auf die Sprünge. *Speranza* war das italienische Wort für Hoffnung.

Nun entspannte sich Fabio wieder. »Bisher hat mir dieser Name auch nicht geholfen. Hoffnung ist das Einzige, das mir bleibt.« Ein Schatten fiel über sein Gesicht. Es wirkte plötzlich so verändert, dass Allegra ein Ziehen in ihrem Inneren verspürte. Den Drang, ihn zu trösten – einen Fremden!

»Wann können Sie anfangen?«, fragte Maria und der Schatten auf Fabios Gesicht verschwand.

»Das heißt, ich habe den Job?«

»Natürlich. Wir könnten uns keinen besseren jungen Mann wünschen, nicht wahr?« Maria zwinkerte Allegra zu.

»*Grazie, Signora.* Sie werden es nicht bereuen. Wenn Sie wollen, kann ich gleich hierbleiben.«

»Das wäre wunderbar. Aber bitte nenn mich nicht mehr *Signora*. Ich bin Maria.« Sie reichte ihm die Hand.

Fabio nahm dankend an. »Fabio.«

Seine Augen strahlten, als hätte er soeben im Lotto gewonnen und etwas in Allegras Innerem flüsterte ihr zu, dass sich doch niemand so sehr über einen Aushilfsjob in einem kleinen italienischen Restaurant freuen konnte. Ihre Skepsis war geweckt – gemeinsam mit der Neugierde. Fabio schien ein interessanter Mensch zu sein und Allegra freute sich irgendwie auf die gemeinsame Arbeit. Vielleicht würde sie dann herausfinden können, woher dieses Gefühl kam, Fabio bereits zu kennen.

2. Szene

Diese Augen! Wie immer, wenn Allegra von jenen eisblauen Augen träumte, blieb sie noch ein wenig länger in dieser Phase zwischen Schlafen und Wachen und versuchte, den Moment auszudehnen, der sonst nur den Bruchteil einer Sekunde andauerte.

Schon seit einer ganzen Weile sah sie diese Augen im Traum. Sie kannte kein Gesicht dazu, konnte nicht einmal mit Bestimmtheit sagen, ob sie zu einem Mann oder einer Frau gehörten – aber sie mussten etwas zu bedeuten haben, da war sich Allegra sicher. Vielleicht war sie deshalb so fixiert auf Augen und hatte Fabio so lange angestarrt? Mit noch geschlossenen Lidern schüttelte sie den Kopf und ihre Wangen wurden schon beim Gedanken daran heiß. Wie peinlich sie sich benommen hatte! Dabei waren es nicht die Augen, die sie suchte.

Es hatte lange gedauert, bis sie sich eingestanden hatte, was ihr Unterbewusstsein schon lange zuvor gewusst hatte. Seitdem suchte sie nicht mehr nur instinktiv, sondern ganz absichtlich nach diesen eisblauen Augen. In der Stadt, im Bus, in Cafés … einfach ständig.

Im Traum wechselten sie sich mit ihren eigenen Augen ab – oder zumindest mit Augen in derselben Farbe. Erst dieses Eisblau, dann wieder ein so dunkles Braun, dass es fast Schwarz wirkte, ihren eigenen Augen ganz ähnlich, aber doch anders. Etwas tief in Allegras Innerem sagte ihr, dass das alles etwas zu bedeuten hatte, dass sie nach diesen Augen suchen musste, um Antworten zu finden. Worauf, wusste sie jedoch selbst nicht einmal.

Sie hielt das Bild der eisblauen Augen noch für einen kleinen Moment fest, ehe es davonglitt und der Dunkelheit in ihrem Zimmer Platz machte. Allegra seufzte und tastete nach der kleinen Lampe auf ihrem Nachttisch, schaltete das Licht an. Für einen Moment war sie wie geblendet und glaubte, die Augen aus ihrem Traum inmitten des Raumes schweben zu sehen. Mit einem Zwinkern war das Bild verschwunden.

Aus Gewohnheit nahm sie ihr Handy in die Hand. Jen schrieb immer mitten in der Nacht noch Nachrichten, meist, wenn sie von einer der zahlreichen Partys heimkam, zu denen sie und ihre Model-Kolleginnen eingeladen wurden. Mit einem Lächeln ließ Allegra sich zurück auf den Rücken fallen und öffnete den Nachrichteneingang. Sie hätte wetten können, dass sie wieder Lobeshymnen auf Jens neuen Freund vorfinden würde – doch im Posteingang befand sich keine SMS von Jen, sondern die von einer unbekannten Nummer.

Allegra vermutete eine dieser unzähligen Werbenachrichten und wollte sie schon automatisch löschen, aber irgendetwas hielt sie zurück. Sie starrte noch eine ganze Weile auf die Nummer, ehe sie kopfschüttelnd das Lösch-Symbol drückte. Anschließend schrieb sie Jen und wünschte ihr einen guten Morgen. Mit einem Blick auf die Uhrzeit wusste sie, dass es noch mindestens zwei Stunden dauern würde, ehe ihre beste Freundin ausgeschlafen hatte und antworten würde. Bis dahin würde Allegra schon längst wieder unten im Ristorante sein und Maria helfen, alles für die Gäste vorzubereiten. Vor allem musste Fabio heute in die tägliche Routine eingearbeitet werden. Am vergangenen Tag war er eher im Weg gestanden, als dass er hilfreich gewesen wäre, auch wenn er sich sehr bemüht hatte.

Mit seinem Charme kam er aber insbesondere bei den weiblichen Gästen so gut an, dass sich niemand über die kleinen

Verzögerungen beschwerte. Heute hingegen war Markttag und das hieß, dass mindestens doppelt so viele Gäste ins ›Da Casari‹ kommen würden wie an den anderen Wochentagen. Daher musste Allegra Fabio vorher in ein paar feste Abläufe einweisen.

Sie stand gerade auf, als sie im Augenwinkel das Display ihres iPhones aufleuchten sah. War Jen tatsächlich schon wach? Noch während Allegra mit ihrem Kopf in den Pullover schlüpfte, griff sie nach dem Handy. Erneut die Nummer von vorhin. Allegra hatte sie so lange angestarrt, dass sie sich ganz sicher war, dass es sich um dieselbe Nummer handelte. Nun wurde sie doch neugierig und öffnete die Nachricht.

Agnosce amorem.

Das war Latein und bedeutete soviel wie ›Erkenne die Liebe‹. Irritiert starrte Allegra auf das Display. Warum schickte ihr jemand so etwas? Woher hatte diese Person ihre Handynummer? Vermutlich würde bald eine Werbebotschaft folgen und diese Nachricht sollte nur neugierig machen.

Als würde sie die Liebe nicht erkennen, wenn sie vor ihr stünde! War das nicht dieses Kribbeln, das sie sich immer erhofft hatte? Ein Blick und die Welt um einen herum rückte in den Hintergrund? Sie lachte auf. Allegra glaubte nicht an die Liebe auf den ersten Blick. Sie war sich sicher, dass sich ein so starkes Gefühl entwickeln musste. Aber sie hoffte doch sehr, dass sich eine potenzielle Liebe bemerkbar machen würde – irgendwie zumindest. Ein Gefühl der Schwerelosigkeit im Magen vielleicht? Vergleichbar mit einer Achterbahnfahrt, ehe es von der höchsten Stelle an abwärtsging? Dieser Moment der Erwartung und des Wissens, dass gleich etwas passieren würde. Dasselbe Gefühl, das sie hatte, wenn sie von den eisblauen Augen träumte … Kopfschüttelnd löschte Allegra auch diese Nachricht, dann steckte sie das Handy in die Gesäßtasche ihrer Jeans und ging nach unten.

Maria war schon in der Küche und der Duft nach Kräutern und Soßen lag in der Luft. Als Allegra nähertrat, hörte sie ihre Mutter reden.

»Wir sind so froh, dass du so kurzfristig anfangen konntest. Die Gäste scheinen dich zu mögen, wie Allegra mir erzählt hat.«

Allegra blieb hinter der angelehnten Tür stehen und lauschte. Maria erhielt jedoch keine Antwort. Oder Allegra konnte sie unter all dem Lärm der Küche nicht hören.

»Sie scheint dich auch zu mögen«, fuhr Maria unbeirrt fort. »Sie hat so wenig Glück mit Männern, dass es mich ganz traurig macht.«

Das war der Moment, in dem Allegra die Küche stürmte. Sie ahnte bereits, dass Maria wieder einmal Amor spielen wollte – ein Job, für den sie definitiv nicht geeignet war.

Mit einem Blick auf ihre Tochter wurde Maria dann auch prompt rot im Gesicht. Sie sah unglaublich jung aus und blickte wie ein in flagranti erwischter Teenager zur Seite. Ihrem Gegenüber schien die Situation nicht minder peinlich zu sein: Auch Fabio hatte knallrote Wangen. Mehr konnte Allegra nicht sehen, denn er hatte das Gesicht ebenfalls abgewandt. Allegras Bauch erwärmte sich bei dem Anblick, auch wenn sie es sich nicht erklären konnte. Fabio schien eindeutig überfordert und hatte plötzlich ganz geschäftig irgendetwas mit seinen Händen zu tun. Allegra musste unwillkürlich lächeln.

»Guten Morgen, Kleines«, sagte ihre Mutter, als sie sah, dass Allegra ihr nicht böse war. »Du solltest gleich mit Fabio nach vorne gehen und alles vorbereiten.«

»Mach ich«, antwortete Allegra nur, trat zum Durchgang zum Restaurant und schnappte sich den Schlüssel. Als Fabio keine Anstalten machte, ihr zu folgen, weil er immer noch auf seine Hände starrte, rief sie ihn. »Kommst du, Fabio?«

»Sì«, antwortete er mit nach wie vor geröteten Wangen. Er konnte ihr immer noch nicht in die Augen sehen und umrundete die Kochinsel in der Mitte der Küche mit gesenktem Kopf.

Allegra unterdrückte ein Schmunzeln. Jemand wie Fabio war ihr bislang wirklich nicht untergekommen. Sie kannte nur die anderen Extreme: die Möchtegern-Machos oder diejenigen, die sie mit offenem Mund anstarrten, aber kein Wort herausbrachten.

Fabio hingegen wirkte so herrlich normal, dass es sich einfach gut anfühlte, in seiner Nähe zu sein.

Dieses Gefühl hielt den gesamten Vormittag an, während sie mit ihm alles für den Restaurant-Betrieb vorbereitete. Er folgte bereitwillig ihren Anweisungen, lächelte sie zwischendurch immer wieder an und steckte Allegra irgendwann mit seiner guten Laune an. Nachdem sie auch Maria bei den letzten Vorbereitungen für die Salate geholfen hatten – wobei Allegra konsequent Marias bedeutsame Blicke und das Kopfnicken in Richtung Fabio ignorierte –, setzten sie sich noch gemeinsam in den Garten des Restaurants und tranken einen Caffè Latte.

Allegra zog ihr Handy hervor. Die wahre Flut an Nachrichten war normal, sobald Jen aufgewacht war. Allegra wollte gerade anfangen zu lesen, spürte dann jedoch Fabios Blick auf sich und sah auf. Fabios Augen leuchteten im Sonnenlicht, was sie noch übernatürlicher wirken ließ. Das Blauviolett seiner Iris wirkte so … bekannt. Da war es wieder, dieses Gefühl von Déjà-vu. Allegra stolperte über diesen Gedanken. War sie sich nicht sicher gewesen, dass sie solche Augen nie zuvor gesehen hatte? Wären es die eisblauen Augen aus ihren Träumen gewesen, hätte sie den Gedanken verstanden, den ihr Unterbewusstsein ihr anscheinend hatte signalisieren wollen. Fabios Augen hingegen waren ihr unbekannt.

»Lies ruhig weiter«, sagte Fabio und riss Allegra damit aus ihren Überlegungen.

»Hm?«, fragte sie nur.

»Dein Handy. Ich finde es nicht unhöflich oder so. Ich lese inzwischen einfach.« Fabio zog eine zerfledderte Ausgabe von ›Romeo und Julia‹ hervor.

»Das ist nicht dein Ernst«, sagte Allegra kopfschüttelnd.

»Wieso?«, fragte Fabio ernsthaft, ehe er aus dem Buch zitierte: »›*Vor ihnen hüllt mich Nacht in ihren Mantel. Liebst du mich nicht, so lass sie nur mich finden; durch ihren Hass zu sterben wär mir besser als ohne deine Liebe Lebensfrist.*‹«

Er hatte nahezu seine komplette Mimik verändert und sah plötzlich aus wie ein völlig anderer Mensch. Seine Worte, voller

Inbrunst, berührten Allegra an einer Stelle in ihrem Herzen, von der sie bislang nicht gewusst hatte. Natürlich kannte sie ›Romeo und Julia‹, hatte es sogar im Original sowie auf Italienisch gelesen und wie so viele andere in der Schule durchgekaut. Nie jedoch hatte sie dieses Gefühl verspürt. Mehrere Minuten vergingen, in denen sie das Gesprochene auf sich wirken ließ.

Irgendwann räusperte sich Fabio verlegen. »Ich weiß, es ist kitschig. Aber in der Theatergruppe ist bald das Vorsprechen für Romeo und ich …« Er gestikulierte wild mit den Händen.

»Es ist nicht kitschig«, unterbrach ihn Allegra. »Ich glaube, ich habe diese Sätze noch nie zuvor so authentisch gesprochen gehört.«

Fabio strahlte bis über beide Ohren. Die zarte Melancholie, die ansonsten über seinem Gesicht lag, sobald das Wort Liebe auch nur erwähnt wurde, war wie ausgelöscht. Vor Allegra saß nun ein junger Mann, der wirklich überzeugt war, dass er seine große Liebe noch finden würde – ganz gleich in welcher Gestalt sie zu ihm kommen würde. Diese Überzeugung war ansteckend und in Allegras Innerem keimte in diesem Moment ebenfalls Hoffnung.

»Also wenn du nicht der perfekte Romeo bist, dann hat der Regisseur keine Ahnung«, sagte sie voller Überzeugung.

»Und du wärst die perfekte Julia«, nuschelte er mit auf den Text gerichtetem Gesicht.

Allegra war sich nicht sicher, ob sie richtig verstanden hatte, wollte jedoch nicht nachfragen, sondern das Thema auf sich beruhen lassen. Sie konnte sich nicht vorstellen, so überzeugt von der Liebe zu einer bestimmten Person zu sein, dass sie sich deshalb umbringen würde. In ihren Augen nahm das eher krankhafte Züge an und hatte nichts mehr mit *Liebe* zu tun, roch eher nach so etwas wie Abhängigkeit. Etwas, das sie niemals für sich wollte.

Fabio sah sie wieder mit festem Blick an und nun war es an Allegra, den Kopf zu senken. Sie wusste nicht, wie sie reagieren sollte, und öffnete daher den Nachrichteneingang ihres Handys. Sie hoffte, nicht zu gefühlskalt oder abweisend zu wirken, fand für sich in dieser Situation jedoch keinen besseren Ausweg. Und schließlich hatte Fabio ja behauptet, dass es ihn nicht stören würde. Oder war das gelogen gewesen? Hatte er sie mit seiner romantischen Ader nur beeindrucken wollen? Mit einem leichten Kopfschütteln beantwortete sie die Frage für sich. Sie durfte nicht jedem Mann, der in ihr Leben kam, das Schlimmste unterstellen. Fabio hatte bislang keine Anstalten gemacht, mit ihr zu flirten. Der Spruch mit Julia konnte ganz harmlos gewesen sein. Vielleicht stellte sich Fabio Julia Capulet einfach so vor wie Allegra? Schließlich war sie Italienerin und würde perfekt ins Bild passen.

Hastig vertrieb sie die Gedanken und las sich durch Jens Nachrichtenflut. Wie erwartet bestand mindestens die Hälfte aus Schwärmereien über ihren neuen Liebsten. *Ihr* Alessandro war ebenfalls achtzehn und den Beschreibungen nach zu urteilen sah er aus wie die junge Version von Orlando Bloom alias Will Turner in *Fluch der Karibik.* Die Bilder, die Jen ihr geschickt hatte, kamen dieser Beschreibung sogar ziemlich nahe. Allegra seufzte, als sie daran dachte, wie enthusiastisch Jen auf jede neue Liebe einging und auf Wolke Sieben schwebte – und wie sie immer und immer wieder hart auf dem Boden der Realität aufschlug. Doch all die zahlreichen Rückschläge hatten sie nur stärker gemacht und sie hatte den Glauben an die Liebe nie verloren. Vielleicht war dieser Alessandro ja all die früheren Enttäuschungen wert. Allegra hoffte es sehr.

Nachdem sie gewissenhaft alle Nachrichten von Jen beantwortet hatte – und betete, dass sie nichts übersehen hatte –, sah sie, dass erneut eine Nachricht von der unbekannten Nummer eingegangen war. Kein Latein, sondern auf Deutsch:

Erkenne die Liebe.

Allegra war nahe dran, etwas zu antworten wie »Lass mich in Ruhe«, wollte dem Absender jedoch nicht bestätigen, dass seine dubiosen Nachrichten gelesen wurden. Schnell drückte sie auf das Mülleimer-Symbol und nahm sich vor, weitere Nachrichten gar nicht erst zu öffnen.

Maria trat eben mit einer Espresso-Tasse in den Garten, als Allegra das Display ausschaltete und das Handy zurück auf den Tisch legte.

»Ist euch beiden der Gesprächsstoff schon ausgegangen?«, sagte sie beinahe niedergeschlagen und die kleine Falte zwischen ihren Augenbrauen zeigte sich.

»No, Signora«, antwortete Fabio, klappte ›Romeo und Julia‹ zu und legte es neben seine Kaffeetasse.

Maria war ganz entzückt, als sie den Titel las. »›*O Romeo! Warum denn Romeo? Verleugne deinen Vater, deinen Namen! Willst du das nicht, schwör dich zu meinem Liebsten, und ich bin nicht länger eine Capulet.*‹« Sie presste sich die Hand an die Brust, eine so übertrieben theatralische Geste, die Allegra zum Lachen brachte.

»Allegra!«, sagte Maria – empört darüber, dass ihre schauspielerische Leistung nicht anerkannt wurde.

»Hast du irgendwann einmal die Julia gespielt oder kennst du nur dieses eine Zitat?«, fragte Allegra noch immer schmunzelnd und sofort verschwand der Enthusiasmus aus Marias Gesicht.

»Dort, wo ich herkomme, kennt jeder die Geschichte auswendig. Nirgendwo sind die Montagues und die Capulets noch immer so präsent.« Sie runzelte die Stirn und schüttelte den Kopf.

Allegra wartete auf weitere Erklärungen, die jedoch nicht kamen. Maria sprach nie über die Zeit vor Deutschland. Die Zeit, bevor sie mit dem Säugling Allegra Italien verlassen hatte. Allegra vermutete, dass es die Liebe war, die das zu verantworten hatte. Eine enttäuschte Liebe, vielleicht zahlreiche Spekulationen über das Neugeborene … Allegra malte sich die schlimmsten Szenarien aus, weil Maria ihr nie auf ihre Fragen antwortete und sie nur mit Halbwahrheiten abspeiste.

Fabios Blick lag fragend auf Maria. Vielleicht hätte auch er gerne eine Erklärung gehabt. Auf die würde er jedoch lange warten müssen.

»Lasst uns aufschließen. Gleich werden die ersten Gäste kommen«, beendete Maria das Thema, trank im Gehen ihren Espresso aus und trat ins Restaurant. Fabio stand hastig auf, steckte das zerfledderte Buch in die Tasche und sammelte seine und Allegras Tasse ein, ehe er Maria nach drinnen folgte.

Allegra erhob sich gemächlicher, eine neue Frage brannte in ihrem Inneren. Warum hatte sich ihr Herzschlag so stark beschleunigt, als Maria die Capulets erwähnte?

Während des Mittagsgeschäfts hatte Allegra keine freie Sekunde, um sich weitere Gedanken über Romeo und Julia zu machen. Sie bediente die Gäste, lächelte freundlich, aber abwesend, servierte und räumte die Tische anschließend ab, um neue Kundschaft zu empfangen. Sie bemerkte selbst, dass sie nicht ganz bei der Sache war, ihr Unterbewusstsein war zu beschäftigt mit der Frage, warum etwas in ihrem Inneren bei der Erwähnung des Namens Capulet angeschlagen hatte.

Erst als sie und Fabio die letzten Gäste verabschiedet hatten und alles für die Abendgäste vorbereiteten und Maria noch mit dem Aufräumen der Küche beschäftigt war, bekam sie endlich die von ihrem Hirn gewünschte Erklärung. In Form von weiteren Lobeshymnen auf Alessandro.

Wie beiläufig erwähnte Jen, dass ein Bote ihr einen großen Strauß roter Rosen gebracht hatte – das Symbol der Capulets. Was Jen zum Dahinschmelzen gebracht hatte, fand Allegra eher kitschig. Doch die Geste selbst interessierte sie weniger. Sie blieb an der Bezeichnung ›Symbol der Capulets‹ hängen und hakte nach, wie dies in Zusammenhang mit Alessandro stand. Kurz darauf klingelte das Telefon.

»Hatte ich dir nicht erzählt, dass Alessandro mit Nachnamen Capulet heißt?«, fragte ihre Freundin ohne Begrüßung.

»Ich glaube nicht«, antwortete Allegra zögernd, klemmte sich das Handy zwischen Schulter und Ohr und sammelte die letzten Gläser und Tassen vom Tresen auf ihrem Tablett. »Das hätte ich mir gemerkt. Ganz alltäglich ist der Name Capulet ja nicht.«

In diesem Moment ging hinter Allegra ging ein Glas zu Bruch. Sie fuhr herum und sah Fabio zwei Tische weiter in der Hocke Scherben einsammeln. Sie wollte zu ihm, doch er hob abwehrend die Hände. Ihm schien es schon peinlich zu sein, dass er *ein* Glas hatte fallen lassen. Dabei würde es nicht bei einem bleiben, da war sich Allegra sicher. Sie hatte in all der Zeit sicher schon eine ganze Palette zerstört. Das gehörte wohl zur Jobbeschreibung. Nach ihrem Telefonat würde sie ihm das erklären.

»Merda«, fluchte Fabio plötzlich lautstark und Allegra sah, wie Blut seine Handfläche rot färbte.

»Jen, wir müssen später weiterreden«, sagte sie hastig ins Handy.

»Was ist passiert?« Jen ließ sich nicht beirren.

»Unsere neue Aushilfe hat sich gerade an Glasscherben geschnitten.« Allegra wollte schon auflegen, doch ihre Freundin ließ sich nicht abschütteln.

»Männlich oder weiblich?«

Allegra seufzte. »Männlich. Fabio. Wir telefonieren später, okay?«

»Dann eile ihm schnell zu Hilfe. Das Krankenschwester-Ding zieht bei Jungs doch immer.«

Allegra konnte regelrecht vor sich sehen, wie Jen verheißungsvoll mit den Augenbrauen zuckte. Sie selbst hingegen schüttelte den Kopf. Nach einem kurzen *»Ciao«* legte sie auf und ging mit schnellen Schritten zu Fabio.

Vor ihm lag das zerbrochene Glas. Wenn Allegra es nicht besser gewusst hätte, hätte sie vermutet, dass noch ein Rest Kirschsaft oder etwas in der Art im Glas gewesen war. Zu viel der dunkelroten Flüssigkeit breitete sich um die Scherben herum auf dem hellen Boden aus, als dass es von einem kleinen Schnitt hätte stammen können. Allegra wurde flau im Magen. Instinktiv hob sie die Hände zum Mund und ging neben Fabio in die Knie.

»Schnell, zeig her«, forderte sie streng.

Fabio hatte die Lippen zusammengepresst und schüttelte den Kopf. Er hatte die linke Hand zur Faust geballt. Noch mehr Blut quoll daraus hervor. »Es ist nichts«, sagte er.

»Nichts?« Allegras Stimme überschlug sich beinahe, als sie auf das viele Blut zwischen ihnen deutete. Ohne weitere Aufforderung zog sie Fabios Hand vorsichtig zu sich und bat ihn in einer stummen Geste, ihr die Handfläche zu zeigen. Fabio reagierte wie vermutlich die meisten Männer: Er weigerte sich. Dieses Helden-Gebaren nervte Allegra tierisch und ihr Blick wechselte von mitleidig zu genervt. Sie ließ jedoch nicht locker und bettete Fabios Hand auf ihre. Behutsam bog sie Fabios Daumen zur Seite, ehe er seufzend aufgab und auch die anderen Finger öffnete.

Allegra sog scharf die Luft ein. Allerdings nicht wegen des vielen Blutes, das die gesamte Handfläche rot gefärbt hatte, sondern wegen des Fehlens der Ursache. Stirnrunzelnd suchte Allegra nach der tiefen Schnittwunde, die sie sich im Kopf ausgemalt hatte. Eine so tiefe Wunde, dass das Blut nur so daraus hervorquoll, im Rhythmus des Herzschlages. Sie stand auf und zerrte Fabio nach oben, um mehr Licht zu haben. Doch ganz gleich, von welcher Seite sie seine Hand betrachtete – sie fand nur das mittlerweile angetrocknete Blut, das seiner Hand einen roten Glanz gab.

»Was …«, stammelte sie und sah von seiner Hand zu ihm auf. Erst jetzt registrierte sie, wie dicht sie voreinander standen. Fabios Gesicht war keine dreißig Zentimeter von ihr entfernt, seine Augen waren größer und eindrucksvoller als jemals zuvor. Allegras Puls beschleunigte sich, ihr Herz klopfte so schnell wie nach einer Stunde Joggen.

»Es war nichts«, versuchte sich Fabio an einer Erklärung. Die Worte kamen stockend, er hatte Mühe, seine Atmung zu kontrollieren.

»Aber all das Blut«, setzte Allegra an, doch mit diesem Flattern, das in ihrem Magen Einzug gehalten hatte, war sie nicht in der Lage, ihren Satz zu vollenden.

»Es ist nichts«, wiederholte Fabio und sah sie dabei so eindringlich an, dass sie Gefahr lief, sich in seinen Augen zu verlieren.

War er noch näher gekommen? Sie spürte seinen warmen Atem im Gesicht. Ein sanfter Lufthauch, der zärtlich über ihre Wange strich.

»Ein kleiner Schnitt, der sich bereits wieder geschlossen hat?« Seine Worte kamen stockend, waren mehr Frage als Erklärung, als probiere er selbst, wie sie sich anhörten.

Allegra konnte sie über ihren donnernden Herzschlag hinweg kaum hören. Das Restaurant, ja die gesamte Umgebung, war in weite Ferne gerückt. Im Gegensatz zu Fabio, dessen Lippen nun so nah waren, dass sie nicht wagte, sich zu bewegen. Ihre Hände hielten nach wie vor die Verbindung, waren mittlerweile zwischen ihren Körpern eingekeilt.

»Ich …«, stammelte Fabio. »Es tut mir leid.«

Allegra suchte vergeblich nach dem Sinn in seinen Worten. Plötzlich spürte sie, wie die Wärme, die sie eben noch an ihrer Hand gespürt hatte, verschwand. Doch sie konnte den Blick nicht von Fabios Gesicht abwenden. Die verschwundene Wärme sammelte sich nun an ihrer Taille; Hände, die sie behutsam festhielten und näher zogen. Fabios Gesicht kam wie in Zeitlupe auf sie zu, sein Atem wärmte und liebkoste Allegras Gesicht. Nun versank sie regelrecht in den violetten Augen, tauchte tief hinein, während sie näher und näherkamen.

Wie aus dem Nichts veränderten sie sich jedoch, wurden zu den Augen aus ihren Träumen. Das kühle Eisblau vertrieb die Wärme und das behagliche Gefühl. Der Bann war gebrochen und Allegra zuckte erschrocken zurück. Hatte sie gerade beinahe Fabio geküsst? Einen Jungen, den sie kaum kannte? War ihr nicht erst gestern wieder die Oberflächlichkeit aller Männer eindrucksvoll demonstriert worden?

Hastig wich sie nach hinten und stieß dabei einen der Stühle um. Sie fühlte sich wie im falschen Film. Das schwebende Gefühl in ihrem Magen verwandelte sich binnen eines Wimpernschlags in einen harten Aufprall. Der Zusammenstoß mit der Realität.

»*Scusa.*« Fabio hob die Hände, wagte es nicht mehr, ihr in die Augen zu sehen.

Noch immer benommen versuchte Allegra, den Stuhl wieder aufzustellen. Ihre Hände zitterten, der Stuhl rutschte ihr wieder aus der Hand und fiel erneut polternd zu Boden.

»Was ist denn hier los?« Maria betrat das Restaurant.

Von der Tür aus konnte sie nicht sehen, dass Fabio geblutet hatte. So sehr geblutet hatte, dass sich um die Scherben herum eine kleine Lache gebildet hatte, die das Licht der Decke reflektierte. Das Blut war bereits geronnen. Wie viel Zeit war vergangen? Allegra hatte jegliches Gefühl dafür verloren.

»Nur ein kleines Missgeschick mit einem Glas, *Mamma*«, sagte Allegra schnell und hoffte, dass Maria das Zittern in ihrer Stimme nicht bemerkte. »Kein Problem.«

Maria lächelte Fabio an. »Das musst du dir von Allegra nicht abschauen. Sie hat ein wahres Talent darin, Gläser fallen zu lassen.« Sie zwinkerte ihm zu, ehe sie sich umdrehte und den Raum verließ.

Fabio ging wieder in die Hocke und sammelte die Scherben auf.

»Ich hole einen Lappen«, sagte Allegra schnell, ging hinter die Theke und zog einen Stapel Papiertücher aus der Halterung. Auf ihrem Weg zurück wäre sie beinahe in Fabio hineingerannt, der den Mülleimer ansteuerte. Sie trat zur Seite, er ebenfalls.

Mit einem strahlenden Lächeln bedeutete er ihr, zuerst den schmalen Durchgang zwischen Theke und Wand zu passieren. Sie ging an ihm vorbei, ohne ihn anzusehen. Nach einem Klirren im Metalleimer wurde ihr der Stapel Papiertücher aus der Hand gerissen.

»Ich mache das«, sagte Fabio, eilte zu dem Blutfleck und wischte ihn auf. Allegra war ihm gefolgt und starrte auf die vollgesogenen Tücher. Fabio rannte wieder zur Mülltonne, warf die Tücher weg und wusch sich anschließend die Hände. Allegra verfolgte über den Tresen hinweg die blutigen Schlieren, die in den Ausguss flossen, und die letzten Beweise, dass hier eben etwas völlig falsch gelaufen war, verschwanden für immer.

»Schau, alles gut.« Fabio hob demonstrativ die Hände und zeigte ihr die unverletzten Handflächen. »Es ist absolut nichts passiert.«

Ganz gleich, wie sehr er daran glauben mochte, Allegra war sich da nicht so sicher.

Fabio verschwand mit einem knappen Gruß und Allegra hatte keine Möglichkeit mehr, noch einmal nachzuhaken. Sie schloss das Restaurant ab, machte sich einen Kaffee und schnappte sich bei Maria ein Körbchen Brot und einen Teller Suppe. Damit setzte sie sich zum Essen nach draußen. Gleich nach ihrer SMS – ›Mittagspause!‹ – rief Jen an.

»Jetzt erzählst du mir sofort mehr über eure neue Aushilfe!«, verlangte sie – wieder ohne Begrüßung.

Allegra biss genüsslich von ihrem Brot ab. Sie wusste gar nicht, wo sie anfangen sollte? Mit dem Blut? Mit dem Flattern im Bauch oder damit, dass sie Fabio beinahe geküsst hatte?

»Al?«

»Ich bin noch dran«, antwortete sie kauend.

»Dann rede mit mir!«

Allegra stellte sich vor, wie ihre beste Freundin gerade finster dreinblickte. Das hatte sie sehr gut drauf. »Ist ja schon gut«, sagte Allegra und verkniff sich den nächsten Bissen, obwohl ihr Magen bereits rumorte. »Was willst du denn wissen?«

»Alles! Was denkst du denn?« Jen lachte und das Geräusch war selbst durchs Telefon ansteckend.

Plötzlich fiel all das Negative von Allegra ab, die Sorgen, die sie sich machte, die Gedanken über den Fast-Kuss. »Er heißt Fabio Speranza«, setzte Allegra an und wurde schon nach den ersten Worten unterbrochen.

»Wenn das kein Zeichen ist. Hoffnung, Allegra!«, kommentierte Jen. »Sieht er wenigstens gut aus? Hast du ein Foto?«

Allegra seufzte. »Nein, ich habe kein Foto. Er sieht normal aus, denke ich …«

»Denkst du? Ich kenn dich, da ist doch noch mehr!«

»Seine Augen sind … besonders«, versuchte Allegra zu erklären.

»Du solltest mal die von Alessandro sehen!«, sagte Jen schnell. Nach einer kurzen Pause fügte sie hinzu: »Die sind übrigens deinen Augen ziemlich ähnlich.«

»Etwa neunzig Prozent der Weltbevölkerung hat braune Augen«, leierte Allegra unnützes Wissen herunter. Wo auch immer ihr Hirn so etwas abspeicherte. Sie schüttelte den Kopf.

»Ja, ja, ich weiß. Aber seine sind auch beinahe schwarz – wie deine, Allegra. Auf den Fotos kommt das nie so rüber wie in Wirklichkeit. Aber du wirst ihn ja bald kennenlernen.«

»Werde ich?«, lachte Allegra.

»Al! Ich habe dir doch erzählt, dass er mich besuchen kommt. Natürlich wirst du ihn kennenlernen. Und vorher will ich noch diesen Fabio sehen. Arbeitet er jetzt fest bei euch?«

»Mhm.« Allegras Gedanken glitten wieder zu den Scherben und dem vielen Blut auf den hellen Marmorfliesen.

»Willst du mir noch was sagen? Irgendetwas ist da, meine magische Freundinnen-Telepathie schlägt an!«

Allegra lachte freudlos auf. »Erzähl ich dir übermorgen, okay?«

»Nein!«, sagte Jen schnell. »Jetzt hast du mich neugierig gemacht. Ich rufe so lange an, bis du mir sagst, was mit diesem Typen nicht stimmt.«

»Wie kommst du darauf, dass etwas mit ihm nicht stimmt?«

»Ich kenne dich. So wie du reagierst, grübelst du über etwas nach. Und dieses Grübeln heißt bei dir, dass es nichts Positives ist.«

Jen kannte sie einfach zu gut. »Er hat heute beim Aufräumen ein Glas fallen lassen«, begann Allegra.

»Das weiß ich schon. Da haben wir gerade telefoniert«, warf Jen ein.

Allegra ignorierte den Einwurf. »Überall war Blut. Aber als ich die Wunde versorgen wollte, war nichts zu sehen. Absolut nichts!«

Es dauerte mehrere Sekunden, bis Jen antwortete. »Das ist … Ich denke, dass … Vielleicht hat er eine Krankheit, ist Bluter oder so etwas?«, versuchte sie sich schließlich an einer Erklärung.

»Das ist mir auch durch den Kopf gegangen. Aber dann hätte die Blutung nicht so schnell aufhören dürfen. Und vor allem hätte die Wunde nach den wenigen Minuten noch zu sehen sein müssen.« Allegra war schon seit Jahren bestrebt, möglichst viel medizinisches Wissen in sich aufzusaugen. Schließlich begann bald ihr Medizinstudium.

»Frag ihn doch einfach.«

Allegra lachte laut auf. »Er weicht mir aus und sagt, dass nichts passiert sei.«

Jen schnaubte. »Typisch Männer!«

»Genau.« Allegra hatte ja denselben Gedanken gehabt. Nur wenig später hatte sie Fabio beinahe geküsst.

»Ist noch was?«, fragte Jen. Sie musste wirklich Gedankenlesen können.

»Ich hätte ihn beinahe geküsst.«

»Du hast *was?*« Jens Stimme überschlug sich fast. »Du ihn oder er dich? Hat das mit dem Krankenschwester-Ding doch funktioniert? Oder war er so mitleiderregend, dass du ihn trösten musstest?«

Die Fragen kamen so schnell, dass Allegra Mühe hatte, ihnen zu folgen. »Ich weiß nicht, wie das passieren konnte«, sagte sie wahrheitsgemäß. »Es war plötzlich so ein Moment …«

»Jaja, das kenne ich. In solchen Momenten fühlt es sich immer richtig an.« Jen lachte. »Und warum hast du ihn nicht geküsst? Oder ihr euch?«

»Plötzlich waren da die Augen aus meinen Träumen.«

»Al! Hör auf damit, dich so auf diese Augen zu fixieren. Ich glaube nicht, dass die Augen irgendetwas mit deiner Zukunft zu tun haben, das habe ich dir schon so oft gesagt. Es ist sicher eine Kindheitserinnerung, die mit so vielen Emotionen behaftet ist, dass sie irgendwie in deinem Hirn verankert wurde.«

Da sprach wieder einmal die Hobbypsychologin aus Jen. Sie visierte – nach einem weiteren Jahr Modelkarriere – ein Psychologiestudium an, zumindest war das immer ihr Ziel gewesen. Traumatisierten Kindern und Jugendlichen zu helfen. Allegra glaubte, dass Jen sehr gut in dem Job sein würde.

»Ich weiß«, seufzte Allegra. »Aber was hat diese *Erinnerung,* die sonst in meinen Träumen auftaucht, am helllichten Tag im Restaurant zu suchen?«

»Das weiß ich auch nicht«, gab Jen ehrlich zu. »Ich muss jetzt wieder los. Telefonieren wir später nochmal?«

Allegra nickte, ehe sie so antwortete, dass auch Jen es mitbekam.

»Dann bis später. Und bleib anständig! Ehe ich mir diesen Fabio Hoffnung nicht angeschaut habe, hast du Küssverbot.« Sie lachte und steckte Allegra wieder an.

»Ich werde mich ganz sicher dran halten. Bis später.«

Sie legte das Handy zur Seite, löffelte ihre Suppe und nahm ab und an einen Bissen vom Brot.

Mit einem hatte Jen wohl wirklich Recht: Auch wenn Allegra nicht wusste, was es war, sie war überzeugt, dass irgendetwas mit Fabio nicht stimmte.

3. SZENE

Auch die Freitage waren im ›Da Casari‹ alles andere als langweilig. Allegra fand nicht einmal Zeit, um auf Jens zahlreiche Nachrichten zu antworten. Die eine eingegangene Nachricht der unbekannten Nummer löschte sie ungelesen.

Viele der Gäste hatten den Nachmittag frei, daher ging die Mittagsschicht nahezu nahtlos in die Abendschicht über. Vor allem die Kaffeespezialitäten des Hauses lockten scharenweise Kundschaft an.

Fabio hatte sich jedoch sehr gut geschlagen, auch wenn er mit Marias Erlaubnis erst später dazugestoßen war. Er hatte sich am Vormittag gemeldet und etwas von familiären Problemen erzählt, woraufhin Maria ihm sofort zugesagt hatte, dass er, wenn nötig, erst abends kommen könne. Nichtsdestotrotz war er schon kurz nach Mittag eingetroffen und hatte sich sofort in die Arbeit gestürzt – mit Erfolg. Es war kein einziges Glas zu Bruch gegangen, auch keine Teller oder Tassen, und er war binnen eines Tages zum Liebling der weiblichen Kundschaft geworden.

Allegra erwischte sich dabei, wie sie ihn immer wieder beobachtete, ohne es wirklich zu wollen. Sein strahlendes Lächeln wirkte selbst auf die gestresstesten und schlechtgelauntesten Gäste wie ein Zauber. Es war beeindruckend. Er nahm ihnen die Worte aus dem Mund und verblüffte sie damit, so dass sie ihren Ärger vergaßen. Folglich war es auch kein Problem, wenn die eine oder andere Bestellung länger dauerte oder Fabio das Falsche servierte. In ihm steckte ein wahres Naturtalent.

Nachdem Allegra das Restaurant abgeschlossen und die Kasse gemacht hatte, ging sie nach draußen, um Fabio noch beim Aufräumen zu helfen. Er war jedoch bereits fertig und erst auf den zweiten Blick sah sie, dass er an einem Tisch saß, im Halbdunkel der Straßenlaterne jenseits des hohen Sichtschutzes, und auf sein Handy starrte. Seine Augen leuchteten selbst von der Seite unnatürlich im grellen Licht des Displays. Er sah so anders und fremd aus, dass Allegra kurz die Stirn runzelte. Sie trat näher. Die zerfledderte Ausgabe von Romeo und Julia lag vor ihm auf dem Tisch. Er reagierte nicht auf sie, obwohl sie alles andere als leise über den Kies zwischen den Tischen hindurch ging.

»Du kannst Feierabend machen. Wir sind fertig«, sagte sie und Fabio schrak hoch, ließ sein Handy fallen. Zum Glück landete es nur wenige Zentimeter tiefer auf dem Tisch.

»Du hast mich erschreckt«, sagte Fabio, als hätte sich Allegra das nicht denken können.

»Ist alles in Ordnung? Warum sitzt du hier im Dunkeln?«

»Es ist … nichts.« Fabio seufzte.

Genau solche Aussagen waren es, die in Allegra einen Knopf drückten, auf dem ganz groß Neugierde stand. Sie konnte nicht anders, als sich auf den Stuhl neben Fabio zu setzen und nachzuhaken. Fabio strahlte etwas aus, das einen Urinstinkt in ihr weckte. Sie wollte ihm helfen, wollte, dass er wieder der strahlende junge Mann war, der die Gäste mit seinem Lächeln verzauberte.

»Willst du darüber reden? Hat es mit dem familiären Zwischenfall heute Vormittag zu tun?«

Fabio schüttelte den Kopf. Anschließend nickte er.

Allegra wartete einfach ab. Es dauerte eine ganze Weile, in der Fabio den Blick gedankenverloren auf sein mittlerweile dunkles Display gerichtet hielt. Dann kamen die Worte endlich aus ihm heraus.

»Sie ist tot.«

Allegra schrak zusammen. In der Stille des abgeschiedenen Gartens wirkten die Worte wie Pistolenschüsse. »Wer ist tot?«

»Meine … Freundin.«

Allegra sog scharf die Luft ein. Mehr sagte Fabio nicht dazu. Auch nicht, als Allegra wartete, ob vielleicht nach einer Weile etwas hinterherkam. »Du hattest … Ich meine, hattest du nicht gesagt, dass …«, sagte Allegra und wusste nicht so recht, wie sie mit der Aussage umgehen sollte. Maria hatte ihn doch verhörmäßig ausgefragt und Allegra hatte ihn so verstanden, dass er kein Glück mit der Liebe hatte, und das so interpretiert, dass er keine Freundin hatte. Nicht, dass es mit einer existierenden Freundin schlecht lief oder so.

Endlich hob Fabio den Kopf und blickte Allegra direkt in die Augen. Seine violette Iris stach regelrecht aus der Dunkelheit hervor, schien jedes bisschen Licht aus der Umgebung aufzusaugen und zu reflektieren. In diesem Moment sahen sie übernatürlicher aus denn je.

»Es war … kompliziert«, sagte er kurz angebunden und legte die Stirn in Falten, während er in einer schmerzhaften Geste den Mund verzog. Er litt, das hätte Allegra auch ohne das Lesen von Mikroexpressionen gesehen.

»Du musst es mir nicht erzählen«, sagte sie ruhig, auch wenn sie in Wahrheit darauf brannte, mehr zu erfahren. Von diesem weiteren Beweis, dass die Liebe nur Schmerz verursachte. Ohne darüber nachzudenken, setzte sie sich zu ihm an den Tisch. *Amor per dolorem.* Ihre Gedanken huschten zu den seltsamen Nachrichten. Kurz zuvor war gerade eine SMS eingegangen, als sie auf das Handy geschaut hatte und der Inhalt war in der Vorschau erschienen. Liebe durch Schmerz. Wenn sie erst herausfand, wer diese seltsamen Nachrichten schickte, würde sie demjenigen die Hölle heißmachen. Denn ohne es zu wollen, beschäftigte Allegra sich mit dem Inhalt.

Sie musste dabei das Gesicht verzogen haben, denn Fabio sah sie eindringlich an. »Was ist mit dir?«

Sie schüttelte nur den Kopf. »Es ist nichts.«

Ein Lächeln erschien auf Fabios Lippen, seine Augen jedoch blieben davon unberührt. »Dann ist wohl bei uns beiden alles in Ordnung.«

»Wenn ich dir irgendwie helfen kann … Manchmal ist es gut, über die Dinge zu sprechen …« Allegra schnaubte, als sie sich die wie abgelesen klingenden Sätze sagen hörte.

»Ich weiß. Aber bei der Liebe kann einem niemand helfen. Und jetzt ist es sowieso zu spät.« Ein Schatten legte sich auf Fabios Gesicht.

»Wie ist es passiert?«, fragte Allegra. Sie wollte nicht sagen: ›Wie ist sie gestorben?‹

Fabio verstand auch so. Seine Antwort hingegen war kryptischer denn je: *»Examen amoris.«*

Allegra schrak zusammen. Gänsehaut überzog ihre Unterarme und ihr wurde plötzlich unheimlich kalt. Die Grabesstimme, mit der Fabio gesprochen hatte, klang so anders als seine eigene. Allegra erschauderte. Nach dem Schreck kam das Misstrauen. Sie kniff die Augen zusammen und wartete, bis sich ihre Gedanken sortiert hatten. Dann fragte sie mit schneidender Stimme: »Wie ist deine Handynummer?«

Fabio riss die Augen auf und starrte sie fragend an. Als sie ihrer Frage nichts hinzufügte, nannte er ihr die Nummer. »Warum fragst du?«

Allegra schüttelte den Kopf. Für einen Moment hatte sie tatsächlich geglaubt, dass Fabio ihr diese dubiosen Nachrichten schickte – aus welchem Grund auch immer. Vielleicht, um sie verrückt zu machen? Von den Nachrichten wollte sie ihm aber lieber nichts erzählen.

Für eine Weile saßen sie beide schweigend da, tief in Gedanken versunken.

Irgendwann räusperte sich Fabio: »Sie ist gestorben, weil sie mich geliebt hat«, flüsterte er.

Allegra verstand die Aussage nicht.

Weil sie nicht reagierte, erklärte Fabio weiter: »Die Liebe zu mir gleicht einem Fluch. Sie endet niemals gut. Ich habe sie zu sehr geliebt und der *Fluch*«, er spuckte das Wort nahezu aus und setzte es gleichzeitig mit einer Geste in Anführungszeichen, »hat zugeschlagen. Speranza? Für mich gibt es keine Hoffnung.« Ein lautes freudloses Lachen hallte über den Hof.

Mit einem Mal tat er Allegra furchtbar leid. Eine so tiefe Hoffnungslosigkeit, dass man sich einen Fluch als Erklärung zurechtlegte, empfand nicht einmal sie selbst – obwohl das Glück in der Liebe nach wie vor auf sich warten ließ. Instinktiv rückte sie etwas näher heran. Fabios Blick war jetzt in die Ferne gerichtet und im Profil konnte sie sehen, dass seine Augen glänzten.

Plötzlich schlug er auf den Tisch, so dass sein Handy, kurz nach oben hüpfte und Allegra zusammenzuckte.

»Merda!«, schimpfte er und fuhr sich mit den Händen durchs Haar. »Sie ist von einer geraden Straße – einer Strecke, die sie täglich fuhr! – abgekommen. Ihr Auto hat den einzigen Baum im Umkreis von mehreren Hundert Metern erwischt.« Er schlug ein weiteres Mal auf den Tisch ein. Pure Verzweiflung stand ihm ins Gesicht geschrieben. »Ich hatte so gehofft, dass sie einfach aus meinem Leben verschwunden wäre. Dabei hatte sie einen Unfall und erst heute hat man sie gefunden.«

Der Schmerz, den er in diesem Moment ausstrahlte, war für Allegra unerträglich und sie spürte Tränen in ihren Augen brennen. Behutsam legte sie ihm eine Hand auf den Unterarm.

Sein Kopf fuhr sofort herum. Er suchte jedoch nicht ihren Blick, sondern starrte auf ihre Hand. »Ich hatte mich von ihr getrennt«, erklärte er nach einer kurzen Pause. »Vor mehreren Wochen. Ich wollte nicht, dass ihr etwas zustößt, wie den anderen.« Den Blick hatte er nach wie vor nach unten gerichtet.

Allegra malte sich aus, was Fabio für ein Leben geführt haben musste, dass er sich aus lauter Angst von seiner Liebe trennte. Es schmerzte sie tief in ihrem Inneren, dass jemand ein solches Schicksal ertragen musste.

»Ich habe mich von ihr ferngehalten, so gut es ging, trotzdem ist sie jetzt tot.« Sein Kopf ruckte hoch und sein intensiver Blick traf sie mit voller Wucht. »Tot, Allegra. Die anderen hatten Unfälle, waren verletzt worden, aber sie ist tot.«

Das letzte Wort schrie er in die Dunkelheit der Nacht hinein und die Verzweiflung darin sorgte für eine Gänsehaut bei Allegra. Dann spürte sie die Nässe auf ihren Wangen – ein Spiegelbild seiner Tränen. All das Leid, das sie in Verbindung mit der Liebe gespürt hatte, war bei ihm um ein Vielfaches stärker. Eine Stimme in ihrem Inneren jubelte, dass es schlimmere Schicksale gab als ihres, und flüsterte ihr ein, sich darüber zu freuen. Aber das konnte sie nicht. Nicht mit Blick auf den gebrochenen Fabio vor ihr.

In dem Moment legte sich seine Hand auf ihre und ein Ruck ging durch ihren Körper. Sie wollte nach unten sehen, doch Fabios violettblaue Augen ließen sie nicht los. Wellen von Wärme drangen von seiner Hand zu ihrer, beinahe wie bei einer Therapie mithilfe von Reizstrom. Sie war nicht in der Lage, ihre Hand zurückzuziehen.

Erkenne die Liebe, geisterte ihr die Nachricht durch den Kopf.

War sie es, die dieses Kribbeln, diese Wärme verursachte? Allegra war sich nicht sicher. Aber sie wusste, dass Fabio ihr Schicksal teilte, dass sie mehr mit ihm verband als mit anderen Jungs. Weil sie nichts Gegenteiliges signalisierte – nicht signalisieren konnte! –, kam Fabios Gesicht immer näher. Für einen kurzen Moment dachte Allegra, er würde sie küssen. Ihr Bauch kribbelte vor freudiger Erwartung.

Doch sie wurde enttäuscht. Fabios Stirn berührte ihre. Die Stelle sandte eine wohlige Wärme aus.

»Danke«, flüsterte er und sein Atem strich ihr übers Gesicht, kühlte die zarten Spuren der Tränen.

Wofür dankte er ihr? Sie flüsterte die Worte, bekam jedoch keine Antwort. Noch immer pulsierte die Wärme durch ihre Hand und das Kribbeln kletterte immer weiter, schien ihr Herz zu animieren, ein paar Takte schneller zu schlagen. Es war, als benebelte die Berührung ihrer Gesichter ihr Hirn.

Erkenne die Liebe, flüsterte es in ihrem Kopf.

Wie?, wollte Allegra schreien, während Fabios Atemzüge den Rest ihres Verstandes wegpusteten.

Keiner von ihnen rührte sich. Die Luft schien mit einem Mal energiegeladener, das Atmen fiel Allegra immer schwerer. Sie sog den Geruch nach Pfefferminze, irgendeinem Kaugummi, ein, während sich in ihrem Inneren zwei Stimmen stritten. Die eine behauptete, dass es genau der richtige Moment sei, Fabio zu küssen, sich auf etwas Neues einzulassen, die Liebe auf ganz andere Weise zu testen. Die andere Stimme hingegen flüsterte, dass Fabio der Falsche sei, dass Allegra die Liebe erkennen würde, wenn es so weit sei. Doch wie lange sollte sie noch warten? In zwei Wochen würde sie zwanzig werden.

Wage es!, rief die eine.

Warte noch!, flüsterte die andere.

Weder Fabio noch sie machte den ersten Schritt. Vielleicht grübelte auch er darüber nach, was am Vortag beinahe geschehen war. Hätte es passieren sollen? Hätte dieser Kuss sein sollen oder wäre er aus den falschen Gründen passiert?

Wäre es heute – hier und jetzt, in der Abgeschiedenheit des Gartens – besser? Die eisblauen Augen kamen ihr erneut in den Sinn, schlichen durch ihre Gedanken und krallten sich darin fest.

Erkenne die Liebe.

Plötzlich wurde die angenehme Wärme zu schmerzhafter Hitze und Allegra zuckte zurück.

Fabio löste sich nur langsam aus dem Nebel, der sie auf magische Weise eingehüllt und verbunden hatte. Er blinzelte mehrmals, bevor sich seine Augen klärten und er ebenfalls zurückwich. »Ich … Ich gehe wohl besser«, stammelte er, sprang auf, schnappte das zerfledderte Buch und sein Handy und verschwand durch das Tor zur Straße.

Wieder einmal beherrschte Fabio – oder seine Wirkung auf sie – Allegras Gedanken. Und wieder hatten die eisblauen Augen aus ihren Träumen die Verbindung zwischen ihnen zerstört.

Wenn Allegra doch endlich Klarheit darüber hätte, warum sie diese Augen nicht losließen.

4. Szene

Allegra saß noch eine ganze Weile in der nächtlichen Stille im Hinterhof des Restaurants und ließ die Situation mit Fabio Revue passieren, ehe sie ihr Handy aus der Tasche holte und auf die Uhr sah. Es war weit nach Mitternacht und sie hatte etliche neue Nachrichten von Jen. Seufzend klickte sie auf den Posteingang und stand auf, um endlich nach oben ins Bett zu gehen.

In dem Moment ging ein Anruf ein. Jen. Allegra nahm ab.

»Schaust du eigentlich nie auf dein Handy?«, kam der Vorwurf anstelle einer Begrüßung.

»Hm?«, fragte Allegra nur geistesabwesend.

»Ich bin eben angekommen. Wollen wir noch was trinken gehen?«

»Ich dachte, du kommst morgen?«

»Deshalb habe ich dir doch geschrieben. Das Shooting war früher fertig und ich habe noch am Abend einen Flug bekommen.« Jens Stimme klang so vorwurfsvoll, dass Allegra sofort ein schlechtes Gewissen bekam.

»Heute war hier einiges los«, versuchte Allegra zu erklären. Was sie jedoch verschwieg, war diese seltsame Verbindung mit Fabio, die sie nicht beschreiben konnte. Hierüber musste sie sich erst einmal selbst Gedanken machen.

»Dann wird das heute nichts mehr?«, fragte Jen und klang dabei ganz traurig.

»Nein, tut mir leid, Süße. Ich bin froh, wenn ich endlich ins Bett komme. Kommst du morgen zum Frühstück vorbei?« Allegra schloss die Tür vom Restaurant hinter sich und drehte den Schlüssel um, dann lief sie mit dem Handy in der Hand durch den Gastraum und weiter nach oben.

»Ich versuche es.« Nun klang Jens strahlendes Lächeln, das alle Männerherzen zum Schmelzen brachte, durchs Telefon. Jen war eine notorische Spätaufsteherin.

»Dann bis morgen.«

»Bis dann! Und ich bin ja sehr gespannt auf diesen Fabio.« Allegra hörte Jens Lachen, ehe sie das Gespräch beendete.

In ihrem Zimmer angekommen sprang sie kurz ins Badezimmer und legte sich anschließend frisch geduscht ins Bett.

Es dauerte nicht lange, bis sie sich tief in einer verwirrenden Traumwelt befand.

Die ersten Bilder hätten aus einem alten Film stammen können. Sie sah etliche Frauen in weiten Roben mit kunstvollen Halbmasken vor den Augen, die in einem Meer aus Kerzen funkelten. In ihrem Bauch rührte sich etwas. Zaghaft, nicht zuzuordnen. Durch ihre Gedanken schwebte ein Zitat aus Romeo und Julia: *»So einz'ge Lieb aus großem Hass entbrannt! Ich sah zu früh, den ich zu spät erkannt. O Wunderwerk! Ich fühle mich getrieben, den ärgsten Feind aufs zärtlichste zu lieben.«*

Dann endete die Szene. Allegra fiel in die nächste Traumlandschaft und sah sich schrecklichen Kreaturen gegenüber, die einem Buch über Mythologie entsprungen schienen. Dabei schwang Allegra ein Schwert, als hätte sie nie etwas anderes getan. Ausgerechnet sie, die noch nie zuvor ein Schwert auch nur in der Hand gehalten hatte!

Und als wäre dieser Gedanke nicht absurd genug, veränderte sich die Szenerie erneut. Allegra sah sich von außen, wie in einem Film. Es war helllichter Tag und sie befand sich auf einem altmodisch gepflasterten Platz. Die Häuser rund um sie herum sahen aus wie auf den Fotos aus Jens Urlaub am Gardasee. Es hätte ein schöner Traum sein können, wäre da nicht die unerklärliche Panik, die Allegra spürte, das Gefühl, es nicht rechtzeitig zum Bus zu schaffen, nur tausend Mal schlimmer. Sie hastete zwischen Marktständen hindurch, quetschte sich durch Menschenansammlungen und suchte unentwegt nach irgendetwas. Für einen kurzen Moment spürte sie Erleichterung, wusste jedoch nicht, warum. Der Name ›Romeo‹ huschte durch ihre Gedanken, nicht greifbar genug, um eine Erklärung zu liefern. Dann kam die Panik geballt zurück. Allegra sah sich schreien und weiterrennen, ehe das Bild ausblendete. Für einen kurzen Moment jedoch sah sie noch ein Gesicht. Oder genauer gesagt, ein Augenpaar, dessen Lider sich senkten. Übrig blieb nichts als die reinste Qual. Allegra schrie auf.

»›*Denn niemals gab es ein so herbes Los als Juliens und ihres Romeos*‹«, flüsterte eine Stimme aus dem Off über den Schrei hinweg, der sie hochfahren ließ. Mit klopfendem Herzen versuchte sie, die Panik und die Qual von sich zu schieben. Ihre Hände zitterten, als sie nach ihrem Handy auf dem Nachttisch tastete und das Display aktivierte, um auf die Uhr zu sehen.

Die Nachricht war die Einzige und wurde direkt auf dem Display angezeigt. Es war unmöglich, sie nicht zu lesen. Etwas in ihrem Inneren machte Klick. Der Satz las sich, als sei er die Erklärung für den Schmerz und die Qual während ihres Traumes. Die Härchen in Allegras Nacken stellten sich auf.

Amor ad mortem.

Liebe bis in den Tod. Sie warf das Handy weg, als könnte sie damit die Nachricht aus ihrem Kopf löschen. Ihr Atem stockte, die Panik ließ nicht von ihr ab, krallte sich wie ein Tier in ihr fest. Sie musste etwas gegen diese Nachrichten unternehmen!

Kurzerhand schnappte sie sich ihr Handy wieder, öffnete die Nachricht und drückte auf das Anrufsymbol. Es klingelte mehrmals, bis die Verbindung unterbrochen wurde. Ihr Schmerz schlug in Wut um. Mit zusammengekniffenen Augen tippte Allegra auf das Display.

Wer bist du?

Natürlich kam keine Antwort. Hatte sie eine ernsthafte Erklärung erwartet? Sie lachte auf und schüttelte über sich selbst den Kopf. Was war nur mit ihr los? Wenigstens hatte der Ärger über den anonymen Nachrichtenschreiber einen Teil der Angst und Panik in ihrem Inneren vertrieben. Sie löschte die Nachricht wie alle anderen zuvor und erwog aufzustehen. Auch wenn sechs Uhr morgens eindeutig nicht ihre Zeit war.

Sie haderte noch mit sich, als sie schwere Schritte auf den knirschenden Holzdielen im Flur hörte. Kurz darauf wurde die Tür geöffnet und ein Streifen helles Licht blendete Allegra für einige Sekunden. Erst dann sah sie Maria.

»Ist was passiert? Ich habe dich schreien gehört«, sagte Maria, während sie gähnte. Ihre Augen waren nur halb geöffnet und sie trug einen rosaroten Morgenmantel, der nicht ordentlich zugebunden war.

»Es war nur ein Albtraum, *Mamma*. Du kannst wieder schlafen gehen.« Sie klang weniger überzeugend, als sie es beabsichtigt hatte. Ihre Mutter hatte selbst genug um die Ohren.

Maria zögerte, nickte dann aber. »Soll ich noch kurz bleiben?«

»*Mamma*, ich bin fast zwanzig. Ich komme schon klar.« Dennoch brachte dieses Angebot Allegra zum Lächeln. Für Maria würde sie immer das kleine Mädchen bleiben, ganz gleich, wie erwachsen sie war. Und das war doch ein beruhigendes Gefühl.

Maria nickte erneut mit einem Gähnen. Nach einem knappen »Dann bis morgen früh« schloss sie die Tür und ließ Allegra im Dunkeln des Raumes allein.

Zusammen mit den Bildern des Traumes, die sich in Allegras Hirn gebrannt hatten – und dem Zitat über Romeo und Julia.

Sie beschloss, dass an Schlafen nicht mehr zu denken war, und zog sich eilig an. Während sie sich die Zähne putzte, geisterten die verwirrendsten Zitate von Shakespeare durch ihren Kopf. Was war nur mit ihr los? Sie betrachtete sich im Spiegel. Dunkle Schatten lagen unter ihren Augen. Der Schlaf war nicht nur zu kurz, sondern auch alles andere als erholsam gewesen. Außer dem Traum von diesem Ball. Der war wunderschön gewesen, allein beim Gedanken daran spürte Allegra wieder dieses schwebende Gefühl. War sie in die falsche Zeit hineingeboren worden? Vielleicht hätte Romeo ihr Herz erweichen können. Sie lächelte, doch ihr Spiegelbild zeigte nur eine missglückte Version davon.

Bis ihr aus einem unerklärbaren Grund Fabio in den Sinn kam, der für die Rolle des Romeos vorsprechen wollte. War das ein Zufall? Oder hatte sie in ihm ihren Romeo gefunden? Nun lächelte die Person im Spiegel aufrichtig, die dunklen Augen strahlten regelrecht. Sie nahm sich vor, ihren Romeo genauer unter die Lupe zu nehmen, wollte dieses eine Mal, da das Schicksal und nicht Maria oder Jen sie zusammengebracht hatte, dafür sorgen, dass alles richtig lief.

Mit diesem Gedanken ging sie nach unten, holte die Zeitung aus der Zeitungsrolle und bereitete begleitet von einem beschwingten Gefühl einen Caffè Latte zu, während sie durch die Nachrichten blätterte. In dem kleinen Städtchen schien es nichts Aufregenderes als die Sportergebnisse der lokalen Vereine zu geben. Erst eine winzige Überschrift im Kulturteil, die die Bezeichnung Schlagzeile nicht verdient hatte, weckte ihre Neugierde. Das geplante Vorsprechen für ›Romeo und Julia‹ wurde abgesagt. Die Aufführung hätte durch Spenden vorfinanziert werden sollen, die nun doch nicht in gewünschter Höhe zustande gekommen waren. Der Hauptsponsor war abgesprungen.

Die Nachricht versetzte Allegra einen Stich im Herzen. Fabio wäre die perfekte Besetzung gewesen. Sie schluckte und schmiedete Pläne, wie sie ihn würde aufheitern können.

Ablenkung war das Mittel der Wahl, oder? Doch sie kannte ihn zu wenig, als dass ihr etwas Gutes einfiele. Bei dem Gedanken flatterte so etwas wie Vorfreude durch ihren Kopf und sie erwischte sich dabei, wie kitschige Bilder vorbeizogen von guten Freunden, die irgendwann etwas Tieferes füreinander entwickelten. Auf die andere Art hatte es nie mit dem großen Glück geklappt. Warum sollte sie es jetzt nicht auf diese Weise versuchen? Sie hatte schließlich alle Zeit der Welt.

II. Akt

1. Szene

»*Ciao, bella*«, rief Jen über den ganzen Hinterhof, den sie durch das Tor betreten hatte. Sie schwenkte überschwänglich die Arme, als könne man sie tatsächlich übersehen.

Allegra wurde warm ums Herz. Jen und sie waren von klein auf unzertrennlich gewesen und Allegra vermisste ihre beste Freundin, wenn sie wie zuletzt so lange in der Weltgeschichte unterwegs war. Die Tage waren Allegra vorgekommen wie eine Ewigkeit.

Jen sah sehr gut aus. Das tat sie zwar immer, schließlich war gutes Aussehen ihr Job, aber sie strahlte regelrecht von innen heraus. Auch das konnte die Liebe mit einem machen. Nur leider hielt dieser Zustand bei ihrer Freundin nie sehr lange an. Allegra konnte nur hoffen, dass Jen dieses Mal wirklich ihr wahres Glück gefunden hatte.

Jen ließ sich auf den Stuhl Allegra gegenüber fallen. Der Tisch war bereits reichlich gedeckt – Allegra war schon beim Bäcker gewesen und es duftete herrlich. Auf einer großen Platte lag geschnittenes Obst. So früh aufzustehen hatte eindeutig Vorteile. Jen griff eifrig zu. Sie gehörte nicht zu der Sorte Models, die ja keine Kalorie zu viel zu sich nehmen wollten. Jen aß einfach alles, was sie in die Finger bekam und ihr schmeckte. Sie hatte mit ihrer Figur einfach Glück gehabt – ebenso wie Allegra.

»Eigentlich ist es viel zu früh«, sagte Jen zwischen einem Stück Melone und einem Schluck Kaffee. »Aber für dich mache ich gerne eine Ausnahme.« Sie warf Allegra einen Luftkuss zu und lächelte sie strahlend an.

»Es ist nach neun, Jen«, erwiderte Allegra kopfschüttelnd. Der Versuch, streng zu schauen, missglückte jedoch.

»Ich sagte doch: zu früh. Aber was tut man nicht alles, um endlich die gewünschten Informationen aus seiner besten Freundin herauszukitzeln. Du warst am Telefon immer so kurz angebunden.«

War sie das wirklich? Allegra war es gar nicht so vorgekommen. »Ich weiß auch nicht, was gerade los ist«, seufzte sie zur Antwort. »Die Sache mit Max …«

»Max ist ein Idiot!«, unterbrach Jen sie.

»Du hast ihn mir vorgestellt.«

»Ich weiß. Und das tut mir leid. Aber wenn er dich nicht zu schätzen weiß, dann ist er ein Idiot. Punkt.«

»Vielleicht hast du Recht und ich erwarte zu viel.« Allegra ging ›Romeo und Julia‹ einfach nicht aus dem Kopf.

»Quatsch. Das wird schon. Solange du nicht ein paar Frösche küsst, kannst du nicht wissen, ob einer davon dein Prinz ist«, belehrte Jen sie kauend. »Vielleicht gehen wir die Sache aber auch falsch an«, murmelte sie weiter, »und wir müssten die Frösche gegen die Wand schmettern.«

Allegra lachte beim Gedanken an den Versuch, Max gegen eine Wand zu werfen. Doch schnell wurde sie wieder ernst. »Ich will einfach … Hach, ich weiß auch nicht. Ich habe heute Nacht seltsame Sachen geträumt. Seit Fabio mit ›Romeo und Julia‹ hier aufgetaucht ist, geht mir nicht mehr aus dem Kopf, wie die wahre Liebe sein sollte.«

»Was ist das denn für eine billige Masche?«, fragte Jen skeptisch.

»Das ist keine Masche, er wollte für die Aufführung der Theatergruppe vorsprechen. Premiere hätte am Valentinstag sein sollen. Aber ich habe vorhin in der Zeitung gesehen, dass das Vorsprechen gecancelt wurde. Dabei wäre er der perfekte Romeo gewesen.« Allegra seufzte, als sie daran dachte, wie echt es sich angefühlt hatte, als hätte sie tatsächlich Romeo Montague gegenübergestanden.

»Al!«, Jen beugte sich über den Tisch und schüttelte Allegra an der Schulter. »Du weißt schon, dass diese Geschichte nicht gut ausging, oder? So was sollte man sich nicht wünschen. Nicht einmal seinem ärgsten Feind.«

»Amor ad mortem«, flüsterte Allegra.

»Was? Ist das Latein?«, fragte Jen und kniff die Augen zusammen. »Etwas mit Liebe und Tod?«

Diese Aussage machte Allegra stutzig. Sie hatte immer geglaubt, dass sie die dubiosen Nachrichten des unbekannten Absenders verstehen konnte, weil sie die Wörter vom Italienischen ableitete, das war ihr ganz natürlich vorgekommen. Aber Jen sprach eigentlich genauso gut Italienisch wie sie selbst. Warum konnte Allegra den Text verstehen, Jen aber nicht? Sie hatten französisch als zweite Fremdsprache in der Schule gewählt – die Sprache der Liebe, wie sie damals lachend gesagt hatten. Und wer wollte schon die tote Sprache Latein lernen? Pah!

»Du kannst es nicht übersetzen?«, versicherte sich Allegra und Jen schüttelte den Kopf. »Es bedeutet ›Liebe bis in den Tod‹. Das Schicksal von Romeo und Julia.«

»Doofes Schicksal. Ich lebe lieber mit meiner Liebe. Julia beneide ich kein bisschen.« Sie schnaubte. »Außerdem habe ich meinen eigenen Capulet.«

»Heißt er wirklich Capulet?«

»Mhm. Seine Familie hat ein Hotel in Limone Sul Garda. Das Castello.«

»Sie heißen Capulet und haben ein *Schloss*?« Das klang einfach zu absurd.

»Der Gardasee liegt nicht so weit von Verona entfernt«, erklärte Jen. »Die alten Namen sind dort sehr verbreitet.«

»Und warum hast du dir nicht einen Montague gesucht? Wer will schon Julia, wenn frau Romeo haben kann?« Allegra grinste ihre Freundin an.

Jens Ausdruck wurde plötzlich ernst. Die kleine Falte zwischen ihren Augenbrauen erschien. Wie immer, wenn sie angestrengt nachdachte.

»Was ist?«, hakte Allegra nach.

»Ich weiß nicht. Irgendwas mit Montague. Es ist … Da war was, aber ich kann mich … ich weiß nicht … Ach, egal. Ich bin mit meiner *Julia* sehr gut bedient. Er kommt heute an.«

»Als ob ich das vergessen könnte. Hundert Nachrichten darüber sind sehr schwer zu übersehen.«

»Kommst du mit zum Bahnhof, um ihn abzuholen?«

»Wann kommt er denn?«

»Um elf.« Jens Blick zuckte zum Handy, das auf dem Tisch lag. Vermutlich zählte sie schon die Stunden.

»Da kann ich nicht. Mittagstisch. Ich kann *Mamma* nicht mit Fabio allein lassen.« Sie presste bedauernd die Lippen zusammen.

»Nicht so schlimm. Du kommst später zur Party, oder? Dann kannst du Alessandro dort kennenlernen.«

»Welche Party?« Allegra durchsuchte ihren Kopf vergeblich nach einem Hinweis, dass sie davon gewusst hatte.

»Bei Sandra. Mensch, Allegra. Ich hatte mich die ganze Woche darauf gefreut, mit dir dort ein paar Gläschen Prosecco zu trinken.«

»Natürlich komme ich hin«, sagte Allegra ausweichend. Wirklich erinnern konnte sie sich immer noch nicht.

»Wann hast du Feierabend?«

»*Mamma* macht die Küche um zehn zu. Dann übernimmt sie sicher vorne. Und Fabio ist ja auch noch da.«

»Perfekt. Ich freu mich auf dich. Und ich bin so gespannt, was du zu Alessandro sagst. Er ist einfach perfekt!« Allegra konnte die Herzchen in Jens Augen sehen.

»Hoffentlich bleibt er das auch«, murmelte sie zu sich selbst.

Jen schaute kurz irritiert, schüttelte dann aber den Kopf. »Der Trip an den Gardasee hat alles verändert, Al. Es gibt keine Enttäuschungen mehr. Ich spüre es.« Sie legte sich die Hand an die Brust. »Jetzt fehlst nur noch du. Aber sobald Alessandros Freund ankommt, haben wir das Problem vielleicht schon gelöst.«

»Sie kommen nicht zusammen?« Nun war Allegra irritiert. Was waren das denn für Freundschaftsverhältnisse?

»Es hat wohl nicht so geklappt, wie Alessandro wollte. Seine Mutter ist etwas speziell. Ich habe sie noch nicht kennengelernt, aber wie es sich anhört, ist sie nahezu krankhaft besorgt.« Jen stöhnte. »Da gab es wohl einen Unfall mit seiner Ex oder so, Alessandro wollte nicht darüber sprechen.« Nach einer kurzen Pause fügte sie hinzu: »Die Sache hat ihn ganz schön mitgenommen.«

Allegras Gedanken flatterten wie aufgescheuchte Tauben in ihrem Kopf umher. Es dauerte aber einen Moment, bis sie den richtigen greifen konnte, der sie so stutzig gemacht hatte. »Fabios Exfreundin ist bei einem Autounfall ums Leben gekommen. Er hat sich von ihr getrennt hat, weil er irgendwie denkt, er sei verflucht und die Liebe zu ihm würde nie gut ausgehen.«

Mit erhobener Augenbraue sah Jen sie an. Keiner konnte das so gut wie sie. »Was für ein seltsamer Zufall«, murmelte sie, aber es war klar, dass sie ganz und gar nicht daran glaubte. »Erzähl mir mehr über diesen Fabio.«

Allegra holte tief Luft, ehe sie von dem Abend mit dem vielen Blut erzählte und vom Vortag. »Er hat irgendeine besondere Wirkung auf mich. Ich kann dir nicht sagen, was es ist. Aber es fühlt sich einerseits so richtig an, andererseits – wenn ich tiefer grabe – völlig falsch. Vielleicht, weil es zu schnell geht?« Allegra konnte es nicht in Worte fassen, was sie beschäftigte, und kniff den Mund zusammen, ehe sie einen weiteren Versuch startete: »Es ist, als wüsste er vorher schon, was ich vorhabe. So reagiert er auch auf die Gäste. Es ist … Wenn ich es kitschig ausdrücken würde, müsste ich wohl sagen, im ersten Moment gleicht er Romeo: gebrochen, von der Liebe verletzt. Und damit ist er mir ähnlicher als all die anderen Typen.« Sie warf einen vorwurfsvollen Blick zu ihrer Freundin und Jen zuckte entschuldigend mit den Schultern. Viele dieser *anderen* hatte Allegra ja Jen zu verdanken. »Aber wenn ich versuche, mich darauf einzulassen, schreckt etwas tief in mir zurück. Und immer wieder sehe ich diese Augen, Jen. Wie ein Verbotsschild. Es macht mich verrückt.«

Jen kannte all die Geschichten über die Augen. In den letzten Monaten war es immer schlimmer geworden und der zukünftigen Psychotherapeutin waren langsam die logischen Erklärungen ausgegangen.

»Al, die Augen könnten aus einem Film oder Trailer gewesen sein, auf den du einen kurzen Blick erhascht hast, wie du noch klein warst. Deshalb erinnerst du dich nicht an mehr. Es ist doch verrückt, sich von so etwas abschrecken zu lassen, wenn dieser Fabio tatsächlich dein Romeo wäre. Vielleicht musst du es einfach etwas langsamer angehen.« Sie grübelte einen Moment. »Obwohl ich immer noch denke, dass Romeo und Julia nicht das Vorbild in Sachen Liebe sein sollten. Wer will schon sterben, anstatt gemeinsam alt zu werden?« Sie strahlte, ihr Blick war regelrecht entrückt.

Und auch in Allegra rührte sich etwas. Direkt vor sich sah sie sich selbst mit grauen Haaren, ihr gegenüber saß ein grauhaariger Mann, den sie nur von hinten sehen konnte. Um sie herum tollten Kinder mit eisblauen und fast schwarzen Augen. Ihr wurde warm ums Herz. Gedankenverloren nickte sie.

»Siehst du!«, fühlte sich Jen bestätigt. »Vielleicht ist Alessandros Freund ja doch die bessere Alternative? Wenn es nach Alessandro geht, sieht er zwar nicht so gut aus wie er selbst, aber man kann seinen Anblick schon ertragen.« Jen lachte. »Ich war noch nie so glücklich wie mit ihm, Al.«

Das konnte Allegra sehen. Sie nickte lächelnd. Und allmählich konnte Allegra auch erahnen, warum das so war. Jen hatte immer Männer, die sie entweder als hübsches Beiwerk sahen oder vergötterten. Dabei brauchte sie unbedingt jemanden, der ihr Kontra bot und schlagfertig war wie sie. So was übte auf Jen einen unheimlichen Reiz aus. Vielleicht brauchte sich Allegra ja wirklich keine Sorgen mehr um sie machen. Nun freute sie sich wirklich darauf, diesen Alessandro kennenzulernen. Dennoch bezweifelte sie, dass sich Alessandros Freund als ihr Traumprinz entpuppen würde. Vielleicht sollte sie auf dieses seltsame Gefühl in ihrem Inneren vertrauen, das Fabio in ihr auslöste?

»Hallo, Jen. Schon so früh wach?« Maria trat zu ihnen in den Hof und ihre schwarzen Locken, die unter dem Tuch hervorlugten, glänzten im Sonnenschein.

»Warum schauen mich alle an, als wäre ich ein Alien, nur weil ich ausnahmsweise mal vor Mittag unterwegs bin?« Jen hob in einer theatralischen Geste die Arme, die gespielte Ungläubigkeit wich jedoch schnell einem Lachen.

»Du siehst gut aus«, sagte Maria auf Italienisch. »Wenn das nicht ein neuer Verehrer ist?«

Jen wurde tatsächlich rot wie ein Teenie-Mädchen, das über die erste Liebe ausgefragt wird. *»Sì, Mamma Casari.«*

So hatte Jen Allegras Mutter früher immer genannt. Jen und sie waren mehr oder weniger wie Geschwister aufgewachsen, weil Jens Mutter ständig beim Arbeiten war.

»Die Liebe steht dir gut, Kleines.« Dann warf sie einen Seitenblick auf Allegra und das Lächeln um ihre Lippen verschwand. »Vielleicht schafft es die Liebe ja irgendwann auch, Allegra zu verzaubern. Ich fürchte allerdings, der passende Mann muss noch geboren werden.«

Jen lachte und streckte Allegra total albern die Zunge raus. Ja, sie waren wirklich wie Geschwister und das Lob von *Mamma* ließ die eine gleich frech werden.

»Vielleicht ist Amor ja schon auf dem Weg hierher.« Nun zwinkerte Jen Allegra zu, was ihr einen fragenden Blick von Maria einbrachte.

Allegra stand auf und begann, die Sachen vom Frühstück einzusammeln. »Klärt das ohne mich. Irgendjemand muss sich ja um das Restaurant kümmern.« Es klang böser als beabsichtigt, aber über eine weitere Diskussionen, wer denn am geeignetsten für Allegra wäre, konnte sie verzichten.

Maria hingegen stimmte ihr zu. »Ich muss auch in die Küche. Aber zuerst könntest du mir sagen, von wem du redest.«

Die Antwort hörte Allegra schon gar nicht mehr. Sie war zu dem Entschluss gekommen, dass sie ihren Romeo wollte. Und der war vermutlich wirklich auf dem Weg hierher, schließlich begann seine Schicht bald. Aber sie wollte es langsam angehen, denn Liebe auf den ersten Blick wie bei Shakespeare gab es im wirklichen Leben nicht. Eine wahrheitsgemäße Entwicklung hätte vermutlich nur den Rahmen jeder Theateraufführung gesprengt. Aber das hieß ja nicht, dass Allegra es genauso anpacken musste. Erst einmal musste Fabio über den Tod seiner Freundin hinwegkommen und dafür würde sie ihm alle Zeit der Welt lassen. Sie war noch nicht einmal zwanzig, also was machten da schon ein paar Wochen mehr oder weniger? Dieses Mal würde alles besser werden.

Nachdem sie die Lebensmittel vom Tablett in den Kühlschrank und das Geschirr in die Spülmaschine geräumt hatte, ging sie wieder nach draußen. Ihre Mutter war bereits in der Küche und bereitete alles für die Gäste vor. Zu Allegras Verwunderung saß Fabio an ihrem vormaligen Platz, tief in ein Gespräch mit Jen verwickelt, die wild gestikulierend auf ihn einredete. Fabio sah etwas überfordert und alles andere als begeistert aus.

»Jen?«, fragte Allegra, als sie an den Tisch trat.

»Ich habe gerade eure neue Aushilfe kennengelernt«, sagte sie spitz. Ihr Tonfall war beinahe abfällig, so kannte Allegra ihre Freundin gar nicht. Sie bedachte Fabio auch mit einem richtig fiesen Blick, den Allegra sich nicht erklären konnte.

Erleichtert über Allegras Ankunft sprang Fabio auf und entschuldigte sich, um sich an die Arbeit zu machen.

»Was war das denn?«, fragte Allegra misstrauisch.

»Etwas stimmt nicht mit dem, Allegra«, sagte Jen stirnrunzelnd. »Halt dich bitte von ihm fern.«

Der Satz klang so ernst, dass Allegra für einen Moment stutzte. »Was sollte mit ihm denn nicht stimmen? Du kennst ihn – wie lange, vielleicht fünf Minuten? Zehn? «

»Wie lange kennst du ihn denn? Und kennst du ihn wirklich?«

Allegra setzte zu einer Antwort an, doch die blieb ihr im Hals stecken. Sie kannte ihn nicht wirklich. Aber erst kurz zuvor hatte sie eine Entscheidung getroffen. Sie wollte es darauf ankommen lassen, austesten, was da zwischen ihnen war, und so vielleicht die Liebe finden. Und nun sagte Jen genau das Gegenteil? »Über was habt ihr denn gesprochen?«, fragte sie neugierig.

»Ich habe ihn nach seiner Exfreundin gefragt«, antwortete Jen bitter. »Für mich klang das wie die Geschichte eines eifersüchtigen Typen, der von seiner Freundin verlassen wurde und sie daraufhin umgebracht hat.« Sie erschauderte.

»Und das hat er dir erzählt?«

»Nein, ich habe zwischen den Zeilen gelesen.«

»Das kannst du vielleicht bei Büchern, aber nicht, wenn dir jemand etwas erzählt.«

»Nenn es, wie du willst. Aber ich glaube, er spielt dir was vor. Er hat vielleicht die Rolle von Romeo zu sehr verinnerlicht. Die Masche scheint bei manchen Frauen ja gut anzukommen.« Ihre Mimik war herausfordernd und Allegra erkannte, dass sie Jen nicht von ihrer Meinung abbringen konnte. Sie wollte sich nicht streiten, daher antwortete sie gar nicht erst.

Jen hingegen war voll in Fahrt: »Er widerspricht sich, ist dir das nicht aufgefallen?« Jetzt sprach wieder die zukünftige Psychologin aus Jen.

»Analysier doch Menschen, die du zum ersten Mal triffst, nicht so. Vielleicht wollte er einfach nicht sagen, dass es dich nichts angeht? Ich weiß, dass du dir Sorgen um mich machst, aber es ist doch gar nicht gesagt, dass er überhaupt Interesse an mir hat. Vielleicht spürt er dieses Etwas nicht, das ich empfinde.« Allegra schüttelte den Kopf. Sie fühlte sich irgendwie verraten und das schmerzte. Als wolle Jen ihrer Liebe – wenn es denn so etwas werden sollte – im Weg stehen. »Aber genau das will ich herausfinden. Vielleicht muss Julia einfach mal den ersten Schritt machen.«

»Interesse an dir hat er, das kannst du mir glauben. Jedes Mal, wenn ich dich erwähnt habe, zog so ein Schleier über sein Gesicht und er wirkte wie benebelt. Bei der Frage nach seiner Exfreundin dagegen nicht. Findest du das nicht auch seltsam? Du hast mir doch noch erzählt, dass er aus Liebe mit ihr Schluss gemacht hat. Passt das zusammen?«

Allegra zuckte mit den Schultern. »Ich weiß nicht, wann er sich getrennt hat. Vielleicht ist es schon länger her und nur der Unfall war erst kürzlich?« Sie belog ihre beste Freundin, weil sie keine Erklärung dafür hatte. Genauso wenig wie für das Gefühl, das im letzten Moment immer dafür sorgte, dass sie sich zurückzog.

»Ich mache mir nur Sorgen«, sagte Jen bestimmt. »Irgendetwas stimmt da nicht, das sagt mir mein Bauchgefühl.«

»Ich pass schon auf, keine Sorge.« Allegra wollte dieses seltsame Gespräch so schnell wie möglich beenden. Jen besaß eine zu große Portion Bauchgefühl – oder wie man das auch immer beschrieb. Sie war so schnell zu begeistern, wenn auch nur entfernt etwas ›nett‹ war, andererseits konnte sie einen Aufstand machen, wenn ihr eine Kleinigkeit nicht passte. Vielleicht lag bei Fabio diese Kleinigkeit darin, dass Jen sich in Gedanken bereits ausgemalt hatte, wie sie Allegra mit Alessandros Freund verkuppeln konnte und sie beide Doppeldates hatten. Aber dafür konnte Fabio ganz sicher nichts. Allegra wollte an ihrem gesponnenen Langzeitplan festhalten: Freundschaft, dann Liebe – diesen Weg hatte sie nie zuvor eingeschlagen, also könnte es doch der richtige für sie sein.

»Ich muss rein, Fabio beim Vorbereiten helfen.« Sie versuchte, sich so wenig wie möglich von ihrem Ärger anmerken zu lassen. »Wir sehen uns heute Abend, ja?«

Jens Augen wurden sofort glasig. »Ich bin so gespannt, was du zu Alessandro sagen wirst.«

2. Szene

Der Mittagstisch am Samstag war gut besucht und Allegra hatte keine Gelegenheit gehabt, mit Fabio über das geplatzte Vorsprechen zu reden. Ihre Gedanken hingegen waren von einem Plan zum nächsten gehuscht, immer wieder hatte sie Fabio mit Männerbekanntschaften der letzten Jahre verglichen. Sie wusste selbst, wie blöd das war – jeder Mensch war einzigartig –, dennoch konnte sie nicht anders als ständig zu analysieren, was schief gelaufen war.

Ihr Aussehen war immer ein Fluch gewesen. Es schien beim männlichen Geschlecht einen Urinstinkt zu aktivieren, einen Jagdinstinkt, und sie alle hatten Allegra besitzen wollen – nicht für ihre inneren Werte, sondern als Trophäe. Sie war in Gedanken so viele erste Begegnungen – so viele Kennenlern-Treffen – durchgegangen und immer wieder zeichnete sich dasselbe Schema ab. Die Augen ihres Gegenübers hatten beim ersten Blick angefangen zu leuchten und ihr Schicksal hatte seinen Lauf genommen.

Fabio hingegen war einfach normal geblieben, vielleicht hatte gerade das Allegras Interesse geweckt? Sie dachte an das eine Mal, als ein Typ Jen die kalte Schulter gezeigt hatte – was bei Jen einer Kampfansage gleichkam. Sie hatte sich dazu genötigt gefühlt, ihn zu überzeugen, was sie für ein wunderbarer Mensch war. Erst später hatte sich herausgestellt, dass sein Verhalten lediglich eine – wenn auch funktionierende – Masche gewesen war. Fiel Allegra jetzt ebenfalls auf eine solche Masche herein oder war diese Normalität, die Fabio ausstrahlte, echt? Lag es wirklich daran, dass sie eine gewisse Verbundenheit spürte, so dass sie ihn fast – zweimal! – geküsst hatte?

Sie kam leider zu keinem Ergebnis. Dafür reichte die Zeit über Mittag nicht aus. Sie konnte jedoch definitiv sagen, dass es sich gut anfühlte, nicht sofort in die Öffentlichkeit gezerrt und den Kumpels vorgeführt zu werden. Leider war auch das schon vorgekommen, dem Urinstinkt sei Dank.

Allegra seufzte, während sie mit ihrem Tablett von einem Tisch zum anderen ging, um das Geschirr abzuräumen. Fabio kassierte gerade die letzten Gäste ab und dann konnte sie sich vielleicht mit ihm zusammensetzen und über das Theaterstück sprechen. Sie wollte ihm eine Freundin sein – rein platonisch. Das war es, was er derzeit am meisten brauchte.

Als sie aus der Küche zurückkam, hatte Fabio den Haupteingang des Restaurants bereits abgeschlossen und sah aus, als wolle er gehen.

»Bleibst du nicht hier?«, fragte Allegra, Enttäuschung schwang unbeabsichtigt in ihrer Stimme mit.

Fabio musterte sie aus seinen violettblauen Augen. »Ich wusste nicht, dass das an Samstagen üblich ist. Müssen wir noch was Besonderes vorbereiten?«

Allegra schüttelte den Kopf. »Das nicht …«

»Kann ich dir bei irgendetwas helfen?«, bot Fabio an.

»Ich dachte, wir setzen uns nach hinten und unterhalten uns ein bisschen.« Ihr Vorschlag klang mehr nach einer Frage denn nach einer Aussage.

»Gerne.« Diese Idee war Fabio scheinbar gar nicht gekommen. Nun lächelte er und seine Augen leuchteten regelrecht.

»Dann besorge ich uns bei *Mamma* etwas zu essen.« Allegra eilte in die Küche. Dort angekommen durchsuchte sie die Töpfe.

»Du scheinst dich ja sehr über die Mittagspause zu freuen.« Maria schaute Allegra mit schräg gelegtem Kopf an. »Ich habe dich lange nicht so strahlen gesehen.« Nach einem kurzen Grübeln, wie eine Falte zwischen ihren Augenbrauen verriet, fuhr sie fort: »Liegt das vielleicht an dem jungen Mann, der den vielsagenden Namen Hoffnung trägt?« Sie zwinkerte Allegra zu und lächelte.

»Er ist nur ein Freund, *Mamma*«, antwortete Allegra schnell, um bei Maria nicht falsche Hoffnungen zu wecken. »Er hat eine schwere Zeit durchgemacht und kein Interesse an mir.«

»Ganz sicher nicht, Kleines«, sagte Maria in einem Tonfall, der verdeutlichte, dass sie genau das Gegenteil zu wissen glaubte. »Du solltest mal sehen, wie er dich ansieht. Man könnte meinen, er hat diesen Job nur wegen dir angenommen.«

»Na klar. Das lohnt sich ja auch total«, erwiderte Allegra.

»Wer weiß«, sagte Maria überzeugt. »Suppe ist schon alle. Ich werde euch eine Kleinigkeit zaubern. Genieß bis dahin die Mittagspause.« Ihre Augenbrauen zuckten verheißungsvoll und Allegra verzog das Gesicht.

»Nur Freunde«, wiederholte sie noch einmal und verließ die Küche, um zu Fabio nach draußen zu gehen.

Er hat es sich bereits an einem Zweiertisch bequem gemacht. Als Allegra ohne etwas in der Hand an den Tisch trat, hob er fragend eine Augenbraue.

»*Mamma* kocht extra für uns«, erklärte Allegra.

»Welche Ehre! Von der Chefin persönlich bekocht zu werden.« Fabio lächelte. Er wirkte so unglaublich jung, wenn er das tat.

»Wenn du etwas anderes vorhast …«, setzte Allegra an. »Ich meine, es hat so ausgesehen, als würdest du nicht über den Nachmittag bleiben wollen …«

»Ich hatte nichts vor«, antwortete Fabio schnell. »Nichts Wichtiges«, fügte er hinzu. »Ich wollte nur in Selbstmitleid versinken.«

Allegra sah ihn fragend an.

»Das Theaterstück wurde abgesagt. Ich werde wohl niemals die Chance bekommen, den Romeo zu geben.« Die Enttäuschung stand ihm ins Gesicht geschrieben, gleich darauf blickte er nach unten.

»Ich hab's heute Morgen gelesen.« Allegra sah ihn ganz genau an, damit sie an seiner Mimik ablesen konnte, wie er auf die nachfolgenden Worte reagieren würde. »Ich habe sofort an dich gedacht. Es tut mir so leid.«

Fabios Kopf ruckte hoch. Er schien sich genau zu überlegen, was er als Nächstes sagen würde. »Danke. Das bedeutet mir wirklich viel. Alle anderen haben es als Träumerei abgetan, die würden sich nur bestätigt fühlen.« Er lachte freudlos.

Allegra wollte weder mit dem Tod seiner Exfreundin anfangen noch auf dieser unerfreulichen Nachricht herumreiten und überlegte, welches Thema unverfänglich wäre.

»Heute Abend findet bei einer Freundin eine Party statt. Willst du mich vielleicht begleiten?« Als Fabio nicht antwortete, fügte sie sofort hinzu: »Zur Ablenkung. Damit du auf andere Gedanken kommst. Kein Date oder so.«

Fabio lächelte zögernd. »Ich weiß nicht. Ich … Ich bin nicht … Es ist viel passiert in letzter Zeit und ich weiß nicht, ob ich eine gute Begleitung wäre.«

»Doch, da bin ich mir sicher. Jens neuer Freund wird dort sein und ich befürchte, ich werde mich sonst ausschließlich mit einem bestimmten Typen unterhalten müssen, den ich bislang nicht einmal kenne.« Sie hatte es eigentlich nur beiläufig erwähnen wollen, doch diese Information schien Fabios Interesse zu wecken.

Neugierig fragte er: »Warum?«

»Weil ihr Freund einen Freund mitbringt und wir wissen alle, wie das endet, oder?«

Fabio kniff die Augen zusammen. Das strahlende Violett verschwand und ein Schatten legte sich über sein Gesicht. Eine derart dramatische Reaktion hätte sie nicht erwartet. So tragisch war es ja auch nicht – sie übertrieb einfach ab und an gerne, Jen hätte es verstanden und richtig interpretiert. Das erklärte sie ihm auch sofort, doch seine Mimik blieb unverändert. Er grübelte plötzlich regelrecht.

»Dann komme ich gerne mit. Wer weiß, was das für ein Typ ist. Ich kann dich doch nicht mit einem Fremden allein lassen.« Ein Grinsen erschien auf seinen Lippen, doch es wirkte nicht echt.

Darauf saßen sie eine ganze Weile wortlos da. Allegra genoss die Stille, den weit entfernt scheinenden Tumult der Stadt jenseits des hohen Sichtschutzes aus Mauer und Holzzaun. Das Außengelände des ›Da Casari‹ war wie eine andere Welt. Ihre Welt.

»Sie mag mich nicht«, sagte Fabio irgendwann in die Stille hinein und Allegra wusste sofort, dass er Jen meinte.

»Jen ist … speziell. Sie versucht nur, mich zu beschützen. Sie muss dich einfach besser kennenlernen und die Party ist die Gelegenheit, das nachzuholen.«

Fabio nickte. »Sie denkt, ich baggere dich an, oder?«

Allegra zögerte einen Moment, nickte anschließend beschämt und sah auf den Tisch. Plötzlich schob sich ein Teller in ihr Blickfeld. Sie zuckte zusammen. Sie hatte Maria gar nicht kommen hören, doch sie war froh über die Unterbrechung. Ein zweiter Teller wurde auf dem Tisch abgestellt.

»Lasst es euch schmecken«, säuselte Maria und Allegra verdrehte die Augen. Ihre Mutter jedoch sah die Geste nicht mehr, denn sie lief bereits munter summend wieder nach drin.

»Es schmeckt fantastisch«, lobte Fabio nach dem ersten Bissen.

»Du brauchst dich nicht mehr einzuschleimen«, neckte Allegra und Fabio sah sofort schockiert aus, stammelte unverständliche Worte, was Allegra zum Lachen brachte. »Das war ein Witz. Ich weiß, dass *Mammas* Pasta die beste weit und breit ist.«

Fabio nickte kauend. Sie aßen schweigend zu Ende, ehe Fabio versuchte, ein Gespräch in Gang zu bringen.

»Weißt du, wie dieser Freund heißt, den der Freund deiner Freundin mitbringt?«

Allegra lachte über die seltsame Formulierung. »Meine Freundin heißt Jen, na ja, eigentlich Jennifer. Und ihre neue Liebe heißt Alessandro Capulet.«

»Und wie heißt dieser Freund von ihm? Montague?« Es sollte vielleicht wie ein Witz klingen, aber das, was Allegra aus Fabios

Gesicht lesen konnte, war alles andere als humorvoll. Er sah todernst aus.

»Keine Ahnung«, lachte Allegra. »Ich bin mir aber ziemlich sicher, dass sie mir keinen Romeo vorstellen wird. Den habe ich ja schon hier sitzen.« Sie lachte, doch auch damit erreichte sie bei Fabio nicht die erwartete oder erhoffte Reaktion. Er lachte nicht und schien es auch nicht witzig zu finden. Auch auf die Anspielung auf seine Rolle als Romeo reagierte er nicht. »Niemand könnte ein besserer Romeo sein als du«, fügte sie erklärend hinzu und biss sich im selben Moment auf die Zunge. Klang das nicht wie ein billiger Anmach-Spruch? Sie schalt sich innerlich.

»Grazie«, sagte Fabio und bekam rote Wangen, was Allegra sofort das Herz erwärmte und für ein Flattern in ihrer Magengegend sorgte.

Wenn sie so allein mit ihm Zeit verbrachte – und sei diese Zeit auch noch so kurz –, könnte sie schwören, dass er besonders war und dass wirklich etwas zwischen ihnen entstand. Vielleicht noch zart und flatternd wie das Gefühl in ihrem Magen, aber es war da. Und wie Fabio in diesem Moment aussah, beruhte das Gefühl definitiv auf Gegenseitigkeit.

»Ich bin ja schon sehr gespannt auf diesen Alessandro«, redete Allegra munter drauf los, um Fabio nicht unentwegt anzustarren. »Er hat Jen regelrecht verändert und es ist einfach schön zu sehen, wie glücklich sie ist.«

»Dir liegt viel an ihr?«

»Sie ist wie meine Schwester und jedes Mal, wenn sie Liebeskummer hat, tut es mir in der Seele weh.«

»Ach, dass der Liebesgott, so mild im Scheine, so grausam in der Prob' erfunden wird!« Er führte das Zitat aus ›Romeo und Julia‹ nicht fort, sondern verzog schmerzhaft das Gesicht, schüttelte den Kopf.

Allegra konnte nicht genau sagen, warum seine Zitate sie so sehr berührten, aber es war, als läge so viel Wahrheit darin, wie sie es nie zuvor gespürt hatte. Und sie hatte Romeo und Julia mehr als einmal gelesen und mit der Schule sogar eine Aufführung angesehen.

»Jennifer wird nicht begeistert sein, wenn ich mit zur Party komme.«

»Egal, sie wird sich daran gewöhnen, dich besser kennenlernen und einsehen, dass ihr erster Eindruck falsch war. Sie ist lernfähig und meine beste Freundin. Mir zuliebe wird sie sich benehmen.« Das hoffte Allegra zumindest. Manchmal war Jen nicht leicht zu belehren.

Fabio nickte nur gedankenverloren.

3. Szene

Ich bin mir immer noch nicht sicher, ob das eine gute Idee war.« Allegra und Fabio waren gerade auf der Zufahrtsstraße zum Haus von Sandras Familie angekommen und er musterte skeptisch die vielen schicken Autos, die eins nach dem anderen den gepflasterten Weg jenseits des altmodischen Eisentores zur Straße hin zuparkten. Maria hatte sich freudig bereiterklärt, auch Fabio früher gehen zu lassen. Sie hatte dabei so gestrahlt, als würde sie etwas geschenkt bekommen und nicht den Rest der Schicht allein arbeiten müssen. Wenn sie sich dieses ständige Zwinkern gespart hätte, als hätte sie etwas im Auge, wäre das ganze vielleicht weniger offensichtlich gewesen.

»Jetzt warte doch erst mal ab«, sagte Allegra und ging durch das weit geöffnete Tor. »Vielleicht kennst du ja jemanden.«

»Das wage ich zu bezweifeln.«

»Wieso? So, wie es aussieht«, sie deutete auf die vielen Autos, »ist so ziemlich jeder in unserem Alter hier.«

»Ich bin nicht von hier«, sagte Fabio knapp.

Allegra hatte sich nie Gedanken darüber gemacht, wo Fabio eigentlich wohnte. Sie nahm sich vor, am nächsten Tag bei ihrer Mutter nachzufragen. Schließlich hatte Fabio den ganzen Papierkram ausfüllen müssen. »Dann lernst du eben ganz viele neue Leute kennen.« Allegra ging weiter und Fabio war gezwungen, ihr zu folgen.

Die Musik wurde immer lauter, je näher sie dem Haus kamen. Als die Tür wenige Meter vor ihnen lag, wurde sie geöffnet, ein Junge und ein Mädchen kamen heraus und brachten enormen Lärm mit sich. Arm in Arm schwankten sie die drei Treppenstufen hinab, der Junge stützte das Mädchen auf den hohen Schuhen mehr, als dass sie selbst ging. Fabio blieb stehen, während Allegra nur den Kopf schüttelte. Sie verabscheute die Wirkung von zu viel Alkohol und trank daher selbst nur ganz selten etwas.

Ehe die Tür hinter dem Paar zufallen konnte, huschte Allegra hinein. Im ersten Moment blieb ihr der Atem weg. Es war nahezu unerträglich heiß, der Lärm drang von allen Seiten auf sie ein und sie roch den Alkohol in der Luft. Plötzlich war sie sich auch nicht mehr sicher, ob es die richtige Entscheidung gewesen war, zur Party zu kommen. Sie bereute ebenfalls, Fabio mitgeschleppt zu haben. Doch nun war es zu spät. Sie drehte sich zu ihm um.

»Falls du lieber gehen möchtest …« Sie ließ ihm die Wahl.

»Jetzt sind wir hier, also können wir versuchen, uns zu amüsieren, oder?«

Überzeugt sah er nicht aus, aber Allegra war froh, dass er sie hier nicht allein ließ. Bis sie Jen und ihren Alessandro finden würde, könnte es ewig dauern. Das Haus von Sandras Eltern glich eher einem Herrenhaus aus längst vergangenen Zeiten. Auf dem Gelände, das bis hinunter zu einem der vielen Seen in der Gegend verlief, hätten mehrere Fußballfelder Platz gefunden und das Gebäude bot Wohnraum für eine ganze Kolonie. Irgendwer hatte erzählt, dass es sich um den ehemaligen Sitz des Stadtgründers handelte, aber damals hatte sich Allegra nicht so sehr dafür interessiert.

»Dann versuchen wir erst einmal, Jen zu finden, danach holen wir uns etwas zu trinken, in Ordnung?«, schlug sie vor.

Fabio nickte und Allegra ging ein paar Schritte dem Zentrum des Lärms entgegen. Es war lange her, seit sie das letzte Mal hier gewesen war. Sandra und sie hatten sich etwas auseinandergelebt. Schon jenseits der Tür zum Wohnzimmer war zu erkennen, dass es in diesem Raum kaum ausreichend Platz geben dürfte. Es hielten sich so viele Leute darin auf, dass die Gäste bereits auf den Flur herausquollen. Instinktiv griff Allegra nach Fabios Hand, um ihn nicht im Gedränge zu verlieren. Den elektrischen Schlag, den die Berührung verursachte, ignorierte sie. Sie erkannte mit einem Seitenblick, dass Fabio im ersten Moment irritiert war, dann jedoch lächelte.

»Auf in den Kampf!« Allegra schob sich zwischen den Gästen hindurch und zog Fabio hinter sich her.

Sie war nicht gerade klein, konnte dennoch nicht über all die zusammengedrängten Menschen hinwegsehen. Sie suchte nach Jens hellen blonden Haaren, wurde jedoch nicht auf den ersten Blick fündig. Sie drängte zwischen verschiedenen Gruppen hindurch, hielt immer wieder an, um nach ihrer Freundin Ausschau zu halten. Die Luft war so stickig und heiß, dass Allegra kaum mehr vernünftig atmen konnte. Die Strähnen, die sich aus ihrem hastig hochgesteckten Haar gelöst hatten, klebten ihr im Nacken. In ihrem Kopf dröhnte der laute Bass irgendeines alten Techno-Songs. Sie wandte sich zu Fabio um, dessen Hand sie nach wie vor hielt.

»Lass uns kurz nach draußen gehen«, schrie sie. Sie wusste nicht, ob er sie über den ganzen Lärm hinweg verstanden hatte, steuerte nichtsdestotrotz eine der geöffneten Terrassentüren an.

Auch draußen standen zahlreiche Gäste in kleinen Gruppen zusammen. Erst als Allegra an den letzten vorbei war und bereits auf dem an die Terrasse angrenzenden Rasen stand, ließ sie Fabio los und holte tief Luft.

»Ich fürchte, ich bin zu alt für so was«, seufzte sie. Sie war noch nie gerne auf derart überfüllten Partys gewesen, aber ein so beklemmendes Gefühl wie heute hatte sie noch nie gehabt.

»Es ist … ziemlich viel los.« Fabio sah zurück zum Haus, aus dem nun ein Song aus den aktuellen Charts dröhnte. Irgendein schnulziger Popsong über die Liebe, wie es sie zu tausenden gab.

»Sandra feiert diese Party jedes Jahr, wenn ihre Eltern auf Hochzeitsreise sind«, erklärte Allegra. »Ich habe keine Ahnung, wie sie es fertigbringt, dieses Chaos immer wieder durchzuziehen.« Allegra schüttelte den Kopf, als sie sich daran erinnerte, wie sie hier ihren ersten Alkohol getrunken hatte – zu viel Alkohol. Das muss vor vier Jahren gewesen sein und die Anzahl der Gäste war noch überschaubar gewesen. Jetzt befanden sich gefühlt der ganze Abschlussjahrgang, die neue Oberstufe und Teile der Mittelstufe hier. Wie sollte sie Jen in dem Chaos finden? Sie kramte in ihrer Tasche nach dem Handy und schrieb Jen eine Nachricht.

»Wir können uns dort setzen, bis sie geantwortet hat«, sagte Fabio und deutete in Richtung See. Vielleicht fünfzig Meter entfernt stand halb unter den Bäumen ein verwaister kleiner Pavillon aus weißlackiertem Metall, der den anderen Gästen vermutlich zu weit vom Getränkenachschub war.

»Danke«, sagte Allegra schlicht und sie liefen nebeneinander zum Pavillon. Die Sicht auf den See wurde immer besser, je weiter sie sich von dem künstlichen Licht der Spots im Garten rund um die Terrasse entfernten. Der Mond spiegelte sich auf der sich kräuselnden Oberfläche. Von der Anhöhe, auf der sich das Haus und der Garten befanden, wirkte der See so nah, nur einen Steinwurf entfernt. Dabei lag er jenseits einer hohen Mauer, durch deren großes Tor – ähnlich dem vom Haupteingang – vermutlich die Gärtner mit ihren Gerätschaften aufs Grundstück kamen. Dahinter verlief ein geteerter Weg, der den See umrundete.

»Scusa«, sagte Fabio und schreckte Allegra aus ihren Gedanken.

Verwirrt sah sie sich um. Sie war so von dem schönen Anblick eingenommen, dass sie nicht bemerkt hatte, dass sie bereits beim Pavillon angekommen waren. Dieser war allerdings nicht ganz so verwaist, wie sie aus der Entfernung gedacht hatte. Im vom Mondlicht unberührten Teil unter den Bäumen saßen zwei Personen in nahezu undurchdringlicher Dunkelheit. Das sich küssende Pärchen ließ wie in Zeitlupe voneinander ab. Doch unmittelbar darauf schimpfte eine männliche Stimme aus der Dunkelheit heraus auf Italienisch, dass man in Deutschland wohl nirgendwo ungestört sein könne. Gleich darauf beugten sich die zwei Gestalten von der dunklen Bank ins Mondlicht und die weißblonden Haare bestätigten Allegras Bauchgefühl.

»Jetzt ist mir klar, warum du nicht antwortest«, lachte Allegra mit Blick auf die roten Wangen ihrer besten Freundin.

Jen erhob sich – nicht gerade schnell – von der Bank, vermutlich war sie noch von den Küssen benebelt. Ihre hellen blauen Augen leuchteten und ein breites Lächeln war ihr wie ins Gesicht getackert. Ihr Begleiter stellte sich neben sie.

Ganz wie erwartet reagierte Jen richtig cool darauf, erwischt worden zu sein. »Hey, Süße. Das ist Alessandro.« Sie deutete mit einem Kopfnicken auf den Jungen mit den dunklen Haaren, dessen Augenfarbe Allegra im Mondlicht nicht erkennen konnte, so dunkel wirkten sie auf den ersten Blick. »Alessandro, das ist meine beste Freundin Allegra.«

»Hi«, sagte Allegra und Alessandro wiederholte die Begrüßung.

»Was tut ihr hier draußen?«, fragte Allegra, obwohl es eigentlich offensichtlich war, was die beiden hier taten.

»Für Alessandro war das nichts da drin. Zu viele Leute, die ihn durcheinanderbringen.« Sie ließ Allegra keine Zeit nachzuhaken. Denn nun fiel ihr Blick auf Fabio, der etwas im Hintergrund geblieben war. Sie zog Allegra zu sich. »Du hast *ihn* mitgebracht?«, zischte sie beinahe aufgebracht.

»Sollte ich allein hierherkommen?«, war Allegras erste bissige Antwort, ehe sie sich selbst zur Beruhigung aufforderte und hinzufügte: »Du musst ihn einfach näher kennenlernen. Bitte, Jen, tu's für mich.« Allegra versuchte es mit Schmollmund und Dackelblick, von dem sie wusste, dass sie Jen damit zum Lachen bringen würde.

Diese kniff kurz die Augen zusammen und seufzte anschließend. »Aber komm nachher nicht heulend zu mir, wenn er dich enttäuscht«, sagte sie mit Belehrstimme, erhobenem Zeigefinger und einem Lachen. Das war der Spruch, den sie schon so viele Male von Allegra zu hören bekommen hatte – und entgegen aller Warnungen hatte die ihr immer wieder über ihren Liebeskummer hinweggeholfen.

»Danke«, flüsterte Allegra und trat zwei Schritte zurück an Fabios Seite.

»Wir hatten ja schon *das Vergnügen*«, sagte Jen, die Spitze in ihrer Stimme war nach wie vor herauszuhören. Fabio jedoch schien unbeeindruckt. Sie drehte sich zu ihrem Freund um: »Alessandro, das ist Fabio. Die neue Aushilfe im Restaurant von Allegras Mutter.«

»Ciao«, sagte Alessandro und musterte Fabio unverhohlen aus zusammengekniffenen Augen, was Allegra schon sehr unhöflich fand. Was hatte Jen ihm nur erzählt? An seiner Mimik konnte sie seine Skepsis ablesen, wenn nicht sogar eine regelrechte Abneigung. »Kennen wir uns?«, fügte er auf Italienisch hinzu. Jen hatte erwähnt, dass er kein Deutsch sprach, aber grob verstehen konnte.

»Bestimmt nicht«, antwortete Fabio.

»Ich bin mir sicher …«, hakte Alessandro nach.

Doch Jen unterbrach ihn: »Und ich bin mir sicher, dass wir jetzt losgehen und etwas zu trinken holen. Wollt ihr auch was?«

Allegra nickte nur und Jen zog ihren Alessandro hinter sich her in Richtung Haus.

»Wollen wir hier bleiben?«, fragte Fabio. Er hatte ebenfalls nicht mehr ins Deutsche gewechselt, fiel Allegra auf, und deutete mit einer offenen Geste zur Bank im Pavillon.

»Gerne.« Allegra setzte sich und Fabio tat es ihr nach. Sie registrierte mit einem Lächeln, dass er einigen Abstand zwischen ihnen beiden gelassen hatte.

»Ich wollte nicht, dass du denkst …« Er rang nach Worten und gestikulierte wild, deutete dabei auf den freien Platz zwischen ihnen.

»Dass ich dich sofort anspringe wie Jen anscheinend Alessandro?« Allegra lachte. Es tat gut, sich so locker unterhalten zu können.

Fabio sah überall hin, nur nicht zu Allegra. »Hoffentlich nicht«, sagte er entsetzt, was Allegra einen kurzen Stich versuchte. Er blickte auf, erfasste ihren Gesichtsausdruck und ruderte sofort zurück: »Nein, nicht, dass du glaubst, ich fände dich nicht... Ich meine, du weißt sicher, dass ...« Nervös fuhr er sich durch die Haare.

Gerade als es interessant wurde, unterbrach er sich wieder. Allegra wartete ab, sah ihm zu, wie er nach den richtigen Worten suchte.

Er schlug sich mit der Hand auf den Oberschenkel. »Du weißt sicher, dass du eine Wirkung auf mich hast, auf absolut jeden hast ... Du bist charmant, schlagfertig ...«

Sie registrierte, dass er nicht gesagt hatte, sie sehe gut aus. Allegra wusste nicht, ob er die Worte bewusst so gewählt hatte oder ob er keinen solchen Wert auf Äußerlichkeiten legte wie die meisten anderen. So oder so hatte ihm das gerade einen großen Pluspunkt eingebracht. »Danke«, sagte sie lächelnd und erlöste ihn damit aus seiner Suche nach weiteren Erklärungen.

Er strahlte sie an, seine violetten Augen leuchteten kurz auf, als einer der Äste, der das Licht vom Haus bisher abgeschirmt hatte, in einem Windstoß zur Seite glitt. Fabio rutschte nervös hin und her.

»Musst du noch irgendwo hin?«, fragte Allegra, der wieder eingefallen war, dass sie Fabio geradezu gezwungen hatte, mitzukommen. Aber sie bereute die Frage sofort. Etwas in ihrem Inneren wollte nicht, dass er ging. Ein Etwas, das sich nicht an ihre Pläne hielt, es langsam angehen zu lassen, Fabio erst besser kennenzulernen.

»Nein, es ist nur ...«

»Du wolltest in Selbstmitleid versinken?«, half Allegra ihm auf die Sprünge, um ihn abzulenken.

Fabio nickte, dann schüttelte er den Kopf. »Irgendwie fühlt es sich aber gar nicht so an, als hätte ich heute etwas verloren, eher ... im Gegenteil.« Erst nestelte er am Stoff seiner Jeans herum, dann sah er auf.

Allegra kannte diesen Blick. Er suchte nach Verständnis, wollte, dass sie begriff, was er damit sagen wollte. Und sie wusste es. Sie war sich nur nicht sicher, ob sie all ihre Pläne in Sachen Freundschaft über Bord werfen und sich darauf – auf diesen Blick und das damit verbundene Wissen – einlassen sollte.

Fabio flirtete eindeutig mit ihr – auf eine niedliche, unbeholfene Weise. Ob bewusst oder nicht hatte er bereits einen großen Teil der Distanz zwischen ihnen überwunden. Ihr Herz klopfte schneller und schneller. Der Moment fühlte sich so richtig an, wie könnte es falsch sein, sich darauf einzulassen? Es war wie ein Déjà-vu. Sie sah sich Fabio im Restaurant gegenüber, der erste Fast-Kuss, dann der nächste. Es war ihr unerklärlich, wie sie hatte innehalten und sich dem Bann seiner Augen entziehen können.

Während sie immer weiter in ihnen versank, drangen von weit entfernt Stimmen zu ihr. Sie unterdrückte das störende Nebengeräusch. Alles, was zählte, war der junge Mann auf der Bank neben ihr, dem ihr Herz entgegenspringen wollte. Die Zeit dehnte sich inmitten dieses kleinen Pavillons, ein Gedanke, wie er kitschiger nicht hätte sein können.

»Wir sollten …«, flüsterte Fabio nun so nah bei ihr, dass sie seinen Atem auf der Haut spüren konnte. »Langsamer …« Sie fühlte die Wärme seines Oberschenkels, der ihren beinahe berührte.

Allegra verstand in dem Moment nicht, was er meinte. Oder sie wollte es nicht verstehen. Es war einfach perfekt. Er. Sie. Vom Mondlicht angestrahlt in einem romantischen Pavillon. »Vielleicht«, seufzte sie. Es klang halbherzig, wie dahergesagt. Denn Worte hatten in diesem Augenblick keinerlei Bedeutung. Nicht, wenn ihr Herz beinahe zu zerspringen drohte. Wenn sie sich so sehr nach diesem Kuss sehnte, dass es beinahe schmerzte. Eine innere Stimme flüsterte ihr zu, dass sie diesen Kuss brauchte, dass er alles verändern würde.

»Vielleicht«, raunte er, während er noch näher kam, sein Atem allgegenwärtig wurde und Allegra instinktiv die Augen schloss, um auf die Wärme seiner Berührung zu warten.

4. Szene

Vielleicht hätte der Kuss wirklich alles verändert. Doch mit einem Mal waren die Stimmen so laut und so präsent, dass sie die komplette Atmosphäre zerstörten. Hastig wich Fabio zurück und brachte wieder Distanz zwischen sie. Er sah aus, wie sie sich fühlte: benommen, als würde sie gerade aus einem Traum erwachen. Auch wenn sie nur ihren Arm ausstrecken müsste, um ihn zu berühren, fühlte es sich doch an, als wäre er meilenweit entfernt. *Es war die richtige Entscheidung,* erklang eine Stimme emotionslos in ihrem Kopf, vielleicht die logische, konsequente Seite von Allegra. Doch sie fühlte nichts als Enttäuschung über den vorenthaltenen Kuss.

»Sie ist meine beste Freundin und sie will es so!«, hörte Allegra Jens Stimme. Selbst im Italienischen war herauszuhören, dass sie damit nicht einverstanden war.

»Mit ihm stimmt etwas nicht und ich muss sie beschützen«, bekam sie zur Antwort.

War das Alessandro? Warum musste der sie beschützen? Dieselbe Frage stellte auch Jen. Allegra drehte sich um und sah, wie ihre Freundin herausfordernd die Hand auf die Hüfte gelegt hatte und ihren Freund ansah, als würde sie ihn bei einer falschen Antwort töten.

Alessandro rang mit wild ruderten Händen nach Worten. »Ich kenne Typen wie ihn«, sagte er. »Und er spielt ein falsches Spiel.«

»Das wird sie schon selbst herausfinden, meinst du nicht?« Alessandro zuckte unter Jens tödlichen Blicken zusammen. Allegra konnte die Eifersucht in den Augen ihrer Freundin sehen. Das war Jens größter Fehler, der ihr immer wieder Probleme in Sachen Beziehungen gemacht hatte.

»Ich glaube, er ist der Falsche … Ich kann nicht zusehen, wie …« Alessandro verstummte so abrupt, als hätte ihm etwas die Kehle zugeschnürt. *»Merda!«,* fluchte er. »Er dürfte noch gar nicht hier … Sie kann doch einfach warten, oder?«

»Warum?« Jens Stimme war gefährlich ruhig. Die Ruhe vor dem Sturm.

Diesen wollte Allegra nicht erleben. Alessandro ganz sicher ebenso wenig. Sie sprang auf und eilte zu ihrer Freundin. »Ist bei euch alles in Ordnung?« Natürlich wusste sie, dass dem nicht so war. Jeder im Umkreis von hundert Metern hätte das mitbekommen. Aber ein unverfänglicher Einstieg schien ihr im Moment das Beste.

»Frag ihn«, zischte Jen und deutete auf Alessandro, der kurz vor dem Verzweifeln stand und abwehrend die Hände hob. »Er meint, er müsse dich beschützen.«

»Das ist ja sehr nett«, setzte Allegra an, »aber nicht nötig.« Sie versuchte sich an einem freundlichen Lächeln, aber es fühlte sich mehr nach einer Fratze an. Sie musterte Alessandro genau. Er sah Kapitän Will Turner wirklich zum Verwechseln ähnlich. Das Gesamtbild beachtete Allegra jedoch kaum, denn ihr Interesse galt ausschließlich seinen Augen. Im Licht der Strahler, die Haus und Garten in Szene setzen sollten, sah sie, dass sie nicht ganz schwarz waren wie auf den ersten Blick, sondern ihrer eigenen Augenfarbe zum Verwechseln ähnlich. Sie kniff die Augen zusammen und versuchte, sich nur auf diesen Teil seines Gesichts zu konzentrieren, damit sie Gewissheit bekam. Gewissheit, dass es die dunklen Augen aus ihren Träumen waren.

»Al!« Jen rüttelte an ihrem Arm.

Allegra schüttelte benommen den Kopf. So langsam musste sie Alessandro zustimmen. Irgendetwas stimmte hier ganz und gar nicht. »Alles okay«, antwortete sie geistesabwesend, obwohl sie nicht einmal wusste, was ihre Freundin gewollt hatte. In ihrem Hirn summten die Gedanken wie in einem Bienenstock. Sie musste später unbedingt mit Jen darüber sprechen.

»Komm, die beiden sollten das unter sich klären.« Fabio legte seine Hand auf Allegras Rücken und schob sie in Richtung Haus. »Anscheinend haben sie noch nichts zu trinken besorgt, vielleicht sollten wir das übernehmen.«

Seine Stimme war so eindringlich, dass Allegra wie automatisch der Aufforderung folgte und sich von Fabio den Weg entlang zum Haus schieben ließ. Unterwegs überlegte sie, warum Alessandro so seltsam auf Fabio reagiert hatte. Noch übertriebener als Jen.

Wenig später hatten sie beide jeweils zwei Gläser in der Hand und befanden sich auf dem Rückweg zum Pavillon. Dort saßen in stiller Eintracht Alessandro und Jen, eng aneinandergeschmiegt. Alessandro hatte sein Handy in der Hand, als erwarte er einen Anruf.

»Habt ihr noch was vor?«, fragte Allegra Jen und deutete mit dem Kopf auf Alessandros Handy, während sie ihrer Freundin und deren Freund die Gläser in die Hand drückte, die sie in der Hand hatte. Von Fabio bekam sie ein neues. Ihr Blick blieb an Alessandros Ring hängen, der an seiner jugendlichen Hand überdimensioniert wirkte. Eine Art Siegelring wie aus alten Geschichten oder Filmen über Geheimbünde. Wenn sie sich nicht täuschte, prangte eine stilisierte Rose darauf. *Das Zeichen der Capulets.* Jens Worte kamen ihr wieder in den Sinn.

»Er wartet auf Nachricht von seinem Freund«, erklärte Jen. »Er müsste eigentlich schon da sein.«

In diesem Moment donnerte ein grollendes Echo vom See herauf und ließ Allegra zusammenzucken, so dass sie den Prosecco beinahe verschüttete.

Alessandro hingegen grinste. »Endlich.« Er sprang auf und trat vom Pavillon zu dem geteerten Weg.

Das Dröhnen wurde lauter, brach hin und wieder kurz ab, als wollte es Luft holen. Allegra kannte das Geräusch nur zu gut. Eine Zeit lang war sie mit einem Jungen zusammen gewesen, dem sein Motorrad und die Clique wichtiger gewesen waren als sie. Sie seufzte bei der Erinnerung.

Das Motorengeräusch erstarb beinahe, das Motorrad musste sich im Leerlauf befinden, ehe es kurzerhand wieder aufjaulte und ein grelles Licht den geteerten Weg von der Mauer zum See heraufraste. Mit quietschenden Reifen kam das schwarze Geschoss mitsamt seinem schwarzgekleideten Fahrer zum Stehen. Mit einer lässigen Bewegung nahm er die Beine von den Fußstützen und stellte den Motor ab.

Die erschreckende Stille dröhnte in Allegras Ohren und die Lichtpunkte tanzten noch vor ihren Augen. Neben ihr verschränkte Fabio die Arme vor der Brust. Allegra hätte es ihm gerne nachgetan. Ein so protziger Auftritt war wirklich unmöglich. Sie war schon drauf und dran, die Augen zu verdrehen, als der Motorradfahrer das schwarzverspiegelte Visier öffnete und sich suchend umsah.

Wie ein Blitz traf Allegra der Blick aus den eisblauen Augen.

Sie war nicht mehr in der Lage, irgendetwas anderes zu tun, als die Augen mit denen aus ihren Träumen zu vergleichen. Ohne wegzusehen stieg der Fahrer ab, stieß Alessandro mit einer freundlichen Geste an, ehe er auf den Pavillon zukam. Für einen kurzen Moment wurde der Blickkontakt unterbrochen, während der Fahrer den Helm abnahm, dann schritt er wieder wie hypnotisiert auf Allegra zu.

»Kennst du den Typen?«, hörte Allegra Fabios Stimme am Rand ihres Bewusstseins. Er klang gekränkt, beinahe empört, und sie bemühte sich, der Faszination zu entkommen, die der Neuankömmling auf sie ausübte. Doch das war … unmöglich.

Der junge Mann strahlte sie mit einem umwerfenden Lächeln an. Als Allegra nicht reagierte, veränderte sich sein Gesichtsausdruck. Er fuhr sich mit den Lederhandschuhen durch das kurze dunkle Haar, vielleicht aus Gewohnheit, vielleicht auch vor Nervosität, die Allegra an seiner Haltung ablesen konnte. Im ersten Moment wirkte er so selbstbewusst, beinahe überheblich – alles andere als sympathisch. Diese kleine Geste jedoch zeigte Allegra, dass mehr dahinter steckte. Intuitiv war sie aufgestanden und dem Jungen zwei Schritte entgegengegangen. Erschrocken vor sich selbst zuckte sie zurück, stets unter dem wachsamen Blick dieser ihr so vertrauten Augen. Wüsste sie es nicht besser, würde Allegra behaupten, dass sie voller Erwartung waren. Dieser Junge betrachtete sie mit einer Selbstverständlichkeit, als würden sie sich schon ewig kennen – was sie sehr misstrauisch machte. Sie wich noch einen Schritt zurück.

»Wer ist das?«, fragte Fabio erneut, nun wieder direkt neben ihr.

Alessandro antwortete für sie: »Das ist mein Freund Luca.« Für einen Freund stellte ihn Alessandro nicht mit sonderlich viel Begeisterung vor, eher skeptisch. So hatte er auch Fabio angesehen. Abschätzend. Dann schüttelte er den Kopf.

In dem Moment kam der junge Mann vor Allegra zum Stehen. Sein Lächeln wirkte nun aufgesetzt. Versuchte er, Enttäuschung zu verbergen? Worüber? Dass sie nicht sofort freudig aufgesprungen und mit ihm geflirtet hatte? Sie musterte ihn erneut skeptisch. Nun wirkte er distanziert und kühl, seine rechte Augenbraue war fragend erhoben. Nein, korrigierte sich Allegra: Sie war nur anders geschwungen, wodurch es so wirkte.

»Hallo«, sagte er vorsichtig auf Deutsch und wartete Allegras Reaktion ab, blickte ihr so direkt in die Augen, als könne er durch sie hindurch ihre Gedanken lesen.

»Hallo«, antwortete sie zögernd.

Luca konnte seine Enttäuschung nicht gut genug überspielen. Allegra sah sie eindeutig vor sich, ehe er sich an Alessandro wandte und ein wortloses Gespräch zu führen schien.

Jen trat zu Allegra. »Und?«, formte sie mit den Lippen.

Allegra zuckte zur Antwort mit den Schultern.

»Nicht ganz so hübsch wie Alessandro, aber er hat was, oder etwa nicht?«, flüsterte Jen nicht leise genug, als dass es die anderen nicht hätten hören können.

Allegra verdrehte die Augen. Sie sah zu Fabio neben sich, der sich bereits zurückgezogen hatte. Sie verhielt sich wie eine dumme, oberflächliche Kuh. »Wir wollten gerade gehen«, sagte sie daher schnell und sah in Fabios Richtung. Der begann bei ihren Worten regelrecht zu strahlen. »Wir sehen uns morgen, okay?«, fügte sie an ihre Freundin gewandt hinzu, deren verständnisloser Blick sie verfolgte.

Für einen kurzen Moment glaubte sie, Bestätigung in Fabios Augen zu sehen und ein siegesgewisses Lächeln um seine Mundwinkel. Aber sie konnte sich auch getäuscht haben.

III. Akt

1. Szene

Nahezu wortlos waren Fabio und Allegra zum Auto gegangen und Fabio hatte darauf bestanden, dass er vom Restaurant aus nach Hause laufen konnte und nicht von Allegra gefahren werden musste. Schließlich gehöre es sich nicht, von einem Mädchen heimgebracht zu werden, hatte er lächelnd gesagt. Allegra fand solche altertümlichen Aussagen eigentlich immer blöd, aber irgendwie passte es zu Fabio. Vielleicht war auch er aus der Zeit gefallen.

Weil sie nicht einschlafen konnte, hatte sie noch lange darüber gegrübelt und auch die Ereignisse auf der Party – insbesondere die Ankunft von Luca – analysiert. Gerade sie, die sich immer wieder darüber ärgerte, auf ihr Aussehen reduziert zu werden, hatte diesen Jungen angestarrt wie die Reinkarnation von Adonis persönlich. Schon beim Gedanken daran schämte sie sich, entschuldigte ihre Reaktion jedoch mit seinen eisblauen Augen. Wieso kannte sie diese Augen bereits, bevor sie Luca überhaupt kennengelernt hatte?

Seit diesem Abend hatte sie die Bestätigung, dass es nicht ein Filmtrailer oder ein Film gewesen war, dem sie die Träume zu verdanken hatte. Jen hatte falsch gelegen, aber das hatte Allegra irgendwie immer gewusst. Doch dieses Wissen nutzte ihr nun gar nichts. Luca war wie all die anderen Typen. Bis auf die kurze Unsicherheit, die aufgeblitzt war, als er auf sie zugetreten war, strahlte seine ganze Erscheinung kühle Arroganz aus. Ein Wesenszug, den Allegra verabscheute.

Nur warum, verfluchte sie sich selbst, sah sie sein Gesicht dann ständig vor sich? Ganz gleich, wie angestrengt sie versuchte, sich abzulenken, ihre Gedanken zu Jen oder auch Fabio hinzusteuern, Luca kehrte immer wieder in ihr Bewusstsein zurück. Auch in ihren Träumen ließ er sie nicht los und die eisblauen Augen waren nun umrahmt von Augenbrauen, eine davon fragend erhoben. Sie erschienen ihr abwechselnd mit den dunkelbraunen Augen von Alessandro – auch da war sich Allegra nun sicher. Nur gab ihr niemand eine Antwort auf die Frage nach dem Warum. Dass immer wieder Passagen aus ›Romeo und Julia‹ rezitiert wurden, erklärte sie sich mit dem Gespräch mit Fabio. Ihr Unterbewusstsein wollte scheinbar seine Augen nicht zeigen und ersetzte sie durch kitschige und dramatische Zitate.

Das Ende des Dramas begleitete sie von der Traumwelt in die Realität. Die Worte schwebten im Raum, als sie benommen und wenig erholt erwachte: ›Denn niemals gab es ein so herbes Los als Juliens und ihres Romeos.‹ Anstatt Ergriffenheit, die Allegra bei diesem Zitat normalerweise packte, schrie alles in ihr nun *Lüge.* Der Gedanke glich Blasphemie und sie verdrängte ihn schnellstmöglich.

Als ihr Handy auf dem Nachttisch vibrierte, schrak sie zusammen. Es musste noch sehr früh am Morgen sein, wer sollte sie anrufen? Sie rieb sich den Schlaf aus den Augen und sah aufs Display. An der Vorwahl erkannte sie eine italienische Nummer. Irritiert nahm sie ab und nannte ihren Namen.

»Al, ich bin's«, sagte eine weibliche Stimme.

»Jen?«, fragte Allegra und räusperte sich, weil man sie kaum verstehen konnte.

»Das ist Alessandros Nummer«, schniefte ihre Freundin.

Kein gutes Zeichen.

»Was ist passiert?«, fragte Allegra sofort.

»Wir haben uns gestritten.«

Warum nur hatte Allegra gewusst, dass es genau dazu kommen würde? Jen war einfach kein Glück in der Liebe vergönnt. Dieses Schicksal teilten sich die Freundinnen. Leider.

Dann fiel Allegra etwas auf: »Und trotzdem hast du sein Handy?«

»Das war … Mein Akku … Verdammt. Können wir uns treffen?«

Allegra nahm das Handy vom Ohr und sah kurz aufs Display. Es war noch nicht annähernd Morgen, wie sie vermutet hatte – es war erst kurz nach drei Uhr. Warum also war sie aufgewacht? Vielleicht, weil ihre Freundin sie brauchte? »Wo bist du?«

»Noch bei Sandra auf der Party. Kannst du mich holen? Ich möchte nicht selbst Auto fahren.« Das war vermutlich eine sehr kluge Entscheidung. Jen neigte dazu, das eine oder andere Glas Prosecco zu viel zu trinken. Auch wenn sie nur so viel trank, dass sie nie die Kontrolle über sich verlor, war es dennoch zu viel, um den Führerschein zu behalten, sollte sie erwischt werden.

»Klar«, sagte Allegra, befreite sich strampelnd von ihrer Decke und schaltete nebenbei das Licht auf dem Nachttisch an. »Kommst du nach vorne zum Eingang?«

»Ich möchte nicht an den vielen Leuten vorbei«, flüsterte Jen. »Du kannst über die Seestraße fahren, ich warte dort am Tor.« Allegra seufzte. »Danke«, fügte Jen noch hinzu.

»Bis gleich«, sagte Allegra und legte auf. Schnell schlüpfte sie in ihre Kleidung und schlich sich im Schein der Smartphone-Taschenlampe die Treppe nach unten. Maria musste nicht mitbekommen, dass sie um diese Zeit noch das Haus verließ. Auch wenn das Restaurant an Sonntagen erst zum Abendtisch geöffnet war, stand Maria doch sehr früh auf und arbeitete meist in ihrem kleinen Büro, focht dort fluchend Kämpfe gegen die Papierberge aus. Allegra musste lächeln. Sie war stolz auf ihre Mutter, die ihr Leben so toll meisterte, obwohl ihre Vergangenheit alles andere als leicht gewesen sein muss.

Unten angekommen schlüpfte sie in ihre Schuhe, schnappte sich Jacke und Handtasche und schloss geräuschlos die Tür hinter sich. Wenig später fuhr sie zwischen nebelverhangenen Feldern hindurch zu den Seen hinab. Der Herbst kündigte sich in dieser Gegend immer sehr früh an.

»Jen?«, rief Allegra und sah sich durch das heruntergelassene Fenster ihres Puntos draußen um. Sie hatte direkt an dem Tor angehalten, das zum Grundstück von Sandras Familie führte. Vom See her waberten Nebelschwaden herüber und nur ab und an drangen leise Bässe der Party oben im Haus zu ihr. Die Szenerie war gespenstisch und Allegra hatte es nicht über sich gebracht, den Motor abzustellen. Ein Flügel des metallenen Tors war geöffnet – vermutlich hatte es Luca nicht mehr geschlossen. Ein Motorrad passte gut hindurch, Allegras Auto hingegen nicht, auch wenn es nur ein Kleinwagen war.

Allegra rief erneut nach Jen. Sie hatten doch vereinbart, dass sie am Tor warten würde. Wo also steckte sie? Allegra wühlte mit der rechten Hand in ihrer Tasche auf dem Beifahrersitz. Sie wagte es nicht, den Blick vom Tor zu nehmen, als könne jeden Moment etwas – oder jemand – daraus hervorpreschen. Allegra verbot sich die Vergleiche mit all den Horrorfilmen, die sie mit Jen gesehen hatte. Das hier war die Realität, nicht irgendein Psychothriller.

Trotzdem hob sie das ertastete Handy in das Sichtfeld zwischen ihr und der Zufahrt und sah nach, ob Jen ihr noch einmal geschrieben hatte, während sie unterwegs gewesen war. Doch nur eine Nachricht wurde auf dem Display angezeigt. Ebenfalls von einer italienischen Handynummer. War das Alessandros Nummer? Allegra hatte eigentlich ein gutes Gedächtnis, aber der Anruf hatte sie im Halbschlaf erwischt und sie war sich nicht mehr sicher. Also öffnete sie mit einem Kopfschütteln die SMS.

Amor oblitus.

Allegra ließ das Handy fallen. Das war definitiv nicht die Nummer, die sie konsequent ignorierte. *Vergessene Liebe?* Na klar.

Als könnte man die Liebe vergessen! Was wollte dieser Irre (oder war es eine Sie?) von ihr?

Sie senkte den Blick und suchte nach dem Leuchten des Displays. Das Handy war zwischen Mittelkonsole und Fahrersitz gerutscht. Allegra versuchte, es zu erreichen, doch ihre Finger waren zu kurz. Mit einem Schnauben griff sie zu dem Bügel unter ihrem Sitz und ließ ihn so weit wie möglich nach hinten gleiten. Mit einem leisen Poltern fiel das Handy in den Fußraum. Umständlich bückte sich Allegra und griff danach. Beim Aufrichten schlug sie mit dem Hinterkopf an das Lenkrad und fluchte laut, während sie sich mit der Hand an den Kopf griff. Dieser nächtliche Ausflug war nichts für sie. *Merda!*

»Hast du dir weh getan?«, fragte jemand auf Italienisch.

Ihr Herzschlag setzte für einen Moment aus und sie war wie erstarrt.

»Allegra?«, hakte die männliche Stimme nach.

Langsam erhob sie sich. Ihr Puls raste, eine schnelle Bildfolge raste vor ihrem inneren Auge vorüber. Der See, Nebelschwaden um das metallene Tor zwischen den verklinkerten Mauern. Eine Gänsehaut überzog ihren ganzen Körper, als sie zur Seite blickte. Da stand Luca und fixierte sie aus seinen eisblauen Augen. Allegra war vor Schreck immer noch nicht in der Lage zu sprechen.

»Alles in Ordnung?« Lucas Gesicht veränderte sich. Die überhebliche Maske fiel ab und Sorge spiegelte sich in seiner Mimik.

»Was tust du hier?«, fragte Allegra, ihre Stimme klang belegt.

»Ich habe auf dich gewartet«, gestand Luca.

Allegra kniff die Augen zusammen. »Wo ist Jen?« Sie ahnte, worauf das hier hinauslaufen würde.

»Sie ist mit Alessandro oben im Pavillon.« Luca deutete mit der Hand vage in Richtung Tor.

Allegra fühlte sich bestätigt und eine Welle des Ärgers überrollte sie. Ungläubig, dass ihre Freundin zu solchen Methoden greifen würde, schüttelte sie den Kopf. Sie warf ihr Handy auf den Beifahrersitz und legte den Rückwärtsgang ein. Dieses Mal war Jen zu weit gegangen.

»Richte Jen bitte aus, dass sie es unterlassen soll, mich zu verkuppeln.« Ihre Worte trafen Luca wie Pistolenkugeln. Er zuckte betroffen zurück. Schmerz stand in seinen Augen, die Mundwinkel sanken nach unten.

»Ich habe ihr gesagt, dass es eine blöde Idee ist«, versuchte er sich zu rechtfertigen, aber Allegra wollte keine Entschuldigungen hören. Sie drückte aufs Gaspedal und setzte ein Stück zurück, ehe sie schaltete und den Weg zurückfuhr, den sie gekommen war.

Sie war zu schnell unterwegs, Nebelschwaden rasten rechts und links an ihr vorbei und die Felder verschwammen zu einem grauen Nichts. Was hatte sich Jen nur dabei gedacht, sie mitten in der Nacht herzulocken? Sollte das ein blöder Scherz sein? Hatte sie gedacht, dass es das war, was Allegra wollte? Oder hatte Jen nur daran gedacht, was für sie am besten war, und wollte unbedingt an ihrer Vision von Doppeldates festhalten? Allegra konnte sich nicht beruhigen.

Auch als sie später im Bett lag und versuchte einzuschlafen, hielt die Wut sie wach. Oder die Enttäuschung? Sie würde morgen – heute, verbesserte sie sich – ein ernstes Wort mit Jen reden müssen. Sie wollte nicht verkuppelt werden. Nicht mit diesem unterkühlten Luca, den sie nicht einschätzen konnte, dessen Mimik undurchdringlich war. Der eine Maske zu tragen schien, die er nicht gewillt war, abzulegen. Sie kannte solche Typen und konnte getrost auf sie verzichten.

In diesem Moment erklang draußen das Röhren eines hochtourigen Motors, der kurz darauf erstarb. Wenig später brummte ihr Handy. Jen.

Komm zum Fenster.

Was sollte dieser Unsinn? Es war mitten in der Nacht, sie hatte keine Lust auf Jens Spielchen. Hatte sie vielleicht wirklich zu viel getrunken? Allegra antwortete kurz:

Nein.

Bitte!

Allegra seufzte. Jen würde sie nicht in Ruhe lassen, das wusste sie genau. Also konnte sie genauso gut sofort aufgeben, ehe Jen noch auf die Idee kam zu klingeln und Maria aufweckte. Sie schälte sich aus ihrer Decke und trat zum Fenster. Sie sah niemanden im Innenhof, daher öffnete sie und sah die Mauer hinab nach unten. Doch es war nicht Jen, die dort stand.

»Sorry«, flüsterte Luca leise.

Sofort wollte Allegra sich wieder zurückziehen, doch ihr Blick hing an den eisblauen Augen fest. Jen und ihre verrückten Ideen. Glaubte sie wirklich, Allegra wäre von so einem Auftritt begeistert? Kannte Jen sie überhaupt noch?

Sie riss sich von Lucas Anblick los und schloss das Fenster. Morgen würde Jen die Standpauke ihres Lebens bekommen.

Draußen heulte ein Motor auf und jagte durch die nächtlichen Straßen davon.

Und je weiter sich das Geräusch entfernte, desto mehr krampfte sich Allegras Magen zusammen. Nun konnte sie sich nicht einmal mehr auf ihr eigenes Bauchgefühl verlassen. Wie beruhigend. Nicht.

2. Szene

Seltsam erholt nach den wenigen Stunden Schlaf, die ihr noch geblieben waren, nachdem sie ihr Handy abgeschaltet hatte, erwachte Allegra. Die Sonne hatte sich zu ihrem Bett vorgearbeitet und schien ihr mitten ins Gesicht. Sie streckte sich genüsslich, eine seltsame und lange nicht mehr gespürte Zufriedenheit breitete sich in ihr aus. Sie dachte angestrengt nach, ob sie vielleicht im Traum eine Erleuchtung gehabt hatte, die ihr Antworten auf das Gefühlschaos gegeben hatte, doch sie konnte sich an nichts erinnern.

Sie griff zu ihrem Handy und schaltete es an. Binnen Sekunden nach der Eingabe des Pins gingen zig Nachrichten ein. Die meisten waren von Jen, die sich ungefähr hundert Mal entschuldigte und um Verzeihung bat. Auch wenn Allegra ihr in der Nacht am liebsten den Kopf abgerissen hätte, wurden die negativen Gefühle noch immer von dieser Grundzufriedenheit überlagert und sie konnte ihr nicht mehr böse sein. Jens Nachrichten waren immer verzweifelter geworden. Allegra überlegte, ob sie ihre Freundin noch ein wenig zittern lassen sollte, entschied sich aber dagegen und drückte auf ›Anrufen‹.

Schon beim zweiten Klingeln nahm Jen ab: »O Gott, Allegra. Bin ich froh, dass du dich meldest. Ich habe die ganze Nacht nicht geschlafen und sogar überlegt, noch bei dir vorbeizukommen. Bitte, sei mir nicht böse. Es tut mir so leid. Und Luca auch. Er kann nichts dafür, weißt du. Ich hatte diese blöde Idee, euch beim Tor zusammenzubringen. Ich war es auch, die ihn zu dir geschickt hat, weil du doch so von Romeo und Julia geschwärmt hast. Ich dachte, das würde dir gefallen.«

Jen redete ohne Punkt und Komma, so dass Allegra gar keine Chance hatte, etwas einzuwerfen. Erst als Jen die Luft ausging, sagte sie, bevor ein neuer Redeschwall startete: »Es ist alles in Ordnung, Jen. Ich bin dir nicht mehr böse.«

»Nicht?« Das hatte ihre Freundin scheinbar aus dem Konzept gebracht.

»Nein. Du hast es ja nur gut gemeint.« Sie seufzte.

»Und was ist mit Luca?«

»Was soll mit ihm sein?«

»Ich hab ihm alles versaut. Bitte, sei ihm nicht böse und lerne ihn noch einmal kennen, ja?«

»Das ist nicht nötig«, erklärte Allegra. »Ich habe mich nach seinem seltsamen Auftritt gestern Abend schon entschieden. Ich will testen, wie es sich mit Fabio entwickelt.« Das Aussprechen dieser Worte sorgte für ein Grummeln in ihrem Magen, das dieses unerklärliche Gefühl der Leichtigkeit schmälerte. Sie war sich so sicher gewesen, dass sie nachts genau diese Entscheidung getroffen hatte – es mit Fabio zu probieren. Wenn sie sich doch nur so genau erinnern könnte wie an all die Träume mit den Augen!

Lucas Augen und die von Alessandro, fügte ihre innere Stimme hinzu.

»Bittebittebitte«, flehte Jen. »Heute Abend. Wir gehen gemeinsam essen. Du, Luca, Alessandro und ich. Wenn er für dich dann immer noch nicht interessant genug ist, erwähne ich ihn nie wieder, versprochen. Er ist wirklich toll. Und nett. Und charmant. Außerdem sieht er fast so gut aus wie Alessandro.«

Allegra schnaubte. »Bekommst du irgendeine Vermittlungsgebühr oder so? Wenn du ihn mir weiter so anpreist wie ein Sonderangebot, das du dringend loswerden willst, kann das nichts werden.«

»Ich bin schon still.«

Allegra hörte, wie Jen aufgedreht im Raum umherging. Wenn sie nicht reden konnte, musste die Energie wohl auf anderem Wege hinaus. Allegra lächelte bei dem Gedanken daran. Sie wollte ihrer Freundin den Gefallen tun. Für Jen.

»Kaffee. Um fünfzehn Uhr bei Claude. Kein Abendessen.«

»Alles, was du willst«, säuselte Jen.

»Keine Angebote, die du nicht halten kannst«, antwortete Allegra lachend. »Dann bis heute Mittag.«

»Du wirst es nicht bereuen«, beteuerte Jen, ehe sie sich mit einem Kuss verabschiedete.

Allegra schaute zu dem kleinen Spiegel auf der Kommode. Die Frau, die ihr entgegenblickte, strahlte regelrecht, was sich Allegra nicht erklären konnte. Sie würde nur zu gern wissen, was sie geträumt hatte – denn diesen Traum, der ihr so viel Gelassenheit geschenkt hatte, würde sie nur zu gern wiederholen.

Geräusche drangen vom Innenhof zu ihr hoch. Allegra sah auf die Uhr auf dem Handy-Display. Um diese Zeit sollte eigentlich niemand da unten sein. Schon gar nicht an einem Sonntag. Schnell ging Allegra zum Fenster, öffnete es und sah hinaus. Sie konnte jedoch nicht erkennen, was die Ursache für das Geräusch gewesen sein könnte – nur Schritte entfernten sich jenseits des Sichtschutzes. Mit einer morgendlichen Brise, die zum Fenster hereinwehte, kehrte auch das erdrückende Gefühl in ihrem Inneren zurück. Die Leichtigkeit, die sie verspürt hatte, war verflogen. Was während des Telefonats noch so locker geklungen hatte – das Treffen mit Luca –, konfrontierte sie jetzt mit neuen Problemen. Sie zweifelte, ob es die richtige Entscheidung gewesen war.

Ihre Gedanken wanderten zu Fabio. Zu dessen Schmerz, den sie beinahe körperlich gespürt hatte, als sie Luca zu lange angestarrt hatte. Sie wollte ihn nicht verletzen.

Es ist nur ein Treffen mit deiner besten Freundin, sagte eine Stimme in ihrem Kopf.

Die dich verkuppeln will, flüsterte eine weitere.

Allegra beschloss, ihre inneren Stimmen zu ignorieren und einfach eine gute Freundin zu sein. Jen zuliebe würde sie ins ›Chez Claude‹ gehen und am Abend würde sie Fabio wiedersehen. Zufrieden mit ihrer Entscheidung, zog sie sich an, ging ins Bad und frühstückte anschließend an der Theke des Restaurants. Dort fand sie einen Zettel von Maria: Sie würde heute den ganzen Tag unterwegs sein, um eine Freundin besuchen, und wäre erst kurz vor dem Abendgeschäft zurück. Das würde ein ruhiger Tag werden.

Allegra wollte die freie Zeit mit Lesen verbringen. Irgendeiner Intention folgend wühlte sie in den alten Büchern auf dem Dachboden, bis sie ihre Schulausgabe von ›Romeo und Julia‹ fand. Sie machte es sich auf dem Sofa bequem und begann zu lesen. Der Text war noch sehr präsent, etliche Zitate hatten sich ihr wortwörtlich eingeprägt. Doch das Gefühl beim Lesen war ein anderes. Immer wieder begann Allegra zu frösteln, obwohl die Sonne mittlerweile auch zu den großen Fenstern des Wohnzimmers hereinschien und eine wohlige Wärme erzeugte.

Allegra schlang eine Decke um sich, ehe sie weiterlas. Bei jedem Aufeinandertreffen der Familien erschauderte sie und bekam eine Gänsehaut. Ihre Augen flogen nur noch über den Text, Allegra wollte die Geschichte hinter sich bringen – aber nicht bevor sie sie bis zum bitteren Ende durchgestanden hatte. Ein letztes Beben durchfuhr sie bei den abschließenden Zeilen des Prinzen: *›Denn niemals gab es ein so herbes Los, als Juliens und ihres Romeos.‹*

Allegra standen Tränen in den Augen. Sie spürte die Wahrheit in diesen Worten, auch wenn sie noch so absurd klangen. Es war eine fiktive Geschichte, erfunden vor über vierhundert Jahren! Sie schüttelte den Gedanken ab und warf einen Blick auf die Uhr.

Mit Schrecken stellte sie fest, dass es schon zwei Uhr mittags war. In einer Stunde wollte sie sich mit Jen treffen. Wieso hatte sie so lange für den kurzen Text gebraucht? Zum Grübeln hatte sie jedoch keine Zeit. Hastig richtete sie sich die Haare, damit sie einigermaßen vorzeigbar aussah. »Jen zuliebe«, sagte sie zu ihrem Spiegelbild, das ihr skeptisch entgegensah. »Ganz sicher.«

Sich selbst konnte sie jedoch wohl kaum etwas vormachen. In ihrem Inneren regte sich Vorfreude – und das kam bestimmt nicht davon, dass sie ihre Freundin wiedersehen würde. Sie seufzte laut. Fabio war eigentlich genau das, was sie wollte und nie zuvor gehabt hatte. Doch was, wenn er sich – wie Jen vermutete – wirklich nur zu sehr in seine Rolle als Romeo hineingesteigert hatte und seine Worte über die Liebe und den Fluch tatsächlich eine Masche waren?

Sie wusste intuitiv, dass sie zu Luca eine besondere Verbindung hatte – wie sonst hätte sie schon so lange von ihm träumen können, ohne ihn zu kennen? Allegra glaubte nicht an Schicksal – das redete sie sich immer wieder ein. Doch hatte sie nicht immer wieder nach diesen Augen Ausschau gehalten? Regelrecht nach ihnen gesucht? War sie dann nicht quasi dazu gezwungen, Luca kennenzulernen?

Mit einem Mal kam Allegra eine neue Idee: Was, wenn Luca ebenfalls von ihr geträumt hatte?

Ihr Handy brummte. Allegra griff danach und öffnete den Nachrichteneingang, während sie nach unten lief.

Amor salvatus.

Allegra wurde wütend. Als hätte sie nicht genügend Dinge, über die sie sich Gedanken machen musste. Da brauchte sie keinen Irren, der sie mit lateinischen Sprüchen nervte. *Geheilte Liebe.* Als wäre so etwas möglich. Sie lachte freudlos auf. Das Geräusch hallte im Treppenhaus wider und erinnerte sie an das Lachen einer Hexe. Allegra zuckte zusammen und sah sich erschrocken um. War das wirklich sie selbst gewesen? In ihrem Augenwinkel hatte sie einen Schatten gesehen, oder?

Das Echo verklang. Die Gänsehaut auf ihren Armen jedoch blieb, bis sie draußen in der Sonne stand und tief durchatmete. Sie wurde paranoid! Das musste an diesen seltsamen Nachrichten liegen. Erneut verfluchte sie den anonymen Absender. Mit dieser Wut im Bauch lief sie durch die Innenstadt zum ›Chez Claude‹.

Schon durch die Fensterscheibe erkannte sie Jen. Ihr blondes Haar fing jeden einzelnen Sonnenstrahl ein. Neben ihr saß Alessandro, ihr gegenüber Luca. Die beiden Jungen schienen aufgebracht, gestikulierten wild. Allegra holte noch einmal tief Luft, ehe sie das Restaurant betrat und auf den Vierertisch zusteuerte. Natürlich hatte Jen einen Platz in einer der Nischen gewählt – so war Allegra gezwungen, sich neben Luca auf die schmale Bank zu setzen. Wenigstens konnte sie ihn so nicht die ganze Zeit anstarren, sagte sie sich, als sie nähertrat und die drei begrüßte.

Lucas Kopf ruckte sofort hoch, und obwohl sie sich vorgenommen hatte, seine Augen zu ignorieren, zogen sie sie wieder in ihren Bann. Luca musterte sie. Sie zwang sich, ihren Blick zu lösen, um seine Mimik lesen zu können. Er sah sie erneut in freudiger Erwartung an, als wäre sie ein Geschenk. Allegra wusste nicht, wie sie reagieren sollte. Enttäuschung huschte wie ein Schatten über sein Gesicht, dann senkte er die Lider und brach den Bann.

Wie benommen ließ sich Allegra auf die Bank neben Luca fallen. Peinliche Stille kehrte ein und Allegra kam es vor, als sei sie in ein Gespräch über sie geplatzt. Ein unangenehmes Gefühl.

»Ich bin so froh, dass du gekommen bist.« Jen strahlte Allegra so übertrieben an wie eine Verkäuferin, die im Teleshopping irgendwelche Sonderposten verscherbeln wollte. Dass Jen ständig zwischen Luca und Allegra hin- und hersah, unterstrich diesen Gedanken noch.

Allegra schaute von ihr zu Alessandro, der zwar in ihre Richtung blickte, doch irgendwie durch sie hindurch zu starren schien. Sie hatte wohl tatsächlich ein Gespräch über sie unterbrochen und ihr wurde die Situation immer unangenehmer. Sie dachte bereits daran, sich zu entschuldigen und zu gehen, als die innere Zufriedenheit vom Morgen zurückkehrte. Sie fühlte sich wieder so leicht und beschwingt, beinahe als würde sie fliegen.

Alessandro lächelte sie nun an. »Wir sind auch froh, dass du gekommen bist«, sagte er. »Nicht wahr, Luca?« Er warf einen auffordernden Blick zu seinem Gegenüber.

Dieser nickte langsam. Allegra sah ihn nur im Profil, er starrte auf seine inzwischen leere Kaffeetasse hinab und strahlte eine Traurigkeit aus, die sie mitnahm.

»Komm, wir holen bei Claude was zu trinken.« Jen sprang auf und drängte Alessandro von der Bank.

Dieser setzte schon zu einer Beschwerde an, ehe er Jens erhobene Augenbraue sah und verstand. Allegra verdrehte die Augen. Sehr subtil, ihre Freundin. Sie schüttelte lächelnd den Kopf. Kaum waren die beiden außer Sichtweise, begann Luca neben ihr leise zu fluchen.

Sie wandte sich um. »Hm?«

»Die beiden sind …« Er sah noch immer auf seine Hände hinab, die die Kaffeetasse umklammerten, als könnte die ihm Halt bieten. »Sie übertreiben.«

»Wem sagst du das«, antwortete Allegra. »Jen ist immer so. Sie versucht ständig, mich …« Nein, sie wollte ihm – diesem Fremden – nicht erzählen, dass sie ständig verkuppelt werden sollte.

»Sie benehmen sich, als wäre ich nicht in der Lage, mich selbst …«, sagte Luca. Nun sah er auf und wandte sich ihr zu. Sein Knie berührte ihr Bein und die Berührung – selbst durch die Kleidung geschwächt – war so intensiv, dass Allegra scharf die Luft einsog. Luca hatte es auch gespürt, das war offensichtlich. Denn der Rest des Satzes blieb unausgesprochen. Die Traurigkeit, die Allegra kurz zuvor zu sehen geglaubt hatte, war gewichen und machte einem neuen Gefühl platz. Allegra deutete es als Hoffnung.

»Macht Alessandro das öfter?«, fragte Allegra, um die peinliche Stille zu unterbrechen.

»Was?«

»Dich verkuppeln«, erklärte Allegra. Vielleicht hatten sie ja wenigstens das gemeinsam.

»Nein, nein. Bis vor kurzem konnte ich ihn nicht ausstehen«, antwortete er wie beiläufig.

Allegra riss die Augen auf. Eine solche Antwort hätte sie nicht erwartet.

»Es ist … Unsere Familien …« Er suchte nach den richtigen Worten. »Sie sind nicht gut aufeinander zu sprechen.« Er wollte noch etwas hinzufügen, als Alessandro mit finsterem Blick an den Tisch zurückkehrte. Als Luca ihn ansah, lächelte er schwach.

Langsam ließ er sich auf die Bank gleiten, Jen tat es ihm gleich. Claude, der Besitzer des Restaurants folgte ihr mit einem Tablett mit vier Tassen darauf und servierte den Café au lait.

»Alles in Ordnung?«, erkundigte sich Jen bei Luca, der etwas bleich aussah. »Über was habt ihr gesprochen?« Nun fixierte sie Allegra mit ihren strahlenden blauen Augen.

»Über die beiden«, erklärte Allegra und deutete mit der Hand von einem Jungen zum anderen. »Luca hat mir gerade erzählt, dass er Alessandro bis vor kurzem nicht ausstehen konnte.«

Jen schaute zu Alessandro, der nur schwach nickte. Sie runzelte erst die Stirn, dann grinste sie breit. »Das liegt sicher an den Namen.«

Alessandro verzog das Gesicht, Allegra hingegen wurde neugierig und wartete auf eine Erklärung. Für einen Moment spürte sie eine Anspannung, die von Luca ausging.

Dann wandte er sich ihr zu: »Vielleicht sollten wir die Vorstellungsrunde noch einmal ganz von vorne beginnen.« Er fuhr sich durch die kurzen Haare. »Hallo Allegra, mein Name ist Luca Montague.«

Allegra zögerte, als jedoch niemand zu grinsen begann, lachte sie lauthals los. »Das ist nicht euer Ernst!«, sagte sie prustend. »Montague und Capulet? Ich dachte schon bei Alessandro, dass es irgendein dummer Anmach-Spruch wäre, aber das?« Sie schüttelte den Kopf.

»Leider ist es bittere Realität«, sagte Luca finster.

»Und was hat dazu geführt, dass ihr plötzlich ein Herz und eine Seele seid?« Allegra spukten die Szenen aus Shakespeares Werk durch den Kopf. »Habt ihr euch vertragen, weil Romeo und Julia wegen eures Streits gestorben sind?« Das sollte ein Scherz sein, doch das Lachen blieb ihr im Hals stecken, als sie Alessandros Mimik las, in der unendlich viel Schmerz und Trauer lagen.

Jen blickte in die Runde. »Jetzt, wo wir die Sache mit den Namen geklärt haben, können wir sicher auch über etwas anderes sprechen?«

Der Versuch, das Gespräch in eine andere Richtung zu lenken, misslang jedoch. Erneut legte sich Stille über die Gruppe und Allegra wusste nicht, was sie sagen sollte. Während sie einen Schluck ihres Kaffees trank, türmten sich die Fragen in ihrem Kopf auf. Gedanken spannen sich zusammen, zogen Verbindungen, wurden zu wirren Bildern, die so absurd waren, dass sie über sich selbst den Kopf schüttelte. Etwas blitzte neben ihr auf und sie sah hinüber. Auf Lucas Hand, die nun die neue Kaffeetasse so fest umklammert hielt, dass die Sehnen der Finger weiß hervortraten. Ein Ring hatte die Reflexion verursacht und zog Allegras Blick wie magisch auf sich. Sie sah kurz zu Alessandro, dessen viel zu altmodischer Ring ihr schon auf der Party aufgefallen war. Luca trug einen ähnlichen, doch anstelle der Rose zierte ihn ein kleines Schwert.

Ein Dolch, ergänzte die innere Stimme.

Dolch und Rose. Montague und Capulet.

Allegra wusste nicht, woher dieses Wissen kam, doch sie war sich sicher, dass es die Wahrheit war.

»Wir sind nicht zum Trübsal blasen hier«, unterbrach Jen ihre Gedanken.

Luca lächelte gequält.

»Wie lange wirst du hier bleiben?«, fragte ihn Jen.

Er zuckte mit den Schultern und biss sich auf die Lippen.

»Er bleibt, bis wir erledigt haben, wofür er hier ist«, sagte Alessandro streng. Lucas Kopf ruckte zu ihm und er kniff die Augen zusammen.

»Und wofür ist er hier?«, fragte Jen, um wenigstens irgendein Gespräch am Laufen zu halten.

Die Atmosphäre war alles andere als entspannt, Allegra fühlte sich zusehends unwohler, die Unbeschwertheit – wenn man es überhaupt so hatte nennen können – war endgültig verschwunden.

Alessandros Blick huschte zwischen Luca und Allegra hin und her, bis der sprichwörtliche Groschen fiel. Sie riss den Mund auf und sog die Luft ein.

»Das ist nicht … Nein!« Sie sprang von der Bank auf und stieß dabei den Tisch so heftig an, dass die Tassen darauf klirrten und der Kaffee überschwappte. »Seid ihr verrückt?« Sie schnaubte und rannte zur Tür hinaus. Erst draußen bemerkte sie, dass sie ganz vergessen hatte, ihren Kaffee zu bezahlen. Doch das konnten die beiden Typen übernehmen, die allen Ernstes vorhatten, sie und Luca zu verkuppeln? Obwohl sie sich nie zuvor gesehen hatten? Das war ja schon wirklich krank.

Während sie über den Marktplatz ging, zog sie ihr Handy aus der Tasche, um Jen eine Nachricht zu schreiben. Ihr Posteingang war völlig überschwemmt von Nachrichten der unbekannten Nummer.

Agnosce amorem. Erkenne die Liebe.

Agnosce amorem.

Agnosce amorem.

Agnosce amorem.

Agnosce amorem.

...

Allegra markierte alle und löschte sie auf einmal. Sie schniefte und bemerkte jetzt erst, dass ihr Tränen aus den Augen liefen. Warum, konnte sie selbst nicht sagen. In welches dumme Psychospiel war sie da nur hineingeraten? Der Freund ihrer besten Freundin wollte sie verkuppeln, dann die unbekannten Nachrichten, die für einen Klumpen in ihrem Magen sorgten. Mit einem Mal dämmerte es ihr und sie schickte Jen eine Nachricht.

Sag Luca und Alessandro, dass sie sofort aufhören sollen, mir Nachrichten zu schicken.

Binnen Sekunden kam die Antwort zurück:

Was für Nachrichten?

Allein in der kurzen Zeit waren etliche weitere eingegangen und Allegra machte einen Screenshot und schickte ihn an ihre Freundin.

Die sind nicht von Alessandro oder Luca. Ich habe sie gefragt.

So leicht war Allegra nicht zu überzeugen:

Klar streiten sie es ab. Würde ich auch. Aber denk mal drüber nach: Diese Nachrichten kommen erst, seit du am Gardasee warst.

Es dauerte eine Weile, bis Jen antwortete:

Das könnte ein dummer Zufall sein.

Das wurde ja immer besser! Hastig tippte Allegra:

Das glaube ich nicht. Hast du nicht gesehen, wie dein Alessandro mich angeschaut hat? Er sieht es als seine Aufgabe, mich mit Luca zu verkuppeln. Und diese dumme Geschichte über die Montagues und die Capulets? Glaubst du das wirklich?

Allegra schickte noch eine zweite Nachricht hinterher:

Ich jedenfalls nicht. Ich glaube, dass dich dein Traumprinz von Anfang an belogen hat. Du hast seine Mutter nicht kennengelernt, vielleicht sind die beiden irgendwelche Psychopathen, die sich einen Witz daraus machen, hübsche Touristinnen zu verwirren und nachher umzubringen.

Wieder vergingen einige Sekunden, ehe Jen zurückschrieb:

Das glaubst du doch selbst nicht. Das klingt wie ein schlechter Film.

Allegra antwortete, ohne lange nachzudenken:

Ich weiß nicht mehr, was ich glauben soll. Das ist alles verrückt. Ich hoffe, sie reisen bald wieder ab.

Darauf Jen:

Ich liebe Alessandro, Al.

Allegra schüttelte nur den Kopf, während sie auf das ›Da Casari‹ zuging. *Du liebst ziemlich schnell,* tippte sie ins Handy, löschte die Worte jedoch gleich wieder. Sie wollte nicht mit ihrer Freundin streiten. Sie wollte nur, dass sie aufpasste. Stattdessen schrieb sie:

Ich will nur, dass du vorsichtig bist. Irgendwas stimmt mit den beiden nicht, das musst du doch selbst merken.

Jen schien sich ihrerseits ziemlich sicher zu sein:

Es wird sich alles klären.

Allegra antwortete nur:

Das hoffe ich.

Sie packte das Handy in ihre Tasche. Inzwischen war sie Zuhause angekommen und schloss die Seitentür auf. Aus der Küche des Restaurants drangen Geräusche und es roch schon wieder intensiv nach Gewürzen. Maria war bereits fleißig.

Kurz überlegte Allegra, zu ihr zu gehen, entschied sich jedoch dagegen. Sie brauchte noch ein wenig Zeit für sich, auch wenn sie wusste, dass sie das Treffen jetzt schon unter ›absurd‹ verbuchte und abhakte. Es war ein Reinfall gewesen und sie ärgerte sich über die verlorene Zeit. Und auch – was schwerer war einzugestehen – über Jen, die sie praktisch gezwungen hatte, zuzustimmen. Sie war jedenfalls froh, das Ganze hinter sich zu haben. Sie schlich die Treppen hinauf und betrat ihr Zimmer.

Wieder brummte ihr Handy in der Tasche. Allegra verdrehte die Augen. Sie würde sich vorübergehend eine neue Nummer besorgen. Eine andere italienische Nummer war der Absender. Hatte dieser Irre eine neue Nummer? Ihr Finger befand sich bereits auf dem Löschsymbol, als sie die englischen Zeilen las:

Look into my eyes, and you will see … L.

Sofort hatte sie Bryan Adams' Song im Kopf. Der Link zu einem Youtube-Video war direkt unter der Nachricht. Ohne sich bewusst zu entscheiden, klickte Allegra den Link an und wurde zu ›Everything I do‹ geleitet.

L. Luca. Er gab wohl nie auf.

Während sie die Nachricht löschte, sang sie im Kopf den Text des Liedes. Wenn es doch nur so einfach wäre. In Lucas Augen sah sie nichts als die Erinnerung an ihre seltsamen Träume. In ihrem Herzen und ihrer Seele fand sie ihn dagegen überhaupt nicht. Ihr Magen zog sich bei dem lachhaften Gedanken zusammen.

War er es etwa wert, es zu versuchen und dafür zu sterben?

O mein Gott, das hatte sie jetzt nicht wirklich gedacht. Was ein einzelnes Lied bewirken konnte! Sie zweifelte doch tatsächlich daran, ihn und Alessandro für verrückt zu halten. Konnte sie nicht einmal mehr sich selbst trauen?

Schnell summte sie ›Hänschen klein‹ und weitere Kinderlieder, die ihr in den Sinn kamen, und versuchte, damit Bryan Adams aus dem Kopf zu bekommen.

Zum Glück war es schon fast Zeit für ihre Schicht im Restaurant. Fabio würde bald eintreffen. Vielleicht würde sich eine Gelegenheit finden, über den gestrigen Abend zu sprechen. Fabio war wenigstens nicht unheimlich oder beabsichtigte, sie zu verkuppeln. Ein ganz großer Pluspunkt.

3. Szene

Ich mag den Song«, schreckte Fabio sie aus ihren Gedanken.

»Hm?«, fragte Allegra nur benommen. Sie räumten gerade die letzten Tische ab und freute sich schon auf den Feierabend.

Die Schicht war hart gewesen, gefühlt jeder fünfte Einwohner war zur Happy-Hour gekommen oder hatte telefonisch bestellt und das Essen abgeholt. Vom vielen Laufen spürte Allegra ihre Füße kaum mehr.

»›*Everything I do*‹«, erklärte Fabio. »Der Text ist fantastisch.«

Allegra fuhr zu ihm herum und sah ihn skeptisch an. »Wie kommst du jetzt gerade auf dieses Lied?« Allegra hatte alles getan, um die Nachricht von Luca zu verdrängen und den Ohrwurm loszuwerden.

»Du hast es gesungen.« Er strahlte sie aus seinen violettblauen Augen an.

Da hatte die Verdrängungstaktik ja super funktioniert. Sie seufzte. »Ich mochte den Song auch.«

»Das heißt, du magst ihn jetzt nicht mehr?« Er schien verwirrt.

»Das ist kompliziert«, antwortete sie nur knapp. Sie wollte ihm eigentlich nicht erzählen, dass es wegen Luca war.

»Kompliziert ist meine Spezialität.« Er grinste so jungenhaft, dass Allegra lächeln musste.

»Du hast doch genug eigene Probleme.«

Nun sah er sie fragend an.

»Die geplatzte Aufführung, deine verstorbene Ex«, half sie ihm auf die Sprünge und fand es gleichzeitig seltsam, dass er nicht von selbst daran gedacht hatte. Unwillkürlich kamen ihr Jens Worte in den Sinn. Sie hatte behauptet, dass er sich selbst widersprach.

»Ablenkung ist die Methode der Wahl«, wich er aus. »Das war doch deine Idee.«

Da hatte er wohl Recht. Und trotzdem schlich sich ein ungutes Gefühl bei Allegra ein. Herrgott! Sie wusste wirklich nicht mehr, was sie fühlen und denken sollte! Sie wollte gerade abschließen, als zwei Personen das Restaurant betraten.

»Wir haben bereits geschlossen«, sagte Allegra, den Schlüssel in der Hand.

Die beiden jungen Männer musterten sie, einer von ihnen legte den Kopf schräg. Allegra fielen sofort ihre Augen auf: Der eine hatte hellblaue Augen wie Luca, wenn auch nicht ganz so intensiv, die des anderen glichen von der Farbe her denen von Allegra.

»Wir verstehen nicht«, sagte der mit den dunklen Augen auf Italienisch.

Sie wiederholte das Gesagte noch einmal auf Italienisch und die Jungen sahen sich betrübt an, ehe der mit den dunklen Augen eine auffordernde Geste machte.

»Wir wollten mit dir sprechen«, sagte er wenig überzeugend.

Allegra hatte eine Ahnung, um was es gehen könnte, und zog sich sofort zurück. Mit klopfendem Herzen schaute sie sich nach Fabio um. Etwas klapperte hinter dem Durchgang zur Küche – er brachte gerade die letzten Teller zur Spülmaschine.

»Es tut mir leid«, sagte der Junge mit den blauen Augen, packte Allegra, legte ihr die Hand auf den Mund und zog sie mit sich durch die von dem anderen aufgehaltene Restauranttür. Sie war starr vor Schreck. Ihre wildesten Befürchtungen, Dinge, vor denen junge Frauen immer gewarnt wurden, waren wahr geworden. Sie trat wild um sich, versuchte, dem Griff des Jungen zu entkommen.

»Bitte vertrau mir, Allegra«, hörte sie die Stimme direkt neben ihrem Ohr.

Ja klar! Sie zappelte weiter hin und her. Als der Junge die Hand von ihrem Mund nahm und sie auf die Arme nahm, war Allegra so überrascht, dass sie erst mit Zeitverzögerung schrie. Sie verlor den Boden unter den Füßen und ihr wurde schwindelig. Sie schloss kurz die Augen, weil sie nicht glauben konnte, was da gerade passierte, wie die Fassade des ›Da Casari‹ an ihr vorbeirauschte. Doch auch nachdem sie sie wieder geöffnet hatte, war das Bild dasselbe: Sie flog. Mittlerweile befand sie sich über dem Restaurant, sah die Lichter der Stadt unter sich. Ihr Magen zog sich nicht vor Angst zusammen, sondern hüpfte munter auf und ab, als befände sie sich in einer Achterbahn und nicht auf den Armen eines fremden Jungen, der fliegen konnte. Sie öffnete den Mund, um erneut zu schreien, doch der Wind verschluckte ihre Worte.

»Beruhig dich, Allegra«, murmelte der Junge sanft. »Das ist nicht das erste Mal.«

Allegra lachte hysterisch auf. Wenn sie bereits einmal auf den Armen eines Typen durch die Nacht geflogen wäre, würde sie das ja wohl wissen. In was war sie da nur hineingeraten? Sie krallte sich fest an den Schlüssel des ›Da Casari‹, den sie immer noch in der Hand hielt.

Wenig später setzte der Junge sie ab. Sie befanden sich auf einem kleinen bewaldeten Hügel etwas außerhalb der Stadt. Ein leichter Wind fuhr durch die Bäume und Allegra bekam eine Gänsehaut in ihrem dünnen T-Shirt, das sie noch vom Arbeiten trug.

»Lass es mich erklären«, versuchte es der Junge erneut.

Allegra wich zurück, wurde jedoch von einer starken Windböe wieder nach vorne geschoben.

»Ich bin Mattia Montague«, sagte der Junge. »Ich weiß nicht, wie viel ich sagen kann, ehe er auftaucht oder das Redeverbot eingreift, aber ich versuche, dir so viel wie möglich zu verraten. Einverstanden?«

Allegra blieb nichts, als zu nicken. Insgeheim suchte sie jedoch nach einer Fluchtmöglichkeit. Aber wie sollte sie vor Mattia fliehen, der – selbst der Gedanke daran war absurd – fliegen konnte?

»Die Fehde der Montagues und der Capulets basiert auf dem Fluch der Liebesgöttin«, begann Mattia. »Venus hat ihn den Nachkommen von Amor und Psyche auferlegt. Ihre Liebe wird nie gut enden. Der Fluch kann nur gebrochen werden, wenn sich Abkömmlinge der verfeindeten Familien ineinander verlieben.«

Die Geschichte klang wie aus einem Märchenbuch. Allegra schüttelte den Kopf und wollte ihre Meinung dazu abgeben, doch Mattia hob die Hand.

»Romeo und Julia waren kurz davor, den Fluch zu brechen. Dann wurden sie jedoch von Venus' Statthalter reingelegt und das Ende kennen wir ja. Vor kurzem gab es einen weiteren Versuch und der war … erfolgreich. Die Fehde der Familien ist zu Ende. Doch mit dem … Ergebnis sind wir nicht zufrieden.« Er sprach stockend, hielt immer wieder Worte zurück, als könne er sie nicht aussprechen.

Allegra wusste immer noch nicht, was Mattia von ihr wollte. Es klang alles so verrückt. Venus, Montague und Capulet!

Luca und Alessandro, ergänzte die Stimme in ihrem Kopf.

»Du bist …«, setzte Mattia an.

Allegra sah auf und wartete auf den Rest des Satzes, der nicht kam. Sie sah Mattia erwartungsvoll an, auch wenn ihre Neugierde völlig absurd war.

»Du gehörst …« Ein Hustenanfall machte es Mattia unmöglich, weiterzusprechen. Er bekam kaum noch Luft.

Allegra nutzte die Gelegenheit, um sich schnell umzudrehen und den Hügel hinabzurennen, die ersten Häuser der Stadt waren nicht weit entfernt, sie könnte es schaffen, solange Mattia nur weiter von dem Hustenanfall gequält wurde. Sie konnte ihm entkommen. Am Fuße des Hügels sah sie sich kurz um.

Mattia hatte sich auf die Oberschenkel gestützt und rang vermutlich weiterhin nach Luft. Er hob die Hand, als wolle er sie aufhalten. Da konnte er lange warten. Allegra rannte weiter.

Dann packte sie ein Windstoß und riss sie von den Beinen. Allegra fing sich im letzten Moment mit den Armen auf. Schmerz fuhr ihr durch das rechte Handgelenk und sie stöhnte auf.

In dem Moment landete Mattia neben ihr. »Es tut mir leid«, sagte er. »Aber anders konnte ich dich nicht aufhalten. Er will mit dir reden, Allegra. Du musst ihn nur erkennen, dann wird alles wieder gut.« Sein Worte klangen wie auswendig gelernt.

Erkenne die Liebe.

Allegra presste die Lippen zusammen und schüttelte den Kopf. Ihre Gedanken flogen wild umher wie ein aufgescheuchter Vogelschwarm. Sie suchte verzweifelt nach einer Lösung, einem Ausweg.

Mattia deutete zu den vielleicht fünfhundert Meter entfernten Häusern, aus deren Richtung Motorengeräusche drangen. Kurz darauf schoss ein schwarzes Motorrad den Feldweg entlang und zog eine Staubwolke hinter sich her. Eine gefährliche Aktion, wenn man die vielen Schlaglöcher bedachte. Und Luca trug nicht einmal einen Helm. Ihre Faust verkrampfte sich um den Schlüssel in ihrer Hand.

Warum sorgst du dich um ihn?, fragte sie sich selbst, fand jedoch keine Erklärung.

Direkt vor Mattia und Allegra kam er zum Stehen. Er strahlte Allegra an, seine eisblauen Augen drangen bis tief in ihre Seele. Doch in diesem Moment blitzte ein Gedanke in Allegra auf und sie wusste, was sie zu tun hatte und wie sie das alles beenden konnte.

4. Szene

Luca schaltete den Motor aus und stieg von seinem Gefährt. Er fuhr sich durch die Haare, während er langsam auf Allegra zukam.

Sie wusste, weshalb sie von seinen Augen wie magisch angezogen wurde, und behielt dieses Wissen darum im Hinterkopf. Nur so konnte sie ihren Plan durchführen.

»Hi!«, sagte er und starrte sie unentwegt an.

»Hi!«, antwortete sie und strengte sich an, sich nicht wieder in den Augen zu verlieren.

»Wir sollten reden. Ich glaube, unser Start war falsch und es tut mir leid, was heute Mittag gelaufen ist. Und gestern. Ich wusste einfach nicht, wie …«

Allegra unterbrach ihn, indem sie die Hand hob und abwinkte. »Alles okay.«

»Was?«, fragte Mattia hinter ihr, seine Stimme klang erschrocken, was Allegra verunsicherte und kurz innehalten ließ. »Ich habe dich hierher verschleppt und du findest das in Ordnung?«

Luca warf Mattia einen finsteren Blick zu, ehe er sich wieder an Allegra wandte. Sofort erschien ein Lächeln auf seinen Lippen und seine Augen leuchteten regelrecht. »Wollen wir zu Fuß zur Stadt zurückgehen?«, fragte er.

»Und was ist mit deinem Motorrad?«, entgegnete Allegra skeptisch.

»Das kann Mattia zurückbringen«, sagte Luca wie ein Chef, der seinen Dienern Befehle erteilte.

Die Sympathiepunkte, sollten noch welche übrig gewesen sein, zerstoben. Allegra fiel es nicht mehr schwer, an ihrem Plan festzuhalten, um heil aus der Sache herauszukommen. Zumindest hoffte sie das. Sie steckte den Restaurantschlüssel in ihre Gesäßtasche.

»Dann gerne«, antwortete sie und er hielt ihr galant den Arm hin, Allegra hakte sich ein.

Im Gegensatz zu ihr war er heiß – und das war nicht auf das Aussehen bezogen. Er strahlte eine Hitze ab, obwohl er kurz zuvor noch im T-Shirt auf dem Motorrad die Straße entlanggerast war. Allegra hingegen begann langsam zu zittern, was Luca jedoch nicht zu bemerken schien. So viel zum Thema Gentleman. Langsam liefen sie den Feldweg hinab auf die Stadt zu. Dafür, dass Luca unbedingt mit ihr hatte reden wollen, war er nicht gerade gesprächig. Sie waren bereits unten angekommen, als er sich räusperte.

»Es tut mir leid, wie das alles gelaufen ist.« Die Worte schienen ihm schwer zu fallen, er entschuldigte sich wohl nicht gerne.

Allegra verdrehte die Augen. Das passte zu dem protzigen Auftritt und dem Befehlston gegenüber Mattia. »Kein Problem. Das waren einfach ganz schön viele Missverständnisse«, log Allegra.

»Dann bist du nicht mehr sauer?« Seinem Ton war anzuhören, dass er sich wunderte. Allegra wäre es ebenfalls komisch vorgekommen, wenn nicht. Schließlich hatte sie nach außen hin ihre Meinung um 180 Grad geändert. Aber irgendwie musste sie ihn doch loswerden, oder?

»Was wollt ihr von mir?«, fragte Allegra geradeheraus.

»Ich habe bei Jen Fotos von dir gesehen«, sagte Luca leise. »Und ich musste dich kennenlernen. Kennst du das? Du siehst jemanden und weißt, dass dich etwas mit der Person verbindet, und es wird immer schlimmer, je mehr du darüber nachdenkst.«

Allegra verzog das Gesicht. O ja. Das kannte sie. Sie sah mit einem kurzen Seitenblick zu Lucas Augen hinauf. Aber im Gegensatz zu Lucas Aussage hatte es sich für Allegra nur im ersten Moment so angefühlt. Danach hatte dieser innere Drang jedes Mal falsch gewirkt und die innere Stimme war zu hören gewesen. Doch genug, um sie zu verwirren. »Mir ging es mit deinen Augen so«, sagte sie wahrheitsgemäß. »Ich habe das Gefühl, sie schon immer gesucht zu haben.« Sie versuchte, überzeugend zu klingen, die Enttäuschung zu verbergen, dass ihre Träume ihr etwas Falsches eingeredet hatten. Sie wusste immer noch nicht, wie all das zusammenpasste, doch sie schob den Gedanken zur Seite.

Auf Lucas Mund zeigte sich für einen kurzen Moment ein siegessicheres Lächeln. Fast glaubte Allegra, sie hätte es sich nur eingebildet. Doch ihr Plan schien aufzugehen.

»Mattia kann fliegen?«, brachte sie heraus.

Luca nickte. »Wir alle können etwas. Geschenke an die Erben«, sagte er kryptisch.

Es klang jedoch so, als solle sie besser nicht weiter nachhaken. Wenn sie ihren Plan durchziehen wollte, musste sie die Verliebte spielen. Oder eine Person, die Luca vergötterte, genau das schien er zu erwarten. »Und wie soll es jetzt weitergehen?«, fragte sie. Sie waren beinahe bei den ersten Häusern angekommen.

»Wir lernen uns näher kennen«, sagte er. »Wir haben alle Zeit der Welt.«

»Das klingt nach einem guten Vorschlag.« Wenn er nicht bemerkte, dass sie ihn anlog, war er echt noch schlimmer als befürchtet. Egoistischer, überheblicher … Allegra gingen die Bezeichnungen aus. »Hauptsache, du bist an meiner Seite.« Kitschiger ging es wohl nicht. Allegra unterdrückte den Drang, aufzustöhnen und ihrem Ärger Luft zu machen.

Luca sah sie mit zusammengekniffenen Augen an, als hätte er den Gedanken gehört, ehe er leicht den Kopf schüttelte und wieder nach vorne blickte.

Erkenne die Liebe, sprach es erneut in Gedanken zu ihr und Allegra fiel eine letzte Frage ein.

»Schickst du mir diese Nachrichten?«

Luca fuhr herum. »Welche Nachrichten?«

»Ach nichts«, beschwichtigte Allegra ihn. »Dann ist es wirklich nur Spam.«

Luca verstand anscheinend nicht, was sie meinte, zuckte dann jedoch mit den Schultern. Sie standen inzwischen vor dem ›Da Casari‹. »Sehen wir uns morgen?«, fragte er erwartungsvoll.

»Gerne!« Allegra versuchte, so überzeugend wie möglich zu klingen. »Wir können uns schreiben.«

»Oder ich hole dich ab, wenn du fertig bist.«

Sie nickte langsam. Eigentlich hatte sie geplant, zu viel Arbeit vorzuschieben, doch nun musste sie sich eine andere Ausrede einfallen lassen. Oder hoffen, dass es wirklich zu viel Arbeit gab. Sie zog den Schlüssel aus der Hosentasche und war im Begriff, das Restaurant aufzuschließen, als Luca sie zu sich herumzog und erwartungsvoll anstarrte. Er glaubte doch nicht etwa, dass sie ihn küssen würde?

»Bis morgen, Luca«, brachte sie mit letzter Überzeugungskraft freudestrahlend hervor.

Luca verzog den Mund. »Bis morgen«, murmelte er, während er sich zum Gehen wandte.

Allegra sah ihm nach, wie er beinahe gebrochen – nein, das war ein zu hartes Wort – enttäuscht die Straße entlanglief. Als er außer Sicht war, atmete sie erleichtert auf. Ihre Hand zitterte, als sie den Schlüssel in das Schloss steckte. Irgendwann bemerkte sie, dass nicht abgeschlossen war. Auch das Licht im Gastraum war noch an.

Kurz darauf wurde die Tür aufgerissen und ein völlig erleichterter Fabio stand vor ihr.

»Wo hast du gesteckt?« Maria schob ihn zur Seite. Sie war kreidebleich und sah so aus, wie Allegra sich fühlte.

»Ich habe mich mit jemandem getroffen und wir haben kurz geredet«, versuchte Allegra zu erklären. Die Wahrheit konnte sie ja schlecht sagen. Dass sie ein fliegender Junge – mit dem Gedanken musste sie sich später noch auseinandersetzen – entführt hatte. Sie hatte nicht einmal eine Ahnung, wie lange dieses ›kurz‹ gewesen war. Jegliches Zeitgefühl war ihr verlorengegangen.

»Du hast nichts gesagt und nicht mal abgeschlossen.« Marias Temperament übernahm und sie sah aus, als würde sie jeden Moment in die Luft gehen. Allegra fühlte sich plötzlich wie neun und nicht wie neunzehn. »Ich habe mir Sorgen gemacht. Auch Fabio hat nichts mitbekommen.« Maria zog sich ihr Kopftuch aus den Haaren und die dunklen Locken sprangen um ihr Gesicht herum. »Dir hätte sonst was passiert sein können. Mach das nie wieder!« Sie holte tief Luft und versuchte, sich zu beruhigen.

»Ich bin fast zwanzig, *Mamma*«, sagte Allegra bemüht ruhig. Sie wollte nicht, dass ihre Mutter sich sorgte. Und vor allem wollte sie Maria nicht mit hineinziehen – in was, wusste sie ja selbst nicht einmal.

»Signora Casari«, mischte sich Fabio leise ein und erntete einen finsteren Blick von Maria, weil er sie so förmlich ansprach. Er straffte sich, um nicht mehr ganz so eingeschüchtert auszusehen. »Ich habe doch gesagt, dass Allegra jemanden gesehen hat, mit dem sie sprechen wollte. Also ist alles in Ordnung.«

Allegra musterte ihn kritisch. Warum deckte er sie?

Maria seufzte und atmete mehrmals tief ein und aus. Anschließend nickte sie. »Schließt bitte ab. Ich muss dringend ins Bett. Wir sprechen morgen nochmal darüber.« Mit diesen Worten drehte sie sich um und lief schnellen Schrittes in Richtung Flur.

Allegra hörte, wie sie wenig später die Treppe hochging. Ihr Herzschlag beruhigte sich – doch das schlechte Gewissen wurde immer größer. Sie belog ihre Mutter, die einzige Familie, die sie hatte. Wo sollte das hinführen? Sie schloss für einen Moment die Augen, um sich zu sammeln. Danach wandte sie sich an Fabio. »Danke«, sagte sie leise und erntete dafür ein aufrichtiges Lächeln.

»Gern geschehen. Verrätst du mir, was passiert ist?«

Sie schüttelte langsam den Kopf. Das konnte man niemandem erzählen. Es war zu absurd, Fabio würde sie für verrückt halten.

»Du hast dich mit diesem Luca getroffen, oder?« Sein Mund war nur mehr ein schmaler Strich. Seine gesamte Haltung spiegelte Enttäuschung wider.

»Es ist nicht, wie es aussieht.« Schon während sie es aussprach, klang es so aufgesetzt, dass sie es am liebsten zurückgenommen hätte.

»Hat er dich bedrängt?« Die Worte kamen wie ein Knurren aus Fabios Mund. Seine Hände waren zu Fäusten geballt.

War er etwa eifersüchtig? Allegra wagte es nicht, sich darüber zu freuen. Lucas Freund konnte fliegen, wer wusste schon, was die anderen konnten? Alessandro zum Beispiel. Als sie an ihn dachte, machte sie sich sofort Sorgen um Jen. Dabei wollte sie doch nur Fabio dazu bringen, sich nicht einzumischen, weil sie Angst um ihn hatte. Er war viel zu freundlich und unbedarft. Und was Jen anging … Da musste sich Allegra etwas einfallen lassen.

»Nein, er hat mir nichts getan«, sagte sie. »Wir haben uns für morgen verabredet.«

Fabios Reaktion auf diese Nachricht traf sie wie ein Schlag in den Magen. Die Enttäuschung war greifbarer als jemals zuvor, seine violetten Augen hatten den Glanz verloren.

»Wie du meinst«, sagte er und presste die Zähne zusammen, dass die Muskulatur hervortrat. Verbitterung lag in seiner Stimme, als er fortfuhr: »Ich geh dann mal.«

Allegra nickte – enttäuscht und gleichzeitig erleichtert, nichts mehr vorspielen zu müssen. »Bis morgen.«

Sie schloss hinter ihm ab und ging nach oben ins Badezimmer. Selbst die Hitze, die sie über ihren Körper regnen ließ, konnte die Kälte, die die Gedanken an den späten Abend hervorriefen, nicht vertreiben. Sie musste mit jemandem darüber reden – doch jeder, den sie hineinzog, konnte in Gefahr geraten. Jen steckte schon viel zu tief drin. Aber vielleicht konnte sie ihr weitere Informationen liefern. Sie schnappte sicherlich nebenbei so einiges auf, hoffte Allegra. Schnell schrieb sie Jen eine Nachricht, doch die antwortete nicht.

Die SMS von Luca – der Link zum Video und die Unterschrift L. – war nach wie vor in ihrem Posteingang. Hatte sie sie nicht gelöscht? Einem Gefühl folgend drückte Allegra auf ›Antwort‹ und wollte Luca etwas Unverfängliches schreiben – dass sie sich auf das nächste Treffen freute oder was auch immer. Aber das erschien ihr dann doch zu falsch und sie beendete die Nachrichtenapp.

Sie musste herausfinden, was die Jungs wollten. Erst dann konnte sie etwas unternehmen und ihrer besten Freundin da heraushelfen. Sie war in etwas hineingeraten, das an eine Fantasy-Geschichte erinnerte, und Allegra musste wissen, warum.

Über diese Gedanken grübelnd fiel sie in einen unruhigen Schlaf.

5. Szene

Allegra ging gerade über den Marktplatz, als die entfernte Kirchturmuhr zehn Mal schlug. Bald würde ihre Schicht beginnen. Sie hatte für Maria noch ein paar Kräuter zum Kochen besorgen müssen, die es im Großmarkt am frühen Morgen nicht gegeben hatte.

Sie beschleunigte ihre Schritte und kam an der modernen Skulptur vorbei, die am Rand des Platzes stand. Wenn die Sonne schien, funkelte sie regelrecht, wirkte lebendig. Aber bei dem grauen Wetter heute sah sie nur nach dem totem Gestein aus, aus dem sie gefertigt war. Wie immer, seit sie einmal beinahe von einem Skateboarder angefahren worden war, ging sie langsamer und schaute vorsichtig um die Skulptur herum.

Sofort zuckte sie zurück. Auf der anderen Seite stand Alessandro. Doch Allegras Neugierde siegte, als sie erkannte, dass er sich mit jemandem wild gestikulierend unterhielt, den sie nicht sehen konnte. Luca vielleicht? Konnte Allegra auch ohne Jen an Informationen kommen?

Sie versuchte angestrengt, etwas zu verstehen, der Lärm der Stadt übertönte jedoch nahezu jedes Wort. Lediglich einzelne Fetzen wurden vom Wind zu ihr getragen. Sie drängte sich näher an die Skulptur, hing dem stilisierten Menschen schon beinahe am Arm, da räusperte sich jemand hinter ihr. Sie fuhr zusammen und sah sich schuldbewusst um. Vor ihr stand ein älterer Herr mit Brille, der die Nase gerümpft hatte. Während er kopfschüttelnd davonging, schimpfte er auf die ›heutige Jugend‹. Sobald er außer Sicht war, schob sich Allegra wieder in ihre vorherige Position.

»Was tust du da?«, fragte Alessandro und musterte Allegra aus zusammengekniffenen Augen.

»Ähm ...« Wenn man einmal eine Ausrede brauchte, war keine greifbar. Sie schaute daher nur betroffen zu Boden und zuckte mit den Schultern.

»Was hast du gehört?«

»Nichts«, gab sie zu und sah Alessandro wieder an, der den Mund verzog und kurz überlegte.

»Hätte mich auch gewundert«, sagte er dann. »Denn wir haben uns gar nicht unterhalten.« Nun grinste er spitzbübisch und Allegra konnte nicht anders, als zu lächeln. Sie fühlte sich plötzlich fantastisch und konnte gar nicht verstehen, dass sie kurz zuvor noch so skeptisch gewesen war.

»Ich muss dann mal weiter«, verabschiedete sie sich von Alessandro, als hätte sie sich kurz mit einem Freund getroffen. Er nickte ihr zu und sie ging davon. Je mehr Schritte sie sich von ihm entfernte, desto seltsamer kam ihr das Gespräch vor – und diese gute Laune, die sie überrollt hatte wie aus dem Nichts ... Irritiert schüttelte sie den Kopf und steuerte auf den Hinterhof des ›Da Casari‹ zu.

Wir alle können etwas. Geschenke an die Erben, hallten Lucas Worte in ihrem Kopf wider und plötzlich fielen einige Puzzleteile an ihren Platz.

Allegra schrak aus dem Schlaf hoch. Sie hielt den letzten Gedanken ganz fest, wiederholte ihn immer und immer wieder, damit er ihr nicht entglitt: *Alessandro kann Gefühle beeinflussen.* Endlich machte die Ruhe, die sie so oft verspürt hatte, Sinn. Sie dachte an die Geräusche an jenem Morgen, an dem sie zum ersten Mal mit diesem fremden Gefühl aufgewacht war. War er im Hinterhof gewesen? Sie erschauderte bei dem Gedanken.

»Allegra, bist du wach?«, rief ihre Mutter aus dem Flur.

Hätte sie wirklich noch geschlafen, wäre sie spätestens nach dieser Frage wach gewesen. »Ja, *Mamma.*« Sie streckte sich, gähnte ausgiebig und öffnete langsam die Augen. Vor ihrem Fenster gab es nur Grau in Grau. Allegra seufzte. Der Herbst kündigte sich langsam an. Irgendwann musste der Sommer ja vorbei sein.

Sie griff im Schrank nach den erstbesten Klamotten und ging ins Badezimmer. Beim Verlassen ihres Zimmers warf sie im Vorbeigehen einen Blick in den großen Spiegel und hatte ein Déjà-vu: Genau diese Kleidung hatte sie in ihrem Traum getragen.

Während sie frühstückte, schlich Maria ungeduldig um sie herum.

»Was ist denn los?«, fragte Allegra zwischen einem Schluck Kaffee und dem nächsten Löffel Müsli.

»Du musst noch kurz einkaufen gehen.« Sie reichte ihr einen Zettel mit verschiedenen Kräutern. »Die sind im Großmarkt schon weg oder noch nicht eingeräumt gewesen.« Maria verdrehte die Augen.

In Allegras Kopf hingegen arbeitete es auf Hochtouren.

Kurz vor zehn Uhr verließ sie den kleinen Laden, der von einem Bauernhof in der Gegend beliefert wurde. Die Tasche baumelte in Allegras Armbeuge. *Wie in meinem Traum,* erinnerte sich Allegra. Der nächste Gedanke fühlte sich seltsam an, formte sich jedoch immer weiter zu einer Idee. Der Tag war genauso verlaufen, wie sie ihn geträumt hatte. Doch bislang konnte es Zufall gewesen sein. Doch was, wenn Alessandro tatsächlich gleich um zehn Uhr bei der Skulptur stehen würde? Wäre das nicht Beweis genug, dass etwas vor sich ging – unabhängig von allem anderen, der Sache mit Luca und Fabio, dem fliegenden Mattia …

Allegra ließ sich nicht viel Zeit zu entscheiden und eilte los. Sie würde von der Seite, aus der sie im Traum gekommen war, nichts hören können. Aber vielleicht bot sich ihr an der Hausecke, wo die Skulptur stand, eine bessere Möglichkeit?

Es dauerte nicht lange, da hatte sie die paar Häuser der Altstadt über Hinterhöfe umrundet und wagte sich mit klopfendem Herzen näher an die Hausecke. Wenn ihr Traum Recht behielt, dann würden direkt um diese Ecke Alessandro und sein Gesprächspartner stehen. Sie wagte nicht, nachzusehen und lauschte angestrengt. Durch die Geräuschkulisse klangen die Stimmen fremd und verzerrt. Sie konnte nicht mit Sicherheit sagen, wer da sprach.

»Der Plan hätte funktionieren können«, sagte eine Stimme barsch. Sie könnte Alessandro gehören, aber Allegra hatte bisher nicht oft genug mit ihm gesprochen, um ihn zweifelsfrei zu identifizieren.

»Du unterschätzt ihn, Capulet. Wie immer.« Allegra hörte, wie eine Person gegen die Skulptur schlug. Ein dumpfer Klang ertönte.

»Was sollen wir tun? Uns läuft die Zeit davon. Es sind nur noch wenige Tage, bis das Ultimatum vorbei ist – und er versucht, sie hinzuhalten.«

»Und von mir abzulenken«, kam knurrend zur Antwort.

»Du musst dich mehr anstrengen.«

»Du hast sie ihm doch in die Arme getrieben!«

Wer sprach dort mit Alessandro? War das Luca?

»Wer kann denn schon ahnen, dass sie *so* darauf reagieren würde? Ab dem Moment, in dem ich erkannt habe, wer er ist, habe ich ihm falsche Ratschläge erteilt. Ich hätte …« Eine kurze Pause entstand, Alessandro rang nach Worten. »Ich hätte niemals gedacht, dass sich wirklich jemand davon angezogen fühlen könnte. Bisher habe ich solche Erzählungen für einen Witz gehalten. Aber deine Masche scheint anzukommen, nur die Götter wissen, warum.«

»Du bist jung, Alessandro. Du weißt vieles nicht.«

Eine Welle der Wut überrollte Allegra. Sie musste sich zusammenreißen, um nicht auf die Hauswand einzuschlagen. Sie atmete tief durch. War das Alessandros Werk? Fühlte es sich so echt und gleichzeitig so falsch an?

»Nur weil der Fluch beendet ist, heißt das nicht, dass ich dich mögen muss, Montague«, spuckte Alessandro aus. Sprach er etwa mit Luca? Die Stimme hatte irgendwie anderes geklungen. Er sagte noch etwas hinterher, doch die Kirchturmuhr dröhnte los.

Angestrengt versuchte Allegra, mehr zu hören, aber es war unmöglich. Selbst als das Läuten verhallte, verstand sie nur noch Wortfetzen.

»Ist ja gut, ich werde es versuchen. Probier du es weiterhin mit deinem Plan. Ich habe schon oft gehört, dass du sehr gut darin bist, Frauen zu vergraulen.«

Allegra hörte einen dumpfen Schlag.

»Au!«, setzte eine Stimme hinzu, dann wurde es ruhig.

Hinter Allegra raschelte etwas und sie fuhr herum. Irritiert darüber, nichts zu sehen, schüttelte sie den Kopf und wagte es, um die Ecke zu spähen. Sie musste wissen, wer diese andere Person war. Sie holte noch einmal kurz Luft und trat nach vorne. Erwartungsvoll drehte sie den Kopf – doch da war niemand. Verwundert ging sie um die Skulptur herum.

»Was tust du da?«, fragte Alessandro, der wie in ihrem Traum hinter ihr aufgetaucht war.

»Ähm …« Okay, die mangelnde Schlagfertigkeit war wohl leider nicht nur Thema des Traumes.

»Was hast du gehört?«, fragte Alessandro weiter.

»Nichts.«

»Hätte mich auch gewundert«, sagte er dann. »Denn wir haben uns gar nicht unterhalten«, log er und grinste dabei so überzeugend, während eine Welle der Zufriedenheit von ihm ausging.

Allegra verstand nun, wie sie seine Manipulation von ihren eigenen Emotionen unterscheiden konnte – das Gefühl schien nicht aus ihrem Inneren zu kommen, sondern fühlte sich an, als würde sie es für eine Theateraufführung oder so interpretieren. Dennoch spielte sie erst einmal mit. »Ich muss dann mal weiter«, verabschiedete sie sich und im Umdrehen sah sie, wie er zufrieden lächelte. Dann macht sie jedoch wieder kehrt: »Mit wem hast du gesprochen?«, fragte sie direkt. »Du kannst mich nicht mehr beeinflussen.«

»Woher weißt du …« Er sah so verdutzt aus, dass es schon fast niedlich war. Ganz gleich, was Allegra in seiner Abwesenheit über ihn dachte, ihm direkt gegenüber hatte sie das irrationale Gefühl, ihn beschützen zu müssen.

»Sag mir, wer das war, und sag mir, was ihr von mir und Jen wollt.« Allegras Stimme klang eiskalt. Sie fühlte sich zu allem bereit, um ihre Freundin zu beschützen.

»Das kann ich nicht.« Alessandro senkte den Blick.

»Dann werde ich jetzt sofort mit Jen sprechen. Mit euch stimmt etwas nicht und sie ist in Gefahr.« Allegra wollte sich abwenden, doch Alessandro tat einen Satz nach vorne und hielt sie fest.

»Ich schütze sie, so gut es geht, Allegra. Ich würde es mir nie verzeihen, wenn ihr etwas passiert. Nicht nachdem …« er bewegte die Lippen, doch es kam nichts heraus. Er schlug mit der Faust in die Handfläche der anderen Hand. *»Merda!«*

»Was ist los?« Allegra musterte ihn argwöhnisch.

»Ich kann nicht darüber sprechen.« Niedergeschlagenheit drang aus seiner Richtung auf sie ein. »Aber du musst mir glauben, dass ich Jen wirklich liebe.« Eine neue Gefühlswelle überrollte Allegra und sie hätte am liebsten geseufzt oder Herzchen in Hefte gemalt. Das pure Gefühl von aufrichtigem ersten Verliebtsein.

»Du musst nur … erkennen«, fügte er hinzu. Er hatte offensichtlich große Mühe, die Worte hervorzubringen.

»Was erkennen?«

»Amor salvatus«, presste er hervor.

»Die Nachrichten sind von dir!«, fuhr Allegra ihn an. »Sie machen mich seit Tagen verrückt! Ich wusste, dass du dahintersteckst. Du oder Luca. Ich habe es Jen gesagt, aber die hat dich natürlich in Schutz genommen. Ich werde es ihr erzählen.«

Alessandro schüttelte heftig den Kopf. »Nein! Sie sind von …« Nun schüttelte ihn der Husten, genau wie Mattia.

Allegra wurde von Panik überrollt. Der Panik, zu ersticken. Alessandro rang nach Luft und Allegra hatte Mühe, seine Gefühle von ihren zu trennen. Vorsichtig trat sie neben ihn und schlug ihm auf den Rücken. Schlimmer werden konnte es ja nicht.

»He!«, keuchte er, doch der Husten beruhigte sich. Dann änderte sich plötzlich seine Mimik und die dunklen Augen leuchteten auf. Er kramte in seiner Hosentasche, ehe er ein kleines Schächtelchen hervorzog. »Das soll ich dir geben. Es ist vielleicht die einzige Chance …«, murmelte er vor sich hin, ließ das Ende des Satzes jedoch offen.

»Was?« Sie weigerte sich, das kleine Kästchen an sich zu nehmen.

Alessandro öffnete den Mund und schüttelte niedergeschlagen den Kopf, als wieder einmal nichts herauskam.

Aber nachdem Allegra die Begegnung mit einem fliegenden Jungen überlebt hatte – warum sollte sie da verwundert sein, dass jemand über manche Dinge nicht sprechen konnte? Das entfachte ihre Neugierde gleich viel mehr. Sie setzte eben zu einer weiteren Frage an, als sich jemand hinter ihr bemerkbar machte. Sofort bekam sie eine Gänsehaut und Alessandro wurde kreidebleich.

Schnell hob er ihre Hand, drückte das Kästchen hinein und legte Allegras Finger drumherum. Sein Blick sagte: »Kein Wort darüber!«

»Was tut ihr denn hier?«, fragte Luca, der wieder zurückgekommen sein musste und in diesem Moment neben Allegra trat. Seine eisblauen Augen brannten sich in ihre und für einen winzigen Moment überlegte sie, ihre Lüge wahr werden zu lassen und sich wirklich auf ihn einzulassen. Sie sah es praktisch vor sich. Er und sie, gemeinsam.

Alessandro stieß sie von der Seite an. »Wir haben uns zufällig getroffen. Allegra kommt gerade vom Einkaufen.«

Luca bot an, sie zum Restaurant zu begleiten, und Allegra konnte schlecht Nein sagen. Sie verabschiedeten sich von Alessandro, der alles andere als begeistert aussah. Er formte irgendwas mit seinen Lippen, als sie sich noch einmal zu ihm umwandte, doch sie hatte keine Ahnung, was er ihr sagen wollte. Nur seine Sorge spülte über sie hinweg und sie drängte sie mit aller Mühe beiseite.

Während sie nebeneinander hergingen, spielte sie mit dem kleinen Kästchen, das sie sofort in die Tasche ihrer dünnen Jacke gesteckt hatte. Sie war nun doch neugierig, nachdem Alessandro so ein Geheimnis darum gemacht hatte, und brannte darauf, zuhause nachzuschauen, was es enthielt. Ihre Finger tasteten die geriffelte Oberfläche ab, und ehe sie sich versah, öffnete es sich und sie spürte, wie etwas herausfiel. Sie ließ das Kästchen los, tastete darunter nach dem Gegenstand. Sie fühlte kaltes Metall, etwas Rundes? Die Fingerspitzen glitten weiter, vor ihrem inneren Auge entstand ein Bild: das eines Ringes mit einer Blume darauf. Derselbe Ring, den Alessandro trug?

»Bist du zufrieden, Allegra?« Luca blieb stehen und zwang auch sie zum Anhalten.

»Ich denke schon«, gab sie nicht völlig überzeugend von sich.

Er nahm ihre Hand und zog Allegra etwas näher zu sich. Schnell nahm sie die andere aus der Tasche. Sie standen sich nun direkt gegenüber und sie konnte nicht anders, als in seinen Augen zu versinken. Es war wie Hypnose. Ein ultimativ positives Gefühl rauschte durch Allegra hindurch. Es glich nicht der Beeinflussung durch Alessandro, es war mächtiger, realer. Es musste an Luca liegen. Die Wärme seiner Hand beruhigte sie, gab ihr ein Gefühl des Nachhausekommens. Es war richtig.

»Ich möchte, dass du glücklich bist, dass du dich erinnerst.« Sein Blick durchdrang sie und sie spürte eine Gänsehaut am ganzen Körper. Bryan Adams Song schwebte durch ihren Kopf. Und dieses Mal glaubte sie zu verstehen, was Luca meinte: Sie sah, was sie ihm bedeutete, und sie wusste, dass er einen Platz in ihrem Herzen und ihrer Seele hatte, so kitschig das auch klingen mochte.

Pulsierende Wärme ging von seiner Hand aus, die ihre immer noch sanft festhielt und deren Griff doch so fest war, als wollte er sie nie mehr loslassen. Allegra spürte die Verbindung zwischen ihnen mit jeder Faser ihres Körpers. Die Stimme, die ihr zuflüsterte, sie solle aufpassen, die unzähligen Warnungen nicht ignorieren, wurde immer leiser.

Es fühlte sich einfach alles richtig an. Die stets wiederkehrenden Träume rauschten durch ihren Kopf. Während sich ihr Oberkörper wie von selbst Luca entgegenreckte, verknotete sich ihr Magen immer weiter. Luca nahm auch ihre zweite Hand und die benebelnde Wärme drang nun von zwei Seiten auf sie ein.

»Ich liebe dich, Allegra. Ich habe dich vom ersten Moment an geliebt.«

Allegra nahm die Worte kaum wahr, dachte nicht über Sinn oder Unsinn dieser Liebeserklärung aus heiterem Himmel nach. Gefangen von seinen Augen und seiner Gegenwart war sie nicht in der Lage dazu und nur ein einzelner Gedanke kristallisierte sich beim Blick in die so bekannten Augen heraus: ein letzter Kuss.

Ihre Lippen näherten sich seinen und überwanden die letzte Distanz. Der Kuss glich einer Berührung von Schmetterlingsflügeln, dennoch spürte Allegra die eisige Kälte, die von Lucas Lippen ausging und sich rasant in ihrem Inneren ausbreitete.

Falsch!, brüllte die Stimme in ihrem Kopf so laut, dass sie zurückzuckte. Ihr gesamter Körper verkrampfte sich und ein Schmerz breitete sich in ihrer Brust aus, als hätte man ihr das Herz bei lebendigem Leib herausgerissen. Sie krümmte sich, glitt wie in Zeitlupe zu Boden und erkannte nur unter flatternden Lidern, dass Luca lachte.

Ehe der Schmerz sie überwältigte, sah sie gerade noch, wie seine Gestalt kurz schimmerte und dann verschwunden war. Nur das grausame Lachen hallte noch in Allegras Ohr.

6. SZENE

»Verdammt, Allegra!«

Die Stimme kam ihr vage bekannt vor. Sie versuchte benommen die Augen zu öffnen. Doch noch ehe sie Erfolg hatte, stürzte das Erlebte über ihr zusammen und erdrückte sie. Sie hatte Luca Montague geküsst! Aber der Kuss war nicht das, wonach sie sich gesehnt hatte. Es hatte sich so falsch angefühlt.

»Allegra!« Jemand tätschelte ihre Wange. Im nächsten Moment rollte eine große Welle der Zufriedenheit über sie hinweg.

»Alessandro?«, fragte sie benommen und blinzelte mehrmals. Sie sah ihn vor dem grauen Himmel, seine Haare hingen ihm ins Gesicht. Er kniete neben ihr, mitten auf dem Marktplatz – niemand anderes schien sie zu bemerken.

»Was ist passiert?« Seine Lippen waren zusammengepresst, als kenne er die Antwort bereits.

Sie stützte sich auf die Hände und richtete ihren Oberkörper langsam auf. Die Tragetasche mit den Kräutern für ihre Mutter hing noch an ihrem Arm. Sie zog die Schlaufe über die Schulter. Alessandro machte ihr Platz. »Ich habe Luca geküsst.«

Alessandros sah aus, als hätten sich seine schlimmsten Befürchtungen bewahrheitet – er nickte langsam und in seinen Augen glitzerte es verdächtig.

»Erzählst du mir jetzt endlich, was los ist?«

»Das brauche ich nicht mehr.« Seine Stimme klang gebrochen. »Es ist vorbei.« Er richtete sich auf und machte Anstalten davonzugehen.

Doch Allegra brauchte die Antworten. Sie sprang ebenfalls auf. Zu schnell. Ihr wurde kurz schwarz vor Augen und sie taumelte.

Alessandro stützte sie. Seine Wangen glänzten, als er sie vorwurfsvoll anstarrte. »Hast du den Ring noch?«, wollte er wissen. »Das Kästchen, das ich dir gegeben habe«, fügte er hinzu.

Allegra nickte und ließ die Hand in die Jackentasche gleiten. Sie spürte das kühle Metall und zog den Ring heraus, hielt ihn zwischen Daumen und Zeigefinger und sah ihn an. Er war wunderschön, die stilisierte Rose darauf schien zu glänzen, obwohl es gar kein Licht gab, das sie reflektieren konnte.

»Es war eine blöde Idee des Padre gewesen, dir den Ring zu geben. Nur deshalb hat der Dunkle so überstürzt gehandelt und dich beeinflusst. Verdammt, ich hätte es wissen müssen, dass wir ihn nicht austricksen können. Luca hat es noch gesagt, aber ich … Verdammt!«

Allegra konnte seinen Worten nicht folgen und sah ihn an, als habe er den Verstand verloren. Vielleicht hatte er das ja? »Du hast doch mit Luca gesprochen, als ich euch belauscht habe, oder?«, versuchte sie zu verstehen.

»Ja. Nein, nicht mit *diesem* Luca.« Er deutete vage von ihr zu einer leeren Stelle neben sich.

Darauf wusste Allegra nichts zu sagen und schaute ihn nur verständnislos an.

»Zieh den Ring an, dann werden deine Erinnerungen zurückkehren«, flüsterte Alessandro. »Aber besser nicht hier.« Er holte tief Luft, legte eine Hand an ihren Rücken und schob sie vorwärts. Nebenbei murmelte er etwas von »Wieso immer ich?«, aber Allegra konnte sich auch getäuscht haben.

Sie bogen in die Gasse ein, die zum ›Da Casari‹ führte. Alessandro hielt an einem Hauseingang, mehrere Stufen innerhalb des Gebäudes führten zu einer Tür.

»Setz dich«, forderte er sie auf und als sie nicht reagierte, drückte er sie auf den kalten Stein. »Und jetzt zieh den Ring an.«

Allegra betrachtete den Ring noch einmal kritisch, sah von ihm zu Alessandro. Als er auffordernd nickte, ließ sie den Ring über ihren Ringfinger gleiten. Sie keuchte erschrocken auf, als die Bilder auf sie einströmten und all ihr bisheriges Wissen über Romeo und Julia veränderten.

Sie sah sich und Jen, wie sie gemeinsam zu einem Wochenendausflug an den Gardasee aufbrachen, erkannte Alessandro, wie er anfangs mit ihnen flirtete, erinnerte sich an ihr erstes Zusammentreffen mit Luca Montague, dem Jungen ihrer Träume. Erneut befand sie sich auf dem Maskenball in Malcesine, lernte ihren Romeo kennen. Luca, der nur aufgrund Bruder Lorenzos Eingreifen unerkannt zum Ball gekommen war.

Instinktiv wanderten ihre Finger zu ihrem Mund, als sie an den ersten gestohlenen Kuss im Garten des *Castello Scaligero* dachte und an die wenigen späteren privaten Momente. Sie sah sich gegen Monster kämpfen – für ihre Liebe – und Luca auf dem Marktplatz von Limone stehen. Unwissend, dass der Fluch gebrochen war. Sie schrie auf, als er sich den Granatapfelkern in den Mund legte und zusammenbrach. Tränen rollten über ihre Wangen, während sie sich an den letzten Kuss erinnerte, bereit, gemeinsam mit ihrer Liebe zu sterben.

Alessandro fuhr ihr beruhigend über den Rücken, als seine Gefühlsbeeinflussung an ihr wirkungslos abprallte. Allegra schniefte, holte stockend Luft. Etwas schnürte sie ein, sie war kaum in der Lage, zu atmen. Der Schmerz war so allgegenwärtig, dass ihr schwindelig wurde.

»Warum bin ich hier? Ich müsste …«

Tot sein, vollendete sie den Satz in Gedanken. »Ich war bereit zu sterben, ich bin gestorben.« *Ich wollte nicht in einer Welt leben, in der Luca nicht existierte.* Nun verstand sie, warum Luca ihr das Lied von Bryan Adams geschickt hatte. Sie erkannte alles klar und deutlich.

Luca.

Ihr Herz verkrampfte sich. »Wo ist Luca?«, brachte sie unter weiteren Schluchzern hervor.

Alessandro blickte betroffen zu Boden.

»Antworte doch!«, schrie sie beinahe hysterisch.

»Die Prüfung, eure zweite Chance, war nicht erfolgreich. *Agnosce amorem* – erkenne die Liebe«, flüsterte Alessandro.

»Nein, nein, das kann nicht sein, ich …«

Doch ehe sie aussprechen konnte, dass sie Luca, seine eisblauen Augen, erkannt hatte, wusste sie, dass sie falsch lag. Sie hatte ihre Liebe erkannt und hatte sich von dem falschen Luca blenden lassen.

»Fabio«, flüsterte sie und Alessandro nickte.

Allegra sprang auf, wischte sich kurz über die Augen und rannte zum Restaurant. Hinter sich hörte sie Alessandros Schritte, die Tasche mit Marias Kräutern baumelte an ihrer Seite. Sie steuerte auf das ›Da Casari‹ zu, als sich eben die Tür öffnete.

Maria sah sich suchend um. »Da bist du ja!«, rief sie ihr entgegen. »Wo warst du so lange? Ich musste das Restaurant alleine vorbereiten, Fabio ist nicht aufgetaucht und …« Sie brach ab, als sie einen Blick in Allegras Gesicht warf, die nun bei ihr angekommen war. Maria wurde kreidebleich. »Was ist passiert?«, flüsterte sie nur und Allegra kamen weitere Tränen.

»Fabio«, brachte sie hervor.

»Wir sollten drinnen weiterreden«, sagte Alessandro, der nun ebenfalls beim Restaurant angekommen war.

»Wer bist du?«, fragte Maria verwirrt.

»Es ist okay, *Mamma*«, sagte Allegra und die drei gingen in den Gastraum.

Als wüsste sie, dass es nötig sein würde, drehte Maria den Schlüssel im Schloss, ehe sie Allegra folgte und sich zu ihr und Alessandro an einen der Tische setzte.

»Sie sind Maria Casari«, stellte Alessandro fest und Maria nickte. Ihre Stirn hatte sich in Falten gelegt und sie starrte Alessandro skeptisch an. »Mein Name ist Alessandro Capulet. Wir haben einen gemeinsamen Bekannten: Lorenzo.«

Maria riss ihre Hände zum Mund und schüttelte den Kopf. »Ihr könnt sie mir nicht wegnehmen!«, rief sie. »Wir haben mit alldem nichts zu tun. Sie ist hier sicher!«

»Es ist zu spät, *Mamma.*« Weitere Tränen sammelten sich auf Allegras Wangen und sie erzählte in Kurzform, was sie durch den Ring wieder erfahren hatte. Maria wurde immer bleicher. Als Allegra damit endete, wie sie sich selbst getötet hatte, war ihr Gesicht von Schmerz gezeichnet.

»Beim Herrn!«, flüsterte Maria, rückte näher zu Allegra und nahm ihre Hand. »Lorenzo hatte mir nie gesagt, warum ich dich mitnehmen sollte, warum wir fliehen mussten. Und ich habe es nie infrage gestellt. Er ist ein Mann Gottes.« Maria bekreuzigte sich.

»Die Rolle spielt er schon ziemlich lange«, kommentierte Alessandro, was ihm einen finsteren Blick von Allegra einbrachte.

»Wo ist Luca?«, fragte Allegra ihren kleinen Bruder noch einmal. »Was ist passiert, nachdem wir …«

»Der Fluch ist gebrochen. Lorenzo hat euch in den *Palazzo dei Capitani* gebracht und die Familien zusammengerufen. Er sprach sich dafür aus, dass wir euch in der Unterwelt suchen sollten, doch meine Mutter – unsere Mutter –, sowie auch Lucas Vater haben den Vorschlag abgelehnt. Sie hielten es beide für Schicksal, dass der Fluch durch ein letztes Opfer gebrochen wurde.« Er schnaubte. »Lorenzo hingegen rief uns zusammen, mich, Ben und Daniele, Lucas Leute, Mattia und Paolo, und stellte uns seinen Plan vor. Er hat bei Jupiter persönlich vorgesprochen, Allegra. Dort verwies man ihn an Pluto, der euch bereits in seiner Unterwelt willkommen geheißen hat.

Pluto war nicht bereit, euch freizugeben, oder höchstens einen von euch. Doch Lorenzo gab nicht auf und wandte sich an den Dunklen, um einen neuen Handel zu vereinbaren. Vor Jupiters Gericht wurde beschlossen, dass ihr eine zweite Chance erhalten sollt. Venus spielt gerne und Pluto war gewillt, eure Seelen auf Zeit zu entlassen. An deinem zwanzigsten Geburtstag wärt ihr zurückgekehrt – es sei denn, Luca hätte es geschafft, dich von sich und der Liebe zu überzeugen.« Alessandro strich sich eine Strähne aus dem Gesicht.

»Am nächsten Morgen stand der Plan und nur wir wussten von der alternativen Realität, die Jupiter gesponnen hatte. Ich wollte umgehend Jen besuchen, doch sie war bei einem ›Job‹«, er spuckte das Wort aus, »und ich konnte nicht eher hier sein. Als Luca dann auf der Party ankam, habe ich gespürt, dass etwas nicht stimmt.« Er schüttelte den Kopf. »Aber hey, ich wurde mein Leben lang darauf getrimmt, ihn nicht zu mögen!«, entschuldigte er sich wild gestikulierend. »Ich dachte, nur deshalb spüre ich diese Antipathie. Außerdem war ich mir so sicher, dass der Dunkle versucht hat, dich in Fabios Gestalt rumzukriegen.«

Allegra konnte nichts dazu sagen, der Schmerz war so überwältigend, dass sie alles andere nur wie in Trance mitbekam.

»Verdammt, ich hätte wissen müssen, dass der Dunkle die Gestalt von Luca annehmen würde, dass Venus nicht mit offenen Karten spielt. Sie hat uns alle getäuscht! Als ich bemerkt habe, wer *Luca* wirklich ist, habe ich die Jungs nach Deutschland geholt. Wir haben Luca eingeredet, wie er dich von sich überzeugen könnte, nur du …«

»Ich habe mitgespielt, weil ich Angst um Jen und Fabio hatte«, flüsterte Allegra. »Weil ihr so seltsam wart.« Sie sah Alessandro direkt an.

»Wir waren nicht in der Lage, etwas zu verraten. Du hast es ja mitbekommen. Ein göttliches Verbot schlägt auch durch, wenn keiner der Götter zusieht.« Er verzog das Gesicht. »Wir haben versucht, dich zu warnen. Lorenzo hat es versucht. Er wollte, dass du dich wieder erinnerst.«

»Die lateinischen Nachrichten waren von ihm«, stellte Allegra fest.

»Ja. Ich habe ihm geschrieben, dass es falsch ankommen könnte, aber er war sich sicher, dass die lateinischen Sprüche dein Gedächtnis ein Stück weit wiederherstellen würden.«

»Sie haben mir Angst eingejagt«, gab Allegra zu.

Alessandro nickte wissend.

»Wo ist Luca jetzt?«, wiederholte Allegra erneut die Frage, die sie am meisten interessierte.

»Er ist zu Pluto in die Unterwelt zurückgekehrt.«

»Nein!«, schrie Allegra und sprang auf. »Der Dunkle … Venus hat ein falsches Spiel gespielt, mich beeinflusst, ich hatte mich für Fabio entschieden!« Sie sprang auf.

Alessandro verzog resigniert den Mund.

Aber Allegra würde nicht aufgeben. »Wir fahren jetzt sofort nach Malcesine und sprechen mit Lorenzo.«

Neues Leben kam in Alessandro und sie sah Hoffnung in seinen Augen aufblitzen.

»Ich wäre nicht die Erste, die jemanden aus der Unterwelt zurückholt. Ich werde mich nicht von den Göttern unterkriegen lassen.«

»Ich rufe die Jungs zusammen.« Alessandro sprang so eifrig auf, dass der Stuhl umkippte. Schuldbewusst stellte er ihn wieder auf und tätschelte ihn beinahe liebevoll.

Maria stand ebenfalls auf und drückte Allegra an sich. »Du bist die Tochter, die ich verlorengeglaubt hatte, und ich habe dich immer geliebt wie mein eigenes Fleisch und Blut. Ich wünsche dir, dass du deine Liebe wiederfindest, und hoffe, dass du heil zu mir zurückkehrst.« Sie zog ihre Kette über den Kopf und reichte sie Allegra. In ihrer Handfläche lag ein gläsernes Herz, eine Art Phiole mit einer schimmernden Substanz darin. »Das habe ich zur Verwahrung bekommen, solltest du jemals Heilung brauchen.«

»Venus‘ Heilzauber?«, fragte Allegra erstaunt, als sie den Inhalt der Phiole zu erkennen glaubte. Sie zu besorgen war Teil ihrer Prüfung gewesen. »Woher … ?«

»Du hast es getragen, als ich mit dir nach Deutschland gekommen bin. Ich wusste beim ersten Blick, dass es eines Tages die Lösung sein würde.« Sie schüttelte den Kopf, vermutlich wusste sie selbst, wie verrückt ihre Worte klangen. Aber was war schon verrückt in Anbetracht dieser Situation? Maria ließ das Herz in Allegras Hand fallen.

Die schloss die Finger darum und überlegte kurz. »Ich werde es nicht brauchen, *Mamma.*« Sie wollte die Phiole bereits zurückgeben, doch Maria zog ihre Hand zurück und schüttelte den Kopf.

»Trag sie und vergiss nie, wofür du kämpfst«, sagte Maria entschlossen.

Allegra legte die Kette um. Das gläserne Herz fühlte sich eiskalt auf ihrer Haut an. Eine Warnung. Eine Ermahnung. Sie wusste, wofür sie kämpfte. Sie musste siegreich sein, um niemals von diesem Zauber Gebrauch zu machen. Sie würde Venus die Stirn bieten, wie einst ihre Vorfahrin Psyche. Und sie würde ebenso siegreich sein.

IV. AKT

1. SZENE

Die Sonne schien Allegra zu verhöhnen. Sie strahlte über dem Lago di Garda und ließ den Monte Baldo am gegenüberliegenden Ufer erstrahlen. Allegra stand auf dem Balkon und ließ ihren Blick über das wundervolle Panorama gleiten. Erinnerungen strömten auf sie ein, als sie hoch zum *Limonaia del Castèl* sah, den Zitrusgärten, die hoch über Limone thronten. Dann glitt ihr Blick zum Wald. Sie suchte nach der kleinen Aussichtsplattform, wo sie sich mit Luca getroffen hatte. Sie seufzte.

»Ich werde dich finden«, versprach sie dem Wind. Und erhielt eine gewisperte Antwort.

Sie verließ den Balkon und betrat wieder die Suite, die sie mit Jen bewohnt hatte. Alessandro hatte Jen überreden können, zu Hause zu bleiben. In Sicherheit. Dort wollte auch Allegra ihre Freundin am liebsten wissen. Es war schwer gewesen, sie zu überzeugen, aber letztendlich hatte sie nachgegeben. Mit den Erinnerungen an all die Erlebnisse war natürlich auch wieder der Verrat aufgekommen, den Jen an Allegra begangen hatte. Doch Allegra hatte für sich entschieden, dass auch ihre beste Freundin nur auf die Intrigen des Dunklen hereingefallen war, und sie wollte die Freundschaft nicht aufgeben. Nicht aus einem Grund, den Jen nicht einmal kannte. Allegra und Alessandro haben gemeinsam beschlossen, Jen aus wirklich allem herauszuhalten und ihr auch die wahre Geschichte über Romeo und Julia zu verschweigen. Daran würde sich Allegra halten.

Sie seufzte beim Gedanken an die jüngst so glückliche Jen. Ihre Freundin hatte das Glück der Liebe verdient. Und wer wusste schon, ob Allegra überhaupt zurückkehren würde? Wieso sollte sie Jen mit etwas belasten, das vielleicht niemals mehr eine Rolle spielen würde?

Allegras Blick fiel auf ihren Koffer, der unangetastet auf dem Tisch lag. Alessandro, Ben, Daniele, Mattia, Paolo und Allegra waren mitten in der Nacht angekommen und alle fünf Jungs hatten auf Allegra eingeredet, dass sie um diese Zeit keine Fähre nach Malcesine finden würde. Auch ihr Wunsch von Mattia ans andere Ufer des Gardasees geflogen zu werden, wurde einstimmig abgelehnt. Der Padre wäre vermutlich eh erst am nächsten Morgen erreichbar, vermuteten sie.

Daher hatte Allegra versucht zu schlafen – was ihr natürlich nicht gelungen war. Wie könnte sie? Mit dem Wissen, das seit Stunden in ihrem Kopf herumgeisterte. Stets Lucas Bild vor Augen. Leblos. Tot.

Allegra fiel es schwer, an die Unterwelt zu glauben, an das Reich Plutos oder Hades'. Sie war selbst tot gewesen und doch erinnerte sie sich nicht an diese Zeit. Vielleicht war es jenes Nichts, das Trip, ihr ›Helfer‹ bei ihrer Prüfung der Liebe, erwähnt hatte. Ein Ort der Einsamkeit, die wahre Hölle. Und einen solchen Ort fürchtete sie. Wie sollte sie Luca dort finden? Wie sollte sie überhaupt in die Unterwelt gelangen? Sie bereute ihre Worte und ihre Entscheidung nicht, dass sie Luca retten wollte. Doch sie fragte sich, ob ihre Pläne nicht zu ehrgeizig für eine noch nicht einmal zwanzigjährige Frau waren.

Sie ging im Empfangsraum ihrer Suite auf und ab, packte ihren Koffer aus, verstaute ihn anschließend in dem riesengroßen Schrank in ihrem Schlafzimmer. Ihr Körper drängte sie dazu, sich zu bewegen. Sie konnte nicht ruhig sitzen und warten, bis Alessandro endlich kommen und sie abholen würde.

Rastlos ließ sie die Bilder ihrer Erinnerung vor ihrem inneren Auge vorüberziehen. Luca. Immer nur Luca. Nun war ihr klar, warum ihr Fabio so vertraut vorgekommen war, diese violetten Augen! Sie ähnelten denen von ›Romeo‹ auf dem Maskenball. Luca hatte Kontaktlinsen getragen, um sich vor dem Fluch zu schützen, der auf die Montagues und die Capulets gewirkt hatte, wenn sie einander begegneten.

Luca hatte als Fabio ebenfalls versucht, Allegras Erinnerungen aufzufrischen – das Vorsprechen für Romeo und Julia musste ein Fake gewesen sein. Fabio hatte sich genauso benommen, wie Allegra es sich von einem Jungen immer gewünscht hatte. Luca wusste das. Wusste, dass sie es hasste, auf ihr Aussehen reduziert zu werden, daher hatte Fabio es nie erwähnt.

Allegra ging gerade an dem zimmerhohen Spiegel vorbei und erkannte sich selbst kaum wieder. Sie war bleich, dennoch strahlte ihr Gesicht bei der Erinnerung an Luca/Fabio. Sie strahlte, wie sie es noch nie an sich gesehen hatte – selbst im Angesicht dieser Herausforderung. Und als solche sah es Allegra. Sie wollte nicht aussprechen, wollte nicht einmal daran denken, dass Luca …

Es klopfte an der Tür. Mit zwei großen Schritten hatte Allegra die Klinke erreicht und drückte sie nach unten.

»Endlich«, sagte sie.

»Dir auch einen wundervollen guten Morgen, Schwesterherz.« Alessandro hatte hier im Castello scheinbar seine sarkastische Ader wieder gefunden.

»Guten Morgen. Können wir los?«

»Nicht so schnell. *Mamma* will dich sehen, ehe wir zum Padre gehen.«

Seit die Erinnerung zurückgekehrt war, hatte Allegra nicht ein einziges Mal an Federica gedacht, ihre leibliche Mutter. Sie schämte sich dafür und nickte langsam.

»Dann komm.«

Alessandro zog sie hinter sich zur Suite hinaus. Allegra trug bereits ihre Schuhe, sie hatte startbereit sein wollen, sollte Alessandro auftauchen. Also hatte sie nur ihre Handtasche von dem Tischchen neben der Tür schnappen müssen.

»Wusste sie auch Bescheid?«, fragte Allegra, während sie den langen Flur entlanggingen, der zu den privaten Räumen der Familie Capulet führte, vorbei an den Zimmern der Angestellten.

Alessandro nickte, ehe er die Tür mit dem großen Rosenornament aufschloss, die den öffentlichen Teil der Etage vom privaten trennte. Federica und Lucas Vater waren dagegen gewesen, dass sie sich in die Sache einmischten, fiel Allegra wieder ein und Wut stieg in ihr auf. Ihr Bruder sah sofort zu ihr. Ihre Gefühle mussten wie eine Welle über ihn hinwegrauschen.

»Sie wollte mich nicht retten«, sagte Allegra tonlos.

Alessandro verzog das Gesicht, nickte dann jedoch. »Sie war schon immer ein Opfer des Fluches, ihre Schwester …« Alessandro brauchte nicht weiterzusprechen. Allegra wusste, wie viele Tote es über Generationen hinweg in den Häusern Capulet und Montague gegeben hatte. Dennoch konnte sie ihre Wut nicht gänzlich hinunterschlucken.

»Sie hat mich aufgegeben. Das würde meine …« Sie verkniff sich die bitteren Worte. Aber Maria hätte Allegra niemals aufgegeben. Instinktiv griff sie an die Herzphiole an ihrem Dekolleté. Maria hatte sie all die Jahre geliebt, umsorgt und beschützt wie eine echte Mutter. Im Vergleich dazu kam ihr Federicas Reaktion kaltherzig vor.

»*Mamma!*«, rief Alessandro in den Flur hinein. Aus dem Wohnzimmer erklang ein Rascheln und die beiden gingen dem Geräusch nach.

Federica stand vor einer Wand mit unzähligen Fotos und wandte sich ihnen langsam zu. Sie sah viel älter aus als in Allegras Erinnerungen, obwohl doch nur wenige Wochen vergangen waren. Tränen standen ihr in den Augen, als sie Allegra erblickte.

Die Zeit stand für einen Moment still, Allegra und Federica sahen sich an, keiner wagte es, den ersten Schritt zu tun. Allegra haderte mit ihren Gefühlen. Sie spürte, wie Alessandro versuchte, ihre Emotionen zu beeinflussen, ließ den falschen Sanftmut jedoch an sich abprallen.

»Ich kann mich für meine Entscheidung nicht entschuldigen«, sagte Federica in die Stille hinein. »Und ich möchte dich auch nicht überreden, mir zu verzeihen, oder darum betteln, dass du mich verstehst. Ich möchte nur, dass du mir für einen Moment zuhörst, liebste Allegra.« Ihre Wangen glänzten feucht.

Allegra nickte wortlos und Federica beantwortete die Reaktion mit dem Versuch eines Lächelns.

»All diese Bilder hier«, sie deutete auf die Wand hinter ihr, »zeigen Personen, die der Fluch in den letzten Jahrhunderten das Leben gekostet hat. Familienmitglieder, die wir geliebt und an die Liebe verloren haben.« Sie schluckte, trat ein wenig zur Seite und sah Allegra erwartungsvoll an.

Allegra wartete auf weitere Erläuterungen, als ihr Blick auf die nun einsehbare Stelle an der Wand fiel. Ein kleiner silberner Rahmen wie auch die anderen hing auf Augenhöhe. Der Rahmen war verziert mit etlichen Rosen. Doch erst die Person, die auf dem Foto war, sorgte bei Allegra für eine Gänsehaut, ehe ihr warm ums Herz wurde. Es war das Foto von ihr, das Jen vor ein paar Wochen bei der Ankunft in Limone gemacht hatte. Die strahlende, verträumt wirkende Allegra, die noch nichts von dem Fluch gewusst hatte.

»Woher …«, stammelte sie.

»Jen hat es mir geschickt, noch bevor …« Alessandro verschluckte den Rest des Satzes. »Sie war immer so stolz auf dich, liebt dich wie eine Schwester. *Mamma* wollte dich hier an der Wand haben und dies war das einzige Foto, das ich hatte.« Er verzog das Gesicht.

»Hier ist der Ort, an dem ich trauere«, gestand Federica leise. »Die Capulets haben keine Gruft, keinen Ort, ihre Liebsten zu beerdigen, seit wir aus Verona verbannt wurden. Dies ist die

Gedenkstätte unserer Familie. Du darfst niemals glauben, dass ich dich einfach vergessen hätte. Doch der Kampf schien aussichtslos angesichts der göttlichen Gegner.« Sie senkte beschämt den Blick.

»Alessandro hat sich darauf eingelassen«, sagte Allegra scharf.

»Er ist noch jung. Genau wie die anderen. Es ist eure Zeit – eure Generation hat den Fluch gebrochen. Wo so viele vor euch versagt hatten. Fabio und ich wollten doch nur, dass endlich alles vorbei ist.«

»Fabio?« Allegra hob die Augenbraue.

»Lucas Vater«, erklärte Alessandro schnell. »Daher hab ich sofort an den Dunklen gedacht, als ich Fabio auf der Party das erste Mal gesehen habe. Wer konnte schon wissen, dass Luca den Namen seines Vaters annimmt.« Er schüttelte den Kopf.

Tief in ihrem Inneren wollte Allegra Federica und auch Fabio Montague nicht verzeihen. Dennoch verstand sie die beiden. So viele Fotos hingen an der Wand, die ihr gesamtes Blickfeld einnahm. So viele verstorbene Familienmitglieder. Jeder würde wollen, dass es endlich ein Ende hatte, einen Abschluss gab. Sie versuchte, ihren Ärger einzudämmen. Ihre Energie sollte sie sich für anderes aufsparen. »Wir werden kämpfen. Ich werde nicht aufgeben, ganz gleich, was passiert.« Die Worte gaben Allegra Kraft. Sie straffte sich, ehe sie sich an Alessandro wandte. »Lass uns zum Padre gehen.«

Alessandro nickte Federica noch kurz zu, ehe sie den Raum verließen.

»Passt auf euch auf«, hörten sie die gebrochene Stimme ihrer Mutter hinter sich.

»Ben und Daniele sind unten im Restaurant. Wir müssen noch etwas zu essen besorgen. Ich dachte mir, dass du sicher nicht unten frühstücken willst.«

Allegra nickte. Ihr Magen grummelte bei dem Gedanken an Essen, aber sie wollte keine Minute verschwenden. Sie konnte auf der Fähre essen.

»Die beiden besorgen uns Carepakete und viel Kaffee.« Er grinste sie breit an, was ihn so jung und spitzbübisch aussehen ließ, dass sie nicht anders konnte, als zu lächeln. Vielleicht würde alles gut werden. Sie wünschte sich nichts mehr als das.

Unten vor dem Fahrstuhl warteten Ben und Daniele bereits. Vollbeladen mit Papiertüten und Coffee-to-go-Bechern. Ben reichte Allegra sofort einen davon.

»Der Fahrer weiß Bescheid«, sagte Daniele in Alessandros Richtung. »Die Fähre wird warten, bis wir da sind.«

Alessandro nickte zufrieden. Im Beisein seiner Jungs wirkte er viel erwachsener als sonst. Anfangs hatte sie ihn für das Oberhaupt einer Gang gehalten, weil Ben und Daniele sich ähnlich kleideten wie er und alle seine Anweisungen befolgten. Das war, bevor sie die Wahrheit erfahren hatte. Dass eigentlich Alessandro als Erstgeborener der Generation die dramatische Hauptrolle spielte. Allegra hätte nach ihrer Geburt eigentlich getötet werden sollen, weil sie weiblich war. Venus hatte es nach Romeos und Julias beinahe erfolgreichem Versuch, den Fluch zu brechen, verboten, dass beide Geschlechter als Erstgeborene in einer Generation lebten. Lorenzo hatte ihren Tod damals vorgetäuscht und sie mit Maria nach Deutschland geschickt. Und so hatte das Schicksal seinen Lauf genommen.

Noch während der Fahrt zur Fähre hing sie diesen Gedanken nach und tauchte erst daraus auf, als sie am Hafen anlangten.

Sie waren kaum an Bord gegangen, da legte die Fähre auch schon ab. Allegra sah aus dem Fenster auf ihr Ziel hinüber, während sie gedankenlos in ihren Zwieback aus dem Carepaket biss und Kaffee trank. Das *Castello Scaligero*, der Wohnsitz der Montagues, prägte das Bild von Malcesine. Ihr Blick glitt daran vorbei, suchte nach dem Hafen und dem wenig entfernten *Palazzo dei Capitani*. Dort hatte sie Luca das erste Mal gesehen und war prompt mitten in einen Streit der Familien geraten, der sie im wahrsten Sinne des Wortes umgehauen hatte. Dort würde der Padre sein, wenn ihn eines der Familienmitglieder brauchte, hatte Alessandro mehrfach gesagt.

Kurz darauf konnten sie das Versprechen testen. Voller Ehrfurcht betrat Allegra den *Palazzo*. Schon von außen konnte sie durch die weit geöffneten Türen bis zum Garten sehen, dahinter lag der Lago di Garda in all seiner morgendlichen funkelnden Pracht.

Alessandro ging nicht durch zum Garten, sondern klopfte an eine unscheinbare alte Tür im Inneren des Gebäudes. Eine Antwort erklang und er drückte die Klinke. Als sie den Raum betraten und Alessandro artig die Tür hinter sich schloss, saß Lorenzo an einem alten Schreibtisch und glich mehr einem Verwalter als einem göttlichen Diener. Das Bild war so surreal, dass Allegra beinahe auflachte.

»Ihr seid gekommen«, sagte Lorenzo nur und durchbohrte Allegra mit seinem Blick. Sie konnte seine Mimik nicht deuten, fürchtete aber, er würde ihr Vorwürfe machen, dass sie Luca nicht erkannt hatte. Sie sah schnell zu Boden.

»Paolo und Mattia müssten auch gleich eintreffen«, sagte Alessandro.

»Und dann?«, fragte Lorenzo. »Was habt ihr vor?«

»Wir werden Luca retten«, sagte Allegra bestimmt, während die Worte ihr wieder genug Selbstvertrauen verliehen, Lorenzos Blick aufrecht zu begegnen. »Hilf uns, in die Unterwelt zu kommen.« Sie wollte nicht flehend klingen, doch genau so kamen die Worte aus ihr heraus.

Es klopfte an der Tür, Alessandro öffnete rasch und nickte Mattia und Paolo zu. Paolo kannte Allegra nur vom Sehen, mit Mattia hatte sie auch schon vor ihrer Entführung in Deutschland zu tun gehabt. Die hellblauen Augen von Lucas beiden Cousins strahlten aufrichtig, als sie Allegra sahen. Hatten sie daran gezweifelt, dass Allegra ihre Entscheidung durchziehen würde? Nachdem sich der Begrüßungsrummel gelegt hatte und die Tür wieder verschlossen war, standen die jungen Leute eng aneinandergedrängt vor Lorenzo.

Allegra wiederholte ihre Worte: »Wir müssen in die Unterwelt. Hilf uns dabei.«

Lorenzo saß etliche Minuten regungslos da. Irgendwann räusperte er sich, stand auf und ging zu einem Einbauschrank.

Der Schlüssel dafür baumelte an einer langen Schnur um seinen Hals. Beinahe andachtsvoll öffnete er den Schrank und nahm eine alte Holzkiste heraus. Ohne sie zu öffnen, platzierte er sie auf dem Schreibtisch.

Alle starrten erwartungsvoll darauf, niemand wagte es, Lorenzo zur Eile aufzufordern.

»Es gibt nur zwei Möglichkeiten, das Tor zur Unterwelt zu passieren«, begann Lorenzo. Sein Tonfall war tiefer geworden, als erzählte er eine Geschichte. »Entweder durch den Tod oder mit Hilfe eines Talismans, der aus der Unterwelt stammt.«

»Woher bekommen wir einen solchen?«, unterbrach Allegra. Sie wollte keine Zeit verlieren.

»Pluto kontrolliert die Grenzen sehr genau und es gab seit Jahrtausenden keinen solchen Talisman mehr.«

Die Enttäuschung nahm Allegra die Luft zum Atmen. Sie *musste* in die Unterwelt. Wenn es keine andere Lösung gäbe …

»Der Dunkle hat ein grausames Spiel mit euch gespielt, Allegra«, sagte Lorenzo mitfühlend. »Doch er hat Luca auch den Weg in die Unterwelt geebnet, ohne dass Luca dafür sterben musste.« Er öffnete das Holzkästchen.

Auf weißem Samt gebettet lagen drei Kerne darin. Noch immer rotschimmernd wie Blutstropfen. Allegra kannte diese Kerne, als hätte sie sie erst gestern gesehen. Nein, sie hatte sie erst gestern gesehen. In ihren Erinnerungen. Luca hatte noch fünf Granatapfelkerne in seiner Hand gehabt, nachdem er einen der Kerne in den Mund gelegt hatte, bevor sie ihn hatte aufhalten können und er leblos zusammengesackt war

Einen der fünf Kerne hatte anschließend Allegra genommen.

»Wo ist der vierte Kern?«, fragte sie Lorenzo.

»Ich weiß es nicht. Ich brachte eure Körper von Limone hierher, nachdem ich Luca vier Kerne abgenommen hatte. Anschließend habe ich sie sicher verwahrt. Ich kann mir zwar denken, wer den vierten Kern hat, habe jedoch nie danach gesucht. Ich habe gehofft, dass wir eine weitere Chance erhalten und sie nie würden benutzen müssen, doch für den Fall, dass …«

Er sagte nicht, für den Fall, dass sie versagte, fiel Allegra auf. Doch sie wusste, was Lorenzo dachte. Sie hatte versagt. Sie hatte ihre Liebe nicht erkannt und dafür war Luca zurück in die Unterwelt gekommen. Tränen brannten in ihren Augen.

Eine Hand griff an ihren Rücken und strich beruhigend auf und ab. Alessandro lächelte sie gequält an. Er spürte den Schmerz, die Selbstvorwürfe.

»Der vierte Kern ist beim Dunklen?«, fragte Mattia.

Lorenzo nickte. »Ich gehe davon aus.«

»Dann wird er uns folgen?« Allegra sah den Dunklen vor sich. Wie er sich am Ende ihrer Prüfung von einem Ebenbild Lucas zu diesem Wesen mit den milchigweißen Augen verwandelt hatte. Mit einer Haut wie Pergament. Sie erschauderte. Begegnen wollte sie dem Dunklen in seiner Mönchskutte sicher nicht mehr.

»Er wird nicht ruhen, ehe er sein Ziel erreicht hat.« Lorenzos Worte hingen wie eine Drohung über ihnen.

Allegra trat vor. »In Ordnung. Ich bin bereit.« Sie wollte schon nach einem der Granatapfelkerne greifen, als Alessandro sie zurückhielt.

»Es sind nur drei. Wir können nicht alle mitkommen.«

Sollte sie jetzt etwa die Entscheidung treffen, wer sie begleiten sollte? Eine Wahl, die über Leben und Tod der Person entscheiden könnte? Sie schüttelte den Kopf.

»Ich komme mit«, sagte Mattia. »Luca ist mein bester Freund, wir stehen uns so nahe wie Geschwister.« Er sah kurz zu seinem anderen Cousin Paolo, der nickte. Eine Mischung aus Enttäuschung und Erleichterung war in seiner Miene zu lesen. Mattia stellte sich neben Allegra. Alessandro tat es ihm gleich und trat nach vorne.

»Ich werde auch mitkommen«, sagte er und reckte das Kinn. »Ich kann dich nicht mit einem Montague allein lassen. Du brauchst definitiv einen Capulet an deiner Seite.« Früher hätte eine solche Aussage sofort zu Streit geführt, aber der neckende Blick, den Alessandro Mattia zuwarf, drückte eine zaghafte Freundschaft aus.

Allegra war gerührt. Sie hatte von niemandem erwartet, die Sache mit ihr durchzuziehen. Doch nun, da die beiden Jungs ihre Unterstützung zugesichert hatten, löste sich ein Knoten in ihrem Magen. Sie hatte Angst gehabt, ohne sie sich einzugestehen. Angst, sich der Unterwelt allein zu stellen. »Danke«, flüsterte sie zu beiden Seiten.

Lorenzo nickte zufrieden. Vielleicht hatte er bereits gewusst, wer sich dieser Herausforderung stellen würde. »Dieses Mal gibt es keinen Plan, Allegra, und ich kann dir auch keine Hinweise geben oder dir meine Hilfe anbieten.«

In ihren Gedanken poppte das Bild des Bündels auf, das sie von Lorenzo erhalten hatte, ehe sie zum *Examen amoris* aufgebrochen war. Zusammen mit dem Ring, den sie nun an ihrer Hand trug. Den Lorenzo ihr beim Abschied in die Tasche geschmuggelt hatte. Mit dem sie ihre Visionen selbst heraufbeschwören konnte.

Visionen. Sie hatte es nicht versucht, seit sie … Sie konzentrierte sich auf Lucas Bild, seine eisblauen Augen und drehte mit dem Daumen an ihrem Siegelring. Sofort verschwand die Welt in einem alles überstrahlenden Weiß.

2. Szene

Allegras erster Blick fiel auf die zusammengekauerte Gestalt neben den Felsen am Rand eines Abgrundes. Rauch stieg neben ihr auf, vielleicht von einem Feuer.

Entfernt fühlte sich Allegra an den Klippenrand von Tremosine erinnert, an dem sie vor ein paar Wochen gestanden hatte. Der Himmel wirkte jedoch falsch. Er war weder strahlend blau noch wolkig-weiß. Düstere dunkelviolette Schattierungen ähnlich einer bedrohlichen Gewitterfront bedeckten das ›Oben‹. Allegra wusste instinktiv, dass es nicht der echte Himmel war, den sie vor sich sah.

Die Gestalt bewegte sich, richtete sich auf wie von etwas gerufen und sah direkt in ihre Richtung. Allegras Herz schlug schneller, als sie Luca unversehrt erblickte. Seine eisblauen Augen schienen sie zu fixieren.

Er lebt!, wisperte die Stimme in ihrem Inneren und ein Flattern entstand in ihrem Magen.

Sein Kopf fuhr herum. Ein Schatten glitt über die Felsen, unnatürlich. Lebendige Dunkelheit. Luca starrte in die andere Richtung, sah die sich nähernde Gefahr nicht kommen.

»Luca!«, schrie Allegra, doch er reagierte nicht. Ein grausames Lachen hallte über die weite Ebene, ehe der Schatten an Geschwindigkeit zunahm und sich, je näher er kam, immer weiter in ein Wesen aus reiner Dunkelheit verwandelte. Er glitt von den Felsen ab und tat die letzten Schritte auf Luca zu, dessen Augen und Mund weit aufgerissen waren. Das letzte Bild von Luca, bevor der Schatten Allegra die Sicht nahm und sie nur mehr erahnen konnte, was als Nächstes passieren würde.

Sie schreckte aus der Vision auf und fand sich in den Armen von Alessandro und Mattia hängend wieder.

»Was ist passiert?«, fragte Mattia zeitgleich mit Alessandros »Was hast du gesehen?«

Allegra berichtete von ihrer Vision und Mattia spannte sich neben ihr an.

»Sieht es dort so aus?«, fragte er an Lorenzo gewandt. »Ein violetter Himmel?«

Lorenzo nickte. »Ewiges Zwielicht für jene, die in ihrem Leben die falschen Wege gegangen sind.« Er erschauderte, als sei selbst der Gedanke daran kaum erträglich.

Allegra fröstelte. »Wir werden sehen«, sagte sie und versuchte, die Bilder der Vision zu vertreiben. Sie hatte nicht gesehen, wie Luca in den Abgrund geschubst wurde, doch sie vermutete, dass es anschließend so gekommen wäre. Konnte man in der Unterwelt sterben? Oder würde Luca für immer schwer verletzt am Fuße des Abgrundes liegen? Sie musste diese Vision verhindern. »Wie kommen wir also in die Unterwelt?«, fragte Allegra nun ganz direkt und Lorenzo zögerte nicht, ihr die gewünschte Information zu geben:

»Du kennst den Weg«, sagte er. »Du bist bereits in der Zwischenwelt gewesen.«

Sie runzelte die Stirn.

»Der Torbogen, den du bereits mit deinem Helfer durchschritten hast«, versuchte Lorenzo ihr auf die Sprünge zu helfen.

»Auf dem Weg nach Tremosine?«, hakte Allegra nach und erhielt ein Nicken zu Antwort.

»Geht zum Tor, nehmt die Granatapfelkerne und tretet hindurch. Wenn ihr erst dort seid, werden die Kerne euch auf den richtigen Weg bringen. Andernfalls würdet ihr verwirrt und desorientiert in der Zwischenwelt landen, vielleicht sogar getrennt werden.« Er presste die Lippen fest zusammen. »Mehr Informationen habe ich leider nicht. Es ist lange her, dass jemand diesen Weg gegangen ist.« Er schloss die Augen, als erinnere er sich genau an diesen jemand.

Allegra wusste nicht, wie lange Lorenzo schon *war*, wie lange er existierte und den ewigen Streit der Familien hatte mit ansehen müssen. Wie oft er erfolglos gewesen war und der Dunkle gesiegt hatte. Für Allegra klang dies ebenfalls nach einem Fluch.

Die Jungs neben Allegra nickten wissend. Jeder in der Gegend – vermutlich ebenso wie jeder Tourist – kannte den besagten Torbogen. Er war Sommer wie Winter ein Bild wert, wie sie während ihrer Recherche mit Jen erfahren hatte, ehe sie zu diesem alles verändernden Wochenende aufgebrochen waren. Allein diese Bilder hatten wie aus einem Märchen gewirkt und Allegra wunderte sich nicht, dass seine Bedeutung weit größer war, als die Menschen glaubten.

»Ich kann euch bis zum Startpunkt begleiten, doch den Weg müsst ihr alleine beschreiten.« Lorenzo klang plötzlich distanziert, als zitiere er aus einem Regelwerk. Vielleicht gab es so etwas ja tatsächlich.

Allegra nickte.

Lorenzo nahm das Holzkästchen, schloss es behutsam und trat um den Schreibtisch herum, so dass er dicht vor Allegra, Mattia und Alessandro stand. Dann nickte er Paolo, Ben und Daniele kurz zu, ehe er die Hand hob und der Raum um Allegra verschwamm und zu einem Farbenwirbel wurde.

Für einen kurzen Moment hatte sie das Gefühl zu schweben, sich dann in Nichts aufzulösen, doch sofort kehrte ihr Körperbewusstsein zurück.

Sie sah sich um.

Sie standen am Rand einer Straße, vielleicht fünfzig Meter über dem Lago di Garda. Unter ihnen sah sie die ersten Serpetinen, die sich hin und her wanden wie eine Schlange, die am Fuß des Berges ruhte. Ein Blick nach oben verriet nichts, aber Allegra kannte die Strecke, wusste, dass die Straße, die SP38 durch die Schlucht führte, die der Fluss Brasa in den Fels gefressen hatte. So stand es zumindest in den Reiseführern.

»Ich wünsche euch alles Glück der Welt«, sagte der Padre, legte Allegra die Hand auf die Schulter und überreichte ihr mit der anderen das Kästchen.

Allegra steckte es sofort in die Tasche.

»Ich hoffe, dass die Götter dich auf deinem Weg begleiten werden. Die richtigen Götter. Finde die Liebe, Allegra«, fügte er noch mit eindringlichem Blick hinzu, ehe er sich in Nichts auflöste. Hatten etwa Tränen in seinen Augen gestanden?

»Möge die Macht mit dir sein!«, scherzte Alessandro, um die erdrückende Stimmung zu lockern, die Allegra von ihm auffing, weil er seine Emotionen projizierte.

Allegra verdrehte die Augen. Ihr war nicht nach Scherzen zumute. Sie musste Luca retten. Vor dem Absturz oder was auch immer der dunkle Schatten mit ihm vorhatte. Ohne etwas zu sagen, ging sie los. Einen Schritt vor den anderen. Die einzelnen Abschnitte der Straße zogen sich ewig – vor allem zu Fuß. Zumindest war es an diesem Morgen noch nicht so heiß wie an dem Tag, an dem sie diese Strecke mit Trip, ihrem Helfer, entlanggegangen war.

»Du könntest uns fliegen«, schlug Alessandro nach etwa dreißig Minuten vor. Sie waren mit gutem Tempo losgelaufen, doch mittlerweile wurden sie nach jeder Serpentine langsamer.

»Ich *könnte* fliegen«, antwortete Mattia schnippisch. Und zeitweise war er tatsächlich schon geflogen, hatte die Strecke abgekürzt und war die steile Felswand hochgeglitten, so dass er aussah wie Spiderman. Allegra hatte ihm jedoch verboten zu fliegen, wenn ihn jemand sehen könnte.

Allegra verdrehte die Augen. »Du kannst nur einen tragen, oder?«

Mattia nickte ertappt. »Ich könnte euch fliegen, aber ich kann euch nicht festhalten.« Er hob entschuldigend die Hände.

Allegra dachte daran, wie sie herausgefunden hatte, dass Mattia nicht wirklich fliegen, sondern lediglich den Wind beeinflussen und sich von ihm tragen lassen konnte. »Dann bleibt dir wohl nichts übrig, als weiterzugehen. Es ist nicht mehr weit«, sagte Allegra zu Alessandro, der die Bezeichnung ›kleiner Bruder‹ nie zuvor mehr verdient hatte als jetzt. Er benahm sich wie ein nörgelndes Kind.

»Ich könnte euch etwas anschieben«, schlug Mattia vor und eine Windböe drückte plötzlich gegen Allegras Rücken, worauf sie damit zu kämpfen hatte, nicht das Gleichgewicht zu verlieren.

»Hey!«, rief Alessandro und geriet ins Stolpern.

Mattia ließ den Wind sofort abflauen. »Einen Versuch war es wert«, sagte Mattia und zuckte mit den Schultern.

Sie bogen gerade um die nächste Kurve und endlich zeigte sich, dass der Weg in den massiven Berg hineinführte. Das Tor war nicht mehr weit entfernt. Die Straße schien für einen Moment direkt vor ihnen zu enden. Erst durch das Weitergehen war der kurvige Weg erkennbar, der in die Dunkelheit führte.

»Gibt es hier kein Licht? Wir waren mal mit den Motorrädern hier, da ist mir das weniger aufgefallen.« Kaum hatte Mattia die Worte ausgesprochen, zuckte er zusammen und seine Schultern sackten nach unten. Das ›Wir‹ hatte wohl Luca beinhaltet.

»Wir finden ihn«, sagte Allegra leise und drückte Mattia freundschaftlich die Schulter, als sie an ihm vorbeiging.

Allein hätte Allegra diesen natürlich anmutenden Tunnel nicht durchqueren wollen. Ab und an befanden sich kleine Grotten in der Seitenwand, darin flackerten Totenlichter. Wie passend für den Weg zur Unterwelt, dachte Allegra ironisch.

Der Tunnel endete so plötzlich, wie er begonnen hatte. Dennoch schienen sich die drei nun in einer anderen Welt zu befinden. Das Licht war gedämpfter als auf der anderen Seite des Felsens, den sie durchquert hatten. Die Vegetation war üppiger und die Nebelschwaden des Morgens waren hier noch nicht von der Sonne vertrieben worden. Es roch modrig, fand Allegra. Sie folgten der Straße, die Augen mehr auf ihre Umgebung gerichtet als auf ihren Weg. Das Ausmaß der Schlucht sorgte bei Allegra für ein Gefühl von Ehrfurcht.

»Das ist es, oder?«, fragte Alessandro und riss Allegra aus dem Staunen heraus.

Sie erkannte es sofort wieder. Durch dieses Tor war sie mit Trip gegangen. Ein Rinnsal, das die Straße überfluten würde, wurde auf diese Weise umgeleitet. Allegra hatte im Internet Bilder dieses Tores im Winter gesehen – wenn das Wasser des Rinnsals gefroren war, hatte dieser Ort noch mehr von einem Traum.

Unmittelbar vor dem Tor blieben sie stehen. Sie kramte in ihrer Jackentasche nach dem kleinen Kästchen. Alessandro, Mattia und sie bildeten ein Dreieck. Andächtig öffnete sie das Kästchen und legte den Blick auf die drei roten Punkte frei.

»Lass es nicht fallen«, ermahnte Alessandro und Mattia grinste.

»Haha!«, sagte Allegra wenig überzeugt. Dennoch war sie nun noch mehr auf der Hut und fischte vorsichtig einen der Granatapfelkerne heraus.

Alessandro und Mattia folgten ihrem Beispiel. Sie alle hielten ihre Kerne zwischen Daumen und Zeigefinger. Die Jungs sahen Allegra fragend an.

»In den Mund nehmen und durch das Tor treten, hat Lorenzo gesagt, oder?«, versicherte sich Allegra.

Die Antwort war nicht eindeutig. Alessandro sowie Mattia sahen skeptisch aus.

»Und dann? Müssen wir sie schlucken?«, fragte Alessandro.

Allegra zuckte mit den Schultern. Warum hatte sie nicht genauer nachgefragt? Was, wenn sie jetzt einen Fehler begingen? Dann wäre ihre einzige Chance, zu Luca zu gelangen, verwirkt. Die Zweifel überkamen sie hinterrücks und erstickten sie beinahe.

»Wir testen es«, entschied Alessandro und versuchte, überzeugt auszusehen. Er trat ein paar Schritte auf das Tor zu. Noch ein weiterer Schritt und er würde direkt darunter stehen.

Allegra und Mattia stellten sich neben ihn.

»Bei drei?«, fragte Mattia.

Allegra nickte.

»Eins.« Allegra sandte Stoßgebete zu sämtlichen Göttern, die ihre Finger in diesem Spiel hatten, und verfluchte Venus und den Dunklen bei allem, was sie aufbieten konnte.

»Zwei.« Sie hob ihre Hand zum Mund und öffnete ihn.

»Drei.« Sie alle legten sich den Kern in den Mund und traten einen großen Schritt nach vorne.

3. Szene

Es passierte rein gar nichts. Die Umgebung hatte sich nicht verändert, der Himmel war derselbe geblieben und Allegras letzte Hoffnung löste sich in diesem Moment in ihrem Mund in Nichts auf. Die Granatapfelkerne waren verschwunden. Allegra stand zwischen den Jungs direkt unter dem Torbogen. Erst jetzt hörte sie das leise Tröpfeln über sich.

»Hat es funktioniert? Ist das die … Hölle?«, fragte Mattia neben ihr.

Allegra war nicht in der Lage zu antworten. Tränen rannen ihr aus den Augen.

»Ich habe schon immer gewusst, dass wir in der Hölle leben«, bemerkte Alessandro trocken. »Hier hat sich rein gar nichts verändert.«

»Sind eure Kerne auch verschwunden?« Mattia sah Alessandro und Allegra an.

Allegra nickte, Alessandro antwortete mit einem »Ja«.

»Dann muss es funktioniert haben«, sagte Mattia selbstsicher, tat einen weiteren Schritt unter dem Torbogen hindurch und war plötzlich nur noch schemenhaft zu sehen.

Allegra sog die Luft ein und sprang schnell hinterher. Ihr Körper erschauderte, dann kribbelte die Luft um sie herum wie statisch aufgeladen und stellte ihre Nackenhärchen auf.

Mit einem »Wow« brachte Alessandro seine Meinung dazu zum Ausdruck. »Das ist … unglaublich. Du hast es ja beschrieben, aber es selbst zu sehen …«

Allegra folgte seinem Blick nach oben. Über der Schlucht, in der sie sich noch immer befanden, wogten grauviolette Wellen. Der vermeintliche Himmel aus Allegras Vision.

Ein Krächzen zerriss die Stille, Vögel überquerten die Schlucht. Große Vögel mit schwarzen Flügeln.

»Was zur Hölle ist das?«, fragte Mattia und kniff die Augen zusammen, um besser sehen zu können? »Sind das … Harpyien?« Ungläubig schüttelte er den Kopf. Doch auch Allegra erkannte bei genauerem Hinsehen die bleichen, runzligen Frauenkörper, die nur von einem Fetzen Stoff bekleidet waren. Ihre kräftigen Flügel mussten eine Spannweite von über zwei Metern haben.

»Sie geleiten Seelen in den Tartarus«, sagte Mattia leise. »Ich hoffe, dass Luca nicht dort ist.«

Allegra ging im Geiste ihr Wissen über die Unterwelt durch. Im Reich von Hades – oder auch Pluto in der römischen Mythologie – wurde entschieden, wer in die elysischen Gefilde durfte und wer in den Tartarus, die wirkliche Hölle, verbannt wurde. Sie musste daran glauben, dass Luca noch irgendwo hier war. Sie sah die steilen Felswände hoch.

»Wir müssen nach ganz oben«, sagte sie laut.

»Woher weißt du das?«, fragte Mattia neugierig.

»Ich hatte eine Vision, schon vergessen? Luca stand auf einer Klippe, um ihn herum war nichts als ein paar Felsen und … das da.« Sie deutete zum Himmel hinauf.

Mattia nickte. »Ich könnte hochfliegen und nachsehen«, schlug er vor.

Der Vorschlag klang gut, aber ein erneutes Krächzen ließ sie den Kopf schütteln. »Das ist zu gefährlich. Wir wissen nicht, was von den überlieferten Mythen stimmt. Ich will nicht, dass die da oben dich erwischen.«

Mattia zuckte zusammen. »Nein, das will ich auch nicht.« Er erschauderte.

»Dann sollten wir wohl losgehen«, schlug Alessandro vor und machte bereits den ersten Schritt.

Allegra zögerte. Der Weg schien derselbe zu sein wie in der Realität, eine geschwungene Straße, die durch eine Schlucht führte. Selbst die Vegetation war auf den ersten Blick dieselbe. Allerdings kannte sich Allegra damit zu wenig aus, um sagen zu können, ob es sich wirklich um gleichartige Pflanzen handelte. Dennoch schwebte über dieser völlig normal wirkenden Kulisse eine dunkle Bedrohung. Vielleicht lag es an diesem düsteren, surrealen Himmel, der unheilverkündend über ihnen lag und alles in Zwielicht tauchte, schlimmer noch als die Nebelschwaden, die vor kurzem noch neben dem Weg gehangen hatten.

Schnell schloss Allegra zu Alessandro auf und zog Mattia mit sich. »Wir sollten zusammenbleiben. Nah beieinander.« Sie konnte nicht sagen, woher dieses Wissen kam, dennoch fühlte es sich richtig an. »Los! Kommt.«

Wie zuvor folgten sie der Straße, umrundeten mehrere enge Kurven und durchquerten weitere Höhlen, in denen sie das Rauschen des Brasa tief unter ihnen hörten. Die Höhlenwände waren feucht, hier und da bildete sich ein kleines Rinnsal über die Straße. Allegra stieg instinktiv darüber hinweg wie auch die Jungs. Sie schlichen durch das Zwielicht und hofften, dass der Tunnel bald enden würde, das restliche Licht, das hinter ihnen hereinfiel, ließ nur noch grobe Umrisse erkennen und bewahrte sie davor, gegen Felswände zu laufen, die vom Weg umrundet wurden. In dieser Welt standen nirgendwo Kerzen, die ein zartes Licht verströmten.

»Hat nicht zufällig jemand eine Taschenlampe einstecken?«

Allegra zuckte bei Alessandros geflüsterten Worten zusammen. Worte wirkten hier so fehl am Platz. Sie dachte zurück an die Höhle während ihrer Prüfung: Eine alles umhüllende Dunkelheit hatte sie und Trip umgeben. Selbst das Licht der Fackeln hatte nur wenige Meter in die Schwärze eindringen können. Allegra dachte an ihr Handy und zog es aus der Gesäßtasche. Sie hatte es heute noch nicht benutzt und auch nicht mehr daran gedacht. Entgegen aller Erwartungen ging das Display an und sie war für einen Moment geblendet. Nach mehrmaligem Blinzeln aktivierte sie die Taschenlampe des Smartphones.

»Wie ist der Empfang so?«, fragte Alessandro und lachte über seinen eigenen Witz.

Dennoch glitt Allegras Blick zum Empfangsbalken, der natürlich nichts anzeigte. »Schlecht«, sagte sie nur.

»Könnte auch an der Höhle liegen«, fuhr Alessandro munter fort.

Allegra spürte, dass er sich unwohl fühlte und das überspielen wollte. »Vielleicht. Aber wenigstens haben wir Licht.« Allegra hielt das Handy vor sich und leuchtete den Weg aus. Die Höhlenwände funkelten, als freuten sie sich über jedes bisschen Licht. Sie gingen weiter, nun etwas schneller.

»Da!« Mattia deutete auf ein dunkles Loch neben der normalen Straße. »Eine Abzweigung?«

»Wer weiß, wo der Weg hinführt. Wir müssen nach oben!«, beharrte Allegra.

»Es gibt nicht nur einen Weg, der dorthin führt«, sagte eine Stimme aus dem Nichts. Allegra ruckte herum, das Licht ihres Handys fuhr hin und her, um die Quelle der Stimme zu finden.

Plötzlich stand ein junger Mann direkt vor ihr, vielleicht dreißig Zentimeter entfernt. Sie schrak zusammen, ein kurzer Schrei entglitt ihrer Kehle.

»Allegra Capulet. Begrüßt man so seine Verwandten?« Der Mann schüttelte ungläubig den Kopf.

»Trip?« Allegra konnte es nicht fassen. Ihr Helfer bei der Prüfung hätte längst … irgendwo sein müssen, seit der Fluch gebrochen war. Ihre Ahnen waren alle in einer grausamen Form von Zwischenwelt gelandet, nachdem sie ihren Tod selbst verursacht hatten. Venus' Strafe für diejenigen, die versucht hatten, dem Schmerz der Liebe zu entkommen. Schnell richtete sie das Handylicht nach unten, damit er nicht geblendet wurde.

Trip verbeugte sich galant, wobei ihm der Bogen von der Schulter rutschte. Ein Accessoire, das weder zu heute noch zu seiner Zeit passte. Trip stammte aus der ersten Hälfte des 20. Jahrhunderts und war gegen Ende des Zweiten Weltkrieges ›gestorben‹. Höflichkeit hatte damals noch eine etwas größere Bedeutung als heutzutage.

»Wieso bist du …«, Allegra wusste nicht, wie sie es formulieren sollte. »Wieso bist du nicht *weitergezogen?*«

Trip schob den Bogen wieder in die richtige Position und fuhr sich durch die kinnlangen Haare. Bei ihrem ersten Treffen hatte sie ihn mit Aragorn verglichen, die Wildheit, die er ausstrahlte und der Dreitagebart passten noch immer zu diesem Bild. »Wir haben gehört, was passiert ist. Lorenzo hat uns kontaktiert und wir sind geblieben. Jetzt wollen wir dir helfen. Also los.«

Allegra schien diese Antwort zu kurz und sie spürte, dass Trip ihr nicht die ganze Wahrheit sagte und ablenken wollte, doch darauf würde sie später zurückkommen.

»Wer ist das?«, fragte Alessandro mit erhobener Augenbraue und musterte den Mann mit Schwert und Bogen.

Allegra sah zwischen den beiden hin und her. Die Familienähnlichkeit war nicht abzustreiten und das lag nicht nur an den dunklen Augen der Capulets. »Alessandro, das ist Trip, einer deiner Vorfahren. Er hat mich durch meine Prüfung geführt. – Trip, das sind mein Bruder Alessandro und Mattia Montague.« Sie deutete von einem zum anderen.

Trip kniff kurz die Augen zusammen, als sein Blick Mattia streifte, dann verzog sich sein Mund zu einem aufrichtigen Lächeln. »Freut mich, euch kennenzulernen. Einen Montague anzusehen – ganz ohne Hassgefühle. Verrückt.« Er schüttelte den Kopf. »Dann will ich euch auch noch jemanden vorstellen.« Trip deutete neben sich, wo plötzlich eine zarte Frau mit rotblonden Locken und grünen Augen erschienen war. »Das ist meine Liebe Elena.«

Der Blick, den er ihr zuwarf, war so durchdringend, voller Emotionen und so privat, dass Allegra beschämt wegsah. Daher sah sie es nicht kommen, dass sich die Frau auf sie stürzte, sie fest umarmte und an ihrem Ohr schluchzte. »Danke. Du hast mir meine Liebe wiedergebracht.«

Mattia stand dem Ganzen mit skeptischer Miene und vor der Brust verschränkten Armen gegenüber. »Würde mich bitte jemand aufklären?«

Elena wandte sich ihm zu und erklärte: »Ich war damals bereit, meine Liebe zu Giuseppe testen zu lassen, bin jedoch in einen Angriff der Alliierten geraten und gestorben. Seitdem habe ich hier auf Trip gewartet.« Ihre Augen schimmerten immer noch vor Tränen.

»Und ich wollte nicht ohne sie leben und bin kurz darauf nach Malcesine gefahren.« Trip sah Mattia direkt an, der sofort verstand und das Gesicht verzog, als hätte er Schmerzen.

Trip nickte. »Doch Allegras Sieg über den Fluch hat mich erlöst und zu Elena gebracht.« Er zog sie dicht an sich und küsste sie zärtlich auf die Stirn.

»Das beantwortet immer noch nicht meine Frage, was du noch hier tust«, sagte Allegra so laut, dass ein Echo die Frage zurückwarf.

»Wir wollen dir helfen, wieder mit deiner Liebe vereint zu sein, so wie du uns geholfen hast.« Elena strahlte Allegra an. »Giuseppe kann helfen, er hatte all die Jahre lang so vielen geholfen.«

Allegra runzelte die Stirn, sah zu Trip, der ertappt dreinschaute. Trip war alles andere als heldenhaft gewesen. Es war sogar ziemlich viel schief gegangen. Aber letztendlich hatten sie es gemeinsam geschafft.

»Ja, das hat er«, sagte Allegra, um das Bild vom Helden Trip in Elenas Kopf nicht zu zerstören. Trips Mund formte das Wort »Danke«.

»Dann weißt du, wo wir Luca finden können?«, fragte Mattia, während er nervös hin und her sah.

»Er ist rastlos«, sagte Trip zögernd. »Er flieht vor denen, die ihn weitergeleiten wollen.«

»Wer?«, fragte Allegra schnell dazwischen.

Trip deutete mit einem Blick kurz nach oben, aber Allegra ließ das Gefühl nicht los, dass er etwas verbarg.

»Was sollen wir tun?«, bohrte sie weiter. Vielleicht würde er irgendwann versehentlich damit herausrücken.

»Wir gehen nach oben. Aber nicht außerhalb des Berges, sondern innen.« Trip deutete auf das dunkle Loch, das ihnen bereits aufgefallen war.

»Was ist dort drin?« Alessandro starrte in die Schwärze des Tunnels.

»Wenn wir Glück haben: nichts«, antwortete Trip gut gelaunt. »Im Gegensatz zu da draußen.« Wie zur Bestätigung hallte das Echo von Krächzen und Flügelschlägen durch den Tunnel.

»Sie sammeln die Toten ein, die sich weigern, weiterzuziehen«, flüsterte Elena mit angstvollem Blick. »Wir können da nicht hinaus.« In ihren Augen stand ein Flehen, das Allegra nicht ignorieren konnte.

Dann verknüpfte sich diese Information mit anderen: »Wird Luca von ihnen gejagt?«

Elena presste die Lippen zusammen.

»Und sie sind nicht die Einzigen«, ergänzte Trip. »Kurz nach euch kam noch jemand hier an. Wir haben es gespürt.« Elena neben ihm nickte eifrig.

»Der Dunkle«, vermutete Mattia. »Wer sollte es sonst sein.«

Bilder ihrer Vision zogen an Allegra vorüber. War es der Dunkle gewesen, der sich Luca genähert hatte? Etwas in ihr zweifelte daran; warum, konnte sie nicht sagen. »Dann nehmen wir deinen Weg«, entschied sie und verdrängte das grummelnde Gefühl in ihrem Magen, das sie beim Gedanken an die Dunkelheit hatte. Der Gang durch die nahezu endlose Finsternis bei ihrer Prüfung war nicht spurlos an ihr vorübergegangen. Sie holte tief Luft. Trip hatte sie auch damals begleitet und sie hatte es geschafft. »Führt uns nach oben«, sagte sie, bedacht, dass ihre Stimme nicht zitterte.

Trip bewegte kurz die Hand, die wenig zuvor noch Elena umarmt hatte, und eine Fackel tauchte in der anderen auf. Er reichte sie Allegra, die sofort ihr Handy wegsteckte. Auch für Mattia und Alessandro zauberte er eine.

»Brauchst du keine?«, fragte Alessandro, als Trip sich dem Tunneleingang zuwandte.

Er drehte sich kurz zu ihnen um: »Wir sind Teil dieser Welt, wir brauchen nicht zu sehen, um zu wissen.« Daraufhin verschwand er Hand in Hand mit Elena in dem dunklen Loch.

Alessandro, Mattia und Allegra warfen sich kurz fragende Blicke zu, ehe sich Entschlossenheit auf ihren Gesichtern zeigte.

»Dann los! Schlimmer als hier kann es ja auch nicht sein.« Alessandro folgte Trip und Elena.

Allegra atmete tief ein und aus, ehe auch sie in die Schwärze trat. Sofort wusste sie, dass Alessandro sich getäuscht hatte.

4. Szene

Die Dunkelheit verschlang schon nach dem ersten Schritt in die Schwärze des Tunnels jegliches Licht. Das Feuer ihrer Fackel reichte gerade aus, Allegras Unterarm zu beleuchten. Modriger Geruch stieg ihr in die Nase.

Ihr Körper begriff die Gefahr, noch bevor sie sich bewusst wurde, was hier vor sich ging.

»Das ist eine Falle«, flüsterte sie und ein Lachen ertönte anstelle einer Antwort von Alessandro oder Mattia. Sie trat einen Schritt nach vorne, fuhr mit der Fackel hin und her, um Alessandro zu finden. Ohne Erfolg. Er konnte doch noch nicht so weit gekommen sein! Nicht in dieser alles umfassenden Dunkelheit.

»Allegra!«, drang eine Stimme von weit weg zu ihr. Ihr Name hallte von den Höhlenwänden wieder. Das waren nicht Alessandro oder Mattia. Nun rief eine Frauenstimme nach ihr. Elena?

»Elena? Trip?« Allegra drehte sich mit der Fackel in der Hand um die eigene Achse. Sie war allein, in völliger Finsternis.

»Allegra! Stell dich deinen Ängsten. Er …« Die Stimme war nun so weit entfernt, dass Allegra sie kaum mehr hören konnte. Vielleicht drang auch nur noch das Echo bis zu ihr. Waren die anderen etwa ohne sie weitergegangen? Sie wollte in die Richtung, aus der die Stimme kam, doch die Fackel stieß sofort gegen den nassen Fels. Allegra hatte die Orientierung verloren. Ihr Herz schlug immer schneller. Sie drehte sich um neunzig Grad. Entweder würde sie gleich wieder nach draußen finden oder bald auf die anderen stoßen.

Nach wenigen Metern kam jedoch eine weitere Wand.

»Wir verlieren …«, glaubte Allegra zu hören, nur noch ein Wispern, viel zu weit weg. Adrenalin schoss durch ihren Körper. Sie hatte Angst. Angst davor, nicht zu den anderen zu finden. Angst, Luca niemals wiederzusehen. Sie schloss die Augen, viel weniger sah sie dadurch auch nicht. Doch nun hatte sie Bilder vor sich, die ihr Kraft gaben.

Dichte Wimpern öffneten sich über eisblauen Augen, in denen so viel Liebe lag, dass Allegras Herz ins Stocken kam, das rhythmische Pochen der Angst verdrängt wurde. Ein Gesicht, das so detailreich vor ihr erschien, als stünde Luca direkt vor ihr, ein Lächeln auf den Lippen, das sie einfach nur erwidern konnte. Natürlich hatte sie Angst, ihn nicht zu finden. Gehörte diese Angst nicht zum Gesamtpaket an Gefühlen, die mit der Liebe einhergingen? Wenn man jemanden liebgewonnen hatte, kam die Angst, ihn oder sie zu verlieren automatisch dazu.

Allegras Gedanken wirbelten immer schneller. Hatte Trip nicht gerufen, sie solle sich ihren Ängsten stellen? Der Angst, Menschen zu verlieren, die ihr etwas bedeuteten? Luca, Alessandro, auch Mattia. Sie hatte Angst, dass ihnen etwas zustieß und sie die Schuld daran trug.

Die Dunkelheit der Höhle wich zurück. Das Licht der Fackel erreichte bereits die Höhlenwände neben Allegra, wuchs immer weiter. Erleichtert sah Allegra die schattengleichen Umrisse von vier Personen. Sofort ging sie darauf zu.

»Bei den Göttern! Allegra, wo hast du gesteckt?«, fragte Alessandro und sprang zu ihr, fiel ihr freudig um den Hals.

»Ich war hier. Die ganze Zeit«, probierte sie die Worte aus.

»Metus«, sagte Trip nur. »Der Gott der Furcht. Venus muss ihren Sohn geschickt haben.« Er runzelte die Stirn und sah sich um. »Ich habe davon gehört, es aber nicht geglaubt.«

»Was hat er mit dir gemacht?«, wollte Alessandro wissen, nachdem er Allegra endlich losgelassen hatte und sie wieder Luft holen konnte.

»Es war alles so dunkel. Ich hatte Angst, euch verloren zu haben.« Allegra schluckte.

»Metus, im Griechischen auch Phobos genannt, ist der Sohn von Venus und Mars, dem Kriegsgott«, sagte Trip. »Beide verbindet man mit starken Gefühlen, Liebe und Hass, der Wut des Krieges. Starke Emotionen rufen Furcht und Ängste hervor. Metus hat mit diesen Ängsten gespielt.«

Trips Erklärung klang plausibel, rief bei Allegra dennoch eine Gänsehaut hervor, als sie daran dachte, wie die Furcht mit ihr gespielt hatte.

»Du wusstest, dass er hier ist, und hast uns trotzdem in diesen Tunnel geschickt?« Alessandros Stimme überschlug sich fast, während er sich vor Trip aufbaute. »Auf welcher Seite stehst du überhaupt?«

»Auf eurer. Oder besser gesagt, auf ihrer.« Trip deutete mit einem Wink auf Allegra. »Sie könnten alle hier sein, das muss euch doch klar sein. Wir sind noch nicht in jenen Gefilden, aus denen es kein Zurück mehr gibt. Die Götter können hier ein und aus gehen, auch wenn es Pluto nicht passt. Und die Harpyien jagen alle, die sie finden. Ob Gott oder menschliche Seele, die unterscheiden nicht. Aus ihren Fängen entkommt man nicht – auch nicht von dem Ort, an den sie einen bringen, welcher es auch immer sein mag.«

»Das heißt, wir könnten hier auch Venus begegnen?« Allegra wusste nicht, ob sie bei dem Gedanken vor Ehrfurcht erstarren oder sich darüber freuen sollte, dieser Person all ihre Gehässigkeiten entgegenzuschleudern. Die Konsequenzen einer solchen Kurzschlusshandlung stellte sie sich besser gar nicht erst vor.

»Die zwölf Olympier kommen nicht hierher, heißt es. Sie sind beschäftigt genug. Aber ihre Abkömmlinge – wie Metus – finden hier einen Zeitvertreib.« Trip verzog das Gesicht.

»Wie schön, dass manche hier Spaß haben«, bemerkte Mattia trocken.

»Wenn dieser Metus ein Sohn von Venus und Mars ist«, grübelte Allegra, »dann ist er Amors Bruder? Unser … Onkel?«

Trip nickte.

»Onkel Furcht, schön, dass du vorbeikommst, die Kinder haben noch nicht genug Angst angesichts des Fluches und des Todes, der ständig über ihnen schwebt. Pah!« Mattia war Alessandro ähnlicher, als Allegra vermutet hätte. Auch er lenkte mit Witzen und Sprüchen von seiner verletzlichen Seite ab. Obwohl sie das wusste, musste Allegra bei dem Spruch lachen.

»Schön zu wissen, dass ich willkommen bin.«

Allegra fuhr zusammen. Die tiefe, raue Stimme drang von allen Seiten auf sie ein, als würde der Fels selbst sprechen. Trip zog sein Schwert, drehte sich in Verteidigungshaltung in alle Richtungen. Alessandro und Mattia schoben Allegra zwischen sich und taten es Trip nach. Ohne Waffe war es jedoch weit weniger beeindruckend.

Ein Lachen ertönte, das Allegra nur zu gut kannte. Es war erst vor wenigen Minuten aus der tiefen Finsternis auf sie eingedrungen.

»Was willst du?«, rief Allegra und ihre Stimme kehrte aus mehreren Richtungen zu ihr zurück.

»Auskosten, was ich in euch hervorrufe«, lachte die Stimme.

»Was für ein Idiot«, schimpfte Alessandro, ehe Mattia ihm den Mund zuhalten konnte.

»Du willst dich allen Ernstes mit dem Gott der Furcht anlegen?« Mattia sah ihn ungläubig an. »Bist du bescheuert? Hast du Sehnsucht nach dem Tod?« Sein Blick glitt über die Umgebung und er seufzte: »Oder noch mehr Sehnsucht nach dem Tod?«

»Er könnte uns auch ganz einfach helfen«, schimpfte Alessandro.

»Helfen?«, höhnte die Stimme. »Selbst wenn ich es wollte, es wurde mir verboten. Was mich nur noch neugieriger auf euch gemacht hat. Sucht ruhig weiter nach … *der Liebe.* Ich denke, ich werde euch noch eine Weile begleiten.«

Das waren ja fantastische Aussichten. Allegra verdrehte die Augen. »Solange du uns in Ruhe lässt.«

»Wo bliebe denn da der Spaß?« Nun klang das Lachen nicht mehr so grausam, eher … belustigt? Obwohl sich Allegra nicht sicher war, was sie schlimmer fände.

»Ist die Furcht sadistisch veranlagt oder warum macht es dir Spaß, andere zu erschrecken? Und dabei zeigst du dich uns nicht einmal?«

Allegra warf ihrem Bruder auf diese Aussage hin einen warnenden Blick zu. Er sollte es besser nicht übertreiben. In diesem Moment dröhnte ein Geräusch durch den Tunnel. War das ein Schnauben? Allegra fragte die anderen mit Blicken, erhielt jedoch nur allgemeine Ratlosigkeit zur Antwort. Stille legte sich über die Gruppe und alle warteten nervös, was Metus als Nächstes tun würde. Mehrere Minuten lang verharrten sie nahezu regungslos, lauschten in die Dunkelheit jenseits der Fackeln.

»Ist er weg?«, fragte Alessandro irgendwann.

»Anscheinend«, antwortete Trip vorsichtig.

Allegra war sich da nicht so sicher. Hatte Metus nicht gesagt, er würde ihnen folgen? So leicht ließ sich ein Gott sicher nicht vertreiben.

»Die Furcht spielt gerne mit den Menschen und greift sie an, wenn sie es am wenigsten erwarten«, erklärte Trip. »Hütet euch davor.«

»Jetzt lasst uns weitergehen. Bis nach oben ist es noch ein weiter Weg.« Elena griff nach Trips Hand und zog ihn mit sich in die Dunkelheit.

Alessandro, Allegra und Mattia folgten ihnen. Der Tunnel wand sich ebenso serpentinenartig durch den Berg, wie die Straße außerhalb es tat. So beengt kam es Allegra jedoch steiler vor und an Alessandros Fluchen und Schimpfen erkannte sie, dass es nicht nur ihr so ging. Sie spürte seinen Ärger genauso wie die Langeweile, die in Wellen von ihm ausging.

»Wie weit ist …«, setzte er an.

»Frag jetzt nicht, wie weit es noch ist«, fuhr Mattia dazwischen. »Du bist schlimmer als ein kleines Kind, Capulet.«

»Bin ich nicht. Ich wollte doch nur wissen, …«

Allegra ging dazwischen: »Er hat Recht, sobald es nur ein bisschen bergauf geht, wirfst du mit deiner schlechten Laune um dich.«

»Das stimmt doch gar nicht«, erwiderte Alessandro. »Es ist nur …«

»Was?«, fragte Allegra, vielleicht eine Spur zu bissig.

»Ich vermisse Jen. Ich kann keinen Schritt tun, ohne an sie zu denken, sie ist«, er klopfte sich auf die Brust, »ständig bei mir und es zieht mich zu ihr.«

Allegra lächelte, ohne dass sie es wollte. Am liebsten hätte sie sogar geseufzt. Sie hatte sich so viele Gedanken um Luca und seine Rettung gemacht, dass sie nicht an die Liebe ihres Bruders gedacht hatte und was er riskierte, um Allegra zu helfen. Im schlimmsten Fall würde er Jen nie wieder sehen.

»Wir haben weit über die Hälfte geschafft«, sagte Elena mit glänzenden Augen.

»Da hast du dich aber gut herausgeredet, Capulet«, lachte Mattia und stieß Alessandro beim Überholen mit der Schulter an.

»Was denn?«, fragte Alessandro unschuldig und alle lachten.

Der Moment der Leichtigkeit tat ihnen allen gut. Doch noch ehe er vorbei war, hallte ein Kreischen durch den Tunnel.

Das Echo der Harpyienschreie kam aus allen Richtungen. Allegra hatte für einen Moment die Befürchtung, dass sie umzingelt wären, und drehte sich mit der Fackel in der Hand um die eigene Achse, leuchtete hin und her. Konnten sich Harpyien unsichtbar machen?

Als hätte Trip ihren Gedanken erraten, trat er zu ihr und hob beschwichtigend die Arme. »Wir sind schon nahe am Ausgang«, sagte er leise. »Sie können nicht hier herein. Aber scheinbar hat ihnen irgendwer gesagt, dass es bald Arbeit geben könnte.«

»Wenn sie euch erwischen … Oder uns … Was passiert dann?«, fragte Allegra.

»Uns bringen sie weiter«, antwortete Elena schnell. »Dorthin, wo wir schon seit so vielen Jahren sein sollten.«

Der andere Teil von Allegras Frage blieb unbeantwortet, während Trip mit Elena an der Hand weiterging, immer dem Krächzen entgegen.

»Könnten sie uns denn mitnehmen und … ins Totenreich bringen?«, fragte Allegra kurz darauf.

»Wir können nicht mit Sicherheit sagen, dass es nicht so wäre. Aber wenn das nicht funktionieren würde: Gegen eine Harpyie könnte ich gewinnen, wenn ihre Schwestern allerdings auftauchen, sieht es selbst für einen guten Kämpfer wie mich schlecht aus.« Er hob entschuldigend die Hände.

Allegra verdrehte die Augen, während ihre Jungs beide schnaubten. Sie stiegen weiter die steilen Röhren hinauf und Allegra ließ ihre Gedanken kreisen. Zum Krächzen der Harpyie gesellte sich jetzt das Geräusch von Flügelschlägen und die tiefe Schwärze, die jenseits des Feuerscheins der Fackel geherrscht hatte, wich langsam dunklem Grau. Sie näherten sich eindeutig dem Ausgang.

»Ich werde es drauf ankommen lassen«, sagte Allegra irgendwann bestimmt. Angesichts der Vision von Luca und dem Schatten, der sich ihm näherte, könnte sie sich nicht einfach hier drin verstecken. Doch sie könnte es auch nicht riskieren, Alessandro und Mattia in Gefahr zu bringen. »Aber ihr bleibt hier.«

Zeitgleich kamen die erwarteten Widerworte der Jungs:

»Bist du verrückt?«

»Niemals!«

Allegra musste lächeln. Sie wollte eben etwas sagen, da folgten bereits die Erklärungen:

»Er ist mein Cousin, wie ein Bruder für mich. Es geht hier nicht nur um dich.« Mattia baute sich vor Allegra auf und wirkte sofort um Zentimeter größer.

»Und ich kann meine Schwester nicht noch einmal allein auf die Suche nach einem Montague gehen lassen. Was soll denn die Familie denken?«

Alessandro grinste Allegra so breit an, dass ihr die zurechtgelegten Worte entfielen. Sie konnte nur noch daran denken, dass sie diese beiden Jungs – auch wenn sie sie erst seit kurzem wieder kannte – so ins Herz geschlossen hatte, dass sie aufpassen musste, Metus nicht auf den Plan zu rufen. »Danke«, flüsterte sie gerührt. »Auch euch beiden«, fügte sie an Trip und Elena gewandt hinzu.

Die beiden erwiderten nur ein Nicken.

»Es wird heller«, sprach Mattia Allegras Feststellung von kurz zuvor laut aus.

»Nur noch eine Biegung, dann sind wir oben«, erklärte Trip.

»Weißt du, wo wir dann hin müssen?«, fragte Allegra hoffnungsvoll. Es wäre vorteilhaft, jetzt schon Pläne zu schmieden und nicht erst, wenn sie vor einer Harpyie fliehen mussten.

»Du wolltest nach oben und ich habe dir einen sicheren Weg gezeigt. Es ist nicht wie bei deiner Prüfung«, er senkte den Blick. »Es ist das erste Mal, dass ich bei dieser Art Einsatz dabei bin.«

Allegras Magen zog sich zusammen – und knurrte anschließend.

»Du hast Hunger?«, fragte Elena und riss die Augen auf.

»Eigentlich nicht. Oder vielleicht doch. Hast du den Trick mit dem Essen noch drauf?« Trip hatte Allegra während ihrer Prüfung das beste Essen überhaupt beschert, das nicht Maria zubereitet hatte.

»Das war während des *Examen amoris*«, sagte er. »Essen könnte sehr gefährlich sein, wo wir hingehen. Es war Proserpina zum Verhängnis geworden.«

Allegra versuchte die Zusammenhänge zu verstehen. Proserpina hatte in der Unterwelt gegessen und wer dort etwas zu sich nahm, war für immer an diese Welt gebunden. Jene Granatapfelkerne, die bei ihr alles zum Guten wenden könnten, hatten ihr die Freiheit genommen.

Sie bogen um die nächste Kurve und das schummrige Zwielicht, das draußen herrschte, war durch die entfernte Öffnung zu sehen.

»Wartet«, sagte Allegra. »Ich will nach Luca sehen.« Sie schloss so schnell die Augen und konzentrierte sich auf Luca, dass Trips Warnung wie durch Ohrenschützer zu ihr in den Kopf. Keuchend öffnete sie die Augen, das Feuer der Fackeln tanzte um sie herum und glitt immer wieder zur Seite.

»Frag doch bitte, bevor du etwas tust, was nicht gut für dich ist«, sagte Trip.

Allegra hörte, wie er die Augen verdrehte. Zumindest glaubte sie das. Irgendetwas schien in ihrem Kopf noch nicht ganz rund zu laufen. Sie holte mehrmals tief Luft und konzentrierte sich darauf, den Schmerz wegzuatmen, wie es gebärenden Müttern geraten wird. Allegra hatte sich zwar bisher geweigert, bei einer Geburt dabei zu sein – auch wenn man es ihr als zukünftige Medizinstudentin angeboten hatte! –, dennoch wusste sie in der Theorie einiges darüber. Das Abklingen des Schmerzes war so erleichternd, dass Allegra aufseufzte. »Lass mich raten: Hier drin funktionieren Visionen nicht?«, sagte sie anschließend zu Trip.

Der sah sie nur mit diesem ›das nächste Mal hörst du besser auf mich‹-Blick an.

»Dann müssen wir wohl einfach hoffen, dass er dort ist, wo ich ihn gesehen habe, oder?«

Trip zuckte mit den Schultern. Elena, Alessandro und Mattia waren nicht hilfreicher. Daher entschied sie selbst. Ihre Vision hatte etwas zu bedeuten, da war sie sich sicher. Und sie war der einzige Anhaltspunkt.

Allegra straffte sich und ging dem Zwielicht jenseits der Höhle entgegen.

5. Szene

Auch wenn der blauviolette Himmel den größten Teil des Sonnenlichts verschluckte, wurde Allegra im ersten Moment geblendet. Sie blinzelte mehrere Male, bis sie die krächzenden Schatten am Himmel richtig erkennen konnte. Wie Geier kreisten sie über der Stelle am Rande der Schlucht, an der sie aus dem Tunnel getreten waren.

Allegra schloss die Augen und holte die Bilder der Vision aus ihrer Erinnerung hervor. Sie sah Luca, wie er am Rande dieser Welt zu stehen schien. Sie sah sich um. Unter dem Zwielicht des Himmels wirkte die Landschaft, die in der realen Welt so sattgrün leuchtete, krank und ausgestorben. Vielleicht war es tatsächlich so. Der Distrikt Tremosine zog sich ein ganzes Stück oberhalb des Gardasees entlang. Dieses Mal wollte Allegra in die andere Richtung, zu dem Abgrund, der in der Realität hinab zum Lago di Garda führte. Sie überließ ihrem Instinkt die Führung, beschloss, dass sie vom Tunnelausgang nach links gehen mussten. Sie hoffte, dieses Gefühl käme erneut von ihrem Herzen, das sich nach Luca sehnte und ihr den Weg wies.

»Woher weißt du, wo wir hin müssen?«, fragte Alessandro, der ihr inzwischen aus der Dunkelheit heraus gefolgt war.

Allegra legte sich nur die Faust auf die Brust, während Trip »Pscht!« zischte und sich nervös umsah, ehe er den Blick nach oben richtete. Elena klammerte sich an Trip, der die Fackeln mit einer Handbewegung in massive Langschwerter verwandelte. Nachdem offensichtlich wurde, dass weder Alessandro noch Mattia je eins in der Hand gehalten hatten, ersetzte er sie durch die kürzere Variante. Sofort folgten beide einem angeborenen Instinkt, es hin und her zu schwenken und gegen unsichtbare Gegner zu kämpfen. Allegra sah sie mahnend an und sie senkten schuldbewusst die Köpfe.

Mit einem Wink signalisierte Allegra, dass es losgehen sollte, und die Gruppe machte sich auf den Weg. Sie ging vorneweg, folgte ihrem Herzen, das sie wie an einem unsichtbaren Band durch den düsteren Wald führte. Sie gingen wortlos nebeneinander her, die Stille um sie wurde nur ab und an durch das Krächzen der Harpyien oder Schreie von weit her durchbrochen, bei denen Allegra jedes Mal eine Gänsehaut bekam.

Solange sie jemand anderen finden, denken sie nicht an euch.

Sie verabscheute den Gedanken, der ihr im Kopf herumspukte, bekam sofort ein schlechtes Gewissen. Doch ganz ignorieren konnte sie ihn nicht.

Sie erreichten das Ende des Waldes. Hier standen die Bäume nicht mehr so dicht. Allegra hatte jegliches Zeitgefühl verloren. Im teils dichten Unterholz musste es mehrere Stunden gedauert haben, bis sie sich so weit vorgekämpft hatten. Bei den letzten Bäumen angekommen, stoppte die Gruppe. Vor ihnen lag eine weite Ebene, die hüfthohen Gräser waren gelb, vertrocknet und an vielen Stellen vom Wind zu Boden gerungen.

Oder von etwas anderem, mahnte die Stimme. Allegra suchte den Himmel nach den Harpyien ab, konnte sie jedoch nirgendwo entdecken.

»Wir müssen schnell sein«, flüsterte Trip. »Hier sind wir ein leichtes Ziel.«

Allegra stimmte ihm zu. Vor Verfolgern am Boden mochten sie die langen Halme der Gräser verstecken, aber von oben würden sie eine gut sichtbare Spur hinterlassen.

Trip sah nacheinander alle an, so dass er ihre volle Aufmerksamkeit hatte. Mit einem Nicken zeigten sie, dass sie verstanden hatten. Er nahm Elena an die linke Hand, zog sein Schwert aus der Scheide und stellte sich auf. Allegra, Mattia und Alessandro hoben ebenfalls ihre Schwerter, die den Weg bisher eher lästig als praktisch gewesen waren. Dann rannte Trip los. Allegra sah, wie Trip und Elena auf den wenigen Metern zu den Gräsern hin unsichtbar wurden. Als sie mit den Jungs losrannte, knickten die ersten Halme wie von Geisterhand vor ihnen um. Trip und Elena konnten sich vielleicht unsichtbar machen, aber ihr Weg war deutlich zu erkennen.

Allegra folgte der Schneise, die Trip durch das hohe Gras schlug. Das Knirschen und Knacken unter ihren Füßen klang ohrenbetäubend. Es musste über die gesamte Ebene hallen. Ihr Herz schlug schneller und schneller. Ihr Puls raste, während sie ihre Beine zu Höchstleistung antrieb. Hinter ihr hörte sie gleichmäßige Schritte und blieb so plötzlich stehen, dass Alessandro in sie hineinrannte und sie beinahe umwarf. Es waren seine Schritte gewesen. Sie befürchtete das Schlimmste, als sie um Alessandro herumsah, betete dafür, dass Mattia nichts geschehen war.

Der schwebte mit fragendem Blick wenige Zentimeter über dem Boden. Deshalb hatte er keine Geräusche verursacht. Allegra schalt sich für ihre Dummheit. Metus schien nahe, schürte ihre Ängste und machte logisches Denken unmöglich. Sie wandte sich wieder um und rannte weiter. Dicke gelbe Halme flogen an ihre vorbei, sie rannte und rannte, doch das Feld oder vielmehr die ganze Ebene schien kein Ende zu nehmen.

Ein weit entferntes Geräusch ließ sie zusammenzucken. Das laute Krächzen, das einem Siegesschrei glich, sorgte dafür, dass sie für einen Augenblick erstarrte und aus dem Rhythmus kam. Alessandro fing sie auf, damit sie nicht ins Stolpern geriet, dann rannten sie weiter. Mattia war dicht bei ihnen. Jetzt, da sie wusste, dass er flog, spürte sie den Wind, den er hierfür nutzte.

»Schneller!«, trieb Mattia sie an.

Doch Allegra lief schon, so schnell sie konnte. Sie wusste, dass ein falscher Tritt das Ende bedeuten könnte. Wenn sie auf dem unebenen Boden umknickte, wäre sie nicht mehr in der Lage, weiterzugehen. Doch sie musste es riskieren. Es gab keine andere Möglichkeit.

Die Schreie der Harpyien kamen näher, sie klangen jetzt weniger nach Vogel, sondern wie der Ruf einer alten, krächzenden Frau.

»Lauft nicht weg!«, rief eine. »Wir wollen euch nur helfen.«

Etwas lag da in dieser Stimme, das dafür sorgte, dass Allegra langsamer wurde. Sie wollte ihnen glauben. Nein, sie glaubte ihnen. Ein Schatten huschte über sie hinweg und Allegra hob den Kopf. Über ihr flog keine schrumpelige alte Frau mit Kleiderfetzen und schwarzen Krähenflügeln. Nein, die Gestalt über ihnen glich einem weiblichen Engel, dessen funkelnde Flügel das Violett des Himmels reflektierten. Das weißblaue Gewand des Engels schien von innen heraus zu leuchten. Allegra blieb stehen und beobachtete die Schönheit des Wesens voller Ehrfurcht.

»Das ist ein Trick!«, schrie Trip von weit her.

Doch Allegra konnte die Bedeutung seiner Worte nicht erfassen. Sie wollte zu diesem Wesen, ging langsam vorwärts in die Richtung, wo sie es zuletzt gesehen hatte. Alessandros Augen waren weit aufgerissen, als er mit nach oben gerichtetem Blick neben sie trat, sie einholen wollte.

»Sie täuschen euch!«

Eine weitere bedeutungslose Aussage schwebte über ihren Köpfen, ehe Allegra einen spitzen Schrei vernahm, der gar nicht zu ihrer Stimmung passen wollte. Zu diesem ehrfürchtigen Moment der Vollkommenheit.

»Helft mir!«, rief Trip.

Mattia war es, der Allegra und Alessandro schließlich vor sich herschob. Immer weiter durch die Schneise, bis vor ihnen ein surreales Bild auftauchte. Allegras Herz zog sich vor Schmerz zusammen.

Vor ihnen war eine nahezu kreisrunde Fläche platt getreten. Im Zentrum stand Trip, der mit seinem Schwert auf den Engel einschlug, der sich zu ihm herabsenken wollte. Zu Trips Beinen kauerte Elena, Tränen rannen ihr übers Gesicht.

Allegra konnte sie verstehen. Was Trip hier tat, war zu grausam. Sie erhob ihr Schwert und rannte zu Trip, der gerade einen Treffer landete, und ein weiterer kurzer Schrei ertönte. Allegra trat über schwarze Federn, wunderte sich, woher sie kamen, ließ ihr Ziel – Trip – jedoch nicht aus den Augen.

Mit weit aufgerissenen Augen erkannte Trip, was sie vorhatte, und richtete sein Schwert gegen Allegra. Sie sah die Bewegungen voraus, wie es bereits bei ihrer Prüfung der Fall gewesen war. Ihre Gabe zeigte ihr immer einen klitzekleinen Moment der Zukunft, damit sie rechtzeitig reagieren und gezielte Schläge setzen konnte.

Der Engel schwebte über ihnen und bewunderte, wie Allegra ihn verteidigte. Doch Trip war schnell. Er parierte ihre Angriffe, wagte es tatsächlich, zwischendurch seine Klinge gegen den Engel zu richten. Ein kurzes Stöhnen erklang und eine schwarze Feder segelte vom Himmel herab. Allegras Klinge befand sich jetzt nur wenige Zentimeter von Trips Herz entfernt, in der nächsten Sekunde könnte sie einen hoffentlich tödlichen Hieb platzieren. Doch in diesem Moment landete die schwarze Feder auf Allegras Unterarm und brannte sich wie Säure in ihre Haut. Sie schrie auf, zuckte zurück und das Bild vor ihr veränderte sich.

Die Harpyie griff Trip erneut an, der sprang zur Seite und schwenkte das Schwert gegen die Angreiferin. Eine zweite Harpyie schoss herab, Trip sprang noch weiter zur Seite, befand sich nun am Rand des Kreises, der einer Kampfarena glich. Schwarze Federn durchzogen die gelben plattgetretenen Halme, dazwischen rote Sprenkel. Blut. Das von Trip oder das der Harpyie? Allegra war wie erstarrt. Beinahe hätte sie Trip eben getötet. Sie verdrängte den irrationalen Gedanken, dass er bereits tot war, dass sie sich in der Unterwelt befanden.

Trip wurde von zwei Seiten angegriffen, konnte sich nur noch verteidigen und keine Treffer mehr platzieren. Allegra löste sich aus ihrer Lethargie und durchquerte den Kreis. Mit einem hämischen Lachen registrierte eine der Harpyien Allegras Eingreifen und sie … lächelte. Dabei entblößte sie unter vertrockneten Lippen Reihen spitzer Zähne, die nur noch im Kiefer verankert zu sein schienen wie bei einem Skelett. Das Zahnfleisch war weit zurückgezogen, eine kleine vertrocknete Zunge leckte über die schmalen Lippen. Allegra wurde übel. Das Schlimmste jedoch waren die Augen der Harpyie. Sie wirkten toter als tot, lagen so tief in den Höhlen, dass Allegra das milchige Weiß der Iris kaum mehr erkennen konnte.

Allegra schluckte die Übelkeit und die Angst runter, die das Wesen hervorrief, und ging zum Angriff über. Seite an Seite mit Trip verteidigte sie sich gegen die scharfen Krallen an den dürren Armen der Harpyien. Der Kampf schien ausgewogen, eine Abfolge von Angriff und Verteidigung.

Dann hieb ein Schwert von der Seite auf den Flügel der Harpyie ein, die Allegra gegenüber schwebte. Allegras Kopf ruckte herum – Alessandro hatte sich nun auch endlich über das Trugbild der Harpyien hinweggesetzt. Das alte Frauengesicht zog sich vor Schmerz zusammen, weitere Federn wirbelten um Allegra herum, führten einen wilden Tanz auf. Die zweite Harpyie war weit nach oben gestiegen, auch Trip konzentrierte sich nun auf das verbliebene Wesen. Gänsehauterzeugende Schmerzensschreie erklangen und Allegra widerstand dem Drang, sich die Ohren zuzuhalten.

Trip kämpfte immer schneller, setzte einen Hieb nach dem anderen, Allegra und Alessandro taten es ihm nach, schlugen immer und immer wieder nach dem Monster, das sie so getäuscht hatte, dass sie beinahe ihren Ahnen verraten hätten. Die Harpyie wollte fliehen, glitt außerhalb ihrer Reichweite, als ein starker Wind sie wieder nach unten presste. Mattia! Er nutzte seine Begabung nicht zum Fliegen, sondern sorgte dafür, dass Trip weiterhin schmerzhafte Treffer landen konnte. Die Harpyie kreischte, schlug kräftig mit den Flügeln, so dass die Federn vom Boden aufstoben, doch sie hatte Mattias Gabe nichts entgegenzusetzen.

Allegra erkannte die Furcht in den milchigen Augen, als Trip zum tödlichen Stoß ansetzte. Gleich darauf löste sich die Harpyie in schwarzen Nebel auf und war verschwunden.

Noch ehe Allegra erleichtert ihr Schwert senken konnte, ertönte ein weiterer Schrei. Ein menschlicher Schrei. Angst.

Hoffnungslosigkeit. Verzweiflung. Flügel flatterten, ein Krächzen erklang, und als sich Allegra umdrehte, sah sie gerade noch, wie die zweite Harpyie Elena mit ihren Klauen ergriff und binnen eines Wimpernschlages in die Lüfte gestiegen war.

Trips unmenschlicher Schrei überlagerte den von Elena. Mattia stieg in die Lüfte, versuchte, die Harpyie einzuholen, doch mit ihren großen Flügeln war sie zu schnell und schon kurz darauf außer Sicht. Trip brach mitten auf dem blutigen Boden zusammen. Alessandro überspülte sie alle mit einer Welle des Schmerzes und des Mitleids und Allegra war zu benommen, um sich gegen die Emotionen zu wehren, die auch ihre eigenen Gefühle ausdrückten.

Sie hatten so hart gekämpft und dennoch ein Mitglied ihres Teams verloren. Es gab keine Worte dafür, die sie an Trip richten konnte. Eine Entschuldigung gab es nicht. Sie hatte sich täuschen lassen, hatte Trip selbst angegriffen und ihn damit ein Stück von Elena weggedrängt. Der Liebe seines Lebens, die hier in der Zwischenwelt auf ihn gewartet hatte, bis der Fluch eines Tages gebrochen würde. Wie viel gemeinsame Zeit war ihnen vergönnt gewesen? Wenige Wochen? Diese konnten die Jahrzehnte der Trennung nicht wiedergutmachen.

Trips Schultern bebten. Er saß zusammengekauert vor ihnen, an der Stelle, wo bis vor wenigen Momenten noch Elena gesessen hatte, den Bestien hilflos ausgeliefert. Allegra ging langsam zu ihm und hob ihre Hand, damit Alessandro und Mattia zurückblieben. Sie versuchte angestrengt, Worte zu finden, die ihn trösten könnten, doch alles klang bedeutungslos im Angesicht dieses Verlustes. Sie kannte diesen Schmerz, hatte Luca bereits zweimal verloren – und beide Male war sie schuld daran gewesen, hatte sich nur selbst etwas vorwerfen können. Doch Trip konnte sie, Allegra, verantwortlich machen, und genau davor hatte sie Angst. Sie kniete sich neben ihn, berührte ihn nicht, sagte nichts. Sie hoffte, er würde spüren, was sie nicht in der Lage war auszusprechen.

Es dauerte eine gefühlte Unendlichkeit, ehe Trips Beben nachließ, dann ganz aufhörte. Er holte stockend Atem und richtete sich auf, den Rücken noch immer zu ihr gewandt. Langsam drehte er sich um. Die Sorge, das in seinen Augen zu sehen, was sie befürchtete, dominierte in diesem Moment alles. Doch in seinem Blick lag kein Vorwurf, nur tiefer, alles umfassender Schmerz. Allegra rannen die Tränen aus den Augen und sie überwand die Distanz, um ihn in die Arme zu schließen. Er erstarrte und schob sie wieder von sich.

Die Anklage lag nun wie ein unüberwindbares Hindernis zwischen ihnen. Trips Gesicht war um Jahre gealtert, als er ihr in die Augen sah und emotionslos sprach: »Wir müssen weiter. Wir haben ein Ziel. Beeilt euch, bevor die Harpyie zurückkommt.« Er steckte sein Schwert in die Scheide und ging ohne ein weiteres Wort davon.

Allegra presste die Lippen zusammen und nickte, auch wenn Trip sie nicht mehr sehen konnte. Sie versuchte, die Tränen aus den Augen zu blinzeln, aber es kamen immer neue nach. Metus spielte mit ihrer Angst vor Zurückweisung, die sie so noch nie zuvor gespürt hatte, von der sie nicht einmal gewusst hatte, dass sie sie in sich trug. Für einen Moment glaubte sie, einen Jungen zu sehen, der siegesgewiss lächelte, beim nächsten Zwinkern war er jedoch verschwunden.

Alessandro legte ihr den Arm über die Schulter und schob sie vorwärts. Die Schuld lastete so schwer auf ihr, dass sie kaum vorankam. Mattia rückte an ihre andere Seite und hob sie auf seine Arme. Sie schwebten durch den Pfad, den Trip in das Feld getrampelt hatte. Allegra ließ den Schmerz zu, die Trauer und das Mitleid und mit der Zeit wurde das Atmen wieder einfacher.

Ihre Jungs würde sie nicht noch einmal enttäuschen. Sie würde auf der Hut sein, keinen Täuschungen mehr unterliegen, schwor sie sich. Sobald sie Luca gefunden hatten, würde Allegra dafür sorgen, dass Trip dorthin kam, wo seine Elena auf ihn wartete. Sie hatten für Allegra ihr gemeinsames Leben aufgeschoben und hatten einen entsetzlichen Preis dafür gezahlt. Dafür würde sie ihnen für immer dankbar sein. Mit diesem Gedanken fand sie zu ihrem inneren Gleichgewicht zurück und sah ihr Ziel wieder vor Augen – mit all den Hürden, die es bis dahin zu überwinden galt.

Mattia glitt zu Boden und hielt an. Allegra rappelte sich aus seinen Armen, rieb sich die letzten Tränen von den Wangen und sah sich um.

Trip stand ein paar Meter entfernt am Ende der Graswüste. »Wir sind da.« Noch immer war keine Gefühlsregung in seinem Gesicht zu sehen. Er trat zur Seite und öffnete den Blick auf das Ende der Welt.

6. Szene

Allegra überwand die letzten Meter, nur um genau jenes Bild vor sich zu sehen, das sie bereits aus ihrer Vision kannte. Am Ende der hohen Gräser befand sich eine Fläche von totem Nichts, aufgewühlter Erde, hier und da von ein paar traurigen Gräsern durchbrochen, die vergeblich versuchten, sich durchzusetzen. Kleine Felsbrocken lagen herum und ein dürres, kahles Bäumchen stand inmitten der toten Fläche.

Allegras Blick blieb daran hängen. Der Baum war in ihrer Vision nicht da gewesen. So, wie er die kleine Fläche durchbrach, wäre er ihr aufgefallen. Sie glich im Geiste die Bilder ab und vermutete, dass der Baum in der Vision Luca als Feuerholz gedient hatte.

»Wir sind zu früh«, flüsterte sie. Ihre Enttäuschung war nicht zu überhören.

»Oder zu spät«, sagte Mattia. »Vielleicht haben ihn die …«

»Nein«, sagte Allegra schnell und erklärte, woher sie wusste, dass ihre Vision noch nicht geschehen war.

»Dann können wir abwarten«, sagte Mattia und sah sich auf dem Fleck karger Erde um. Nachdem er die großen Felsbrocken an den Seiten untersucht hatte, ging er direkt auf den Abgrund zu.

Allegra wollte ihn schon aufhalten, doch dann fiel ihr ein, dass er nicht abstürzen konnte, und sie hielt sich zurück.

»Was ist dort unten?«, fragte Alessandro, als Mattia zurückkam. Sie hatten sich vor den großen Felsbrocken niedergelassen; von hier aus hatten sie alle Seiten im Blick.

»Nichts«, sagte Mattia, die Stirn in Falten gelegt.

»Wie ›nichts‹?«, hakte Alessandro nach.

»Nichts nichts«, erklärte Mattia. »So weit ich sehen kann, ist hinter diesem Abgrund nichts außer diesen blauvioletten Wolken. Oben, unten, überall!«

Alle drei sahen fragend zu Trip, der sich neben dem Bäumchen auf den Boden gesetzt hatte.

Resigniert zuckte er mit den Schultern. »Irgendwo muss diese Zwischenwelt ja enden.«

Allegra wusste, dass Trip trauerte, dennoch schnitten ihr seine Worte wie ein Messer in die Brust. Sie machte sich Sorgen um ihn, hatte Angst, dass er sich aufgeben würde, ehe sie ihm helfen konnte. Sie erhob sich, um zu ihm zu gehen, versuchte sich Worte zurechtzulegen, die ihm neuen Mut gaben. Da sah sie einen Schatten im Augenwinkel. Sofort suchte sie die Felsen ab, erwartete, dass der Schatten daran entlangkriechen würde wie in ihrer Vision. Aber da war nichts. Vielleicht hatte sie sich getäuscht. Sie atmete erleichtert aus, als sich jemand neben ihr räusperte und geräuschvoll die Luft durch die Nase einsog.

»Der Duft der Furcht ist berauschend«, sagte der junge Mann neben ihr.

Allegra sah ihn an, konnte sich weder rühren noch etwas sagen.

»Hallo Allegra, endlich kann ich mich dir zeigen.« Der Mann lächelte, hatte noch immer einen genießerischen Zug um die Augen, der Allegra anwiderte. Sie stellte ihre Frage nicht laut, dennoch antwortete der Mann, als er nähertrat: »Ich bin Metus, Sohn der Venus und des Mars.« Er deutete eine Verbeugung an, ein schelmischer Ausdruck lag nun auf seinem Gesicht.

»Was willst du?«, fragte Allegra misstrauisch. Den Gott der Angst hatte sie sich irgendwie … furchterregender vorgestellt.

Das Bild in ihrem Kopf passte so gar nicht zu dem dunkelhaarigen Mann mit der bronzefarbenen Haut und den funkelnden honigfarbenen Augen, die sie amüsiert musterten. Er trug auch keine weiße Robe, sondern Jeans und ein sehr eng anliegendes T-Shirt, unter dem sich jeder einzelne Muskel abzeichnete.

»Enttäuscht?«, fragte Metus grinsend.

Allegra öffnete gerade den Mund, da trat Alessandro vor sie und baute sich verteidigend zwischen ihr und Metus auf. Der Gott lachte, hob kurz die Hand und Alessandro begann zu zittern. Allegra machte einen Schritt nach vorne und sah ihren Bruder an. Seine Augen waren schreckgeweitet, blickten starr in die Ferne. Schnell erfasste sie, was geschehen war.

»Lass ihn in Ruhe«, schrie sie Metus an, der nur arrogant eine Augenbraue hob, dann kurz die Augen schloss und erneut die Luft einsog, ehe er mit einer weiteren Handbewegung den Schrecken von Alessandro nahm.

»Es ist so einfach, Furcht zu schüren, wenn die Liebe im Spiel ist.«

Alessandro hatte Mühe, sich zu beherrschen. Seine Wut umwirbelte ihn und Allegra musste sich konzentrieren, dass ihre eigenen Gefühle nicht unter seinen untergingen. Mattia kam an Alessandros andere Seite und legte ihm beschwichtigend die Hand auf den Unterarm. Metus legte den Kopf schief.

Allegra fragte noch einmal: »Was willst du? Hast du nicht schon genug mit meiner Angst gespielt?«

»Hab ich das?«, fragte Metus gespielt entrüstet. »Nein, ich habe dir nur eine kleine Kostprobe meines Könnens gezeigt. Von irgendetwas muss man sich hier unten ja ernähren.« Er verzog den Mund. »Und Angst ist fast so nahrhaft wie Ambrosia.« Er leckte sich mit der Zunge über die Lippen. »Aber um auf deine Frage zurückzukommen: Ich will, dass ihr mir helft.«

»Was?«, fragten Alessandro, Mattia und Allegra wie aus einem Mund.

Metus kniff die Augen zusammen, für einen Moment blitzte Zorn darin auf und kleine rote Fünkchen durchzogen seine Iris. Doch er hatte sich schnell wieder im Griff. »Es gibt da jemanden, der hier herunterkam und seither nicht mehr aufgetaucht ist. Ihr müsst ihn finden.«

»Genau das versuchen wir ja schon«, grummelte Alessandro.

»Nicht diesen … Jungen. Ihr sollt nicht *ihre* Liebe finden.« Er deutete grob in Allegras Richtung und schüttelte fassungslos den Kopf.

Die konnte ihn nur anstarren, war nicht in der Lage, zu begreifen, dass sie einem echten Gott gegenüberstand. Er sah viel zu normal aus.

»Sie hat uns verboten, darüber zu sprechen. Sie sollen allein drauf kommen«, mischte sich Trip ein, der in der Zwischenzeit von seinem Platz unter dem Baum zu ihnen gewechselt war.

»Wer hat dir was verboten?« Allegra warf Trip einen skeptischen Blick zu.

»Das gilt für euch. Ich bin ein Gott!« Metus hob gebieterisch die Arme, als wäre das Erklärung genug.

»Erzählt uns jetzt jemand, von was ihr sprecht?« Allegra wurde ungeduldig. Ihr lief die Zeit davon.

»Was genau hat dir … *Lorenzo* denn gesagt, ehe du auf die Reise gegangen bist? Was genau sollst du hier unten machen?« Er verschränkte die Arme vor der Brust, das enge Shirt zeichnete jeden einzelnen Muskel detailliert nach.

»Ich soll die Liebe finden«, rief sie sich Lorenzos Worte ins Gedächtnis. Sofort blitzten Lucas Augen in ihrem Kopf auf, ihr Herz flatterte und ein Glücksgefühl durchströmte sie.

Metus verdrehte die Augen. »Wusstet ihr, dass der Körper auf Liebe und Angst ähnlich reagiert? Dein Herz schlägt schneller, dein Blut wird von Adrenalin überschwemmt, andere Funktionen werden nahezu eingestellt.«

Allegra wartete ab, auf was er hinaus wollte.

»Du sollst nicht diesen Jungen suchen, sondern die Liebe«, half er ihr auf die Sprünge. Als sie nicht reagierte, fügte er hinzu: »Amor, Cupido, Eros, nenn ihn, wie du willst.«

»Wir sollen Amor suchen?« Allegras Stimme war mindestens zwei Oktaven zu hoch. »Er ist *hier?*«

»So wurde mir berichtet.«

»Und warum suchst du ihn nicht einfach selbst?«, warf Mattia ein, der nun ebenfalls die Arme vor der Brust verschränkt hatte.

Allegra ging in Gedanken das Gespräch mit Lorenzo durch, dann Trips Aussagen. Sie sah ihn argwöhnisch an. »Du wusstest es?«, fragte sie, zutiefst enttäuscht von der Lüge.

Er nickte langsam. »Es war Teil des Handels mit Lorenzo. Ich durfte dir nichts sagen, sonst hätte Ven–«

Metus hob die Hand und Trip verstummte. »Sprich ihren Namen nicht aus oder willst du, dass sie hier auftaucht?« Metus' Stimme war bedrohlich. Dieses Grollen passte schon eher zum Gott der Angst.

Trip fuhr zusammen.

»Es ist eine längere Geschichte«, sagte Metus und winkte ab.

»Wo ist Luca?«, fragte Allegra. Alles andere interessierte sie nicht.

»Bei Amor. Das hoffe ich zumindest«, antwortete der Gott.

»Warum sollten wir dir glauben? Du hast mich in der Höhle noch zu Tode geängstigt.«

Metus hob abschätzig eine Augenbraue. »Zu Tode erschrecken wäre nicht mein Niveau. Ich schüre nur die Ängste, die da sind. Und es tut mir leid, ich konnte der Versuchung einfach nicht widerstehen – deine Ängste sind so greifbar, ich musste zuschlagen.«

Nun war Allegra an der Reihe, ihre Augenbraue zu heben, auch wenn sie das nicht so gut konnte wie Metus. »Hast du dich gerade entschuldigt?«

»Vielleicht?« Er kniff die Augen zusammen.

Allegra schüttelte den Kopf. Dieser Gott war einfach nicht zu durchschauen.

»Dann erzähle ich euch einfach die längere Geschichte. Die dürfte dich durchaus interessieren. Denn du bist schuld, dass mein Bruder hier unten verschollen ist.«

»Wie bitte?« Allegra verlor so langsam den Respekt gegenüber Metus. Er wirkte so normal, so ungöttlich, dass es ihr schwerfiel, ihn nicht wie einen normalen Menschen zu behandeln.

»Du bist auf *ihre* Tricks hereingefallen und hast deine Liebe zu einem Dasein hier unten verdammt.« Metus ließ keinen Zweifel daran, dass er Venus meinte. »*Lorenzo* hat versucht, einen weiteren Deal auszuhandeln. Als niemand reagierte, zog Amor los, um seinen Nachfahren zurückzuholen.«

»Amor hat Luca gesucht?« Allegra stiegen Tränen der Rührung in die Augen.

Metus nickte. »Was eine ganz schlechte Entscheidung war.«

»Warum?«, fragte Mattia.

»Siehst du einen der beiden irgendwo?«, gab Metus bissig zurück.

»Was ist mit ihnen passiert?« Wenn das jetzt bedeutete, dass sie nach Amor suchen musste, um Luca zu finden, würde sie auch das tun. Sie hatte schon schlimmere Herausforderungen angenommen.

»Wenn ich das wüsste, müsste ich nicht mit euch hier stehen. Aber *Lorenzo* meinte, dass wir zusammenarbeiten sollten.«

Allegra fragte sich, ob Metus Lorenzo nicht mochte, so wie er seinen Namen immer betonte. Vielleicht hatte er zu wenig Angst oder gar keine? »Und du bist dir sicher, dass Luca …«

Doch Metus fuhr sofort dazwischen: »Ja, ich bin mir sicher. Er hat nach Luca gesucht. Entweder stecken sie gemeinsam hier irgendwo oder beide sind nicht mehr zu retten.«

Seine Worte waren so eiskalt, dass Allegra erschauderte und ihr Tränen in die Augen stiegen.

»Wie kannst du so etwas sagen?« Alessandro drückte Allegra an sich, um sie zu beruhigen. »Warum willst du deinen Bruder überhaupt finden? Steht ihr euch so nahe? Ich dachte, du hängst immer mit Pavor rum.«

Angst und Schrecken, dachte Allegra und versuchte sich an die wenigen Stunden zu erinnern, in denen sie die römische und griechische Mythologie durchgenommen hatten. Im Griechischen nannte man die Brüder Phobos und Deimos. Sie waren Begleiter von Mars, dem Gott des Krieges.

»Ich hänge nicht herum«, sagte Metus angewidert, als hätte Alessandro ihm vorgeworfen, kleine Katzen zu ertränken. Wobei, vielleicht tat er das ja tatsächlich. Allegra schluckte. »Es ist mein Job, Angst zu schüren. Und die ist in Kriegen ja wohl am Präsentesten oder meint ihr nicht?«

»Warum bist du dann hier und suchst nach der Liebe?« Allegra fehlte immer noch der Beweis, warum sie ihm vertrauen sollte.

»Ihr wollt es aber ganz genau wissen, oder?« Der Gott schnaubte absolut ungöttlich. »Für was kämpfen die Menschen denn in Kriegen? Hm?«

»Für ihr Land? Ihre Freiheit? Ihre Selbstbest–«

»Jaja, schon gut. Es gibt einige Gründe, aber immer wieder kann man sie auf etwas ganz Bestimmtes zurückführen.« Metus sah Allegra erwartungsvoll an.

»Für die Liebe?«, sagte sie vorsichtig und Metus nickte wie ein Lehrer, der seinem schlechtesten Schüler eben die erste richtige Antwort entlockt hatte.

»Ven … Ich meine, ihr wisst schon wer …« Alessandro grinste bei seinem Witz. »… ist die Göttin der Liebe.«

»Pah!«, antwortete Metus. »Sie ist die Liebe, ja. Aber Liebe entsteht nicht ohne das erste Gefühl der Verbundenheit, das Verliebtsein. Ohne diesen ersten Schritt, für den mein Bruder sorgt, bleibt die Liebe nur ein Traum, unerreichbar. Wenn Amor verschwunden bleibt, überwiegen mehr und mehr die Schattenseiten der Liebe: Eifersucht, Sorge, wachsendes Misstrauen. Ist das für euch erstrebenswert? Liebe und Hass sind nur durch eine dünne Grenze getrennt. Ohne Amor könnte die Liebe schnell in Hass umschlagen.«

»Und du hättest deine Macht über die Menschen verloren«, mutmaßte Allegra.

Metus presste mühsam ein »Ja« heraus.

Ob sie es als Vorteil empfinden sollte, dass der Gott der Furcht nach ihrem Freund suchen wollte, konnte sie im Moment nicht beurteilen. Aber seine Erklärung war gut begründet, daher wuchs Allegras Vertrauen in Metus. »Und wo sollen wir mit der Suche anfangen? Hast du irgendwelche Informationen?«, wollte sie von ihm wissen.

Metus deutete auf den Abgrund. »Ich denke, dort werden wir fündig.«

»Du willst dort runter?«, fragte Alessandro, seine Stimme überschlug sich beinahe.

»Aber Luca wird hier sein«, sagte Allegra bestimmt.

»Vielleicht war er ja schon hier«, erwiderte Metus.

»Nein. Meine Vision …«

Metus verdrehte wieder einmal die Augen. »Die, meine liebe Allegra, habe ich dir geschickt.« Er – der Gott! – sah sie mit Dackelblick an. »Ich wusste, dass ich dich nur mit deiner Angst um Luca hierher bekomme«, rechtfertigte er sich.

»Dann weißt du nicht, wo Luca ist?« Allegra wurde erst jetzt wirklich klar, wie sehr sie sich an diese Vision geklammert hatte, dafür gekämpft hatte, hierherzukommen und Luca rechtzeitig anzutreffen. In diesem Moment brach ihre Welt zusammen. Wieder einmal. Und dies hatte sie nur Metus zu verdanken. Sie stürmte wutentbrannt auf den Gott zu, der lachend seine Hand bewegte, und Allegra brach von den auf sie einströmenden Bildern zusammen.

7. Szene

Er ist tot«, flüsterte Allegra immer und immer wieder. Der Schmerz war allgegenwärtig, sie saß auf dem Boden, hatte die Beine angezogen und umklammerte sie, wippte dabei vor und zurück.

»Er ist nicht tot«, sagte Alessandro voller Überzeugung. »Es waren nur die Bilder, die er dir geschickt hat.« Dieses ›er‹ spuckte er aus und warf dabei einen Blick zu Metus, der so viel Hass enthielt, dass sich jeder normale Mensch zurückgezogen hätte. An dem Gott jedoch prallte so etwas ab. »Siehst du, was du angerichtet hast?«

»Ich habe sie nur mit ihrer größten Angst konfrontiert.« Keinerlei Bedauern war aus seiner Stimme herauszuhören.

»Und du denkst, das ist der richtige Weg?« Alessandro steigerte sich immer weiter in seine Rage hinein.

»Sie muss wissen, worauf sie sich einlässt«, knurrte Metus. »Sie muss wissen, wofür sie kämpft.«

»Dann solltest du ihr Bilder zeigen, wie sie mit Luca zusammentrifft«, mischte sich Trip vorsichtig ein. »Die wären … motivierender.«

»So hast du ihr die Hoffnung geraubt«, stimmte Mattia zu.

Allegra drängte Bild für Bild der Szene von sich, die Metus ihr gezeigt hatte. Sie glich einem Déjà-vu ihrer Erlebnisse in Limone. Sie kam wieder einmal zu spät und Luca war vor ihren Augen zusammengebrochen. Nur waren dieses Mal sofort die Harpyien gekommen und hatten ihn für immer fortgetragen. Auch ihr Herz hatten sie aus der Brust gerissen und mit harten Flügelschlägen mit sich genommen. Es war schwer, diese Bilder zu sehen und zu wissen, dass sie nicht real waren, nicht geschehen waren. Nur langsam schaffte sie es, den Schmerz von sich zu schieben und sich der Realität zu stellen.

Alessandro, Mattia, Trip und Metus diskutierten immer noch über sie, stritten, als wäre sie ein kleines Kind, über dessen Kopf hinweg Entscheidungen getroffen werden mussten. Sie hörte auf, vor und zurück zu wippen und schüttelte stattdessen den Kopf.

»Es reicht.« Ihre Stimme bebte noch immer. »Redet nicht über mich, als wäre ich nicht da.« Sie sah von einem zum anderen. Drei erwiderten ihren Blick nicht, bewunderten den Boden oder starrten ihre Finger an.

Metus hingegen sah sie aus honiggoldenen Augen an. »Ich wusste, es ist der richtige Weg. Angst macht einen stark.« Er grinste die anderen Jungs siegessicher an. Fehlte nur noch, dass er ihnen die Zunge rausstreckte. Er trat auf Allegra zu, reichte ihr die Hand und zog sie hoch. »Wir finden meinen Bruder – und deinen Menschen.«

Die Formulierung klang so absurd, dass Allegra die Nase rümpfte, anschließend jedoch nickte. »Wo fangen wir an?«

Metus deutete mit dem Kopf in Richtung des Abgrundes, als ein Krächzen erklang.

»Die Harpyien!«, rief Trip und sah sich ängstlich um.

Auch Allegra scannte den Himmel.

»Wir sollten ihnen zuvorkommen. Sie würden euch vielleicht verletzen, nachdem, was ihr ihrer Schwester angetan habt«, kommentierte Metus gelassen.

»Heißt das, sie bringen die … Menschen dort hinunter?« Allegra versuchte, sich ein Bild von dem Ort jenseits der Klippe zu machen.

Metus nickte. »Ich bin mir allerdings sicher, dass selbst springen die bessere Alternative ist. Man hat mir erzählt, dass die Harpyien manche Seelen aus reiner Bosheit in den Styx werfen.« Er erschauderte.

Allegra erschauderte schon beim Gedanken an das Bild des Flusses Styx. Sie sah das Bild eines nebelüberzogenen düsteren Gewässers vor sich, das alles andere als einladend wirkte. Vom Fährmann Charon, der bei Allegra einem Skelett mit Mönchskutte glich, ganz zu schweigen.

»Und wenn wir selbst springen, hat das einen Vorteil, weil … ?«, fragte Mattia.

»Keine Verletzung durch die Harpyien, eine sichere Landung, sofern möglich, und wir bleiben zusammen.« Metus zählte die Punkte an den Fingern ab. Bei ihm klang das alles so einfach wie ein Sprung vom Ein-Meter-Brett im Schwimmbad. Als niemand in Jubel ausbrach oder gar losstürmte, seufzte er. »Ich hätte nicht gedacht, dass es so schwer sein würde, euch zu überzeugen. Entweder machen wir uns jetzt auf oder ich sorge dafür, dass ihr so viel Angst vor diesem Ort hier oben habt, dass ihr freiwillig runterspringt.« Er wedelte mit den Fingern.

Alessandro ballte die Hände zu Fäusten, doch Allegra besänftigte ihn: »Es hat keinen Zweck. Wenn wir weiter wollen, müssen wir wohl diesen … Weg nehmen.«

»Ich schätze, es gibt kein Zurück, hm?« Alessandro glaubte selbst nicht daran, Allegra sah keine Hoffnung in seinen Augen.

»Nein, das gibt es nicht«, sagte Metus streng. »Jetzt hört auf zu heulen und lasst uns gehen.«

»Ich könnte runterfliegen und nachsehen«, schlug Mattia vor.

Metus grinste ihn abfällig an. »Versuch's doch. Das ist ein Übergang zwischen zwei Welten, keine simple Klippe, die du mit deinen Windspielchen bezwingen kannst. Nur der reine Wille bringt euch zum Ziel.« Er machte eine bedeutungsvolle Pause, ehe er hinzufügte: »Oder die Harpyien.«

Mattia verzog das Gesicht, während Metus auffordernd mit dem Kopf nickte. Allegra holte kurz tief Luft und wandte sich der Klippe zu. Ihre Beine weigerten sich, darauf zuzugehen, daher bewegte sie sich wie ein Zombie. Den anderen erging es ähnlich.

»Wird Elena dort sein?«, fragte Trip.

»Ich gehe davon aus. Außer die Harpyie wollte ihre Schwester rächen und hat deine Liebste zerfetzt.« Metus zuckte mit den Schultern.

»Hey!«, schimpfte Allegra. »Etwas mehr Feingefühl bitte.«

»Was denn?«, fragte der Gott ernsthaft.

Allegra schüttelte den Kopf. Hoffentlich fanden sie seinen Bruder schnell. Und hoffentlich hatte Amor Luca dann bereits gefunden. Allegra spielte an ihrem Siegelring, der ihr Kraft verlieh. Von einer Klippe in die echte Unterwelt zu springen, war eine Herausforderung, die nach den Erlebnissen im Sommer noch größer war. Je näher sie dem Rand der Klippe kam, desto präsenter wurden die Bilder des Monte Baldo, von dessen Gipfel sie Luca in den vermeintlichen Tod geschubst hatte. Sie erinnerte sich daran, wie sich das Blut um seinen Kopf ausgebreitet hatte. Sie hatte es zuerst in ihrer Vision gesehen und später von der Seilbahnkabine aus. Nun kam es ihr vor, als sollte sie freiwillig hinterherspringen.

Aber hatte sie nicht dasselbe getan, als Luca den Granatapfelkern in den Mund gelegt hatte? Sie vergegenwärtigte sich die Gründe, aus denen sie es ihm gleichgetan hatte. Eine Welt ohne Luca konnte sie sich nicht vorstellen. Sie trat näher an die Klippe und schloss die Augen.

Sie dachte mit aller Konzentration an die wenigen privaten Momente mit ihm zurück. Die Nacht auf der kleinen Aussichtsplattform, in der sie bemerkt hatte, dass die Anziehungskraft zwischen ihnen zu groß war, um sich dagegen zu wehren. Dass schon seine Nähe den kleinen Funken, den sie als Verliebtsein deutete, zu einem Flammenmeer machte. Ihr wurde warm, eine Leichtigkeit kam mit dem Gedanken an die Liebe und sie sprang, ohne sich noch einmal mit den anderen abzusprechen und ohne die Bilder loszulassen.

In dem Moment, in dem sie keinen Kontakt mehr zum Boden hatte, riss sie die Augen auf.

V. AKT

1. SZENE

Allegra hatte erwartet, dass sie wie ein Fallschirmspringer die Unterwelt von oben sehen würde, die Flüsse, den Tartarus oder was auch immer. Doch der Sprung war schneller vorbei, als sie vermutet hatte. Sie fiel nicht. Sie sprang nur von der Klippe und landete wie beim Weitsprung in der Schule ein klein wenig weiter in Schutt und Geröll.

Unerwartet fiel sie auf die Knie und fing den Sturz mit den Händen ab. Es klirrte, knirschte und knackte, als sie versuchte, sich wieder aufzurichten. Ihr Blick fiel auf die den Boden, auf dem sie gelandet war. Es waren weder Steine noch Geröll, was sich unter ihr meilenweit ausbreitete – es waren Knochen. Große und kleine, zerbrochene und ganze, alte verblichene und neue weißschimmernde Knochen. Der gesamte Ort war in gräulichen Dunst getaucht. Weit entfernt, am Ende der Knochenwüste glaubte sie, Umrisse zu sehen. Der Nebel jedoch war zu dicht, um Genaueres erkennen zu lassen.

Sie blickte sich um, suchte nach den anderen. Doch sie war allein. Sie fuhr herum, versuchte, den Nebel in alle Richtungen zu durchdringen. Waren die Schemen dort hinten ihre Freunde? Wie konnten sie … ? Hätte sie mit den anderen gemeinsam springen müssen? Hätten sie sich aneinander festhalten sollen? Verdammt, warum hatte sie nicht daran gedacht? Sie hatte nur Luca im Kopf gehabt und ihr Ziel, ihn zu finden.

»Liebe macht blind«, sagte eine Stimme hinter ihr und Allegra schrak zusammen.

»Metus!« Nie zuvor hatte sich Allegra über die Gegenwart der Angst gefreut. Erleichtert sah sie den Gott an und wartete, dass auch ihre Jungs auftauchten. Doch niemand kam.

»Sie haben es nicht geschafft, die Grenze zu überschreiten.« Metus verzog den Mund. »Dabei habe ich ihnen noch gesagt, dass sie sich auf ihre Ziele konzentrieren müssen. Menschen!«, grummelte er abfällig, schien sich jedoch nicht weiter darüber zu wundern. Oder zu ärgern.

Ganz im Gegensatz zu Allegra, die sich sofort Sorgen machte. »Was heißt, sie haben es nicht geschafft? Wo sind sie?«

»Schätzungsweise sitzen sie noch immer dort oben und warten auf die Harpyien.«

»Was?« Allegras schrille Stimme hallte über die Ebene und kam aus allen möglichen Richtungen zu ihr zurück.

»Pscht!«, mahnte Metus. »Du weckst ja die Toten auf.«

»Wo sind sie? Antworte!«

»Wie gesagt: Sie warten dort oben. Aber die Harpyien werden deinen lebenden Freunden nichts tun. Sie sind für sie nicht so verlockend wie der Tote.«

»Soll mich das irgendwie erleichtern?«

»Nicht?«, grübelte Metus ernsthaft. »Wenn wir hier fertig sind, können wir sie ja abholen. Sie werden sich schon eine Weile zur Wehr setzen können. Wenn mein Bruder erst einmal bei uns ist, wird er dafür sorgen, dass dein Gefolgsmann seine Liebste wiederfindet.«

Allegra sah ihn skeptisch an. Tischte der Gott ihr Lügen auf oder glaubte er wirklich, was er so erzählte? Und warum hatte er ihnen nicht erklärt, was sie beim Sprung zu tun hatten?

»Die Gruppe wäre zu groß gewesen. Ich konnte nicht riskieren, dass wir dem Fährmann auffallen. Zu zweit können wir uns besser tarnen. Nur du und die Angst.« Er wackelte mit den Augenbrauen. »Und die ist hier allgegenwärtig, wie du dir denken kannst.«

Allegras Wut kam schneller, als sie sie zurückhalten konnte. Sie schlug mit aller Kraft, die sie hatte, auf Metus' Brust ein.

»He!«, beschwerte sich der Gott, ohne mit der Wimper zu zucken.

Allegras Hand hingegen durchzuckte ein sengender Schmerz. »Du hast uns belogen!«

Metus warf ihr einen ›Was hast du erwartet?‹-Blick zu.

Allegra schnaubte. »Stimmt wenigstens der Teil mit Amor und Luca?«

Der Gott nickte. »Das war die Wahrheit. Und auch, warum ich meinen Bruder suchen muss. Wir können das Schicksal der Menschen nicht allein in den Händen unserer Mutter lassen. Sie ist eine verbitterte Person und sinnt noch immer auf Rache. Psyche ist am Boden zerstört«, sagte er gedankenverloren, sein Blick war in weite Ferne gerückt.

»Du hast Psyche getroffen?«

Metus kehrte wieder in das Hier und Jetzt zurück. »Was?«

»Du hast gesagt, dass Psyche am Boden zerstört ist«, half sie ihm, den Faden wieder aufzunehmen.

Der Gott verzog den Mund. »Hab ich wohl.«

Doch so sehr Allegra ihn auch erwartungsvoll anstarrte, er ging nicht darauf ein. Anscheinend hatte er zu viel verraten. Sie würde ihn einfach irgendwann überrumpeln müssen. »Und wohin jetzt?« Sie sah sich noch einmal um. Überall hing dieser dichte Nebel knapp über dem Boden. Knapp über den Knochen.

»Zum Fluss. Die nächste Fähre müsste bald kommen.« Er deutete in die Richtung, in der Allegra zuvor die Schemen gesehen hatte.

Sie hob fragend die Augenbrauen, doch Metus antwortete nur mit einem: »Warte es einfach ab.«

Damit stapfte er los und Allegra stellte mit Genugtuung fest, dass auch Götter nicht davor gefeit waren, das Gleichgewicht zu verlieren, wenn sie über Knochen und Schädel liefen.

»Woher kommen die alle?« Sie deutete nach unten.

»Das sind diejenigen, die ihre Mama nicht dabeihatten.«

»Häh?« Allegra war sich nicht sicher, ob er sie vielleicht falsch verstanden hatte.

»Welch fantastische Ausdrucksweise!«, lachte Metus.

»Haha«, erwiderte Allegra trocken.

Metus seufzte. »Das sind die Überreste all jener, die versucht haben, auf Achilles Spuren zu wandeln und ein Bad im Styx zu nehmen, um unverwundbar zu werden«, erklärte er.

»So viele?«

Der Gott nickte. »Den Ort hier gibt es ja nicht erst seit gestern. Und von überall auf der Welt gibt es Tore zur Zwischenwelt. Doch Achill hatte seine Mama dabei, die ihn festgehalten hat – du kennst die Geschichte doch sicher.«

Sein Arm packte Allegra, als sie auf einem Brustkorb ausrutschte. Sie verkrampfte sich, konnte jedoch nicht sagen, ob es an den Gebeinen oder an Metus' festem Griff lag.

»Wir sind übrigens da.« Er deutete mit der freien Hand nach vorne.

Allegra hatte es nicht gewagt, den Blick zu heben. Sie hatte nur nach unten geschaut und die nächste Auftrittsmöglichkeit gesucht. Die Schemen waren nun zu mannshohen Gestalten angewachsen, jedoch noch immer … Schatten, keine Menschen. Sie standen meist einzeln, manche auch in Grüppchen von zwei oder drei Personen zusammen, unterhielten sich jedoch nicht.

»Tun sie schon«, antwortete Metus auf ihre Gedanken.

Sie sah ihn scharf an. Konnte er Gedankenlesen wie Luca? Sofort pochte ihr Herz aufgeregt.

»Ich bin ein Gott«, sagte Metus nur knapp.

Dieser Satz erklärte wohl alles. Auf diesen Gedanken hin erhielt sie ein breites Lächeln von Metus, in seinen Augen funkelte es. Allegra konzentrierte sich wieder auf ihre Aufgabe. »Was jetzt?«, flüsterte sie.

»Wir warten, bis die Fähre kommt.«

In dem Moment durchschnitt ein Nebelhorn die Stille. Allegra sah fragend zu Metus, der nickte und sie vorwärtsschob, vorbei an einer endlosen Reihe von gesichtslosen Toten.

»Sieht man so aus, wenn man tot ist?«, fragte Allegra flüsternd und dachte daran, wie sie Luca unter all diesen gleichaussehenden Gestalten finden sollte.

»Sie sehen nur für dich so aus, weil du sie nicht kennst. Wenn deine Seele auf eine dir bekannte Seele trifft, wird dieser Mensch für dich nicht anders aussehen als sonst.« Er deutete auf zwei Schemen, die sich an der Hand hielten. »Die beiden wollten Romeo und Julia nacheifern. Wären du und Luca nicht durch die Granatapfelkerne hierhergekommen, könntet ihr das sein. Ein gemeinsames Leben nach dem Tod.« Er schob sie um das schemenhafte Paar herum und erklärte weiter: »Du wirst Luca erkennen, glaub mir. Du wirst jeden Toten erkennen, den du im Leben gekannt hast.«

Der Gott der Angst schaffte es tatsächlich, Allegra Hoffnung zu machen. Wer hätte das gedacht. Endlich kamen sie am Ende der Schlange an und schoben sich an den Schemen vorbei bis vor zur Kaimauer, als Allegra zweifelnd die Luft einsog und anschließend mehrmals blinzelte. Sie konnte nicht glauben, was sie vor sich sah: Das Fährschiff glich nicht ansatzweise dem Bild von Charons altem Kahn, das sie sich ausgemalt hatte. Es passte auch nicht zu dem nichtssagenden Wort Fähre, das Metus in diesem Zusammenhang benutzt hatte. Sie schüttelte entgeistert den Kopf.

»Was denn?«, fragte Metus mit einem Schulterzucken. »Die Welt dort oben hat sich verändert. Warum sollte es hier unten nicht auch so sein? Ein einzelner Mann schafft es bei der Bevölkerungsdichte doch nicht, all die Toten hinüberzufahren.«

Allegra starrte auf das mehrere Etagen hohe Gefährt, das eher einem Kreuzfahrtschiff glich denn einer Fähre und dessen Oberdeck ungefähr auf Augenhöhe lag. Sie sah die Kaimauer hinab.

Doch schon nach mehreren Metern verlor sich die Sicht auf die unteren Decks und den Styx in Nebelschwaden, die sich zwischen Mauer und Schiffswand schlängelten, als wären sie lebendig.

Von der Kaimauer aus führte eine breite Rampe zum Fährschiff hinüber, gesichert von dicken Tauen an den Seiten. So viele Sicherheitsmaßnahmen hatte sie in der Unterwelt nicht erwartet. Hier waren doch schließlich alle … Allegra verwarf den Gedanken. Sie waren bei dem Steg angekommen und Metus schob sie immer weiter vorwärts. Auf dem Oberdeck folgten sie nicht dem Strom der Toten, der sich auf die anderen Decks nach unten ergoss, sondern in die entgegengesetzte Richtung. Metus führte Allegra zu einer Treppe nach oben und in einen endlos wirkenden Gang, der sich mehrfach abzweigte wie ein Labyrinth, und öffnete eine Kabinentür.

»Rein da!«, befahl er.

»Warum?«

»Weil du ein Mensch bist. Ein lebender Mensch. Denkst du nicht, dass das auffallen könnte?«

»Hier ist niemand.«

»Die Kontrolleure werden kommen, glaub mir. Je unlebendiger du dich benimmst, desto besser.«

»Und es fällt nicht auf, wenn ich hier in einer … Suite untergebracht bin?« Allegra starrte an Metus vorbei in die Kabine. Sie kannte Fotos von Kreuzfahrtschiffen und die teils winzigen Kabinen, die nicht einmal Fenster hatten. Der Raum jenseits der Tür, die Metus ihr offenhielt, war das Gegenteil davon.

»Das ist der VIP-Bereich.«

Allegra hob die Augenbraue.

»Nein, das ist kein Witz«, antwortete er wieder auf ihre Gedanken. »Auf diesem Deck überqueren die Götter den Styx.« Er schnappte ihre Hand und zog sie in die Kabine hinein, um anschließend die Tür zu verriegeln.

»Was wollt ihr denn in der Unterwelt?«

Metus zuckte mit den Schultern. »Proserpina und Pluto besuchen, etwas Angst verbreiten und mich daran erfreuen? Was man in der Unterwelt halt so tut.«

»Ah ja.« Allegra lächelte gezwungen und wechselte das Thema: »Wieso bist du dann nicht einfach hierhergekommen, hast deine Suite bezogen, den Styx überquert und nach deinem Bruder gesucht, *ohne* dich an uns zu hängen?«

Es dauerte ein paar Augenblicke, bis Metus antwortete. Dabei sah er ihr nicht in die Augen. »Wir können nicht ohne Einladung von Pluto oder einen Menschen hierher«, gestand er. »Nicht einmal ich, die Angst in Person.«

»Das heißt, ihr braucht jemanden zum Dranhängen? Dann habe ich richtig gelegen?« Sie konnte es selbst kaum glauben. Das war eigentlich nur ein blöder Spruch gewesen.

»Und die Ironie des Ganzen ist, dass dieser Mensch freiwillig herkommen muss.« Metus knurrte.

In Allegras Kopf ratterten die Zahnrädchen. Metus registrierte jede noch so kleinste Regung an ihr. Er musste sehen können, was ihr durch den Kopf ging, doch er sagte nichts, sondern ließ sie ihre eigenen Schlüsse ziehen. Amor war scheinbar gekommen, um Luca zu suchen. Amor war ein Gott. Wen hatte er begleitet? Wen würden die Götter mit hineinziehen, einen Freiwilligen?

Nein! Allegra schüttelte ungläubig den Kopf, wollte nicht glauben, auf wessen Namen sie gekommen war.

Metus trat zu ihr und tätschelte ihr unbeholfen auf den Arm. »Er hat ihr die Erinnerung zurückgegeben und sie war bereit, wiedergutzumachen, was sie dir angetan hat.«

2. Szene

Tränen sammelten sich in Allegras Augen. Die Sicht verschwamm, dann begann die Umgebung zu schwanken. Sie geriet ins Stolpern, doch Metus griff nach ihrem Arm und stützte sie.

Es war das Schiff, das sich in Bewegung setzte. Allegra schüttelte immer noch benommen den Kopf, dachte sofort an ihren Bruder.

»Weiß Alessandro … ?«

»Nein, es ging alles sehr schnell. Die Liebe ist sehr impulsiv, handelt oft, ohne die Konsequenzen zu bedenken. Während du nach Italien gereist bist, hat Amor ebenfalls beschlossen, nach Luca zu suchen.«

»Aber warum ist er nicht mehr zurückgekehrt?« Was konnte einen Gott schon aufhalten?

»Das müssen wir herausfinden. Ich habe da aber so eine Vermutung – nur ohne dich konnte ich nicht herausfinden, ob ich richtig liege.« Er klopfte sich auf die Brust.

Unter dem engen T-Shirt zeichnete sich eine Kette ab. Mit einem Amulett? Instinktiv griff Allegra zur Herzphiole an ihrem Hals, die Maria ihr gegeben hatte. Sie war noch da. Allegra sah sie als Glücksbringer, sie würde niemals von Venus' Heilzauber

Gebrauch machen. Niemals! Lieber würde sie hier unten sterben und als Tote weiter nach der ihr am meisten vertrauten Seele suchen, als Luca jemals zu vergessen. Die Erinnerungen an die zarten Küsse hielten sie doch am Leben!

Allegra wartete auf weitere Erklärungen von Metus, die jedoch wieder einmal nicht kamen. Sie hatte es aufgegeben, nachzufragen. Da fiel ihr ein, dass sie bei Gelegenheit einen anderen Punkt noch einmal ansprechen wollte: »Du wolltest mir noch von deinem Treffen mit Psyche erzählen«, sagte sie im Plauderton.

Metus warf ihr einen fragenden Blick zu. In seinen honigfarbenen Augen blitzte etwas amüsiert auf. »Wollte ich das?«

»Mhm.« Allegra sah überall hin, um ihm nicht in die Augen schauen zu müssen.

»Ich denke, du hast ein Recht darauf, es zu erfahren.« Er fuhr sich durch die dunklen Locken und begann, in der Kabine auf und ab zu gehen. »Als damals diese Sache mit Amor und Psyche passierte und Mutter ausrastete, hat Psyche geschworen, ihren Nachkommen zur Seite zu stehen, bis der Fluch enden würde. Sie veränderte ihre Gestalt, so wie ich es jetzt getan habe, um unbemerkt zwischen den Menschen verweilen zu können. Jahrhundert um Jahrhundert verging, bis Psyches Eid vor kurzem endlich eingelöst wurde. Mein Bruder war sehr erfreut, seine Frau nun endlich wieder für sich alleine zu haben. Doch es kam nicht alles zum Guten. Psyche schwor erneut, dass sie für euch kämpfen würde, bis zu eurem Happy End. Als sie bei Jupiter scheiterte, nachdem du die Liebe nicht erkannt hattest, beschloss mein Bruder einzugreifen.«

»Es war nicht Psyche, die … Ich dachte, Lorenzo …«

Metus nickte wissend.

»Niemand konnte mir sagen, auf wessen Seite Lorenzo eigentlich kämpft …«

Der Gott nickte erneut.

»Dann wurden wir die ganze Zeit von unserer Ururuahnin begleitet?« Das zu glauben fiel Allegra schwer. Sie sprachen hier von Lorenzo, dessen Name schon alleine durch seine Hilfe bei Romeo und Julia zur Legende innerhalb der Familien geworden war, ja der ganzen Welt. Dass er … Allegra schüttelte ungläubig den Kopf.

»Glaub es einfach. Diese Aufgabe hat Amor und Psyche auf eine harte Probe gestellt. Amor ist … ein Gott.« Metus verdrehte dieses Mal sogar selbst die Augen. »Er sieht die Folgen seiner Taten nicht ganz so … eng wie Psyche, die ja selbst menschlich war, ehe sie von Jupiter zur Göttin erhoben wurde. Sie litt mit euch, ihren Nachkommen und mischte sich so sehr ein, dass Amor sogar vor Jupiter vorsprechen musste. Zu eurem Glück konnte er den Göttervater von der Rechtschaffenheit seiner Liebsten überzeugen.«

»Und Psyche kämpft seit damals gegen den Dunklen?«

Metus kniff kurz die Augen zusammen, öffnete den Mund, um etwas zu sagen, schloss ihn jedoch sofort wieder und nickte. Das Nebelhorn dröhnte wieder und brachte den Boden zum Vibrieren. Die Fahrt war zu Ende.

»Komm. Wir müssen schnell sein und das Schiff verlassen. Kein Wort. Zu niemandem! Du weißt nicht, in welcher Gestalt der Fährmann auftritt. Wenn er dich findet, schickt er dich zurück.«

»Ich dachte, ihr braucht Begleiter? Lebende Begleiter.« Allegra war verwirrt.

»Das tun wir auch. Auf diese Weise zu reisen ist jedoch nur so eine Art … Hintertürchen. Ich habe nicht behauptet, dass es erlaubt ist.«

Allegra wurde flau im Magen.

»Tu einfach so, als wärst du tot und schau etwas ängstlich aus. Es kommt nicht selten vor, dass die Angst einem in die Unterwelt folgt. Genauso wie die Liebe. Ich gehe davon aus, dass deine Jen überzeugend genug war.« Er öffnete die Kabinentür und drängte Allegra in den langen verwaisten Flur.

Allegra würde ebenso überzeugend sein. Wenn sie nicht sofort erkannt werden würde. Sie sah ganz anders aus als diese Schemen, die sie auf dem Schiff gesehen hatten.

»Sie sehen nur für dich so aus«, sagte Metus. »Für mich sind sie alle wie du. Ich kann euch nicht unterscheiden, zumindest nicht vom Sehen. Aber verhalte dich ruhig. Hier spricht niemand.«

Allegra nickte und ließ sich von Metus durch die Flure schieben. Von der Treppe aus konnte sie die Masse an Toten sehen, die sich auf die Gangway zuschob. Es waren nicht nur Schatten. Mitten unter ihnen sah Allegra Farben. Sie wollte schon etwas sagen, da hielt Metus ihr den Mund zu. *Pscht! Kein Wort!*, hallte es in ihren Gedanken. Allegra nickte, Metus nahm seine Hand weg. *Los, runter. Lass dich von ihnen weitertragen, ich bin immer dicht hinter dir, als würde dich die Angst auch nach dem Tod noch verfolgen.* Allegra ging langsam die Treppe hinab, setzte einen Fuß vor den anderen und passte sich dabei dem Tempo der Schatten an. Sie fühlte sich wie ein Zombie, umgeben von Tausenden lebenden Toten.

Sie passierten die Gangway, die auf eine Kaimauer führte, die exakt so aussah wie die bei ihrem Start auf der anderen Seite des Styx. Die Schemen schoben sich weiter, Allegra tat es ihnen nach. Die Kaimauer schien endlos, es dauerte in dem schlurfenden Tempo gefühlte Stunden, bis sich die Masse in Reih und Glied vor einem Tor aufstellte und einer nach dem anderen hindurchging. Allegra machte sich sofort Gedanken darüber. *Das Tor zur Unterwelt*, flüsterte Metus in ihrem Kopf. *Verhalte dich weiterhin so unauffällig. Du darfst Angst haben, ich bin schließlich bei dir, aber gerate nicht in Panik, in Ordnung?*

Allegra bewegte ganz langsam den Kopf auf und ab. Die Schlange vor ihr wurde immer kürzer. Ein Schatten nach dem anderen ging durch das Tor wie bei der Sicherheitskontrolle am Flughafen. Nur noch wenige Gestalten vor ihr. Plötzlich spürte sie eine tiefe Erleichterung, als würde sie eine große Angst los. Sie hatte Mühe, diese Gefühlsregung, die aus dem Nichts gekommen war, zu verbergen. Noch drei Schemen vor ihr. Sie lugte durch das Tor hindurch, konnte jedoch auf der anderen Seite nichts als Nebel erkennen. Noch zwei. Der vorderste Schatten stolperte zur Seite, sah aus, als wolle er wegrennen.

Plötzlich schrillte ein Alarm los. Instinktiv zuckte Allegra zusammen. Ihr Herz pochte, als ihr Körper von Adrenalin durchströmt wurde. Sie versuchte, sich zu beruhigen. Sie hatte es fast geschafft, als durch das Tor ein Monster gesprungen kam. Aus dem dichten Nebel heraus hastete der meterhohe dreiköpfige Hund dem geflohenen Schemen hinterher.

Allegra wollte schreien, sie hatte Angst. Angst vor Zerberus. *Beruhig dich!*, zischte Metus' Stimme in ihrem Geist. *Das ist ein Ablenkungsmanöver. Sieh nicht hin!*

Leichter gesagt, als getan. Allegra hörte ein Knurren und Fauchen rechts neben sich. Sie wollte hinsehen, alles in ihr schrie danach, es zu tun. Doch sie konzentrierte sich auf das Tor.

Der Tote in der Schlange vor Allegra ging langsam hindurch. Nun war Allegra an der Reihe. Neben ihr durchdrang noch immer ein Knurren die Stille. Allegra tat einen Schritt nach dem anderen. Sie war nun direkt am Tor. Die Angst saß ihr wortwörtlich im Nacken, sie spürte Metus' Atem und bekam eine Gänsehaut, ließ sich jedoch nichts anmerken. Der nächste Schritt, noch einer, dann ein weiterer. Sie tauchte in den dichten Nebel ein, ging weiter. Ihr Herz schlug gegen ihren Brustkorb, ihre Hände waren zu Fäusten geballt. Die Angst durch Metus' Nähe löste in ihr den Drang aus, davonzulaufen. Fluchtinstinkt. *Gleich haben wir es geschafft*, flüsterte Metus. Allegra blieb stark und lief weiter.

Nach ein paar Schritten löste sich der Nebel urplötzlich auf. Allegra sah fassungslos auf die Landschaft, die sich nun vor ihr ausbreitete.

3. SZENE

Sie standen auf einer Anhöhe, ihr Blick wanderte über ein weites grünes Tal vor ihnen. Wiesen voller Blumen, ein malerischer kleiner Bach schlängelte sich hindurch. An seinen Ufern wuchsen Gräser, vereinzelte Bäume waren zu sehen. Am rechten Rand von Allegras Blickfeld begann ein dichter Wald. In der Ferne glaubte sie ein Dorf zu sehen, zumindest waren dort ein paar Häuser.

»Wie gemütlich«, sagte Metus laut und Allegra zuckte zusammen.

»Können wir wieder sprechen?«, fragte sie vorsichtig.

»Natürlich. Jenseits des Nebels ist alles vorbei.«

Allegra trat zur Seite, brach aus der Schlange der Toten aus, die in das Tal hinabströmten. Dann drehte sie sich um. Ihre Augen funkelten vor Wut. »Du hättest mich vorwarnen müssen«, warf sie Metus vor.

»Warum? Dann hättest du gezögert, deine Angst wäre größer geworden und ich hätte es nicht geschafft, mich von dir zu lösen.«

»Das stimmt doch gar nicht.« Er warf ihr einen vorwurfsvollen Blick zu.

»Deine Emotionen sind so stark, dass ich mich nicht hätte zurückhalten können.«

»Es war trotzdem nicht nett«, schmollte sie.

»Aber es hat funktioniert. An Zerberus vorbeizukommen gelingt nur durch Ablenkung. Mich würde ja interessieren, wie mein Bruder deine kleine Freundin an ihm vorbeigeschmuggelt hat.« Er prustete los.

Allegra schaute ihn verständnislos an.

Metus holte Luft und beruhigte sich wieder. »Es ist ein Insider-Witz«, sagte er. »Ich habe ständig die Bilder eines verliebten Zerberus' im Kopf, der sabbernd auf einen Toten zustürmt.« Er lachte wieder auf.

Allegra fand das weniger lustig. Vielleicht war hier auch nicht der Ort, um zu lachen.

Sie verfolgte den Strom der Schemen und suchte nach der Seele, die sie gekannt haben musste. »Wer war es?«, fragte sie.

»Ich weiß es nicht. Es reicht schon aus, dass du der Person einmal bewusst begegnet bist bist. Vielleicht ein Lächeln im Bus oder eine kleine Spende, die du einem Bettler in den Hut gelegt hast. Eure Seelen erkennen sich dann wieder.«

Den Gedanken fand Allegra schon wieder schön. So würde die schattenhafte Welt hier unten selbst für diejenigen bunt und weniger einsam werden, die zu Lebzeiten allein gewesen waren. »Wo gehen wir jetzt hin?«

»Dorthin, wo ich meinen Bruder vermute«, antwortete Metus kryptisch.

Allegra kannte das Ziel nicht, also blieb ihr nichts anderes übrig, als ihm auf dem Pfad den Hügel hinab zu folgen. Unten angekommen wandte sich ihr göttlicher Begleiter jedoch in eine andere Richtung. Als sie ihn fragend ansah, erwähnte er nur, dass er schließlich wissen würde, wo sie langzugehen hatten.

Sie liefen und liefen – Allegra kam es wie mehrere Stunden vor – und doch veränderte sich die Umgebung kaum. So etwas hatte sie bereits einmal erlebt, bei ihrer Prüfung mit Trip. Daran erinnert, suchte sie das Gespräch mit Metus: »Kann es sein, dass wir nicht vorankommen, ehe ich irgendeine wichtige Entscheidung treffe?«

»Was?« Metus' Augen waren skeptisch zusammengekniffen.

Allegra erklärte ihm, wie sie darauf gekommen war.

»Nein, daran liegt es nicht. Es ist nur, die Gegend ist sehr weitläufig. Es dauert einfach.«

»Haben wir so viel Zeit?«

»Natürlich. Wir haben alle Ewigkeit.«

Allegra sah ihn skeptisch an: »Ich bin nicht göttlich, vergiss das nicht.«

Der irritierte Blick, den er ihr zu warf, war alles andere als göttlich. Gleich darauf schien er über ihre Worte nachzudenken. »Wir versuchen es mit einer Abkürzung«, schlug er vor und änderte die Richtung etwas. Sie gingen nun nicht mehr parallel zum Wald über die Wiesen, sondern steuerten direkt darauf zu.

»Warum wolltest du nicht von Anfang an durch den Wald?«, sagte Allegra, als die Bäume immer näher kamen.

»Dort treibt sich meist jemand rum, der mich nicht sonderlich leiden kann.«

»Ach nein, so jemanden gibt's?« Allegra wusste selbst nicht, wo sie angesichts ihrer Lage den Sarkasmus hernahm. Aber vielleicht machte sie es mittlerweile so wie Alessandro und Mattia und schützte sich damit.

Metus schnaubte. »Ich war ein paar Mal in Wäldern unterwegs, um mich von den Ängsten der Seelen dort drin zu ernähren. Wälder sind ein guter Ort. Vor allem im Dunkeln. Doch irgendwie haben sich die Tiere erschreckt und seitdem hat ein gewisser Hüter der Natur einen weiteren Beinamen.«

Allegra versuchte zu kombinieren, über wen Metus redete.

»Selbst all das Flötespielen konnte die Tiere nicht beruhigen und *Panik* brach aus«, half er ihr auf die Sprünge.

»Pan lebt in der Unterwelt?« Allegra sah Metus ungläubig an.

»Nicht immer. Aber hier ist ein Teil der Wildnis und das ist sein Reich. Er kommt hierher zur … Erholung.«

»O-kay.« Allegra ließ dieses Thema auf sich beruhen. Sie hatte keine negativen Erfahrungen mit Pan, vielleicht war es also nicht ganz so schlimm, wenn sie sich in sein Reich begeben mussten. Und hatte der Gott ihrer Ahnin Psyche nicht sogar geholfen, ihre

Aufgaben zu bewältigen? Sie hoffte daher, dass er auch ihr wohlgesinnt war.

Sie steuerten weiter auf den Wald zu, ein dunkelgrünes undurchdringliches Dickicht. Allegra fand nirgendwo einen Weg, der sie hindurchführen würde, und sie sah Metus schon mit einer Machete in der Hand, was dem Gott der Wildnis sicher nicht gefallen würde.»Dahinter liegt unser Ziel?«

Metus nickte. »Genau auf der anderen Seite des Waldes.«

Sie standen nun wenige Meter von den ersten Bäumen entfernt. Vielleicht würde sich Allegra durchquetschen können, aber Metus war etwas breiter gebaut als sie. Er würde es nicht schaffen. »Wie sollen wir da durchkommen?«

»Das ist kein Problem. Schau.« Metus trat nach vorne und die Bäume wichen zur Seite. Sie bildeten nun einen ungefähr zwei Meter breiten Tunnel, der sich mit jedem Schritt, den Metus tat, weiter in den Wald grub.

Es war unheimlich und aufregend, zuzusehen, wie sich erst die Äste zurückzogen und den Weg freimachten wie eine Schiebetür, die durch einen Bewegungsmelder geöffnet wurde. Allegra versuchte, zu verfolgen, wohin die Äste verschwanden, doch sie schienen wirklich rückwärts zu wachsen: Die Blätter wichen zurück, wurden zu kleinen grünen Spitzen, während die Äste dünner wurden und sich gleichzeitig zurückzogen. Irgendwann war die zum neu entstandenen Weg gerichtete Seite des Baumstamms kahl und Metus konnte zusammen mit Allegra passieren.

Hinter ihnen knirschte und raschelte es, und als Allegra zurückblickte, sah sie, wie sich der Wald wieder schloss. Allegra bekam eine Gänsehaut beim Gedanken daran, dass sie dem Wald ausgeliefert waren. Ohne ihn würden sie hier nie wieder herauskommen.

Metus sog genüsslich die Luft ein und stöhnte selig auf. »Habe ich nicht gesagt, dass ein simpler Wald für so viel Angst sorgen kann, dass ich mich nicht einmal anstrengen muss?«

»Das ist kein normaler Wald«, sagte Allegra und warf erneut einen Blick zurück. Nur knapp hinter ihnen verschränkten sich die Äste gerade wieder zu diesem undurchdringlichen Dickicht.

»Nein, ist es nicht«, gab Metus zu. »Er lebt auf ganz besondere Weise. Zumindest der äußere Ring.«

Kurz darauf erkannte Allegra, was er meinte. Denn schon nach wenigen weiteren Metern durch den Kanal aus Bäumen endete der Weg und durch die letzten zur Seite drängenden Äste sah Allegra einen ganz normalen Wald. Weitstehende Bäume, hier und da Gestrüpp oder Moos. Sofort sah sie zig Möglichkeiten, weiterzukommen, ohne sich großartig anstrengen zu müssen. Hinter ihnen schloss sich der ›äußere Ring‹, wie Metus es genannt hatte.

»Es sind Dryaden, Baumnymphen, die die Wildnis schützen. Niemand, der der Natur nicht wohlgesinnt ist, kann passieren.« Er runzelte die Stirn. »Es sei denn, sie haben Hunger«, fügte er hinzu und ließ in Allegras Kopf Bilder entstehen, auf die sie gut hätte verzichten können. Menschen, die sich schreiend in einem Netz aus Ästen wanden, das sich immer weiter zuzog. »Du brauchst keine Angst zu haben«, sagte Metus beruhigend. »Auch Dryaden kennen die Angst.« Er grinste dabei so zufrieden, dass Allegra ihm am liebsten einen Stoß versetzt hätte.

Durch den normalen Wald kamen sie schnell voran, auch wenn sie nun Bäumen und freiliegenden Wurzeln ausweichen mussten und nicht mehr geradeaus marschieren konnten. Dennoch fiel es Allegra wesentlich leichter, da die Angst neben ihr ging und nicht ihre Gefühle vereinnahmte.

»Wie groß ist dieser Wald? Und warum ist er hier in der Unterwelt?«, fragte sie, während sie über einen umgestürzten Baumstamm kletterte.

Metus seufzte. »Du bist schlimmer als ein kleines Kind. So viele Fragen!« Er schüttelte den Kopf. »Seit vor Urzeiten erzählt wurde, dass Pan tot sei, hat der Glaube der Menschen dafür gesorgt, dass sich hier ein Reich für ihn bildete. Niemand stirbt wirklich. Es gibt nur ein Hier und ein Dort.« Metus deutete mit der Hand vage zum Himmel. »Pan kann lediglich nicht mehr ganz so einfach die Grenzen überwinden. Aber wie wir alle wissen, hat er so seine Tricks, genau wie all die anderen Götter.« Er unterbrach sich und schien zu überlegen, wie viel er Allegra erzählen sollte.

»Es gibt einige Totgeglaubte, die hier untergekommen sind. Und es gibt diejenigen, die die Oberwelt leid sind und nach hier unten fliehen. Zeitweise war die Gegend hier sehr gefragt, ist es noch immer. Proserpina ist eine wundervolle Gastgeberin.«

»Willst du mich auf den Arm nehmen?«

»Die Zeiten haben sich geändert. Es gibt keine Helden mehr dort draußen, keine Schreine und Tempel, keine Gunst, die man dem Gefolge erweisen könnte. Irgendwann wurde es langweilig und Proserpina überredete ihren Gatten, ein Refugium zu erschaffen. Du wirst es gleich sehen. Und auch verstehen, warum es auf der Fähre Suiten gibt. Mit Einladung von Pluto kann man sie offiziell nutzen.« Er lachte und um seine goldgelben Augen zeigten sich kleine Fältchen, was ihn unglaublich sympathisch wirken ließ. Er sah aus, als erinnere er sich gerade an die beste Zeit seines Lebens. Wäre Allegra nicht immer noch in Sorge um Luca, würde sie Metus neugierig darüber ausfragen. Doch im Moment gab es anderes zu tun.

Ein plötzliches Rascheln ließ sie herumfahren.

Metus stöhnte auf. »Sag mir nicht, dass wir die Mittagsruhe gestört haben.«

»Was?« Allegra verstand nicht, was er meinte.

»Ich bezweifle, dass das nicht deine Absicht war, Sohn der Venus.« Die tiefe männliche Stimme war voluminös und schien aus allen Richtungen zu kommen. Allegra drehte sich mehrmals um die eigene Achse, konnte jedoch keinen Sprecher erkennen.

»Nein, war es nicht. Ich wollte einen großen Bogen um dein Reich machen, aber sie hier … Ihre Zeit ist begrenzt.«

Äste knackten und Blätter raschelten. Allegras Blick folgte dem Geräusch und in diesem Moment trat eine Gestalt zwischen zwei Bäumen hervor, in der Hand einen gewundenen Stab. Der Oberkörper war nackt und ging nahtlos in Hüfte und Beine eines Tieres über. Statt Füßen hatte er Hufe. Um seinen Hals baumelte eine breite Hanfkordel, an deren Ende hing eine Flöte aus Schilfrohr vor der muskulösen Brust. Sein Gesicht war schmutzig, die hellbraunen Haare standen in alle Richtungen ab, was ihn jung aussehen ließ und nicht wie einen alten Gott. Seine großen grünen Augen funkelten Allegra neugierig an.

»Eine Tochter der Psyche?« Er legte den Kopf schräg.

»Tochter ist wohl nicht das richtige Wort ...«, setzte Allegra verlegen an, doch Metus unterbrach sie.

»So genau nehmen wir es nicht. Ja, sie ist eine Tochter der Psyche. Der Frau, der du vor langer Zeit geholfen hast, die Rache der Venus zu überwinden«, machte er deutlich.

Pan nickte wissend. »Leider war ihr Zorn größer als gedacht. Psyche kämpft immer noch gegen sie, habe ich gehört?«

Metus nickte. Allegra kam sich vor wie ein kleines Kind, das versuchte, einer Unterhaltung von Erwachsenen zu folgen. Sie sah zwischen Metus und Pan hin und her wie bei einem Tennismatch und es wurde immer schwerer, das Gesagte zu verstehen. Man musste wohl Insider sein, um ihre Witze zu verstehen. Hatte Metus nicht gesagt, dass Pan nicht gut auf ihn zu sprechen war? Danach sah es jedenfalls nicht aus, wenn man die beiden zusammen lachen hörte.

Er vergisst sehr schnell. Erinnere ihn nur nicht daran, flüsterte Metus in Allegras Gedanken. Sofort bemühte sie sich, wieder interessiert zu schauen und nicht so skeptisch.

»Wo wollt ihr eigentlich hin?«, fragte Pan und seine funkelnden Augen gruben sich in Allegras Seele. Sie konnte nicht einmal blinzeln, war wie erstarrt.

»Wir sind auf der Suche nach meinem Bruder«, seufzte Metus. »Psyche ist untröstlich, ihn hier unten zu wissen.«

»Ist er bei Bacchus?«

»Ich vermute es. Und du weißt ja, wie schnell die Zeit dort vergeht.« Metus schüttelte den Kopf.

»Von was sprecht ihr?«, fragte Allegra dazwischen und zog sofort den Kopf ein, als sie von zwei göttlichen Blicken getroffen wurde, die zu signalisieren schienen, dass es eine Todsünde sei, ungefragt etwas zu sagen.

»Ich führe euch hin«, bot Pan an und Metus verspannte sich merklich.

Allegra fand das Angebot nett und wusste nicht, was ihr Begleiter dagegen haben könnte. *Ich hätte ungern, dass er sich erinnert,* flüsterte es in ihrem Kopf.

»Das ist nicht nötig«, sagte er laut. »Du hast sicher einiges … zu tun.«

Allegra nickte eifrig, auch wenn sie immer noch nicht wusste, wie der Zorn des so jung aussehenden Pan aussehen könnte. Er wirkte so sanft wie ein Reh. Metus lachte laut auf und Allegra schrak zusammen. Pan hingegen musterte ihn kritisch. Seine freundlichen Augen funkelten nun wie die eines Raubtieres. Allegra wagte es nicht, sich zu rühren, und auch Metus war wie erstarrt. Wenn der Gott der Angst so reagierte, musste es ernst sein.

Der Moment der Musterung durch Pan schien endlos. Dann glättete sich die Furche zwischen seinen Augenbrauen und der freundliche, etwas verwilderte Mann stand wieder vor ihnen. »Wie ihr wollt. Ich werde dann einfach meinen Dryaden einen Besuch abstatten. Man sieht sich!« Er tippte sich mit dem Zeigefinger an einen imaginären Hut und wandte sich ab. Blätter raschelten und Zweige knackten, während er davonging.

Metus bewegte sich erst, als sich das Geräusch etwas entfernt hatte. »Das war knapp. Jetzt aber schnell«, wies er Allegra an und zog sie am Unterarm mit sich, dass sie beinahe stolperte.

»Was ist denn los? Er ist doch … nett.«

»Der Eindruck täuscht. Glaub mir, du willst nicht wissen, zu was er fähig ist.«

Allegra setzte an, etwas zu erwidern, doch in dem Moment erreichten sie den äußeren Ring auf der anderen Seite des Waldes. Metus schob sie vorwärts und der Zauber der Dryaden begann ein weiteres Mal. Die Zweige zogen sich zurück und schlossen sich hinter ihnen wieder. Hinter den dichten Bäumen glaubte Allegra, das Ende des Waldes zu erkennen. Etwas blitzte ab und an golden hervor und Metus beschleunigte seine Schritte, die Bäume wichen schneller zur Seite. Der Gott zerrte sie immer noch mit sich, ging immer schneller und schneller, nur noch wenige Meter trennten sie vom Waldrand.

Dann durchbrach ein bittersüßer Ton das allgegenwärtige Geräusch der raschelnden Blätter und aneinanderreibenden Zweige.

»Bei Jupiter!«, fluchte Metus und rannte los. »Halte dir die Ohren zu und … sing, schrei oder was auch immer. Hör nicht auf die Musik.«

»Welche Musik?«, fragte Allegra im selben Moment, als die Melodie erklang.

4. Szene

Die Musik schwebte auf Allegra zu, die einzelnen Töne umwirbelten sie, tanzten um sie herum, dass sie sie sehen konnte. Goldene Noten, die glänzten wie Herbstlaub in der Sonne. Sie strichen zart über ihre Hände, streichelten ihr Gesicht, kitzelten sie am Hals, ehe sie lauter wurden, fordernder und in ihren Kopf eindrangen.

Allegra war nicht mehr in der Lage, sich die Ohren zuzuhalten, wie Metus es empfohlen hatte. Ihr gesamter Körper bebte bereits unter der Melodie, die sanften Töne gaben den Takt ihres Herzschlags vor. Sie wollte tanzen, lachen, alles vergessen. Die Musik verdrängte sämtliche Probleme, Sorgen und Ängste.

Metus bewegte die Lippen, aber Allegra hörte ihn nicht. Sie wollte es auch nicht, sie wollte sich nur der Musik hingeben. Seine Augen funkelten vor Wut. Er schnappte sich Allegra und ganz gleich, wie sehr sie sich wehrte – sie wollte tanzen, fröhlich sein! –, er nahm sie auf die Arme und hielt sie in seinem eisernen Griff, während er sich gegen die goldenen tanzenden Noten wehrte, die auf ihn eindrangen. Sie bauten sich zu einer festen Mauer auf, die er nur mit Mühe durchschreiten konnte und so den Weg durch den äußeren Ring freilegte.

Dann schlug die Musik um. Die beschwingten Töne wurden zu einer melancholischen Melodie, die Allegra sofort Tränen in die Augen trieb. Sie erfassten ihr Sein, Allegra bestand nur mehr aus Schmerz und sie wollte nichts, als dass es endete. Sie versuchte, Metus' Griff zu entkommen, aber er hielt sie fest.

Metus' Kiefermuskeln traten hervor, sein Körper erbebte. War sie in ihrem Schmerz und der Trauer nicht alleine? Sie konnten dem zusammen ein Ende bereiten. Es würde schnell gehen und alles wäre vorbei.

Gerade als Allegra es vorschlagen wollte, veränderte sich der Rhythmus der Noten erneut. Vor ihnen glitt die letzte Reihe der Bäume auseinander und öffnete die Sicht auf eine hohe Mauer, überzogen mit Malereien aus purem Gold. Doch Allegra konnte sich nicht darauf konzentrieren, sah kaum durch die herumhopsenden Noten hindurch, die immer mehr ihrer Melancholie verloren und zu etwas Großartigem, Fantastischem wurden.

Der Schmerz ebbte ab, die Trauer zog vorüber und machte einem anderen Gefühl Platz: Die Töne versprachen Romantik, eine nie endende Liebe, und der konstante Beat sorgte dafür, dass eine Welle des Verlangens durch Allegras Körper fuhr. Metus verkrampfte sich, sein Atem ging stoßweise, er spürte dasselbe wie sie. Allegra lächelte. Sie hob ihren Kopf von seiner Schulter, in die sie sich während der Trauer hatte verkriechen wollen, sog seinen göttlichen Duft ein. Ihr Herz flatterte, sie wehrte sich nicht mehr, von Metus festgehalten zu werden, sondern genoss es. Er sagte irgendetwas, aber Allegra konnte ihn nicht hören. Ihr Mund näherte sich seinem Hals, sie war benebelt von Verlangen, schloss die Augen und gab sich dem Moment hin.

Dann fiel sie, landete unsanft auf den Beinen, direkt vor Metus, der sie noch immer unbeholfen stützte. Sie sah das Spiel seiner Muskeln direkt vor sich, während der Rhythmus der Musik sie beide umtanzte. Langsam blickte sie nach oben. Der Gott hatte die Augen geschlossen und presste fest die Lippen zusammen, seine Atmung ging stoßweise, wie Allegra freudig erkannte. Ihre Hände glitten wie von selbst zu seinen Hüften, spürten die stark ausgebildeten seitlichen Bauchmuskeln. Sie seufzte entzückt, als sie Metus näher zu sich zog. Die Augen des Gottes öffneten sich. Feuer brannte darin, das ihn nur noch unwiderstehlicher machte.

»Es ist nicht echt«, zischte er zwischen zusammengepressten Zähnen hervor.

Für Allegra hatten die Worte keinerlei Bedeutung. Ihre Hände kletterten von seiner Hüfte hinauf und schoben sich unter seinen zitternden Armen hindurch zu seinem Rücken. Dann zog sie ihn näher an sich, spürte seinen Körper an ihrem.

In diesem Moment endete Metus' Widerstand und er ergab sich. Allegra konnte ein siegesgewisses Lächeln nicht unterdrücken, als sich ihre Lippen seinen näherten. Die Musik war nur noch ein leises, aber konstantes Hintergrundgeräusch, ein Flüstern, das alles verhieß, was sie sich jemals erträumt hatte. Den Kuss eines Gottes. Metus stockender Atem berührte ihr Gesicht.

Die Musik schwoll zu einem Crescendo an. Metus packte Allegra mit seinen starken Armen und im nächsten Moment lag sie auf dem Rücken inmitten eines Bettes aus weichem Moos. Metus stützte sich seitlich von ihrem Kopf auf den Unterarmen ab, sein Gesicht nur wenige Zentimeter über dem von Allegra. Ihr Herz drohte, aus ihrer Brust zu springen, sie bäumte sich auf, wollte ihm näher sein.

Ein schmerzhafter Ausdruck huschte über sein Gesicht. Er murmelte etwas vor sich hin, das Allegra nicht verstand, ehe er noch ein letztes Mal den Kopf schüttelte, versuchte, sich aufzustemmen und doch gegen sein Verlangen verlor. Seine lodernden Augen kamen näher. Allegra schloss die Augen und wartete auf den süßesten Kuss ihres Lebens.

Dann war da nur noch Kälte und ein entferntes Rascheln. Die Musik war verschwunden. Allegra blickte sich benommen um. Ein paar Meter entfernt lehnte Metus an einem Baumstamm und fuhr sich durch die dunklen Locken. Sein Gesichtsausdruck war so schockiert, wie Allegra sich im Moment der Erkenntnis fühlte: Sie hatte beinahe mit einem Gott herumgemacht. In aller Öffentlichkeit, auf dem Boden im Wald!

Beschämt setzte sie sich auf, warf einen weiteren verstohlenen Blick zu Metus und sah wieder schnell weg. Ihre Wangen fühlten sich heiß an. Ob vor Scham oder dem, was da eben passiert war, wusste sie nicht. Sie rappelte sich hoch, als sich eine Hand in ihr Sichtfeld schob. Sie sah schnell auf.

Grüne Augen blitzten sie verschmitzt an. Als sie sich aus der peinlichen Benommenheit schälte, überrollte sie die Wut. Nun funkelte sie Pan an, der sogleich schuldbewusst zu Boden schaute. Allegra ignorierte die angebotene Hand und stand ohne Hilfe auf. Sie klopfte sich ein paar Blätter von den Jeans und stand einfach nur da. Tiefe Schuldgefühle nagten an ihr und ihr stiegen Tränen in die Augen.

Pan kam zu ihr und hob ihr Kinn an. »Es tut mir leid. Ich bin zu weit gegangen«, sagte er ruhig, warf einen kurzen Blick zu Metus hinüber, ehe er weitersprach. »Metus hat es verdient, aber du nicht. Ich entschuldige mich aufrichtig bei dir und werde dir eine Gunst erweisen.«

Metus lachte freudlos auf. »Was hast du ihr denn zu bieten, Hirtengott?« Der Gott der Angst war auf Konfrontationskurs und Pan knirschte mit den Zähnen.

»Ich biete dir meine Hilfe an wie einst deiner Mutter«, flüsterte er, trat zurück und verbeugte sich. »Er handelt nicht uneigennützig, das weißt du. Ich hingegen will dir wirklich helfen. Wenn du bereit dafür bist, brauchst du mich nur zu rufen.« Er nickte ihr noch einmal zu und trat rückwärts mit schnellen Schritten in den Tunnel aus Geäst, der sich hinter ihm öffnete und ihn kurz danach wieder verbarg.

»Glaub ihm kein Wort.«

Allegra sah von der Stelle, an der soeben noch Pan gestanden hatte, zu Metus hinüber. Seine Augen blitzten herausfordernd. »Du …« Nun richtete sich Allegras Ärger gegen den nächsten Gott und sie ging mit langsamen Schritten auf ihn zu.

Metus hob verteidigend die Arme. »Ich kann nichts dafür!«, sagte er schnell.

»Du hättest mich vorwarnen können!«, warf sie ihm vor. »Wenn du nicht ständig so ein Geheimnis um alles machen würdest, hätte ich mich darauf vorbereiten können.« Sie funkelte ihn wütend an.

Binnen eines Wimpernschlags war Metus direkt vor ihr, sein Gesicht nur wenige Zentimeter von ihrem entfernt. Augenblicklich von Erinnerungen überrumpelt sah Allegra beschämt zu Boden.

»Nichts hätte dich darauf vorbereiten können«, zischte er. »Du kannst dem Willen eines Gottes nicht entkommen.« In seinen Augen loderte Zorn. »Du würdest mich küssen, wenn ich es nur wollte, ich bräuchte Pan nicht dazu.«

Seine Stimme dröhnte in Allegras Ohren, gleichzeitig hörte sie ihn in ihrem Kopf. Eine unbändige Angst überrollte sie, Bilder sagten ihr, dass sie Luca nur retten könnte, wenn sie sich Metus' Küssen hingab. Sie zitterte am ganzen Leib, Adrenalin rauschte durch ihre Adern. *Du hast dir geschworen, alles zu tun, um Luca zu retten,* flüsterte es in ihrem Inneren. *Du brauchst seine Hilfe, um ihn zu finden.* Ihr wurde eiskalt, aber sie nickte. Dann ließ sie es zu, dass Metus Gesicht immer näher kam. Sie genoss es nicht, blieb ungerührt und wollte es hinter sich bringen. Sie schloss nicht einmal die Augen.

Die Angst verging. Erleichterung machte sich breit, als Metus einen Schritt zurückwich. »Du bist eine größere Herausforderung, als ich dachte«, seufzte er.

Dem hatte Allegra nichts zu entgegnen. Sie wollte nur noch weg, wollte endlich Luca finden. Ihr Blick glitt zum Ende des Waldes und der Mauer dahinter. Sie lief los und ließ den Gott der Angst hinter sich stehen. Keine Schritte folgten ihr. Nur ein dumpfer Schlag erklang und das Knirschen von Holz.

Sie ignorierte Metus und trat auf die golddurchsetzte Wand zu. Die Mauer war sicherlich fünf Meter hoch. Es gab keine Möglichkeit, daran hochzuklettern und ein Tor oder Ähnliches war auf den ersten Blick nirgends zu erkennen.

Nicht gewillt, aufzugeben, wählte sie die rechte Seite und ging die Mauer entlang. Sie schien bis ans Ende der Welt zu reichen. Allegra bezweifelte, dass sie die richtige Richtung gewählt hatte und erwog, umzudrehen, als sie hinter sich ein Seufzen vernahm.

»Du bist der sturste Mensch, den ich kenne. Und so nachtragend.«

Mit zusammengekniffenen Augen wandte sie sich um. Metus lehnte locker an der Mauer und glich einer Werbeaufnahme für Jeans oder so. Die Finger hatte er locker in die Gürtelschlaufen eingehakt. Er hatte die Augen geschlossen, sein Kopf war nicht zu ihr gerichtet.

»Es tut mir leid – willst du das hören?«

»Das wäre ein Anfang«, grummelte Allegra.

Der Gott lachte auf, öffnete die Augen und wandte sich zu ihr. »Und wenn es nicht so ist, Tochter der Psyche?« Er sah sie herausfordernd an. »Der Fluch deiner Mutter ist eindeutig auf dich übergegangen. Dein Aussehen ist dem einer Göttin gleich. Es wäre eine Lüge zu behaupten, dass ich mich deinen Reizen entziehen könnte.«

Na toll. Allegra schnaubte.

»Aber du würdest für deine Liebe alles tun und ich will niemanden zwingen, mich zu küssen.« Metus erschauderte. »Friede?«

Allegra warf ihm einen skeptischen Blick zu.

»Bitte?«

Sie verdrehte die Augen. Hatte sie denn eine Wahl? »Wo ist das Tor durch diese verdammte Mauer?«, sagte sie nur und Metus lachte. Ein ehrliches Lachen, vielleicht sogar mit einer Spur Erleichterung. Er winkte sie zu sich, und nachdem sie ihre innere Abneigung überwunden hatte, ging sie zu ihm.

Er drehte sich zur Mauer, presste die Handfläche auf eines der goldenen Ornamente und die einzelnen Mauersteine glitten zur Seite. Musik drang auf Allegra ein. Das Stimmengewirr und die einzelnen Rufe erinnerten sie an einen Jahrmarkt.

Neugierig kam sie näher, um einen Blick hindurchzuwerfen. Was sie sah, war das Gegenteil dessen, was sie erwartet hatte.

5. SZENE

Metus machte eine präsentierende Geste: »Willkommen im Paradies der Götter«, sagte er im Ton eines Verkäufers. Allegra hatte die Augen weit aufgerissen und ihr Mund stand vor Erstaunen offen.

Jenseits der Mauer war der Himmel strahlend blau, übernatürlich blau sogar, eine grelle Sonne stand im Zenit und tauchte die … Insel in strahlendes Licht. Palmen und weißer Sand, so weit das Auge reichte. Allegra blinzelte mehrmals, um sich zu vergewissern, dass das Bild vor ihr echt war. Sie blickte zurück, sah den sattgrünen Wald auf der anderen Seite der Mauer, drehte sich wieder um und wurde erneut geblendet. Es war surreal.

»Der Grund, warum Ogygia, Kalypsos Insel, nie wieder gefunden wurde.« Metus trat durch die Mauer in den weißen Sand. Allegra folgte ihm, immer noch nicht imstande, zu glauben, was sie sah. Schwerfällig stapfte sie durch den Sand, spürte die strahlende Hitze und fing sofort an zu schwitzen.

»Bacchus' Idee«, sagte Metus leise. »Mit Hilfe von Proserpina, die Pluto schnell überzeugt hatte, war es nur eine Frage der Zeit, bis sie Jupiter von ihren Plänen für einen Ruheort der Gottheiten überzeugen konnten. Einen Wink des Göttervaters später war

Ogygia in der Unterwelt. Manchmal laden wir auch Menschen hierher ein.« Er sah sie verheißungsvoll an.

»Du glaubst, Luca ist hier? Warum hast du das nicht gleich gesagt?« In Gedanken sah Allegra bereits eine kitschige Szene vor sich: Luca, der über den Strand hinweg auf sie zu rannte, die untergehende Sonne hinter ihm. Sie seufzte bei dieser Vorstellung. In Anbetracht der Szenerie hier, war sie jedoch gar nicht so abwegig.

Metus hingegen stöhnte auf. »Bitte verschone mich mit derlei Kitsch. Noch können wir es nicht mit Sicherheit sagen, aber ich gehe davon aus, dass Amor ihn mit hierhergenommen hat.«

»Du bist dir aber sicher, dass Amor hier ist? Wieso sollte er?« In Gedanken fügte sie noch Jen hinzu.

»Weil ich weiß, dass Venus sehr oft hier unten ist und mein Bruder etwas hat, das sie schon vor Äonen haben wollte. Psyche hat gesagt, er wolle es ihr zurückgeben. Als Friedensangebot.«

»Was ist es?« Was könnte Venus haben wollen? Sie war eine Göttin!

»Du kennst den Mythos? Psyches Aufgaben?«

Allegra nickte.

»Die letzte Aufgabe bestand darin, ein Päckchen von Proserpina zu holen, das die ›Schönheit‹ enthielt.«

Allegra nickte erneut. Psyche hatte zurück in der Oberwelt das Päckchen entgegen aller Warnungen geöffnet, weil sie für Amor wieder schön sein wollte. Doch in dem Päckchen war Schlaf, der sie umhüllte und wie tot umfallen ließ.

»Genau«, antwortete Metus auf ihre Gedanken. »Die Legende sagt, Amor habe den Schlaf wieder in das Kästchen gesteckt und Psyche habe es Venus übergeben, aber das stimmt nicht. Venus hat es immer noch nicht und seit jener Zeit ist sie … schlaflos. Und ohne Schlaf vergeht ihre Schönheit.«

Allegra sah Metus erschrocken an und fragte sich wieder einmal, ob er Witze machte.

»Proserpina weigerte sich, ihr ein weiteres Geschenk zu machen, sie war nach wie vor nicht damit einverstanden, wie Venus ihre zukünftige Schwiegertochter behandelt hatte. Und Venus' Zorn wuchs immer weiter an, was wiederum den Verlust ihrer Schönheit beschleunigte. Sie lässt sich sehr oft hier behandeln.« Metus deutete auf eine Ansammlung von Gebäuden ein Stück weit entfernt vom türkisfarbenen Meer. »Die Nymphen tun ihr Bestes, aber Venus existiert schon sehr, sehr lange.« Er senkte den Blick.

Allegra wollte sich gar nicht vorstellen, wie Venus aussah. Eine böse Stimme in ihrem Inneren flüsterte, dass Venus es nicht anders verdient hatte. Immerhin hatte Venus' Neid auf die Schönheit Psyches die Ereignisse erst ins Rollen gebracht. Doch Allegra schob den Gedanken beiseite. Sie konnte sich denken, dass es für die Göttin der Schönheit wie ein Schlag ins Gesicht war, wenn das ehemals fantastische Aussehen verblasste. Nichtsdestotrotz hasste Allegra Venus von ganzem Herzen. Und dieses Gefühl konnte sie nicht beiseiteschieben.

»Wenn Amor ihr das Kästchen gegeben hat, müsste doch alles wieder gut sein, oder nicht?«

»Du denkst zu … menschlich«, sagte Metus gedehnt, während er über seine weiteren Worte nachzudenken schien. »Ihr göttlicher Zorn bestimmt ihr Leben seit Jahrtausenden, nur daher ist sie so verbittert. Mit einem ›Hier ist, was du haben willst‹ ist nicht gleich alles wieder gut.«

»Und Amor ist noch hier und versucht sie weiter zu besänftigen?«

»Ich fürchte, Amor hat nicht bedacht, was Ogygia mit einem macht.«

Allegra wollte nachhaken, doch Metus schüttelte den Kopf und schob sie weiter durch den Sand. »Du wirst gleich sehen.«

Sie kamen an den ersten kleinen Gebäuden vorbei, Miniaturtempel aus dem antiken Griechenland, wo Männer mit Hörnern Getränke ausschenkten. Wunderschöne zarte Mädchen mit langen Gewändern und Blumen im Haar nahmen die Getränke auf goldene Tabletts und gingen zügig um die Ecke. Metus und Allegra folgten einem dieser Mädchen.

»Nymphen«, erklärte er.

Das hatte sich Allegra schon fast gedacht. Die Nymphe schien zu schweben und überall, wo sie vorbeikam, erblühten die Pflanzen plötzlich und verströmten einen schweren, süßen Duft, der Allegras Hirn benebelte. Das Mädchen passierte einen Rosenbogen, der eine dichte Hecke durchbrach und die Knospen explodierten.

Geräusche drangen von jenseits der Hecke, es klang wie eine Party. Altertümliche Musik schwebte über zahlreichen Stimmen. Allegra beschleunigte ihre Schritte und trat durch den Bogen. Sie hatte mit der Party gar nicht so falsch gelegen. Nur die Ausgelassenheit war ihr in dieser Weise noch nie begegnet.

Überall schwirrten Nymphen herum, bewirteten die Gäste, die auf schweren Chaiselonguen saßen oder lagen. Wie auf Bildern von alten römischen Kaisern wurden die Götter gefüttert und mit Flügelschlägen von – Allegra wusste nicht, was für Wesen das waren – gekühlt.

Ihr Blick fiel auf einen jungen Mann, der von einer ganzen Schar Nymphen umringt war. Er hatte Locken wie Metus, nur waren sie honigblond, sein Teint war nicht bronzefarben, sondern weiß wie Porzellan.

»Ich habe es befürchtet«, stöhnte Metus und ging mit großen Schritten auf den blondgelockten Mann zu. Die Nymphen, die zuvor noch neben ihm, hinter und … auf ihm gesessen hatten und sonst was mit ihm angestellt hatten, sprangen auf, als Metus knurrend näherkam.

»Bruder!«, rief der Blonde erfreut und lächelte Metus an.

Der Vergleich, den Allegra automatisch gezogen hatte, war nicht von ungefähr: Metus und Amor glichen einander beinahe wie ein Negativ. Der eine blass und blond, der andere dunkelhaarig mit gebräunter Haut. Allegra konnte ihren Blick nicht von den beiden wenden. Sie hatten Amor gefunden. Ihren … Ahnen. Sie starrte zu ihm hinüber und ihr wurde klar, warum er so oft als blondgelockter Knabe dargestellt wurde. Durch die Blässe wirkte sein Gesicht so kindlich, umrahmt von wilden Locken, die in der Sonne schimmerten und seine honigfarbenen Augen noch größer wirken ließen.

»Was bei Jupiter treibst du hier!«, donnerte Metus' Stimme über den Platz, so dass er schnell sämtliche Aufmerksamkeit auf sich gezogen hatte.

»Ich wollte nur noch kurz was trinken, bevor ich mich auf den Rückweg mache. Setz dich zu mir«, bot Amor an und drehte sich zu einer Nymphe um: »Bring meinem Bruder etwas zu trinken.«

Sofort hüpfte besagtes Mädchen herbei und reichte Amor zwei goldene Kelche. Metus schlug sie Amor aus der Hand. Ein Kelch fiel zu Boden, der andere landete auf Amors weißem Gewand. Ein goldener Fleck zeichnete sich darauf ab und sofort waren Nymphen zur Stelle, um das Chaos zu beseitigen.

»Verschwindet!«, knurrte Metus sie an.

Die Mädchen wichen erschrocken zurück. Allegra konnte es nachvollziehen – Metus sah in diesem Moment wirklich beängstigend aus. Seine Augen funkelten wie ein Feuer und vermutlich wussten die Nymphen, wer er war und was er in ihrem Kopf hervorrufen konnte. Sie huschten schnell davon und kümmerten sich um die anderen Gäste, die schnell das Interesse an dem Vorfall verloren hatten. Allegra trat langsam zu Metus, der seinen Bruder inzwischen hochgezerrt hatte.

»Komm mit. Wir müssen reden!«, sagte er barsch und ließ Amor keine Gelegenheit zu widersprechen, sondern schubste ihn vorwärts.

Allegra folgte ihnen zwischen mehreren von Nymphen umgarnten Personen hindurch zum Rand des Festes. Ganz automatisch suchte ihr Blick nach den eisblauen Augen. Wenn Luca hier wäre, von so vielen wunderhübschen Mädchen umringt … Ein dicker Kloß bildete sich in ihrem Hals. Bisher hatte sie ihn zum Glück nirgends entdeckt.

»Was hast du dir nur dabei gedacht?«, schimpfte Metus nun leiser und Amor sah aus, als hätte man ihn inflagranti erwischt. Was ja auch stimmte.

»Ich wollte nur kurz was trinken, ehe wir wieder nach oben gehen«, antwortete er schuldbewusst. »Ich habe mit Mutter alles geklärt.« Er sah Metus mit einem Engelslächeln an und die großen Augen wirkten wie die Unschuld in Person.

»Ach ja?«, antwortete Metus barsch. »Wo ist denn dann deine Begleiterin? Und wo ist der Junge, für den du hierher gekommen bist?«

Amor sah sich verwirrt um.

Allegra wagte es nicht zu atmen. Luca. Luca. Luca. Er war hier. Sie stand so kurz davor, ihn wiederzusehen.

»Ich … Vielleicht sind sie bei den Menschen?« Amor presste die Lippen zusammen, eine kleine Falte entstand auf seiner sonst so ebenmäßigen Stirn.

»Du weißt, dass Mutter dir alles erzählen würde, was du hören willst, nur um ihre Schönheit zurückzuerhalten. Du bist so ein Idiot.« Metus schlug gegen die Hecke, die mit einem leisen Schrei zurückwich. Lebte sie etwa ebenso wie der äußere Ring des Waldes? »Was genau hat sie dir gesagt?«

»Dass sie testen wollte, ob ich sie nicht reinlege, und ich bis dahin kurz etwas trinken gehen soll.« Der Blitz der Erkenntnis traf Amor und er riss die Augen auf.

»Die Liebe ist wahrhaft blind!«, grollte Metus. »Wo ist sie?«

»In ihrem Schrein, wie immer.«

»Los, geh. Wir werden das klären«, befahl er und der blonde Gott zog den Kopf ein, drehte sich um und ging mit schnellen Schritten am Rand des Festes auf einen großen Gebäudekomplex zu.

Jupiter hatte bei Psyche Gnade walten lassen, damit er endlich heiratet und mit diesen Gelagen aufhört, erklärte Metus in Allegras Kopf. *Die Liebe verträgt keine Ambrosia, sie wirkt bei Amor um ein vielfaches stärker als bei anderen und steigert seine Inkonsequenz und sein kindisches Verhalten. Er war als Lüstling bei allen Nymphen in diesem und anderen Reichen bekannt. Die Verbindung mit Psyche sollte dem ein Ende bereiten.* Allegra fiel es schwer, sich Amor so vorzustellen, wie Metus ihn beschrieben hatte. Natürlich war ihr bekannt, dass in der Mythologie kaum Zucht und Ordnung geherrscht hatten, aber … Metus sprach von Amor! Das passte einfach nicht.

»Glaub es oder nicht«, sagte Metus laut, als sie die Stufen zu einer Art Tempel hinaufstiegen. Zahlreiche Säulen säumten den Aufgang und durch eine weit geöffnete Tür gelangten sie in den Empfangsbereich. Zumindest sah es so aus wie die Lobby in einem Hotel. Hinter einem steinernen Tresen standen drei Nymphen und lächelten bezaubernd.

»Metus!«, rief die einzige Dunkelhaarige unter ihnen, umrundete den Tresen und sprang auf den Gott zu.

Dessen Augen leuchteten, wie Allegra es nie zuvor gesehen hatte, während er plötzlich ganz schüchtern wirkte. Allegra lächelte.

Die Nymphe küsste Metus auf die Wange. »Was tust du hier?«, fragte sie ihn, die Überraschung und Freude waren ihr noch immer ins Gesicht geschrieben.

»Wir suchen nach unserer Mutter«, antwortete Metus.

Er wirkte nervös. Lag es an dem Mädchen? *Das geht dich nichts an,* zischte es in ihrem Kopf, doch sofort straffte sich Metus und sah wieder aus wie eh und je.

Die Nymphe wirkte enttäuscht. »Sie ist abgereist. Die Medizin hat gewirkt«, sagte sie distanziert. »Aber sie hat eine Nachricht für ihn hinterlassen.« Sie warf einen kurzen Blick zu Amor und wandte sich dann den anderen Nymphen zu.

Sofort bückte sich eine von ihnen nach etwas und legte eine Schriftrolle auf die Theke. Metus griff danach, doch die dunkelhaarige Nymphe ihm gegenüber legte ihre Hand auf seine. Er zuckte zurück, als hätte er sich verbrannt.

»Die Nachricht ist für deinen Bruder«, sagte sie bestimmt, wobei sie ihre Hand nicht zurückzog. Genauso wenig wie Metus.

Amor verdrehte mit Blick auf Metus und die Dunkelhaarige die Augen und ging zur Theke. Er schnappte sich gelangweilt die Schriftrolle, brach das Siegel und öffnete das pergamentartige Papier. Sein Blick glitt über die Zeilen, während Allegra immer nervöser wurde. Dann verengten sich seine Augen zu Schlitzen.

»Was?«, fragte Allegra, die das erste Mal das Wort an den fremden Gott richtete.

Er hob den Kopf und sah Allegra fragend an, als hätte er sie nun erst registriert. »Wer bist du?«, fragte er mit schräg gelegtem Kopf.

»Das ist Allegra. Du weißt schon, diejenige, die den Fluch gebrochen hat, den du ihr und all ihren Vorfahren eingebrockt hast. Du wolltest hierherkommen, um ihren Liebsten zurückzuholen«, knurrte Metus.

»Aaaah! Allegra! Wie schön, dich kennenzulernen.«

Metus seufzte und grummelte etwas von »blind«. Allegra registrierte, dass er seine Hand noch immer nicht bewegt hatte. Genauso wenig wie die Nymphe.

»Schon gut, schon gut.« Amor hob ergeben die Arme, in einer Hand noch immer das Pergament.

»Was hat Mutter geschrieben?«, wollte Metus wissen.

»Sie hat die beiden Menschen zu den anderen gebracht. Dort wartet eine Überraschung. Danach wäre die Sache aus der Welt.« Erneut runzelte Amor die Stirn.

»Was bedeutet das?«, fragte Allegra und ihr Magen zog sich erneut zusammen. Das Stirnrunzeln konnte nichts Gutes bedeuten. Doch sie wagte sich nicht, sich auszumalen, wer mit diesen ›anderen Menschen‹ gemeint war.

»Wirklich?«, hakte Metus im selben Moment nach. »Sie gibt so einfach auf?« Nun legte auch er die Stirn in Falten und Allegras Knoten im Bauch wurde größer. Niemand antwortete auf ihre Fragen.

»Soll ich euch begleiten?«, fragte die dunkelhaarige Nymphe und lächelte Metus verliebt an. Er nickte gedankenverloren, schaute sie dabei aber nicht einmal an. Das Gesicht von Enttäuschung gezeichnet zog sie ihre Hand zurück. Erst jetzt sah Metus zu ihr.

Warum nur benahm er sich so blöd? Jeder konnte sehen, dass die beiden sich mochten. Allegras Nacken kribbelte, ihr Herz fing an, wie wild zu schlagen, und Gänsehaut breitete sich auf ihren Armen aus. Sie sah zu Metus hinüber, der sie mit warnendem Blick ansah, und sie schaute böse zurück. Das Angstgefühl ließ kurz darauf nach.

»Folgt mir«, sagte die Nymphe und ging voran, tiefer in das Gebäude hinein, das von außen weit weniger imposant gewirkt hatte. »Sie sind im Garten«, sagte sie irgendwann und deutete mit der Hand auf einen Ausgang, zu dem die grelle Sonne hereinschien.

Allegra wusste noch immer nicht, was das alles bedeutete, malte sich ein Gefängnis oder Schlimmeres aus. Als sie jedoch ins Freie traten, erwartete sie etwas völlig anderes: Im Gegenteil zur Strandszenerie auf der anderen Seite des Gebäudes war hier im Innenhof alles so grün, als wären sie inmitten eines Urwaldes gelandet. Ein Weg führte mitten hindurch und lenkte Allegras Blick auf einen Wasserfall, der an schwarzen Felsen hinab und in ein naturseeähnliches Becken plätscherte, in dem zahlreiche Personen ausgelassen plantschten. Am Rand des kleinen Gewässers befanden sich mehrere zeltähnliche Gebilde, aus denen Füße herauslugten.

Allegras Herz klopfte, Metus sog laut die Luft ein und sah sofort zu ihr. Sie verbot sich, sich auszumalen, was in diesen Zelten vor sich ging.

»Wo sind sie, Leandra?«, fragte Metus schnell und beim Klang ihres Namens aus Metus' Mund erstrahlte die Nymphe.

»Einen Moment«, sagte sie und schloss immer noch lächelnd die Augen. Kurz danach verschwand das Lächeln und sie schlug die Lider auf. »Dort hinten«, sagte sie in einem Tonfall, der Allegra sofort alarmierte.

Als sie Leandra folgten, legte Metus ihr kurz die Hand auf den Arm und vertrieb sofort die Angstgefühle, die sie nach den Worten der Nymphe überkommen hatten. Wirklich beruhigen konnte er sie jedoch nicht. Er senkte den Kopf und ging etwas schneller, um zu Leandra aufzuholen. Nun ging Allegra allein neben Amor her. Sie spürte seinen Blick auf ihr und bemühte sich, stur nach vorne zu sehen.

»Es tut mir leid, was du alles hast durchmachen müssen«, sagte er leise. »Ich hätte nicht auf das Angebot meiner Mutter eingehen dürfen, ich hätte … Alles wäre gut geworden.«

»Vielleicht wird es das ja noch«, presste Allegra hervor, glaubte ihren Worten jedoch selbst nicht. Zu schlimm waren die Bilder von den Göttern und Nymphen. Ganz zu schweigen von den privaten Zelten und dem, was darin abging: Luca, der eine andere küsste, zärtlich im Arm hielt oder vielleicht noch Schlimmeres anstellte. Sie passierten Zelte, aus denen unmissverständliche Geräusche drangen, die Allegra erschaudern ließen.

»Sie sind belohnt worden«, erklärte Amor. »Sie haben den Göttern gehuldigt und sie erwiesen ihnen eine Gunst. Du kannst dir nicht vorstellen, wie viele die Liebe mit dem dort verwechseln.« Mit abfälligem Blick deutete er zu den Zelten. »Auch wenn mir nachgesagt wird, noch unreif zu sein, viel zu impulsiv zu reagieren, und mich daher zu schnell auf etwas einlasse, so weiß ich doch, dass es mehr braucht, als meine Gabe, um etwas Großes entstehen zu lassen.« Er seufzte. »Ich bin nur der Wegbereiter, streue den Samen. Was die Menschen daraus machen, ist ihre Entscheidung. Pflegen sie das Saatgut, wächst daraus vielleicht ein kleiner Setzling, bemühen sie sich weiter, wird daraus ein Baum, der allen Widrigkeiten trotzen kann. Das liegt jedoch nicht mehr in meinen Händen.«

Allegra war so tief in Gedanken versunken, dass sie gegen Metus lief, der vor ihr stehengeblieben war. Sie schälte sich aus ihrer Benommenheit und sah nach vorn. Neben dem kleinen Gewässer, wenige Meter entfernt von dem Wasserfall, saß eine gebeugte Gestalt mit dem Rücken zu ihr auf einem der schwarzen Felsen am Ufer. Sie war im Schatten des Felsens kaum auszumachen. Direkt daneben stand ein Mädchen mit weißblonden Haaren und redete auf die Gestalt ein.

Als würde sie die Blicke auf sich spüren, sah das Mädchen auf und Allegra schaute in Jens strahlende Augen. Doch anstatt sich zu freuen, riss Jen den Mund auf und starrte sie entsetzt an.

Die ausgelassene Heiterkeit um sie herum und die Geräusche drangen in weite Ferne. Allegra sah nur noch Jen. Sie folgte der Bewegung ihrer Hand, die auf die Schulter der zusammengekauerten Gestalt tippte. Nur langsam reagierte die Person mit den kurzen schwarzen Haaren und sah zu Jen auf, die daraufhin etwas sagte.

Allegra wagte nicht, zu hoffen. Sie verbot sich jeglichen derartigen Gedanken und der Moment wurde zur Unendlichkeit. Wie in Zeitlupe drehte sich die Person um, blieb nach wie vor auf dem Felsen sitzen. Jen half nach, indem sie am Arm des Mannes zog, so dass er aus dem Gleichgewicht geriet, und ehe er abrutschte, auf den Boden sprang. Er stellte sich direkt vor Jen und schien etwas zu sagen. Sie redete wild gestikulierend und in Allegras Richtung deutend auf ihn ein.

Es dauerte, bis Allegra endlich Gewissheit hatte. Ihre Hände wurden feucht, ihr Puls raste. Alles in ihr schrie, loszurennen, als die so vertrauten eisblauen Augen zu ihr blickten. Dennoch bemühte sie sich um Fassung, wagte nur einen Schritt nach dem anderen, wollte, dass Luca sie begrüßte, wie sie es sich vorgestellt hatte.

Irgendwann konnte sie sich nicht mehr zurückhalten. Ihre Schritte wurden erst länger, dann rannte sie los. Metus rief ihr hinterher, sie solle warten, doch wie könnte sie? Freudentränen verzerrten ihren Blick, nur die eisblauen Augen verschwammen nicht. Sie hatte es geschafft. Sie hatte Luca wiedergefunden! Nun würde wirklich alles gut werden. Sie wollte schreien vor Freude.

Der Schrei blieb ihr jedoch im Hals stecken, als sie bei Luca ankam und ihm ins Gesicht schaute. Er lächelte höflich, doch das, was sie suchte, fand sie nicht. Sie blinzelte, suchte ein weiteres Mal. Ohne Erfolg.

Lucas Lächeln wurde zu einer Grimasse. Endlich konnte sie den Ausdruck auf seinem Gesicht deuten und all ihre Hoffnungen fielen in sich zusammen wie ein Kartenhaus im Wind. Luca erkannte sie nicht.

6. SZENE

Allegra wich langsam zurück. Tränen sammelten sich in ihren Augen. Bittere Tränen. Sie schüttelte unentwegt den Kopf. Irgendwann stieß sie mit jemandem zusammen, der ihr irgendetwas zuflüsterte. Sie verstand kein Wort, wollte nicht verstehen.

Alles, was sie sehen konnte, war die leere Phiole, die wie ein Signalfeuer vor Lucas Brust baumelte. Ein winziges Glasfläschchen, das funkelte wie das Herz, das Allegra an ihrer Kette trug. Venus' Überraschung.

»Tu etwas!«, sagte eine Stimme.

Allegra hörte sie nur schwach in dem dumpfen Rauschen in ihrem Kopf. Etwas Helles flog auf sie zu, sie wurde gedrückt, getätschelt, doch all das musste jemand anderem passieren. Nicht ihr. Nicht Allegra Capulet, die für die Liebe in den Tod gegangen war, die ihre zweite Chance verbockt hatte und doch den Kampf nicht aufgegeben hatte. Wenn *das* göttliche Gerechtigkeit war, wollte sie weder an Götter noch an Gerechtigkeit glauben. »Sie hat ihn mir weggenommen«, flüsterte sie, zu niemand Bestimmten.

»Allegra«, sagte die süßeste Stimme der Welt. Nur sie drang wirklich zu Allegra durch und sie sah auf. Luca lächelte sie an. Für einen kurzen Moment ließ sie sich täuschen, glaubte, dass es nur eine Verwirrung gewesen war, ein böser Scherz, doch die Betroffenheit, die sie in Lucas Gesicht sah, sagte etwas anderes.

Allegra hatte jedoch keine Kraft mehr, sich gegen die Umarmung zu wehren, die Luca ihr aufzwang. Sie presste sich an ihn und sog seinen so vertrauten Geruch ein, obwohl sie ihn so lange vergessen hatte. Fabios Bild entstand vor ihrem inneren Auge. Ihr Herz hatte immer gewusst, wer er war. Wieso hatte sie nur nicht darauf gehört? Ihre Schultern bebten, während Luca ihr unbeholfen den Rücken tätschelte. Er hatte Mitleid mit ihr, dieser Fremden, die offensichtlich unsterblich in ihn verliebt war. Der Gedanke brachte sie noch mehr zum Weinen.

»Lasst uns gehen. Sofort. Du musst mir helfen.« Metus machte noch weitere Anweisungen, aber Allegra weigerte sich, aus ihrer Vorstellung eines Happyends aufzutauchen. Sie klammerte sich daran fest wie an Luca, dessen T-Shirt mittlerweile nass von ihren Tränen war.

Ein schneidender Wind fuhr durch Allegras Haar. Jemand rief ihren Namen, doch sie wollte nicht darauf reagieren. Es erklangen noch mehr Rufe, dann wurde sie von Luca weggerissen.

»Was hast du ihr angetan?«, schrie Alessandro Luca an, als Allegra sich irritiert umsah.

Sie befanden sich nicht mehr im Grün des Dschungels, sondern wieder auf der steilen Klippe, auf der sie Luca in ihrer Vision gesehen hatte. Luca. Sie schluckte. Doch Alessandros Zorn umwirbelte Allegra und überlagerte die Trauer und Enttäuschung. Den rechten Arm hatte ihr Bruder um Jen geschlungen, mit seiner linken Hand versuchte er beruhigende Wellen zu Allegra zu schicken, indem er ihr immer wieder über den Rücken strich. Alessandro schien noch nicht über die Zusammenhänge nachgedacht zu haben. Nicht zu überlegt zu haben, warum Jen, die eigentlich in Deutschland sein sollte, plötzlich hier stand. Vermutlich war er von Allegras Trauer umnebelt.

Metus mischte sich ein: »Er hat nichts getan. Venus hat ihm den Heiltrank gegeben.« Er ging mit schnellen Schritten zu Luca und riss ihm die Phiole vom Hals. Achtlos warf er sie beiseite. Das Glas zerbrach an einem Felsen.

Erst jetzt sah sich Allegra bewusst um. Wie waren sie so schnell hierhergekommen?

»Zwei Götter können sich anders durch die Welt bewegen als Menschen«, erklärte Metus. »Amor und ich haben euch hergebracht.«

Alessandros Kopf ruckte zu der blonden Version von Metus und er riss die Augen weit auf. »Amor?«

Der Gott der Liebe nickte, sah dann jedoch sofort beschämt zu Boden.

»Lasst uns in die Welt der Sterblichen gehen. Vielleicht finden wir dort eine Lösung«, schlug er vor.

»Was ist passiert? Mattia? Alessandro?« Luca warf einen Blick zu Allegra, der nur eines besagte: Wer zum Teufel ist dieses Mädchen?

Mattia freute sich, Luca wiederzusehen. Das konnte er nicht verbergen, auch wenn er es versuchte. Um Allegra nicht noch weiter in die Verzweiflung zu treiben, erkannte sie. Auch Alessandro schien Luca nicht vergessen zu haben. Venus' Trank hatte ihm lediglich die Erinnerung an Allegra genommen, seine Liebe zu ihr geheilt. Und das funktionierte nur durch Auslöschung.

»Kommt alle her!«, befahl Metus und die Gruppe sammelte sich um ihm. Amor, Metus, Mattia, Luca, Alessandro, Jen und Allegra.

»Wo ist Trip?« Allegra sah sich um, konnte ihren Ahnen jedoch nirgendwo entdecken.

»Es gab einen Angriff«, erklärte Alessandro. »Trip hat uns verteidigt und wurde von der Harpyie mitgenommen.«

Allegra schüttelte den Kopf. Das konnte nicht sein, das war nicht richtig. Er war geblieben, um ihr zu helfen. Er und Elena. Sie beide … *Sie sind jetzt zusammen,* flüsterte Metus' Stimme in ihrem Kopf. »Aber was, wenn er in den Styx gefallen ist, wenn er verletzt ist?« Allegras Stimme überschlug sich. Sie hatte wieder nur an sich selbst gedacht, an ihr Schicksal und das von Luca und darüber hinaus alles andere vergessen. Wie konnte Metus sich so sicher sein?

»Er ist der Gott der Angst«, sagte Amor und warf einen abfälligen Blick zu seinem Bruder. »Metus erzählt einfach alles, um sich zu stärken. Den beiden ist nichts passiert. Selbst wenn sie verletzt wurden, heilen sie beim Durchschreiten des Tores. Mach dir keine Sorgen.«

Er lächelte sie so aufmunternd an, dass Allegra für einen Moment wirklich erleichtert war. Zumindest wurden nicht andere bestraft für ihre Fehlentscheidung bei der zweiten Chance. Es war schon schlimm genug, dass sie selbst mit den Konsequenzen leben musste. Die Schuld, auch noch die gemeinsame Ewigkeit von Trip und Elena zerstört zu haben, hätte es noch schlimmer gemacht.

Sie sah verstohlen zu Luca, der sie aus eisblauen Augen musterte. Sie erkannte Neugierde für die Situation darin, doch nicht einmal der kleinste Hauch von Interesse an ihr. Alles, was in Verbindung mit der Liebe gestanden hatte, war ausradiert.

Schnell korrigierte sie ihren Gedanken: Nichts konnte ihre Situation noch schlimmer machen. Die Sehnsucht nach Lucas Nähe zerriss Allegra das Herz. Die Bilder der wenigen zärtlichen Küsse, die sie hatten austauschen dürfen, zerfraßen sie von innen. Etwas brannte in ihrer Brust und sie hieß den Schmerz willkommen, wollte sich in ihr Elend stürzen. Dann spürte sie, dass es nicht von innen kam. Das brennen kam von außen. Sie sah an sich hinab und entdeckte die herzförmige Phiole, die verheißungsvoll aufblitzte. Nie zuvor hatte sie geglaubt, dass sie die Lösung sein könnte. Dass sie vergessen wollen würde. Allein der Gedanke daran brach ihr Herz ein weiteres Mal und Tränen verschleierten ihre Sicht. Sie griff blind nach der Phiole und hielt sie fest in der Faust.

In diesem Moment brachten Amor und Metus sie in die reale Welt zurück.

7. Szene

Auch der strahlende Sonnenaufgang über dem Monte Baldo vermochte es nicht, Allegras Laune zu heben. Nach allem, was geschehen war, hatte sie auch die letzte Hoffnung tief in sich begraben. Sie dachte an die vergangenen beiden Tage, an die Zeit nach ihrer Rückkehr aus der Unterwelt.

Metus und Amor hatten sie in den *Palazzo dei Capitani* gebracht, wo Lorenzo schon auf sie wartete. Sofort stürzte er sich in die Arme von Amor, was ein durchaus suspektes Bild abgegeben hatte. Doch schon bei der ersten Berührung verwandelte sich der alte Padre in die schönste Frau, die Allegra jemals gesehen hatte. Psyches Schönheit war so blendend, dass sie nicht lange hinsehen, die Details anfangs nur im Augenwinkel erfassen konnte. Ihr Gesicht hatte etwas Zeitloses und die strahlenden Augen waren so voller Liebe, wenn sie ihren Gatten ansah, dass Allegra sofort wieder Tränen in den Augen standen. Die blonden Locken umschmeichelten ihr Gesicht und fielen bis zur schmalen Taille hinab.

Alessandro, der von Lorenzos wahrer Identität nichts wusste, starrte die Göttin mit offenem Mund an, ehe Jen ihn zu sich zog und ihm zuflüsterte, was genau geschehen war.

Psyche schien von innen heraus zu leuchten. Zumindest bis zu dem Moment, da sie sich bewusst wurde, dass sie nicht mit Amor allein war. Schnell wandte sie sich um, ihr Blick glitt über die gesamte Gruppe und blieb erst an Luca, dann an Allegra hängen. Sofort wurden ihre Augen traurig. Sie sah zu Amor, der langsam den Kopf schüttelte.

»Venus?«, fragte Psyche und die Ungläubigkeit in ihren Zügen verlieh ihrer Schönheit etwas Bedrohliches. Sie ballte die zarten Hände zu Fäusten. »Du musst ihnen helfen.«

»Ich kann nicht. Es war Teil des Deals. Wenn ich gewusst hätte …«, setzte Amor verzweifelt an.

»Du kennst sie«, sagte Psyche bestimmt. »Als hätte sie uns einfach so gewinnen lassen.«

»Das nennst du gewinnen?«, antwortete Amor. »All das Leid, das sie über die Menschen gebracht hat … Ich musste es beenden und hoffen.«

»Du bist ein Träumer«, mischte sich Metus ein. »Was musstest du ihr versprechen?«

»Dass ich niemals wieder einen Montague oder einen Capulet treffen werde.« Er deutete hinter sich, wo für einen kurzen Moment ein Köcher mit goldenen Pfeilen erschien. Ein Bogen hing über seiner Schulter. Beides verschwand sofort wieder und Allegra kam es vor wie eine optische Täuschung. »Da der Fluch gebrochen ist, schien mir das ein guter Handel zu sein.«

Psyche schlug die Hände vor dem Gesicht zusammen. Eine völlig übertriebene und theatralische Geste, doch zu ihr passte es. Sie schluchzte laut und nahm dankend die Brust an, die Amor ihr bot.

Liebevoll umschlang er sie. »Ich konnte nicht wissen, dass Mutter … Ich dachte, dann wäre alles wieder gut.«

»Ja, wir sind alle glücklich«, sagte Metus trocken.

Allegras Hand verkrampfte sich. Sie hielt noch immer Venus' Heilmittel fest umschlossen. Woher die Tränen immer noch kamen, wusste sie selbst nicht. Sie hätten längst versiegt sein müssen.

Am darauffolgenden Tag hatte es Amor versucht. Immer und immer wieder hatte er Pfeile auf Luca abgeschossen, doch wie von einem unsichtbaren Schild prallten sie kurz vor ihm ab, fielen zu Boden oder änderten ihre Flugbahn. Niemand kümmerte sich darum, wen diese ersten Liebesfunken trafen, die Amor in die Gegend streute. Das Verliebtsein war jedenfalls sehr präsent an diesem Tag.

Allegra seufzte. Sie stützte sich auf dem Geländer des Balkons ab. Wieder einmal stand sie allein hier. Sie wollte sich die Bilder noch ein letztes Mal einprägen, ehe sie nach Deutschland zurückkehren würde.

Federica, ihre echte Mutter, hatte ihr angeboten, in Limone zu bleiben, doch die Erinnerungen, die sie hier ständig überkamen, waren zu schmerzhaft. Als Luca dann noch mit höflicher Distanz angeboten hatte, dass sie sich kennenlernen könnten, war Allegras Schmerzgrenze erreicht gewesen. Sie war davongestürmt, hatte sich in der Suite eingeschlossen und war weinend auf dem Bett zusammengebrochen.

Wenn sie versuchen wollte, ein normales Leben zu führen, würde das nicht hier am Lago di Garda stattfinden. Sie atmete ein letztes Mal den vertrauten Geruch des Sees ein. Wasser, der allgegenwärtige Zitrusduft, der nahe Wald. Einfach alles assoziierte ihr Kopf sofort mit Luca. Nein, hier würde sie nicht überleben können.

Und genau das war es, worauf sie hoffte. Sie wusste, sie könnte niemals glücklich werden, auch wenn Amor ihr angeboten hatte, sie zu begleiten und für eine neue Liebe zu sorgen. Aber sie hatte abgelehnt – sie hatte ihre wahre Liebe gefunden. Ohne Luca konnte sie nicht glücklich sein, sie konnte nur hoffen, zu überleben. Es irgendwie zu schaffen. Die immer wieder hell pulsierende Phiole um ihren Hals würde ihr eine Warnung sein, sie hoffentlich durchhalten lassen. Denn diesen letzten Triumph gönnte sie Venus nicht.

Sie schloss die Augen, speicherte die Bilder in ihrem Kopf ab, ehe sie in die Suite zurückkehrte und ihren Koffer nahm.

8. Szene

Allegra!«, rief es von unten, doch Allegra konnte sich nicht aufrappeln. Am späten Abend war ihr Zug in München angekommen und irgendwann in der Nacht war sie endlich heimgekehrt – heim zu Maria. Ihre Mutter hatte sie wortlos in die Arme genommen und sie nicht mehr losgelassen, ehe auch die letzte Träne versiegt war. Draußen hatte es schon gedämmert, als Allegra erschöpft in ihr Bett gefallen war.

Das konnte höchstens vor Minuten gewesen sein. Sie öffnete ihre zugeschwollenen Augen und suchte nach dem Handy, um auf die Uhr zu sehen. Es war neun Uhr. Sie war wirklich erst vor kurzem eingeschlafen. Sie wollte sich schon wieder zurück ins Bett fallen lassen, als eine Nachricht einging:

Wenn du nicht in fünf Minuten hier unten bist, kommen wir hoch.

Allegra stöhnte. Sie liebte Jen, aber ihre beste Freundin konnte anstrengend sein. Und das Letzte, was Allegra jetzt gebrauchen konnte, war eine vor Liebe strahlende Jen. Schnell tippte sie eine Antwort.

Bitte Jen, ich brauche etwas Ruhe.

Die Reaktion kam prompt:

Noch vier Minuten.

Allegra seufzte. Warum war Jen nur so stur? Konnte sie nicht verstehen, dass Allegra niemanden sehen wollte? Doch, konnte sie, beantwortete sie sich selbst die Frage. Und genau deshalb verhielt sie sich so. Allegra brachte ein trauriges Lächeln zustande, ehe sie sich aufrappelte und ins Badezimmer schlich. Wenn sie schon kein Glück in der Liebe hatte, sollte sie nicht das verschmähen, was der Liebe am nächsten kam: Freundschaft.

Ihr Handy piepte. Allegra wusste, ohne hinzusehen, was in der Nachricht stand:

Noch drei Minuten.

Nach dem Zähneputzen klatschte sie sich eiskaltes Wasser ins Gesicht, doch wirklich fitter sah sie danach nicht aus. Wie könnte sie auch? Die traurige Gestalt im Spiegel glich ihrem Inneren.

Zwei Nachrichten später schlüpfte Allegra in ihre Klamotten und verließ das Zimmer. Langsam ging sie nach unten und versuchte nebenbei herauszufinden, wer unten im Restaurant so lautstark diskutierte. Um diese Zeit war es noch geschlossen, es dürften also keine Gäste da sein.

Neugierig öffnete sie die Tür zum Restaurant und zuckte bei dem lauten »Überraschung!« so sehr zusammen, dass sie beinahe einen Herzinfarkt vermutete. Jen sprang auf sie zu, umarmte sie fest und gratulierte ihr zum Geburtstag.

Allegra hatte den Gedanken daran immer und immer wieder von sich geschoben. Für ihr wissendes Ich war der zwanzigste Geburtstag der Anfang vom Ende gewesen. An diesem Tag hätte der Fluch auch sie treffen sollen, hatte der Padre gesagt. Luca hatte sich an seinem zwanzigsten Geburtstag aus Angst vor Amors Pfeil, der ihn mit der Falschen verlieben würde, selbst mit einem Granatapfelkern in die Unterwelt befördert. Heute wäre ihr Ultimatum abgelaufen, ihre Chance auf die wahre Liebe. Der Fluch hatte sie dennoch getroffen, ob er gebrochen war oder nicht.

Nichtsdestotrotz genoss sie die feste Umarmung ihrer Freundin, das Gefühl, zumindest auf diese Art geliebt zu werden, und bemühte sich, nicht wieder in Tränen auszubrechen. Erst als sich neben ihnen jemand räusperte, ließ Jen sie los. Alessandro stand erwartungsvoll vor ihr, als wüsste er nicht, was genau er tun sollte.

»Alles Liebe zum Geburtstag, Schwesterherz«, sagte er leise und zog sie kurzerhand an die Brust.

Von der Seite trat Mattia zu ihnen und Allegra wurde weitergereicht, bis sich auch Maria dazwischenschob.

»Darf ich vielleicht auch endlich?«, fragte ihre Mutter mit gespielter Empörung.

Allegra lächelte. Zumindest versuchte sie es. Im Restaurant war gerade so viel Liebe, dass sie der Trauer keinen Platz ließ. Dennoch war der kalte Fleck in ihrem Herzen präsent. Er würde es für immer bleiben. Doch vielleicht würde er sich eines Tages ein wenig erwärmen. Allegra seufzte beim Gedanken an ihre Freunde und Maria, die versuchten, sie aufzumuntern, ihr in diesen dunklen Tagen Halt gaben. Die sogar aus Italien angereist waren, um ihr an ihrem Geburtstag zur Seite zu stehen.

»Wir haben da noch was für dich, aber du musst die Augen schließen«, sagte Jen leise.

Allegra wusste, was kommen würde. Sie sah es so deutlich vor sich, als wäre es eine Vision. Doch sie wollte ihn nicht sehen, die Wunde nicht wieder aufreißen, noch bevor sie die Chance hatte zu heilen. Sie presste die Lippen zusammen und rannte in den Innenhof. Dort setzte sie sich in der hintersten Ecke auf einen der Stühle und ließ ihren Tränen freien Lauf. Sie zog die Beine auf den Stuhl und legte die Stirn auf ihre Knie, atmete tief ein und aus. Sie wollte sein Mitleid nicht, wollte sich nicht selbst belügen und daran glauben, dass es funktionieren könnte. Alles, was sie verbunden hatte, war verloren. Sie wollte, dass er das akzeptierte – und das gleiche erwartete sie von Jen und den anderen.

Der Wind frischte auf und eine starke Brise wirbelte ihr Haar auf. Die Kälte tat gut, lenkte sie ab. Doch der Wind wurde stärker, riss an ihrem Shirt, zerrte an ihrer Kette. Allegra berührte das gläserne Herz, ohne aufzusehen. War es ein Wink der Liebesgöttin? Am liebsten hätte sie aufgelacht. Der Wind beruhigte sich. Venus hatte aufgegeben.

Da erklangen Schritte auf dem Pflaster des Innenhofes. Eindeutig Schuhe mit Absätzen. Jen. Allegra verharrte in ihrer Position. Doch plötzlich zog jemand fest an der Kette und Allegra spürte nur noch ein Brennen am Hals. Nun sah sie auf und blickte in das vorwurfsvolle Gesicht ihrer besten Freundin, die das gläserne Herz vor ihren Augen baumeln ließ.

»Ich werde es nicht nehmen«, sagte Allegra.

»Sollst du auch nicht.« Jen hielt die Phiole zur Seite und ein Windstoß riss sie mit sich.

»Was …«, setzte Allegra an, wollte aufspringen und ihre Kette wieder zurückholen. Sie war ihre Warnung, das Mahnmal, das sie brauchte, um zu überleben.

Doch Jen drückte sie auf den Stuhl zurück. »Es ist nicht für dich! Das war es nie!«, sagte Jen nur.

Keinen Wimpernschlag später, Allegra wollte gerade wieder aufstehen, drangen dumpfe Schritte über das Pflaster. Schnelle Schritte. Jemand rannte zu ihnen. Ein siegessicheres Lächeln erschien auf Jens Gesicht, dann zog sie Allegra hoch und trat zur Seite.

In genau diesem Moment hielt Luca vor ihr an. Mit höflichem Abstand wie zuvor – dennoch hatte sich etwas verändert. Sein Körper schien Allegra entgegenzustreben, nur mit Mühe konnte er sich zurückhalten.

Allegra wollte sich jede Hoffnung verbieten und erlag ihr doch. Sie holte tief Luft und sah nach oben. In eisblaue Augen, aus denen nichts als Liebe sprach. Sie öffnete den Mund, um etwas zu sagen, versuchte, es zu erklären, stets auf der Hut, sich zurückzuhalten. Angst kroch ihr in den Nacken, gefolgt von einem polternden Herzklopfen. Er war so nah, so unerträglich nah. Sie versank in seinen Augen, die plötzlich wieder alles zu wissen schienen. Warum?

Luca lächelte und biss sich auf die Unterlippe. Automatisch blieb ihr Blick daran hängen. Die Sehnsucht zersplitterte ihr gebrochenes Herz nur noch weiter. Wie gerne würde sie noch ein letztes Mal …

»Hörst du jetzt endlich auf zu denken und küsst mich?«

Allegra lachte laut auf. Sie konnte es immer noch nicht fassen.

»Wenn du nicht willst, werde ich es tun.« Mit einem schnellen Schritt überwand Luca die Distanz zwischen ihnen, zog Allegra an sich und küsste sie. In diesem Kuss lag alles, was sie gemeinsam durchgestanden haben. Der Kuss war so bittersüß, dass erneut die Tränen rollten und sich in den Kuss mischten.

Atemlos zog sich Luca zurück, die Augen noch immer genießerisch geschlossen. »Ich habe so lange darauf gewartet.« *Und ich erst!*, dachte Allegra und Lucas Mund wurde zu einem breiten Lächeln, ehe er die Augen öffnete und sie so sehnsüchtig ansah, dass alle negativen Erinnerungen und Erlebnisse zu einem Rauschen verblassten.

Jetzt hielt sie ihre Gefühle nicht weiter im Zaum, zog ihn zu sich und küsste ihn noch einmal, dass Romeo und Julia dabei neidisch geworden wären.

Nun ist alles, wie es sein soll, seufzte eine Stimme in Allegras Kopf, die sie als die von Amor identifizierte, und für einen kurzen Moment glaubte sie, zwei ähnlich aussehende Götter im Innenhof stehen zu sehen, die zufrieden nickten, ehe der Liebesgott fortfuhr: *Vielleicht solltest du das Kriegsbeil mit Pan begraben. Ohne ihn hätten wir nicht herausgefunden, was wir tun müssen. Außerdem sollten wir auch Mutter danken.*

Oder sie dafür verfluchen, dass das wahre Heilmittel die ganze Zeit bei Allegra war, grummelte eine andere Stimme, Metus. Dann war das Bild verschwunden.

Anschließend ertönte ein jungenhaftes Lachen zwischen leisen Flötenklängen: »Meine Schuld ist beglichen.«

EPILOG

Du hast ja doch ein Herz«, sagte Psyche, als sie in das Haus des Dunklen trat.

Die Gestalt in der Mönchskutte, die mit dem Rücken zu ihr stand, wandte sich um. Der Dunkle verzog das Gesicht, ehe es zu schmelzen begann und eine wunderhübsche Frau zum Vorschein kam, deren Schönheit Psyche blendete und zugleich vor Ehrfurcht erstarren ließ.

Psyche dachte an all die Jahrhunderte, die sie mittlerweile damit zugebracht hatte, Venus' Zorn zu besänftigen. Stets geplagt von Schuldgefühlen hatte sie alles in ihrer Macht Stehende getan, um den Fluch zu brechen. Wenn also Venus Allegra damals das Heilmittel gegeben hatte, war sie den ewigen Kampf vielleicht auch Leid gewesen? Hatte sie damals schon gewusst, dass Psyche in Gestalt von Lorenzo Allegra gar nicht getötet hatte?

Es gab so viele Fragen, doch fürs Erste begnügte sich Psyche damit, dass ihre Nachkommen nicht mehr Zielscheibe von Venus' Zorn waren. Sie und ihre Schwiegermutter hatten alle Zeit der Welt.

Dann wanderten ihre Gedanken zu Amor, den sie nun endlich wieder bei sich haben konnte. Sie rechnete nicht mehr mit einer Antwort ihres Gegenübers und schrak bei den Worten zusammen.

»Ich bin die Liebe«, antwortete Venus nur. »Ich habe niemals gesagt, dass man es leicht mit mir hat.«

Nachwort

Die Geschichte von Luca und Allegra hat inzwischen ein paar Jahre auf dem Buckel, aber meine Liebe zu den beiden ist nie verblasst. Kein bisschen. Im Gegenteil.

Daher bin ich so wahnsinnig glücklich, dass die beiden ein neues Zuhause bei Astrid und den Drachen gefunden haben, eingekleidet in das wohl hübscheste Äußere von Alexander Kopainski, das ich mir wünschen könnte (und das Romeo und Julia vor Neid erblassen ließe, da bin ich mir sicher).

Als ich die Geschichte für die Neuveröffentlichung wieder gelesen habe, habe ich mich erneut verliebt, jedoch auch die Jahre vorbeiziehen sehen.
Ich habe mich in all der Zeit seit der Originalausgabe verändert, bin gewachsen, wollte den Text jedoch in seinem Originalzustand belassen (bis auf winzige Kleinigkeiten, hinter denen ich so heute nicht mehr stehen kann).
Ich hoffe, dass euch meine Weitererzählung der wohl berühmtesten Liebesgeschichte der Welt (und meine Interpretation der Götter) gefallen hat.

Sagt es mir gerne unter *Kontakt@StefanieHasse.de* oder auf Instagram unter *@stefaniehasse.*
Ich freue mich auch über jede Rezension zum Buch. Danke! ♥

Wir lesen uns hoffentlich ganz bald wieder!

Eure
Steffi

Stefanie Hasse

Der dunkelste Fluch

ISBN: 978-3-95991-167-2, Klappenbroschur, EUR 14,90

»Maître, Ihr seid der Mächtigste hier,
aber Sebastien wird noch tausendmal mächtiger als Ihr.«

Nach dem Tod seiner Mutter litt Sebastien de Beauvais unter seinem Stiefvater und entkam nur knapp dem Tod. Heute sollte er einer der mächtigsten Hexer der Welt sein, doch seine Kräfte schwinden und er ist auf einen Trank angewiesen, der seine Magie auflädt – oder auf Alex, deren Gegenwart dasselbe bewirkt. Ausgerechnet die Frau, die Gefühle liest, anstatt sie zu fühlen, lockt in ihm Emotionen hervor, die bei seiner Berufung ausgelöscht wurden. Alexandra Foster stieß durch eine Verkettung von Zufällen zu der Gruppe junger Hexen. Zum ersten Mal in ihrem Leben hat sie Freunde, gehört dazu. Doch als die Bedrohung durch die Dunkelmagier ansteigt, erkennt sie, dass ihre besondere Art, die Welt zu sehen, der Schlüssel zu etwas ist, was die Hexenwelt lange nicht mehr gesehen hat …

Julianna Grohe

Wondringham Castle – Die erste Braut

ISBN: 978-3-95991-163-4, Klappenbroschur, EUR 16,90

Damit ihre Schwester den Mann ihrer Träume heiraten kann, reist Elaine an deren Stelle heimlich zur Brautschau nach Wondringham Castle. Irgendjemand muss schließlich das Herz eines der vier Prinzen des Nachbarlandes erobern, um den drohenden Krieg zu verhindern. Doch wie will man einem Prinzen den Kopf verdrehen, wenn man nicht einmal die Aufnahmeprüfung zur Brautschau besteht?

Anstatt in schönen Kleidern landet Elaine als Magd im Schlossgarten und muss dort von früh bis spät arbeiten. Nie hätte sie gedacht, dass sie ausgerechnet zwischen Buchsbäumen und Rosenranken einem Mann begegnen würde, der Gefühle in ihr weckt, die sie noch nie empfunden hat.

Und die ein ganzes Königsreich ins Unglück stürzen könnten …

Lisa Rosenbecker

Magie aus Gift und Silber

ISBN: 978-3-95991-450-5, kartoniert, EUR 14,90

Rya ist gefangen in einem Körper aus Stein.
Seit einer Ewigkeit fristet sie ein Dasein als Statue in einem Museum und beobachtet voller Neid das bunte Leben der Menschen.
Bis eines Tages Nick auftaucht, der sie hinter der Fassade aus Marmor spüren kann. Mit einem Kuss erweckt er Rya zum Leben und sie stolpert in eine Welt, die magischer ist, als sie es sich erträumt hat – und viel gefährlicher. Sie wird in einen uralten Krieg zwischen Gorgonen und den Nachfahren von Perseus hineingezogen, ohne zu ahnen, wie eng ihr Schicksal mit ihnen verknüpft ist. Während die Konturen von Gut und Böse verschwimmen, muss sie sich entscheiden: Will sie zu einer Heldin werden oder ihr Herz verlieren?

Liane Mars

Der letzte Garten der Hoffnung

ISBN: 978-3-95991-514-4, kartoniert, EUR 15,90

Ein magischer Garten kurz vor dem Untergang.
Eine einsame Zauberin ohne Ausbildung.
Ein Krieger mit letzter Hoffnung auf Rettung.

»Ich hatte etwa zwanzig Sekunden Zeit, um die Entscheidung meines Lebens zu treffen. Verließ ich den Zaubergarten und rettete ein Kind? Oder bewachte ich meine Welt und blieb versteckt, wie man es von mir erwartete? Fünfzehn Sekunden. Ich atmete ein.
Öffne niemals diese Tür, hatte mir meine Tante eingeschärft.
Niemals!
Noch drei Sekunden.
Tu. Es. Nicht.
Die Zeit war um – und ich reagierte ...«